Segunda edición, diciembre 2021

EL VI CONDE DE FERNÁN NÚÑEZ.

UN PERSONAJE PARA UNA ÉPOCA

Francisco José Rosal Nadales

INTRODUCCIÓN

Este libro es una biografía sobre una persona y personaje destacado del siglo XVIII español. Mi interés por el VI Conde de Fernán Núñez comenzó en 1993, tras presentarse al público el *Stabat Mater* que había escrito en Lovaina, doscientos años antes. En 1999 y 2000 publiqué mis primeras aproximaciones, todavía rudimentarias, en la *Revista de Feria* de Fernán Núñez y en el año 2001 comencé a investigar con mayor seriedad en el Archivo Histórico Nacional (Madrid) y en el Archivo Histórico de la Nobleza (Toledo).

En 2016 participé en Lisboa en el *Colóquio Internacional A diplomacia e a aristocracia como promotores da música e do teatro na Europa do Antigo Regime*, celebrado en el Palacio de Queluz. Allí presenté mis conclusiones sobre la participación de Carlos José Gutiérrez de los Ríos y Rohan Chabot en las celebraciones musicales por el doble casamiento entre infantes españoles y portugueses (1785). El artículo fue publicado en Viena en el verano de 2019.

En el año 2018 la revista científica *Cuadernos dieciochistas* valoró y publicó el artículo "Por los caminos de Europa en el siglo XVIII: el VI Conde de Fernán Núñez y su guía de viaje para el cardenal Rannuzzi".

Entre 2018 y 2019 compuse y estrené una suite titulada *Suite para un palacio*, para coro y banda de música. Sus diferentes piezas están inspiradas en el palacio de Fernán Núñez, donde pasé muchos años y me formé como músico, y en la figura del Conde.

Han sido, pues, más de veinte años de investigación, centrada, principalmente, en el Archivo de la Casa Ducal de Fernán Núñez, custodiado en el Archivo Hco. de la Nobleza, y en la sección Estado del Archivo Hco. Nacional. La tardanza en dar resultados definitivos y completos se ha debido a múltiples factores: la necesidad de viajar a

Toledo y Madrid para consultar los archivos citados; los tremendos gastos que esto supone en desplazamiento y adquisición de copias –cualquier investigador independiente sabe de lo que hablo–; la obligación de conciliar la vida familiar y el gusto por la investigación; las interrupciones por tener que ocuparme de otros menesteres tan arduos como una Jefatura de Estudios, la licenciatura en Musicología, el doctorado en Historia, la composición musical y la dirección de una banda, además del trabajo diario con adolescentes en un instituto.

En estos años, otros investigadores han tomado como objeto de estudio la vida y obra del VI Conde de Fernán Núñez, entre los que debo citar a Carolina Blutrach y, sobre todo, a José Antonio Vigara. Este último es autor de una excelente tesis donde da a conocer muchos aspectos de Gutiérrez de los Ríos que yo había tratado en privado y otros que no pude localizar. Por ello, me puse en contacto en con él y, en seguida, tuvo la gentileza de enviarme su tesis para que conociese lo que había estudiado. Aprovecho para agradecer su gesto e indicar que, en este libro, cuando la base histórica de algo que afirmo no la he localizado yo, remito a la tesis de José Antonio. También le comenté que, en vista de la cantidad de datos biográficos que él había encontrado, muchos coincidentes con los míos, mi nueva idea era ofrecer una biografía pero con un carácter más literario. Se hacía necesario variar.

Ha sido todo un reto desarrollar una biografía novelada a partir de los escritos del propio Conde y de lo recogido por la historiografía. Cuando lo que narro tiene una base histórica, a pesar de su aparente fantasía, indico la fuente. Espero no haberme quedado en tierra de nadie y que no resulte ni una biografía histórica ni una novela de creación… Mi interés por la escritura literaria acumula varios años de dedicación, unas veces con acierto (la colección *Ópera para leer* o el relato *A Luisa Fernanda nunca le gustó la zarzuela*), otras con menos. Incluso en las obras de investigación he intentado no ser estrictamente serio ni académico, como hice en mi libro *Tertulias musicales con don Juan Valera* ("Premio Valera 2012"); ¡era imposible no utilizar un lenguaje divertido después de pasar cinco años leyendo las cartas y obras del egabrense, con su gracia andaluza! Como digo, ha sido muy complicado novelar los hechos históricos. Tampoco pretendía hacer una novela, sino contar de manera literaria la vida y obra de este aristócrata, circunscribiéndola a su época.

En el terreno de los agradecimientos, he de citar a mi hermana María, siempre atenta a todo lo que sea creación literaria por mi parte. A mi hija, María Isabel, quien soportó mis charlas en la ciudad italiana de Lucca, adonde fuimos para conocer mejor a su adorado Giacomo Puccini, mientras yo le decía que allí había nacido también el primer amor del Conde. A mi hijo, Francisco José, quien, en la misma ciudad anterior, se embelesaba ante la estatua del violonchelista (como él) Luigi Boccherini y casi no me escuchaba cuando le contaba que Fernán Núñez lo había tratado en persona. A mi mujer, Maribel, quien ha permitido que pase mucho tiempo de nuestro matrimonio con Carlos José Gutiérrez de los Ríos y ha escuchado todos mis descubrimientos sobre él.

Ciudad Real, Fernán Núñez y Torre del Mar, 2019

1 EL NACIMIENTO DE UN CONDE

El sol, aún no repuesto de su fatigosa travesía por el Mediterráneo, se detuvo, inquieto, sobre los tejados de Cartagena. Era el 11 de julio de 1742. De una de sus casas principales, en la calle Mayor, se expandían al cielo los gritos de un hombre, ya de avanzada edad por su timbre de voz.

—¡Un hijo! ¡Un varón!

Esas exclamaciones eran de alegría. Don José Diego Gutiérrez de los Ríos y Córdoba acababa de enterarse del nacimiento de su primer vástago, un niño que heredaría su apellido y Estados.

En la habitación que servía de dormitorio, su mujer, doña Carlota Felicita se reponía del tremendo esfuerzo que había significado traer al mundo a su hijo. Don José Diego besó en la frente a su esposa y tomó en brazos al pequeño, envuelto en una toalla de lino. En su frente quedaban algunos restos de sangre, pero, a la primera mirada del padre, el bebé parecía muy robusto y sano.

—Bienvenido al mundo, Carlos José Gutiérrez de los Ríos —le dijo don José Diego. Sintió que le tiraban de la casaca.

—¿No olvidas algo? —Doña Carlota llamaba su atención.

El padre pareció dudar un momento hasta que cayó en la cuenta:

—Bien nacido, Carlos José Gutiérrez de los Ríos… y Rohan Chabot.

La criada principal de doña Carlota se acercó al hombre y le tendió los brazos. Este comprendió que debía entregar al bebé para su aseo.

Don José Diego se acercó a su mujer.

—¿Estás contento? —le preguntó la madre.

—¡Soy el anciano más feliz del mundo!

—¡No digas esas burradas! ¿Acaso puede considerarse un anciano quien acaba de ser padre?

Aquello pareció animar a don José Diego. No podía ser tan mayor si había participado en aquel milagro que ahora lloraba al ser lavado. Y, sin embargo, se había sentido siempre un anciano al lado de su esposa, muchos años más joven, desde aquel 27 de septiembre de 1739 en que contrajeron matrimonio en la iglesia de Saint Sulpice, en París.

En dicho enlace –por cuestiones de conveniencia como era habitual en la época– habían entroncado dos grandes casas nobiliarias, una española y la otra francesa. Don José Diego Gutiérrez de los Ríos, nacido el 28 de diciembre de 1680 en Madrid, hacía ascender su linaje hasta los mismos reyes godos, tal y como se jactaba de afirmar. Incluso, lo había incorporado a su escudo: *Fluminum familia Gothorum ex sanguine Regum.* Sin embargo, había llegado a ser el V Conde de la Casa de Fernán Núñez por ciertos designios divinos inescrutables, consistentes en ser hermano del IV Conde, don Pedro Gutiérrez de los Ríos, y el morir este en 1734 en la ciudad de Cádiz sin haber tenido descendencia con doña Ana Francisca de los Ríos.

Doña Carlota Felicita de Rohan Chabot y Roquelaure pertenecía a una de las más señaladas familias francesas. Había nacido en 1718 y la habían educado para la misión más importante de la hija de unos nobles: casarse con otro noble. Esa educación permitió sobrellevar el matrimonio con un señor mucho mayor que ella y tomarle cariño a partir de la convivencia. No obstante, su carácter fuerte había propiciado varios encontronazos con su marido y con los vasallos de este, los cuales habían pasado a ser también sus vasallos. El embarazo y nacimiento del heredero terminó por asentar la relación entre los cónyuges.

—Señor Conde. Debe salir.

La criada dio a entender a don José Diego que el niño, ya limpio, debía mantenerse en el mundo gracias al alimento que le proporcionaría su madre. Este comprendió y salió del dormitorio mientras mamaba el bebé.

Como la alegría que le llenaba era inmensa, decidió comunicar a sus principales parientes el acontecimiento. En el escritorio tomó la pluma y dirigió su primera carta a su sobrina doña María de Silva Hurtado de Mendoza, duquesa del Infantado. Era hija de su hermana María Teresa y don Juan de Dios de Silva, X Duque del Infantado, y ya contaba con treinta y cinco años. La relación entre las dos casas nobiliarias era tan estrecha que todas las noticias, con sus alegrías y sus penas, volaban en forma de carta entre Madrid y Cartagena cuando se producían. No llevaba escritas dos líneas, en las que daba cuenta de la fuerza del chico, cuando los gritos de su mujer le hicieron correr, dentro de sus posibilidades, al dormitorio. Los criados se arremolinaban en la puerta abierta sin atreverse a entrar. Don José Diego tuvo que empujarles para poder entrar.

—¿Qué está pasando?

Fue lo único que acertó a decir el padre. Miró hacia la cama donde había dejado a su mujer amamantando al bebé. La Condesa aparecía con el rostro desencajado, los ojos muy abiertos y con los brazos señalando en dirección hacia la criada de confianza. El Conde se asustó sobremanera y giró su vista hacia donde indicaba su mujer. La criada estaba vuelta de espaldas, con un movimiento de vaivén. Don José Diego se acercó a ella con el corazón en la boca. La mujer trataba de mecer al niño, que aparecía en reposo. El Conde miró a la criada y esta le hizo una seña con la cara: no había de qué preocuparse. Don José Diego, repuesto de la impresión, regresó junto a su esposa y la abrazó.

—Ha empezado a toser mientras mamaba —dijo la Condesa con la voz temblorosa. —Al separarlo de mi pecho para ver qué ocurría, he visto su carita completamente morada… —La Condesa comenzó a llorar.

7

—Tranquila, esposa mía —intentó tranquilizarla don José Diego; la abrazó de nuevo—. Lo que sea que haya ocurrido, ya ha pasado. Escucha. No tose ni llora. Calma tus temores.

—¡Qué mal rato! No podemos quedarnos quietos, José. Podría ocurrir una desgracia y… ¿por qué no lo bautizamos cuanto antes?

El Conde comprendió las intenciones de su mujer. Aquel susto podría ser un aviso. La mortalidad infantil era muy alta en aquellos tiempos. No convenía esperar, no fuese que el alma del niño se perdiera por inacción de su padre, cristiano convencido y practicante. Se incorporó del lecho y habló con su criado José de Loarte.

—¡Vas raudo a la parroquia y traes contigo a don Diego!

El criado mostró cara de asombro: ¿y si el cura estaba en otros menesteres? ¿Y si no consideraba oportuno darse tanta prisa? Él no sabría enfrentarse al poder eclesiástico pues era un simple criado… El Conde pareció entender el dilema de su servidor:

—¡Cueste lo que cueste se viene contigo! ¡O tendrá que vérselas con un Capitán General de España!

No esperó más el criado. Salió de la estancia a todo correr. Si su señor, siempre tan amable y comedido, había dicho tal frase imperativa dirigida a un cura que, además, era Comisario de la Inquisición, es que la situación era en verdad urgente.

De la misma manera debió de entenderlo el sacerdote. A pesar del tremendo calor, en menos de una hora estaba allí, con la ropa para revestirse adecuadamente y preparado para bautizar al primogénito del conde de Fernán Núñez. Entre los dos ya existía una buena amistad desde hacía años. Incluso se habían reído alguna vez al comprobar que el noble se llamaba José Diego y el párroco Diego José. Si un alma estaba en peligro, máxime si pertenecía a una familia tan principal, Diego José de la Encina, presbítero, sabía que debía dejar todo para acudir a la llamada.

En el salón principal de la casa se preparó la ceremonia. Don José Diego vistió su uniforme de gala y se colocó una peluca larga. El criado José de Loarte y Ordóñez, su hermano Juan y don Juan de Izaguirre actuaron de testigos. Como padrino se ofreció el padre fray Pedro Calvo, pues se hallaba en la parroquia cuando llegó la noticia del acelerado bautismo y no quiso dejar solo al párroco ni a la familia en tan delicados momentos. Los padres agradecieron el esfuerzo de todos, incluidos los criados que tan diligentes habían sido, y doña Carlota, vestida con rapidez y decencia, respiró aliviada al ver cómo Carlos José Isidoro Pío Abundio, heredero de los Gutiérrez de los Ríos y Rohan Chabot, permanecía sereno y con buen color de cara mientras pasaba a engrosar las filas de los seguidores de Cristo.

Aquel día, por primera vez, faltó don José Diego a sus obligaciones como Capitán General de las Galeras de España. Al siguiente, 12 de julio de 1742, todo fueron agasajos entre los funcionarios del Arsenal y los militares que se encontraron con el V Conde. El talante con que trataba a sus subordinados, cercano y familiar, era visto como una deferencia por parte de estos, lo que contribuía a que ejercieran su trabajo con las mismas enormes ganas con que lo efectuaba don José Diego. Una energía que no había decaído pese a los rumores persistentes sobre la pérdida de importancia de las galeras en las nuevas tácticas navales. Mientras él fuese su Capitán General, pensaba, las galeras del rey continuarían en estado de combate aceptable y sus hombres se sentirían orgullosos de pertenecer a la Marina de España.

En el despacho del Arsenal tomó de nuevo la pluma y comunicó a su villa de Fernán Núñez la grata nueva. Nada más llegar la noticia los regidores dieron a conocer el nacimiento al resto de la población con repique general de campanas. En los días siguientes, se celebraron misas por el feliz acontecimiento y por la salud del niño, que fue encomendada a la Virgen de Guadalupe por ser esta la patrona de la Casa Condal de

Fernán Núñez. También hubo corridas de toros y diferentes juegos. Los vecinos fueron conminados a iluminar sus fachadas, hasta el punto de que se fijó una multa de cuatro ducados para quien ignorase la orden. Ni una sola multa tuvo que ponerse. Todo el vecindario de la Villa, incluso el más desfavorecido, acogió con alegría la venida al mundo del que podría ser, Dios mediante, el vigésimo Señor de las Villas y Castillo de Abencalez y la Morena y VI Conde de Fernán Núñez.

2 ALEGRÍAS Y DESGRACIAS EN LA INFANCIA

La infancia de Carlos José transcurrió sin sobresaltos en sus cuatro primeros años. Mucho cariño de sus padres, una educación sobria y motivadora de su ayo, así como la instrucción en las normas morales católicas, acompañaron ese inicio a la vida. Su carácter se fue fraguando con todos estos ingredientes. Entendía ya las máximas de su padre sobre la necesidad de comportarse con la dignidad que correspondía a un gran noble español. Respetaba a sus criados y procuraba no mostrarse altivo con ellos. Aceptaba las didácticas regañinas de su ayo pues las efectuaba siempre con bondad y buenas palabras. Amaba el Mediterráneo, el Arsenal y Cartagena entera. Pensaba quedarse siempre allí y sería marino, como su padre, el mejor hombre que conocía, capaz de hacerse respetar y, al mismo tiempo, querer por todos.

Pero el destino, que iguala a las altas y bajas cunas, decidió poner fin a aquellos años hermosos. En julio de 1746 llegó a la casa familiar una carta urgente desde Madrid. En ella, el apoderado de la familia Rohan en la Corte apremiaba a doña Carlota Felicita a desplazarse a la capital para solucionar cuestiones económicas con la Real Hacienda, so pena de ver confiscadas sus posesiones allí.

—No es necesario que vayas en persona —le pidió su marido—. Sabes que mi sobrina, la Duquesa del Infantado, está siempre dispuesta a cuidar de nuestros intereses. Bastaría con que yo se lo pidiese…

—Debo ir yo —insistió la Condesa—. ¿Qué opinión tendría mi familia en Francia si descubre que no soy capaz de defender nuestras propiedades?

—Yo iría gustosamente en tu lugar…

Doña Carlota se acercó a su marido, sentado en un mullido sillón.

—Tú debes reposar. Además, no es lógico que abandones tu puesto como Capitán General.

Don José Diego aceptó el beso en la frente que le dio su mujer, pero se enfadó consigo mismo. Desde hacía unos meses se había vuelto torpe y despistado. Su cuerpo ya no era tan fuerte como antes y los sesenta y cinco años pesaban como anclas. No le apetecía estar sin la Condesa.

—Te quería pedir otro favor, esposo… —doña Carlota dudó un momento—. Quiero que permitas a nuestro hijo que me acompañe. Sabes que no me he separado de él ni un día desde que nació y no quisiera estar tanto tiempo sin su presencia.

El Conde pensó que él tampoco se había alejado de su hijo nada más que para cumplir con sus deberes militares. Si ahora se iba con la Condesa, sería él quien estaría solo… y debilitado. Pero la mirada de súplica y cariño de su mujer acabó por decidirle.

—Claro, claro. ¿Con quién iba a estar mejor que con su madre? —Y esbozó una dolorosa sonrisa de pérdida y resignación.

Así pues, convencido por la necesidad de dejar partir a su esposa e hijo, don José Diego dio órdenes en los días siguientes para que se preparase la partida hacia Madrid. Se contrataron sirvientes y un carruaje lo más cómodo posible. El ayo del niño, como era lógico, también les acompañaría. El primero de agosto, doña Carlota Felicita y Carlos José se despidieron del V Conde y dejaron atrás Cartagena.

En Madrid fueron acogidos por su sobrina política, la Duquesa del Infantado. Los mejores abogados se contrataron y el pleito con la Real Hacienda, que se vislumbraba largo y posiblemente no favorable, se inició.

A finales de agosto, doña Carlota Felicita recibió, esta vez sí, una buena noticia; aunque llegaba en un momento complicado.

—Debo felicitarla, señora Condesa —le dijo el médico particular de la de Infantado—. Como sospechaba vuestra excelencia al hacerme venir, está embarazada. De unos tres meses.

La buena nueva fue acogida en la casa con las celebraciones oportunas. Carlos José aprovechó el momento y dedicó toda una tarde a ingerir pasteles sin que nadie le pusiera tasa. La ocasión permitía ese desenfreno. Por la noche, el mismo médico que le había explicado la situación diciéndole que se convertiría en todo un "hermano mayor" dentro de pocos meses, le había hecho ingerir un brebaje asqueroso que le purgó la tripa y que, milagrosamente, también le quitó el dolor que le aguijoneaba dentro de ella. La noticia se trasladó con urgencia a Cartagena, donde los criados se vieron forzados a rogar al Conde para que no subiese de un salto a la mesa, como pretendía; tal había sido su alborozo al conocer que iba a ser padre de nuevo que su mente se colmó de una energía de la que su cuerpo, en verdad, carecía.

Poco tiempo después, en octubre, el empeoramiento de su salud se hizo evidente. Al salir de su despacho en el primer piso de la Capitanía, rodó por las escaleras. Fue un milagro que cayera en el último tramo de estas. En connivencia con su médico particular, se dijo a todos que había pisado mal en un escalón. A nadie se comentó que la pierna izquierda se había quedado rígida y no había podido compensar el movimiento que su cuerpo ya había iniciado para descender. Mucho menos se comentó la impresión del médico de que aquella falta de movimiento en la extremidad inferior podía tener su origen en la cabeza del accidentado, debido a la edad. De resultas de aquella afortunada caída, pues así debe entenderse, don José Diego había quedado relegado a un sillón de su salón con las piernas elevadas sobre un escabel, al que habían suplementado con varios cojines, y lleno de magulladuras. A la Condesa se le notificó el hecho por carta, con suavidad para evitar sobresaltos en su estado.

El miedo a la soledad –quería y respetaba a sus sirvientes, pero añoraba a su familia– y a no poder valerse por sí mismo se apoderó de su mente en los días posteriores. Pensó en la situación en que quedarían sus hijos y su mujer si él resultaba imposibilitado o si fallecía, cosa que no veía lejana en su situación actual. Por ello decidió realizar testamento nada más volviese doña Carlota de Madrid

Mientras tanto, el embarazo de la Condesa avanzaba según los plazos que dispone la sabia naturaleza. Admitido el accidente del Conde como un simple susto del que habría que dar gracias al Altísimo, doña Carlota continuó con sus atenciones hacia su hijo nacido y a los asuntos de los Rohan que le habían llevado a desplazarse hasta Madrid. Estos últimos se solucionaron favorablemente en el mes de diciembre. Quedaba decidir si volvían a Cartagena o esperaban en Madrid el nacimiento del nuevo vástago. Aunque la Condesa ansiaba estar con su marido cuanto antes, lo más lógico era esperar al alumbramiento y dejar pasar el invierno antes de tomar camino.

Así llegó el día 10 de febrero de 1747. Por la mañana, como ya era tradición en la familia Gutiérrez de los Ríos y Rohan Chabot, tuvo lugar el alumbramiento. De nuevo, un parto rápido y sin complicaciones puso en el mundo a un bebé robusto. En esta ocasión, para alegría de la madre y posterior regocijo del padre, fue una niña. La cristianaron con el nombre de María Escolástica, por celebrarse ese día la festividad de dicha religiosa y santa italiana del siglo VI. Como también era costumbre en la familia, le añadieron los nombres de Carlota Felicitas y Josefa. En cuanto al niño Carlos José, desde el primer minuto en que se le permitió estar a su lado, asumió el papel de hermano mayor –no en vano tenía ya cuatro años, pensó– y protector de aquella pequeñaja que parecía aceptarle como tal, pues grande era la fuerza que ejercía sobre su dedo índice cuando lo agarraba con sus manitas, para que no se separase de ella.

En el mes de abril decidió la Condesa regresar junto a su marido. Si bien Escolástica era aún muy pequeña, doña Carlota Felicita, repuesta pronto del parto, consideró inoportuno permanecer más tiempo lejos de don José Diego. En la ciudad mediterránea se produjo el feliz reencuentro. Carlos José recordaría siempre aquel día porque su padre, el hombre más importante que conocía, todo un Capitán General, se había deshecho en lágrimas al abrazarlos. Contagiado por el ambiente, el niño también lloró. Escolástica, para no ser menos, entonó la melodía que su corta edad prescribe y unió su voz al coro de llantos.

Si en aquella ocasión las lágrimas fueron de alegría, al año siguiente, 1748, las derramaron bien amargas. La salud del Conde cada día era más preocupante. Se pasaba largas horas sentado, la vista hacia la ventana pero con la mirada perdida. Tenía momentos de ira que no se le habían conocido antes. Carlos José gustaba de sentarse a su lado, en el suelo, y apoyar la cabeza sobre su pierna. Su padre seguía con sus cavilaciones, pero siempre acariciaba el pelo de su hijo con suavidad. Hasta que, el 16 de febrero, Carlos José sintió los dedos de su padre como un gancho que le aprisionaba la cabeza. Pudo soltarse a costa de perder un mechón de pelo. Horrorizado, miró a su padre un instante y lo que vio le dio más miedo todavía: el Conde aparecía todo crispado, con las dos manos en forma de garra, los ojos a punto de salírsele de las órbitas y las venas del cuello en relieve. Corrió gritando como un poseso.

Cuando se atrevió a acercarse de nuevo a su padre, horas después, con su madre y el Director Médico del Hospital de Marina presentes, vio al Conde en su cama, con varios almohadones que le elevaban el torso. La cara había vuelto a su ser, pero los ojos aparecían inexpresivos, como si la vida hubiese huido de él. Oyó que el médico se dirigía a su madre y le decía algo así como "parálisis" y "perlesía". El rostro de la Condesa aparecía, a los ojos del niño, con gesto resuelto, si bien sus manos se encargaban de limpiar las lágrimas que le corrían por la mejilla, tal y como él había hecho en algunas ocasiones. Después entendió que aquel gesto de su madre significaba que ella sería, desde ese momento, la responsable de toda la familia, incluido un marido imposibilitado.

Tras ese día aciago, el V Conde de Fernán Núñez pasó su tiempo entre la cama y el sillón. Aunque recuperó algunos movimientos corporales, no consiguió valerse por sí mismo. Carlos José quiso estar cerca de su padre y volvió a la costumbre de sentarse a su lado; no obstante, para evitar posible males, procuró no acercarse mucho a él y se limitó a tomarle de la mano. En cuanto a la mente del Conde, los ratos de lucidez se solaparon con los de delirio. Hizo que colgaran en la pared frontal del dormitorio, para que pudiese verlo cuando quisiera, el plano que recogía su querido puerto y arsenal de Cartagena, encargo que hizo en 1763 al delineante de la Marina José Francisco Badaraco.

En uno de los aquellos escasos momentos de cordura pudo, por fin, dictar el testamento que había pensado realizar unos meses antes. En él, entre otras disposiciones, se estableció lo siguiente:

> Nombro tutora y curadora *ad bona* y administradora de don Carlos José Gutiérrez de los Ríos y Córdoba, mi hijo primogénito, a quien tengo declarado tocar y pertenecer mis Estados, y de doña Escolástica Carlota Gutiérrez de los Ríos y Córdoba, mi hija, a la Excma. Señora doña Carlota Felicitas de Rohan, condesa de Fernán Núñez, mi esposa y madre de los dichos hijos, para que luego que yo sea fallecido rija y gobierne sus estados, personas y bienes, administrándolos durante su menor edad.[1]

A finales de ese nefasto 1748, una orden del marqués de la Ensenada, máxima autoridad en el gobierno de Fernando VI, vino a dar la puntilla a la salud del Conde. Don Zenón de Somodevilla comprendió que España solo podría defender sus territorios de Ultramar de la avaricia de otras potencias si podía enfrentarles una Armada potente. Así pues, inició un efectivo plan para conseguirla. Por otra parte, como las tácticas navales habían evolucionado, las galeras se habían convertido en barcos lentos y anticuados. Por ello se dio orden desde la Corte de eliminar el Cuerpo de Galeras. Tal cosa significaba que don José Diego sería, muy a su pesar, el último Capitán General de las mismas.

—¡¿Cómo se atreve ese bellaco de Ensenada?! —rugió el Conde ante el alguacil que le había leído la orden. Estrelló la palma de su mano contra el brazo del sillón en un ademán impensable en una persona de su decaimiento físico— ¡Incompetente riojano!

—Excelencia… —fue lo único que acertó a decir el alguacil. Aquel hombre temblaba de manera visible.

—¡Después de tantos años de servicio! ¿Así nos paga?

—Según la orden, Vuestra Excelencia y los oficiales conservarán su grado y sueldo —dijo el alguacil, pensando que aquello calmaría al Conde.

—¡Pero mis marinos no, insensato! —estalló de nuevo don José Diego—. Lo acabáis de leer. ¿Cómo podré mirarles a la cara si yo sigo viviendo como un señor y ellos no tienen nada más que miseria para sus personas y familias?

—No sé qué decirle… —tartamudeó el alguacil—. La orden… Supongo que se les buscará nuevo acomodo al servicio de Nuestro Señor don Fernando VI…

—¡Menudos Señores tienen estos buenos vasallos! —rugió don José Diego.

Doña Carlota creyó conveniente intervenir, sobre todo para preservar la honra de aquel mensajero que no tenía culpa alguna de las decisiones de la Corte. El Conde estaba fuera de sí y podría darse una situación comprometida si la lengua se le disparaba.

—Muchas gracias, señor alguacil. Puede marcharse. Ha cumplido vuestra merced con su cometido y se lo agradecemos.

El alguacil dio a las gracias a la Condesa por salvarle, hizo una reverencia y no esperó a que se lo dijeran otra vez. Salió de la casa a toda prisa para encontrar consuelo en la taberna, mientras los improperios del Conde lo perseguían por la calle.

Fue la última muestra de genio y de fuerza que surgió del Conde. A partir de ese momento su decaimiento se aceleró, tanto física como moralmente. Ni siquiera tuvo energía para oponerse, o tan siquiera gritar, cuando unos cariacontecidos empleados del Arsenal fueron a su domicilio, días después, a retirar las insignias y la bandera capitana de su galera, las cuales había conservado allí al tener derecho por su altísimo cargo. Carlos José sí consideró aquella incursión como una grave ofensa ejercida sobre su padre: si este no podía defenderse ni impedir con la espada que le despojasen de lo que había sido su vida, él, como hijo y heredero, sí podría hacerlo. Descargó su ira en forma de patada en la pierna de uno de los sirvientes del Arsenal, ya que no podía hacerlo sobre el mismo Ensenada. El hombre, ni dolorido ni molesto, asumió como penitencia aquel ataque del hijo del general a quien todavía admiraba y sobre el que había caído tamaña injusticia.

Doña Carlota, mucho más práctica, no perdió el tiempo. En vista de la muy preocupante salud de su esposo, escribió al mismo rey sin dilación. Se cuidó mucho de cuestionar su orden de supresión del Cuerpo de Galeras. Entendía que era absurdo enemistarse con el soberano por un hecho consumado y sin vuelta atrás. Sus intereses como madre y como futura señora de los Estados de Fernán Núñez le hacían ver la necesidad de rogar al monarca para que, a partir del testamento de su marido, ella se encargase de la dirección de los Estados y de la tutoría legal de los dos hijos.

Esta vez hubo suerte y Fernando VI aceptó la petición. Su respuesta llegó en marzo de 1749. En mayo, a las 9 de la mañana del día 13, don José Diego Gutiérrez de los Ríos Córdoba y Zapata, V Conde de Fernán Núñez y último Capitán General de las Reales Galeras, entregó su alma al Señor. Dejaba viuda y dos hijos muy pequeños.

3 LA ORFANDAD

—Escúchame atentamente —le había dicho su padre a Carlos José casi todos los días, cuando iba a sentarse a su lado en la cama—. En cuanto sea posible, quiero que trasladéis mi cadáver a la villa de Fernán Núñez. Mi deseo es reposar con los míos.

El niño, a pesar de su corta edad, se lo había prometido una y otra vez.

Aquella mañana de mayo de 1749, en la iglesia del Carmen de Cartagena, esa promesa revivía en la mente de Carlos José y apenas escuchaba la misa de *requiem* que los tres sacerdotes ofrecían por el eterno descanso de su padre. A punto de cumplir los siete años, vio cómo el féretro era introducido en un nicho situado dentro de una capilla, la cual, a su vez, se hallaba en el lado derecho de la iglesia, el que llamaban de la Epístola. Doña Carlota Felicita permaneció erguida y digna durante toda la ceremonia y en el enterramiento. Carlos José, para no ser menos y como futuro conde de Fernán Núñez, aguantó la tristeza dentro de su ser sin que aflorara a la vista de todos. Escolástica, por su parte, con sus dos años y 3 meses, parecía comprender que el momento le exigía permanecer callada y en sintonía con el comportamiento de su madre y hermano.

No estaban solos en la iglesia. La nobleza destacada de Cartagena, los oficiales del puerto, así como algunos comerciantes e importantes artesanos, habían querido acompañar a la familia en aquellos momentos hasta el punto de que el templo aparecía lleno en todas sus naves. Fuera, las clases menos favorecidas, junto con los marinos que habían servido bajo el mando de don José Diego, abarrotaban la plaza de la iglesia. La buena fama del Conde había bastado para congregarles allí sin que nadie se lo ordenase. Habían esperado la llegada del cortejo fúnebre; permanecieron atentos a la misa en lo poco que podía escucharse fuera pese a dejar las puertas del templo abiertas; reverenciaron a la Condesa y a sus hijos cuando salieron para tomar el carruaje que habría de llevarles a su casa.

Desaparecido el Conde, doña Carlota Felicita se movió rápida para hacerse con las riendas de su Estados. Ahora ella era la Señora con todo el derecho, en espera de que llegase el momento de cederlo al primogénito. En la misma carta donde comunicaba a las autoridades de Fernán Núñez la muerte de su esposo y pedía las misas y luto de costumbres, les daba una orden muy clara: todos permanecerían en sus destinos hasta que ella dictaminase quién habría de sustituirles o si debían continuar en el cargo.

—Se ha tomado muy en serio su papel de Condesa —dijo, en tono de burla, el regidor Juan Torres.

El Cabildo de la Villa se había reunido de inmediato nada más recibir la noticia del fallecimiento del V Conde.

—Os ruego que mantengáis el respeto debido a nuestra Señora —le pidió, sin exigencia y más como pura formalidad, el corregidor interino Fernando Nieto.

—No ha sido mi intención, señores —se excusó Torres—. Pero deben coincidir conmigo en que, desde que nuestro Conde cayó enfermo, su esposa tomó las riendas de sus asuntos con mucha energía, no siempre bien dirigida… Vos mismo, señor Nieto, podéis dar fe de mis palabras…

—No hace falta recordar otra vez, señor regidor, que desde febrero ocupo este cargo por expreso deseo de la señora Condesa —explicó el interpelado—. Sufrí tanto o más que sus mercedes cuando nuestra Señora cargó sus iras contra el anterior corregidor, don Rodrigo de Fuenmayor.

—Unas iras que, además de apartarle de su puesto, le hicieron tener que abandonar Fernán Núñez… —indicó otro de los regidores.

—Así fue —dijo Fernando Nieto—. Por ello, todos sabemos hasta dónde puede llegar la Condesa para defender lo que cree suyo por herencia y orden divino. No la hagamos enfadar. No está en mi ánimo enfurecer a la nueva Señora, mucho menos desde mi cargo de corregidor interino. Quiera la Divina Providencia que, como dice en su carta, disponga quiénes han de ocupar los distintos puestos y no se acuerde de mi persona para ninguno…

Los miembros del cabildo callaron. Juan Torres tenía razón. Ocupar un cargo en el gobierno de Fernán Núñez mientras doña Carlota mandase, era un castigo más que un premio.

Los miedos de Torres cesaron poco tiempo después. La Condesa eligió para el cargo de corregidor a don Francisco Jalón. Pero aquí estalló de nuevo el conflicto entre los regidores y la Señora. El elegido fue rechazado de plano por el resto del Cabildo, conocedores de su fama de hombre adulador y sumiso hacia los señores. Si la Condesa ya los trataba como simples vasallos, con el nuevo corregidor la situación habría de empeorar necesariamente. Condesa y Cabildo litigaron para defender cada uno lo que consideraba sus derechos. El conflicto se tuvo que dirimir en la Real Chancillería de Granada y el propio rey, Fernando VI, aceptó los motivos de la viuda e influyó a su favor en la resolución del trance.

Pasado este mal rato, la situación en el gobierno de la Villa se tranquilizó. Mas la paz duró poco. Doña Carlota Felicita ansiaba dejar Cartagena. No porque allí fuera desgraciada o lo hubiese sido. La cuestión era más prosaica. La economía familiar no era desahogada. Podría marchar a Madrid con los niños, pero si la vida ya era cara en Cartagena, mucho más lo era en la capital. A Francia no podía volver, pues su lugar estaba en España, como Señora de los Estados que había poseído su difunto esposo. Un tercer motivo acabó por decidirla. Desde principios de 1749 había notado que la acometían accesos de tos, cada vez más frecuentes y violentos. El mismo médico que atendía a su esposo la escuchó en una ocasión y la vigiló cada vez que iba a la casa. Al final, se atrevió a preguntarle por los síntomas. Doña Carlota Felicita admitió que no se encontraba bien y que su pañuelo quedaba manchado de sangre tras las toses.

—No hay duda, Señora —le dijo el médico—. Tuberculosis pulmonar. Aconsejo a vuestra Excelencia que intente visitar lugares de aire limpio y, a poder ser, menos húmedos que Cartagena.

—Cuando muera mi marido, doctor, llegará el momento de cuidarme un poco y escuchar las exigencias de mi cuerpo –le había contestado la Condesa—. Ahora, le ruego que no cuente nada a mi hijo mayor ni al resto de los criados.

Por tanto, confabulados los motivos económicos y de salud, no quedaba a la Condesa otro lugar adonde ir que a sus Estados y, concretamente, a la cabecera de los mismos: la Villa de Fernán Núñez.

El 10 de octubre de 1749 llegaron al palacio de los Fernán Núñez doña Carlota Felicita, Carlos José y Escolástica, así como un reducido séquito de sirvientes. Salió a recibirles a la puerta, con los criados principales, la dueña del mismo y condesa viuda del IV Conde de Fernán Núñez, doña Ana Francisca de los Ríos. Las dos cuñadas se abrazaron y besaron. Su relación no había sido muy buena hasta entonces y la convivencia se antojaba complicada. Sin embargo, doña Ana Francisca había sido advertida de la enfermedad de su cuñada por ella misma y no era ocasión para mostrarse esquiva o enfadada.

El Cabildo municipal también se hallaba en la plaza del palacio para cumplimentar a la Condesa Segunda de Fernán Núñez. Tal título se debía a que su cuñada todavía estaba viva, y el nombre que le correspondía era el de Condesa Primera, al haber sido su esposo, don Pedro, cuarto Conde de la Villa, mientras que el esposo de doña Carlota había sido el quinto. Para complicar aún más la situación, algunas cuestiones de testamentaría no se habían arreglado en años, por lo que la Villa contaba con dos Condesas viudas que iban a convivir en el mismo palacio…

Ni qué decir tiene que doña Carlota Felicita, ahora viviendo al lado de sus vasallos, intensificó sus presiones hacia los mismos. Además, debía dejar claro a su cuñada que la que mandaba allí era ella, pues era la viuda del último conde y tenía un hijo varón que heredaría todo aquello, cosas ambas de las que no podía alardear doña Ana Francisca.

Muy pronto, en diciembre de 1749, dio un golpe de autoridad en el gobierno de la Villa.

—He decidido nombraros corregidor interino —dijo la condesa doña Carlota a Juan Torres de la Hoz.

El regidor había llegado temblando al palacio. Si la Condesa le había hecho llamar, no podía esperarse nada bueno de aquello. Lo que escuchó acrecentó su miedo.

—Perdonad, Excelencia, no soy digno… —acertó a decir Torres.

—¡Dejad de temblar, por la Virgen Santísima! ¡Parece que tiene tercianas su merced!— le gritó doña Carlota Felicita.

—Perdonad, señora… —se disculpó el hombre, pero no pudo contener el notorio vaivén de sus manos—. No creo que yo sea la persona más adecuada para dirigir la Villa. Hay regidores más…

—Sois el regidor más antiguo. Eso, unido a que yo así lo deseo, debería bastaros.

Aquello no fue un razonamiento de la Condesa; fue una orden. Así la entendió Juan Torres, quien abandonó el palacio con más aprensión de la que tenía cuando llegó. Fue directo a su casa a buscar refugio junto a su esposa y sus cuatro hijos.

En la misma plaza de palacio se cruzó con el escribano del número de la Villa, don Francisco García Usate, pero ni lo reconoció. Este, que sí notó el apresuramiento del regidor y su mal color de cara, comprendió que habría debido de pasar un mal rato. Y ahora era él quien estaba citado para tratar con la Condesa… Traspasó la puerta del recinto nobiliario y, nada más anunciar su presencia, fue llevado al despacho que doña Carlota ocupaba.

—Necesito vuestra ayuda —le dijo la Condesa, sin más preámbulos, nada más colocarse el escribano frente a la mesa tras la que se sentaba la mujer.

—Sabe vuestra Excelencia que me debo a mis señores —contestó don Francisco García, procurando ser cortés y no dar pie a ningún encontronazo.

—Lo sé, lo sé —dijo doña Carlota Felicita—. Me he informado bien de vuestra rectitud y excelente trabajo para con las causas de mi marido en Fernán Núñez.

—Es mi obligación.

—Ahora os tengo que pedir un pequeño favor… —prosiguió la Condesa. Apoyó las manos en la mesa y echó el cuerpo hacia adelante; el escribano se temió lo peor al ver aquella pose.

—Intentaré satisfacer vuestras demandas, Señora.

—Eso espero. Bien, necesitaría que me proporcionaseis unos documentos.

—Excelencia, podéis pasar por el archivo del Cabildo cuando gustéis y consultar los que queráis.

—Precisamente, los que quiero consultar, hacen referencia al litigio por tierras que mi marido mantenía contra el mismo Cabildo…

El corazón del escribano dio un vuelco. Aquellos papeles eran secretos pues el proceso estaba aún abierto en la Real Chancillería de Granada. La Condesa le estaba pidiendo participar en un juego sucio que, de conocerse, y se conocería en el momento en que se usase aquella información, acabaría con su carrera y con su honra. Por otro lado, él mismo era miembro de la parte contraria y no podía traicionar a sus compañeros.

—Excelencia, hace un momento me habéis descrito como un escribano recto. Sin embargo —intentó aparentar aplomo—, ahora me pedís que actúe como un villano y cometa un acto contrario a mi honradez. Con el debido respeto, Señora, debo negarme.

El golpe que dio doña Carlota sobre la mesa hizo retemblar al escribano, pero aguantó firme.

—Por las buenas o por las malas, me facilitaréis esos documentos.

—Insisto en que no puede ser, Señora.

—¿Es vuestra última palabra?

—Y la primera.

Doña Carlota se recostó en el sillón. Miró fijamente al escribano. No estaba acostumbrada a que se opusieran a sus deseos.

—Podéis marcharos.

Don Francisco García salió con tranquilidad del palacio. Sabía que aquella última frase de la Condesa debía completarse: "Podéis marcharos pero ateneos a las consecuencias". Comprendió que se hallaba en problemas.

Al día siguiente, por la mañana, se reunió el Cabildo en las Casas Capitulares. El escribano dio cuenta de la conversación mantenida con la Condesa. Todos los regidores, en especial don Juan Torres, quien estrenaba su nuevo puesto de corregidor interino por voluntad de doña Carlota Felicita, alabaron la honradez del servidor público y le prometieron apoyarle en la guerra que se avecinaba. Torres, a pesar del miedo pasado el día anterior, se ofreció a ir esa misma mañana a solicitar a doña Carlota su comprensión. También llevaba aprendida de memoria una petición para que le relevase de un cargo que ni había solicitado ni quería. No consiguió llegar al despacho de la Condesa. Un sirviente con cara de pocos amigos, al que debían de haber aleccionado, se encargó de ponerlo en la calle.

La situación, como era de esperar, empeoró en los siguientes meses. El 6 de febrero de 1750, doña Carlota volvió a citar al escribano en palacio. La respuesta que obtuvo fue la misma: se negó rotundamente a ser un traidor por facilitarle documentos protegidos por la ley. Aquella misma tarde, el escribano García fue detenido por orden de la señora Condesa y llevado a un calabozo del palacio. Don Alonso de Espinosa, nombrado escribano para sustituirle por la Señora, redactó el pliego de cargos.

Por la noche, en el domicilio de La Rambla de don Diego del Rosal Guerrero, unos golpes despertaron y alarmaron a sus moradores.

—¿Quién llama? —demandó el propietario, en camisón de dormir y armado de una tranca.

—Auxíliame, Diego, por misericordia.

Diego del Rosal reconoció en aquella lastimera petición la voz de su amigo fernannuñense Juan Torres. Abrió la puerta y los dos hombres se abrazaron.

—¿Qué ha ocurrido, Juan, para que vengas a medianoche hasta mi casa? ¡Y andando!

—Necesito que me escondas por unos días.

—¿No habrás…? —don Diego se temió lo peor.

—Tranquilo. Ni he robado ni he matado —se santiguó Torres—. Solo he osado desobedecer a la señora Condesa.

—Alguna noticia de ese asunto ha llegado hasta La Rambla. ¿Tan grave es?

—Pues, entonces, ya conocerás cómo se las gasta la francesa. Esta misma tarde ha puesto en prisión a nuestro escribano, quien también se había enfrentado a ella.

Don Diego del Rosal meditó un momento. La situación era complicada. Podría verse envuelto en serios problemas. Sin embargo,

Torres era su amigo y él, como buen cristiano, se limitaría a obrar según la bienaventuranza sobre los perseguidos por la justicia. Al menos, así acallaría las posibles quejas de su conciencia y de su mujer a la mañana siguiente, cuando se enterase de que tenían acogido a un prófugo.

A las 11 de la mañana llamaron de nuevo a la puerta del rambleño.

—¿Quién sois vos y por qué llamáis a mi puerta?

—¿Sois don Diego del Rosal y Guerrero? —preguntó un hombre con cara de enfado. Todavía llevaba cogidas las riendas de un burro.

—¿Quién pregunta por él? —insistió el dueño de la casa, interesado en conocer primero la identidad del visitante.

—Sirvo a la condesa de Fernán Núñez. Me manda para entregar un mensaje de mi Señora a don Juan Torres.

—Don Juan Torres no se… —intentó decir del Rosal, pero el sirviente le atajó de manera imperativa. Estaba claro que había aprendido los modales de su Señora.

—Sabemos que está aquí escondido. Nos lo ha confesado su propia esposa. Traigo un mensaje verbal para él.

Al escuchar que su fuga podría causar males a su familia, Juan Torres consideró más oportuno hacerse presente.

—Aquí estoy. —Torres miró al hombre. Su cara le era conocida: era el mismo criado que le había echado de palacio de mala manera. —Decidme lo que tengáis para mí.

El visitante esperó un poco antes de hablar. Esbozó la típica sonrisa de quien se cree por encima de los demás por su cercanía al poder establecido, no por sus propios méritos.

—Por orden de doña Carlota Felicita, viuda del V Conde de Fernán Núñez, Señora de…

—Abreviad —le pidió con firmeza el corregidor huido.

Aquella interrupción no agradó al sirviente.

—Por orden de la Señora Condesa, debéis acompañarme hasta Fernán Núñez. Allí quedaréis preso en el calabozo de palacio o en el de las Casas Capitulares. Os permite elegir alojamiento.

Esta última frase la pronunció con mala fe. Lo que no esperaba fue la resuelta contestación de don Juan.

—Decidle a vuestra Señora que Juan de Torres de la Hoz, corregidor interino por disposición de la misma Condesa, en virtud de su cargo y como representante de la Villa de Fernán Núñez, se niega a abandonar la casa de don Diego del Rosal. Decidle también que se niega a acatar órdenes feudales en estos tiempos, con el siglo XVIII bien adelantado.

Estupefacto por la reacción de don Juan, el sirviente quiso forzar la situación. Dio un paso hacia adelante, como para agarrar al corregidor y sacarlo de la casa. Pero vio cómo don Diego echaba mano a una tranca y pensó que no podía, él solo, entrar en lucha con dos hombres resueltos. Además, se encontraba en un pueblo donde era forastero y siempre acudiría algún vecino a ayudar a los naturales. Decidió más prudente regresar a Fernán Núñez para avisar a su Señora.

El enfado de doña Carlota Felicita fue terrible y el acceso de tos, interminable. Como Señora de aquellas tierras, no podía consentir que se rebelasen contra ella los que le debían acatamiento.

Al día siguiente, el mismo criado llevó al corregidor de La Rambla un escrito de la Condesa. En él exigía que detuviese a don Juan Torres por rebelde y lo enviase escoltado hasta Fernán Núñez. El corregidor de La Rambla, que no quería problemas con la nobleza, se dirigió sin tardar a la casa de don Diego del Rosal. Antes, pidió al sirviente que le esperase en las Casas Capitulares de La Rambla hasta que él hubiese resuelto el asunto.

Pero el huido y su amigo no habían permanecido indecisos en esas horas. En la tarde anterior habían hecho llamar a uno de los médicos de la localidad para solicitarle un pequeño favor. Cuando el corregidor llegó a la casa de don Diego y le notificó su misión, el rambleño, conteniendo a duras penas la risa, le hizo pasar a un dormitorio donde don Juan Torres aparecía encamado y con una recia tos.

—Señor corregidor… de La Rambla, perdonad… que no me levante —dijo don Juan, entre toses.

—Vengo a deteneros, señor Torres, por orden de la condesa de Fernán Núñez.

—¡Me asombráis, señor corregidor! —dijo el fingido enfermo—. ¿Qué mal he causado… a la señora Condesa para que pretenda dañarme así?

—Os acusa de haber huido de Fernán Núñez para no acatar sus órdenes.

—Debe de ser… un malentendido… —dijo, entre más toses, el fugitivo—. En ningún momento he abandonado… mi pueblo por desacato a su autoridad. Si me encuentro en La Rambla… ha sido… por necesidad de curarme de esta enfermedad… que me atormenta.

Aquí fingió don Juan Torres un acceso de tos tan exagerado que el corregidor de la Rambla dudó de su veracidad.

—¿Podéis probarlo?

—¿No os basta con verme en este estado?

—La verdad, no.

—Está bien. Amigo del Rosal, haced el favor de entregar al señor corregidor la prescripción del médico.

El citado tomó un papel y se lo dio al corregidor. Este leyó en voz baja:

Yo, Jacinto Maroto, médico de La Rambla, certifico que don Juan Torres de la Hoz, vecino de la villa de Fernán Núñez, ha venido hasta la citada población a recibir mi tratamiento. Es notorio que la debilidad pulmonar, con accesos de tos, que padece, solo puede curarse bajo mi atención, al carecer Fernán Núñez de médico ducho en esta enfermedad. Por ello, debe permanecer en La Rambla hasta su total curación. Al mismo tiempo, pido que sean pocos los que le atiendan y visiten, en previsión de un contagio que, a estas alturas de la ciencia médica, no es posible determinar.

Aquella prescripción parecía escrita a propósito para justificar una huida más que una enfermedad verdadera. Pero el corregidor no estaba dispuesto a enfrentarse ni con sus vecinos ni con la Condesa. Optó por el camino más seguro. Abandonó aquella casa por si la indicación de un posible contagio fuese auténtica. Pero, antes, mandó llamar a un escribano de La Rambla para que diese fe de la enfermedad del reclamado. Le importaba poco si era cierta o imaginaria, mientras el problema se alejase pronto de él. Con ese papel, justificante de la "verdadera" presencia de Juan Torres en La Rambla, marchó un enfadado sirviente para dar cuenta a su burlada Señora en Fernán Núñez.

En los días siguientes doña Carlota Felicita tuvo un tremendo ataque de ira, varias acometidas de tos muy fuertes y una seria charla con su cuñada, doña Ana Francisca. Al final de todo este proceso, la Condesa comprendió dos cosas: la primera, que su propia enfermedad sí era auténtica y había avanzado mucho en ese tiempo, siempre a peor; la segunda, que su cuñada tenía razón al aconsejarla que no dejase a sus hijos, si ella faltaba, en una situación de enfrentamiento con el Cabildo. Por ello, decidió tragarse su orgullo y, en un gesto que buscó pareciese magnánimo y no derrotista, otorgó el perdón al excorregidor don Juan Torres y al escribano Francisco García Usate.

En el mes de mayo la enfermedad de la Condesa se agravó. Los médicos de Fernán Núñez acudían todos los días a visitarla, pero de sobra sabían que la situación era ya irreversible. Doña Ana Francisca se ocupó de que sus sobrinos, Carlos José y Escolástica, permanecieran ajenos al problema la mayor parte del tiempo.

Sin embargo, el 27 de mayo de 1750, por la mañana, el médico que ese día había acudido a palacio solicitó hablar a solas con el niño.

—Carlos José, tengo que deciros algo importante.

—Sobre mi madre, ¿verdad?

—Así es. Ella… su Excelencia la Condesa… —el médico trató de hallar las palabras más adecuadas para explicarle a niño tan pequeño cómo las circunstancias de la vida acababan de convertirle en huérfano—. La Señora Condesa ya ha marchado junto a vuestro padre…

—¿Queréis decir que… ha muerto?

A Carlos José se le atragantaron las últimas palabras. En el mes de mayo del año anterior había pasado por la misma situación con su padre. En un año su familia había quedado reducida a él y su hermanita Escolástica.

—Así es —contestó el galeno. Pero, al ver que el niño se entristecía profundamente y luchaba por no arrancarse en llanto, buscó algunas expresiones de posible consuelo—. No os preocupéis. Os habéis convertido en el Conde de Fernán Núñez. Ahora, sin vuestros padres, seréis el señor de todo, del palacio, de las tierras…, incluso de la vida de las personas que os sirven.

Carlos José, con su corta edad, era capaz de entender que lo que aquel hombre decía eran enormes sandeces.

—Pero…

—Además seréis el señor de horca y cuchillo, con el derecho de ajusticiar a quien os cause daño.

Estas últimas frases del médico hicieron de espoleta para desatar el llanto y la ira contenidos en Carlos José.

—¡Os odio! —gritó al médico, que se puso lívido—. ¿Cómo que soy conde? ¡Solo soy un niño! ¡Yo no quiero mandar matar a nadie! ¡Solo quiero que vuelvan mi padre… y mi madre! —El llanto se apoderó del chico—. ¡Os odio, os odio!

Al escuchar los gritos de Carlos José, su tía doña Ana Francisca acudió para ver qué sucedía.

—¡Tenéis suerte de que no sea todavía un hombre! —El niño insistía, asomado a una ventana—. ¡Os aseguro que utilizaría mi poder como señor de cuchillo y horca con alguien tan necio como vuestra merced!

Su tía se asustó al escuchar a un chiquillo proferir aquellas palabras. Pero, ¿a quién se las gritaba, si estaba solo?

Mientras, por la plaza, el médico corría como alma perseguida por el diablo.

4 LA TUTELA DE LOS REYES FERNANDO Y BÁRBARA

El 28 de junio de 1750, la iglesia de Santa Marina acogió a la familia Gutiérrez de los Ríos y Rohan Chabot, así como a gran parte del pueblo de Fernán Núñez, pues se dio permiso para que entrasen miembros de todas las clases de la sociedad a despedir a la Condesa. Carlos José, como nuevo Conde y señor de los Estados, al menos de manera nominal, presidió la ceremonia. El organista y los sochantres de la localidad, a los que se unieron los de Montemayor y La Rambla para la ocasión, encogieron el alma de los presentes al entonar las diferentes piezas del *Requiem* del músico cordobés Fernando Danelas.

Además de aquella función de difuntos, doña Carlota había dispuesto ante el escribano del pueblo, don Alonso de Espinosa, se ofreciesen cien misas por su alma y se diesen limosnas para la rescatar a los cautivos cristianos que estaban presos en tierras de infieles. Para el cuidado de los huérfanos nombró como albacea a don Joaquín Diego López de Zúñiga, duque de Béjar, quien residía en Madrid, además de al corregidor de Fernán Núñez, don José Teodosio Delgado y a los señores don Juan Izaguirre y don José Loarte. Pasado un tiempo, la tutela efectiva debía pasar a su tío materno, el duque de Rohan, quien podría decidir libremente su traslado a Francia. Nada dispuso para su cuñada Ana Francisca, la cual, sin embargo, era la que estaba cuidando de los niños en aquellos difíciles momentos. Las diferencias que mantuvieron en vida se prolongarían, pues, en la muerte de doña Carlota por intransigencia de esta[2].

En los días siguientes Carlos José tuvo que comunicar a sus parientes más cercanos el hecho. Aconsejado también por su tía, escribió una emotiva carta a su prima, la Duquesa del Infantado. En ella le pedía que rogase a Dios por el alma de doña Carlota Felicita, acción que supondría un consuelo para sus afligidos descendientes.

Mientras tanto, el escribano de Fernán Núñez había enviado comunicación del fallecimiento al duque de Béjar, con el fin de que, al ser el albacea de mayor rango entre los dispuestos por doña Carlota Felicita, dictaminase lo más oportuno para los huérfanos. El de Béjar se sorprendió de aquella decisión de la Condesa. No estaba en su ánimo aceptar nuevas cargas, sobre todo porque ya le cansaba en demasía cumplir con sus obligaciones en la Corte de Ayo de los príncipes más pequeños. Informó por escrito al rey Fernando VI y le pidió ser eximido de la nueva ocupación que le llegaba desde Fernán Núñez. Lo que no esperaba el duque de Béjar era ser llamado a palacio por el propio rey.

—Querido Joaquín. Sé que los príncipes dan más trabajo del que debiera esperarse en jóvenes de su condición, pero son, precisamente, eso: jóvenes.

—Majestad, sabéis que acepto sin rechistar los... —aquí buscó el Duque las palabras adecuadas— disgustillos que me causa mi cargo. Pero no quisiera añadir nuevos problemas sobre mis encorvadas espaldas... Encomendarme ser albacea se ha debido solo a que mi mujer, Leopoldina de Lorena, es tía de los niños por parte de madre.

—Lo sé. Y también sé que, si no los amparas tú, terminarán sus días en Francia, bajo su tío, el duque de Rohan. ¿Crees que puedo permitir que los retoños de mis nobles sean extraídos de España?

—No sería conveniente, Majestad —aceptó el de Béjar—. Podría interpretarse como un síntoma de debilidad de la monarquía.

—No solo de debilidad; también de ingratitud —completó Fernando VI—. Sabes que su padre, el V Conde de Fernán Núñez, fue el último Capitán General de mis Reales Galeras. En más de una ocasión vino Ensenada a esta misma cámara donde ahora estamos a relatarme cómo había sufrido aquel hombre con la supresión de dicho cuerpo naval. Aquello nos dolió a Ensenada y a mí como personas, aunque, como responsables del gobierno de la nación, tuvimos que mantenernos firmes en las decisiones adoptadas. Ahora no quiero que nadie diga que abandono a los hijos, igual que pensaron que abandoné al padre.

—Pienso igual que vos, Señor, pero tenéis más consejeros y gentileshombres que podrían realizar la misma misión…

—¡Vamos a respetar la voluntad de la muerta y no se hable más, Joaquín! —atajó el rey—. Incluso vamos a hacer más: no solo serás el albacea de su testamento sino que te nombraré tutor de los niños.

—¡Mi Señor, no…! —el Duque se sintió desfallecer.

—Es mi decisión y también el deseo de la reina Bárbara. Serás tutor de los huérfanos en representación nuestra. Tenemos en Madrid lugares para preparar a los jóvenes de la nobleza que, con el tiempo, habrán de ocupar los más altos cargos de la administración y del ejército. Si llevamos allí a estos niños, animaremos a los de otras casas nobiliarias a seguir ejemplo, todo en beneficio de España.

—Así es… —El duque de Béjar pareció atisbar un rayo de esperanza. Si los niños eran asilados en aquellos centros, él no tendría una ocupación directa sobre ellos y su carga no sería demasiado abrumadora.

—Por tanto, encárgate de que, en el menor tiempo posible, los huérfanos se presenten en Madrid. El niño quedará acogido en el Real Seminario de Nobles y la niña pasará al Convento de la Visitación. Los dos estarán bajo la protección de la reina Bárbara y la mía.

La decisión real se acató sin más discusiones. Lo que Béjar desconocía era que la idea no había partido de los reyes, sino de la Duquesa del Infantado, prima de los huérfanos. Temerosa de que la voluntad de la difunta doña Carlota se llevase a cabo y los niños traspasasen los Pirineos con su familia francesa, había utilizado toda su influencia en el entorno más cercano de los reyes para proponer el traslado de los pequeños a Madrid y la posible tutela de los mismos reyes.

El 15 de agosto de 1750, Carlos José y Escolástica Gutiérrez de los Ríos derramaron sinceras lágrimas al despedirse de su tía Ana Francisca y del pueblo de Fernán Núñez. Por el camino real que atravesaba Despeñaperros alcanzaron la villa de Madrid el 24 de ese mismo mes. Pasaron unos días en casa de su prima, la de Infantado, donde conocieron a don Francisco de Cepeda, quien había sido nombrado por el rey para administrar los bienes familiares hasta la mayoría de edad de Carlos José, primogénito, varón y, por tanto, heredero del título y bienes familiares.

Carlos José tenía ocho años cumplidos cuando atravesó las puertas del Seminario de Nobles. Ni demasiado joven ni mayor, tenía la edad adecuada para su formación por los padres jesuitas que regentaban el establecimiento. Construido a imagen del que la principal rama borbónica, la francesa, había erigido en París, el Seminario de Nobles madrileño debía formar a la élite española en las ramas de la administración, la diplomacia y el ejército.

Escolástica tenía tres años cuando, sin entender por qué, la separaron de su hermano y la llevaron al Convento de la Visitación. Fundado en 1747 por la reina Bárbara de Braganza para tener un lugar donde retirarse en caso de quedar viuda –no eran muchos los partidarios de la portuguesa en Madrid–, era regentado por las hermanas Salesas y constituía el referente femenino al Seminario de Nobles. En 1750, cuando ingresó Escolástica, todavía estaba en obras[3].

Los primeros días fueron duros para Carlos José. No se relacionaba con nadie y prefería estar solo, sentado en una esquina, mientras los demás niños jugaban en los descansos entre clases.

—¡Oye! —le dijo un crío con acento gallego a otro chaval—. ¿Te parece si nos acercamos a ése? —Señaló hacia Carlos José con la cabeza.

—De acuerdo —contestó el otro niño con acento gaditano—. A mí me da también pena verlo así un día y otro. Tiene cara de buena persona.

Los dos chavales jugaban a las canicas. Con diversos movimientos se fueron acercando a Fernán Núñez, sin dejar de hablar ni fanfarronear sobre sus respectivas tiradas. Carlos José notó cómo entraban en su campo de visión y prestó atención al juego, pero sin moverse de la esquina.

—¡Te la acabo de dejar "a huevo"! —dijo el gaditano.

El gallego hizo varios ademanes cómicos para apuntar con su canica a la de su amigo. Carlos José no pudo evitar esbozar una sonrisa provocada por las muecas de aquel chico. Disparó su canica y falló por gran distancia. "¡Era imposible fallar aquello!", pensó Fernán Núñez y comenzó a reír.

Los dos niños, al ver que surtía efecto su treta, también se pusieron a reír y a revolcarse, hasta que un padre jesuita llegó y les regañó: no era cosa de manchar el traje con el polvo del suelo.

—¡Me alegro de verte tan contento, hombre! —le dijo el gaditano y se sentó a su lado—. Soy Gaspar de Molina, andaluz; pronto seré el marqués de Ureña. Aquí tienes a un amigo.

—Yo soy ya conde de Fernán Núñez, pero maldita la gracia que me hace —contestó Carlos José, al tiempo que estrechaba la mano que el otro le ofrecía.

—Y yo soy José Caamaño —le dijo el segundo niño, quien también se sentó a su lado y le tendió su mano—. Yo pronto seré conde de… ¡Nada!

La ocurrencia del gallego fue celebrada por los tres niños con grandes carcajadas.

—Si no perteneces a la nobleza, ¿cómo has podido entrar en el Seminario? —le preguntó, extrañado Carlos José.

—Mi familia pertenece a otro tipo de nobleza…

—¿Cuál? No conozco ninguna otra…

—¡La del dinerito, hombre! —intervino Gaspar.

—¡Claro! —respondió Caamaño—. Mi padre, de hidalga cuna, ha amasado en Santiago de Compostela la fortuna suficiente para darnos una esmerada educación a los varones de la familia.

—¡Pues me alegro por vosotros y por vuestras familias! —acertó a decir Carlos José.

Desde aquel día, fueron los tres mejores amigos que se pudieron ver en su promoción y las siguientes.

En los años posteriores, el rey Fernando VI asumió los gastos de los dos niños: 700 ducados anuales en el caso de Carlos José, en los que se contaba el sueldo de un ayuda de cámara, y 400 por Escolástica. Si la niña aprendió los principios rectos de la moral cristiana y su doctrina, así como la oportunidad que tienen los grandes señores de hacer buenas obras con sus bienes, el niño fue instruido en la misma doctrina, además de gramática española, latín, matemáticas, física o historia. Entre las enseñanzas menos exigentes, hubo una que Carlos José apreció mucho a pesar de tener que dedicarle hora y media diaria: el conocimiento de los rudimentos musicales y el manejo del violín, además del baile.

—¡Señor Gutiérrez de los Ríos! —llamó el profesor de música Carlos José bajó de las nubes y se puso de pie al escuchar su nombre—. ¿Sería tan amable de decirme por qué no atendía?

—Lo lamento mucho, maestro. Pensaba.

—Usted pensaba… Eso está muy bien. El que piensa… razona. Sin embargo, si piensa en cosas diferentes a la música no estará aprendiendo nada de mis enseñanzas. A mí me pagan por enseñarle y, si no atiende, alguien está gastando su dinero en balde.

—Eran cuestiones musicales…

—Eso ya está mejor. ¿Querría compartir esos pensamientos sobre cuestiones musicales con el resto de sus compañeros?

—Encantado —dijo Carlos José. Habían transcurrido dos años desde su entrada en el Seminario de Nobles y la confianza desarrollada en este tiempo y la camaradería con el resto de chicos le facilitaban actuar ahora con ese desparpajo, aunque siempre desde el respeto a sus profesores—. En la clase de filosofía griega nos han referido la presencia de una música sutil y bellísima en el universo: la Música de las Esferas.

—Estoy al tanto de esa teoría. Prosiga.

—Pues bien. No he podido dejar de pensar en ella en estos días. Por las noches, incluso, he mirado a través de la ventana y he visto cómo se movían las estrellas, muy despacio..., pero no he escuchado ninguna música. Salvo la de las tripas de algún compañero aquí presente…

La carcajada fue general, incluida la del maestro de música.

—Le habrán explicado, señor Gutiérrez de los Ríos, que nuestro oído es imperfecto y, por tanto, no puede captar esa música celestial.

—Sí, maestro. Pero eso es lo que no consigo comprender. ¿Para qué una música tan hermosa, si no hemos de oírla?

—Porque solo se puede entender mediante la razón.

—Pues, entonces, prefiero la que sale de mi violín, que sí la puedo escuchar…

—Y nosotros también la escuchamos… ¡Gato! —exclamó su amigo Gaspar de Molina, al tiempo que se tapaba las orejas.

La broma, bien acogida por todos, puso fin a la pequeña disquisición sobre música teórica y dio paso a la clase práctica. Carlos José, si bien se había reído de la ocurrencia de su amigo, consideró oportuno esmerarse un poco más en el dominio del violín, para que nadie tuviese motivos reales de propagar sus fallos con el instrumento.

Esto ocurrió en febrero de 1752. Unos días después, el 18 de marzo, el rey Fernando VI concedió a Carlos José la merced de ingresar en las Reales Guardias Españolas como cadete. Aún no tenía 10 años y ya se encaminaba su vida y preparación a una de las profesiones para las que estaban destinados los nobles de la época: la pertenencia a los cuadros dirigentes del ejército. Por tanto, tuvo que distribuir su tiempo entre los estudios en el Seminario, el manejo del violín y la asistencia a su unidad, la compañía de Guardias Españolas mandada por el marqués de Rosalmonte. Unos meses más tarde, Caamaño, que ya se había convertido en la sombra de Carlos José, también recibió orden de formar parte de una unidad militar; pero, al ser de extracción social menos encumbrada que Fernán Núñez, su destino estuvo en un regimiento de infantería. No por ello se produjo separación anímica de los muchachos; más bien se reforzó. Ambos entendían perfectamente cómo se organizaba la vida militar y a qué puestos podían aspirar el uno y el otro.

De una estancia en el cuartel regresaba en el mes de julio de 1752 cuando fue requerida su presencia en el despacho del director del Seminario. Carlos José no podía entender a qué se debía aquella petición si no había cometido ninguna travesura… en las últimas semanas. Al menos, que él recordase. En el despacho no encontró al director sino a otra persona a la que conocía bien.

—Excelencia —dijo el visitante, poniéndose de pie.

—¡Don Francisco! —exclamó Carlos José y se abrazó a don Francisco de Cepeda, administrador de sus bienes mientras durase su minoría de edad.

—¡Me alegro de verle! —dijo el hombre. Respondió al abrazo del niño y cambió la forma de dirigirse a él, menos formalista.

—Perdonad que venga tan acalorado y sudoroso —dijo Fernán Núñez—. Hoy hemos tenido clase de equitación en la compañía.

—¿Ya no os caéis del caballo? —dijo Cepeda, riendo.

—¡Cualquiera se cae con Rosalmonte presidiendo la actividad! El marqués se ha empeñado en hacer de nosotros unos auténticos centauros.

—Eso está bien. Ahora, haced el favor de sentaos. Debo comunicaros algunas cosas sin más dilación. —Tutor y pupilo tomaron asiento—. Me han escrito desde la villa de Fernán Núñez…

—¡Seguro que para pedir más dinero! —le interrumpió el niño.

—¿Cómo podéis saber tal cosa? —bromeó Cepeda—. ¿Acaso sois adivino?

—Nada de adivino. Más bien científico —continuó con la broma Carlos José—. Cada vez que llega una carta de mi Villa es con similar contenido. Si extraemos conclusiones de esta serie de hechos, obtendremos que esta carta no puede ser diferente.

—Bien dicho. Compruebo que las enseñanzas de los jesuitas no caen en saco roto con vos.

—Mi cabeza piensa… y mis manos no lo sufren. —Mientras decía esto, Carlos José hizo el ademán de recibir un palmetazo. Los dos rieron.

—Es una buena causa la que pide nuestra intervención en la Villa. Como sabéis, ya nos han indicado en ocasiones anteriores que el Hospital de la Caridad se halla en mal estado. Vamos, que amenaza ruina, para qué nos vamos a andar con eufemismos. El Concejo Municipal escribe solicitando una ayuda en metálico para paliar las necesidades más urgentes y, al mismo tiempo, que intercedamos ante Nuestro Señor don Fernando para que ordene su total adecentamiento con cargo a las arcas reales.

—Bien. Ha transcurrido mucho tiempo desde que iniciaron sus peticiones en este sentido. La situación, pues, ha debido de empeorar. ¿Eran acuciantes los términos en los que se expresaban?

—Sí.

—En ese caso, creo necesario atender sus necesidades. Disponed lo necesario para cumplir con las dos peticiones que formula el Concejo Municipal.

—En realidad, ya las he atendido —sonrió Cepeda.

—¿Sin consultarme? —dijo Carlos José, pero sin enfado.

—Veréis. También soy un poco… "científico". Siempre que os propongo un asunto en el que yo he tomado antes mi decisión, acabáis por aceptarlo y pensar de la misma manera en que yo lo he hecho. Debemos ayudar a los cordobeses. Por ello he actuado primero y os he consultado, o informado si me lo permitís, con posterioridad.

—Bien hecho. Mal señor sería yo si no atendiese a las necesidades de mis vasallos.

—Así es. Pero también debéis discernir cuándo es totalmente necesaria vuestra intervención y cuándo puede retrasarse. No podéis tratarlos como a unos niños malcriados que reciben dones sin merecerlos o al primer intento.

—Tomaré nota de vuestras enseñanzas, "padre Francisco" —bromeó Carlos José.

—Ahora debo daros otra noticia. —El semblante de don Francisco de Cepeda cambió—. También proviene de Fernán Núñez…

El niño entendió que, en aquella ocasión, no se trataba de un asunto dinerario.

—Decid. —Su expresión era la de alguien acostumbrado a recibir golpes de la vida pese a su corta edad.

—Vuestra tía, la condesa doña Ana Francisca de los Ríos… falleció el pasado 30 de junio.

—Entiendo. —Carlos José encajó con entereza la noticia.

—Lamento traeros noticias tan tristes.

Tras despedirse de don Francisco de Cepeda con otro cariñoso abrazo, Carlos José se dirigió hacia la capilla del Real Seminario. Allí rezó por el alma de su tía. Recordaba a la mujer con afecto, sobre todo por los días en los que se hizo cargo de él y de su hermana Escolástica mientras su madre perdía la batalla con la tuberculosis. Aunque las dos condesas viudas habían mantenido fuertes discrepancias en vida, la opinión del niño hacia su difunta tía era favorable. Durante las misas a las que asistió en los días siguientes, encomendó el alma de la difunta a Dios y rezó también por sus padres, para que supieran recibirla y acogerla en el cielo.

En los meses siguientes Carlos José hizo grandes avances en sus estudios generales y de música. Por ello, cuando llegaron los temidos exámenes finales, él se encontraba más tranquilo que sus compañeros. La mañana del 7 de octubre de 1754, don Carlos José Gutiérrez de los Ríos, conde de Fernán Núñez, don Gaspar de Molina, marqués de Ureña, y los hermanos don Pedro y don Francisco Velarde, se vistieron con sus mejores galas y ocuparon sus respectivos asientos en la primera fila de la sala principal del Seminario. Frente a ellos se ubicaba una enorme y pesada mesa, tras la que se veía a varios jesuitas, presididos por el padre Antonio Burriel. Hasta ahí, todo normal. Sin embargo, un detalle llamó la atención de Carlos José. A la derecha de la mesa habían colocado un enorme sillón que nunca antes había visto allí. Se fijó con más atención en el escudo que aparecía en la parte superior del sillón: ¡era el escudo real! No pudo pensar más; en aquel momento gritaron:

—¡Todos en pie! —los cuatro chicos y los profesores se levantaron como un resorte—. ¡Su Majestad, la reina doña Bárbara!

Bárbara de Braganza estaba allí. Carlos José sintió flaquear su ánimo. Para tal situación no se había concienciado. Miró a Ureña y este lo miró a él. Ureña estaba lívido. Carlos José notó cierto temblor en sus piernas que no cesó cuando dieron la orden de sentarse.

—Queridos seminaristas —dijo la reina desde su asiento—. No quisiera que mi presencia aquí os incomodase ni os hiciese más complicado el desempeño de vuestra misión. En nombre del rey y mío, os digo que nos complace conocer a quienes, un día, ocuparán los altos puestos del reino. Estad tranquilos y demostrad lo que, estoy segura de ello, habéis aprendido.

Aquellas cariñosas palabras surtieron el efecto de un bálsamo sobre los cuatro examinandos. Carlos José se propuso lucirse delante de la reina, pues no en vano eran ella y Fernando VI quienes pagaban sus estudios en el Seminario y la formación de su hermana en la Visitación.

El padre Antonio Burriel, tras conseguir la venia de la soberana, dio comienzo a la prueba. En primer lugar, se les preguntó por qué cosa fuese la Gramática Latina y sus partes. Los muchachos respondieron acertadamente, por turnos; el último siempre era Carlos José, en un orden establecido de antemano.

Más tarde, cada uno se expresó en latín. Debían narrar, de memoria, un pasaje de un texto clásico que el padre Burriel les proponía. Sin embargo, cuando llegó el turno de Carlos José, doña Bárbara solicitó ser ella quien efectuara la pregunta. La situación era anómala, pero no iban a contradecir a la misma reina.

—Señor conde de Fernán Núñez —dijo la soberana—. ¿Qué obras figuran en vuestra mente?

—Majestad… —Carlos José miró primero al padre Burriel para saber si debía contestar directamente a la reina; este hizo un asentimiento con la cabeza—. He estudiado con detenimiento las *Comedias* de Terencio, las *Odas* de Horacio, la primera parte de la *Eneida* de Virgilio, las Oraciones de Cicerón *Pro lege Manilia*, *Pro Milone* y *Pro Marco Marcello*, así como la *Guerra Catilinaria* de Salustio.

La reina hizo un gesto de agrado, aunque, en el fondo, pensó que se había precipitado al convertirse ella en juez de los conocimientos de aquel chico, más frescos que los suyos. Solo recordaba, con cierta seguridad, el comienzo de la *Eneida* de Virgilio, por lo que no dudó en solicitarle que la recitase. Carlos José no lo pensó ni un instante. Como un auténtico papagayo, pero entonado, con las pausas pertinentes y las elevaciones de la voz necesarias, desgranó el primer libro de la obra de Virgilio. Satisfecha la reina de lo que escuchaba, le pidió que continuase un poco más, por lo que el conde de Fernán Núñez aumentó su crédito entre los presentes al declamar, aún mejor que antes, el segundo libro de la *Eneida*.

En la siguiente fase de la prueba, las preguntas versaron sobre Geografía e Historia. De nuevo, cuando llegó el turno de examinar a Carlos José, fue la reina quien solicitó que se refiriese a las condiciones naturales e históricas de su país de origen: Portugal. El chico no se asustó por esta petición. Portugal era uno de sus temas preferidos, por su cercanía a España y por considerarlo un gran país. Solo lamentaba que se hubiesen producido tantas guerras entre las dos naciones, aunque los padres jesuitas, casi siempre, decían a los seminaristas que se habían debido a la intervención desalmada de Inglaterra.

Recitó, como si de otro poema se tratase, la división administrativa del reino luso, las principales ciudades, con detención en los detalles de Lisboa, los ríos que fertilizan sus tierras y el sistema de gobierno basado en la monarquía que rige. La cara de doña Bárbara expresaba la satisfacción por cómo aquel niño había aprendido lo principal que debía conocerse de Portugal. Incluso puso algún gesto raro pues no conseguía recordar tantos lugares y datos como Carlos José pronunciaba. "Demasiado tiempo fuera de mi nación", se decía la reina para consolarse al verse superada por un mozalbete.

Terminadas las pruebas, todos se pusieron en pie para escuchar el veredicto del tribunal examinador, que fue favorable para los cuatro alumnos. La reina, al despedirse, se acercó a Carlos José.

—Marcho muy contenta con el resultado de su defensa, señor conde de Fernán Núñez. En especial, sobre lo referente a los conocimientos de mi patria de origen que habéis manifestado. Si algún día pensáis dedicaros a la diplomacia, Lisboa será un lugar donde os encontraréis muy a gusto. Necesitamos, ambas naciones, de hombres que sepan unirlas en lugar de separarlas con rencillas que solo benefician a terceros.

El chico hizo una reverencia y sonrió. No era mala idea. La diplomacia era otro de los caminos que un seminarista podía seguir en su vida adulta. Pero él era ahora un soldado.

—Me hacéis un honor, Señora —dijo el chico—. No albergo en mí otro deseo que satisfacer a Sus Majestades por lo bien que se han portado con mi familia.

—Bien dicho, joven. Le comunicaré a mi augusto esposo que no nos equivocamos al tutelar a los hijos del difunto conde de Fernán Núñez.

5 LA DESAPARICIÓN DE SUS BENEFACTORES

Entre 1755 y 1758, Carlos José Gutiérrez de los Ríos y Rohan Chabot completó su formación, ya excelente, en el Seminario de Nobles. Al mismo tiempo, continuó su labor de ayudar a quienes le pedían amparo, en especial a los habitantes de su villa de Fernán Núñez. Así ocurrió con ocasión del desastroso terremoto de Lisboa, acaecido el día de Todos los Santos de 1755. Aquel temblor destruyó una de las capitales más prósperas de Europa y sacudió los cimientos de la fe de muchos creyentes, hasta el punto de que filósofos y teólogos tuvieron que justificar la existencia de tamañas desgracias en un mundo regido por la bondad divina. El Conde sintió estremecerse todo su cuerpo al conocer los detalles de la desolación provocada por el fortísimo terremoto, el consiguiente maremoto y los posteriores incendios, ya que, como país católico, todo Portugal había llenado aquel día las iglesias de velas para honrar a los Santos y a los difuntos. Un sentimiento de pena y cercanía hacia los lisboetas se instaló en el corazón de Carlos José. Los efectos mortales del temblor se hicieron notar también en Andalucía, incluso en Fernán Núñez, donde se vinieron abajo algunas casas y varias dependencias del mismo palacio familiar. Enterado Carlos José por su administrador, don Francisco de Cepeda, no dudó en facilitar el uso de las dependencias del palacio que no habían sufrido desperfectos para las reuniones del cabildo.

Sin más hechos destacables en su vida, llegó el 18 de abril de 1758. Ese día, su Alto Mentor, el rey Fernando VI, tuvo a bien nombrarle alférez de Reales Guardias Españolas en la compañía que mandaba el marqués de Rosalmonte, donde ya servía. Ahora podía abandonar el Seminario de Nobles y dedicar su tiempo a la vida militar.

Algunos días más tarde la compañía fue comisionada para cubrir la Jornada de Aranjuez, una de las estancias rotatorias que la familia real y la

Corte española realizaban en varios de los Reales Sitios. La Jornada de Aranjuez transcurría, cada año, en los meses de primavera. Sin embargo, aquella temporada la permanencia en el Real Sitio de Aranjuez se alargó hasta el verano. Un motivo de primer orden había obligado a la familia real a no moverse de allí: la enfermedad de la reina Bárbara de Braganza había empeorado. Nuevos tumores, visibles en la zona del hígado y las ingles, se habían añadido a los que se suponía dañaban su útero.

Carlos José comprendió, por los comentarios que escuchaba en Aranjuez, que la salud de doña Bárbara cada día era más preocupante y se esperaba un desenlace fatal. Agradecido por quien había cuidado de él y de su hermana, un día encontró fuerzas para suplicar a su jefe, el marqués de Rosalmonte, que solicitase en su nombre una audiencia con la reina. Para convencer al noble de la necesidad de tan desacostumbrada petición, puso en su conocimiento cuánto habían hecho los reyes en su favor. El Marqués le dijo que informaría a responsable del protocolo, con quien le unía una buena amistad, pero que no le podía prometer nada en aquella difícil situación.

Pasaron las semanas y ninguna noticia se recibió. Carlos José continuó su labor de custodia de la familia real en Aranjuez mientras se entristecía por saber que la reina no tenía salvación y él no podía ni siquiera despedirla. Sin embargo, el día de su cumpleaños recibió un inesperado regalo. Un servidor llegó hasta el cuartel y pidió que el conde de Fernán Núñez fuese a toda prisa a palacio. Algunos soldados, que sabían que estaba en la cantina celebrando su decimosexto aniversario con otros oficiales, corrieron a contarle lo sucedido. Carlos José abandonó rápidamente el lugar, se adecentó cuanto pudo en el cuartel y llegó a palacio. Ante su sorpresa, le hicieron pasar a toda velocidad al mismo dormitorio de la reina. Todavía fue mayor su asombro al comprobar que quien le acompañaba era el famoso castrado Farinelli. Sabía que los reyes le distinguían con su favor, pero no esperaba que la confianza llegase hasta el extremo de permitirle dirigir la asistencia de invitados a la misma cámara dormitorio de la reina.

—¡El conde de Fernán Núñez! —anunció Farinelli.

Carlos José hizo una reverencia a la reina, quien estaba acostada. Su corazón, pleno de alegría por hallarse en tal sitio, se apagó al comprobar que el color había abandonado la cara de doña Bárbara, así como las carnes que en otro tiempo habían llenado sus carrillos y papada.

—Querido… —la reina no recordaba el nombre de su invitado.

—Carlos José, Señora —dijo el conde.

—Ha pasado mucho tiempo, Carlos José, desde que nos vimos en el Seminario.

—Cuatro años, Señora.

—Recuerdo la grata impresión que me causó vuestra defensa pública de lo estudiado. También el rey se mostró muy feliz de saber cómo avanzaban sus jóvenes aristócratas.

Al referirse al rey, doña Bárbara hizo un gesto con la cabeza. Carlos José siguió la dirección de su movimiento y vio a un hombre con peluca, sentado en un sillón al lado de la ventana. Comprendió que era el mismo Fernando VI. Deseoso de agradecerle en persona todo lo que le debía, se dirigió hacia el rey. Este miraba hacia la ventana, la cual daba a los hermosos jardines. Carlos José le habló, pero el rey no se movió. El muchacho incluso se situó dentro del campo de visión del monarca, pero este siguió sin reaccionar. En ese instante notó que alguien le tocaba en el hombro. Al girarse comprobó que era Farinelli. Con un leve movimiento de cabeza le dio a entender que debía volver con la reina y dejar tranquilo al rey.

—Perdonad, Señora, no ha sido mi intención…

—No os preocupéis, Conde. El rey está tan cansado como yo… Y bien —la reina intentó cambiar el sentido de la conversación—, ¿qué os ha movido a gratificarme con vuestra presencia? Me han dicho que queríais, a toda costa, hablar conmigo.

—Así es, Majestad. —Carlos José comprendió que no sería oportuno decir a una enferma que su visita allí se debía a su preocupante estado de salud. Buscó una salida elegante y que, además, fuese verdadera—. Ahora formo parte de la fuerza militar que vela por vuestra preciosa vida. Solo quería manifestaros que cumpliré con mi misión con honor y con el afecto que os debo por haber cuidado de mi familia durante años.

—Hermosas palabras. Lástima que no podáis velar por mi vida tal y como se necesita en estos momentos…

Carlos José no supo qué contestar. Ante el silencio incómodo que se produjo, fue Farinelli de nuevo quien tuvo mejores reflejos:

—Mi Señora. ¿Os parece bien si otorgáis vuestra bendición a este joven que se ha mostrado tan fervoroso en su servicio hacia la corona? —La reina hizo un gesto de asentimiento—. Acercaos a Su Majestad, Conde.

Carlos José se acercó a la cama donde yacía doña Bárbara. Hizo otra reverencia y, al quedar su cabeza cerca de la soberana, notó cómo una pesada mano se posaba sobre su cabello.

El mes de agosto fue muy caluroso. Las intermitentes tormentas, en lugar de aliviar el sofocante ambiente, crearon una sensación de bochorno aún mayor. Mientras tanto, la gran tempestad se preparaba en el cuarto de doña Bárbara. Su salud empeoraba por momentos y su esposo daba muestras preocupantes de desvarío. Aquella real pareja, unida en 1729 por avatares de la política internacional e inseparable por el cariño que pronto había surgido entre ellos, estaba a punto de ser destruida por dos inclementes enfermedades. Algunas noches, gracias a las ventanas abiertas del palacio, se escuchaba en todo el Real Sitio la poderosa y aguda voz de

Farinelli intentando distraer a los reyes, amantes de la ópera. Carlos José disfrutaba de aquel inesperado espectáculo que venía a reforzarle su amor por la música, aunque las piezas que cantaba el italiano no eran precisamente alegres.

Mientras tanto, la Corte se movía entre el nerviosismo, la desesperación y el miedo hacia el futuro, ya que la madrasta de Fernando VI, doña Isabel de Farnesio, no había dejado de intrigar desde su forzado retiro en San Ildefonso. Allí estaba atenta al desenlace de la tragedia, pues la sucesión caería, por su propio peso legal, sobre su hijo Carlos, hermanastro del debilitado rey actual. Fernando y Bárbara no habían tenido hijos, por lo que la corona vendría a parar sobre los vástagos de la Farnesio.

Carlos José y el resto de la fuerza militar destinada en Aranjuez no fueron ajenos a esta delicada situación por la que atravesaba el país. Todos los días, aunque no estuviese de guardia, iba el muchacho a la puerta principal de palacio a charlar un rato con alguno de los oficiales de turno. De esta manera conseguía estar al tanto de lo que ocurría dentro del recinto, lo mismo por lo que los soldados sabían que por lo que se escuchaba de los muchos personajes de la Corte que entraban y salían.

—Es necesario que nuestros oficiales y suboficiales se formen en táctica militar —decía Carlos José, la madrugada 27 de agosto, a un sargento, quien asentía.

Con estas y otras charlas pasaban más rápidas las horas de guardia nocturna. En ese momento, unos gritos horrendos cortaron la conversación. Eran gritos de hombre. No se entendían qué palabras salían de aquella persona, seguramente torturada por una gran desgracia, pero los dos militares comprendieron: la reina Bárbara de Braganza acababa de morir y el rey lo sabía. Ambos se miraron, pálidos, con el estómago en la boca. En palacio comenzó un baile de entradas y salidas apresuradas y un desfile de rostros descompuestos. Si el sargento no pudo evitar que las lágrimas corriesen por sus mejillas, Carlos José consiguió retener las suyas a costa de una fuerte sensación de escozor. Como oficial superior en aquel momento, no creyó conveniente mostrar sus auténticos sentimientos; ya tendría tiempo de desahogarse en el cuartel.

Durante los meses siguientes, su vida transcurrió entre ese cuartel y el domicilio de su familiar, la Duquesa de Infantado, en las Vistillas. Fueron días de tranquilidad y de cariño entre sus parientes, cuyo número aumentó al llegar a Madrid la que muy pronto sería segunda esposa de su sobrino don Pedro de Toledo y Silva, la princesa María Ana de Salm-Salm. Todo fueron alegrías salvo un breve paréntesis en el que tuvo que pasar el mal rato de acompañar, al frente de sus soldados, el traslado del cadáver de la reina Bárbara a las Salesas Reales.

Su prima, María de Silva Hurtado de Mendoza, recibía casi a diario la visita de algún grande de España. Almorzaban toda la familia y sus invitados y, tras los postres, llegaba el momento de conocer las habladurías de Madrid, así como algunas intrigas de la Corte. Asiduo era don Joaquín Diego López de Zúñiga, duque de Béjar, quien ocupaba el puesto de Sumiller de Corps del rey Fernando VI.

—¿Cómo sigue el rey, nuestro señor? —le preguntó doña María al de Béjar. En sus palabras había lástima.

—No os lo toméis a mal, pero vuestro propio hijo, como Gentilhombre de Cámara de Su Majestad, puede contestaros —dijo don Diego.

Tenía fama de hombre de pocas palabras y reservado con los asuntos que atañían a la salud del monarca. Sin embargo, cuando el vino, como el que en esos momentos tomaba, hacía su efecto, la locuacidad del servidor real aumentaba.

—Querido Zúñiga —dijo don Pedro, hijo de la dueña de la mansión y futuro duque del Infantado. Con su intervención atajó una posible y desabrida respuesta de su madre—. Todos sabemos que don Fernando está cada día peor de su locura, pero solo consiente la presencia vuestra a su lado. De ahí que mi madre os haya preguntado directamente, sin ninguna intención de ofenderos.

—Tampoco ha sido mi intención mostrarme descortés, sobre todo en vuestra casa —se disculpó el duque de Béjar—. Dispensadme un momento, pues debo pasar al excusado.

La salida de don Joaquín Diego fue aprovechada por los reunidos, entre los que se encontraban, además de los citados, la princesa María Ana de Salm-Salm, Carlos José y el conde de Monteagudo, para situar el foco de su charla en las habladurías sobre aquél.

—Agrio carácter el de don Diego —dijo Monteagudo en tono de reproche.

—Pues yo no tengo queja de él —dijo Carlos José—. Siempre me ha tratado, y a mi hermana, con afecto.

—Vamos, primo, tú siempre tan diplomático —le regañó doña María—. ¿Acaso no recuerdas cómo terminó el asunto de su matrimonio con vuestra tía Leopoldina?

Carlos José prefirió callar. Su tía Leopoldina de Lorena había querido llevarlo con ella a París el año anterior, pero la del Infantado se había opuesto, una vez más, a que un Gutiérrez de los Ríos quedase bajo la tutela de sus parientes franceses. Carlos José no quedó muy contento con una decisión tomada por encima de sus deseos, pues veía oportunidades de progreso en Francia; sin embargo, no quiso contrariar a su prima. En cuanto al matrimonio entre don Joaquín Diego López de Zúñiga y doña Leopoldina de Lorena, había ocupado muchas conversaciones en la Corte y fuera de ella. Solo un año antes se había concedido la nulidad papal a la relación, pues se daba por válida la aseveración de los dos cónyuges de que, tras veinticuatro años de matrimonio, no se había producido la consumación del mismo.

—¡Ni siquiera el papa se tragó aquel acordado embuste! —dijo la duquesa del Infantado.

—Pero lo firmó… —apostilló María Ana, con malicia.

—Cuentan en la Corte que, el pobre Benedicto XIX, quien conocía la hermosura y buen porte de doña Leopoldina, exclamó al conocer la causa de la nulidad: "Questo uomo é di pietra!" —narró el de Monteagudo.

Los presentes, menos Carlos José, comenzaron a reír. Al muchacho no le hacían gracia las bromas sobre su familia. Con un gesto avisó a los demás que don Diego se acercaba.

—Disculpad mi reacción anterior —se excusó Béjar—. He oído risas y me gustaría unirme al coro.

—Hablábamos de Carlos José —dijo su prima, con reflejo rápido. La cara de este mostró estupor.

—Conozco lo suficiente al conde de Fernán Núñez; no puedo creer que haya cometido alguna tontería… —dijo don Diego, con suspicacia.

—Tenéis razón —contestó la Duquesa—. Mi pariente es incapaz de hacer locuras… pero, si no se le aconseja bien… Resulta que, hace unos días, me comentó que frecuentaba la compañía de nuestro embajador en Lisboa, el conde de Aranda.

—Se dice que comulga con las nuevas ideas filosóficas que llegan desde Francia… —dijo María Ana de Salm-Salm y su frase sonó a reconvención.

—Así se lo he hecho saber. Mi primo es muy joven todavía y ciertas ideas pueden tergiversar su recto camino en el servicio a Dios Nuestro Señor y a Su Majestad.

Carlos José prefirió mantener un prudente silencio. Apreciaba mucho al de Aranda, pero era mayor su cariño por la del Infantado.

Además, lo había acogido en su casa como una más de la familia y casi en igualdad de consideración que a su propio hijo. Este, don Pedro de Alcántara, también le mostraba un fuerte cariño y le trataba con respeto, pues Carlos José era su tío a pesar de contar con trece años menos.

—En cuanto al rey Fernando —dijo López de Zúñiga con la intención de hacerse perdonar la descortesía anterior— es cierto que su salud decrece por días. La locura se ha apoderado de él y solo nos permite acercarnos a mí y a su confesor. Os pido que me permitáis guardarme otros detalles más… morbosos.

—La muerte de doña Bárbara fue un duro golpe para él —dijo Carlos José, ahora interesado en participar en una conversación sobre un asunto que le había tocado vivir de cerca.

—Dios me perdone por lo que voy a decir —añadió el duque de Béjar—. Si esto continúa así, y no hay viso de que no lo haga, es posible que tengamos duelo pronto en el castillo de Villaviciosa y en todo el reino.

Esta vez nadie replicó. Doña María de Silva se santiguó y el resto de participantes en la tertulia lo hicieron a imitación suya. Lo que se guardó don Joaquín Diego López de Zúñiga, pues su cordura política y sus cuarenta y tres años de vida así se lo aconsejaron, fue que se escribía con el futuro rey de España, Carlos de Borbón, monarca a la sazón del Reino de Nápoles, para informarle de todos los detalles concernientes a la demencia de su hermanastro.

La premonición se cumplió el 10 de agosto de 1759, cuando Fernando VI falleció en el castillo de Villaviciosa de Odón. En el traslado de su cadáver hasta las Salesas Reales para que descansase junto a su querida María Bárbara, Fernán Núñez y su compañía de Guardias Españolas formaron parte del cortejo fúnebre. El féretro, a hombros de los Gentileshombres del rey, aguardaba antes de entrar en la iglesia hasta que Carlos José, elegido por su jefe para dirigir la salva de honor en premio al cariño que siempre había manifestado hacia Fernando VI, dispusiese el disparo. Doce hombres de las Reales Guardias Españolas elevaron sus mosquetes al cielo. Al mismo tiempo que daba la orden de fuego, Carlos José escuchó un sonido inhabitual al producido en los ensayos del cuartel, y una especie de llama lamió su mejilla. Se giró y vio cómo el cañón del fusil del soldado más cercano a él había reventado. Por suerte, el metal era de calidad y solo se había abierto sin causar daños ni al soldado ni al oficial. Mientras el cadáver de Fernando VI pasaba a la iglesia de las Salesas, Carlos José elevó su rostro y dio gracias a Dios por no haberle enviado a continuar sus servicios al rey muerto en su celestial retiro…

6 LLEGA UN NUEVO REY DESDE NÁPOLES

A rey muerto, rey puesto. Apenas transcurrido un mes del fallecimiento de Fernando de Borbón y Saboya, el 11 de septiembre de 1759 fue elevado al trono Carlos de Borbón y Farnesio. Era hijo de la segunda esposa de Felipe V, Isabel de Farnesio, por lo que había tenido que aguardar la desaparición de sus dos hermanastros –con mucha menos ansiedad que su madre, hay que decirlo– para alcanzar el gobierno de España y las Indias. Hasta ese momento, la política mundial lo conocía como el rey Carlos de Nápoles y Sicilia. Después de una fastuosa y triste despedida de la Corte y súbditos napolitanos, donde era muy querido, el 12 de octubre arribó el ya titulado Carlos III a la ciudad de Barcelona. No dejaba de ser una jugada política aquella elección de puerto. De esta forma quería Carlos de Borbón afirmar su compromiso con Cataluña y alejar los fantasmas de la anterior Guerra de Sucesión. Así debieron de entenderlo también los catalanes y el recibimiento fue obsequioso.

Desde Madrid se preparó una comitiva para recibir al nuevo rey, la cual tuvo que partir hacia Barcelona en vista de que el monarca se mostraba a gusto en aquella ciudad y no daba indicaciones sobre su venida a Madrid. En esa comitiva figuraba don Joaquín Diego López de Zúñiga. Carlos de Borbón les recibió en audiencia nada más ser avisado de su llegada. Tuvo unas palabras para cada uno de los presentes, pero su atención se dirigió sobre todo al duque de Béjar.

—Es para mí un orgullo conoceros en persona, señor duque de Béjar.

—Me abrumáis, Majestad.

—Servisteis a mi hermano y me habéis servido bien durante su enfermedad —le dijo Carlos III, aunque la mirada del duque decía que los servicios que le había prestado a él podían rayar la deslealtad hacia

Fernando VI, por lo que mejor no recordar los detalles delante de los otros nobles.

—Solo cumplía con mi obligación, Señor, hacia vuestra augusta familia.

—Me complacen esas palabras, don Joaquín Diego, pues, a mi lado se encuentra la parte de mi familia que habrá, Dios quiera en algún lejano día, de sucederme. Tengo el honor de presentar a tan augusta comitiva, a mi hijo primogénito, Carlos Antonio.

Aquel fue el momento para que López de Zúñiga y el resto de enviados madrileños hicieran una reverencia personal a un niño de once años que había permanecido sentado detrás de su padre, mientras este había departido de pie con sus altos servidores. El chico se limitó a devolver el saludo con una amable sonrisa general.

—Apreciado Duque —dijo Carlos III al tiempo que posaba su real mano en el hombre de don Joaquín Diego. El asombro se instaló entre los miembros de la comitiva por aquella deferencia del rey—. He de pediros un favor más.

—Los favores a Su Majestad son órdenes para mí —contestó el interpelado.

—Gracias —dijo el monarca. Los presentes eliminaron el asombro anterior y comprendieron que, por aquellos gestos y palabras, se hallaban ante un rey cercano—. ¿Qué opináis de mi hijo?

—Un robusto y… —Zúñiga vio que el chico estaba más pendiente de las pinturas mitológicas del techo que de lo que allí se hablaba— perspicaz joven, Majestad.

—Me alegro de que penséis así. He decidido nombraros su Ayo.

—¡No puede ser! —exclamó el duque de Béjar nada más terminar la frase Carlos III. Los presentes se quedaron estupefactos con aquella reacción. Incluso Carlos Antonio posó su mirada en Béjar.

Carlos III retiró su mano del hombro del Duque. Todos esperaron una reacción acorde con la salida intempestiva que había tenido Béjar. Pero el rey permaneció sereno y no eliminó la sonrisa de su cara.

—¿Cómo que no puede ser, don Joaquín Diego? —dijo el monarca, con tranquilidad—. Acabáis de decir, y estos señores son testigos, que cualquier petición mía sería una orden para vos. Yo no os doy una orden. Insisto en que es un ruego, un favor lo que os pido. No encuentro a nadie mejor que a vos para educar a mis hijos, empezando por el aquí presente.

—Perdonadme, Majestad… No debí…

—¿Qué problemas veis en ello que a mí se me escapan?

—Yo estoy muy cansado, Señor. Pronto cumpliré medio siglo de vida. No creo ser la persona más indicada…

—No conozco a nadie más indicado. ¿Verdad, señores? —Todos asintieron con sinceridad. El de Béjar se sintió acorralado.

—Pero, Señor, yo prefiero continuar, con vuestro permiso, como Sumiller de vuestra Augusta Persona…

—Tranquilo. Ese puesto, que habéis desempeñado con éxito hasta ahora, será ocupado con garantías. Para Sumiller he pensado en otra persona de calidad: el duque de Losada. Seguramente conocen vuestras mercedes que el de Losada me ha acompañado desde Nápoles para continuar sirviéndome… en lo que yo le pida. —Esto último lo dijo el rey en un tono que Béjar entendió se dirigía a él.

—Hay una cosa más, Majestad —López de Zúñiga intentó una última salida—. En los cercanos tiempos no me abandonan los episodios de tristeza. No creo ser una buena influencia para vuestro hijo…

—¡Tonterías! —exclamó el rey—. Seguro que recobráis la alegría con este muchacho. ¿No veis qué carita tiene?

El rey comenzó a reír con su broma. Carlos Antonio, al sentirse nombrado, miró al de Béjar y delineó una gran sonrisa que acabó por contagiar a los presentes. Los aplausos por la decisión del monarca se oyeron en las habitaciones cercanas. Solo don Joaquín Diego no parecía contento, pero prefirió también esbozar una tímida sonrisa y no señalarse de forma negativa nada más comenzar su servicio al nuevo rey.

Mientras esto ocurría en Barcelona, Carlos José Gutiérrez de los Ríos continuaba su preparación militar como alférez de Guardias Españolas. El principal tema de conversación con la mayoría de oficiales con los que trataba era la próxima llegada de Carlos III a Madrid. ¿Cómo sería el nuevo rey? ¿Tranquilo y pacífico, como Fernando VI? ¿Belicoso? Las noticias que corrían por los cuarteles indicaban que Carlos de Borbón había sido un magnífico rey en Nápoles, atento a la prosperidad de sus súbditos. ¿Actuaría igual en España? No era lo mismo ser rey de Nápoles y Sicilia que de un imperio como el español, con vastas tierras allende los mares y siempre en medio de los vaivenes políticos de ingleses y franceses. Aún tuvieron que esperar varios meses a que Carlos III llegase a Madrid. Su entrada tuvo lugar el 9 de diciembre de 1759. Ese día amaneció lluvioso en grado extremo. No obstante, el aguacero no desanimó a los miles de madrileños que salieron de sus casas, se resguardaron como pudieron de la lluvia y vitorearon a su nuevo monarca cuando pasaba, seguido de una comitiva ingente, por las calles de la capital en dirección a su palacio del Buen Retiro.

Al llegar a palacio, Carlos III encontró en perfecta formación, pese a la insistente lluvia, a los soldados y oficiales de las Reales Guardias Españolas que le rendían honores. La carroza del rey avanzó entre dos filas de soldados y entró en las cocheras, seguida de gran número de carrozas; de esta manera se evitaba que la mayor parte de la comitiva sufriese los rigores del tiempo. Sin embargo, al monarca le llamó la atención, mientras pasaba entre los soldados, el que un joven oficial girase su rostro y le mirase a la cara en lugar de mantener la suya firme, como el resto de militares. Una vez en palacio, el rey consideró una descortesía no agradecer a sus soldados el haberle esperado con aquel inclemente tiempo. Hizo llamar a su jefe y al resto de oficiales de la compañía. Enseguida llegaron el marqués de Rosalmonte y un grupo de oficiales, con sus casacas azules empapadas. Todos saludaron al rey y permanecieron firmes, mientras Carlos III hablaba con el Marqués sobre el recibimiento que le habían otorgado ese día, así como de la buena imagen que su compañía había causado en la reina viuda, doña Isabel de Farnesio, cuando fue cumplimentada por la compañía española unos meses antes en Riofrío. Pero, de nuevo, el monarca notó cómo uno de los oficiales no dejaba de mirarle directamente. Intrigado, se dirigió hacia él.

—Señor Marqués —dijo el rey—, ¿podéis presentarme a este joven?

—Es don Carlos José Gutiérrez de los Ríos, Señor, alférez de mi compañía —contestó Rosalmonte, extrañado por aquella situación.

—¡A la orden de Su Majestad! —exclamó Fernán Núñez y se puso firme. Sin embargo, un segundo después ya volvía a mirar directamente al rey a la cara y su rostro era el de un niño en presencia de alguien a quien desea complacer.

—Bien, bien… Decidme, don Carlos José: ¿por qué me miráis así?

—¡Es un honor para mí, Majestad, estar bajo vuestro servicio! —contestó el joven, casi sin pensar. Aquella salida espontánea agradó al rey.

—Bueno, hombre, no te pongas así —dijo el rey y sonrió. El resto de oficiales imitaron al monarca, pero no dejaron de encontrar extraño el comportamiento de Fernán Núñez.

—Solo ansío devolver a su familia lo bueno que ha hecho por la mía, Señor.

—Y, ¿podría saberse en qué ha consistido esa ayuda?

—Soy huérfano desde los ocho años, Majestad. El anterior monarca y doña Bárbara, que de Dios gocen, nos tomaron a mi hermana y a mí bajo su tutela. Lo que somos, se lo debemos a ellos.

—En ese caso, espero continuar la labor de mis antecesores; si ello os place…

—¡Sería un grandísimo honor, Majestad! —La cara del joven era el retrato vivo de la felicidad.

—Espera, hombre —atajó el rey, con afabilidad—. A cambio, voy a pedirte mucho…, y a los aquí presentes. —En esa ocasión, no solo Carlos José secundó la sonrisa con que el monarca acompañó sus palabras; el resto de oficiales y Rosalmonte lo siguieron y el rey pudo comprobar que la respuesta de todos era sincera—. Con soldados así, mi reinado en España está "en buena compañía".

Con este juego de palabras, Carlos III se despidió de sus hombres y ellos entendieron que estaban ante un monarca al que valdría la pena servir.

Esa dedicación al rey Carlos la continuó Fernán Núñez a partir del 15 de mayo de 1760, pero ya con el rango de Segundo Teniente de las Reales Guardias Españolas. Con ese grado pudo acompañar al monarca en su segunda entrada en Madrid, esta vez la que se consideraba como oficial; tuvo lugar el 13 de julio siguiente. De nuevo se reprodujeron las manifestaciones de adhesión entre los miles de madrileños que le vitoreaban por las calles y para los que el monarca tenía continuos gestos de agradecimiento con sus manos o su cabeza. Los diferentes juramentos que marcaba el protocolo, incluido el del nuevo Príncipe de Asturias, se realizaron en la iglesia de los Jerónimos.

En los días siguientes a esta jura, no siendo ya tan necesaria la presencia de su compañía junto al rey, Carlos José partió al frente de sus hombres hasta Barcelona. El mando lo ejercía, en esta ocasión, el marqués de Torrenueva. Estuvieron en tierras catalanas hasta diciembre, aunque Carlos José aprovechó la cercanía con Francia para visitar, en camaradería con otros oficiales, las ciudades de Perpiñán y Narbona. Quedó tan encantado de su viaje que se prometió emprender otro de mayor envergadura en cuanto sus deberes militares se lo permitiese y su economía mejorase.

7 LA BODA DE SU HERMANA ESCOLÁSTICA

Durante los años en que Carlos José acrecentaba su experiencia militar, su hermana Escolástica había permanecido en el Convento de la Visitación. Allí había recibido, el 3 de octubre de 1756, a manos del Cardenal de Toledo, la confirmación. Su madrina fue nada menos que la madre Sofía, una de las fundadoras de la Visitación. Pero su tiempo y preparación en la institución habían concluido. Ahora solo le quedaba realizar la misión para la que había sido educada: casarse con alguien de la nobleza. El elegido fue su tutor, don Joaquín Diego López de Zúñiga, XII Duque de Béjar. Más bien habría que decir que la elegida fue ella, pues don Joaquín tenía en mente casarse con su pupila desde 1757, pero los escasos 10 años de la niña le obligaron a posponer sus pretensiones.

El 24 de diciembre de 1760, Escolástica abandonó la Visitación y celebró la Nochebuena en compañía de su hermano y la familia de Infantado. Carlos José había regresado con permiso desde Barcelona para poder actuar como padrino de su hermana. El confesor de la familia tuvo a bien explicar a la futura esposa cuáles eran sus tres deberes principales: agradar a Dios, servir fielmente a su marido y cuidar de la casa, los hijos que la Divina Providencia le enviase y los criados.

La boda se fijó para el 7 de enero. Un día antes, por la mañana, Escolástica y don Joaquín Diego acudieron a la calle de la Magdalena, a casa del escribano de Su Majestad don Manuel Vázquez de Seixas. En el despacho, no muy grande, pudieron acomodar los mejores sillones de que disponía el vecindario, pues se habían pedido prestados con premura al conocer cuántos personajes ilustres se iban a dar cita allí. Además del escribano y su ayudante, se congregaron los citados contrayentes y sus respectivos testigos: don Nicolás de Carvajal y Lancaster y doña María Josefa de Zúñiga y Castro, marqueses de Sarria y hermana ella del novio;

Carlos José y su administrador don Francisco de Cepeda en representación de Escolástica.

—Excelentísimas Señoras y Excelentísimos Señores —comenzó diciendo el escribano, no sin cierto nerviosismo. Se levantó del sillón y realizó una cómica reverencia a los presentes desde detrás de su mesa escritorio—. Comparece hoy, ante los presentes y mi persona, don Joaquín Diego López de Zúñiga… —relató los títulos del Duque de Béjar. Al terminar, tomó aliento y preguntó—: ¿Estado civil?

—Soltero —se apresuró a decir el novio.

Se hizo un silencio incómodo. Todos los presentes conocían que había estado casado con doña Leopoldina de Lorena, tía de la novia. No obstante, aquel matrimonio había sido declarado nulo por el papa. Así pues, don Joaquín podía considerarse, a sus 45 años, como soltero. Quizás no un soltero ideal para un matrimonio con una niña de 14 años como Escolástica, pero sí un buen partido dentro de lo que por tal se consideraba en la época. El escribano rompió el incómodo silencio dirigiéndose a la novia.

—También comparece doña Escolástica Carlota Josefa Gutiérrez de los Ríos, de estado…

—Doncella —contestó la niña de manera casi imperceptible, y el rubor se apoderó de su cara. Fueron las únicas palabras que pronunció aquella mañana. El resto de los acuerdos correspondía a los hombres y su obligación, tal y como le habían enseñado, era escuchar y asentir.

—Pues bien —continuó el escribano—, nos compete ahora escuchar al señor novio en su propuesta de arras y dinero en renta para la señora novia, en caso de resultar viuda, situación que pedimos a Nuestro Señor se atrase en el tiempo. Don Joaquín Diego, cuando guste. Tomaremos nota de su propuesta y de la aceptación por la otra parte.

—Querida Escolástica, querido Carlos José. Don Francisco de Cepeda. Mis queridos marqueses de Sarria —el de Béjar saludó a todos los presentes—. Es mi deseo que doña Escolástica disponga de 10 mil ducados de vellón en concepto de arras.

El escribano miró las caras de la parte contraria. En Carlos José y don Francisco se ofrecían sonrisas que significaban la aceptación de la propuesta. Tomó nota para luego pasar todo a limpio en pública escritura.

—También es mi gusto ofrecer a mi futura esposa la cantidad de 12 mil ducados de vellón en renta anual para el caso de que Dios me llame a su seno antes de tiempo.

Esta vez el escribano se adelantó. Quiso escribir la cantidad en el borrador de la escritura, pues le parecía una cantidad aceptable. Menos mal que, por el rabillo del ojo, pudo ver el movimiento de don Francisco de Cepeda hacia la oreja don Carlos José para hablarle quedamente. Detuvo su pluma y los miró. El semblante era serio.

—¿Quisieran añadir algo los testigos de la novia? —preguntó.

Don Francisco hizo ademán de levantarse del sillón para hablar, pero Carlos José, con un ágil movimiento, se incorporó antes del asiento y tomó la palabra. Lo que debía decirse era muy delicado, por lo que optó por hacerlo él en persona, a pesar de sus cortos dieciocho años.

—Querido don Joaquín. Con el debido respeto que le debo por mis pocos años e inexperiencia, me dirijo a vos como un futuro hermano. Entienda que aquí velo por la seguridad de Escolástica. Para ella ha sido un grandísimo honor que se haya decidido por su persona para salir del estado de soltero. Sin embargo, es todavía una niña. Según las leyes de la Divina Providencia, no toméis a mal mis palabras, le quedan muchos años de vida que habrá de pasar sin vuestra amorosa presencia. Os ruego que recapacitéis vuestra oferta anterior y añadáis, para honra de vuestro nombre, otros elementos de índole…, cómo decirlo…, más terrena.

Carlos José se sentó y esperó la reacción de su futuro cuñado. Este se levantó muy rápido. En su rostro no había enfado.

—Querida Escolástica y hermano Carlos José. No fue mi intención minusvalorar lo que gano con este casamiento ofreciendo una renta exigua a mi futura mujer. Estáis en lo cierto. Las leyes de la vida y la Providencia son inexorables y yo cuento ya con muchos años a mis espaldas. No quisiera que mi esposa sufriese los rigores de la pobreza en caso de que yo fuese llamado a rendir cuentas al Hacedor. Por tanto, os propongo que aceptéis como renta, además de los 12 mil ducados, la posesión de las villas que están bajo mi gobierno, así como el ducado de Béjar.

Esta vez fue su hermana, la marquesa de Sarria, quien tiró de la ropa al Duque para que se acercase. También al oído le dijo algo que cambió el semblante de don Joaquín Diego. Se levantó de nuevo.

—Ruego que me perdonéis otra vez. Vuelvo a fastidiar la alegría que debe presidir esta reunión con mis errores. No puedo regalar lo que no es mío. Comprenderéis que la herencia del ducado de Béjar corresponderá a mis herederos... —hizo una pequeña pausa, pues de sobra sabía que no existirían esos herederos del matrimonio que se estaba pactando si él no cambiaba la actitud que había mantenido hacia su anterior esposa— que Dios haga sean hijos de doña Escolástica... En todo lo demás que he manifestado, me ratifico.

Se sentó. Carlos José volvió a levantarse y a tomar la palabra.

—Entiendo perfectamente vuestras razones pues así las marcan las leyes nobiliarias. Aceptamos de buen grado, en nombre de mi hermana, el dinero y las posesiones que le habéis destinado para su mantenimiento.

—Solo falta un pequeño detalle —añadió el de Béjar, esta vez desde su sillón—. No es mi intención crear aquí malentendidos, pero debo señalar que esas rentas en dinero y bienes solo las percibiría mi viuda en el caso de que…, permaneciese viuda. Si vuelve a tomar estado de casada, todo recaerá en los herederos de mi persona.

El escribano contuvo el aliento. Miró a los testigos de la novia para esperar su reacción antes de tomar nota de las últimas peticiones de Béjar. Pasaron unos segundos incómodos antes de que Carlos José volviese a hablar, también desde su asiento.

—Mi hermana, don Francisco de Cepeda y yo mismo, aceptamos de buen grado el generoso ofrecimiento del Excelentísimo Duque de Béjar, a quien deberé llamar hermano a partir de ahora. Mis felicitaciones a los novios.

El feliz resultado del acuerdo matrimonial se selló en el terreno afectuoso con abrazos de familiaridad entre los presentes, salvo Escolástica, que recibió en candoroso beso en la mejilla por parte de su prometido. En la alegría del momento no pudieron ver cómo el escribano se secaba el sudor de la frente a pesar de ser un día bastante frío en Madrid. Todo quedaba listo para la ceremonia religiosa.

Al día siguiente, en la iglesia de San Andrés, el oficialmente soltero ante los ojos de la Iglesia, Joaquín Diego López de Zúñiga, tomó como esposa a la doncella Escolástica Carlota Felicita Josefa Gutiérrez de los Ríos. Todo se desarrolló ante la mirada de Dios y de las familias respectivas, con Carlos José como padrino y testigo principal. La misa cantada, por recomendación del cuñado de don Joaquín Diego, el marqués de Sarria, la había compuesto un joven músico, Manuel Espinosa de los Monteros. En el regimiento de Reales Guardias Españolas bajo su mando había conocido a este tañedor de oboe y compositor quien, solo un año antes, había dado a conocer un librito con los toques de ordenanza de pífanos y tambores en la Infantería Española. Quedó tan encantado el de Sarria con la pericia musical del iliturgitano que no dudó en recomendarlo para la creación musical de la boda.

De la iglesia salió doña Escolástica convertida en la XII Duquesa de Béjar, una gran señora de 14 años que podría codearse con lo más granado de la nobleza madrileña. Tomaron domicilio en la casa propia que el duque poseía en la calle de Alcalá.

Poco tiempo pudo estar Carlos José con los recién casados. A mediados de mayo recibió la orden de incorporarse a su regimiento, el cual continuaba en Barcelona. En el camino hacia la ciudad condal le acompañó su alférez, don Tadeo Pino, un gallego bastante dado a la melancolía. Nada más salir de Madrid, el alférez se lamentaba del escaso disfrute de su amada, por el pronto regreso a Barcelona. Fernán Núñez también se quejaba de una situación similar. Ambos habían conocido a las jóvenes, de buena familia, en uno de los bailes de la duquesa del Infantado. Sin embargo, a diferencia del gallego, Carlos José había conseguido de la muchacha un retrato como recuerdo.

—Desde luego, no sé cómo te las apañas, *compañeiro* —rezongaba el alférez. La igualdad en la edad, 19 años, y la amistad permitían ciertas familiaridades con el segundo teniente Gutiérrez de los Ríos.

—¡Hay que saber, hombre! —se mofaba Fernán Núñez de su compañero de viaje. Al mismo tiempo, para mortificarle, no dejaba de mirar el pequeño retrato de la joven.

—Si los dos hemos congeniado estupendamente con las muchachas, ¿cómo es que tú tienes un retrato y la mía no me ha dado nada? ¡*Carallo*!

—Pero, ¿dónde vas a poner tú esa cara de amargado con esta carita de apuesto militar?

El alférez prefirió no contestar. Lo que pensaba en esos momentos sobrepasaba lo que la amistad podía tolerar entre dos personas de rango militar diferente.

A los pocos minutos, Carlos José volvió a atormentar a su compañero. Tomó otra vez el retrato en sus manos.

—¡Qué hermosura de cara, toda blanca! —decía en voz alta para que Pino lo oyese— Y ese pintor… que ha tenido la osadía de mostrar el nacimiento de su pecho… —de reojo miraba a su compañero, quien rabiaba cada vez más—. Esta pequeña oreja que los bucles dorados permiten admirar…

En ese momento, el polvo del camino, condensado en el interior del coche tras horas de viaje, jugó una mala pasada al Conde. Un feroz estornudo le sobrevino sin que le diese tiempo a retirar el pequeño cuadro. Las secreciones taparon aquella cara blanca y aquellos bucles dorados. Tadeo permaneció atento; la Divina Providencia, en su sabiduría, había dispuesto vengar la humillación a que Fernán Núñez le estaba sometiendo. El Conde, sin reparar en lo que iba a hacer, tomó un pañuelo e intentó limpiar el cuadrito. No se dio cuenta de que, al no haber cristal, estaba limpiando sobre la misma pintura. Al retirar el pañuelo, el alférez vio cómo este presentaba restos de pintura. Miró a Carlos José y vio una cara descompuesta. Una gran sonrisa se dibujó en el rostro del gallego. Fernán Núñez lo miró y, al ver su expresión de gozo, le mostró el cuadro. Donde antes había una figura que hacía soñar, ahora aparecía una amalgama de colores difuminados. La carcajada del alférez debió de oírse hasta en Valencia. Fernán Núñez no tuvo más remedio que secundar a su amigo y ambos disfrutaron de un entretenido viaje recordando de vez en cuando la torpeza del Conde.

El 18 de mayo tomaron posesión de una casa en Barcelona en un barrio cercano al mar donde se había instalado su unidad militar. Las únicas compañías de que disfrutaba Carlos José eran la del alférez y la de un cadete. Por las mañanas, el aburrimiento lo mitigaba con lecturas y varias horas de práctica del violín. Los jesuitas le habían educado para ser metódico en el estudio de cualquier materia; sus profesores de violín le habían inculcado el amor por el instrumento y le habían enseñado a expresar sus sentimientos con él, además de la necesidad de adquirir una buena técnica. Esto último lo alcanzaba con el machacón ejercicio de escalas, arpegios y dobles cuerdas, así como la repetición de lo recogido en el método de violín de Carlo Tessarini. Solo su nombre, en la edición francesa que le habían regalado al abandonar el Seminario de Nobles y que conservaba como un tesoro, echaría para atrás a cualquiera que no tuviese el tesón de Fernán Núñez: *L'Ecole Orphée, méthode pour apprendre facilement à jouer du violon dans le goût François et italien.*

Las tardes eran más serias desde el punto de vista militar. Sus jefes los llevaban por los diferentes cuarteles donde se alojaba el resto de la tropa y procuraban –sin gran insistencia, todo hay que decirlo– mantener el espíritu marcial y el entrenamiento. En esos cuarteles pudo comprobar Gutiérrez de los Ríos cómo se organizaba el ejército español. La tropa era variopinta, sin mucho espíritu marcial en la mayoría de los casos. No en vano provenían de los sorteos de quintas, donde la suerte se cebaba en unos pocos, y de las levas forzosas de vagabundos y presos. Los más dispuestos al entrenamiento eran los que se habían enganchado al pasar un banderín por su pueblo y buscaban aventuras o algo que llevarse a la boca; escaso, casi siempre malo, pero seguro. Aunque Carlos José nunca había tenido problemas con ninguno de ellos, consideraba más acertado permanecer la mayor parte del tiempo junto a los oficiales. Todos tenían su mismo origen nobiliario o habían nacido en familias muy pudientes que habían recibido el ennoblecimiento por merced real.

Además, tenían parecidos gustos a los suyos. Por las noches acostumbraban a ir juntos a la ópera en Barcelona, en especial al teatro de la Santa Cruz donde campaba a sus anchas una compañía italiana. Cuando no había representación o la noche era desapacible, la reunión se trasladaba a la casa de Fernán Núñez con vistas al mar. Como buen anfitrión, les ofrecía diversión con variados juegos de cartas y conciertos improvisados. Carlos José, por ser el dueño del hogar y por su habilidad con el instrumento, siempre se otorgaba el papel de violín primero en las agrupaciones. Ninguno de sus camaradas osó jamás disputarle tal honor, conscientes de su segura derrota ante el empedernido tañedor de violín.

Solo una noche se presentó la posibilidad de un altercado musical. Habían invitado al capitán de una compañía de Guardias Walonas que estaba de paso hacia Valencia. Llegado el momento del informal concierto, este joven belga se sentó ante el primer atril. Estaba convencido de que, entre aquellos españoles, tan alejados de las mejores escuelas violinísticas europeas, nadie podría hacerle sombra. Además, era el oficial de mayor graduación de los allí presentes. Comenzó a tocar su violín para calentar. El sonido era realmente bueno. El resto de invitados, incluidos los que iban a tocar, aguardaron expectantes la reacción de Carlos José. Este se encontraba todavía preparando su instrumento y afinando las cuerdas. Se había percatado de la maniobra del belga, pero no había dicho nada. Tomó su violín sobre el hombro, se acercó a la espalda del oficial de Walonas y, como el que no hace nada y simplemente calienta sus manos, comenzó una vertiginosa carrera de notas en escalas y arpegios, totalmente afinadas y de gran calidad en el sonido. El extranjero comprendió el mensaje. Con una sonrisa, se levantó del primer atril y ocupó el segundo. Carlos José se sentó en el lugar que le correspondía por habilidad y ofrecieron aquella noche uno de los conciertos más memorables de su estancia en Barcelona. Tan memorable como la borrachera que cogieron músicos y amigos.

8 UN CORONEL DE VEINTE AÑOS

En el otoño de 1756, Prusia y Austria habían entrado en guerra por el control de la región de Silesia. Sus respectivas alianzas con Inglaterra y Francia habían convertido aquel conflicto inicial en una guerra de dimensiones mundiales, pues los territorios coloniales también se unieron a los combates. Especial virulencia alcanzaron en tierras de Norteamérica. España intentó permanecer neutral en la nueva guerra, pero las presiones de Francia llevaron a Carlos III a confirmar los acuerdos del Tercer Pacto de Familia y a entrar en lucha del lado de sus parientes Borbones. Los ingleses le declararon la guerra el 4 de enero de 1762.

Mientras aquella conflagración tenía lugar, Carlos José Gutiérrez de los Ríos había alcanzado el grado de primer teniente de la compañía de Reales Guardias Españolas que mandaba el coronel don Juan de Sesma. Establecía sus cuarteles en la ciudad de Vic. La política mundial hizo que su unidad regresara de manera apresurada a Madrid en enero, para formar parte de un ejército que debía atacar al tradicional aliado de Inglaterra: Portugal. Seis meses después, ya recorrían los caminos de Castilla la Vieja en dirección a la frontera.

—Con esta precipitación no se puede preparar una guerra —decía Carlos José a su alférez, en voz baja, mientras cabalgaban con su compañía por tierras de Zamora limítrofes con Portugal.

Lo normal hubiese sido atacar el norte lusitano a través de Ciudad Rodrigo, tomar la fortaleza de Almeida y, desde allí, buscar Oporto o bajar hacia Lisboa. Sin embargo, se había optado por un plan de campaña diferente, que podía traer lo mismo alegrías que penas, aunque los oficiales españoles pensaban más en las segundas.

—Estoy de acuerdo. Nuestros jefes fían casi todo al orgullo del soldado español… Pero no se puede llevar a esos miles de soldados a una lucha en otro país sin el debido entrenamiento.

—Esa es otra —continuó Fernán Núñez—. No tenemos un jefe, sino dos. Mucho peligro encierra que un ejército esté comandado por dos jefes y, además, enfrentados.

El Conde se refería al conflicto suscitado por la presencia en el ejército de invasión, como máximos comandantes, de don Nicolás de Carvajal y Lancaster, marqués de Sarria y don Pedro Pablo Abarca de Bolea, conde de Aranda. Aunque el mando supremo lo ejercía el de Sarria, su carácter más apocado y el ser partidario de un ataque lento y precavido le hacían perder terreno y adeptos en favor de Aranda, más dispuesto a la contundencia. Incluso Aranda había abandonado su embajada en Varsovia para formar parte de aquella expedición. Fernán Núñez no quería pronunciase a favor de ninguno de ellos. Con Carvajal había coincidido en la boda de su hermana y era el testigo por parte del novio; con Aranda mantenía una buena relación e, incluso, había estado dispuesto a partir con él hacia Varsovia cuando fue nombrado embajador allí. Si no lo hizo fue para no desagradar a su prima, la duquesa del Infantado, recelosa de las ideas modernas del de Aranda y la relación que se le suponía con Voltaire.

—¡Mi teniente! ¡Mi teniente!

Carlos José y el alférez detuvieron sus caballos y se volvieron. Un mensajero llegaba hasta ellos al galope. Saludó. El polvo del camino no le permitía articular palabra.

—Calma, hombre —dijo el alférez—. Toma un poco de agua y podrás hablar.

—Mi teniente —dijo el muchacho después de beber de su cantimplora—. Orden urgente del cuartel general en Zamora. Reclama su presencia el marqués de Sarria.

—¿Qué ha ocurrido? —preguntó, alarmado, el alférez.

—No puedo informarle de nada más, señor, pues lo desconozco. Con su permiso, ¿podría acompañarle de vuelta hasta Zamora?

Los dos militares desanduvieron el camino hecho y llegaron a Zamora con las últimas luces del día. Sin detenerse a asearse, Carlos José, acompañado del mensajero, llegó hasta el palacio renacentista donde había instalado su cuartel general el marqués. Le hicieron pasar a la sala donde departía Sarria con otros jefes, entre ellos Aranda.

—Excelencia —saludó Fernán Núñez a Sarria. Este dejó los mapas que estaba consultando y se encaró con él. Los demás oficiales permanecieron atentos.

—Señor Gutiérrez de los Ríos. Veo que ha venido a uña de caballo.

—No podía dejar de atender su llamada con la máxima celeridad.

—Bueno, no era para tanto —Nicolás de Carvajal sonrió—. Pero me complace convocarle para una buena noticia. Sabe que está vacante el puesto de teniente coronel de su compañía desde el fallecimiento del anterior por fiebres en Valladolid. La persona más conveniente para ocuparlo, en virtud de sus méritos ante la tropa, es usted.

—Pero..., pero… —Carlos José no daba crédito a lo que estaba oyendo.— Si solo soy teniente… ¿Cómo dar ese salto en el escalafón?

—Bueno, eso es un asuntillo que podremos soslayar. Por algo soy el capitán general de este ejército… —contestó Sarria—. Lo dicho. Tengo el firme convencimiento de que usted será la persona más adecuada para desempeñar el puesto de teniente coronel de su compañía.

—¡Muy agradecido! —acertó a decir el recién ascendido.

En ese momento se escucharon unas toses que parecían llamar la atención. Nicolás de Carvajal reparó en ellas e hizo un gesto de desagrado.

—En realidad…, no toda la decisión ha sido mía. Agradézcale usted al conde de Aranda que le haya propuesto.

Así lo hizo Fernán Núñez. Él partió a la mañana siguiente para alcanzar a su compañía. En su mente se acrecentó la idea de que allí mandaban dos personas poco dispuestas a compartir los éxitos y asumir los fracasos de un ejército, otra vez, mal preparado y enviado al combate sin los medios necesarios.

El ejército hispanofrancés, mucho más numeroso que el angloportugués pero menos motivado y peor dirigido, necesitaba llegar a Oporto para justificar su participación en aquella guerra. Por ello, los jefes cambiaron nuevamente de táctica y decidieron enfilar hacia la ciudad atlántica desde Ciudad Rodrigo. Pero los portugueses disponían en este camino de un baluarte defensivo de primera magnitud: la fortaleza de Almeida. Los españoles la sitiaron el 15 de agosto y los ataques, cortos y débiles, causaron poca desazón entre los portugueses.

El 25 de agosto por la mañana, varias compañías se lanzaron de nuevo al asalto. Gutiérrez de los Ríos, al mando de su compañía de las Reales Guardias Españolas, enfiló la puerta de San Francisco. Los defensores, aunque muy cansados por el largo asedio, ofrecieron otra vez una resistencia denodada. Una bala de cañón acertó de pleno en el brazo del abanderado; bandera y brazo cayeron muy lejos del resto del cuerpo. La compañía pareció detenerse y dudar si continuar con el ataque. Carlos José, que se había apercibido de la situación, espoleó su caballo hacia atrás. Sus hombres, al ver la maniobra, creyeron que se retiraba y comenzaron a correr hacia el campo español. Lo mismo debieron de pensar los portugueses, pues lanzaron una rápida salida para dar caza a los españoles que huían; aquella oportunidad no la esperaban.

Pero el teniente coronel Fernán Núñez llegó a donde había aterrizado la bandera después del cañonazo afortunado de los portugueses. Con la agilidad de un admirable jinete, se dobló hasta el suelo y agarró el asta de la bandera. Desasió el brazo del infortunado abanderado que todavía seguía agarrado por la mano al asta y comenzó un nuevo galope, esta vez en dirección hacia la fortaleza. Los soldados de las Reales Guardias, en desbandada, se vieron sobrepasados por su jefe, quien ofrecía la imagen de un centauro que enarbolaba la bandera al viento. Primero uno, luego otro y poco más tarde lo que quedaba de la compañía, siguieron a Fernán Núñez hacia la fortaleza de Almeida y alcanzaron la gloria. Las escasas fuerzas que los portugueses habían destacado para perseguir a quienes creían en retirada, se encontraron con la feroz vuelta de los españoles y fueron abatidas sin piedad.

Ese mismo día, los defensores de Almeida consideraron que ya habían resistido lo que el honor y la patria demandan a todo buen soldado y propusieron a los españoles la rendición de la fortaleza.

El 26 tuvo lugar un gran festejo. Todos los jefes y oficiales españoles fueron convidados a un caserón de Almeida donde se había instalado el cuartel general. En el momento de los brindis, Sarria tomó la palabra. Todos se pusieron de pie con su copa en la mano.

—Agradezcamos a la Divina Providencia este triunfo glorioso para las armas españolas. ¡Salud! —Todos bebieron un pequeño sorbo y permanecieron de pie. El capitán general continuó—: En palacio debe saberse sin mayor dilación. Nuestro amado soberano, Carlos de Borbón, aguarda impaciente en San Ildefonso noticias sobre el desenlace del asedio de Almeida. He decidido, en premio al esfuerzo de todos los presentes, que uno de ustedes parta como mensajero real con tan grata…

—¡Yo, Excelencia! —se oyó gritar en la sala. Sarria vio cómo su discurso era entorpecido y puso cara de extrañeza, que no de enfado.

Todos fijaron su mirada en la persona que se había dejado llevar por la euforia: un teniente coronel, un jovenzuelo en realidad que acababa de cumplir los veinte años y que osaba cortar al mismísimo general en jefe del ejército español en Portugal.

—No podía ser otro que Fernán Núñez —dijo con agrado el capitán general y aquello provocó unas breves risas entre los militares, lo que contribuyó a salvar la situación— ¿Estáis seguro, don Carlos José?

—Perdonad mi atrevimiento, Excelencia. Le pido me conceda la merced de viajar hasta San Ildefonso para informar de primera mano a Su Majestad.

—Pero, debéis de estar muy cansado tras la jornada de ayer…

—¡Ya estoy repuesto! —exclamó con jovialidad Fernán Núñez. Se escucharon nuevas risas de aprobación.

—¡Madre mía! ¡Lo que no se haga con veinte años! —dijo Sarria —. Concedido. Y ahora…, si el teniente coronel Gutiérrez de los Ríos no tiene nada más que decir…, terminemos nuestro brindis por la victoria.

En las primeras horas del 27 de agosto de 1762, partieron desde Portugal Carlos José Gutiérrez de los Ríos y un soldado de su compañía que le acompañó como asistente, a pesar de tener ambos la misma edad. La misión era informar a Carlos III de la conquista de Almeida. Según narró el soldado a la vuelta a sus compañeros, consiguió a duras penas permanecer a la altura de su teniente coronel, el cual volaba en el caballo camino de San Ildefonso. En solo tres días hicieron el largo y penoso viaje, descansando lo justo en posadas de mala muerte.

En San Ildefonso los dos hombres fueron llevados sin dilación ante el rey Carlos III. El monarca acababa de desayunar cuando llegaron y todos los responsables de palacio por los que pasaron antes consideraron que era el rey, en persona, quien debía escuchar de sus bocas la narración de aquel hecho memorable. Incluso el soldado, en atención al viaje terrible que acababa de soportar, fue admitido en la cámara del rey.

—Tengo la sensación de que nos conocemos, ¿verdad? —le dijo el rey a Fernán Núñez sin levantarse de su sillón.

—Verdad, Majestad. En Madrid, cuando Vuestra Majestad llegó para tomar posesión del trono.

—Ya decía yo que esa cara y esa expresión… Bien, podéis narrar, ante mi persona y el resto de gentileshombres y ministros que me acompañan, la noticia tan importante que, según me han insinuado mis ayudantes, me traéis.

—Así es, Majestad. El pasado 25, las tropas de los Reales Ejércitos de Su Majestad conquistaron la fortaleza de Almeida.

—¡Bravo! —exclamó Carlos III, al tiempo que se ponía en pie. Sus palmadas de aprobación fueron imitadas por los presentes, lo que hizo que Fernán Núñez y el soldado se maravillasen de ver a lo más florido de la nación aplaudiéndoles.

A petición del monarca, Carlos José explicó los detalles de la toma de Almeida. Todo, salvo la gesta del día 25. Pero el soldado no pudo contenerse:

—¡Falta un detalle, Majestad! —El soldado se sonrojó. Había hablado directamente al rey.

—¿Sí? ¿Cuál? Hablad sin temor —le pidió el monarca.

—Mi teniente coronel no le ha explicado cómo derrotamos a los defensores que habían salido en nuestra persecución el día 25. ¡Fue él quien nos…! —No pudo seguir, pues un golpe en la nuca propinado por Fernán Núñez le indicó a las claras que no tenía que contar aquello. El soldado cortó su discurso en seco y quedó aturdido por la vergüenza, que no por el golpe.

—Por favor —acertó a decir el rey al tiempo que contenía la risa. Aquella situación en la que dos jóvenes se dejaban llevar por sus emociones le agradaba, máxime después de conocer una victoria tan importante. Además, nadie había faltado al decoro militar ni real—. Dejad que el muchacho se explique.

El soldado, alentado por las palabras y la mirada del rey, continuó la relación de los hechos acaecidos y la acertada actuación de Fernán Núñez. Al terminar, era éste quien estaba rojo por la vergüenza de verse como protagonista delante del rey. Sin embargo, en el fondo, le había gustado que se conociesen sus méritos en el campo de batalla.

—Por tanto —continuó Carlos III—, debemos considerarnos, Señores —se dirigió a los que le rodeaban— en presencia de dos héroes. Por su viaje vertiginoso hasta la Corte y por las hazañas aquí narradas. Es mi real deseo que ambos sean ascendidos un grado.

—¡Muchas gracias, Majestad! —exclamó el soldado. Intentó acercarse al rey para besar su mano pero un gesto de Carlos III le convenció de que no era necesario.

—Majestad…, con el debido respeto…, no puedo aceptarlo —dijo Carlos José.

—¡Vaya! ¿Se puede saber por qué? —preguntó el rey con asombro.

—Majestad, no quisiera que mis palabras se malinterpretasen. —Esta vez fue el joven soldado recién ascendido quien tuvo que contenerse para no dar un cogotazo a su jefe. ¡Mira que rechazar lo que el rey tenía a bien regalarle! ¡Estos aristócratas!— Quisiera deciros que… no sé si estaré a la altura…; ¡solo tengo veinte años!

—¡Ah! ¿Sólo veinte años?... Eso podría ser un problema… —El rey pareció dudar de su decisión anterior de ascenderle—. Pues, ¿sabéis lo que os digo, señor conde de Fernán Núñez? Que me alegro que con ese arrojo y magnífica formación militar que presentáis solo tengáis veinte años… ¡Así podréis servirme muchos años más!

La gracia y acierto con que el rey había solventado lo que parecía a priori un problema, se comentó durante días en la Corte y en los campamentos de Portugal adonde rápidamente regresaron los dos ascendidos. Carlos José, nada más llegar, corrió a contar las nuevas noticias a su superior, el coronel del regimiento de Guardias Españolas don Juan de Sesma. Si bien ahora los dos tenían el mismo grado, Sesma era de mayor antigüedad y continuaría al mando.

La situación en el ejército de invasión no mejoró en los días siguientes a la toma de Almeida. Incluso puede afirmarse que empeoró, pues los portugueses atacaban en pequeños grupos y retrocedían, causando más bajas de las esperadas e irritando a los españoles, incapaces de devolverles los golpes o de derrotarles en una gran batalla en campo abierto. La falta de resultados había convertido al marqués de Sarria en objeto de todas las críticas por su dirección de la guerra. Por fin, a primeros de septiembre, la situación se hizo insostenible y Sarria presentó la dimisión. El día 6 partió de regreso a España, cargado de honores por el rey y lleno de reproches por sus hombres. El conde de Aranda tomó el mando de un ejército que debía enfrentarse a 8000 portugueses ubicados en la zona de Viseu.

El 7 de septiembre de 1762, el grueso de las tropas españolas se hallaba acampado en San Piri, entre Almeida y Viseu, en el camino hacia Oporto. Fernán Núñez había ido al cuartel general para recabar órdenes de quien era su jefe inmediato, don Juan de Sesma. Al entrar en el casón donde se ubicaba el cuartel general, a punto estuvo de ser arrollado por un personaje al que, al principio, no reconoció. Se echó al lado en el momento justo para escuchar sus airadas palabras.

—¡Antes muerto que servir bajo el mando de este impresentable!

Carlos José se recompuso, volvió la mirada y lo reconoció. Quien así hablaba era don Antonio de Idiáquez, coronel del regimiento de Castilla. Algo muy grave habría debido de suceder allí para que el coronel de una unidad tan importante abandonase el cuartel general con tamaño enfado. Se adentró en las estancias todavía con la sorpresa en el cuerpo. En una sala escuchó dos voces que sí le eran conocidas: el conde de Aranda y don

Juan de Sesma, agachados sobre una mesa y de espaldas a él. Se acercó; permaneció en la puerta pero no se atrevió a hablarles.

—¡Ese imbécil de Idiáquez! —gritaba el conde de Aranda— ¡A ver dónde encuentro yo un coronel que sea tan buen militar como él pero menos engreído!

—Tranquilizaos, Excelencia —decía un nervioso Sesma—. Ya encontraremos la manera de sustituirle.

—¡Decir que no quiere estar bajo mi gobierno! ¡¿Quién se ha creído que es?!

—Ha debido de tener una alucinación, don Pedro. Veréis como vuelve.

—¡Aunque regrese con el rabo entre las piernas, no he de dejar pasar esta insubordinación! ¡Idiáquez no volverá a mandar esa unidad ni ninguna otra mientras yo esté al mando! —Aranda miró a Sesma— Tú podrías…

—Por favor, Excelencia. Ni lo insinuéis. No quiero alejarme de mis hombres para mandar a otros nuevos.

El conde de Aranda soltó un tremendo manotazo sobre la mesa que hizo incorporarse a Sesma. Al levantar la mirada, reparó en la presencia de un lívido Fernán Núñez en la puerta. Don Juan pensó con rapidez. Aquello era un designio del Cielo. Tocó con su mano el hombro de Aranda, quien se había apoyado en la mesa con las manos sosteniendo su cabeza.

—¿Qué pasa ahora, hombre?

—Señor Conde, creo que deberíais mirar hacia la puerta…

Pedro Pablo Abarca de Bolea, conde de Aranda en la vida social, política y militar, contempló a un joven coronel que les miraba sin atreverse a entrar. Aranda posó sus ojos en Sesma y este asintió con la cabeza. La sonrisa volvió al rostro del jefe.

—Amigo Carlos José, pasad.

Al sentirse nombrado por su nombre de pila, Fernán Núñez avanzó con miedo. Allí iba a pasar algo… El conde de Aranda dio unos pasos hacia él, colocó las manos en sus hombros y le dijo:

—Os acabáis de convertir en el coronel del regimiento de Castilla. ¡Enhorabuena![1]

Gutiérrez de los Ríos no supo qué decir. Aceptó el apretón de manos del conde de Aranda y de Juan de Sesma. Con aquella improvisada ceremonia, llegaba a la más alta jefatura de un regimiento que se haría famoso y recibiría, poco después, el nombre de Inmemorial por petición del propio Fernán Núñez. A pesar de lo azaroso de su acceso a la jefatura del Castilla, Gutiérrez de los Ríos sería su coronel durante catorce años.

9 MILITAR Y EDUCADOR

La campaña de Portugal terminó con más fracasos que éxitos. El regimiento de Castilla, con su nuevo coronel al frente, recibió la orden de dirigirse hacia Cádiz. Atravesaron el Tajo todavía en zona portuguesa y se adentraron en España por Valencia de Alcántara. Algunas etapas las realizó Carlos José con su regimiento y otras en solitario.

Mientras tanto, el 3 de noviembre se firmó la paz de París por la que se ponía fin a aquella guerra que comenzó a llamarse de los Siete Años. De ella salió una Inglaterra favorecida y Francia perdió grandes extensiones de su imperio colonial. España consiguió que los ingleses devolviesen La Habana, perdida en agosto, y Manila. A cambio tuvo que entregar la Florida. La colonia portuguesa de Sacramento, situada frente a Buenos Aires, tomada por los españoles, fue devuelta al firmarse la paz definitiva en febrero de 1763. La participación de España en aquella guerra, por tanto, fue nefasta y le acarreó muchos disgustos. Tantos que, sabedor Luis XV de que Carlos III solo había participado al sentirse obligado por los Pactos de Familia, quiso compensar en algo las pérdidas españolas, cediendo La Luisiana a su pariente.

En los primeros meses de 1763, Carlos José Gutiérrez de los Ríos pensó seriamente sobre lo ocurrido. La falta de preparación militar de la mayoría de sus soldados, por no decir de muchos de los oficiales, era un grave problema para enfrentar situaciones bélicas como la vivida el año anterior. Por tanto, se hacía necesario, según él, solventar aquel escollo.

—He decidido crear una academia en nuestro regimiento —dijo a los oficiales bajo su mando, reunidos en el palacio gaditano donde se había instalado el cuartel general de la unidad—. La guerra nos ha mostrado que la preparación nunca es demasiada. Como seguramente estarán de acuerdo conmigo, adolecimos de ello en Portugal... ¡y que esto no salga de aquí!

Parecía una orden, pero la sonrisa de su coronel era una petición de complicidad. Fernán Núñez no solo era un héroe de la anterior campaña, también sabía atraerse las simpatías de sus oficiales.

—¿La academia será también para nosotros, Excelencia? —preguntó uno de los capitanes.

—En parte para mis oficiales, pero, sobre todo, para la tropa. He pensado desarrollar un método de enseñanza donde las tácticas de ataque y defensa, a nivel de regimientos, sean entendidas y aplicadas en toda la unidad. Ustedes me ayudarán a ponerlas en conocimiento de sus subordinados. Por tanto, yo las pienso, los versados en letras las ponen en libro, ustedes las aprenden y asumen, y nuestros hombres las llevan a la práctica. ¿A que pienso con inteligencia?

Se oyeron risas. Aquellas bromas hacían que los hombres bajo su mando aceptasen con mayor gusto al nuevo coronel, siempre con el debido respeto. Una mano se levantó. Era el capitán anterior.

—¿Puedo hacerle una observación, Excelencia?

—Adelante, capitán Vinaroz.

—Con su permiso, creo que hay un detalle importante que…

—¿…que se me ha escapado? —concluyó Fernán Núñez la frase para evitar el azoramiento del capitán. Se escucharon nuevas risas benévolas.

—Verá, coronel. Creo que será muy difícil transmitir a los hombres lo contenido en sus libros de táctica militar. Aunque se lo repitamos mil veces, será necesario que lo lean y entiendan por su propio esfuerzo.

—Cierto es —dijo el Conde—. "Estudiar", se llama.

—Difícilmente podrán estudiar quienes no saben ni leer ni escribir…

Fernán Núñez pareció dudar un momento. El capitán Vinaroz tenía razón. Las cotas de analfabetismo en España eran altísimas, sobre todo entre los soldados.

—En ese caso —continuó el coronel—, tendremos que poner remedio a este mal. Capitán Viranoz, le nombro director de la escuela del regimiento. Busque a los más versados en letras para dar clases para nuestros soldados.

Meses después, la escuela funcionaba a pleno rendimiento. Aunque se decidió que no fuese obligatorio, muchos soldados se habían apuntado para mejorar su preparación una vez terminase su servicio en el ejército. La academia militar tuvo que esperar. Quien no perdió un momento fue Fernán Núñez. Día a día fue anotando con su letra menuda y nerviosa las ideas que consideraba fundamentales para la táctica militar de su regimiento. Así vio la luz el *Método para enseñar el exercicio*, publicado en la Tacita de Plata en 1763.

A mediados de julio, tres soldados se presentaron en las habitaciones de su coronel y pidieron permiso para hablar él. El ayuda de cámara de Carlos José intentó conocer qué motivos les llevaban a presentarse en un lugar privado de uso del comandante en jefe. Los soldados le informaron de ello y le pidieron, como un gran favor, les llevase ante el Conde para comunicárselo en persona. El ayuda de cámara sopesó un momento el asunto y consideró que valía la pena arriesgarse. Les hizo pasar al cuarto del coronel. Este les recibió en camisa.

—Veamos eso tan importante que tenéis que comunicarme.

—Empieza tú —dijo el soldado de la izquierda al del centro.

—Que empiece este —contestó el aludido y dio un codazo al tercero, que se hallaba a su derecha.

Como "este" ya no tenía nadie a quien dar un codazo, comenzó a hablar.

—Excelencia. Ha llegado un mensajero de Madrid —dijo el soldado con una gran sonrisa—. Es amigo nuestro y le hemos convencido…, no nos pregunte cómo, coronel… Pues bien, le hemos convencido para que nos entregue el mensaje con el fin de que podamos traérselo nosotros.

—Así es, Excelencia —intervino el soldado del centro.

—No me parece muy correcta la actitud… —dijo el Conde, intentando mantener la compostura ante aquellos tres muchachos que parecían felices a pesar de haber cometido una ilegalidad.

—No. No. No —dijeron los tres casi al mismo tiempo y bajaron las cabezas, como niños a los que se reprendía por una travesura. Fernán Núñez tuvo que hacer un sobreesfuerzo para no reír.

—En fin, aunque no es correcto, ya no tiene remedio. Decidme, por tanto, qué cosa tan importante habéis pensado para cometer este ataque al reglamento.

—Coronel, Excelencia. Nos gustaría contarle…, vamos…, leerle el contenido de este mensaje. —Carlos José dio su permiso con un movimiento de cabeza. El soldado de la derecha arrebató el mensaje al del centro—. "En Madrid, a 10 de julio de 1763. —La lectura era de principiante, pero se entendía perfectamente—. Su Majestad…

Al leer el nombre del monarca, el soldado hizo una reverencia que aprovechó el del centro para arrebatarle el papel.

—…ha tenido a bien nombrarle…

El soldado de la izquierda, que no quería ser menos que sus compañeros, también arrebató el mensaje a quien intentaba leerlo.

—…Comendador de los Diezmos del Septeno en la Orden de Alcántara".

—¡Felicidades, coronel! —dijeron los tres a coro.

Carlos José quedó un momento en suspenso. Aquella era una estupenda noticia. Sus capacidades económicas y su prestigio se verían aumentados.

—Gracias, muchachos —acertó a decir.

—Las gracias debemos dárselas nosotros, Señor —dijo el soldado del centro—. Los tres somos oriundos de la población de Olmedo, en tierras castellanas. Nuestros padres fueron carreteros y nosotros somos carreteros. Nunca pudimos pisar una escuela. Su Excelencia nos ha dado la oportunidad de aprender a leer y escribir, lo que nos facilitará en algo nuestra vida cuando volvamos al pueblo. Al leerle el mensaje queríamos mostrarle lo que hemos aprendido. Pedimos disculpas si hemos contravenido de forma grave el reglamento, pero nuestro deber era comunicarle el enorme agradecimiento que sentimos. Y no se nos ocurrió mejor forma que esta…

—En ese caso, y en vista de que todo se ha resuelto favorablemente, creo conveniente imponerles un castigo —Fernán Núñez cruzó una mirada de complicidad con su ayuda de cámara—. ¡Deberéis tomar matarratas!

Los tres soldados mostraron alegría en sus rostros. "Matarratas" era el sobrenombre que daban a algo parecido al aguardiente que se servía en la cantina de la tropa. Pocos minutos después el ayuda regresó con una botella, pero no de la cantina, sino de una remesa que solo estaba al alcance del coronel. Sirvió sendas copas a los presentes. En toda su vida de soldados o civiles tuvieron los agradecidos muchachos oportunidad de probar un "matarratas" como aquél.

El coronel Gutiérrez de los Ríos abandonó Cádiz en agosto de 1763. Había solicitado licencia temporal para desplazarse a Madrid y visitar la Corte. Por muy importante que fuese su regimiento, necesitaba estar cerca

93

de donde se desarrollaba la más alta vida social y política del país. A diferencia del viaje de ida a Cádiz, por tierras de Extremadura, esta vez tomó el camino de Andalucía. El 16 de agosto alcanzó su pueblo de Fernán Núñez. Allí permaneció cuatro días.

En uno de los paseos vespertinos con el corregidor, se encontraron con dos chiquillos que en la Puerta de la Villa jugaban a golpear un palo con otro. A pocos metros de ellos, el palo golpeado salió disparado y alcanzó el sombrero del Conde, tirándolo al suelo. El corregidor hizo ademán de irse hasta ellos para castigarles severamente, pero Carlos José le detuvo sujetándole con fuerza por el brazo. Los niños ni se movieron, acometidos por el miedo. Sabían quién era aquel señor vestido de militar y, sobre todo, sabían cómo se las gastaban el corregidor y sus alguaciles. El Conde se agachó, tomó el palo y su sombrero del suelo. Le quitó el polvo y volvió a colocárselo. Se dirigió lentamente hacia los críos.

—¿Me dejáis jugar con vosotros?

Los niños no se atrevieron a responder. Fernán Núñez se agachó. Colocó uno de los palos sobre una pequeña piedra y golpeó el extremo que sobresalía con otro palo. Con el golpe, el palo ascendió a cierta altura y, cuando estaba en lo más alto de su recorrido, recibió un nuevo golpe con el otro palo que manejaba Carlos José. El palo salió a gran velocidad en dirección al corregidor, quien, pese a sus años, demostró grandes reflejos y lo esquivó a tiempo. El Conde comenzó a reír. Al poco le imitó el corregidor. Por último, los niños sumaron sus risas chillonas a las de los dos hombres.

—¿Cuántos años tenéis? —les preguntó Gutiérrez de los Ríos.

—Este tiene 5 y yo acabo de cumplir los 6, Señor —contestó uno de los chicos.

—¿Qué habéis aprendido esta mañana en la escuela? —continuó el Conde para conocer un poco más a aquellos pequeños que, en pura ley, eran sus vasallos.

—¿En la escuela? —contestó de nuevo el mayor de los críos— Nosotros no podemos ir a la escuela.

—¿Por qué no?

—Para ir a la escuela hace falta dinero, Excelencia. En casa no lo tenemos.

—Está bien —Carlos José comprendió—. Marchaos a casa. Pronto será la hora de cenar.

—Ya comimos esta mañana, Señor. Hasta el próximo desayuno no habrá nada que echarse a la boca.

El Conde no insistió más. Les dio unas monedas para que sus padres las pudieran emplear en comida o en ropa, que también les hacía buena falta. Regresó con el corregidor a la casa-fortaleza de la familia de los Ríos. Ellos sí dispondrían de una buena cena aquella noche. Le pidió al corregidor que, en su próxima visita a Fernán Núñez, le recordase que había que poner remedio a situaciones similares como la vivida, tal y como había hecho años atrás su abuelo, el conde don Francisco de los Ríos. Sin embargo, no le dijo que la decisión de posponer su ayuda y no intervenir de inmediato se debía a que, en aquellos momentos, carecía del dinero necesario para llevarlo a cabo con decencia. Con todo el dolor de su corazón por la miseria que había contemplado, abandonó Fernán Núñez y alcanzó Madrid el 27 de agosto.

10 GENTILHOMBRE DE CÁMARA

El 15 de febrero de 1764, el coronel Gutiérrez de los Ríos alcanzó la merced de ser nombrado Gentilhombre de Cámara con ejercicio por parte de Carlos III. Más bien podría considerarse como un regalo por la boda de la infanta doña María Luisa con el hijo de la emperatriz María Teresa de Austria. Este enlace, como los concertados en aquellos tiempos entre hijos de diferentes casas reales, sirvió a intereses políticos y se celebró por poderes un día después del citado nombramiento. La infanta María Luisa accedía, de este modo, al ducado de Toscana. Tiempo después, se convertiría en emperatriz del Sacro Imperio Germánico, aunque solo durante los dos años que su marido vivió como portador de tal título.

No fue este el único regalo que Carlos III quiso hacer al coronel del regimiento de Castilla. Nada más presentarse el primer día que le correspondió actuar como gentilhombre del monarca, el rey tuvo a bien ofrecerle un nuevo presente. Por aquellas fechas, Carlos III se encontraba en sus Jornadas de El Pardo, palacio del que no solía marchar hasta el Domingo de Ramos.

—¿Cómo se ha dado el primer día, coronel? —preguntó el rey a Carlos José. Lo tomó del brazo y se separó un poco del resto de gentisleshombres que se hallaban en la cámara real.

—Ha sido una gran satisfacción, Majestad, el poder serviros tan de cerca —contestó Fernán Núñez, aunque no dejó de mirar al resto de sus homólogos, los cuales no acababan de aceptar en sus rostros la complicidad del rey con el nuevo.

—He pensado entregarte un pequeño obsequio como bienvenida.

—Majestad, no es necesario. Yo me contento con complaceros.

—Y lo haces, Conde, no te quepa la menor duda.

Carlos III hizo una leve señal a uno de los criados. Este salió de la cámara y regresó con un libro de gran tamaño y cubiertas marrones. Se lo entregó directamente a Fernán Núñez ante la sonrisa del monarca. Carlos José miró al rey, leyó la palabra "Herculano" en el lomo y comprendió.

—Con todo el respeto, Majestad, no puedo aceptarlo.

—¡Claro que puedes, hombre! Me he informado. Sé que eres un gran amante de la Antigüedad. ¿Qué mejor regalo podría hacerte que el libro sobre las excavaciones de Herculano?

El nombre completo del libro era *Le Antichità di Ercolano Esposte*, obra publicada en 1757 en la Imprenta Real por orden y pago del rey Carlo di Borbone, esto es, Carlos III de España en su etapa napolitana. El conde sabía que aquellos trabajos para conocer la ciudad destruida por el Vesubio habían comenzado bajo el reinado napolitano de quien ahora le hacía el regalo del libro donde se recogían los hallazgos y avances. La intelectualidad europea estaba pendiente de lo que allí se había publicado y ansiaba conseguir un ejemplar del libro. Los príncipes y reyes, por su parte, anhelaban tener en sus dominios restos arqueológicos y artísticos del mismo valor que los que el rey Carlos había extraído en sus tierras de Italia, y suspiraban de envidia por la suerte del Borbón.

—Una última cosa, Señor: ¿no creéis que esto provocará recelos innecesarios entre los demás gentileshombres de Su Majestad?

Carlos III pareció dudarlo un momento. Tenía razón.

— Pues sí, generará envidias, no te quepa la menor duda. Pero, ahora, mi real deseo es que esto te pertenezca y lo cuides para siempre.

Dicho esto, el rey se separó de Fernán Núñez e hizo un gesto para que sus criados acompañasen a los presentes fuera de la real cámara. Desde aquel día, Fernán Núñez incrementó su biblioteca con el valiosísimo libro sobre las excavaciones de Herculano y se extasió con los impresionantes grabados allí expuestos.

A principios del mes de marzo, el rey y su enorme Corte de miles de personas todavía se hallaban en el palacio de El Pardo. Esta costumbre de rotar entre sus propiedades reales las diferentes estaciones del año, la había tomado Carlos III de sus antecesores y la había asumido como algo natural. De esta manera, pasaba los primeros meses del año en El Pardo hasta la Semana Santa, cuando marchaba a Madrid. La primavera transcurría en el palacio de Aranjuez. Las primeras semanas de julio las ocupaba también en Madrid. Más tarde hacía una cortísima estancia en El Escorial y el resto del verano lo pasaba en San Ildefonso. A principios de octubre volvía a El Escorial y se quedaba allí unos dos meses. El último periodo del año transcurría en Madrid. En enero otra vez estaba en El Pardo y comenzaba la nueva rotación de Jornadas, que era el nombre que recibían estas estancias periódicas de la Corte en los Reales Sitios.

Pues bien, en la Jornada de El Pardo de 1764, Carlos José continuó prestando sus servicios al monarca. Lo observaba bien, en sus gestos, palabras, dictámenes, etc., para aprender de alguien a quien tenía en alta estima. Pudo comprobar cómo no gustaba de las comidas copiosas o de manjares lujosos. Tampoco era dado a gastar mucho en ropa, aunque siempre aparecía pulcramente vestido y odiaba que la gente de su alrededor mostrase síntomas de desaliño. Por el mismo motivo, sus cuartos debían permanecer siempre en el mejor de los estados en cuanto a limpieza.

En uno de los almuerzos, Fernán Núñez tuvo la oportunidad de servirle la mesa. Le ofreció al monarca las perdices que había cazado aquella misma mañana.

—Majestad. El cocinero real ha tenido el detalle de prepararos las perdices que Vuestra Majestad ha logrado abatir. Espero que las disfrute en su sabor tanto como las ha disfrutado al cazarlas.

El rey dejó los cubiertos sobre la mesa y miró a Carlos José.

—¿También crees, coronel, que me divierto con la caza?

—Señor, yo pensaba… —Fernán Núñez temió haber dicho alguna impertinencia.

—No te preocupes. Es habitual pensar que la caza es mi mayor entretenimiento. En realidad, es casi el único que tengo. Tú serviste a mi hermano, el difunto rey Fernando…

—Con todo el amor del mundo pues nos ayudó a mi hermana y a mí cuando nos quedamos huérfanos.

—Lo sé. Pues bien, mi hermano, y antes de él mi padre, sufrieron terribles enfermedades de los nervios por no ocupar bien su tiempo de ocio…

—Majestad, perdonad que os interrumpa, pero no es necesario que me contéis asuntos tan personales.

—Tampoco es un gran secreto. Todo el mundo en la Corte está al tanto de lo que ocurrió. Yo no quiero que me suceda lo mismo y pienso que la caza me aporta el entretenimiento y el esfuerzo físico necesarios para evitar aquellos males.

—Sabia decisión, Señor. Debo manifestaros mi apoyo total así como mi mayor coincidencia con las tesis presentadas.

—¿No me estaréis adulando, Fernán Núñez? —le preguntó el rey, con sorna—. No os hace falta…

—Nada más lejos de mi intención. Como militar considero que una buena preparación física…

—Buenos, bueno. Ya está aclarado —. El rey continuó con su comida y Carlos José se retiró.

A los postres, Fernán Núñez volvió a acercarse a la mesa del monarca. Al depositar un cuenco de natillas, el rey le retuvo:

—Quisiera decirte, solo para rematar la cuestión anterior, que si los presentes y el resto de cortesanos que me creen tan aficionado a la caza supieran lo poco que me divierto con ella, tendrían compasión de mí.

—¿Ha probado Vuestra Majestad con la música? Es mi gran afición.

—También he oído que eres diestro con el violín. Sí. Esta Corte, a pesar de la multitud que la compone, no es tan grande y se conoce casi todo. No, querido coronel, no he probado con la música porque sería intento vano. Me repele.

—No obstante, durante vuestro gobierno de Nápoles, habéis dado al arte de los sonidos un teatro digno del más grande monarca…

—¿El teatro de San Carlos? Todo apariencia, Conde. ¡Fíjate que ordené colocaran el palco real lo más lejos posible del escenario! —El monarca rio con buena gana y Fernán Núñez hizo lo mismo. Los otros cortesanos los miraron, extrañados por aquel comportamiento—. La música no me apasiona lo más mínimo, lo reconozco; ni como posible intérprete ni como público.

—¿Ni siquiera como oyente, Majestad?

—Es lo peor. Cuando niño, nuestro ayo, el conde de Santisteban, nos obligaba a mis hermanos y a mí a asistir a las sesiones de ópera que se presentaban en palacio. Aburridísimas apariciones de héroes de la Antigüedad que gritaban en italiano. No creo que fuese la mejor forma el obligarnos… ¡Si queréis conseguir algo de vuestros hijos, no los obliguéis!…, si de algo os sirve mi consejo.

—Cuando los tenga, Majestad —el conde sonrió.

—Efectivamente, coronel. Por cierto, en lo referente a tomar estado…

—Aún soy joven, Majestad. Solo tengo veintidós años…

—Pronto parece, sí. Todavía debes conocer a mucha gente y vivir aventuras en otros países. ¿Cómo llaman a ese viaje alrededor de Europa por el que todos los aristócratas jóvenes suspiráis?

—*Le Grand Tour*, Majestad.

—Eso, eso. ¡Qué manía el poner nombres franceses a casi todo!

—Son modas…

—Otro consejo me permito darte. Cuando llegue el momento de casarte, busca una buena mujer entre las iguales a ti. ¡Pero que no te ciegue solamente el dinero que su familia te pueda aportar! Busca también el cariño y, si es posible, el amor. No puedo decirte otra cosa sino lo que yo he vivido. Quise a la reina Amalia, que de Dios goce, con todo mi ser. ¡Fíjate que el único disgusto que me dio en nuestro matrimonio fue el de morirse demasiado pronto!

—Dios la tendrá a su lado, amén. Tenía un gran corazón nuestra Señora. —Fernán Núñez mostró al rey una sonrisa de ánimo.

Fallecida en septiembre de 1760, la reina María Amalia de Sajonia había dejado tal huella en su esposo que este prometió no volver a casarse. Ninguna súplica ni ningún motivo de estado habían conseguido hacerle variar su pensamiento. Y todo ello a pesar del carácter seco de la difunta reina y de algunos enfados que el propio Fernán Núñez había presenciado.

—Sin lugar a dudas estará donde los justos —respondió Carlos III.

—Intentaré seguir vuestros consejos, Señor —dijo Carlos José y se retiró tras una reverencia.

En las siguientes Jornadas, esta vez en Aranjuez, tuvo Fernán Núñez nuevas oportunidades de servir al monarca Borbón y de aprender de su forma de gobernar, así como del trato que infería a sus criados. Un caluroso día de junio, almorzaba el rey en compañía de quienes tenían acceso a su real persona, Carlos José entre ellos. Tras acabarse el primer plato, tomó la copa de agua y casi la apuró, tal era el calor reinante. Señaló al criado encargado de llenarla que cumpliera con su misión. El hombre, que sobrepasaba los sesenta años, debió de haberse olvidado en la cocina la jarra, por lo que abandonó a toda prisa la cámara y buscó el agua. Transcurrieron varios minutos sin que apareciese. El rey, con los brazos cruzados y la mirada en la copa vacía, representaba en su real figura aquella improcedente tardanza. Por fin apareció el criado. Venía con la jarra en la mano, pero su andar era lento y renqueante. Seguramente, al partir hacia la cocina más rápido de lo que su musculatura le permitía, habría sufrido algún percance. El marqués de Montealegre, gentilhombre responsable aquel día del almuerzo del monarca, se acercó al criado y le fue diciendo al oído palabras que no podían escucharse, pero que debían de ser insultos. Carlos José sintió pena por él. El rey no dijo nada e hizo como que no levantaba la mirada de la copa vacía. Cuando el criado, a duras penas por su temblor, pudo llenarla, el rey bebió. Hizo un gesto para que el hombre se retirara a su lugar. Otra vez se le acercó Montealegre para continuar la reprimenda.

—Montealegre, ¡ven! —se oyó decir al rey. Todos miraron al monarca. El nombrado dejó al sirviente y llegó al lado del rey. Carlos III tampoco movió esta vez su cara.

—¡Déjale!

—Pero, pero… Majestad… no es correcto…

—¡Claro que no es correcto! Pero, ¿qué ganamos reprimiéndole de malas formas?

—Es un criado que no cumple...

—Es una persona, Marqués. Además, ¿no creéis que el pobre no habrá sentido más que yo no poder complacerme con presteza? Retírate.

Aquellas palabras del rey, oídas por todos, miembros de la nobleza y criados, sirvieron para enseñarles que un monarca podía gobernar con mano de terciopelo y, al mismo tiempo, obtener el respeto y cariño de sus súbditos. Carlos José tomó buena nota, pues, algún día, tendría que gobernar a sus vasallos y no hallaría mejor maestro que el propio Carlos III.

Las semanas que el rey pasaba periódicamente en Madrid, durante el mes de diciembre, tuvieron en 1764 un nuevo y colosal escenario. El 1 de aquel mes, Carlos III pudo ocupar ya un cuarto con vistas a la zona arbolada en el nuevo Palacio Real. La Corte se distribuyó por el resto de estancias disponibles. Carlos José, como gentilhombre de cámara, continuó sus servicios directos al monarca. Le ayudó a vestirse y calzarse, le sirvió la comida en persona. Los dos Carlos, rey y conde, pudieron hablar de lo divino y de los humano, de la política y de la vida. El joven, cual esponja, absorbió todas las enseñanzas que su monarca le ofreció, lo mismo con su palabra que con su ejemplo.

No todo en este tiempo fueron servicios directos al rey. El 3 de abril de 1765, Gutiérrez de los Ríos inició un viaje con destino a Algeciras. Con el fin de que le tuviesen preparadas las posadas, despachó a varios criados con adelanto. El 19 llegó a su Villa cordobesa. En su mente estaba el recuerdo de la anterior visita, cuando descubrió la pobreza y falta de ilustración de muchos niños de Fernán Núñez. Decidió establecer unas escuelas para estas criaturas. Sin embargo, solo pudo hacerlo de manera provisional, movido más por su deseo ilustrado de cuidar de sus vasallos que por la capacidad económica de un gran potentado. A esas alturas de su vida, Carlos José todavía era menor de edad para disponer de sus bienes, de ahí que no pudiese establecer las escuelas con total seguridad.

De vuelta en Madrid, aprovechó su cercanía el rey Carlos III para solicitarle, en el mes de diciembre de 1765, que el regimiento bajo su mando cambiase de nombre. No obstante, siguió el curso oficial y presentó la petición al marqués de Esquilache:

Excmo. Sr. – Muy Sr. Mío:
El Regimiento de Castilla, a cuyo mando tengo la honra de encontrarme, deseoso de agradar al Rey Nuestro Señor, en su constante

servicio y en el respeto a su Augusta Persona, considera que su nombre de Castilla debería trocarse en el de Regimiento del Rey. Es gracia que esperan conseguir de Su Majestad quienes solo tienen en mente servirle con fervor.

Madrid, 15 de Diciembre de 1765. Excmo. Sr. B.L.M. de V.E. su más seguro servidor. Don Carlos José Gutiérrez de los Ríos y Rohan Chabot, coronel del Regimiento de Castilla. —Excmo. Sr. Marqués de Esquilache.

Transcurrieron los días sin respuesta; diciembre dio paso a enero. Nuevas peticiones por conducto oficial, similares a la anterior, parecían no dar frutos. El nerviosismo iba aumentando en Carlos José. Cuando ya pensaba en dirigirse personalmente al rey, aprovechando su acceso al monarca, llegó un mensajero desde palacio. Fernán Núñez reunió a la plana mayor del regimiento.

—¡Señores! ¡Noticias de El Pardo! —les dijo—. No he querido abrir el mensaje hasta que todos ustedes estuviesen delante. La petición la asumimos todos como propia del regimiento, por lo que la respuesta deberá ser escuchada también por todos al mismo tiempo.

Las caras de nerviosismo de los militares concordaban con las de su coronel. Este abrió el mensaje y comenzó a leer:

Muy Sr. Mío:
El Marqués de Esquilache, en notificación del día 6 del corriente, me confirma que el Rey ha determinado que, de ahora en adelante, el Regimiento de Infantería de Castilla, que tan leales servicios le presta, pase a denominarse Regimiento del Rey.

Carlos José no pudo seguir leyendo. Los hurras y los abrazos de sus oficiales cortaron cualquier posibilidad. Sin embargo, el coronel no estaba contento. Su rostro no mostraba la misma alegría que la del resto. Por fin se dieron cuenta y cesaron las felicitaciones.

—¿Algún problema, Señor? —se atrevió a preguntar uno de los capitanes—. ¿Contiene la carta alguna cuestión que le provoque desazón?

—No, no. Tranquilos —respondió Carlos José—. El resto de la carta son simples formalidades burocráticas. La cuestión es otra. Veréis. En estos largos días de espera, he llegado a la conclusión de que el nombre que hemos solicitado se le queda corto al regimiento…

Los militares miraron extrañados a su jefe.

—No comprendemos… —volvió a decir el capitán.

—No os he dicho nada hasta ahora, pero llevo un tiempo dándole vueltas. Creo que el nombre de Regimiento del Rey es poca cosa para el Castilla. ¡No me malinterpretéis! Quiero decir que, aunque es un gran honor llevar el nombre del rey, todavía no se recoge lo que este regimiento supone para España. No hay otro regimiento que se le iguale, ni en valor ni en actitud…, ni en antigüedad.

—¿Y qué propone, coronel? —preguntó un teniente segundo.

—Propongo que nuestro regimiento reciba el nombre de Inmemorial del Rey. Con tal idea iré a palacio y trataré con el rey en persona. ¡Viva el Regimiento de Castilla!

Pocos días después de apagarse aquellos vítores, Fernán Núñez pudo hablar con Carlos III. La petición agradó tanto al monarca, además de venir de alguien a quien estimaba sobremanera, que ordenó a Esquilache incluyera su asentimiento entre las disposiciones reales más urgentes. De esta manera, por esfuerzo directo de Carlos José Gutiérrez de los Ríos, el Regimiento de Castilla pasó a ser considerado el más antiguo del ejército español y recibió el nombre de Regimiento Inmemorial del Rey. Solamente no consiguió, pese a sus denodados esfuerzos, que Esquilache le permitiese usar una bandera coronela de color morado.

Todos los regimientos de infantería usaban la de color blanco de los Borbones. Esta vez, ni la testarudez de Fernán Núñez ni la amistad con Carlos III consiguieron hacer realidad la petición sobre la enseña del regimiento.

11 JUNTO AL REY DURANTE EL MOTÍN DE ESQUILACHE

—¡Excelencia! ¡Excelencia!

Los gritos de un joven criado retumbaron en el palacio madrileño del duque de Arcos.

Don Antonio Ponce de León y Spínola, XI duque de Arcos, salió de la cámara donde tomaba un licor con Carlos José Gutiérrez de los Ríos, su amigo. Este le acompañó, intrigado por el escándalo.

—¿Qué ocurre para que grites de esa manera, Alonso? —inquirió el Duque. Otros sirvientes se arremolinaron en el patio, asustados por los gritos y deseosos de conocer qué los motivaba.

—¡Una revuelta, Excelencia! —pudo articular el criado mientras tomaba aliento.

—Vamos, no será para tanto —dijo Carlos José, con una sonrisa—. ¿A quién se le puede ocurrir producir un tumulto un Domingo de Ramos?

—No te lo tomes a broma. Parece seria la cosa pues Alonso no es precisamente asustadizo por naturaleza —le pidió el de Arcos—. ¡Traed un poco de agua! Veamos, Alonso; cuéntanos lo que ha pasado.

—Era poco más de las cuatro de la tarde, señor Duque, cuando atravesaba la plaza de Antón Martín en compañía de… —el joven criado disimuló— unos amigos… Nos cruzamos con dos paisanos embozados en una capa larga y el sombrero redondo.

—Pero, ¡si están prohibidos! —exclamó Carlos José.

De sobra era conocida en Madrid la disposición del ministro Esquilache sobre la prohibición de usar ese tipo de vestimenta, querida por el pueblo llano, pero que permitía pasar inadvertidos a los malhechores. Ya el mismo día de su promulgación, el 10 de marzo de 1766, se habían producido actos violentos contra los bandos fijados en diferentes partes de la ciudad. Tampoco faltaron los individuos que se paseaban con esa indumentaria delante de las autoridades para desafiarlas. No en vano, Esquilache era un extranjero. ¿Con qué derecho pretendía eliminar algo que los españoles consideran tan suyo?

—Lo mismo pensamos nosotros, señor Conde —continuó el criado—. Decidimos detener nuestro camino y esperar acontecimientos, pues vimos que se dirigían en derechura hacia el cuartel de Inválidos, sito en aquella plaza.

—Y los soldados respondieron a la provocación, ¿verdad? —preguntó el duque de Arcos.

—Así fue, Excelencia. Dos de ellos se encararon con los embozados. No pude escuchar qué palabras les dirigieron, pero, en un momento, los paisanos sacaron las espadas y con la parte plana propinaron varios golpes a los soldados que, desprevenidos por el ataque, cayeron al suelo.

—¿Y los otros soldados del retén? —preguntó, ahora con preocupación, Fernán Núñez.

—Nada pudieron hacer, señor Conde. Uno de los paisanos lanzó un sonoro silbido y, como centellas, aparecieron varios individuos más que desarmaron al resto de soldados y se apoderaron de las armas del cuartel.

—Tenías razón, amigo Arcos. La cosa parece seria. Creo conveniente ir a palacio a recabar órdenes para mi regimiento.

—¡Tened cuidado, señor Conde! —le advirtió Alonso—. Al venir hacia acá para informar, me crucé con varios grupos de gentes de los barrios humildes que llevaban garrotes y alguna espada. Lanzaban gritos a favor de nuestro amado Carlos III pero en contra del marqués de Esquilache.

—No hay que ser aventurero, Carlos José —dijo Arcos—. Yo también debo permanecer junto al rey en estos momentos. Iremos juntos.

La suerte acompañó al duque de Arcos y al conde de Fernán Núñez, coronel del regimiento Inmemorial del Rey, y pudieron llegar sin novedad hasta el palacio real en la tarde del 23 de marzo de 1766. Necesitaba órdenes directas del monarca para saber cómo actuar, aunque siempre bajo el imperio de la prudencia cuando era el pueblo quien se erigía en protagonista de un altercado. Cerca de palacio, un grupo de paisanos había rodeado a un señor de avanzada edad. A pesar de sus protestas, con una navaja de barbero le desapuntaban el sombrero, de tal manera que quedaba de nuevo en redondo y no en tres picos. Como los dos nobles consideraron más oportuno no detener sus caballos ante la desagradable escena, nada sucedió.

Una vez en palacio, el duque de Arcos pasó inmediatamente a visitar a Carlos III, pues el rey, que se hallaba de cacería en la zona de la Casa de Campo, había sido avisado de la situación y había regresado a su morada con precipitación. Fernán Núñez permaneció un tiempo en las dependencias inferiores, donde pudo informar a otros oficiales de las guardias que protegían al monarca y, a su vez, obtuvo nuevas noticias de la situación. Se comentaron los pequeños conatos de revuelta que habían tenido lugar los días anteriores. Algunos oficiales achacaban, con el debido respeto, el mal de la situación al ministro Esquilache, quien no había mostrado delicadeza alguna hacia las costumbres españolas y trataba de imponerles modas ajenas. Otros afirmaban lo contrario: el coser los sombreros anchos para dejarlos en sombreros militares de tres picos y el recortar las capas, eran medidas acertadas del italiano, pues contribuirían a mejorar la seguridad de los propios militares ante los delincuentes y revoltosos. Hubo quien, también con el debido respeto y reserva, aseguró haber oído que algunos nobles, con Ensenada a la cabeza, y miembros de la Orden de Jesús habían animado, los días anteriores, a los paisanos a una revuelta para eliminar a los ministros extranjeros, no solo Esquilache, sino también al Primer Secretario de Estado, Jerónimo Grimaldi. Por último, también añadió alguien que la misma esposa de Esquilache, doña Pastora, no ocultaba que en su casa se negociaban las gracias del rey hacia quien sabía portarse bien con el matrimonio.

El coronel Gutiérrez de los Ríos escuchó atentamente a sus colegas y pensó que todos tenían parte de razón. Sin embargo, creyó conveniente añadir que la subida del pan y las carestías habían creado un estado de ánimo propenso al incendio si alguna mano hábil sabía cómo encenderlo. Y esa mano –probablemente manos–, estaría utilizando la cuestión de las vestimentas para avivar las llamas en su beneficio.

En ese momento, un personaje con ropas de alto dignatario, seguido de varios soldados, atravesó el pasillo que daba a la estancia donde estaban Fernán Núñez y sus colegas de armas. La premura de los pasos que se escuchaban hizo a todos volverse hacia la puerta. La cara de este personaje les era conocida y el color cerúleo de la misma informaba de que había pasado un mal rato: se trataba de don Leopoldo de Gregorio, marqués de Esquilache. Carlos José no lo pensó dos veces y, aprovechando su condición de Gentilhombre de Cámara, corrió tras Esquilache para presentarse también al rey y conocer de primera mano lo que iba a decidirse.

—¡Estoy vivo de milagro, Majestad! —dijo el doble ministro de Hacienda y Guerra.

—Tranquilízate, Leopoldo —intentó calmarlo el monarca—. Cuéntanos qué ha sucedido.

—Desde la puerta de Alcalá vengo sofocado. Una persona de confianza, sabedor de que yo estaba de almuerzo en San Fernando, ha ido a esperarme con el fin de prevenirme. Me ha contado cómo una turba se ha presentado ante mi residencia, la casa de las Siete Chimeneas, con intención de quemarla y quemarnos a todos los que estuviésemos dentro.

—¿Y lo han conseguido? —preguntó el rey, esta vez con síntomas de preocupación en su rostro—. Lo de quemar la casa, quiero decir; a ti ya veo que no.

—No, Majestad. Por lo visto, un criado ha tenido la habilidad para convencerles de que la casa no es de mi propiedad, sino de un noble español, por lo que hubiese sido un atentado a los propios españoles el quemarla. Por lo que he sabido, se han contentado con tirar cuadros y muebles a la calle y prenderles fuego.

—Inteligente criado, sí señor —comentó el monarca—. ¿Estás ya más tranquilo?

—Algo más, Señor. Pero ahora temo por mi esposa. No sé nada de ella. Salió a pasear a las Delicias con la familia del embajador de Holanda.

El nerviosismo de Esquilache hubiese sido aún mayor de haber sabido la audaz acción de su mujer. Al conocer los altercados, la esposa del ministro se había dirigido hacia su casa. Disfrazada, había sorteado a los revoltosos y accedido a la vivienda. Tras recoger el suficiente número de joyas y algunos papeles importantes, ya se encontraba camino de Leganés, para ponerse a salvo en el colegio de niñas donde se formaban sus hijas.

En ese momento se anunció la presencia de don Luis Fernández de Córdoba y Spínola, duque de Medinaceli, Caballerizo del rey. Su cara mostraba también que algo grave le había sucedido. Sus ropas aparecían descompuestas y su sombrero, de tres picos, traía uno desapuntado.

—Bueno, bueno. Esto ya empieza a ser una procesión en pleno Domingo de Ramos —bromeó el rey con el fin de quitar hierro a la situación—. ¿Y a ti qué te ha pasado, Medinaceli?

—¡Una revuelta, Majestad!

—Sí. Eso ya lo sé. Pero, a ti, ¿qué te ha sucedido?

—Como bien sabéis, iba en dirección a mi casa, después de acompañaros hasta palacio desde la Casa de Campo, cuando una multitud armada con palos y algunas piezas de fuego ha detenido mi carruaje en Platerías. Me han sacado a empujones de él y han llegado, incluso, a cortar uno de los picos de mi sombrero. Creí que iban a lincharme, pero me han dejado partir con la condición de que hable con Su Majestad.

—¿Y de qué tenéis que hablarme, don Luis, según ellos?

—Quieren que se rebaje el precio del pan y… —Medinaceli titubeó un instante; miró a Esquilache— que don Leopoldo…

—¿Don Leopoldo?… —inquirió Carlos III.

—El ministro Esquilache deberá abandonar el país o morirá a sus manos —soltó de un tirón Medinaceli.

Los presentes, salvo el rey, dieron un respingo. Sabían que el populacho, enfurecido, era capaz de cualquier tipo de desmanes.

Durante varias horas, el propio Carlos III trató que calmar a sus hombres de confianza. Les aseguró que la situación se aplacaría y que allí, en palacio, sus vidas estaban aseguradas. Sus vasallos no podían ser tan ingratos como para olvidar lo que él y sus ministros habían hecho para mejorar la salubridad en la capital. Deberían entrar en razón.

De forma paralela, el populacho también se fue calmando en las calles de Madrid. Tras lanzar piedras a las ventanas de la casa de Grimaldi, algunos ataques a los nuevos faroles que había instalado aquel iluminado extranjero de Esquilache y encender una hoguera en la Plaza Mayor, donde quemaron el retrato del ministro, el cansancio y el aburrimiento hicieron mella en los amotinados y volvieron a sus respectivas casas. Los italianos se les habían escapado.

Sin embargo, el amanecer del Lunes Santo, 24 de marzo, trajo consigo la noticia de que Esquilache había sido visto, la tarde anterior, camino de palacio. El motín, por tanto, se reactivó. Grupos de hombres, mujeres y chicuelos se concentraron en la Puerta del Sol y en la Plaza

Mayor, con vistas a dirigirse hacia la regia estancia. En palacio, mientras tanto, Carlos III había tratado de mantener la calma y continuar con su rutina habitual. Fernán Núñez, que también había pasado la noche en palacio esperando órdenes para su regimiento que no se daban, había dormido poco y mal. Esquilache ni eso, pues no había conseguido conciliar el sueño en todo el tiempo. Las noticias iban llegando, muchas veces contradictorias, sobre las acciones de los amotinados. Por tanto, Carlos José decidió buscar él mismo la verdad de la situación. Sin pedir permiso al rey, pues sabía que no se lo daría, consiguió que unos criados le facilitasen ropas para pasar desapercibido entre el pueblo: precisamente con una capa larga y un sombrero gacho, prendas cuya prohibición habían encendido la rabia de los madrileños.

A las once de la mañana de aquel Lunes Santo de 1766, Gutiérrez de los Ríos, embozado, llegó a la Plaza Mayor. Pudo tasar en varios miles las personas allí congregadas. La mayoría iban armados con palos, horcas de madera y cuchillos, aunque también podía ver armas de fuego de diferente modelo. A su lado, varios campesinos se reían a carcajadas de un bando que acababan de clavar los alguaciles. En él se especificaba que la autoridad había concedido una rebaja en el precio del pan y del vino. Arrancaron el bando y lo hicieron pedazos, mientras comían y bebían esos mismos artículos que habían robado en tahonas y bodegas de las cercanías.

En ese momento, una descarga de fusilería llamó la atención de Carlos José y de todos los presentes. El Conde se acercó con precaución a la zona que daba hacia la calle Mayor. Casi fue arrollado por un grupo que llevaba en volandas a un hombre herido en el hombro. Tras él, otro hombre era ayudado a correr y presentaba un balazo en la pierna izquierda. Una tercera persona, una mujer en este caso, era llevada también en volandas y el color de su rostro no presagiaba un buen desenlace.

—¡Disparad, malditos! ¡Nosotros caeremos, pero también caeréis vosotros!— oyó gritar.

Carlos José vio a una docena de miembros de las Guardias Walonas, al mando de un teniente. Se preparaban para efectuar otra descarga pero una lluvia de piedras y horcas, impulsadas como si de lanzas se tratase, cayó sobre ellos. El teniente no pudo contener a sus hombres, los cuales optaron por echar a correr y evitarse males mayores; el oficial consideró que lo más sensato era correr con ellos. La turba les persiguió en medio de terribles gritos de venganza. Dos minutos después, Fernán Núñez, todavía no repuesto de lo que acababa de presenciar, escuchó esta vez gritos de alegría. Ahora la masa humana venía hacia el interior de la Plaza Mayor. Jaleados por la multitud, dos paisanos corrían y tiraban de sendas sogas que iban a parar al cuello de uno de los guardias walones. Ahogado y arrastrado, el militar extranjero iba a servir de burla y venganza a sus captores. Carlos José prefirió marcharse de allí.

En la puerta de Guadalajara, Gutiérrez de los Ríos encontró un nuevo y numeroso grupo de paisanos en actitud belicosa. Los vivas al rey Carlos y los mueras a sus ministros foráneos se mezclaban con otras exclamaciones de poco gusto. De pronto, el bullicio cesó. Carlos José vio cómo la gente se apartaba y dejaba paso a una figura solitaria, de aspecto espeluznante. Sobre su cabeza había vertido ceniza y una corona de espinas, auténtica, le hacía sangrar. Caminaba de manera pausada, muy teatral, como en procesión lenta. Portaba un crucifijo de gran tamaño que presentaba en delantera, como si se abriese paso con él ante una legión de endemoniados.

—¡Hijos míos! ¡Hijos míos! —El fraile gritaba con voz de ultratumba—. ¡La paz del Señor debe reinar entre nosotros!

Aunque la figura, en un primer momento, le resultó irreconocible, aquella voz sí la había oído en otras ocasiones. Era el padre Cuenca, fraile franciscano del convento de San Gil, a quien había escuchado en más de una ocasión predicar en las plazuelas de la Villa. Por un momento, Carlos José creyó que la turba, temerosa ante todo lo relacionado con los misterios de la religión, accedería a las exhortaciones de paz del fraile. Pero, entonces, se escuchó:

—¡No necesitamos más predicaciones! —gritó una mujer—. ¡Tenemos hambre! ¡Somos cristianos y no nos mueve ningún mal, pero queremos justicia, padre!

Ante esa respuesta inesperada y la salva de aplausos con que fue recibida, el padre Cuenca consideró más acertado negociar con los amotinados en lugar de someterlos con la fuerza de la fe. Viendo la oportunidad para salir de allí con garantías, se ofreció a llevar él mismo a palacio sus reivindicaciones. Alguien trajo lo necesario para redactar un documento que el fraile escribió sobre la amplia espalda de un herrero con mandil.

—¡El precio del pan debe volver a su estado anterior! —gritaron unos y el fraile tomó nota.

—¡Esquilache debe ser fusilado por traidor al pueblo!

—Pero, hijos míos —dejó de escribir el padre Cuenca—. La vida pertenece a Dios y no nos es lícito quitarla de esta manera…

—¡Pues, que sea desterrado! —gritó otro amotinado. El fraile asintió con la cabeza, como si de un mal menor se tratase, y tomó rápida nota, no fuesen a cambiar de opinión y volvieran a la primera idea.

—¡Fuera de Madrid todos los ministros extranjeros! ¡Que echen a los walones! ¡Queremos vestir como españoles que somos!

—¡Poco le durará al rey su nuevo palacio si no atiende nuestras justas peticiones! ¡Caeremos sobre la real morada y la reduciremos a polvo!

Todas esas reivindicaciones y amenazas gritadas fueron escritas por el fraile, con cierta dificultad pues la "mesa" no dejaba de moverse y asentía cada vez que alguien lanzaba una petición. Terminado el documento, el padre Cuenca les pidió tiempo para ir a palacio y ofrecer su contenido al rey.

—¿Cómo nos aseguramos de que no nos ha engañado y partirá a esconderse? —preguntó un desconfiado oficial de tahona.

—¡Os juro, por los clavos de Cristo… —intentó defenderse el monje, entre asustado y ofendido.

—No sería la primera vez que nos embaucan con palabras —insistió el tahonero y muchos asintieron.

—¡Yo me ofrezco a acompañarle y así nos aseguramos de que va directo a palacio!

Este ofrecimiento, efectuado por un paisano embozado fue aceptado como lo más sensato. Así pues, fraile y paisano partieron camino de palacio. El padre Cuenca fue llevado hasta las estancias reales y el embozado, que no era otro sino Fernán Núñez, quien había visto la oportunidad de regresar sin levantar sospechas entre los amotinados y los soldados que custodiaban el palacio. Buscó por las estancias inferiores a los criados de confianza y recuperó sus vestimentas habituales.

Cuando subió a la cámara donde Carlos III se hallaba reunido con sus consejeros, el padre Cuenca ya había terminado su relación y había sido llevado a tomar un reconfortante chocolate para atenuar el miedo que le oprimía. Tenía que volver, quisiese o no, junto a los amotinados y pedirles que tuviesen paciencia, que el rey había escuchado sus justas reivindicaciones pero que, ahora, necesitaba meditarlas y consultarlas con sus allegados.

En la cámara real Fernán Núñez permaneció junto a otros militares de parecida graduación, el confesor real, padre franciscano Joaquín Eleta y varios miembros de palacio, mientras en una mesa se ubicaban Carlos III, los condes de Gazola, Priego, Revillagigedo y Oñate, el marqués de Sarria y el duque de Arcos. La persona del rey quedaba de tal manera que

Gutiérrez de los Ríos aparecía enfrente de ella, por lo que podía seguir todas sus palabras y gestos.

—Como habéis podido comprobar —comenzó a hablar Carlos III—, la situación es difícil. Nunca hubiese imaginado que mis vasallos, mi pueblo, respondiesen así a unas medidas que solo buscaban el bien común y mejorar su calidad de vida. Quiero y necesito consejo, para eso estamos aquí. Que cada uno de los presentes me ofrezca su parecer sin miedos, con sinceridad. No es el momento de andar con miramientos hacia mi persona sino de ser efectivos y ayudarme a solventar los males que nos acechan.

—Majestad —el duque de Arcos, teniente general de los Reales Ejércitos, se puso de pie—. Esta situación es, verdaderamente, inaudita. El populacho no puede someter a quien Dios ha designado como monarca. Si me dais permiso, saldré con mi compañía de Guardias de Corps y esta misma tarde quedará resuelta la situación a nuestro favor. ¡Bastará con echar algunas lenguas a los cerdos!

Carlos III escuchó en silencio al duque de Arcos y lo siguió con la mirada hasta que se sentó. Sin embargo, en su campo di visión apareció la cara de Fernán Núñez, quien mostraba un rostro que indicaba su desagrado con lo que acababa de escuchar en boca de su amigo el Duque, al tiempo que movía la cabeza con gestos de negatividad. El rey disimuló y prestó atención al siguiente en hablar.

—Con el debido respeto, Señor —dijo el conde de Gazola, responsable de la Artillería Real—, opino igual que el Señor Duque. Permitidme que saque a la calle varias piezas de artillería de metralla y acabaremos con esos revoltosos. Los que no caigan, huirán como perros sarnosos.

—¡Soy de la misma opinión, Majestad! —casi gritó el conde de Priego, coronel de las Guardias Walonas, otro de los blancos de las iras del pueblo en aquellos días. La respuesta militar hubiese sido una gran oportunidad para vengar las injurias realizadas a sus soldados.

Tras escucharles, Carlos III comprobó de nuevo que el conde de Fernán Núñez hacía ostensibles gestos de desaprobación. En esta ocasión, miraba incluso al monarca. El rey también lo miró directamente y el noble le ofreció un rostro contrario hacia las propuestas de sus colegas. El rey se movió en su asiento, incómodo.

—Pido disculpas a Su Majestad y a mis compañeros por lo que voy a decir —dijo el marqués de Sarria, también teniente general y coronel de Guardias Españolas—. ¡Es un tremendo disparate y una locura lo que se ha propuesto hasta ahora, no en vano Priego es de cuna francesa y Gazola, italiana!

Sarria acompañó su explosiva frase con un sonoro golpe en la mesa. Al instante se desataron las quejas de los que podían considerarse ofendidos y las palabras de asombro de otros presentes. Solo el rey permaneció en calma. A un gesto de su mano, todos callaron.

—Marqués de Sarria —habló el monarca—, te pido que no faltes al respeto a nadie. Refrena tu vehemencia. Todos sois mis leales consejeros y he pedido que se hable con libertad. Esa misma libertad que a ti te consiento, pero sin desvariar.

—Pido disculpas a los presentes por haberme dejado llevar por la ira. —El Marqués, pese a su avanzada edad y sus altos cargos, se acercó al monarca, apoyó las rodillas en tierra y dejó su bastón a los pies de Carlos III—. Majestad, la solución no puede ser nunca atajar la violencia con más violencia. El pueblo sabe que os habéis portado siempre como un padre que solo busca el bien de sus hijos. Pues bien, ofreceos a ellos, hablad con sus representantes, como haría un buen padre con unos hijos que han tenido tentaciones pasajeras. Solo la bondad paternal de Su Majestad podrá hacerles ver cuán equivocados se hallan.

Esta vez, los movimientos de la cabeza de Gutiérrez de los Ríos hacia lo que acababa de escuchar fueron de asentimiento. El rey no pudo dejar de tomar nota de lo que Sarria, de palabra, y Fernán Núñez, de gesto, le aconsejaban.

Las siguientes intervenciones, debidas al conde de Oñate y al conde de Revillagigedo, fueron favorables a una solución pacífica del conflicto. Incluso se llegó a decir que Gazola y Arcos habían hablado de usar la violencia por su afinidad con el perseguido Esquilache, pero que este era en gran parte culpable de lo que estaba ocurriendo por su falta de tacto hacia las costumbres españolas.

—¡Ya he escuchado suficiente! —dijo el rey.

Carlos III se levantó y el resto de consejeros se pusieron en pie. El monarca, ante la mirada asombrada de estos, se dirigió recto hacia Fernán Núñez, quien tampoco podía creer que el rey fuese a hablarle en persona en aquellos momentos tan delicados. Todos pusieron atención, pero el rey procuró hablar en voz baja para que solo se enterasen Carlos José y él.

—He visto todos tus gestos a favor y en contra de lo que se hablaba.

—Espero no haber incomodado a Su Majestad. Me he dejado llevar…

—Al contrario. Agradezco la sinceridad en quienes están a mi servicio. ¿Cómo ves la situación?

—Mal, Señor. Si actuamos como proponen Arcos y Gazola, esa violencia supondrá que sus vasallos dejarán de verle como un padre bondadoso. Con todo el respeto, considero más acertado que les ofrezca la mayoría de sus peticiones y les haga ver en cuáles se encuentran equivocados…

El rey se separó un par de metros de Carlos José y quedó unos instantes pensativo.

—Está bien. ¡Vamos! —dijo Carlos III y tomó a Fernán Núñez del brazo y le obligó a acompañarle.

—¿Vamos? ¿Adónde vamos, Majestad? —preguntó este, extrañado, pero sin detener su acompañamiento.

—Al balcón de palacio. Voy a hablar a mis vasallos y quiero que estés a mi lado. ¡Padre Eleta, conmigo!

De esta manera, a las cinco de la tarde del 24 de marzo de 1766, Carlos III, cuarto monarca de la dinastía Borbón en España, tuvo que enfrentarse cara a cara con sus vasallos para escuchar sus peticiones. En el balcón del nuevo palacio real que daba a la plaza de la Armería, adonde se había dejado pasar a un variopinto grupo de madrileños de todas las edades, que no dejaban de gritar, el rey Carlos, su confesor Eleta y su coronel Gutiérrez de los Ríos, se encararon con el pueblo. El rey iba a negociar con este, lo cual era una situación llamativa e inaudita.

—¡Hijos míos! —pudo decir el rey una vez que las voces menguaron al comprobar que había accedido a presentarse al pueblo—. En el documento que habéis dictado al padre Cuenca solicitabais una entrevista con mi persona. Aquí me tenéis, dispuesto a escucharos. Hablad sin miedo.

Por un instante, nadie pareció querer señalarse de manera tan clara. Todos callaron, algunos bajaron la cabeza y la mayoría permaneció con sus ojos puestos en las tres figuras del balcón. Por fin, alguien habló:

—¡Señor rey! —dijo un individuo con acento andaluz. Elevaba mucho la cabeza pues el sombrero ancho que portaba no le permitía ver bien al monarca. Su chupetín de color encarnado, con las mangas muy ajustadas, señalaba que su oficio era el de calesero—. ¡Soy Pepe, "el Malajechura", y tengo el gusto de dirigirme a Su Excelencia… o Su Majestad… ¡o como se diga, que yo no soy versado en tratamientos de alta alcurnia!

Mal empezaba la entrevista, pensó Fernán Núñez. Aquel individuo, cuyos ademanes y manera de dirigirse al rey demostraban su baja educación, formaba parte del pueblo al que había que escuchar. También pensó que una cosa era el "pueblo", en abstracto, y otra diferente, incluso peor, eran algunos seres individuales que conformaban aquel "pueblo". Y también pensó que no solo era asunto de criticar a esos individuos por su baja educación, sino de considerar la oportunidad de elevar su formación en beneficio de todos.

—¿Y qué tiene que decirme Pepe, "el Malajechura" —contestó el rey sin perder su aplomo; incluso esbozó una sonrisa.

—Usía ya conoce lo que pedimos. El fraile se lo ha dicho. Ese perro de Esquilache debe desaparecer... La guardia walona debe desaparecer... El pan debe bajar...

Cada una de estas frases del calesero fue acogida por la muchedumbre con gritos de asentimiento. Una vez terminó, el rey tomó la palabra:

—¡Marchad tranquilos a casa! ¡Todo se hará según demandáis!

Sin nada más que añadir, Carlos III abandonó el balcón y entró en la sala. El padre Eleta casi lo atropelló al querer quitarse de la vista de la muchedumbre, tal era su miedo. Fernán Núñez fue el último en entrar, por rango y por educación.

Sin embargo, los gritos continuaron y la muchedumbre no parecía contenta a pesar de que todo un rey había hablado con ella y había accedido a sus demandas. Se solicitó a dos criados que indagasen entre los reunidos el motivo de aquel nuevo escándalo. La respuesta fue la misma en ambos:

—Con el debido respeto, Majestad, el pueblo no se fía de las promesas hechas solo con palabras.

Al escuchar aquello, fueron los nobles y militares que acompañaban a Carlos III los que esta vez se quejaron de viva voz por la insolencia de los amotinados. El rey les mandó callar y solicitó de nuevo la presencia de Eleta y Fernán Núñez en el balcón junto a él. Esta vez el rostro y las palabras del Borbón mostraban enfado.

—¡He dado mi real palabra de que se atenderán vuestras peticiones! —dijo, muy serio—. ¡Eso debe bastaros!

Cuando el rey y sus acompañantes volvieron al interior de palacio, se escucharon gritos entre el pueblo, pero esta vez eran vivas el monarca. Después, el gentío se marchó y se comentaron en pequeños corrillos lo ocurrido. La mayoría consideraba suficiente que Carlos III hubiese dicho, en dos ocasiones, que estaba de su parte.

Sin embargo, el rey no estaba de su parte. Carlos de Borbón se había sentido esta segunda vez presionado en demasía y estaba molesto por las exigencias sin tasa de un pueblo ingrato. Necesitaba complacerles para aplacarles y, al mismo tiempo, darles un escarmiento. De esta forma, accedió al relevo de su ministro Esquilache, quien partió en los días siguientes con rumbo a Nápoles sin entender en ningún momento por qué los madrileños no le querían a pesar de todo lo bueno que había hecho por ellos. El mismo rey, como castigo, decidió dejar a ese pueblo desagradecido sin su real presencia, de manera que abandonó Madrid la misma noche del Lunes Santo y se afincó en Aranjuez, acompañado de toda la Real Familia.

Cuando se conoció entre el pueblo la marcha del rey, muchos se asustaron, pues creyeron firmemente en que aquello era un castigo similar al que un padre molesto podía ofrecer a unos hijos rebeldes, volviéndoles la espalda. Otros se enfadaron, pues vieron en este alejamiento del monarca como la constatación de que Carlos no estaba dispuesto a atender a sus súbditos y les había engañado. Otros se aprestaron a defenderse, pues esperaban una reacción violenta del rey para sofocar la revuelta con el ejército, una vez fuera de peligro su real persona. Los disturbios, pues, se reiniciaron con mayor virulencia y se extendieron por otros lugares de

España. Solo menguaron cuando se comprobó la voluntad del rey de cumplir las peticiones populares que había aceptado en el balcón de palacio y cuando comenzaron a surtir efecto las disposiciones del conde de Aranda, a quien Carlos III encomendó la seguridad y el orden en el país. Entre esas medidas, el regimiento Inmemorial, con su coronel Gutiérrez de los Ríos al frente, se apostaría en Madrid, como medida disuasoria ante futuros altercados. En cuanto a la prohibición de los sombreros gachos y capas largas, uno de los motivos del pasado motín, Aranda utilizó la maña y no la fuerza. Pidió a los funcionarios, altos personajes y miembros de los Gremios Mayores que utilizasen el sombrero de tres picos y la capa recortada, de forma que tal vestimenta se convirtiese en moda a seguir por el resto del pueblo. Al mismo tiempo, ordenó que el uniforme de los verdugos fuese, precisamente, el de sombrero ancho y capa larga, de tal manera que se identificasen ambas prendas con el oficio detestable de aquéllos. Ambas medidas surtieron efecto.

Mientras tanto, Carlos III había recibido un nuevo golpe que había aumentado su rabia. El 10 de julio había fallecido su madre, Isabel de Farnesio, en aquella especie de destierro voluntario a que había tenido que someterse la Familia Real. Como castigo hacia aquel pueblo díscolo y desagradecido, el monarca no regresó a Madrid y continuó desde Aranjuez su periplo por los Reales Sitios. Así privaba a los madrileños de su Real Persona. Ya llegaría el momento de ajustar cuentas con quienes se consideraba promotores de los desórdenes: el marqués de la Ensenada y la Compañía de Jesús, principalmente.

12 LA EXPULSIÓN DE LOS JESUITAS

Con la idea de volver a la paz social, además de las medidas ya citadas se dio cumplimiento a otra de las peticiones prioritarias de los amotinados. Una vez alejado del poder y de España Esquilache, dos personajes de la tierra alcanzaron las carteras que este había devuelto; Miguel de Múzquiz ocupó la de Hacienda y Juan Gregorio de Muniáin la de Guerra.

Sin embargo, la maquinaria represiva también se puso en marcha con rapidez. En abril de 1766, solo un mes después del motín, Zenón de Somodevilla, marqués de la Ensenada, fue desterrado a la villa de Medina del Campo, de donde no regresaría jamás a la Corte. Su participación como instigador en el motín se había puesto de manifiesto en varias investigaciones, de ahí que su suerte estuviese echada.

Los siguientes en la lista de depuraciones fueron los jesuitas. Muchas voces indicaban que ellos se encontraban entre los principales promotores de los desórdenes. Carlos III, quien había estudiado de joven con los padres de San Ignacio, no movió un dedo en su favor. El conde de Aranda, elevado a la altísima categoría de Presidente del Consejo de Castilla y también educado con los jesuitas, no solo permaneció mudo en su defensa sino que encabezó las investigaciones para depurar responsabilidades en la orden. Nadie, en España, podría achacar a los dos próceres ser unos desagradecidos ni discutir sus órdenes. Al primero, por su carácter de Majestad; al segundo, por no ser un ministro extranjero sino un noble español adicto al rey, y por haber alcanzado prestigio en campañas militares anteriores.

Con el ambiente totalmente contrario hacia los "soldados del Papa", el 14 de septiembre se dio a conocer un decreto donde el nombre de los jesuitas figuraba claramente entre los instigadores de las pasadas revueltas. El pueblo llano no contestó a esta indicación, pues se consideraba a las órdenes regulares como un grupo de acaparadores de privilegios y de dinero. Que allá se las compusiesen ahora.

En noviembre de 1766, Carlos José Gutiérrez de los Ríos, en su calidad de coronel del regimiento Inmemorial del Rey, recibió la orden de trasladar al cuartel de Voluntarios de Estado al padre Isidro López, destacado jesuita de Madrid y cuyo nombre había aparecido en las investigaciones preliminares sobre el motín de marzo pasado. Conocedor del ambiente hostil hacia la orden, el padre se dejó conducir sin oponer resistencia. Lo llevaron a una pequeña sala donde se encontraban cuatro altos personajes de la administración carolina, sentados en una mesa frente a la que se había colocado una silla sin respaldo. Allí indicaron al padre López que se sentara. Fernán Núñez solicitó permiso para permanecer en la sala con la excusa de que podría suceder algún hecho violento; él sabía que tal cosa no ocurriría, pero no encontró argumento mejor para asistir al interrogatorio que se avecinaba; no creía que los jesuitas fuesen enemigos del poder real. Se lo concedieron aunque debió permanecer de pie al final de la sala.

—Apreciado padre López, ¿sabéis quién soy? —dijo uno de los interrogadores.

—Perfectamente —contestó, sin miedo en su voz, el jesuita—. Sois don Pedro Rodríguez Campomanes, fiscal del Consejo de Castilla y… poco propenso a la benevolencia hacia nuestra orden…

—Muy bien —Campomanes prefirió no atender a aquella observación que, además, era cierta—. Os estaréis preguntando por qué se os ha traído hasta aquí y por qué se ha dispuesto esta sala en forma de interrogatorio.

—Efectivamente, señor, aunque creo entender que todo forma parte de la campaña que se ha iniciado en contra nuestra.

—¡Medid bien vuestras palabras! —replicó otro de los interrogadores, don Miguel María de Nava.

—Reine la paz. Acabamos de empezar… —dijo Campomanes con un gesto de apaciguamiento hacia su compañero. Luego se dirigió al religioso—: No existe ninguna campaña en contra de la orden jesuita, podéis estar tranquilo.

—Hemos sido comisionados por Su Majestad y por don Pedro Abarca de Bolea, conde de Aranda, para realizar una pesquisa sobre los sucesos de la pasada primavera —dijo otro de los investigadores, don Pedro Ric y Egea—. En aquellos graves sucesos se atentó contra la autoridad real y es conocida la resistencia de los jesuitas a las reformas de nuestro amado monarca, en especial en lo referente al control de la educación.

—En eso tenéis razón, señor Ric —contestó el padre—. Creemos que la educación debe permanecer en manos de quienes están preparados para infundir en el ánimo de la juventud las máximas de la religión católica, así como explicar el devenir del mundo y de la historia según Nuestro Señor dispuso.

—Aun admitiendo la verdad de esas palabras —dijo el cuarto interrogador, don Luis del Valle Salazar—, el mismo trabajo podrían haber realizado otras órdenes religiosas tan aptas para la educación como la vuestra. Y, sin embargo, esas mismas órdenes os acusan de haber monopolizado la enseñanza en vuestro beneficio…

—Calumnias —contestó el jesuita, con calma—. En todos los rebaños hay ovejas descarriadas que se dejan confundir por la envidia y la avaricia. Repito que no son más que calumnias de quienes quisieran echarnos de una misión que cumplimos con solvencia… para ocupar ellos nuestro lugar.

—Un "lugar" con pingües beneficios —dijo don Pedro Ric, con malicia—. Baste enumerar que vuestra orden controla la educación en los Reales Seminarios…

Carlos José no pudo evitar removerse en su sitio al escuchar el lugar donde había sido formado y del que guardaba un excelente recuerdo.

—No son tantas las ganancias como las malas lenguas nos achacan, mi señor. Además, creo que hacemos un buen trabajo en ellos; ahí atrás se encuentra un paradigmático ejemplo de nuestra esmerada educación… en beneficio del Estado y del monarca.

Carlos José volvió a moverse, nervioso, al ver cómo se le utilizaba de ejemplo en aquella pugna que podría resultar catastrófica para sus antiguos maestros. Ahora intervino don Miguel María de Nava:

—Ya que habéis nombrado al coronel del regimiento Inmemorial del Rey, consentida aquí su presencia por sus altos servicios a la corona en fecha de 24 de marzo pasado, seguramente él podría dar testimonio, aunque no le preguntaremos directamente porque es asunto de sobras conocido, de la presencia de cabecillas de la peor calaña que enardecieron al pueblo para lanzarse contra los ministros de nuestro rey. Las indagaciones llevadas a cabo y las habladurías coinciden en mostrar la presencia de padres jesuitas entre los aleccionadores de dichos cabecillas.

—Nada puedo objetar a esa falsa acusación salvo que es producto, una vez más, de las malas lenguas y de la envidia hacia los miembros de nuestra Compañía.

—Como es sabido —dijo Campomanes—, los "soldados de su Santidad", según os consideráis, ofrecen un voto de obediencia. Es posible que no todos los jesuitas hubiesen participado en las provocaciones, pero el hecho de que deban obedecer a las consignas de sus superiores, les convierte en actores peligrosos…

—Lamento esa falta de originalidad en alguien de la valía de vuestra merced —le interrumpió el jesuita—. Ese argumento ya fue utilizado en Portugal, hace ocho años, por el marqués de Pombal cuando nos convirtió en reos de varias calumnias. Una simple excusa para echarnos de Portugal. ¿No pretenderá Su Señoría tal cosa?

—También se os acusa de apoyar a la vieja nobleza —volvió a intervenir Campomanes, cambiando de tema y contraatacando con inteligencia—, contraria a las reformas de nuestro amado soberano, don Carlos… que Dios guarde…

—¡Que Dios guarde siempre! —contestó con rapidez el padre Isidro López. Si aquella frase, además de protocolaria, escondía una trampa, no iba caer en ella—. Los jesuitas hemos nacido, como Orden, en España. La vieja nobleza es también España. No veo inconveniente, pues, en identificarnos con nuestra aristocracia más genuina. Pero tampoco veo problema en disentir con ella en algunas cuestiones, en especial las que se refieren a los cambios que nuestro querido monarca ha decidido introducir…

—¿Apoyáis, pues, la idea del regalismo borbónico? —se apresuró a decir don Luis del Valle, creyendo haber sorprendido en contradicción al jesuita.

—En esa cuestión, mi señor del Valle —dijo con mucha calma el padre López, sin ceder—, toda nuestra Orden se remite a las palabras de Nuestro Salvador: "Dad al César lo que es del César y a Dios lo que es de Dios".

Terminado el interrogatorio, Fernán Núñez devolvió al padre Isidro López a la casa de jesuitas donde habitaba. Ninguno dijo ni una sola palabra al despedirse, sabedores del difícil trance que vivía la Orden en aquellos días y para no comprometer al otro. Una doble mirada triste sirvió para confirmar lo que ambos pensaban: todo estaba decidido y la suerte de los jesuitas en España, al igual que en años anteriores en Portugal y en Francia, estaba echada.

Los malos presagios de Gutiérrez de los Ríos se cumplieron. El último día del año de 1766 apareció un decreto en el cual tomaban forma todas las acusaciones que había escuchado en contra de los jesuitas durante el interrogatorio al padre López. Se les acusaba de haber movido al pueblo más llano a enfrentarse con su rey, sus ministros y su ejército. También se añadían cargos que Fernán Núñez no había escuchado allí: la pretensión de sustituir al padre Eleta, confesor de Carlos III, por un sacerdote jesuita, de manera que controlasen también la mente del monarca; o el cambio de un extranjero como Esquilache por un nacional como Ensenada. Considerada toda la Orden como culpable, se ofrecía, además, un listado con los nombres de sus miembros que pasaban a ser culpables de rebelión.

Sin embargo, transcurrieron lentamente los meses de enero y febrero y nada cambió. Ningún jesuita fue arrestado y la situación pareció calmarse. El propio conde de Aranda, máxima autoridad en la clarificación y represión de los culpables del motín del año anterior, se dejaba ver entre el gentío con su carroza con las ventanas sin cortinas, algo inusual. También había permitido los bailes de máscaras durante el Carnaval de 1767. Pero aquélla era una calma que encubría una tempestad: si el pueblo estaba distraído, más fácil resultaría actuar contra los padres de San Ignacio.

Carlos José respiró, aliviado, los días siguientes al interrogatorio que presenció. Llegó a pensar que el rey había quedado satisfecho con las anteriores manifestaciones públicas de culpabilidad y que todo permanecería inalterable. Sin embargo, aquella tranquilidad también le preocupaba. Conocía lo suficiente al conde de Aranda como para no sospechar de su comportamiento populista. Por tanto, pensó que debía acudir al propio monarca para interceder por los jesuitas.

—Ningún padre de la Orden, de los muchos que he tratado, me ha trasladado pensamientos contrarios a vuestra Majestad.

—Podrían estar fingiendo —dijo el rey, sin dejar de comer.

—No es por contradeciros, Señor, pero me parecieron sinceras sus palabras y actitudes. —Carlos José se atrevió a dar un paso más y enfrentó al monarca con su pasado—. Vos mismo habéis sido educado por ellos y se os considera el mejor de los monarcas. Algo habrán tenido que ver esos maestros…

—Carlos José —tampoco el rey dejó de comer en esta ocasión—, no digo que todos sean malvados, pero bastaría con que un pequeño grupo, o sus superiores, lo fuesen, para mover hacia maldad a toda su gente. Además, yo soy rey por la gracia de Dios, lo cual significa que ningún otro poder en España y las Indias, ni siquiera el de los miembros de las órdenes religiosas, puede pedirme cuentas o sobreponerme.

—Pero son religiosos…

—No estamos hablando de religión, coronel, sino de política. Cuando la religión choca con la política, esta última debe prevalecer.

En ese momento, el duque de Losada, con el rostro demudado, se acercó a Carlos III. Le habló al oído y, ahora sí, el rey dejó de comer. Cogió el mensaje escrito que Losada le entregaba y lo leyó. La cara del monarca pasó del blanco al encarnado por segundos.

—¡Esto es intolerable! ¡Hasta aquí hemos llegado!

Dio un tremendo golpe en la mesa, se levantó y salió muy enfadado. Tras él partieron Losada y el resto de gentileshombres. Carlos José, impresionado por el acceso de furia que había contemplado en alguien habitualmente calmado y a quien admiraba por su templanza ante las adversidades, olvidó todo recato y tomó el papel que el monarca había abandonado sobre la mesa.

Lo que allí aparecía escrito indignó al mismo Fernán Núñez. Desde la misión diplomática de España en Roma se informaba al duque de Losada, con la misión de que éste lo dijese sin tardanza al Carlos III, de que el General de los jesuitas, su máxima autoridad, había tenido la desagradable idea de propalar la especie de que el rey no era hijo de Felipe V de Borbón. Según el padre Lorenzo Ricci, Isabel de Farnesio habría mantenido relaciones extraconyugales nada menos que con el cardenal Alberoni. Fernán Núñez comprendió que los jesuitas ya no tendrían salvación en España. Era un insulto personal de tal calibre que Carlos III no podría dejar de actuar contra ellos.

Así fue. El 1 de marzo, el coronel del regimiento Inmemorial del Rey recibió órdenes secretas desde palacio. En unas instrucciones anejas se le prohibió abrir el pliego de órdenes hasta el día 31 de marzo. Sin embargo, Fernán Núñez no necesitaba leerlas para conocer su contenido: Carlos III había decidido poner fin a la presencia de la Orden de San Ignacio en las tierras bajo su mandato. En las instrucciones se dejaba también muy claro que nada debían de saber sus oficiales ni soldados mientras tanto. Fueron días de angustia para Carlos José. No compartía la orden de su admirado rey pero no podía dejar de cumplirla; él no era juez, sino mano ejecutora de altas disposiciones. Tampoco le habían explicado que mandatos similares se habían enviado a otras unidades militares, a las Audiencias y Chancillerías, todas con la imperiosa orden de mantener el secreto y no abrirlas hasta el día 31 de marzo.

A las 12 de ese día, un alcalde de corte y un notario se personaron en el acuartelamiento de la primera compañía del regimiento Inmemorial. Fernán Núñez se encontraba allí desde el amanecer, todo nervioso. El día había llegado. El alcalde le transmitió, de palabra, el permiso emanado del propio rey para abrir el pliego de órdenes que llevaba un mes guardado bajo llave en la mesa del despacho del coronel. Carlos José pudo leer lo que ya imaginaba y no se equivocó: los jesuitas serían expulsados de las tierras de las Españas.

Tras impartir las órdenes necesarias, la primera compañía se aprestó para dirigirse hacia el Colegio de San Jorge. Carlos José sintió cierto alivio al conocer, por boca del alcalde de corte, que su unidad se encargaría de intervenir en dicho colegio y no en el Seminario de Nobles, adonde irían otras fuerzas, así como al resto de establecimiento de los jesuitas. Había temido muchos días aquella posibilidad.

Llegaron al lugar poco antes de las doce de la noche. El alcalde llamó a la puerta con su propia mano. No quiso tocar la campanilla para no alertar al vecindario. Al cabo de unos pocos minutos y otra llamada, por un ventanuco apareció la cara somnolienta de un jesuita.

—¡Abrid, en nombre del rey don Carlos de Borbón! —ordenó el alcalde.

El jesuita pareció despertar de un sueño y caer en una pesadilla. Se restregó lo ojos pero allí permanecieron quien decía ser un enviado del monarca y, a su lado, varios soldados. No supo qué hacer.

—Por favor padre —intervino Carlos José, con el fin de suavizar el trance y evitar males mayores al comprobar que el alcalde de corte comenzaba a impacientarse—. Atended las órdenes de Su Majestad…

El jesuita, ante el diferente tono de las palabras pronunciadas por el militar, optó por abrir la puerta. Una veintena de soldados ingresaron en el recinto colegial mientras otros tantos permanecían en los alrededores, cercando el lugar. Tres de ellos se dirigieron rápidamente hacia el campanario, de tal manera que uno subió y se situó al lado de la única campana que allí había y los otros permanecieron junto a la soga que la ponía en sonoro funcionamiento. Había que evitar que un toque de campanas pusiera en guardia a la población y al resto de establecimientos de los jesuitas.

—Despierten y traigan a los padres a la sala capitular —ordenó el coronel—. ¡Con el máximo respeto! —apostilló.

Poco a poco la sala capitular se fue llenando de unos aturdidos o enfadados jesuitas, aunque ninguno se atrevió a protestar en voz alta. Una vez estuvieron todos reunidos, el notario encargado de dar fe de lo que allí aconteciese, comenzó a leer la Real Pragmática de expulsión que había firmado Carlos III.

—Por orden de Nuestro Soberano, que Dios guarde, se conmina a los padres de la Orden de San Ignacio a abandonar sus establecimientos y las tierras de España y las Indias.

Tras una serie de motivos por los cuales se les expulsaba, entre otros su participación en el motín contra Esquilache, la oposición a la preeminencia del poder real sobre el de la Iglesia en España, su abusivo control de la educación o el que otras órdenes no se hubiesen inmiscuido en cuestiones políticas y la de Jesús sí, el notario dio fin a la lectura del pliego.

El Superior alzó la mano. El alcalde le dio permiso para hablar:

—¿Cuándo se ejecutará la orden que acabamos de escuchar?

—Inmediatamente. Para eso estamos aquí.

—Pero… —intentó decir el padre. El estupor se había apoderado de los jesuitas.

—Se les permitirá tomar comida, sus ropas y algunos dineros para los gastos más urgentes en el camino. ¡Coronel: proceda!

Carlos José no pudo sino acatar de nuevo las órdenes que recibía. Sus soldados acompañaron a los padres a recoger unas escasas pertenencias y, en menos de una hora, todos estaban en la puerta, preparados para subir a carros que les llevarían a un puerto que ignoraban, en dirección a un destino todavía aún más desconocido.

En los meses siguientes, Carlos José disimuló como pudo el disgusto que le había producido aquella intervención contra quienes consideraba sus maestros y hacia los que no podía manifestar rechazo alguno. Se había limitado a cumplir órdenes de alguien a quien, literalmente, adoraba. Sin embargo, procuró ausentarse de palacio durante un tiempo, no fuese a mostrar su discrepancia delante del mismo rey. Pero, ironías del destino, si Fernán Núñez no buscó la compañía de Carlos III, fue el monarca quien le buscó a él.

En julio de 1767, el regimiento Inmemorial realizaba unas maniobras en el campo situado junto a la Ermita del Ángel. El rey, a quien no gustaban especialmente las maniobras militares, decidió asistir en esa ocasión a ellas. Se presentó de improviso, acompañado de varios miembros de la Corte y altos cargos militares. Carlos José, en su calidad de máxima autoridad del regimiento, nada más notar la presencia de la comitiva se acercó al rey, bajó del caballo y saludó militarmente al monarca.

—Muy caro se ha puesto veros, coronel —le reprochó el rey con una sonrisa.

—He estado muy ocupado preparando estas maniobras, Majestad —se excusó Fernán Núñez.

—La verdad, echo de menos vuestra compañía.

—Favor que me hacéis, Señor.

—Esta tarde podríais visitarme en palacio. Cuando terminen estas maniobras… que con tanto celo habéis preparado… y que, según observo, resultan ejecutadas a la perfección. ¿No es así, señores?

Todos los cercanos al rey que escucharon su pregunta retórica se apresuraron a asentir. Carlos José pudo comprobar en sus caras que no se limitaban a adular al rey, sino que aparecían verdaderamente satisfechos, en especial los de carrera militar, con lo que allí se veía. Eso le animó.

Aquella misma tarde, el coronel Gutiérrez de los Ríos se dirigió al Palacio Real. Se le franqueó la entrada hasta la misma cámara real. El rey se encontraba, en esos momentos, cambiándose la casaca por una bata cómoda; era la hora de la siesta. Carlos José se entretuvo hablando con varios gentileshombres que acompañaban al monarca y otros personajes de la Corte, todos civiles y ninguno militar.

—¡Bien! —dijo el rey—. ¡Ya ha llegado nuestro nuevo brigadier!

Carlos José escuchó la voz del rey y dejó de hablar con el Duque de Santisteban. Sin embargo, no había entendido, tan distraído estaba en la conversación, el mensaje de Carlos III. Notó que el resto de cortesanos se giraban hacia él y le sonreían.

—¡Vamos a ver, hombre! —el rey se le acercó—. ¿En qué séptimo cielo estás? —Hubo suaves risas de los presentes. Carlos José continuaba sin entender—. Acabo de nombrar brigadier a alguien de esta sala. ¡Por Dios bendito, coronel! ¿Cuántos militares ves a tu alrededor? ¡Eres el único! ¡Sólo puedo haberte nombrado brigadier a ti!

En ese momento Carlos José despertó de su distracción. El rey le acababa de ascender, podría decirse, a su manera desenfadada. Los aplausos continuaron en la sala, tanto hacia el nuevo brigadier del ejército real, como hacia el monarca por su graciosa forma de conferirle la merced. Fernán Núñez aceptó encantado su nuevo cargo, correspondió a las felicitaciones y, sin embargo, no pudo dejar de pensar si aquel ascenso le había llegado por un capricho del rey, algo habitual en aquellos tiempos, por su asistencia al monarca en los difíciles momentos del motín, o por su participación en la expulsión de sus maestros jesuitas. Esto último ya no tenía remedio, así que decidió disfrutar del momento; pocos podían lucir de los entorchados de brigadier con solo veinticinco años.

13 CAMINO DE LOS BAÑOS DE CARRATRACA

En julio de 1767, Carlos José Gutiérrez de los Ríos alcanzó la mayoría de edad y, por tanto, pudo hacerse cargo del gobierno de la Casa de Fernán Núñez. Sin pérdida de tiempo, convocó a una reunión a don Francisco de Cepeda, quien había sido su tutor y administrador durante 18 años.

—Deduzco por vuestras palabras, don Francisco, que la situación no es nada fácil —dijo Carlos José nada más terminar el administrador de narrarle cómo se encontraban las cuentas generales de la Casa.

—Efectivamente, señor Conde. Como acabo de deciros, vuestro abuelo, el conde don Francisco de los Ríos, dejó algunos... cabos sueltos en su testamentaría.

—Y eso ha supuesto que mi tío, el IV conde de Fernán Núñez, y mi padre, no pudiesen clarificar qué bienes les correspondían a cada uno...

—A lo que debemos añadirle, si su excelencia me lo permite decir, que al morir ellos la situación se enredó aún más con los pleitos iniciados por las viudas, es decir, su señora tía y su señora madre.

Carlos José decidió no seguir preguntando. Aquella situación habría de solucionarse lo antes posible. Ya no vivían ninguno de sus progenitores ni sus tíos, ni estos habían tenido descendencia. Por tanto, era cuestión de tiempo que todo viniese a su ser..., si él tomaba las decisiones y no su administrador. Su inteligencia le decía que Francisco de Cepeda había usado el cargo para obtener beneficios propios y no asegurar los que le correspondían al Conde. Miró de nuevo las cuentas que le había presentado el administrador. Decidió actuar de manera contundente pero diplomática.

—Don Francisco, lamento deciros que ya ha llegado el momento de dar por finalizada su misión en la Casa de Fernán Núñez.

—Es lógico, excelencia —contestó el administrador, con cierto nerviosismo que Carlos José entendió como natural, pues era una situación que se esperaba llegase con el tiempo. Sin embargo, notó que esos nervios ocultaban cierto alivio por dejar de ocupar el cargo. ¿Por qué?— La ley os ampara para ostentar el gobierno de la Casa Condal.

—Quisiera agradeceros los cuidados que habéis tenido hacia mis bienes y familia en todos estos años.

—No es necesario, excelencia. —Cepeda parecía ansioso por apartarse de la mirada escrutadora del Conde—. Me he limitado a cumplir con la misión que me fue impuesta por el rey cuando os quedasteis huérfano.

—Por favor, insisto.

Don Francisco de Cepeda, hasta ese día administrador de los bienes y tutor de las personas de la Casa de Fernán Núñez, tuvo que aceptar la invitación de quien había sido su administrado. Comió poco y con nervios, habló menos y sudó mucho. Cuando partió de la mansión de Gutiérrez de los Ríos, rezaba a todos los santos para que el Conde no descubriese los 500 mil reales que se le habían "olvidado" consignar en las cuentas de Fernán Núñez y que sí aparecían en las suyas…

Pero Carlos José tenía en esos momentos otras preocupaciones además de las económicas. Unos días antes, mientras se bañaba, el escozor en ciertas partes de su cuerpo le había hecho mirar con más detenimiento y había descubierto varias llagas. Como la decencia dictaba, solo habló de este problema con el cirujano del regimiento y con su ayuda de cámara. El médico lo tuvo claro desde el primer vistazo: aquello necesitaba curarse en el lugar apropiado. Por consiguiente, el 11 de abril de 1768 partieron con dirección sur, hacia los baños de Carratraca, en una zona agreste al norte de Málaga. En la comitiva solo participaron los estrictamente necesarios: el Conde, su ayuda y su cirujano.

Tras el agotador paso por Despeñaperros, los viajeros buscaron acomodo en La Peñuela[5]. Allí, el Intendente don Pablo de Olavide les recibió con todos los honores. Presentaba éste mal aspecto, peor incluso que sus huéspedes que venían desde Madrid.

—Lamento no poder agasajaros como yo quisiera —les dijo Olavide mientras almorzaban en su casa.

—No hay nada que lamentar, don Pablo —le contestó Fernán Núñez—. Nos sentimos honrados de compartir vuestro techo y vuestra comida.

—Muy gentil, señor Conde. Llevamos unos días de máximo ajetreo. Con solo decirle que mi Gracia ha mal parido anteayer…

—Os referís a vuestra… —el cirujano dudó. Miró a sus compañeros con azoramiento. En la Corte se decía que Olavide mantenía una relación con cierta mujer llamada Gracia.

—A mi hermanastra Gracia —respondió con presteza Olavide—. Dios no ha querido que su hijo corretease por estos riscos.

—Nos unimos a vuestro dolor y al de vuestra hermana —dijo Carlos José. Con aquellas palabras daba por zanjada cualquier posible duda. Si Olavide insistía en que Gracia era su hermanastra, debía de serlo. Las murmuraciones cortesanas que todos conocían carecerían, una vez más, de fundamento.

—Muchas gracias. Incluso su marido ha estado malo de tabardillo. En fin, unos días de locos los que hemos sufrido.

—Hemos visto, en el último tramo de nuestro camino, varias granjas con trabajadores muy rubios —Carlos José prefirió cambiar de tema—. No parecen nacidos en Córdoba, Jaén o Granada.

La broma eliminó el momento de tensión anterior. De esta manera, Fernán Núñez podía salvar la tensa situación y, al mismo tiempo, conocería mejor lo que se estaba haciendo en aquella zona de Sierra Morena para dotarla de vida. Todo lo que se hiciese para mejorar el país, sus tierras y la vida de sus gentes, le interesaba sobremanera.

—Efectivamente, no se puede decir que sus antepasados fuesen árabes —rio Olavide—. Los más rubios son oriundos de Alemania. Nuestro señor, Carlos III, consideró que debía traer colonos de aquellas tierras para repoblar estas.

—¿Y se han adaptado bien al clima? —preguntó el cirujano.

—Algunos sí, pero no todos. Son gente dura y fuerte para el trabajo. El frío no parece asustarles, pero en cuanto llega el calor, cunde el desánimo y muchos han llegado a volverse a su país. No solo alemanes, también suizos y de otras partes de la Europa. Hoy día contamos solo con un tercio de los que llegaron.

—Seguramente hable de lo que no me corresponde —intervino el Conde—, pero, ¿no pensasteis en esta circunstancia cuando pedisteis a los colonos? Sabemos que hay en España zonas donde las familias pobres y honradas malviven. Hubiera sido una gran oportunidad para ellas ofrecerles tierras y oportunidades aquí. Ellos sí estarían más adaptados al terreno que los foráneos.

—Tenéis toda la razón, querido Conde. Pero he de deciros que no fue idea mía el buscar fuera lo que se podía haber conseguido dentro. Me vino impuesta desde Aranjuez. Por más veces que escribí a los responsables en la Corte de esta posibilidad, nadie tuvo en cuenta mi opinión. Llegaron incluso a contestarme con amenazas para que depusiese mi actitud de denuncia. ¡Malditos! —Olavide se contuvo. Criticaba a la Corte española delante de funcionarios de la misma. No era oportuno ni adecuado por encontrarse bajo su hospitalidad—. Os pido mil perdones, señor Conde. Estos nervios míos me llevarán a la perdición algún día.

—Soy yo el que lamenta haber sido descortés con vos —se excusó el Conde—. No sabía…

—Tranquilo. Casi nadie lo sabe. Es lógico que se piense que todo lo malo que ocurra en estos nuevos poblamientos se deba a una mala planificación de su Intendente. Pero ya sabéis que no es así. De continuar todo igual, llegará un momento en que tendrán que decidir en la Corte la venida de nuevos colonos, y no desde Europa precisamente, sino desde la propia España.

—Pienso igual que vos —dijo Carlos José—. Os doy mi palabra de que haré todo lo posible, a mi vuelta, para que se tenga en cuenta vuestra opinión en la Corte. No siempre se deben decir las cosas de manera directa y descarnada a los cortesanos, mi señor de Olavide; tenedlo en cuenta para otras ocasiones si no queréis veros perjudicado.

Aquel consejo, ofrecido con agrado por el Conde y admitido del mismo talante por Olavide, no fructificó en el ánimo del Intendente. Su forma de revelar los abusos y la incompetencia en la Corte hacia los poblamientos en Sierra Morena, además de otras cuestiones sobre religión en las que entró, acabaron en denuncia ante la Inquisición, castigo y posterior exilio en Francia. De esta manera se desaprovecharon sus grandes dotes para la organización de la vida en sitios donde antes solo reinaban la desolación y los ladrones.

Puestos de nuevo en camino, el 18 de abril divisaron la villa de Fernán Núñez. Se alojaron en el palacio familiar y las autoridades y gran parte de los vecinos fueron a saludarles. Durante los meses que permaneció en el pueblo no perdió el tiempo, a pesar de la debilidad que ya traía desde Madrid a causa de su enfermedad. Si en 1763 había creado unas escuelas provisionales para los niños de Fernán Núñez que no podían costearse un maestro, ahora, con disposición de sus bienes al ser ya mayor de edad, creó una fundación para que las escuelas de niños pobres se convirtiesen en definitivas. También se preocupó por mantener la población de su Villa en constante vitalidad, de ahí que crease dos dotes anuales para sendas parejas jóvenes. No fueron pocos los habitantes de Fernán Núñez que se acogieron a su caridad en estos días.

En el tiempo que le quedaba libre, escribía a su amigo Manuel de Salm-Salm, perteneciente a una encumbrada familia alemana. Este había llegado a principios de los sesenta a España con el objetivo de servir en los Reales Ejércitos. Manuel estaba muy bien relacionado con la Corte española a través de su hermana, María Ara de Salm-Salm, quien había contraído matrimonio en 1758 con don Pedro de Alcántara y Silva (en realidad fue su segunda esposa), duque del Infantado y sobrino de Carlos José. Por esas fechas, el conde de Fernán Núñez residía en casa de los de Infantado, de ahí que le uniese una estrecha amistad con Manuel, Pedro y María Ana. Pues bien, desde su Villa cordobesa, Carlos José escribió a su amigo alemán sobre los cotilleos de la Corte o de la idea que se le había ocurrido para dotar a la ciudad de Córdoba de un espectáculo de ópera a semejanza de los de Aranjuez. También le comentó el motivo disimulado de su viaje a Carratraca; entre hombres y militares, esas cosas no se ocultaban.

El 8 de agosto, en medio de un gran calor, la comitiva de tres hombres retomó su viaje hacia Carratraca. Llegados a la importante localidad de Antequera, quisieron visitar lo más destacado de ella. Pasaron, pues, a la colegiata, en cuyo interior resonaban los acordes del órgano.

—¡Buenas tardes, maestro organista! —saludó Carlos José al músico, quien no se había percatado de su presencia. No era cosa de darle al buen hombre un susto o que pensase que habían entrado ladrones en el templo. Tuvo que repetir el saludo, más fuerte esta vez, para que el intérprete dejase el teclado.

—¡Buenas tardes nos dé Dios! —enseguida bajó de la zona alta y se llegó hasta los viajeros—. Encantado de recibirles en nuestra colegiata. En realidad no soy el organista, sino el maestro de capilla: José Zameza y Elejalde[6], a su servicio.

La profesión del anfitrión agradó sobremanera a Fernán Núñez, sabido era su amor por la música.

—Somos tres viajeros que venimos desde Madrid con destino a Málaga… —Tampoco había por qué dar más detalles—. Queríamos admirar esta bella casa del Señor y, al escuchar su pericia en el órgano, nos hemos quedado extasiados.

—Me abrumáis, Excelencia —dijo el maestro de capilla, a quien le había gustado mucho el cumplido—. Precisamente estaba improvisando un tiento cuando habéis llegado. Un tiento de mi invención —se apresuró a decir, para darse mayor importancia.

—Somos honrados por tal coincidencia.

—El honor es mío. Aquí me tienen, a su disposición, para conocer la colegiata.

Gracias al maestro de capilla, los viajeros pudieron conocer lo visible y lo invisible de la colegiata de Antequera. Sin embargo, cada vez que se paraban delante de una capilla privada, el músico no dejaba de mirar a la cara a Carlos José aprovechando la iluminación de varias velas.

—Permitidme la osadía, señor —dijo, por fin—. ¿Os han dicho alguna vez que os parecéis al conde de Fernán Núñez? Tuve la oportunidad de conocerle en San Ildefonso durante unas jornadas en las que pude participar como organista.

Los tres viajeros se miraron. No era lugar para dar a conocer la auténtica personalidad de Carlos José ni el motivo de su viaje a tierras malagueñas. El Conde reaccionó primero:

—El conde de Fernán Núñez, decís… Bien pudiera ser. Con la peluca y las ropas, la mayoría de los altos personajes nos parecemos. Tengo buenas referencias de ese conde de Fernán Núñez. No me importaría parecerme a él. ¡Ja, ja, ja!

La risa de Carlos José fue rápidamente secundada por sus dos compañeros, a los que también se unió el maestro de capilla. El viaje de incógnito quedaba, de momento, a salvo. Pero el músico no dejó de mirar con recelo al noble cada vez que la luz de las velas se lo permitía.

Esa misma noche, el maestro de capilla consideró todo un agasajo hacia sus ilustres visitantes el llevarles a la casa del conde de Bobadilla, un gran aficionado a la música. Por desgracia, Bobadilla no se encontraba en Antequera en esos momentos, pero su administrador no dudó en recibir cordialmente a los viajeros. Nuevamente se hicieron pasar por cortesanos que viajaban hacia Málaga y pidieron no tener que revelar sus verdaderos nombres, cosa a la que accedió el administrador a pesar de su rareza. Tras la cena pasaron al salón principal donde ya les esperaban dos violinistas.

—Estimados huéspedes y maestro de capilla—les dijo el administrador—. Permitidme, en nombre de mi señor, el conde de Bobadilla, ofreceros un breve concierto. Como podrán observar, no nos acompañan más que el primer violín de la orquesta del conde y otro de sus componentes. Dado lo inesperado de su visita y el hallarnos en agosto, ha motivado no poder localizar a más músicos al servicio de mi señor.

—No debéis preocuparos —intervino Carlos José—. Nos gusta tanto lo música que seguro quedaremos satisfechos con lo que puedan ofrecernos estos hábiles intérpretes.

—Estimados señores —intervino ahora el primer violín—. Tendremos el placer de ofrecerles una sonata en trío y un dúo para violines con acompañamiento de clavecín. Sin embargo, como pueden observar, solo estamos mi compañero y yo, por lo que la parte de clavecín no podremos ofrecérsela…

—¿De qué compositor son las obras? —les interrumpió Carlos José, interesado en la posibilidad de no ser un mero espectador.

—De Monsieur Jean-Marie Leclair, señor.

—¡Qué casualidad! En mi juventud estudié al violín algunas de sus obras. Excelente autor francés, puedo afirmarlo. ¿Tendríais la partitura de clavecín por casualidad?

—Sí… —contestó el violinista, sin saber muy bien en qué iría a parar aquello.

—Prestádmela, por favor.

Ante el asombro de todos los presentes, el no-identificado conde de Fernán Núñez tomó la partitura, se sentó ante el clavecín y, tras mirar por encima qué contenía, comenzó a tocar con los dos violinistas. Centró su atención en la mano izquierda, con el fin de dar sustento armónico a los instrumentos agudos. Sin embargo, pronto se animó y algunos arpegios y acordes en la mano derecha sirvieron de relleno a la obra. Los esperados errores fueron pocos y quedaron ocultos por la fluidez de la música. ¡Parecía que hubiesen tocado juntos durante meses! En las noches siguientes se comentó con profusión aquel extraordinario (por lo de bueno y por lo de extraño) concierto que se había improvisado en casa del conde de Bobadilla con dos de sus violinistas y un clavecinista ignoto.

Por fin, a mediados de agosto, llegaron a Carratraca. Nada más registrarse en los Baños, esta vez con sus nombres verdaderos, el cirujano del regimiento Inmemorial del Rey solicitó ver con urgencia al médico responsable del lugar. Le pidió la máxima discreción, pues su coronel había ido hasta allí para curarse de "un mal contraído durante un viaje a Baviera". El médico comprendió lo que significaba aquella frase, pues no era sino un eufemismo que se utilizaba en otras ocasiones para ocultar las enfermedades adquiridas por "juveniles excesos". Todo quedó claro entre los profesionales, por lo que se estableció un plan de curas, baños y alimentación para los días siguientes.

Lo agreste del lugar y la variopinta tipología de personajes allí presentes, fueron retratados por Fernán Núñez en las cartas que envió a su amigo Salm-Salm:

Querido amigo y compañero Manuel:

La vida aquí transcurre divertida, unas veces; aburrida, las muchas otras. El lugar es tan rústico que, de no estar señalizado mediante carteles en postes, difícilmente hubiésemos localizado los Baños. Los riscos circundantes y el olor y vahos que desprenden las aguas bien pudieran indicar que nos hallamos en los territorios del antiguo Hades.

Cuenta la leyenda, que aquí creen a pie juntillas, que el descubrimiento de los poderes medicinales de estas aguas se debió a un pobre, llamado Juan Camisón. Parece ser que este, en uno de sus paseos para obtener la caridad de sus vecinos, con su cuerpo plagado de llagas, vio cómo un pastor de la zona echaba el agua sobre las heridas de sus cabras. Al poco tiempo, los animales sanaban. Pensó, pues, que lo que podía hacer el bien a un animal del Señor no perjudicaría a su creación más excelsa: el hombre. Ni corto ni perezoso, este dicho Juan se zambulló en las aguas milagrosas de Carratraca y sanó de sus llagas. Así me lo han contado y he admitido, pero tú ya sabes que no soy muy dado a creer en supersticiones.

Sin embargo, las aguas parecen surtir verdadero efecto, ya que solo llevo tres baños desde el domingo 14 y mis llagas comienzan a remitir. Persisten, eso sí, algunos dolores en las coyunturas y cierta debilidad, pero dicen los entendidos que eso desaparecerá con el tiempo. Por ello debo sentirme satisfecho, pues no son pocos los que hasta aquí vienen y se marchan sin haber obtenido remedio. Dicen que también poseen poder curativo sobre las afecciones del estómago, pero basta con beberlas en un sorbo, aunque sea por descuido, para decidir que perdonamos las gachas por los cuscurrones (como se dice en mi villa de Fernán Núñez), tal es su sabor amargo. Luego, hay enfermos que, no teniendo dinero para pagar el alojamiento y solamente las curas termales, pasan las noches a la intemperie. Se me ha ocurrido la posibilidad de crear una socorro para quienes no son tan afortunados como yo y padecen mi mismo mal, pero creo tendré que posponerlo porque no dispongo de caudales suficientes para ello.

Como te digo, en las afueras de las Baños conviven hombres y mujeres más de lo que la decencia y la sanidad previenen. Algunas de estas mujeres pertenecen al ramo de las públicas. La mayoría se desplazan desde Málaga para conseguir ganarse la vida entre la clientela. Los enfermos de llagas ni se les acercan, pero sí lo hacen los que presentan otro tipo de males. Parecería que la dirección de los Baños y estas mujeres se hubiesen puesto de acuerdo en conseguir clientes; primero pasarían por ellas y después por el establecimiento… a recuperarse… Yo ni me arrimo y tú deberías imitarme; con eso te lo digo todo.

Muy recuperado en su mal "innombrable", Fernán Núñez se sintió con ánimos para emprender viaje hacia Granada y conocer la bella ciudad. De vuelta a Madrid, consideró más adecuado descansar un tiempo en sus Estados. El 7 de septiembre llegaron a Fernán Núñez, donde repartió el tiempo en su atención a las necesidades del pueblo y en viajes a Córdoba.

Desde la capital escribió a su amigo Salm-Salm para contarle el estado del regimiento Inmemorial del Rey. En realidad, lo que hizo fue desahogarse con un amigo, también militar. Fernán Núñez se quejaba de que sus superiores habían hecho caso omiso a las peticiones y consejos que, como coronel, había formulado, lo cual era una muestra de la debilidad del ejército español, corroído por injusticias y favoritismos. Por este motivo, temía que sus subordinados le perdiesen el respeto si comprobaban lo poco que valían sus apreciaciones entre las altas esferas.

Otra de sus preocupaciones fue la de culminar el Panteón de la familia de los Ríos, ubicado en la iglesia parroquial de Santa Marina.

—Señor Serrano Aragonés —dijo el Conde a su abogado en Fernán Núñez—. Desde que recibí vuestra carta en Madrid, informándome sobre el estado del Panteón de mi familia, no he dejado de pensar en ello. Con preocupación, he de deciros.

—Os entiendo perfectamente, mi Señor —respondió Francisco Serrano—. La situación no ha mejorado. Aunque vuestro antepasado, el señor conde don Pedro, libró en 1730 la cantidad de 45 mil reales con el fin de cerrar la bóveda de dicho Panteón y permitir otros arreglos, nada se ha terminado a fecha de hoy.

—Es una negligencia grave —dijo Carlos José, con el rostro serio—. Ya tuve que soportar que mi madre y mi tía no pudiesen descansar eternamente en el sitio que les correspondía, a pesar de que mi abuelo, el III Conde don Francisco de los Ríos, así lo hubiese querido cuando instituyó la creación del Panteón familiar.

—Estoy de acuerdo con vos. Es un atraso imperdonable que os ha debido de causar no pocos dolores anímicos y quebraderos de cabeza. Si os sirve de consuelo, las tumbas de vuestra madre y tía hemos podido mantenerlas en excepcional decoro. Entiendo que no son los nichos familiares que vuestros antepasados idearon, pero, al menos, descansan en paz…

—Bueno, bueno. Confiemos en ello. Estuvieron separadas en vida por cuestiones de herencia… y ahora comparten tierra…

—Esperemos no tener otro problema con sus espíritus…

—¿A qué otro problema os referís?

—Veréis, señor Conde. Consta en una lápida colocada en la fachada de Santa Marina, que sus antepasados don Alonso de los Ríos y doña Beatriz trajeron a este tempo una imagen de la Virgen de Guadalupe. Ellos la tomaron por patrona de sus Estados e instituyeron una fiesta para todos los 8 de septiembre. Quisieron obligar a mantener dicha fiesta a sus descendientes, pero su propio hijo, en lugar de obedecer las disposiciones de sus padres, olvidó celebrarla durante años. Se dice en Fernán Núñez que este "olvido" fue la causa de que no hubiese tenido sucesión… Desde entonces todos sus antepasados han cuidado mucho de mantener la fiesta y procesión de la Virgen de Guadalupe en Fernán Núñez[7].

—Bonita historia, amigo Serrano, pero debéis saber que no soy creyente en cuestión de supersticiones… Lo que sí sé, es que mi madre y mi tía Ana tenían el suficiente carácter como para estar muy enfadadas si no terminamos el Panteón lo antes posible.

La risa de Carlos José sirvió para quitar preocupación en el abogado.

—De lo que no hay duda, señor Conde, es del derecho que os asiste para reivindicar la presencia en dicho Panteón de vuestros antepasados fallecidos. Desde 1531 hasta hoy. Todos los citados en nuestra conversación, además de vuestro augusto padre, que de Dios goce, dejaron claro en su testamento que preferían descansar con los suyos.

—"Descansan con los suyos". Me gusta esa frase —dijo Carlos José—. Figurará en el Panteón.

—Es un halago que me hacéis, señor Conde.

—Decidido. Os pondréis enseguida a trabajar sobre el asunto.

—Sin dudarlo, señor Conde. No obstante, ¿me permitiréis, al menos, descansar mañana, Natividad de Nuestro Señor? —bromeó el abogado.

—Tenéis razón. Ni siquiera me había dado cuenta de las fechas en que estamos. Podéis tomaros esta noche y todo el día de mañana libres. Pero, luego, manos a la obra. De lo contrario, os las tendréis que ver con los espíritus de mi madre y mi tía…

14 *AMORES A LA ITALIANA*

Llegaron las Jornadas de Aranjuez del año 1769. Como era habitual, la Corte española se trasladó hasta el Real Sitio cercano al río Tajo para su estancia primaveral. El regimiento Inmemorial y Carlos José Gutiérrez de los Ríos, como su coronel, también se desplazaron hasta Aranjuez para estar al cuidado del monarca. Para entretenimiento de numerosísima la Corte y de quienes la visitaban para hacer negocios, pleitear o demandar favores, el conde de Aranda había determinado la construcción de pequeños teatros en los Reales Sitios de San Ildefonso, Aranjuez y El Escorial. Asimismo, se buscó una compañía francesa para la representación de tragedias y otra italiana para la puesta en escena de óperas. Ambas compañías debían rotar entre los Reales Sitios según la Corte de desplazase a cada uno de ellos.

El teatro real de Aranjuez, pequeño pero suntuoso, ofrecía un aspecto impresionante la noche del jueves 18 de mayo de 1769. Carlos José, acompañado de su amigo el duque de Arcos, su inseparable subordinado el capitán José Caamaño y varios oficiales del regimiento Inmemorial, asistía a la representación de la ópera cómica *La Serva astuta*, del compositor Alessandro Tellici. Tomaron asiento en la zona trasera de la platea y se dispusieron a pasar un rato entretenido con las aventuras de aquella criada astuta y con la visión de las protagonistas femeninas, pues este era otro de los objetivos de muchos de los nobles y militares presentes en el teatro.

La representación operística transcurrió con normalidad. El público entendió como pudo las bromas que se cantaban en italiano y la música resultó agradable. Llegado el intermedio de los dos actos, hizo su aparición el bailarín francés Monsieur Jassinte, quien presentó al distinguido público el cuerpo de baile que tenía la honra de dirigir y para el que había diseñado las coreografías que verían. Las sonrisas y

153

cuchicheos entre la mayor parte de los presentes, mujeres y hombres, demostraron al coreógrafo galo que sus bailes serían bien recibidos… o sus bailarines, al menos.

Nada más comenzar la primera danza, Carlos José fijó su atención en una bailarina que, por su alta figura y delgadez, sobresalía entre sus compañeros. Recordaba haberla visto en la temporada de 1768, pero ahora le pareció fascinante. Su rostro, sin embargo, mostraba rasgos de juventud que no concordaban con su altura. Aunque pudiera parecer algo desgarbada, rostro y figura se introdujeron en el ánimo de Fernán Núñez y solo estuvo pendiente de sus evoluciones en el escenario; para él, la mejor bailarina, sin duda. Deseoso de transmitir a su amigo el duque de Arcos la especial presencia de aquella muchacha en escena, le dio un codazo y le señaló la muchacha. Arcos la miró e hizo un mohín de desprecio; no le gustaba y, por tanto, no le interesaba. Carlos José, lejos de ofenderse, pensó que era mejor así, pues no tendría un rival donde antes tenía un amigo. Así pues, se concentró en el baile de la muchacha e hizo el firme propósito de visitarla al terminar la función.

Nada más concluir esta, Fernán Núñez dejó plantados a sus amigos y compañeros en la sala. Tomó con rapidez la dirección de la puerta trasera del teatro por la que habitualmente salían los artistas. Por el camino tuvo la precaución de coger, más bien robar, una rosa roja de un parterre. Se acomodó su traje de paisano y lamentó no haberse vestido con el uniforme de coronel; hubiera causado más impresión en la muchacha, según suponía. Tuvo suerte, pues la primera en salir fue la joven bailarina.

—*Mi scuso, signorina…* — Todavía no sabía su nombre, pues en el libreto que le entregaron a la entrada solo figuraban los nombres de las cinco bailarinas. Se dirigió a ella con las pocas palabras que conocía del italiano.

La muchacha se detuvo, miró la rosa que le ofrecían hasta casi rozarle la cara y miró luego a su portador. El rostro sonriente le agradó.

—*Gertudre Marcucci, signore…* —le contestó, también con una sonrisa.

—Carlos José Gutiérrez de los Ríos, conde de Fernán Núñez, a su servicio.

Carlos José se sintió afortunado. Era un buen comienzo. De cerca, la joven era más agraciada aún, con unos grandes ojos negros en una cara morena por naturaleza. Pero, en ese instante, salieron de la zona de camerinos dos muchachos y una joven. Al pasar a su lado, miraron a Gertrude y a Carlos José. También sonrieron y cuchichearon entre ellos.

—*Andiamo,* Galguilla —dijo el que parecía mayor de los muchachos.

—*Sono i miei fratelli. Devo accompagnarli* —dijo Gertrude. Antes de partir, tomó la rosa que le ofrecía el conde. —*Grazie, signore.*

—¿Me permitirá visitarla en la próxima función?

La joven no contestó; se limitó a volver la cara sin dejar de caminar y sonreírle. A Carlos José le pareció la sonrisa más prometedora del mundo.

Ni que decir tiene que el 24 de mayo, fecha de la representación de *La Calamità dei cuori,* del afamado Baldassare Galuppi, Fernán Núñez estaba presente de nuevo en el real teatro de Aranjuez. Esta vez iba vestido con su uniforme de gala de coronel del ejército español. El duque de Arcos, también, así como el resto de oficiales que formaban su grupo más cercano. En el libreto que le dieron a la entrada figuraba la lista de bailarines: entre otros, los hermanos Francisco, Juan, Gertrudis y Luisa Marcucci, con sus nombres en castellano. Por tanto, la esperanza de volver a charlar con la joven se acrecentó en Carlos José. También parecía de mejor humor el duque de Arcos, quien no retiraba la vista de la protagonista del papel de Bellarosa, la cantante María Teresa Pellicia.

Arcos y Fernán Núñez se desentendieron del resto de sus compañeros nada más concluir la ópera. Casi corrieron para esperar a sus damas respectivas. Carlos José se dirigió al mismo lugar que en la representación anterior, mientras que Arcos tomó otro camino sin decir ni palabra. Carlos José, cómo no, se proveyó de una rosa como ofrenda; esta vez eligió una de color blanco.

—Sois vos, *signore…* —dijo Gertrude, al encontrarse, de nuevo, con una rosa frente a su cara.

—Carlos José Gutiérrez de los Ríos, *signorina.*

—Claro. ¡Qué memoria la mía! Pero sí recuerdo que teníais un título…

—Conde de Fernán Núñez.

—Me alegro, pues, de volver a saludaros, señor Conde.

—Compruebo que os defendéis con el castellano…

—Hago lo que puedo. El tiempo pasado en España me ha servido para aprender algo de su idioma, aunque no lo domino todavía. Si os parece bien, señor Gutiérrez de los Ríos, podríamos pasar a una salita para hablar más tranquilamente. No estaremos solos, como bien se puede imaginar, sino que es un lugar preparado con el fin de trabar amistades y hablar de música, arte… o de la vida.

—Estaré encantado.

Al pasar al interior del teatro, se cruzaron con los hermanos de Gertrude. Ella se limitó a sonreírles. Se fijaron en el acompañante de su hermana y, en esta ocasión, optaron por no molestar. El hecho de que Carlos José llevase su uniforme influyó en esta decisión. El conde apreció este detalle y consideró que era una buena señal para seguir adelante con su cortejo. Tomaron asiento en las únicas sillas que todavía quedaban sin ocupar, pues la sala aparecía llena de nobles, militares, señoras de la alta sociedad y, cómo no, los cantantes de la ópera. Entre ellos, para sorpresa de Fernán Núñez, aparecían en amigable charla su amigo Antonio Ponce de León, duque de Arcos, y María Teresa Pellicia, cantante de la compañía. ¡Qué rápido podía ser aquel hombre cuando se proponía algo!, pensó Carlos José.

—No sabía que fueseis militar…

—¡Coronel del regimiento Inmemorial del Rey! —contestó Fernán Núñez con mucho orgullo y con afán de impresionarla.

—Suena muy importante.

—Así es. Por cierto, vuestros hermanos nos han visto y no han…

—Son discretos —le atajó Gertrude.

—El otro día os llamaron con un nombre extraño…

—¿Galguilla?

—Sí, ese mismo. ¿Qué significa?

—Se trata de un… ¿cómo se dice en España? Un nombre supuesto…

—¿Un mote?

—Sí, un mote. Me lo pusieron los músicos españoles el año pasado, cuando estuvimos en Aranjuez, también para las sesiones de primavera. Me vieron demasiado alta para mi edad y dijeron que mis movimientos baile se asemejaban a los de una perrita larga corriendo detrás de la liebre.

—Acertado mote… ¡Perdón! No insinuaba que fueseis como una perrita… Quiero decir que acertaron en lo de que una "perrita larga" en España es una galga. Así se las llama.

—¡Ja, ja, ja, ja! Tranquilo, Conde, no me ofende el mote. Lo acepto encantada. Podéis llamarme así, si os complace.

—Yo preferiría llamaros por otros nombres más tiernos… —Carlos José se atrevió a acercarse a la muchacha, pero esta se retiró un poco.

—Habrá tiempo para todo, no os precipitéis. Además, soy muy joven todavía. Solo tengo dieciséis años[8].

—Una edad estupenda para el amor —contestó el conde—. Sin embargo, se os nota muy madura.

—Gracias. Lo tomaré como un cumplido. La vida nos hace avanzar según las obligaciones que nos presenta. Mis hermanos y yo somos oriundos de Lucca, una hermosa ciudad italiana de la Toscana, pero el dinero familiar era muy escaso. Tuvimos que ganarnos la vida como bailarines en compañías que recorrían Italia, Francia y España. Fijaos que llevo bailando desde el año 1764, cuando debuté en Bolonia.

—¿En 1764? Entonces, tendríais solamente…

—Once años. Ya os he dicho que la vida nos obliga a esforzarnos.

—¿Y en España? Lamento no haberos visto antes —Fernán Núñez continuó con sus frases de cortejo y para conocer mejor a la muchacha que empezaba a encandilarle.

—El año pasado estuve, también con la compañía del *signore* Luigi Marescalchi, de gira por los Reales Sitios.

—¡Mala suerte la mía por no haber coincidido!

—Y en el año 67 hicimos varias representaciones en Palma de Mallorca.

—En Palma no he estado nunca, pero allí está de guarnición un buen amigo mío, coronel del regimiento de Guardias Walonas:

—¡Qué casualidad! —exclamó Gertrude—. En Palma tuve oportunidad de conocer y bailar un minueto con un coronel de Walonas. Tenía un nombre raro, como *tedesco*…

—¿Manuel de Salm-Salm?

—Así se llamaba, sí. ¿No me diréis que es vuestro amigo?

—Del alma, podría decirse. El mundo es más pequeño de lo que creemos. ¡Bendita casualidad!

—Le recuerdo con afecto. Fue muy galante y respetuoso. Incluso ayudó a la compañía en un momento de dificultad financiera que atravesamos. Si la memoria no me falta, le dedicamos, en agradecimiento, la representación de una ópera[9]. Os ruego que le deis recuerdos míos en cuanto tengáis oportunidad.

—Así lo haré, no os quepa duda. Tenemos muchas cosas en común, *signorina* Marcucci, o Gertrude, o Galguilla.

Los dos rieron de buena gana. El comienzo de la relación había sido prometedor. Carlos José acompañó a la italiana hasta su residencia. La despidió con un ligero beso en la mano, una mirada de sincero afecto y una reverencia de rendido admirador.

Al día siguiente, feliz por los buenos momentos vividos con Gertrude y ansioso de comunicar a su amigo Manuel las casualidades de la vida, escribió una larga carta a este. Le dio cuenta de las representaciones operísticas en el Real Sitio y de su encuentro con la bailarina. También le dijo que la muchacha se acordaba de él y de algunos buenos momentos pasados en Mallorca. Al mismo tiempo, le agradecía, esta vez en nombre propio, que hubiese sido respetuoso con la muchacha en aquella ocasión, pues le gustaba de verdad y hubiera sido desagradable conocer que su gran amigo había tenido trato antes con ella…

Ni que decir tiene que, el 3 de junio de 1769, el Real Teatro de Aranjuez acogió a los ilusionados conde de Fernán Núñez y duque de Arcos para la representación de *L'Astrologa*, del maestro Nicolò Piccinni. Aplaudieron a rabiar las actuaciones de Gertrude y María Teresa y soportaron las bromas de los amigos que les habían acompañado. De nuevo abandonaron la platea nada más sonar los últimos acordes de la ópera y recogieron a sus respectivas damas. María Teresa salía de los camerinos acompañada de su hermana, Clementina, y de la pareja de esta, el músico Luigi Boccherini. A propuesta de María Teresa, decidieron ir los seis a la casa que ocupaban las hermanas Pellicia. No era la situación más favorable que hubiese deseado Carlos José, deseoso de avanzar en su relación con Gertrude, pero accedió de buen grado al ver la cara de aceptación que puso la muchacha.

La casa era espaciosa, símbolo del mayor poder económico de las solistas cantantes frente a los bailarines. Incluso disponían de dos criadas, las cuales prepararon un refrigerio y algunas frutas para pasar lo que quedaba de noche.

—Decidme, señor Duque —preguntó Boccherini al de Arcos—, como gran aficionado a la ópera que os habéis mostrado, ¿también tocáis algún instrumento?

—Solo soy un simple aficionado —contestó don Antonio. No había captado, en aquella cara con forma de óvalo y aniñada del músico italiano, la intención de sus palabras. Para Boccherini, el interés de los nobles hacia las comediantas era pasajero y solo buscaba una cosa…—. Pero mi amigo, aquí presente, sí se defiende muy bien con el violín.

—Como dicen ustedes, los italianos, soy un simple *dilettante* —se excusó Carlos José.

—No me habíais dicho nada sobre estas habilidades… —le regañó cariñosamente Gertrude.

—Mujer, tampoco me había dado tiempo…

—¡Qué grata sorpresa! —intervino Boccherini—. Mi instrumento es el violonchelo. Podríamos, si su señoría lo consiente, en tocar alguna noche juntos. Para entretener a estas damas, por ejemplo.

—Así lo espero —contestó Fernán Núñez, pero su idea era desviar la atención hacia otros temas. No era cosa de competir con un auténtico profesional como aquel y quedar mal delante de la muchacha a la que buscaba impresionar.

—No deja mucho dinero esta profesión, he de decirlo. Reconozco que Clementina, con su bellísima voz, gana mucho más que yo con mi violonchelo…

Hubo un momento de tensión y Gertrude acudió a salvarlo:

—Luigi es también de Lucca. Es paisano nuestro.

—¡Nos alegramos de ello! —dijo el duque de Arcos—. Debe ser una gran ciudad, Lucca, si de ella surgen artistas de esta categoría.

—*Grazie* por el cumplido, *signore* —contestó Boccherini.

—Sin embargo —prosiguió don Antonio—, no lo acabo de entender. Si esta profesión os da poco dinero, ¿por qué os habéis desplazado hasta España? Salvo la Corte y algunas iglesias principales, no se puede decir que sea un lugar paradisíaco para la música…

—Por el mismo motivo que vuestras señorías están ahora aquí —contestó Boccherini—: por amor.

Carlos José y su amigo se revolvieron en sus sillas; las mujeres enrojecieron.

—Luigi, *caro*… —intentó salvar la situación María Teresa.

—Perdonad si he sido demasiado brusco y les he causado embarazo. Mis circunstancias fueron tales que, nada más conocer a Clementina, decidí no dejarla nunca. Por ello me enrolé como músico en la compañía del *signore* Marescalchi, donde ella cantaba, y me dispuse a realizar juntos una gira por España. Eso fue el año pasado de 1768. Y aquí seguimos.

—Confío en que sea por mucho tiempo —intervino Carlos José.

—Así lo deseamos nosotros también —dijo Clementina.

—Luigi también ha escrito varias obras —dijo María Teresa—. Algunas de ellas hemos tenido la suerte de interpretarlas en la compañía.

—¡Bah! Simples piececitas sin importancia —exclamó Boccherini—. Señor conde de Fernán Núñez, ¿habéis compuesto alguna obra?

—No. Todavía no. La composición necesita de una mayor preparación que la que yo he recibido. Sin embargo, no lo descarto. Algún día…

—¡Y nosotras la cantaremos y la bailaremos! —le interrumpió Gertrude.

Con las risas que provocó esta salida de la joven se dio por finalizada la velada. Carlos José y Antonio se despidieron con una sensación de respeto y amistad hacia las cantantes y el chelista; eso sí, respetando las distancias sociales que les separaban. Los dos nobles acompañaron a Gertrude a su residencia y, al llegar, el de Arcos se retiró un poco para que la pareja pudiese decirse alguna terneza si así lo deseaban.

—Buenas noches, señor Conde.

—Por favor, Gertrude, no me trates con tanta distancia. Podríamos tutearnos.

—No sé si podré…

—Seguro que podrás. —Carlos José retuvo sus manos y, cuando Gertrude intentó retirarlas, las mantuvo asidas con decisión—. Me gustaría darte algo…

—¿No será algo que falte a la decencia?

—¡No! ¡Por Dios! Espera un poco.

Fernán Núñez buscó en el bolsillo izquierdo de su uniforme y extrajo una bolsa de cuero. Se la ofreció a Gertrudis con una sonrisa.

—¿Qué es esto?

—Ábrelo. Es para ti. Con todo mi cariño.

La bailarina abrió la bolsa y, a la tenue luz del farol de la puerta, comprobó que Carlos José le ofrecía una pulsera.

—No puedo aceptarla. Os ha debido costar, al menos, 50 doblones.

—¿Qué importa el dinero si te puedo ver feliz con ella?

—Insisto. No puedo aceptarla —Gertrude puso el gesto serio—. Si lo hiciera, vos mismo pensaríais que tendríais algún derecho sobre mí…

—¡No! Por favor, Galguilla —Fernán Núñez utilizó el mote con la intención de parecerle más cercano—, acéptalo como muestra de amistad. Una amistad que me hace muy feliz.

—De acuerdo —dijo Gertrude, tras pensarlo un poco—. Si es como regalo de amistad, estoy conforme. Ahora, debo retirarme para no alarmar a mis hermanos.

—No se hable más. Que tengas buen descanso, Gertrude.

—Lo mismo te deseo, Carlos José.

Fernán Núñez no podía dar crédito a su dicha. La joven había aceptado el regalo y le había tuteado. ¡Era feliz! Tan feliz que, en el camino de vuelta hasta sus aposentos en el cuartel, todo un duque tuvo que sujetar varias veces a un conde para que no fuese por la calle dando saltos de alegría.

La relación, pues, se intensificó en los días siguientes. Sin embargo, a mediados de junio, el cielo de la felicidad se nubló sobre Carlos José. Llegó carta de su amigo Manuel de Salm-Salm desde Mallorca. Lo que allí ponía le causó desazón:

> Querido Carlos José:
>
> He recibido con alegría tu carta donde me informas de las diversiones que has podido disfrutar en Aranjuez. Lamento no haber podido estar a tu lado. En lo referente a esa muchacha que me indicas, he de decirte que recuerdo perfectamente su presencia en el teatro de Palma el año próximo pasado. También recuerdo que bailamos, al igual que hice otras mujeres de la compañía pues financié una de las representaciones (incluso me la dedicaron). Su actitud fue siempre respetuosa y merecedora del mismo respeto por mi parte. Por ese lado, puedes estar tranquilo. Si a ti te hace ilusión estar con ella y compruebas que te corresponde, estaré dispuesto a compartir vuestra felicidad como fiel amigo tuyo que soy.

Sin embargo, esta misma condición de amistad me mueve a contarte un detalle de su estancia en Mallorca. Espero que no sea motivo de enfado ni disgusto entre nosotros, ni entre la muchacha y tú; solamente lo cuento porque lo considero mi deber hacia ti y como precaución.

En la temporada que pasó la compañía de ópera en Palma se la vio muy acompañada por el sr. Corregidor, el sr. Dameto. Ya debieron de conocerse en la anterior temporada de 67, cuando Dameto apadrinó una representación de la compañía para aliviar sus gastos.

Confío en tu buen juicio y sé que utilizarás esta información, que solo pretender ser eso, como mejor entiendas.

Tu amigo, que te aprecia, MANUEL DE SALM-SALM

Tras la impresión por la lectura de esta carta, Carlos José sintió aguijoneado su amor propio y estuvo algo serio y distante con Gertrude. Sin embargo, la atracción de la muchacha terminó por imponerse. Cada día mejoraban su relación, pero sin adelantar tanto como el Conde hubiese querido. Le hizo nuevos regalos con la intención de ablandar su firmeza, pero solo consiguió tímidos avances. En más de una ocasión estuvo tentado de preguntarle por el corregidor Dameto, pero unas veces no se atrevió y otras temió poner de actualidad un tema que, seguramente, ya estaría olvidado.

Sin embargo, la impaciencia le pudo. Escribió de nuevo al coronel Salm-Salm y le requirió para que tratase de averiguar, con el debido sigilo, hasta dónde había llegado la relación entre la que ya denominaba "su Marcuccina" y el Sr. Dameto. Solo le consolaba el pensar que, si a él no le dejaba avanzar a pesar de haber gastado más de 200 doblones en regalos, tampoco el palmesano hubiera logrado mucho más. Además, entre su posible rival y la joven se interponían muchas leguas de tierra y un ancho mar.

Mientras llegaba la respuesta de su amigo, Carlos José intentó disfrutar, en el verano de 1769, de la vida madrileña con Gertrude. Le acompañaba todos los días y muchas noches. Cuando la joven tenía actuación, allí estaba Fernán Núñez para escoltarla. La mayoría de las veces con el duque de Arcos, cuya amistad con María Teresa Pellicia había ido también en aumento en estos días. Después, cada cual buscaba la intimidad con la pareja o quedaban para reunirse todos juntos otra vez. Por ello, cuando llegó la carta de Salm-Salm, Fernán Núñez casi había olvidado el asunto de Mallorca. Abrió la carta con miedo por lo que pudiese contener y, esta vez sí, respiró tranquilo. Según las averiguaciones de su amigo, el marqués Dameto no había conseguido nada de la joven que pudiese afectar a la reputación de la misma. Esta buena noticia le dio alas para implicarse aún más en la relación con la Galguilla. Aún no había conseguido mucho de ella, a pesar de los regalos que le había hecho, pero prefería esa situación a implicarse en otras relaciones que le acarreasen problemas de salud…, como los que había tenido que curar en Carratraca.

Una madrugada, después de haber disfrutado el uno de la otra, siempre con cariño y respeto, Carlos José regresó a su morada en el palacio del Infantado. Le abrió el mismo somnoliento criado de todas las noches. Al dirigirse hacia sus aposentos, observó luz en el salón. Extrañado, se dirigió hacia allí. Lo que vio le sorprendió.

—Buenas noches, primo.

—Buenas noches, hermano.

Doña María Francisca de Silva, duquesa del Infantado, y doña Escolástica Gutiérrez de los Ríos, en ropa de cama y bata, esperaban a Carlos José.

—Buenas noches. ¿Ha ocurrido alguna desgracia? —preguntó el Conde, alarmado ante aquella situación inusual.

—Espero que todavía no… —replicó en tono firme doña María Francisca.

—Querido hermano, hemos sabido de tus relaciones con esa comedianta...

—Escolástica, por favor —la atajó su hermano—. Guardemos el debido respeto a las personas, aunque no pertenezcan a nuestra condición.

—Lo que vamos a decirte, Carlos José, lo hacemos desde el cariño que te dispensamos —intervino la del Infantado.

—Así lo entiendo y así lo acepto, pero mi relación con esa muchacha, la cual tampoco he ocultado, solo me atañe a mí.

—Y al condado de Fernán Núñez y al ducado del Infantado, no lo olvides. —Aquí, su prima se mostró más firme—. Está en juego la reputación tuya y nuestra. Además, no sería la primera vez que los bienes que los antepasados lograron se disipan en caprichos varoniles.

—No es un simple capricho. Mi interés es sincero.

—Pero sabes que esa relación no puede llegar a ningún puerto. No puedes casarte con ella.

—Prefiero no tratar esos asuntos todavía. Solo sé que quiero estar con ella y me hace feliz.

—Querido primo, tengo 62 años y, por experiencia, te aseguro que esta relación no puede traerte nada bueno, ni a tu familia.

—Querida prima, yo tengo 27 años, he participado en batallas y he soportado motines. Me creo con suficiente capacidad como para organizar mi vida.

—¡Hermano!... —Escolástica le recriminó su tono.

—Todo ello, querida prima, con el respeto que te debo y con el cariño que tantos años nos hemos mostrado.

—No voy a consentirlo —insistió doña María Francisca—. Moveré los hilos que sean necesarios y donde fuese menester.

—Señora Duquesa del Infantado —contestó Carlos José y se puso de pie—. Os quiero como a una madre; vivo en vuestra casa; pero mi vida he de manejarla yo. Ni siquiera a mi madre hubiese consentido que se inmiscuyese en un asunto de esta índole. Buenas noches.

Carlos José salió enfadado del salón. En los días siguientes, se mostró huraño con todo el mundo menos con su Marcuccina. Su prima, también molesta, no perdió el tiempo. Utilizó sus grandes influencias en la Corte para conseguir que el regimiento Inmemorial se desplazase hasta Valencia en el otoño de 1769. Cuando recibió la orden de traslado, Fernán Núñez montó en cólera. Por suerte, decidió no acudir a su casa y marchar directamente a la residencia de Gertrude para desahogarse. La muchacha, con gran aplomo, consiguió calmarle.

—Tu familia tiene parte de razón.

—¿También tú te pones de su lado?

—Yo, no. Pero tampoco sería la primera vez que un noble perdiese la cabeza y el dinero por un capricho de faldas.

—A mí no me va a pasar tal cosa.

—Seguramente no. Y el principal motivo es que, para mí, comienzas a ser alguien importante en mi vida…

Esta revelación alegró sobremanera a Carlos José. Abrazó con tal fuerza a la muchacha que casi la asfixió. Aprovechó el momento para darle un ligero beso en los labios y, en esta ocasión, Gertrude no se retiró.

—De todas formas, si me marcho a Valencia pasarán muchos días sin que podamos vernos.

—No todo está perdido… —dijo la italiana con una mezcla de misterio y alegría.

—¿Qué quieres decir?

—En el otoño del año pasado nos contrataron para realizar varios conciertos en Valencia… —la cara de Carlos José comenzó a iluminarse—. Este año esperamos aún la confirmación.

—¡Eso significa que podremos estar juntos en Valencia!

—¡Claro! Pero tu familia no debe enterarse porque, entonces, buscaría la manera de cambiar el destino de tu regimiento o impedir nuestra contratación. A ninguno de los dos nos interesa que eso ocurra.

—En esta ocasión fue Gertrude la que dio otro ligero beso a Carlos José.

—Lista, esbelta, bella, alegre… ¡Eres una joya!

—¡Ja, ja, ja, ja! Ahora solo tienes que aparentar que acatas la decisión de tu familia y marchar a Valencia sin levantar sospechas. Allí nos encontraríamos si todo sale a nuestro favor.

—¿Y si no os contratan?

—En ese caso, señor Conde, tendrá usted que esperar un tiempo para probar esto de nuevo —y le dio un beso de mayor duración.

El plan funcionó a las mil maravillas. La compañía recibió el encargo de preparar varias óperas para la ciudad levantina y Fernán Núñez restableció la relación con su prima y su hermana. Incluso aceptó que Escolástica le acompañase a Valencia. Como la quería mucho, le dolió aquella decisión, pues significaba engañarla prácticamente en su cara, pero no se atrevió a negarse para no echar a perder el plan. El 12 de octubre, por la tarde, partieron los dos hermanos hacia Valencia. En el camino disfrutaron de la villa y castillo de Belmonte. Los soldados del regimiento salieron de Madrid unos días después y se reunieron con su coronel el 17, en el pueblo de Olmedilla. El 23 de octubre durmieron todos en Valencia.

Días después llegó la compañía de Gertrude a la ciudad. Poco tardó la muchacha en dar aviso a su pretendiente para encontrarse de nuevo. Carlos José decidió no engañar más a su hermana y contó a Escolástica que Gertrude estaba allí de temporada operística y que pensaba verla. Le pidió perdón y le rogó que no contase nada de esto a la duquesa del Infantado. Escolástica se lo prometió. Le consoló ver feliz a su hermano, pero rogó a la Virgen de los Desamparados que aquella relación terminase sin daño para Carlos José.

Fernán Núñez llegó por la tarde a la dirección que le había mandado Gertrude con un sirviente. Llamó a la puerta del piso superior y, al abrirle la muchacha, no dudó en abrazarla con fuerza. Gertrude se dejó, pero pronto se separó de Carlos José y le hizo un gesto con la cabeza. No estaban solos.

—¡Querido amigo! —oyó que le dijeron.

—¡Querido *violón*! —contestó a su interlocutor y abrazó con ganas al violonchelista Boccherini.

—¡Está claro que no te puedes librar de mí! —dijo el músico—. Ya sabes que formo parte de la compañía de ópera y viajo adonde ella se traslada. ¡Y aquí me tienes!

—¡Excelencia! —dijo un hombre de mediana edad, con una peluca empolvada, e interrumpió la contestación de Fernán Núñez a Boccherini—. Perdonad que estorbe estos dos bonitos reencuentros...

—Carlos José —intervino Gertrude—, te presento al *signore* Luigi Marescalchi, nuestro empresario.

—Sí. Os conocía de vista, pero aún no habíamos coincidido.

—Señor marqués de...

—Conde.

—Excusad. Señor Conde, mi presencia aquí se debe a un asunto de la máxima prioridad. Espero que, al menos, tengáis la bondad de escucharme...

Carlos José miró a Gertrude y esta le indicó con un gesto que todo estaba bien. Los cuatro se sentaron.

—Podéis hablar.

—Excelencia, nuestra compañía es pobre. La ciudad de Valencia no suele gastar mucho en ópera, pero sí es exigente en lo que a la presencia de bailarines, grandes decorados y lujosos vestidos para la representación se refiere. Necesitamos cubrir gastos y, en otras ocasiones, hemos recurrido a grandes señores, como vos, para una ayuda…, ¡ejem!, dineraria.

Carlos José recordó ahora las palabras de su prima y su hermana. Le estaban pidiendo dinero, no solo su Marcuccina sino también el jefe de su compañía. Se alarmó.

—Señor Marescalchi, no sé si podré… —se excusó.

—Tu gran amigo, Manuel de Salm-Salm, ya nos ayudó en una ocasión —dijo Gertrude. Con sus palabras buscaba torcer la voluntad de Fernán Núñez—. O el mismo corregidor de Palma, el marqués Dameto.

Aquí, Carlos José se revolvió en su asiento. Ahora sí que estaba decidido. Por una parte, no podía quedar mal donde su amigo Salm-Salm había triunfado; por otra, no podía ser menos que el dichoso Dameto.

Por tanto, la representación del *dramma giocoso* titulado *Il ratto della sposa*, con libreto de Gaetano Martinelli y música de Pietro Guglielmi, originariamente estrenado en 1765, tuvo como mecenas al conde de Fernán Núñez. Escolástica aceptó los ruegos de su hermano y le acompañó al teatro, ubicado en el palacio del duque de Gandía. Ocuparon un palco principal y, aunque en la distancia, pudo conocer por fin a la compañera de Carlos José. Se alegró de haber ido, pues Marescalchi apareció en el escenario antes de que el telón se levantase y agradeció públicamente la ayuda prestada por Fernán Núñez. Una gran ovación cerró las palabras del empresario y acompañó el saludo que Carlos José, puesto en pie, se vio obligado a realizar. Días más tarde, el empresario, como nueva muestra de agradecimiento, ordenó publicar el libreto y la dedicatoria. Envió varios ejemplares a Carlos José para su conocimiento. En el comienzo se podía leer:

D. Carlos Joseph Gutiérrez de los Ríos, Córdoba…
Señor

Si hubiéramos de ofrecer a vuestra Excelencia obra proporcionada al mérito de su Excelentísima Persona, y esclarecidísima Casa, sería forzoso la idease de infinita consideración el Ingenio más sublime, y la describiese la más brillante elocuencia. Pero como entre las amables relevantes prendas, que ilustran su generoso espíritu, resplandecen una suma afabilidad, un corazón dispuesto a favorecer, y una perfecta comprensión en la Música, se alienta nuestro respeto a dedicar a V. Exc. con toda confianza esta ópera, puesta en Música por el más célebre profesor del Siglo, suplicándole que, atendiendo no a lo pequeño de la ofrenda y sí a lo rendido de nuestra veneración, se digne admitirla con la benignidad que le es propia, y esperamos de su protección.

EXCMO. SEÑOR. Sus más humildes servidores. Luis Marescalchi y Compañía.[10]

Escolástica ya no le acompañó más al teatro. No estaba enfadada, sino contenta de los logros de Carlos José en sociedad y, además, lo notaba feliz. Pero su estricta moralidad no le permitía más salidas en público a un lugar donde se hallaba la pareja de su hermano. Si hubiese ido, se podría considerar como que aprobaba la relación.

Pero la alegría de Carlos José duró poco. El 7 de febrero de 1770, los hermanos Gutiérrez de los Ríos, de manera urgente partieron en coche de postas camino de Madrid. Les habían llegado alarmantes noticias de que su prima, la duquesa del Infantado, había enfermando de gravedad y el mal se extendía con rapidez. Al menos, pudieron estar con ella en sus últimos días. María Francisca de Silva falleció a finales de marzo. El conde quiso hacer extensivo su dolor promoviendo honras fúnebres no solo en Madrid, sino también en la villa de Fernán Núñez.

La tristeza por la desaparición de su valedora en la orfandad se compensó con el afianzamiento de la relación con Gertrude Marcucci. Para el mes de mayo de 1770, la bailarina y el conde formaban ya una pareja conocida en los ambientes aristocráticos de Madrid y los Reales Sitios. Por ello, la nueva separación al tener que marchar Carlos José con su regimiento a Cartagena, en agosto, fue un doloroso trance para los dos. En el reencuentro, ocurrido en mayo del año siguiente, Fernán Núñez y Gertrude no estuvieron solos. Un hermoso niño de tres meses había convertido aquella pareja en una familia… casi clandestina. Carlos José, avisado de su nacimiento, prefirió no llamar demasiado la atención por abandonar el regimiento sin una buena excusa, y aquélla no lo era. Por tanto, se perdió el nacimiento y el bautizo, celebrado en la iglesia madrileña de San Sebastián el 21 de febrero de 1771. El retoño recibió los nombres de Ángel Bernardo Carlos José y se inscribió con el añadido de que era hijo de padres desconocidos. Sin embargo, los nombres de Carlos y José eran un guiño a su auténtico padre.

Los días felices continuaron para la pareja. Gertrude abandonó el baile en la compañía y vivió con el dinero que Fernán Núñez le entregaba. Pero la alegría se trucó con otro anuncio. Carlos III, movido por habladurías en las que se afirmaba que algunos nobles españoles estaban siendo arruinados por los caprichos de sus amigas, había decidido poner fin a aquellos desatinos. El rey, tan casto después de su viudedad y tan religioso, consideraba un escándalo aquella situación. Por consiguiente, ordenó que Teresa Pelliccia y Gertrude Marcucci abandonaran, en el mes de marzo de 1772, España. El duque de Arcos montó en cólera y trató de demostrar que él no había perdido dinero con la Pelliccia, con la que tampoco había avanzado más allá de una amistad. Pero el rey no le escuchó. Entonces, como respuesta airada a su dueño y señor, Arcos dio una notable cantidad de dinero a Teresa para que no pasase fatigas en Italia. Lo que no había hecho antes, lo hizo ahora como desquite.

Fernán Núñez, por su parte, no pudo argumentar, sin mentir, que Gertrude no le suponía gasto alguno. De sobras sabía él lo que le costaba, pero también lo que la muchacha le devolvía en amor y felicidad. Los preparativos para la separación ocuparon varios dolorosos días. A mediados de marzo de 1772, Carlos José Gutiérrez de los Ríos, VI Conde de Fernán Núñez, se separó de la mujer que tanto le había dado y de su hijo. Le entregó una letra de cambio de cien mil francos que podía hacer efectivos a su paso por Lyon. Al despedirse, otra noticia vino a entristecerle aún más: Gertrude estaba de nuevo embarazada.

15 EL "GRAND TOUR": FRANCIA E ITALIA

Tras la marcha de Gertrude, Madrid se convirtió en un lugar triste y carente de sentido para Carlos José. Pudo haber corrido, pleno de amor, detrás de la muchacha y de sus hijos, pero dos motivos le frenaron. El primero, no podía abandonar su carrera como alto militar ni faltar al juramento que había prestado al rey Carlos III. Este, a fin de cuentas, no andaba errado al decretar la expulsión de la bailarina, pues Fernán Núñez reconocía que sus buenos dineros le costaba. El segundo, el considerar que aquella relación no podía llegar a nada más, dada la muy diferente extracción social de ambos.

Para serenar su mente y poner tierra de por medio con un lugar que le traía demasiados recuerdos dolorosos, Carlos José inició, el 24 de marzo de 1772 un viaje a su villa de Fernán Núñez. Al pasar por La Carolina disfrutó nuevamente de la compañía de Pablo de Olavide en su propia casa.

—En confianza os digo, señor Conde, que la expulsión de los jesuitas no fue una decisión acertada por parte de nuestro monarca.

—Dios me libre, señor Olavide, de criticar al rey Carlos. ¡Y no me faltan motivos últimamente para ello, os lo aseguro!

—Entiendo vuestros reparos. Sin embargo, vos y yo hemos sido educados por los jesuitas y ningún mal nos han hecho sus ideas; más bien al contrario.

—En eso tenéis razón, mas no creo conveniente poner en tela de juicio tan altas consideraciones de Estado…

—Bien, bien, señor Conde. No os incomodéis. Solo hablaba con un amigo…

—Por tal podéis tenerme. —Carlos José prefirió cambiar de tema—. ¿Cómo se encuentra la misión de poblar estas tierras?

—Avanza de manera demasiado lenta, para mi gusto. Algunos colonos no acaban de aclimatarse. Por otra parte, necesitamos dinero para fundar escuelas para los niños de esta zona. Nadie había previsto tal necesidad…

—Así lo considero yo también: una necesidad de primer orden. Solo mediante la educación obtendremos mejores personas, formadas, amantes de su rey y respetuosas con Dios. Como os he dicho, viajo hasta Fernán Núñez. Allí quiero crear unas escuelas, en cuanto disponga del dinero necesario, sobre todo para atender a los más pobres.

—Atender a los más pobres es una gran idea, don Carlos José. Pero el saber hace libres a los hombres… Confiemos en que nadie, sobre todo la Iglesia y su costumbre de dominar la educación, se oponga a tan laudables planes.

—Amigo Olavide. —Carlos José miró muy serio al limeño, pero su rostro no era de reproche, sino más bien de aviso y prevención—. Acabáis de criticar al rey y a la Iglesia. No os conviene, fuera de aquí, exponer razones semejantes. Por el aprecio que os tengo, os ruego que os guardéis muy bien de hacerlo ante oídos intransigentes. No me gustaría veros en manos de la Inquisición…

—Gracias por el aviso, amigo Carlos José. Difícil veo cumplirlo a pesar de que conozco los peligros a los que me enfrentaría. Algunas veces he pensado en abandonar España. En mi viaje de juventud por Europa conocí personas muy interesantes y más abiertas de pensamiento. Lo mismo hago los baúles. ¡Je, je, je!

—En ese caso, avisadme con tiempo y me iré con vos. Recorrer Europa me atrae. Solo la falta de dinero me retiene.

—Pues, entonces, cuando vos tengáis el dinero, avisadme a mí y partiremos. Lo mismo vivo a costa vuestra.

Los dos amigos rieron y se despidieron hasta un próximo encuentro.

En Fernán Núñez tampoco encontró Carlos José la paz de ánimo. Desde el 30 de marzo hasta el 3 de abril recorrió sus tierras, se distrajo con los principales personajes, fue agasajado por el pueblo… y no consiguió difuminar los recuerdos de Gertrude. El 8 de abril ya estaba de vuelta en Madrid.

Pero no todo iba a ser negativo. En ese mes de abril, por fin, se resolvió la peliaguda cuestión de la testamentaría de su tío, el conde don Pedro. Carlos José pudo disponer del dinero sobre el que había bromeado con Olavide y de bienes sobre los que imponer censos y obtener metálico. La idea de un gran viaje por Europa, a imitación del que hacían los hijos de los nobles y familias adineradas de su tiempo, comenzó a tomar forma en su cabeza. Sería una manera de alejarse de Madrid durante un tiempo considerable, aprender de cara a su futuro como gobernante de sus tierras, militar o, posiblemente, diplomático. Además, como Gertrude estaba en Italia y esta era una zona de visita obligada, podría llegar hasta ella sin recibir la reprimenda del rey.

El rey. Ese era el principal escollo. Carlos III podría no otorgarle permiso para abandonar sus obligaciones militares que había contraído con el Inmemorial y su augusta personal. Podría seguir enfadado con él a causa de la Marcucci. Solo de pensar que su amado monarca no estuviese de acuerdo en ese viaje por Europa le producía escalofríos.

—¿No tienes hambre? —le preguntó José Caamaño mientras almorzaban en una posada.

—No mucha, la verdad.

—Te preocupa el asunto de tu viaje, ¿verdad?

—Bien lo sabes. ¿Y si el rey no quiere concederme su permiso? Puede estar todavía enfadado conmigo.

—Solo hay una manera de saberlo: escríbele por conducto oficial y solicita su real venia para marcharte.

—No me atrevo.

—¡Claro que sí, hombre! Tú adórnale la situación: que aprenderás muchas cosas que luego pondrás en práctica para servirle mejor; que conocerás a grandes personajes y estrecharás lazos con naciones vecinas hablándoles maravillas de Carlos y España…

—Soy incapaz…

—De acuerdo. Tú lo escribes de tu puño y letra, mientras yo te dicto. ¿Mejor así?

—Si te empeñas. Ahora bien, como el resultado sea negativo, es posible que abandone España por las malas y busque la compañía de Gertrude y mis hijos. Perderlos a ellos y, al mismo tiempo, la confianza de mi rey, me sería insoportable.

—¿Lo abandonarías todo?

Carlos José prefirió no contestar, pues le daba miedo lo que se le pasaba por la mente.

Así pues, José Caamaño dictó a su coronel una respetuosa y casi literaria petición para obtener el permiso real. Pasaron los días sin obtener respuesta. La angustia de Fernán Núñez cada vez era mayor. Por fin, a primeros de junio, llegó carta de palacio: Carlos III autorizaba, con muy buenos y cariñosos términos, el viaje de quien le había servido fielmente estos años.

El 10 de junio de 1772 salieron de Madrid el conde de Fernán Núñez, su amigo el capitán José Caamaño, los ayudas de cámara Aramburu y Maestrelí, los lacayos Domingo y Antonio Almansofern y el cocinero Leyes[11]. La primera etapa de este larguísimo viaje les llevó hasta el puerto de Guadarrama. Doña Escolástica no quiso separarse de su hermano en este día, por lo que se unió a la comitiva en Madrid; su sobrino, don Pedro de Silva, también les acompañó. Ambos se volvieron a la capital, tras una tierna despedida, nada más iniciarse la segunda etapa. Al final de esta llegaron a la ciudad de Valladolid, donde pernoctaron en un caserón propiedad de su sobrino el duque del Infantado y recibieron la visita de varios nobles vallisoletanos. En los días siguientes avanzaron por Palencia y Burgos, donde pudieron apreciar las diferentes sonoridades de los órganos de sus catedrales y admirar variados monumentos. El 17 de junio avistaron el paso de la Peña de Orduña, que debía llevarles de las tierras castellanas a las vascongadas. El color de las nubes amenazaba lluvia o algo peor. La decisión era clara: no podían esperar a que se desatase o no la tormenta pues, en ese caso, les cogería la noche en plena montaña. Optaron por adentrarse en el paso. Como esperaban, el cielo se deshizo en agua y granizo. El viento se tornó huracanado, como si quisiera impedir su paso por aquellas tierras. Buscaron un primer cobijo debajo de unas hayas, pero Carlos José no consideró adecuada aquella ubicación al escucharse varios truenos, cada vez más cercanos. Por tanto, aceleraron el paso todo lo que pudieron para buscar un mejor refugio bajo una roca prominente. Pero la mula del lacayo Domingo, asustada por el sonido del viento, se encabritó y dio con este en el suelo. El pobre de Domingo, muy dolorido pero sin nada roto, se levantó con rapidez, tomó al animal del ronzal y tiró de él. No bien hubo llegado a la roca donde ya se resguardaban sus compañeros de viaje, un terrible chasquido, al que siguió un estampido feroz cuyo eco retumbó por todas las montañas, les causó conmoción. Un rayo había partido en dos un árbol que, momentos antes, les había servido de inicial cobijo.

Sin mayores contratiempos atravesaron la frontera con Francia y el día 26 de junio durmieron en Bayona. El camino, podría decirse, turístico que realizaron en tierras del sur de Francia les llevó, sucesivamente, hasta Toulouse, Carcasona, Narbona y Avignon. En los días siguientes pisaron tierras italianas en San Remo y, el 15 de agosto, llegaron a Lucca, donde pasaron a escuchar misa en el Duomo.

—Es hermosa esta catedral —dijo Carlos José.

—Sí, pero no más que otras que hemos visto en nuestro camino —replicó Caamaño—. Porque, no me dirás que la de Burgos…

—Totalmente de acuerdo. Sin embargo, estos estilos son diferentes…

—Tú lo has dicho: diferentes; hermosos, mas no mejores.

—Está bien, lo que tú digas. Hoy te has levantado con el pie izquierdo, muchacho.

Carlos José se puso en pie. No estaba enfadado pero prefería dejar pasar un tiempo. Anduvo por la nave y reparó en el impresionante órgano. Como la puerta de acceso estaba abierta, decidió subir. No había nadie. Sin poder resistirse, pulsó varias notas con suavidad.

—¡*Signore*!

Carlos José se sobresaltó al escuchar una voz a su espalda. Se puso de pie. Medio en castellano, medio en italiano, consiguió expresarse.

—Le ruego me disculpe. Soy muy aficionado a la música y, al ver esta maravilla de instrumento, he cedido a la tentación. Ya me marcho.

—Tranquilo, caballero. No era mi intención asustarle ni mucho menos importunar a un… ¿colega?

—No, no. No soy músico profesional. Solamente un aficionado con rudimentos en el arte sonoro.

—En ese caso, permítame presentarme. Soy Giacomo Puccini[12], organista del Duomo di San Martino, a su servicio, *signore*…

—Conde de Fernán Núñez, español.

—Estáis lejos de vuestra patria, señor. Si me permitís, quisiera ofreceros la hospitalidad toscana. ¿Os placería permanecer conmigo, aquí arriba, mientras acompaño la misa?

—Nada me sería más grato, maestro Puccini. Dusculpadme un momento y enseguida estoy aquí.

Carlos José bajó del órgano, llegó hasta donde estaba Caamaño y le contó, con una sonrisa, todo lo que había ocurrido. Más o menos le dio a entender que, en ese momento, prefería la compañía del organista a la suya.

—Así que tenéis algunos conocimientos de música, señor conde de…

—Fernán Núñez, maestro. Soy capaz de tocar el violín con desenvoltura y también he tañido el clave.

—Interesante… —dijo el organista y Carlos José entendió su mirada como que tramaba algo—. Esta maravilla de órgano es producto del trabajo de dos insignes hijos de Lucca: los hermanos Ravani. ¿Sabíais que esta ciudad ha sido cuna de enormes artistas en el terreno musical? El maestro Geminiani, por ejemplo, de la época anterior.

—O el violonchelista Luigi Boccherini —no pudo contenerse el Conde, aunque prefirió no hablar de Gertrude ni de sus hermanos bailarines—. He tenido el placer de tratarlo en Madrid.

—¡Boccherini! —exclamó el organista—. ¡Pues sí que es pequeño el mundo! En más de una ocasión tuve la oportunidad de acompañarle al clave en sonatas para su instrumento. Ya le vaticiné que llegaría lejos. Al menos, ha llegado a España…

Los dos hombres rieron la ocurrencia. Puccini se sentó en la banqueta del órgano y Carlos José permaneció detrás, de pie, pues el lugar era estrecho. La misa transcurrió con solemnidad, aunque Fernán Núñez estaba más pendiente de las evoluciones del organista que del propio rito, algo poco frecuente en él. Al llegar el momento de la Comunión, Puccini se levantó de improviso de la banqueta y le hizo señas para que él se sentara. Carlos José tardó unos segundos en reaccionar. Hizo gestos de negación, pero el maestro lo tomó de la mano y lo obligó a sentarse. También por gestos le hizo saber que la música no podía estar más rato sin sonar, pues eso causaría asombro y malestar. Así pues, Carlos José solo tuvo tiempo de mirar la partitura por encima, poner los dedos sobre el teclado y comenzar a tocar. El *tempo* lento de la obra y su carácter meditativo ayudaron al Conde a interpretarla a primera vista. Nadie reparó aquella mañana en que un organista espontáneo había acompañado una parte de la misa.

—¡Menudo compromiso! —exclamó Carlos José cuando terminó la ceremonia.

—Todo ha salido muy bien, no os preocupéis —le calmó el organista—. Por cierto, sois mejor músico de lo que vuestra modestia os había permitido adelantarme.

—El carácter de la obra ayudaba, maestro —trató de quitarse importancia el Conde—. Es muy bella. Os doy la enhorabuena.

—No es mía. La escribió mi hijo Antonio. Un gran músico que, si Dios lo dictamina, habrá de sucederme pronto.

—Confío en que, todavía, tarde muchos años.

Los dos hombres se abrazaron, como músicos y sin tener en cuenta las diferencias de clase.

La siguiente etapa del viaje por tierras italianas les llevó a la ciudad de Bolonia. Allí durmieron la noche del 23 de agosto. Dos días después, Caamaño habló con Carlos José.

—He obtenido la información que me habías pedido.

—¿Sabes dónde vive?

—¿Acaso dudabas de mi capacidad? —bromeó Caamaño.

—¡Dímelo rápido, José! —le apremió el Conde, impaciente.

—Aquí lo tienes apuntado, incluido un sencillo plano, para que no te pierdas. —Caamaño entregó un papel a Carlos José.

—¡Dios te lo pague! Es una suerte tener amigos como tú.

—Pues, sí. Eso mismo pienso yo.

Esa misma tarde, Fernán Núñez salió para realizar tan importante visita. No quiso que le acompañase nadie, ni Caamaño, pues no quería ponerlo en problemas si llegaba a oídos de Carlos III que habían ido a visitar a Gertrude[13].

—Dile a tu señora que un buen amigo desea verla —dijo Carlos José a la sirvienta cuando le abrió la puerta en un piso céntrico de Bolonia. A primera vista, no se observaban grandes lujos en el mobiliario, pero tampoco pobreza.

Se escuchó un grito de sorpresa y alegría. A continuación, una figura femenina apareció a todo correr por el pasillo y chocó con el Conde, a quien no le dio ni siquiera tiempo para verle la cara: era Gertrude.

—¡Me has encontrado! ¡Has venido! —decía la joven de manera atropellada mientras besaba a Carlos José por toda la cara.

—No podía dejar de hacerlo —contestó el Conde en cuanto pudo separarse un poco de Gertrude. —Pero… sabes que solo es una visita de amigos… —Carlos José prefirió no crear falsas expectativas en la mujer, ni en él.

Gertrude se separó un poco de él, lo miró seria y triste. En eso tenía razón. ¡Pero estaba allí! Recobró la sonrisa.

—No vamos a pensar ahora en eso. Pasa. Creo que hay alguna personita ahí dentro que desea conocerte…

Fernán Núñez se dejó guiar tomado de la mano. Gertrude lo condujo hasta un pequeño salón donde jugaba un niño con unos animalitos tallados en madera.

—Mira, Ángel. Un amigo de mamá ha venido a visitarnos. Salúdale.

El crío se levantó al escuchar las palabras de su madre. Todavía no caminaba con soltura a sus dieciocho meses. El conde, emocionado, lo tomó en sus brazos, lo alzó hasta el techo y le dio dos sonoros besos en las mejillas. En ese momento se escuchó el amago de llanto de un bebé. Carlos José dejó al niño en el suelo, miró hacia la cuna que se encontraba en un lateral del salón y miró luego a Gertrude. Esta le sonrió y le indicó con un gesto de la mano que se acercara a la cuna. Un hermoso niño le miró con grandes ojos a pesar de su corta vida.

—Te presento a Camilo Ángel Carlos José Isidoro y Roque —dijo Gertrude. El Conde miró embelesado al crío y se dejó coger un dedo con su manita—. Lo bautizamos el pasado 16.

—Por suerte, este pequeñín y el otro niño han salido a su madre en hermosura —bromeó Carlos José.

Durante los días que permaneció en Bolonia, Fernán Núñez visitó a Gertrude y a sus hijos cada tarde. Fue una felicidad efímera. Ambos sabían que aquello no podía continuar, pero decidieron disfrutar del momento. Carlos José prometió encargarse de la educación de ambos, probablemente en alguna academia militar. Gertrude estuvo de acuerdo. Al menos, sus hijos tendrían un futuro asegurado.

La marcha de aprendizaje por Europa continuó y los viajeros tomaron el camino de Roma. Allí les recibió el embajador extraordinario, don José Moñino. Ni este quiso explicarles a fondo su misión cerca del papa ni Carlos José preguntó más de lo debido. En su ambiente se rumoreaba que había sido encomendado por Carlos III para conseguir de Clemente XIV una orden para la extinción definitiva de la Compañía de Jesús. En esta misión le ayudaban los embajadores de Francia, Nápoles y Portugal. Carlos José, quien había vivido muy de cerca la expulsión de los jesuitas de España, procuró estar todo lo correcto posible con Moñino, pero sin mucha familiaridad. El embajador sí fue más amable con ellos. Su origen hidalgo, aunque no demasiado poderoso en el terreno económico, le facilitaba tener un agradable "saber estar" con la nobleza[14].

A los pocos días partieron hacia Nápoles. Allí llegaron el 6 de septiembre. El recibimiento fue apoteósico, no en vano gobernaba el reino Fernando de Borbón, hijo de Carlos III, quien había heredado la corona partenopea al partir su padre para ceñirse la española. También tuvo la suerte de coincidir Fernán Núñez con su gran amigo el duque de Arcos, enviado por el rey hispano como embajador especial con motivo del nacimiento de su nieta. Por tanto, los dos compañeros de aventuras amorosas con artistas italianas, expulsadas ambas de España, coincidían en la patria de las mujeres. En secreto se confesaron que los dos habían podido reencontrarse con ellas; mejor que no se enterasen algunos miembros de la comitiva de Arcos, deseosos de medrar junto a Carlos III a costa de su señor…

—Ayer pudimos ver a la Familia Real Napolitana —le comentó Carlos José durante la cena.

—¿Qué te han parecido? —le preguntó, con malicia, el duque.

—Guárdame el secreto —le pidió Fernán Núñez—. El rey me ha parecido poco resolutivo; la reina…, demasiado resolutiva; y la niña… ¡un bombón Borbón!

—Has acertado —pudo decir don Antonio Ponce de León, cuando paró de reír por la ocurrencia—. Yo he llegado a la misma conclusión y me lo han confirmado algunas pesquisas disimuladas que he hecho. Cuando vuelva tendré que decir al rey Carlos, con mucho cuidado, eso sí, que quien manda en realidad es la reina Carolina. Permíteme que te diga que la joven ha salido a su madre, la emperatriz María Teresa de Austria.

—¿Y Tanucci? —preguntó Carlos José—. Nuestro monarca confió en él para guiar los pasos de su hijo en el gobierno de Nápoles igual que había guiado los suyos mientras fue rey de estas tierras.

—Tanucci pierde poder cada día. El rey Fernando se deja llevar por la opinión de su esposa y esta se muestra más proclive por la alianza con su país de origen y con nuestro enemigo, Inglaterra, que con las monarquías borbónicas.

—Malos tiempos se avecinan, pues.

—Esperemos que tarden.

A mediados de octubre de ese año, los dos amigos abandonaron Nápoles y se dirigieron de nuevo a Roma, donde Moñino les trató de maravilla. Incluso les consiguió una audiencia con el papa Ganganelli. Carlos José obtuvo una buena impresión del papa, a pesar de que sabía de su aversión a la Compañía de Jesús y sospechaba del resultado negativo para aquélla que acabarían por obtener las presiones de Moñino. Después continuaron camino por Florencia y Bolonia. Allí volvió a pasar unos días con Gertrude y los niños. Pero esta segunda visita a Bolonia tuvo otro encuentro feliz para el Conde. En una casa de campo vivía retirado Carlo Broschi, el *castrato* conocido en el mundo con el sobrenombre de *Farinelli*. José Caamaño se enteró de esta circunstancia y, conocedor del amor de Fernán Núñez por la música, arregló un almuerzo al que asistieron ellos dos y el duque de Arcos.

—Y bien, señor Conde, ¿cómo sigue la vida en mi querida España? —preguntó el capón.

Carlos José tardó en responder. Aquellos términos con los que se refería a España le retrajeron. En la Corte había escuchado dos versiones contradictorias sobre la salida de Farinelli de España. La primera decía que Carlos III le había expulsado por acumular demasiado poder con los anteriores reyes. La segunda afirmaba que Farinelli había decidido volver a su Italia, colmado de honores y con el dinero suficiente para vivir una vida regalada. Él, por su parte, había coincidido con el capón en varias ocasiones y nunca le había visto pavonearse ni aprovecharse de su encumbrada posición en la Corte fernandina.

—España es una gran nación, señor Farinelo. —Carlos José buscó una respuesta diplomática—.Tiene sus problemas, como todas, pero procuramos mantenerla como gran potencia cada día. Nuestro monarca es el primero en tal misión.

—No me cabe la menor duda —Farinelli bebió vino tinto de su copa—. Todavía echo de menos mi presencia en vuestro país. Llegué como un gran cantante, perdonad la falta de modestia, para diversión de los reyes, y gocé de una larga y maravillosa estancia.

—Y a vos, ¿cómo os ha tratado la vida en estos últimos tiempos? —intervino Caamaño.

Un criado trajo una bandeja con diferentes embutidos.

—No me puedo quejar. Tengo más que suficiente para comer…, para vivir —hizo un gesto que abarcaba el patio techado por una parra y la casita de campo donde se encontraban—, cultivo el huerto que ven a sus espaldas…

—¿Y la música? —preguntó Fernán Núñez.

—La música nunca me abandona. No hubiese sido nada en esta vida sin la música. Es todo lo que he conocido. Por ella sufrí el "accidente" que todo el mundo conoce, por ella alcancé la gloria y con ella me consuelo muchos días. Ahora, a pesar de mis setenta y tres años, me ha dado la manía de aprender a tocar el arpa.

En ese momento llegó el mismo criado de antes y pidió a Farinelli permiso para servir el almuerzo. La comida transcurrió sin novedad, pues no se trataron asuntos delicados y solo cuestiones banales. Terminado el almuerzo, pasaron al interior de la casa y Farinelli quiso obsequiar a sus invitados con un pequeño concierto. Se sentó al clave -algo desafinado, la verdad- y se acompañó a sí mismo en la muy conocida aria "Lascia ch'io pianga", de Haendel. Carlos José, Caamaño y Arcos guardaron las apariencias todo lo posible para no ser descorteses: Farinelli chillaba más que cantaba. La edad no había perdonado aquella garganta, otrora tan privilegiada. No obstante, se notaba aún quién había sido y algunos pasajes fueron aceptables. Los españoles aplaudieron con sinceridad.

—Por favor, por favor —dijo el *castrato*—. Solo ha sido un pequeño regalo de agradecimiento. Son españoles y no puedo olvidar todo lo que le debo a España. Considérenme un simple anfitrión agradecido.

En compañía del duque de Arcos, Fernán Núñez continuó su viaje hasta las ciudades de Venecia, Milán y Turín. En esta última se despidieron los dos amigos, pues Arcos debía volver a España a rendir cuentas de su misión al rey. El 5 de febrero de 1773 llegaron Caamaño, Fernán Núñez y el resto de la comitiva a Bolonia. Allí permanecieron los días de carnaval. Fechas más tarde partieron otra vez con dirección sur, hacia Nápoles y Pompeya. A mediados de marzo, desde la antigua Parténope, tomaron camino hacia las tierras de Pizzo y Melito. Ahora se trataba de un encargo de su sobrino, el duque del Infantado, quien era señor de aquella zona y pensó que nadie mejor que Carlos José podía informarle de cuál era su situación real.

El viaje hacia Pizzo se inició a través del mar. El tiempo no fue favorable y el traslado fue muy incómodo, cuando no peligroso. En una de las escalas terrestres visitaron el monasterio de San Francisco en Paula. Los monjes mostraron, muy ufanos, algunas reliquias que se conservaban todavía del santo: un trozo de una costilla, una muela, sus sandalias o su túnica. El conde miró de reojo a Caamaño y este le devolvió la mirada. Carlos José no era partidario de embaucar a los creyentes con reliquias que podrían ser falsas, pero prefirió callar.

El 18 de marzo tomaron tierra en el reducido puerto de Pizzo. Más pequeño aún parecía por el gentío que allí se había congregado para recibirles. En primera fila, las autoridades de la ciudad; detrás, la ciudad entera. Los cañones del castillo saludaron con varias salvas. Los coheteros quisieron emular a los artilleros y llenaron el cielo de explosiones. Con tal estruendo, fue difícil entender a los niños que habían sido aleccionados para recitar poemas. Para finalizar, un *Te Deum* en la parroquia cerró los actos de bienvenida para tan ilustres personajes. Los días siguientes los utilizó el Conde, como representante del duque del Infantado, señor de aquellas tierras, en recorrer la zona como un simple turista, aceptar los memoriales con ruegos y quejas para su sobrino y realizar diferentes visitas para tratar de arreglar los problemas de aquella zona. Similar recibimiento obtuvo Carlos José en Melito, adonde se desplazó unos días después para el mismo fin.

A la una y media de la madrugada del 2 de abril tomaron de nuevo un pequeño barco, una falúa, desde Pizzo en dirección a Nápoles. A pesar de la hora tardía, las autoridades volvieron a acompañarles en la despedida y los cañones les dijeron esta vez adiós con su particular voz. El mal tiempo reinante hizo sospechar que aquel viaje podría convertirse en una odisea; y no se equivocaron. Al anochecer de ese mismo día llegaron al puerto de Santa Liberata. En realidad, llamar puerto a aquella entrada peligrosísima entre dos escollos era faltar al respeto a cualquier puerto...

Tres hombres les miraban desde tierra, preparados para ayudarles a desembarcar.

—¡Echad el ancla! —gritó el capitán a los dos marineros que les acompañaban.

Los marineros, desprevenidos ante aquella orden, lógica por otra parte, tardaron en reaccionar. Cuando quisieron cumplirla, el movimiento del mar había devuelto la falúa por el camino que ya había recorrido, con tan mala suerte que chocó contra uno de los escollos que antes habían esquivado. El ruido del golpe y las maldiciones del capitán por tan burda maniobra hicieron que don Pablo Furriel, comerciante napolitano que les había acompañado en aquel viaje, se lanzase hacia el escollo y trepase por él con una agilidad impropia de alguien grueso y que se había pasado todo el día vomitando por la borda. Creyó encontrar así su salvación en vista del golpe contra la roca. Sin embargo, aquella acción resultaba más peligrosa que permanecer en la falúa.

—¡Que nadie abandone el barco! —gritó el Conde.

Sin embargo, uno de los lacayos que había sido contratado en Nápoles fue presa del miedo y creyó más seguro el escollo que el barquito. A punto estuvo de caer al mar.

Mientras esto sucedía, un franciscano que se había incorporado desde Pizzo comenzó a rezar en voz alta, muerto de miedo. Los rezos debieron de surtir efecto, pues unos minutos después los marineros, a fuerza de remos, consiguieron acercar la falúa lo suficiente para que los hombres de tierra pudieran lanzarles un cabo. Una vez asegurada la barca, los viajeros pudieron poner pie en tierra.

—¡Socorro! ¡No nos dejéis aquí!

Los gritos provenían de don Pablo y del lacayo que habían subido al escollo. Más asustados todavía, temían que se les hubiese abandonado allí. Como nadie quiso volver a por ellos al seguir el mar embravecido, se les hizo señas para que se sentaran en la roca y esperasen un tiempo. Carlos José tuvo que usar de sus dotes de mando y de su dinero para conseguir que los de tierra llevasen un bote hasta los náufragos y les rescatase. Terminada la aventura con final feliz, aquella noche comieron y durmieron en una hostería muy pequeña, con mala comida y peores camas, pero la aventura del atraque les había dejado tan cansados y asustados que todo lo dieron por bueno[15].

Al día siguiente continuaron camino hacia Nápoles, pero esta vez por tierra. Ello no impidió que se viviesen varios momentos de peligro, debido a lo escarpado del terreno. Por fin el 7 de abril, Jueves Santo, pudieron escuchar misa en el monasterio de San Lorenzo de Padula. Fernán Núñez se admiró de la piedad que mostraban los lugareños, muy diferente al boato que había visto en las grandes celebraciones de Nápoles o Roma. Tras atravesar las tierras de Salerno, llegaron a Nápoles el 10 de abril. Tres días después ya iban camino de Roma, donde se alojaron en casa del Embajador Extraordinario, don José Moñino. Admirado y sorprendido de la forma de vida en la Corte papal, escribió a su hermana las impresiones negativas que ese comportamiento le producía:

> Los Papas, por ser ordinariamente de avanzada edad, contentan su ambición con hacer la fortuna de un nipote (sobrino), para lo cual no necesitan hacer grandes cosas. Los Príncipes y Cardenales viven con la mayor magnificencia y en sus casas de campo la tienen excesiva, bien que reúnen la mayor economía y orden interior con el exterior más brillante y ostentoso. No faltan en esta santa ciudad sus intrigas amorosas. Tras varias reuniones en las que se ponen de acuerdo sobre intrigas amorosas, económicas o políticas, solo quedan los de la íntima confianza y empieza una sociedad animada, alegre y libre, como la que más, en medio de la cual se cena, retirándose siempre entre cuatro y cinco de la mañana, los mismos Prelados que a las siete en verano y a las ocho en invierno, van a juzgar en sus tribunales de la canonización de un santo y de los demás asuntos de la religión.[16]

La siguiente etapa por tierras italianas se inició el 14 de mayo de 1773, cuando tomaron el camino de Venecia por la ruta de Loreto y Rávena. El 17 de ese mes llegaron a la ciudad de los canales. Allí disfrutaron del ansia de vivir y divertirse de los venecianos y asistieron a la ceremonia del Bucentauro, en la que el Dux, en una embarcación engalanada hasta la exageración, representaba el matrimonio de la ciudad con el mar. Tras unos días de diversiones, Carlos José marchó de nuevo a Bolonia y Caamaño a los baños de Abano, cercanos a Padua. En esta fecha tuvo lugar la despedida definitiva entre Fernán Núñez y Gertrude Marcucci. Era absurdo continuarla más allá en el tiempo. Gertrude, como mujer, había asumido que la separación iba ya a ser definitiva[17]. Sin embargo, como madre, presionó a Carlos José para que no olvidase a sus hijos, al menos económicamente. Este volvió a repetirle que su intención era procurarles una buena educación y que nada les faltase en la vida.

—Pues que tampoco les falte el cariño, aunque lejano y disimulado, de su padre —le pidió Gertrude.

El Conde se lo prometió.

16 EL "GRAND TOUR": CENTROEUROPA E INGLATERRA

A primeros de julio, Fernán Núñez, Caamaño y el resto de la comitiva tomaron el camino hacia la ciudad fortificada de Palmanova, pasaron más tarde por Trieste, Liubjliana y Graz hasta alcanzar Viena. En la capital austriaca tuvo Carlos José la oportunidad de tratar con la emperatriz María Teresa, quien se mostró muy cortés con él. Viena ofrecía tal cúmulo de distracciones que Fernán Núñez solo consideró realizar una pequeña excursión a tierras húngaras para conocer el palacio del príncipe Nicolás Esterhazy y saludar a su famoso compositor Fran Joseph Haydn.

Llegaron el 25 de julio y la suerte les sonrió: estaban en plenos festejos por la onomástica de la mujer del príncipe. Nicolás Esterházy se mostró muy cariñoso y atento con sus visitantes. En cuanto a Haydn, no pudieron verlo pues se recuperaba lentamente de unas fiebres tercianas que habían sufrido otros miembros de la servidumbre. Sin embargo, el príncipe les rogó que tuviesen paciencia, pues, para el día siguiente, estaba previsto el estreno de una ópera que el maestro había escrito con motivo de tan alegre acontecimiento. Si la recuperación seguía su curso, podrían ver al músico en persona dirigiéndola.

Efectivamente, la noche del 26 de julio el teatro del suntuoso palacio de Esterháza acogió el estreno de la ópera *L'infideltà delusa*, un entretenimiento cómico. Fernán Núñez y Caamaño disfrutaron del espectáculo desde un palco. Franz Joseph dirigió la orquesta desde el clave y solo se levantó de su asiento para recoger los aplausos al final de la misma y saludar a su patrón. Carlos José, al ver el movimiento del músico, abandonó a Caamaño y bajó hasta la primera fila de la sala, donde conversaba el príncipe con Haydn. Se las apañó para que Nicolás Esterházy reparase en su presencia y no tuvo más remedio que presentarlo al gran compositor[18]. Haydn y Fernán Núñez se estrecharon afectuosamente las manos y Carlos José notó cómo la fiebre aún no había abandonado el cuerpo del maestro; también su rostro ofrecía un mal aspecto causado, sin duda, por la enfermedad y el esfuerzo para tocar y dirigir toda una ópera sin estar repuesto. En aquella ocasión, Fernán Núñez lamentó haberse dejado llevar por su amor por la música y por el encuentro con tan gran autor. Retiró sus manos de las del compositor con cierta premura; las tercianas no eran ninguna tontería.

Al día siguiente volvieron a Viena. Como sospechaba, no había sido un simple ataque de hipocondría su acción. A los dos días hicieron su aparición las fiebres y tuvo que guardar cama un tiempo. Nada más reponerse, continuaron su viaje en dirección a tierras prusianas. La primera etapa importante la culminaron en Breslau, donde se alojaron en el palacio del conde de Oditz. Este noble era un personaje muy extravagante y así se reflejaba en la forma de vida de su palacio. Después de almorzar, él mismo se ofreció a enseñarle las principales maravillas que albergaba su morada. Carlos José le vio tomar dos plátanos pero no dijo nada; era raro que el conde se hubiese quedado con hambre después del opíparo almuerzo que había disfrutado.

Tomaron un pasillo que les llevaba hacia el exterior. Antes de llegar, Carlos José vio a través de la puerta a dos niños subidos a la copa de un árbol. Le extrañó pero no dijo nada. Entonces, uno de los chiquillos dio un manotazo en la cabeza a su compañero. El otro, enfadado, quiso devolverle el golpe, pero el primero se lanzó en caída libre. El corazón de Carlos José dio un vuelco. En el último momento, cuando parecía que iba a estrellarse contra el suelo, se agarró con gran habilidad a una rama y estuvo columpiándose unos segundos. En ese momento, el conde de Oditz lanzó un silbido. Los dos niños miraron en la dirección de donde había partido el sonido y se bajaron a toda velocidad del árbol para alcanzar al anfitrión.

—Mis pequeñines. Mira que sois juguetones —dijo Oditz—. Tomad un platanito.

En la cercanía, Carlos José pudo descubrir que lo que había tomado por dos niños eran, en realidad, dos monos vestidos con ropas humanas. Una vez la comida en la mano de cada uno, tomaron de nuevo el camino hacia el árbol para continuar con sus juegos.

Continuaron el paseo. Oditz explicaba en francés a Carlos José, con todo lujo de detalles, el origen de su familia. Al pasar junto a la capilla católica de la mansión, se cruzaron con un individuo muy delgado. Solo vestía una túnica blanca que había dejado de serlo hacía tiempo. Se inclinó cuando estuvo a la altura de los paseantes y su larguísima barba llegó hasta el suelo. Carlos José se giró para verlo más tiempo cuando siguió su camino.

—Es un monje druida, de la antigua Galia.

—Pero, pero… Vos sois católico —tartamudeó Carlos José.

—¡Je, je! Tranquilo, amigo español. Es un monje de pega, un actor disfrazado de druida. Pero me complace.

Fernán Núñez prefirió callar lo que pensaba para no ser descortés con su anfitrión. Durante los días que permanecieron como invitados de Oditz, disfrutaron de bailes y música después de las principales comidas, se deleitaron con óperas donde cantaban y actuaban los propios sirvientes del conde. Por suerte para Carlos José, Caamaño y compañía, el 21 de agosto llegó una carta donde el rey Federico II de Prusia les admitía a presenciar unas maniobras militares. Así pudieron despedirse del extravagante Oditz y marchar hacia la zona de maniobras.

—José, apunta en tu cabeza todo lo que veas —dijo el Conde a Caamaño—. Es el ejército más disciplinado que he visto nunca. Esto debe conocerse en España y aplicarse… si nos dejan.

Caamaño estuvo de acuerdo con él. Las evoluciones de la caballería y los movimientos de la infantería fueron perfectos. Terminadas las maniobras de aquella mañana, el monarca prusiano tuvo la gentileza de saludar a sus invitados.

—Me alegra mucho que hayan aceptado mi petición, señor conde de Fernán Núñez —les dijo Federico en un perfecto francés.

—El honor es nuestro, Majestad. Debemos ponderar en alto grado la marcialidad de su ejército.

—Procuro mantenerlo en el mejor estado posible y siempre exijo a mis soldados lo mismo que a mí: lo máximo.

En ese momento, un oficial demandó la presencia del monarca ante un grupo de jesuitas. Carlos José se extrañó de verles allí.

—Si se vistiera y arreglara tan bien como conduce su ejército, este hombre sería excepcional —dijo Caamaño, en voz baja y con malicia.

—Tú también te has dado cuenta de las manchas de café en la casaca y las greñas de la peluca, ¿verdad? Pues cállate, que somos sus invitados.

El rey Federico volvió hacia ellos.

—Les ruego que disculpen esta descortesía. Los asuntos de la Compañía de Jesús se han vuelto de primer orden desde que el papa ordenó su supresión.

Carlos José y Caamaño se miraron, asombrados. Federico II notó la expresión de sus caras.

—No sabíamos nada, Majestad —dijo Fernán Núñez.

—Desde finales de julio, los jesuitas han sido suprimidos como orden. No sé de qué se extrañan: su propio monarca, el rey Carlos de Borbón, ha sido uno de los máximos responsables de este final.

—Perdón, Majestad, pero ha sido la primera noticia y nos ha tomado por sorpresa —Carlos José optó por la vía diplomática—. No quisiéramos disgustar a nuestro rey ni a Su Majestad.

—Pero yo no acato sin más esa orden del papa Ganganelli —continuó Federico—. En mi reino podrán refugiarse y continuar su labor. Ahora, si me disculpan, tengo que cumplimentar a más invitados. Espero verles mañana, en Berlín.

—Le pedimos disculpas, Majestad —dijo Caamaño—. Continuamos camino hacia Varsovia… Quizá a la vuelta…

—Los polacos… ya. —La cara de Federico fue, literalmente, de asco al nombrarle a sus vecinos, con los que no mantenía buenas relaciones—. En ese caso, confío en que me visiten de nuevo a su regreso. Ha sido un placer tratar con ustedes, venidos de tan lejos.

Perplejos por lo que habían conocido de boca del propio Federico de Prusia, Fernán Núñez y Caamaño continuaron su viaje por tierras polacas. La conmoción no les dejó disfrutar de la compañía del rey de Polonia, quien les invitó a comer en su propio palacio, ni asombrarse ante el espectáculo de dos decapitaciones de individuos que habían sido apresados por atentar contra este monarca.

El 4 de octubre ya estaban de vuelta en el Palacio de Sanssouci, en Potsdam. Al día siguiente pudieron almorzar con el rey Federico y una parte de su Corte. La comida estuvo muy animada, pues el monarca permitía gran variedad de temas de conversación y se mostraba capaz de seguir con desenvoltura la mayoría. Cuatro horas después, se levantaron de la mesa. Carlos José creyó poder hablar de nuevo con el rey, pero este ni se despidió y se marchó. En ese momento, alguien lo tomó el brazo y lo obligó a girarse.

—Mi querido español.

—Alteza. —Era el príncipe heredero, Federico Guillermo.

—Ha debido de conocer muchas maravillas en su viaje hasta Berlín. Quiero que me las cuente todas. Acompáñeme.

Caamaño hizo un gesto a Carlos José para que marchase sin problemas. Él ya se buscaría la manera de entretenerse.

En una pequeña salita, Fernán Núñez y el heredero de la corona prusiana tomaron café y pudieron hablar de muchos asuntos.

—No debe extrañaros la actitud de mi querido tío, señor conde. Tiene por costumbre tomar café, como nosotros, inmediatamente después del almuerzo; pero siempre lo hace en soledad. A mí, en cambio, me apetece estar en compañía. Sobre todo si es femenina… Decidme, señor: ¿son más bellas las españolas y las italianas que las prusianas? Como habéis conocidos a todas…

Carlos José prefirió no adentrarse en terreno delicados y escapó como pudo a la pregunta.

—Señor. No sé si debo… Sois hombre casado…

—Casado por dos veces… y con numerosas amigas… Esto no es ningún secreto en Prusia. Vamos, amigo español, respóndame a la pregunta: ¿cuáles son más hermosas?

—Pues… —Fernán Núñez titubeó.

—Vaya, vaya. Confío en que, en cuestión de mujeres, no os parezcáis a mi tío…

—¿Qué queréis decir, Alteza? —Carlos José se sobresaltó.

—El rey de Prusia es poco… apegado a la compañía femenina. Incluso tiene a la reina alejada de su palacio y solo la visita en Carnaval…

—Os aseguro que yo no… —El Conde no encontraba las palabras adecuadas, por lo que prefirió callar.

Comprendiendo el azoramiento de su invitado, el príncipe prefirió hablar de otros asuntos en los que ambos estuviesen más en consonancia. Por ejemplo, la música. Federico Guillermo resultó ser un gran amante del arte sonoro. Disponía de una orquesta para su entretenimiento y grandes autores llegaban cada cierto tiempo a buscar su ayuda y protección.

Al día siguiente, Carlos José fue invitado a escuchar uno de los ensayos de la orquesta. El príncipe Federico Guillermo hizo de anfitrión. Pudo escuchar una suite de Carl Philipp Emanuel Bach, quien había sido uno de los músicos preferidos en la Corte de Berlín. Carlos José quedó encantado por esta gentileza.

—Gran músico, este hijo de Bach. Como a mi tío le vuelve loco la flauta, se vio obligado a escribir obras para este instrumento, pero se mostraba mejor compositor cuando lo hacía para la orquesta. ¿No estáis de acuerdo?

—Alteza —le dijo al príncipe Federico Guillermo—. Permitidme que haga honor a esta deferencia que habéis tenido con un pequeño regalo.

El Conde entregó al príncipe una partitura manuscrita.

—"Obra del señor Luigi Boccherini" —leyó Federico Guillermo.

—Es un trío para cuerda de un gran compositor italiano, al que tuve la suerte de tratar en España. Os ruego que la aceptéis como ofrenda.

—Encantado, señor Conde. Si me lo permitís, me gustaría escucharla.

El príncipe entregó las particellas a un violinista y a un violista y él mismo se sentó y tomó el violoncello. Durante unos minutos, la música del italiano inundó la sala de ensayos de la orquesta del príncipe heredero de Prusia, causando la admiración del resto de los músicos.

—Gran música la de este Boccherini, amigo Fernán Núñez —dijo Federico Guillermo al terminar su interpretación.

—Y mejor persona, os lo aseguro, Alteza.

—Creo que debe ser más conocido por estas tierras. Me ocuparé de que este trío y otras obras suyas se publiquen en Berlín. También podría encargarle algo para mi orquesta…

—Aunque trabaja para mi señor, el infante don Luis Antonio de Borbón, no creo que este ponga ningún inconveniente en que su músico sea apreciado en tan digno lugar. Lo que engrandece a los artistas, engrandece a los señores.

—Tremenda verdad, amigo español.

El 9 de noviembre abandonaron Prusia y el tomaron camino de Dresde, donde pudieron admirar la gran cantidad de iglesias y edificios sobresalientes que la adornaban. Tras visitar Praga, la siguiente parada importante tuvo lugar en la capital austriaca, Viena. El Emperador José II les recibió en persona. De lo que allí vio y conoció dio buena cuenta a su amigo Manuel de Salm-Salm; en especial un cotilleo que conoció en la Corte y que le pareció muy cercano a su vida:

Te diré que he podido hablar con Su Majestad José II. Aquí existe una especie de reinado muy particular. El emperador y su madre, la emperatriz María Teresa, comparten el gobierno como corregentes. Sin embargo, ella está algo delicada de salud y las principales decisiones las toma José. La mano fuerte de ambos monarcas es el príncipe Wenzel Anton de Kaunitz. De este ministro me han contado un sucedido con María Teresa que me recuerda lo que yo mismo he vivido. Resulta que Kaunitz se enamoró de una bailarina italiana, llamada la Ricci. ¿Te recuerda a alguien? Pues bien, no tenía reparo en presentarse con ella en público y en los teatros, incluso cuando estaban allí el anterior emperador, Francisco, y su viuda, la actual emperatriz María Teresa. Dicen las malas lenguas, que los celos movieron a la emperatriz a censurar su actitud en varias ocasiones… Cierto día, en palacio, mientras Kaunitz trabajaba en serias cuestiones diplomáticas, María Teresa se plantó delante de él y le dijo que debía modificar para siempre su actitud. ¿Y qué dirás que contestó el ministro? Pues tal que así: "No es posible, mi Señora, que yo esté aquí tratando los asuntos más graves para Austria y Vuestra Majestad se ocupe y me entretenga con semejantes bagatelas". Y sin más, volvió su vista a los documentos de la mesa y dejó a María

Teresa con dos palmos de sorpresa. ¡Ay, si yo hubiese tenido el mismo valor para contestar de manera similar a nuestro rey Carlos! Pero ya nunca podrá saberse qué hubiese ocurrido. Tu amigo, Carlos José[19].

Esta anécdota de Kaunitz despertó en Fernán Núñez el recuerdo de la Marcucci y de sus dos vástagos. Por tanto, el 7 de enero de 1774 abandonaron los españoles Viena y se dirigieron hacia Innsbruck, vía Munich. Caamaño y varios criados permanecieron en la capital tirolesa mientras Carlos José se dirigía hacia Bolonia con el resto de la comitiva. Allí llego el 20 de enero y pasó el carnaval de ese año. Con Gertrude se mostró más como amigo que como amante, pues no podía reverdecer lo que debía morir. Con los niños se divirtió mucho y les regaló todos los juguetes que pensó podían hacerlos felices. Se volvió a Innsbruck a recoger a Caamaño y, el 13 de marzo, durmieron con sus tíos de la casa de Rohan Chabot en París.

—¿No te recuerda a la duquesa de Benavente? —le dijo una mañana, mientras desayunaban, Caamaño.

—¿Quién?

—¡Quién va a ser! ¡Tu tía!

—¡Es verdad! Ya decía yo que esa cara me sonaba a alguien conocido.

—Es hermosa…, con todos los respetos…, bien educada, instruida…

—Sabe hasta química.

—Tu tío no le llega…

—Pero es buena persona.

Los dos rieron de la ocurrencia.

La siguiente etapa de su viaje les llevó a Londres, tras embarcarse en Calais el 6 de abril. El 7 de mayo arribaron a la capital inglesa. Carlos

José pudo saludar a los reyes Jorge III y Carlota. El primero le pareció de buena presencia y buen carácter, aunque algo tímido en el trato hacia los demás; en cuanto a la reina, no pudo evitar comentarle a Caamaño que, si bien era fea de aspecto, reunía mejores dotes para el trato con los demás que su marido.

Una mañana, sobre las 7, unos fuertes golpes despertaron a Carlos José en su habitación de la posada que habitaban en Londres.

—¡Despertad! ¡Señor Conde! —gritaba el lacayo Domingo.

—¿Qué pasa, hombre? —contesté Carlos José, medio dormido—. ¿Acaso hay fuego?

—¡Mejor que eso!

—Entonces, ¡déjame dormir, por la Virgen Santísima!

—¡Una pelea a puñadas, señor Conde! —dijo Domingo y su voz sonaba alegre.

—¡Voy!

—¡Bajo vuestra ventana! —le indicó el lacayo.

Fernán Núñez despertó de golpe. ¡Una pelea a puñadas! En España eran famosos aquellos encuentros entre dos hombres que se regían por normas de caballerosidad. Carlos José, desde su llegada a Inglaterra, había ansiado el momento de poder presenciar una en directo. Incluso había dado órdenes a su comitiva por si alguno se enteraba de la existencia cercana de esta especie de dueño a puñetazos. Y ese momento había llegado. Sin vestirse, en camisa de dormir, abrió de par en par la ventana de su cuarto. Como le había dicho Domingo, dos hombres muy corpulentos, desnudos de cintura para arriba, se daban puñetazos el uno al otro. La sangre que manaba de sus respectivas cejas, boca y nariz se veía con claridad. Al momento, Carlos José se sintió invadido de una sensación de horror por el espectáculo. Se arrepintió de haber deseado presenciar uno. Los dos hombres estaban dentro de un círculo de curiosos que parecían no sentirse afectados por la violencia; más bien al contrario, disfrutaban de ella. Con un derechazo terrible a la cara, que resonó en toda la calle, el contendiente moreno derribó al de pelo rubio. Este cayó de espaldas como un saco. Carlos José se asombró de que su contrincante no aprovechase aquella ventaja para echarse encima y rematarlo. Sin embargo, esperó a que algunos de los presentes levantasen a aquel hombre y le diesen una bebida que le reanimó. Tras recibir un par de golpes más, el rubio hizo un gesto que mostraba su derrota. Así lo entendió su contrincante y el resto del público, que prorrumpió en vítores hacia los dos contendientes. Estos se dieron un abrazo, se pusieron su ropa y se marcharon al bar de la esquina. Fernán Núñez se admiró de este espectáculo. A pesar de su desagradable violencia, parecía no ser tan cruel ni traicionero como la mayoría de las peleas en España.

Carlos José vivió durante unos meses la vida "a la inglesa". Consiguió que le presentasen y admitiesen en los famosos Clubs, criticó la forma de cantar de los músicos de la capilla real, se burló de lo mal que bailaban los minuetos los nobles ingleses y se admiró del comportamiento del embajador de Marruecos, capaz de sentarse en cuclillas sobre su sillón, en medio de la Corte.

Desde Londres se desplazaron por tierras de la Gran Bretaña. Visitaron, entre otros lugares, la Universidad de Oxford, las piedras circulares de Stonehenge, el mercado de paños de Leeds, Glasgow o las carreras de caballos de Newmarket. El 2 de diciembre de 1774, la expedición de españoles abandonó las tierras británicas. Caamaño, ansioso de mejorar su inglés, solicitó permiso a Carlos José para permanecer un tiempo más en Londres. Llegaron a Bruselas y el palacio de Aremberg, propiedad de su primo, el duque del mismo nombre, les sirvió de hospedaje. El tiempo lo empleó Carlos José en conocer la ciudad y en mantener largas charlas con don Martín de los Ríos, su pariente. Los recuerdos de este señor le permitieron al Conde comprender mejor el origen de su familia. Dichoso por ello, no dejó de contárselos a su hermana Escolástica en una tierna carta:

Querida hermana:

Bruselas es una ciudad grande, hermosa y divertida. Todos los días se puede visitar alguna casa de las principales familias, donde se cena y se habla de cualquier tema. Resido en la de nuestro primo, el duque de Aremberg, uno de los señores principales de este país a pesar del origen alemán de su familia. Aquí he tenido la suerte de conocer a don Martín, marqués de los Ríos. Él es hermano de nuestro abuelo, el tercer conde don Francisco. Me ha contado, rememorando la niñez de ambos, que este fue menino de la reina doña Mariana de Austria, quien fue mujer del rey Carlos II de España. Don Martín viajó a Francia, adonde llegó al empleo de teniente general con mando en regimiento. Allí conoció a doña Juana de la Tour de Taxis, con quien tuvo dos hijos y dos hijas. Una de ellas la casó con nuestro tío (que también era su primo hermano…) el conde don Pedro. Se trata de nuestra tía Ana Francisca de los Ríos, a quien tuviste oportunidad de conocer en persona en nuestra villa de Fernán Núñez. El resto ya lo conoces: gracias a que fallecieron sin descendencia, el condado pasó a nuestro padre y, ahora, a mí; de lo contrario, hubiésemos sido hijos de un segundón, con todos los respetos para nuestro querido padre…

Pues bien, nuestro tío don Martín, está muy viejo y decrépito. De los hijos, solo ha pervivido una de las mujeres, pero también se halla bastante deteriorada por el paso de los años. He podido comer con él. Hablaba más que veía o entendía, pero me ha agradado mucho conocerle. El pobre me ha contado cosas de su vida, que antes te he relatado, sin saber quién era yo. Resulta que, a pesar de los muchos años vividos fuera de España, se considera un auténtico español y siempre que tiene oportunidad, le cuenta a cualquiera su infancia y mocedad en aquellas tierras. Incluso hemos hablado en francés, para evitar que se diese cuenta de que yo era español y, menos aún, le hemos dichos que era de la familia. Así me lo avisaron y yo no he tenido inconveniente. ¡Dios no quiera que por mi causa el pobre hombre sufra un ataque que ponga fin a su dilatada vida![20]

El 20 de enero Carlos José estaba otra vez en París, en el palacio de sus familiares los duques de Rohan. Una semana después, su tío lo llamó a su despacho particular.

—Mañana te presentaré a la Corte de Versalles.

—¡Por fin! —Casi palmoteó de alegría el Conde—. ¡Llevaba tanto tiempo esperándolo!

—¡El mismo en que no has dejado de darme la murga! —sonrió su tío.

—¡Versalles!

—Un momento, sobrino —Rohan quiso calmar su impaciencia—. Debo prevenirte. La Corte puede llegar a ser un nido de intrigantes.

—Como cualquier corte del mundo. No olvides que vivo de habitual en la española y acabo de llegar de un viaje por otras cortes europeas...

—No las conozco, pero esta sí. Te aseguro que es lugar más complicado del mundo. Supongo que el carácter nuestro, de los franceses, tiene algo que ver en ello.

—Pero, la joven reina no es francesa.

—¿María Antonieta?

—Sí. He podido conocer a su madre, la gran María Teresa de Austria.

—Pues la hija, por ahora, no demuestra grandes dotes para el gobierno de un país. Es verdad que lleva poco tiempo casada, pero le preocupa más adaptarse a las diversiones de la Corte que al manejo de la nación.

—Aprenderá.

—No hay duda…, si quiere sobrevivir. Insisto en que Versalles es un lugar muy difícil. Todo París lo es. Aquí, cada noble tiene sus intereses y sus protegidos; incluso cada criado En muchas ocasiones estos intereses coinciden o se superponen, de manera que se inician guerras continuas por ver quién medra más y más alto.

—Tendré cuidado.

Unos días después, el duque de Rohan volvió a llamar a su sobrino.

—¿Qué te ha parecido la experiencia?

—Pues que teníais toda la razón del mundo. En la Corte parecen como pájaros encerrados en una jaula que buscan afanosamente la manera de escapar. Para ello no dudan en pisotear y picotear al de al lado.

—¡Buen ejemplo! —sonrió su tío—. No lo hubiera podido describir mejor. ¿Y cómo piensas actuar?

—Aprendiendo de ellos pero sin ser alocado. Me posaría cual pájaro en el palillo de la jaula y esperaría el hueco para volar libremente mientras otros se dan de picotazos.

—¡Ja, ja, ja! Eso debiste de aprenderlo de tu madre, mi hermana.

—No olvidéis, tío, que yo también llevo sangre francesa por mis venas.

17 *LA AVENTURA DE ARGEL*

—¡Ja, ja, ja!

Las carcajadas de Carlos José resonaron en el palacio del duque de Rohan, su tío.

—¡Y pensar que querían vendernos aquellos jamelgos! —decía el lacayo Antonio, en un estado de ánimo tan alegre como el del Conde.

—Pues buena jugada les hemos hecho. Al final, nos hemos quedado con los mejores ejemplares y a mitad de precio…

—Por favor, Excelencia —un criado cortó sus risas—. Su tío solicita su presencia en el gabinete de trabajo.

Las caras se volvieron tensas. Algo importante había ocurrido. Fernán Núñez recorrió los pocos metros del palacio que separaban su entrada del estudio del duque de Rohan con nerviosismo. Al escuchar los pasos acelerados, su tío se puso de pie y ya le esperaba con una carta en la mano.

—¿Qué sucede? Vengo de contratar los caballos para nuestro viaje por tierras de Holanda y Suiza… —dijo Carlos José.

—Ese viaje no podrá ser —le atajó Rohan, al tiempo que ondeaba la carta con su mano—. Este mensaje lo ha traído directamente desde España un mensajero.

—¿Asunto grave?

—No sé los detalles, hijo, pues no he abierto la carta; como debe ser… Pero que se desplacen desde tan lejos para traerla en mano, sin pasar por nuestros agentes de exteriores, solo puede significar un asunto grave y de estado. Un asunto que, según los españoles, el gobierno francés no debe conocer…; de lo contrario, te hubiesen buscado por el conducto oficial. Toma.

Carlos José cogió la carta de manos de su tío. Rompió el lacre y leyó en voz alta. No quería tener secretos, aunque fuesen de estado, con quien le había acogido como a un hijo.

—"Al coronel del Regimiento Inmemorial del Rey. Excelentísimo Sr. A la mayor urgencia, tras la recepción de la presente orden, se dirigirá V. E. hacia Barcelona. Allí tomará el control de su regimiento. Lo pondrá en estado de guerra y lo preparará convenientemente para el combate. Una vez logrado esto, sin dilación tomará el camino de Cartagena, donde se esperará a Su Excelencia y al regimiento bajo su mando, el cual viajará por mar. D. g. V. E. m. a. El Secretario de la Guerra".

Carlos José cerró la carta. Miró a su tío.

—Tenías razón, tío. Algún asunto de la mayor importancia me reclama en España. No me buscan como persona, por lo que no debes temer el que haya sucedido alguna desgracia a tus parientes españoles. Me buscan como coronel. Saldremos lo antes posible en dirección a Barcelona. Holanda y Suiza tendrán que esperarnos.

—Así lo deseo, sobrino. Confío en que pronto estés de vuelta con nosotros. Que el cielo os ampare.

El duque de Rohan avanzó a estrechó a Fernán Núñez entre sus brazos. Cuando alguien marchaba a la guerra, era conveniente despedirse con las máximas atenciones.

Por tanto, el gran viaje por Europa se detuvo aquí. Carlos José, su ayuda de cámara Aramburu y el lacayo Domingo Almansofern, se dirigieron el 9 de mayo de 1775 hacia el sur de Francia. El otro lacayo, Antonio Almansofern permaneció en París, esperando la llegada de Caamaño desde Inglaterra, adonde se le había cursado aviso urgente. Tras una breve estancia en Grenoble, donde Carlos José se había empeñado en conocer su Cartuja, bajaron en barco por el Ródano y, poco después, atravesaron la frontera en La Junquera y llegaron a Barcelona el 19 de mayo.

Su regimiento se había embarcado hacia Cartagena diez días antes. La tardanza en recibir el mensaje en París y su largo viaje de vuelta, habían creado este desfase. Por tanto, Fernán Núñez continuó camino hasta Cartagena. Llegó a la antigua ciudad mediterránea el primer día del mes de junio.

Aquella misma tarde, Fernán Núñez se dirigió al vetusto edificio donde se alojaba su regimiento y tomó el mando del mismo de manos del teniente coronel Antonio Gutiérrez. A continuación, pasó al despacho de la coronelía y solicitó la presencia del citado teniente coronel y del Ayudante Mayor y capitán Joaquín de Luna, con quien mantenía una cordial relación. No en vano lo había nombrado en 1769 alcaide de su fortaleza en Fernán Núñez. Ahora, con ocasión de esta aventura, había sido llamado a ocupar su puesto en el Inmemorial.

—¿Y bien, señores? ¿Qué sucede?

—Es una operación secreta, coronel —dijo Gutiérrez.

—Hombre, eso ya lo sé —le contestó Carlos José, con calma—. ¿Podrías ser más explícito?

—Nosotros tampoco sabemos mucho, señor —intervino el capitán de Luna—, pero todo apunta a que se trata de una expedición contra los piratas argelinos.

—Parece que nuestro señor, Carlos III, ya se ha cansado de que aparezcan por las costas del Mediterráneo español y asolen nuestras poblaciones —habló el teniente coronel.

—También se escuchan otras informaciones… —dijo Luna.

—¿Cuáles? —preguntó el Conde.

—Se dice…, con el debido respeto hacia Su Majestad…, que la idea no partió de él, sino de un monje. Fray Alonso Cano pedía, casi a gritos, que se frenase para siempre la osadía de los piratas, al tiempo que podrían rescatarse varios cientos de prisioneros españoles de sus anteriores incursiones.

—Bueno, eso tiene lógica, pero no creo que el rey…

—El citado monje Cano —intervino el teniente coronel— no estaba solo. Movió los hilos en la Corte y supo granjearse la amistad de Fray Joaquín de Eleta. Ya sabéis que Carlos III "aprecia" mucho la opinión de su confesor… Pues bien, Eleta supo tocar los resortes necesarios en la real cabeza y consiguió que nuestro monarca apoyase la iniciativa…

—Y ahora nos toca a nosotros jugarnos el pellejo para ponerla en práctica… —intervino Joaquín de Luna.

—¡Respeto, capitán! —le atajó Carlos José—. No voy a consentir que se cuestionen en mi presencia las decisiones del monarca…, al menos en ese tono.

—Lo lamento, coronel. —El capitán comprendió el mensaje de su superior. No debían cuestionar las órdenes reales…, aunque sí podían razonarlas y trabajar para perfeccionarlas, siempre desde el respeto.

—Me gusta tan poco como a vosotros que el origen de este colosal proyecto de guerra se encuentre en la petición de un fraile, pero nosotros, en especial los jefes del regimiento del Rey, somos la élite de España. Si flaqueamos, todo se derrumba. Hará tres días tuve la suerte, en Villena, de conocer a un humilde campesino. Se empeñó en saludarme al saber que el coronel del regimiento Inmemorial comía en la posada de su pueblo. Pues bien, resulta que su hijo es soldado a nuestras órdenes. ¿Y qué pensáis que me contestó ese campesino, con un orgullo tan grande como su miseria, cuando le inquirí si estaba contento de que su hijo sirviese al rey? Me dijo: "No puede tener otro oficio mejor que servir a su Rey, porque el que sirve al Rey sirve a todos, porque acá a mi modo, el Rey, es Rey por todos, porque si no sería solo un hombre como nosotros"[21].

—Hombres así hacen falta en España —dijo, admirado, el teniente coronel.

—Pues bien, preparemos a esos hombres bajo nuestra responsabilidad para lo que nos pueda venir. Quiero instrucción a partir de mañana. Formaciones de ataque y defensa, ejercicios de puntería y ejercicios de asalto a posiciones fortificadas. Eso es todo, por ahora.

—¡A la orden, coronel!

En el puerto y ciudad de Cartagena había fijado el conde de O'Reilly, máxima autoridad militar de la expedición, el lugar de reunión del ejército y armada que se había dispuesto para marchar contra Argel. El enorme número de soldados, marinos, armamento, víveres y demás pertrechos de guerra convirtió la población mediterránea en un caos durante varios días. Carlos José, cuando no tenía que atender sus obligaciones militares, aprovechaba para recorrer las calles de su ciudad natal. A pesar de que la había dejado cuando era aún muy niño, los recuerdos se agolparon en su mente y no dudó en hacer partícipe a su hermana Escolástica de la emoción que le embargaba:

Querida hermana:

Cartagena es el mejor puerto del Mediterráneo, rodeado todo de montañas, sin más entrada que una al mediodía que le sirve de defensa natural. A la entrada del puerto sobre la derecha, en el monte llamado de Trincabotijas, hay una batería de unos 30 cañones y al pie de él hay cuatro fuertes, unos después de otros y lo mismo sucede sobre el monte de la Algameca donde hay un drilongo fortificado, desde el cual sigue una muralla con varias baterías de trecho en trecho. La entrada por el lado del puerto está defendida por una batería de más de 50 cañones y por otras dos de tanto número o mayor que tiene la plaza a ambos lados del muelle. La dársena es grande y hermosa, como también sus almacenes, cordelería, sala de armas y demás oficinas necesarias.

Hasta aquí, la parte que, como militar, puedo contarte de la ciudad en la que nací y donde tú viviste muy poco tiempo. Para tu satisfacción, he decirte que la presencia de nuestros padres se mantiene viva, aunque tallada en piedra. He localizado, junto a la puerta llamada de San José, una estatua de San Isidro. La ordenó erigir nuestro amado padre. He anotado la inscripción para contártela sin merma de mi memoria. Dice así: "Para honra y gloria de Dios, honor de las Españas, memoria de su esclarecido príncipe San Isidro. Nativo de esta ciudad de Cartagena, de la sangre real de los godos, reinando la majestad de Felipe V, hizo poner su estatua en este templo del señor San José, por ser su nombre, el Excmo. Sr. Conde de Fernán-Núñez, de la propia real sangre, Capitán General de las Galeras de España, con su esposa, hija de los muy excelentes príncipes Duques de Rohan de Francia, y su hijo primogénito, Carlos Josef, que nació en ella. Año de 1745". Tú no habías nacido aún y yo no recuerdo ese momento, pero supongo que las lágrimas de emoción te acompañarán al leer estas líneas al igual que brotaron de mí al ver la inscripción y el nombre de nuestros añorados padres en ella.

Tu hermano que siempre te quiere, Carlos José.[22]

El día de San Antonio de 1775, los veinte mil soldados españoles de las diferentes armas comenzaron a ser alojados en los barcos de guerra y transportes. En el puerto de Cartagena y sus inmediaciones se habían congregado un total de 46 naves de guerra, entre ellas seis poderosos navíos de línea que debían proteger el convoy de cualquier agresión por parte de los barcos argelinos. Para soldados, víveres, artillería, caballería y demás pertrechos, se prepararon más de trescientas naves de muy diferente capacidad. La máxima autoridad de esta fuerza naval era don Pedro González de Castejón, quien estaba a la misma altura de mando que O'Reilly.

El día 15 se dio orden para que los generales ocuparan su lugar en los navíos de línea.

—¡Madre mía! ¡Acojona! —exclamó el capitán Joaquín de Luna mientras un bote les acercaba al San José, barco de guerra donde se había señalado la ubicación de los jefes del regimiento Inmemorial.

—¡Esa boca, Joaquín! —le reconvino Fernán Núñez.

—¡Perdone, mi coronel! —Que Carlos José hubiese utilizado su nombre en lugar de su grado para la regañina hizo que el capitán se relajase.

—Aún te asombrarás más cuando subas a él.

—Seguro que sí. En mi familia no hay marinos, como en la de su Excelencia; de ahí mi asombro.

—Bueno, bueno. No exageres. Solo soy hijo del último Capitán General de las Galeras de España.

—¡Madre mía! ¡Eso también acojona! ¡Digooo…. ¡Lo siento, mi coronel!

Las risas del Conde, del teniente coronel Gutiérrez y del capitán Caamaño, quien había llegado desde Londres a tiempo para embarcar, aplacaron el azoramiento del capitán de Luna.

Efectivamente, el navío San José era un barco impresionante. Sus 70 cañones y el bosque de palos y lonas le conferían un aspecto de imbatibilidad… para quien no conociese la dureza del combate en el mar.

—Bienvenidos a bordo, señores. Soy el capitán Manuel Barona, máxima autoridad en este barco.

—Es un placer conocerle, capitán. Estos son algunos de mis subordinados de mayor confianza en el regimiento Inmemorial.

—Es un orgullo para el San José tener a bordo a la plana mayor de uno de los más afamados regimientos españoles. Tengan la amabilidad de seguir al grumete, quien les enseñará sus camarotes.

Mientras esto sucedía, los 649 hombres del único batallón del regimiento Inmemorial del Rey eran embarcados en naves de transporte.

En los días siguientes, el mal tiempo no permitió la salida al mar del convoy, pues se temía que los barcos naufragasen o se distanciaran de la ruta marcada. Por fin, el 23 de junio amaneció claro y con viento favorable para la expedición: la aventura de Argel había comenzado. Sin embargo, la suerte parecía ir contra aquel ejército desde el primer momento, pues el día 25 hubo de nuevo tempestad. Los supersticiosos, que eran muchos, comenzaron a lanzar sus avisos. Los transportes, más expuestos a las inclemencias del tiempo, tomaron refugio en el conocido como Puerto de la Subida, mientras los navíos de línea fondearon un poco más alejados, para evitar alcances. Aquella misma noche, el conde de O'Reilly dio orden a todos los jefes de la expedición para que se reuniesen con él y con don Pedro de Castejón en el navío principal, el Velasco.

—Señores —comenzó Castejón, como máxima autoridad de la flota—, les hemos reunido para comunicarles el plan de viaje. Perdonen las estrecheces de mi camarote y el que tengan que permanecer de pie todo este tiempo. Ahora, les ruego que atiendan al plano de la escuadra que van a colocar detrás de mí.

Castejón se apartó a un lado. Sobre una cuerda, a la manera de un tendedero, dos criados ataron un plano de grandes dimensiones donde se podía ver la distribución de la escuadra en su camino hacia Argel.

—Si lo ha diseñado Castejón, ¡Dios nos asista! —comentó en voz baja el marqués de la Romana a Fernán Núñez. Este se estremeció. También le habían llegado rumores de la incompetencia del jefe de la escuadra.

—Como pueden observar —continuó González de Castejón—, viajaremos en formación de 8 columnas, siendo cada una de ellas una división. Los barcos de cada división se conocerán porque llevarán la misma bandera. A su vez, dentro de cada división, otra bandera de color especificará si el barco transporta infantería, caballería, víveres, etc. Considero esta la mejor forma de acceder toda la escuadra al mismo tiempo a la bahía de Argel, manteniendo nuestra fuerza superior a cualquier escuadra enemiga, en el improbable caso de que nos salieran al paso…

—¡Demasiado bonito sobre el papel! —exclamó Fernán Núñez y, enseguida, se asombró de haber dicho aquello.

—¡¿Quién ha hablado?! —preguntó, molesto, Castejón.

—He sido yo, Señor —respondió Fernán Núñez, mientras el marqués de la Romana lo miraba entre divertido y asombrado por el valor de su compañero de aventura—. Lamento haber expuesto en voz alta mi pensamiento…

—¡Ah! El conde de Fernán Núñez… —dijo González de Castejón—. Conocemos el pasado marinero de su familia. ¿Sería tan amable, pues, de hacernos ver en qué nos hemos equivocado?

—Con el debido respeto hacia su persona y estrategas, mi teniente general, considero que esta distribución no es la más acertada. Debemos tener en cuenta que cada división está formada por barcos de muy diferente porte, velocidad y carga. En las condiciones normales del mar, ya sería difícil mantenerlo todos juntos; si se desata tormenta, sería peligrosísimo avanzar así…

—¡Muchas gracias por ilustrarnos, coronel! —le atajó Castejón. Algunos murmullos de los presentes indicaban que Fernán Núñez tenía razón—. Este plan ha sido concienzudamente ideado por expertos en la mar. Además, no debemos desconfiar de la pericia de nuestros marineros, quienes sabrán mantener el orden de viaje aunque el cielo se abra sobre nosotros.

Aquellas no eran razones tácticas, sino avisos para dejar claro quién mandaba allí. Por tanto, Carlos José consideró más oportuno mantener la boca cerrada.

—Zanjada esta cuestión —intervino O'Reilly mientras Castejón se sentaba en el sitio que este había dejado libre—pasaré a explicarles el plan de desembarco y de batalla.

Los dos criados anteriores sustituyeron el mapa marítimo por uno donde se apreciaba la costa argelina y una serie de rectángulos. Carlos José entrecerró los ojos y así pudo reconocer su nombre en uno de ellos.

—Nuestro ejército se dividirá en dos grandes grupos. El de la izquierda estará bajo las órdenes del Mariscal de Campo don Félix Bach. El de la derecha, bajo el mando del Teniente General don Antonio Ricardos. —Fernán Núñez comenzó a divagar mientras O'Reilly explicaba el orden de batalla. Aquel plan era muy parecido al de la marina: demasiado bello sobre el papel y, posiblemente, difícil de llevar a cabo en la práctica. Le llamó la atención que la ciudad de Argel quedase a la derecha del cuerpo expedicionario. Tendrían que hacer girar a todo aquel ejército y la playa, al menos sobre el mapa, no parecía lo suficientemente amplia para ello. En cualquier momento se podían ver asaltados de flanco por los argelinos. Carlos José prestó atención cuando vio a O'Reilly señalar con su dedo hacia la zona del mapa donde había visto su nombre—. Aquí, la Brigada del Rey, bajo el mando directo del Conde de Fernán Núñez, unirá los regimientos Inmemorial del Rey, Lisboa, España y Príncipe. Por encima de Fernán Núñez ostentará el mando el marqués de la Romana.

—Excelencia…

—Sí, señor marqués de la Romana.

—Permitidme una pregunta. Con los medios de desembarco de que disponemos, será muy difícil poner en tierra toda esa fuerza al mismo tiempo. ¿Cómo ha pensado su Excelencia verificarlo?

—La idea, señores Jefes, es poner en tierra nuestro ejército de veinte mil hombres de infantería y caballería en dos oleadas, en las que también se repartirán las piezas de artillería para apoyarles, si bien la mayoría de los cañones irán en la segunda. Por ello, se llenarán los botes y lanchas de desembarco con hombres de los diferentes regimientos. Así, en la primera oleada irán soldados y oficiales representativos de cada uno de los regimientos implicados; en la segunda oleada llegarán el resto de los efectivos hasta completar las diferentes unidades. De esta forma se repartirán por igual los honores y las bajas. No podemos lanzar dos regimientos, por ejemplo, al combate en un primer momento y que sufran todas las bajas, mientras el resto de unidades llegan más tarde para recoger lo sembrado. ¿Alguna otra pregunta?

Nadie preguntó, pero sí se escucharon algunos cuchicheos. Ese plan no acababa de estar claro.

—¿Serían tan amables de indicarme sus opiniones, señores? —dijo O'Reilly, molesto por que hablasen entre ellos y no tuviesen el valor de exponerlo ante su comandante en jefe.

—¿Podríamos saber, Excelencia, si ese plano de la bahía del desembarco, es fidedigno? —preguntó Fernán Núñez.

—Ha sido trazado por nuestros mejores cartógrafos en Madrid.

—¡Madre de Dios! —exclamó el teniente de navío José de Mazarredo.

—¿Se puede saber a qué viene esa exclamación, señor de Mazarredo? —preguntó, irritado, O'Reilly.

—Le pido mil disculpas, Excelencia. He sido nombrado por don Pedro González de Castejón, máxima autoridad de la escuadra y aquí presente, como responsable presencial del desembarco. Me gustaría conocer, por tanto, en qué terreno voy a depositar a esos miles de soldados españoles cuyas vidas se me han confiado. Terreno real, Excelencia, no ideal…

—Yo opino igual que el señor de Mazarredo —intervino Carlos José, mientras otros rumores de los presentes aprobaban sus palabras.

—¡Está bien! ¿Quedarán los señores Fernán Núñez y Mazarredo más tranquilos si, una vez frente a la costa argelina, reconocemos el terreno y modificamos el plano en lo que sea necesario? —O'Reilly ya no disimulaba la contrariedad que le producían las reticencias de sus subordinados.

—Con el debido respeto, sí, quedaremos más tranquilos —respondió Carlos José sin miedo.

—¡Así sea! —aceptó O'Reilly—. Pero ambos nos acompañarán en los botes cuando hagamos esa investigación. ¡Es una orden!

El 26 por la tarde se dio la orden de aprovechar la mejora del tiempo y el convoy partió otra vez en dirección a Argel. Las reticencias de Fernán Núñez a la disposición de los buques pronto se vieron confirmadas. En la mañana del 28, el viento arreció. Carlos José y don Manuel Barona charlaban en el camarote de este en el San José sobre los viajes que ambos habían realizado por Europa, uno por mar y el otro por tierra. En ese momento, un fuerte griterío les alertó. Salieron a toda prisa del camarote. Ante ellos se ofreció el terrible espectáculo de la popa de un navío de guerra, posiblemente descontrolado por el viento, hacia la que se dirigía irremediablemente el San José. Antes de que Fernán Núñez reaccionase, el capitán Barona ya se había precipitado sobre el timón, había apartado de él con un fuerte empujón al timonel y giraba la rueda a gran velocidad hacia la izquierda. Los segundos fueron eternos. Todos los tripulantes de los dos barcos que se habían apercibido del peligro contuvieron la respiración. La firme maniobra del capitán Barona hizo que la proa del San José pasase a escasos metros del otro navío, el San Francisco de Paula, sin ocasionar más daños que la taquicardia en decenas de corazones. Fernán Núñez no pudo contenerse. Lanzó un ¡hurra! por el capitán Barona y los hombres de su barco lo repitieron. Segundos después, desde el San Francisco llegó el sonido de otra exclamación de agradecimiento a quien les había evitado males mayores.

Sin más contratiempos graves, pero con mucho desorden, el convoy llegó a la bahía de Argel el 30 de junio. En realidad, ese día llegaron los primeros barcos; la expedición solo pudo completarse al día siguiente. Por si esto fuera poco problema, cada barco fondeó en el primer lugar que consideró oportuno, sin organización. Como mucho, formaron un cuadrilátero de manera que los barcos menos preparados para la guerra se quedaron en el centro, mientras los navíos de línea les protegían desde fuera de la formación; más bien parecían perros que guardaban a las ovejas del ataque de los lobos. No había que ser muy experto en tácticas militares para comprender que, cuando se diese inicio al desembarco, algunas unidades militares estarían lejos de la zona que se les había asignado, pues sus barcos habían echado el ancla en una parte no prevista de la costa... Como Fernán Núñez ya sospechaba, los argelinos no se vieron sorprendidos por la llegada de la expedición. Incluso podría decirse que habían tenido tiempo de prepararle un buen recibimiento. Aquella misma noche del primero de julio, las baterías argelinas hicieron fuego sobre los barcos españoles. Aunque se trataba de un cañoneo inútil por la distancia, servía de advertencia a los recién llegados.

El día 2, por la mañana, O'Reilly cumplió su promesa y destacó dos botes para realizar un reconocimiento presencial de la costa argelina y de los campamentos, baterías y fortificaciones que se observaban desde los mismos barcos. Fernán Núñez y José de Mazarredo lo acompañaron en su propio bote. En el otro, varios cartógrafos se afanaban en recoger en un plano lo que sus ojos veían. Sin embargo, O'Reilly no quiso exponerse a un tiro de cañón afortunado de los argelinos; los botes permanecieron a la distancia de seguridad necesaria pero insuficiente para un dibujo acertado de la zona. Según miraba con su catalejo, la cara de O'Reilly iba cambiando de expresión.

—Eche un vistazo, Fernán Núñez —le dijo a Carlos José mientras le ofrecía su propio anteojo.

Fernán Núñez escrutó con detenimiento la costa y su rostro sufrió la misma transformación que el de O'Reilly. Pasó el anteojo a Mazarredo, quien reaccionó de la misma forma.

—¡Es peor de lo que esperábamos, Excelencia! —exclamó el teniente de navío.

—Así es —reconoció O'Reilly—. Todo el sigilo con que hemos preparado esta expedición no ha servido de nada.

—Era muy difícil conseguirlo en una expedición tan grande, señor —dijo Fernán Núñez—. Inglaterra y Francia tienen miles de oídos en España y su interés es contrario al nuestro. Han debido de informar con presteza a los moros.

—¡Maldita sea! —exclamó O'Reilly—. ¿En cuánto calcula la tropa a la que vamos a enfrentarnos, coronel?

—Si los campamentos que se hemos podido distinguir son los habituales y las fogatas no son meros señuelos para despistarnos, es muy posible que nos enfrentemos a treinta y dos mil hombres de a pie y caballería. Eso sin contar los ocho mil que sospechamos guarnecen la ciudad de Argel…

—Así lo había calculado yo también —reconoció O'Reilly—. Pero ya no hay marcha atrás. Confiemos en el valor de nuestros hombres.

Mazarredo pensó que, como en otras ocasiones, en España se confiaba todo al valor de sus soldados cuando los jefes eran incapaces de hacer bien su trabajo…, pero prefirió no manifestarlo en aquel complicado momento.

—Sabrán estar a la altura —dijo Fernán Núñez. Eran palabras de conveniencia, pues su pensamiento era más cercano al de Mazarredo.

—En fin. Volvamos a los navíos —ordenó O'Reilly—. Amigos míos, el vino está servido; solo resta beberlo[23].

Mazarredo y Fernán Núñez se miraron. Aquellas palabras del comandante en jefe y la familiaridad con que las había pronunciado no auguraban nada bueno.

El mal tiempo no permitió el desembarco en los días siguientes. El comandante de la escuadra, González de Castejón, consideró que, mientras mejoraba, se podían intentar otras acciones. Por ello, ordenó al navío San José que tomase rumbo a la zona prevista para el desembarco y abriese fuego contra la batería más cercana. Esta maniobra para ablandar las defensas parecía segura; sin embargo, los argelinos se defendieron con más energía y acierto del esperado. A los cañonazos desde tierra, que levantaron grandes columnas de agua a escasos metros del San José, se unieron varias lanchas artilladas que salieron desde el puerto de Argel para entorpecer la maniobra. Ahora era el navío de línea el que debía defenderse; hicieron fuego desde todos sus puentes en la zona de estribor y consiguieron mantener a raya a los argelinos. Al mismo tiempo, conocedor del peligro en que se hallaba el buque español, don Pedro González de Castejón había ordenado que varios barcos de menor porte pero más ligeros marchasen en su ayuda. Los enemigos, ahora sí, consideraron más conveniente volver al refugio del puerto argelino. Aquello salvó al San José de un mayor castigo, pues los enemigos habían hecho gala de una gran puntería y de enorme suerte en su ataque: hubo tres muertos y diecisiete heridos por parte española, amén de varios balazos que dejaron su firma en las velas y en el casco del navío.

Por fin, en la madrugada del 8 de julio de 1775, se inició el desembarco en la costa argelina. A las cuatro y media de la mañana se colocaron las pequeñas embarcaciones a costado del navío comandante, el Velasco. Como se había dispuesto, las lachas y los botes de la primera oleada se completaron con soldados de los diferentes regimientos. De esta manera habría hombres de cada unidad en la primera embestida, repartiéndose entre todos los regimientos el castigo que se suponía iba a venir por parte de los defensores. Al iniciarse la marcha hacia la playa, los navíos de guerra abrieron fuego contra la zona de desembarco y las circundantes, con el fin de ablandar las defensas enemigas.

Fernán Núñez y Caamaño tomaron asiento en una lancha junto con varios soldados del batallón del Inmemorial. El capitán Joaquín de Luna y el teniente coronel Gutiérrez irían al mando del resto del batallón en la segunda oleada.

—Mal vamos, coronel —le dijo Caamaño a los pocos minutos de iniciada la aproximación y le señaló con la mano hacia adelante.

Carlos José comprendió lo que su amigo y subordinado le quería decir. Ante ellos se mostraba un espectáculo poco tranquilizador. Las siete columnas en que se había dividido el acercamiento anfibio se estaban descomponiendo y todas las embarcaciones ponían proa al centro de la playa.

—¡No se dan cuenta de que es imposible desembarcar todos en el mismo punto! —exclamó Fernán Núñez, pero su voz se escuchó poco debido a los gritos que ya comenzaban a oírse entre los oficiales encargados de la maniobra, pues todos se habían apercibido del error.

—Queríamos silencio en la aproximación, y aquí nos tienes gritando como en un mercado —dijo, con resignación, Caamaño—. Mejor no podemos ofrecernos a los argelinos.

Como vislumbraban los dos oficiales del regimiento del Rey, el desembarco de la primera oleada fue un caos. Muchas unidades tomaron tierra lejos de la zona destinada para ello y tuvieron que maniobrar aceleradamente para estar en posición antes de que los argelinos lanzasen un contraataque. Este era el gran miedo de Fernán Núñez, máxime si se tenía en cuenta de que iban a contar solo con la protección de dos cañones de a cuatro que habían viajado en sendos lanchones de fondo plano, y los cañones que artillaban las barcas que habían abierto la expedición de desembarco. El grueso de la artillería se esperaba con la segunda oleada.

—¡A mi lado los hombres del Inmemorial! —gritaban Caamaño y Carlos José, con el fin de agrupar a su unidad. El mismo procedimiento siguieron con los hombres que localizaron cerca y que formaban parte de los otros regimientos integrados en la Brigada del Rey.

—¡A formar! —gritó Fernán Núñez y los hombres obedecieron como pudieron, con una línea de 9 en fondo que era poco apta para la lucha en aquella zona. La estrechez de la playa y el estar rodeada por colinas desde las cuales los argelinos podían someter a fuego a los españoles, no aconsejaban tal formación.

Pero no hubo tiempo para rectificar. En ese momento, comenzaron a escucharse disparos desde la zona argelina. Fernán Núñez vio varios grupos de ellos acercarse, sin formación alguna y por ello más peligrosos, hacia la tropa española. Disparaban y se resguardaban entre los montículos de tierra y las pitas, muy abundantes en aquella zona. El zumbido de las balas argelinas comenzó a ser abundante y solo era un milagro el que no hubiesen caído ya varios soldados españoles.

El milagro duró poco. Los argelinos, cada vez más cerca, afinaron su puntería y los blancos se sucedieron. En la Brigada del Rey, mandada por Fernán Núñez, comenzaron a escucharse los lamentos de los heridos.

—¡Nos van a cazar como a conejos! —le gritó Caamaño.

—¡Al suelo! ¡A resguardarse! —reaccionó Carlos José. Era absurdo mantener aquella formación en un terreno que no la favorecía—. ¡Fuego a discreción! ¡Disparad y cubríos!

Cada cual hizo la guerra como pudo. Al menos, consiguieron mantener alejados a los argelinos con sus disparos. En ese momento, varias columnas de polvo indicaron que la situación para los españoles iba a empeorar.

—¡La caballería mora! —gritó alguien en las filas y el miedo se apoderó de los soldados españoles.

Por suerte, la maniobra de la caballería argelina también había sido detectada desde los barcos de guerra españoles, que comenzaron a dispararles para proteger a los soldados de tierra. Esta acción y la resistencia a vida o muerte de los españoles evitó muchas más muertes de las acaecidas.

—¡A la cargaaaa! —se oyó gritar en toda la zona derecha del desembarco. Aquella poderosa voz era la del marqués de la Romana.

Al instante, varios cientos de soldados se levantaron y tomaron camino recto hacia los infantes argelinos que les disparaban desde las alturas. Carlos José pareció reconocer las enseñas de los regimientos de Guardias Españolas, Ibernia y Guadalajara que se habían lanzado al ataque tras el marqués. También los hombres de los regimientos a su mando fueron levantándose de forma paulatina, incluido el propio Fernán Núñez.

—¡Es un suicidio! —oyó gritar a Caamaño.

Aquel ataque era, efectivamente, un disparate, pero nadie quería perdérselo. ¡Qué valor había que tener para atacar a pecho descubierto a un enemigo parapetado, protegido y que dominaba las alturas! O qué loco había que estar… El marqués de la Romana era el blanco perfecto y elegido. Con su uniforme de gala y dando ánimos a voz en cuello, era lógico que los argelinos pusiesen sus miras en él. Los españoles que le seguían le vieron caer, de espaldas, para no levantarse más. Sin jefe y sin fuerzas, sus hombres decidieron dar marcha atrás y volver al refugio, si bien escaso, que ofrecían los montículos de la playa.

Carlos José permaneció en pie, observando la desbandada española. Algunos argelinos, muy osados, habían tomado carrera detrás de ellos. Fernán Núñez vio cómo un soldado moro se acercaba por detrás a un español que no podía regresar más rápido al impedírselo una visible cojera.

Se horrorizó al conocer a aquel soldado: era el teniente de Guardias Españolas don José de Landa, su amigo y el militar que le había apadrinado en sus primeras armas. Vio cómo se detenía en su imposible carrera hacia la salvación, agotado y rendido a lo inevitable. Landa cayó de rodillas y Carlos José pudo distinguir su cara descompuesta. Un segundo después, la cabeza ya no estaba sobre los hombros. El soldado argelino la tenía agarrada por los pelos y la balanceaba como un trofeo. Carlos José comprendió, de golpe, la dureza de todo lo que le habían avisado antes del combate: los argelinos cortaban las cabezas de sus enemigos para llevarlas al Bey, quien les recompensaba por ello.

—¡Coronel!

—¡A la derecha!

Aquellos gritos de sus soldados sacaron a Fernán Núñez de su horrorizado ensimismamiento. Dos columnas de infantería argelina se dirigían hacia ellos, precedidas por una manada de camellos. Este curioso ataque servía para desmontar las defensas de quienes recibían la alocada carrera de los ungulados.

—¡Rápido! ¡Formación en martillo! —ordenó con presteza.

Esta formación, útil para sostener un ataque en columna de los enemigos, la habían practicado mientras esperaban en Cartagena, de ahí que funcionase con rapidez. Los españoles comenzaron a hacer fuego con tal viveza que los enemigos detuvieron su marcha, sorprendidos por encontrar tanta resistencia. Otra segunda columna argelina se topó con similar defensa por parte del regimiento de Guardias Walonas. Sin embargo, poco duró el respiro. Los moros, si bien de manera más lenta, continuaron su avance. La situación volvía a ser desesperada. En ese momento, varios afortunados disparos desde las naves españolas consiguieron frenar a los enemigos. Efectivamente, los capitanes, al ver el peligro de la infantería, ordenaron lanzar varios cañonazos de metralla que segaron la vida de varios argelinos e hicieron al resto avanzar con menor velocidad.

—¡A sus órdenes, mi coronel! —Carlos José se volvió al escuchar aquellas palabras—. Soy el capitán José Manso, del regimiento de Murcia, con los hombres que he podido organizar.

—¡Bienvenido, capitán!— Fernán Núñez tomó del brazo a Manso y lo giró—. Necesito que cubran aquella zona dentro de la formación defensiva que hemos establecido…

No pudo continuar. El capitán del regimiento de Murcia dio un salto y un grito. Cayó al suelo de espaldas y Carlos José vio cómo la pierna aparecía como partida en dos. Soldados de su regimiento tomaron al capitán y lo alejaron de aquella zona. Por la situación de la herida, Carlos José comprendió que la bala había salido de algún cañón de los barcos españoles. Se había librado por poco. Él sabía lo difícil que era apuntar bien con el balanceo de los barcos y la dispersión errática de las balas contenidas en los saquitos de metralla. Por tanto, al fuego de los moros había que unir la desafortunada puntería de los cañones españoles. Otra desgracia más a las ya acumuladas aquella mañana. Finalmente, la defensa acertada de los españoles hizo ver a los argelinos que su ataque estaba condenado al fracaso y se retiraron, aunque en orden para evitar el contraataque hispano.

O'Reilly, que había desembarcado en la primera oleada, ya contaba con suficientes datos como para considerar la situación como muy peligrosa. Por ello, a las ocho y media de la mañana, ordenó un repliegue hacia la playa de aquellas unidades que se habían adelantado.

—¡Mi coronel! ¡Retirada hacia el punto de desembarco en la playa! —le dijo a gritos el mensajero—. ¡Orden directa del comandante en jefe!

—¡Soldados! ¡Nos volvemos hasta nuestro punto de partida! —ordenó Fernán Núñez—. ¡Sin perder la cara al enemigo por si intentan sorprendernos!

Nada más terminar de dar su orden, Carlos José vio a sus hombres levantarse y replegarse con precaución. Se sintió orgulloso de ellos. En ese momento, un golpe como dado por un gigante le lanzó hacia atrás. Fernán Núñez vio pasar el cielo ante sus ojos y sintió cómo su cabeza chocaba contra la arenisca del suelo. Cuando pudo reaccionar, se miró el pecho, que le dolía terriblemente. Miró el correaje y vio un orificio de entrada. ¡Una bala argelina le había alcanzado! Miró entonces la casaca y el orificio se continuaba en ella. No obstante, le llamó la atención que no hubiese sangre. Al abrir la casaca, descubrió la bala. Había tenido mucha suerte: el correaje y la casaca habían amortiguado el balazo y solo había sufrido una contusión. Cogió la bala y la guardó en el bolsillo de la casaca. El dolor del pecho se hizo insoportable y volvió a caer hacia atrás. De nuevo vio el cielo y sintió que era arrastrado por dos brazos fuertes.

—¡¿Queréis soltarme, por Dios?! ¡Tengo que organizar la retirada! —les gritó Fernán Núñez e intentó zafarse.

Pero un mareo agotó su resistencia. Le sobrevino tos y, con ella, varias expectoraciones de sangre. Los soldados aceleraron el paso para ponerle a cubierto mientras llegaba ayuda.

En la playa se estableció una nueva línea de defensa. Pocos minutos después, las lanchas y botes de la segunda oleada comenzaron a soltar hombres en el mismo sitio, con lo que el caos y el apelotonamiento de soldados aumentaron. Como no todo iba a ser negativo, aquella aparición de más efectivos españoles hizo que los argelinos no continuasen sus ataques, no fueran a verse sorprendidos ante un enemigo reforzado. O'Reilly dio orden a los ingenieros desembarcados para que cavasen una trinchera en la misma playa, de manera que pudiesen parapetarse dentro de ella los soldados españoles. Hasta allí llevaron a Fernán Núñez, quien había recobrado el ánimo y las fuerzas en los minutos que intermediaron.

—Vamos a reembarcarle en alguna de las lanchas que acaban de llegar, mi coronel —le dijo Caamaño—. En los barcos podrán atenderle con mayor seguridad los cirujanos.

—¡Si haces eso, te vuelo la cabeza! —le contestó Fernán Núñez.

—¿Serías capaz de hacerle eso a tu amigo? —bromeó Caamaño para quitar importancia a sus palabras.

—¿Serías capaz de reembarcar a tu coronel? —dijo Carlos José. Su mirada era resuelta, por lo que el capitán optó por dejarlo en la playa.

—De acuerdo, mi coronel. Pero prométeme que no te expondrás inútilmente.

—Te lo prometo. Bastante poca protección nos ofrece esta trinchera; estar en ella supone ya un riesgo, como para aumentarlo. Mira.

Caamaño siguió la dirección que le indicaba Carlos José y vio las tropas argelinas en las alturas que circundaba la playa. Efectivamente, la trinchera ofrecía un escaso refugio, sobre todo porque estaba a nivel del mar y las posiciones de los enemigos eran todas más elevadas. En cualquier momento podrían acosarles con francotiradores y con cañones sin que los españoles pudiesen hacer algo más que tragar tierra.

Como si hubiesen leído sus pensamientos, los argelinos dispararon en ese instante un cañón contra la trinchera. Les tenía bien enfilados. Los hombres se apelotonaron para buscar un difícil refugio, lo que hizo que los cañonazos enemigos causasen aún más estragos.

—¡Aquí! ¡A preparar unos espaldones de arena para protegernos! —gritó Caamaño y varios hombres le ayudaron en la arriesgada tarea, con la fortuna de que ninguna bala enemiga dio sobre ellos.

—¡Tienes que ir a avisar a O'Reilly! —dijo Carlos José al capitán Joaquín de Luna, quien había desembarcado con el teniente coronel

Gutiérrez en la segunda oleada—. ¡Nos están masacrando! ¡Que haga callar ese maldito cañón!

Joaquín de Luna salió a toda prisa de la trinchera para cumplir la misión. Carlos José reprimió un grito de espanto al verle caer. Le habían alcanzado. Tras unos segundos eternos, Luna se irguió y continuó su carrera hacia el puesto de mando. Se sujetaba el brazo izquierdo con la mano derecha.

Conocedor O'Reilly de la mortandad que causaba el cañón de 24 que enfilaba la trinchera, envió orden al jefe de la escuadra para que sus barcos silenciasen dicho cañón. Sin embargo, pasaron los minutos y ningún disparo salió de los navíos españoles en dirección a la zona argelina. El cañón siguió con su tiro a placer y las bajas aumentaron. O'Reilly, al comprobar que sus hombres no podían avanzar y la escuadra no les protegía –ya ajustaría cuentas con ese estúpido de Castejón, pensó-, comprendió que solo le quedaba una orden por dar: retirada general y reembarque.

—¡Nos retiramos, mi coronel! —le dijo nada más regresar Joaquín de Luna, exhausto por la carrera y por la pérdida de sangre.

—¡Tú el primero! —le contestó Fernán Núñez.

—¡Cuando se retire mi coronel! —replicó, con determinación, el capitán.

—De acuerdo, pero yo debo dar todavía algunas órdenes. Te ruego que vayas delante —le dijo Carlos José. Por las buenas consiguió que Joaquín de Luna y varios soldados heridos, aunque podían andar, tomasen camino hacia el lugar adonde comenzaban a acercarse algunas lanchas para el reembarque.

A pesar de la situación angustiosa, todavía tuvieron que esperar los españoles a que se apagasen las luces del día para iniciar el viaje de vuelta. La oscuridad podría ayudarles a mejorar sus desastrosos números de muertos y heridos. El ir y venir de las lanchas para recoger, primero a los heridos y más tarde al resto de la expedición, creó confusión entre los moros. Decidieron no atacar y mantenerse sobre aviso, pues no sabían con exactitud si se estaban trayendo a la playa más refuerzos españoles. Además, el batallón de Guardias Españolas, encargado de sacrificarse para cubrir la retirada, hacía periódicas descargas con el fin de que los argelinos creyesen que gran parte del ejército español continuaba en posición de combate.

Carlos José subió a los botes de los últimos, como había prometido. Amanecía el día 9 de julio de 1775. De aquella maldita playa se llevó varios malos recuerdos, entre ellos una pieza de plomo argelina que no le había matado de milagro y una concha que cogió sobre la arena; a Santiago Apóstol se encomendó para salir con bien en la todavía peligrosa maniobra del reembarque. Con el vaivén del bote, un fuerte mareo le acometió y perdió el conocimiento.

Una vez a bordo del San José, Fernán Núñez fue reanimado y recibió la atención del cirujano del barco.

—Debo practicaros una sangría, Excelencia —dijo el médico.

—Pero, hombre, ¿acaso no he echado ya demasiada sangre? —le dijo, enfadado, el Conde.

—Es el procedimiento habitual —se excusó el cirujano.

—¡Malditos procedimientos bárbaros! —exclamó, entre dientes, Carlos José.

—¿Cómo decís, Excelencia? —preguntó el médico, seguro de haber oído lo que creía haber escuchado…

—Nada, nada. Prosiga vuestra merced —contestó Fernán Núñez y se rindió. Lo que no habían conseguido los enemigos lo había logrado la sanidad de su propio bando.

—¿Qué es esa algarabía que se escucha, Caamaño?

—Los argelinos, coronel. —El capitán prefirió no mentirle—. Llevan más de una hora así.

—Entonces, ¿todo ese tiempo he estado inconsciente?

—Incluso algo más. Una vez que nuestros barcos han dejado de dispararles para mantenerles a raya y permitirnos la huida…, perdón, la retirada, han bajado a la playa que antes ocupábamos. Ahora se entretienen apropiándose de los restos de pertrechos que hemos abandonado y satisfacen su ansia de dinero gracias a los cadáveres que no hemos podido reembarcar…

Carlos José comprendió: otra sangría tenía lugar en la playa. Al menos, se consoló, aquellos hombres ya no sentirían nada. Miró al ayudante del cirujano y vio cómo corrían las lágrimas de sus ojos.

—¿Usted lo ha visto?

—Ha sido terrible, mi coronel. Nos hacían burlas mientras agitaban las cabezas de nuestros compatriotas[24]. Solo pude verlos un instante con el anteojo y no fui capaz de continuar mirando.

Caamaño se acercó a aquel hombre y, en un gesto cariñoso, le puso la mano en el hombro.

—Y a los que mandábamos en este desastre, mi coronel —dijo Caamaño—, ¿quién nos consuela?

Pero Carlos José no pudo responder a la queja de su amigo ni ver cómo lloraba. La sangría hacía sus efectos sobre el debilitado cuerpo y había perdido de nuevo el conocimiento.

El día 11 pusieron proa al puerto de Alicante los barcos donde se hacinaban los heridos en aquella desgraciada aventura. Carlos José, por su cuna y alta graduación, tuvo derecho a un camarote compartido en el jabeque El Andaluz. Allí aprovechó el tiempo para redactar su informe, mesurado en la crítica hacia la planificación y desarrollo del ataque a la

231

costa argelina. Menos contención mostró en las cartas que escribió a su amigo Salm-Salm. Ahí se despachó a gusto contra O'Reilly y González de Castejón. También tuvo el pesar de señalar en el informe el nombre del oficial –teniente Tomás Aróstegui- y los doce soldados de su regimiento que resultaron muertos, así como los diecisiete oficiales y sesenta y cinco soldados que sufrieron heridas, incluido él mismo, su segundo al mando, el teniente coronel Gutiérrez y el capitán Joaquín de Luna.

En la villa de Fernán Núñez se conoció el trágico fin de la expedición y la contusión que había recibido su señor. Como cualquier ayuda era buena en aquellos momentos, el cabildo de la Villa organizó una ceremonia en honor de la Virgen de Guadalupe, patrona de la casa condal de Fernán Núñez. El pueblo, con fervor, pidió el rápido restablecimiento de Carlos José Gutiérrez de los Ríos. En octubre, una vez mejorado en su salud, el Conde visitó Fernán Núñez en compañía de su hermana Escolástica. Esta había obtenido, meses antes, permiso de su marido, el duque de Béjar, para atenderle mientras convalecía en la ciudad de Valencia de su herida. Por tanto, los dos hermanos viajaron hasta las tierras cordobesas donde el buen clima del otoño y las atenciones de los vecinos terminaron por obrar el milagro de su recuperación. Cuando Escolástica regresó a Madrid para atender, esta vez, a su anciano marido, Carlos José entretuvo su pensamiento sobre la derrota con nuevos planes para mejorar la vida de sus vasallos cordobeses. Así, concibió e inició el plan de repoblación de la zona de La Morena, cuya primera edificación fue una ermita bendecida el 9 de diciembre. Tras dejar órdenes para repoblar las tierras con cincuenta labradores propietarios elegidos de entre los vecinos de Fernán Núñez, tomó el camino de Madrid. Sus obligaciones como militar y cortesano le alejaban, una vez más, de su Villa. Cuando fuese mayor, se decía, volvería a ella y a Córdoba para disfrutar de la tierra y sus gentes…

18 CAMPANAS DE BODA

Durante los primeros meses de 1776, Carlos José continuó con el reposo a que la contusión en Argel le había obligado. Como premio a su participación en la desafortunada expedición, en febrero recibió el nombramiento como Mariscal de Campo. Aquel ascenso, no obstante la alegría que le produjo, también le hizo pensar lo fácilmente que se ascendía en el ejército español si se pertenecía a una familia de la vetusta nobleza o se gozaba del favor real, como él. Al mismo tiempo, era un regalo envenenado, pues ya no podría continuar al mando del regimiento Inmemorial del Rey. Su nuevo destino estaría en el Ejército de Castilla la Vieja.

Durante este año participó, como Gentilhombre de Cámara, en las diferentes Jornadas que Carlos III realizó en los Reales Sitios. Hasta diciembre no pudo volver a Madrid para residir en su morada habitual: el palacio de su sobrino, el duque del Infantado.

Como había tenido poco tiempo para la acción y mucho para pensar, Fernán Núñez retomó ese mismo año una idea que le había rondado en momentos anteriores. Tenía ya 34 primaveras a sus espaldas, dos hijos de una relación imposible y finiquitada, una carrera militar en la cúspide pero con sus peligros… Había llegado, pues, el momento de tomar estado. Cuando se reunía con sus amigos, el principal tema de conversación trataba sobre las cualidades que una futura esposa suya debería tener. Entre ellas: una interesante dote, buena presencia, saber estar, espíritu cristiano y apego por el cuidado de la casa y de los hijos. Casi siempre enumeraba esas cualidades en este orden.

—¡Aquí la tienes!

Quien así hablaba era el vizconde de Pegullal, al tiempo que le tendía un pequeño retrato. Junto con el recién ascendido coronel José

Caamaño, se habían reunido en una posada de la plaza mayor de Madrid, como muchas tardes.

—¿Qué quieres decir?

—Aquí tienes a tu futura esposa.

—No sabía que te hubieses vuelto celestina —bromeó Carlos José pero tomó el retrato, curioso.

—Estás tan pesado últimamente con lo de tomar estado que me he permitido buscarte una buena esposa. ¡A ver si nos dejas ya en paz!

Carlos José rio. Miró a la joven del cuadrito. Morena, su rostro le pareció agraciado pero no una beldad por la que perder la cabeza.

—¿Quién es?

—La hija del Señor de las Hachas. De Galicia.

—De las Hachas… Buena tierra, Galicia.

—¡La mejor! —exclamó el gallego Caamaño.

—¿Cómo has conseguido el retrato?

—Uno tiene sus contactos… —replicó Pegullal—. ¡No preguntes y dime qué te parece!

—Me agrada la muchacha —Carlos José miró de nuevo el retrato—. ¡Bebamos por ella!

—¡Brindemos por el buen fin de esta posible aventura! —dijo Caamaño— ¡Lo dicho: a ver si nos dejas ya en paz con tus ideas sobre el matrimonio y comienzas a probarlo en propia carne!

—No te rías, Caamaño. Tú no vas a quedarte tranquilo… por ahora —replicó, con calma, Carlos José.

—No te entiendo.

—Prepárate, que te vas de viaje.

—¿A dónde?

—¿A dónde va a ser, *carallo*? ¡A Galicia!

Caamaño se atragantó con el vino. Pegullal, al ver que no reaccionaba, tuvo que darle varios golpes en la espalda para que se recuperase.

—¡Madre mía! —exclamó, por fin, Caamaño—. ¡Qué hombre más ansioso! Enseguida tomas cualquier asunto como de máxima prioridad.

—Tiene la mayor prioridad, José —dijo el Conde—. Me agrada la muchacha y, según parece, cumple el primero de mis requisitos para una esposa…

—Hasta donde sé —dijo el vizconde de Pegullal—, son una familia con dinero…

—Y, ¿por qué tengo que ir yo? —protestó Caamaño—. Bien podrías ir tú en persona y comprobar sus cualidades.

—Eso es imposible pues me pondría en evidencia. Ya lo he decidido. Vas a ir tú, por tres motivos: eres gallego y entre gallegos os entenderéis mejor; eres mi mano derecha y confío en tu criterio; y porque te lo pido yo y sanseacabó.

—¡Hombre, dicho tal cual!… No te pongas así, que iba a ir de todas formas. Además, aprovecharía para visitar a mis parientes. ¡Pero tú pagas los gastos!

—¡Que sí, hombre! ¡Anda, bebe y no te atragantes!

Sin embargo, el viaje no fue tan precipitado. José Caamaño, acompañado de uno de los criados de la casa, viajó a Pontevedra a principios de 1777. Al igual que Fernán Núñez, el coronel Caamaño había dejado el servicio de las armas en el regimiento Inmemorial del Rey para seguir a su amigo y mentor, lo que también significaba servirle en otros asuntos.

—¡Vamos, cuenta!

Carlos José asaltó a Caamaño a la misma entrada de su residencia madrileña, nada más volver este del viaje a tierras gallegas.

—¡Yo también me alegro de verte!... Podrías haber comenzado por ahí...

—¡Sí, sí! Me alegro mucho de verte. ¡Pero empieza a soltar de una vez!

—¡*Carallo*! Deja, al menos, que me asee un poco y tome algo de comida.

—¡Nada! ¡Comerás cuando hayas desembuchado! Vamos a mi despacho y ve calentando la lengua.

Una vez a solas, Caamaño comenzó su relación.

—María de la Esclavitud Sarmiento de Sotomayor y Cáceres. Ese es el nombre, abreviado, de tu Dulcinea.

—Gutiérrez de los Ríos y Sarmiento. Suenan bien como apellidos...

—¡Pero, hombre! ¿Ya estás pensando en tener hijos? ¡Ja, ja, ja! Entre otras casas nobiliarias, su familia entronca con las de Castelmoncayo, Parada y las Hachas, que lo mismo la puedes ver escrita con hache que sin ella.

—¡Las Hachas! Luego te contaré una curiosa historia. Sigue con lo que me interesa.

—¡Pues no me interrumpas! La muchacha va a cumplir los diecisiete años...

—¡Buena edad! Solo tengo otros diecisiete más que ella...

—Si quieres que siga, ¡cállate, pesado! Pues eso: el próximo 22 de febrero cumplirá los diecisiete años. Me he enterado bien de este detalle. ¡Para que no se te olvide la fecha en el momento en que tengas que hacerle algún regalo! —le dijo Caamaño, con malicia.

—¡A ver si el que se queda sin regalo por los servicios prestados vas a ser tú!

—¡Je, je! Prosigo. Su padre es don Diego Sarmiento de Sotomayor y su madre doña María Joaquina de Cáceres. He de decirte que las mayores posibilidades económicas vendrán por parte materna… La muchacha nació en la ciudad de Toro en la fecha que te he indicado.

—Me lo imaginaba…

—¿Cómo que te lo imaginabas?

—Sigue, hombre. Luego te lo explico.

—Pues sí que estás raro… En fin. He preguntado a gentes de su entorno, con la debida discreción, y puedes estar tranquilo: su educación es cristiana y típica de una jovencita de su clase; preparada, cómo no, para el matrimonio. Tiene un carácter vivo pero afable y respetuoso, sin endiosamiento por su condición. Eso es todo lo que he podido averiguar sobre tu futura esposa… Porque, conociéndote, supongo que no pararás hasta casarte con ella…

—Ahí lo tienes, amigo Caamaño. Me conoces demasiado bien. ¿Y de dote?

—Importante en cantidad. Además, es hija única…

—Mejor así. Pues ahora te voy a revelar la curiosa historia que te he adelantado.

—Soy todo oídos. Pero como también soy todo boca y estómago, da orden para que me traigan algo de comer.

Mientras mordía un salchichón entero, Caamaño pudo escuchar aquella historia.

—Desde que nuestro amigo, el vizconde de Pegullal, me habló de esta muchacha y me dijo su linaje, no he dejado de darle vueltas. ¡Las Hachas! Aquel nombre lo había escuchado antes. Cuando, en el año de 1762 volvía de palacio, de comunicar al rey nuestra victoria en la ciudadela portuguesa de Almeida, paré unas horas en la ciudad de Toro.

—¡Allí nació doña María de la Esclavitud!

—Eso me has dicho. ¡Calla! Pues bien, al cruzar su plaza mayor me sorprendió que se dirigiese hacia mí un coche tirado por seis mulas. Como el número de estos animales era inusual, presté atención. Alguien importante debía ir en su interior. Al pasar a mi lado observé una carita morena que me miraba por la ventana del coche. Como yo también me quedé mirándola, la niña acabó por sacarme la lengua. Me agradó aquel lance, así que pregunté a un toresano si conocía el carruaje y a la niña que lo utilizaba. "¡Claro que sí, Excelencia! Pertenece al señor de las Hachas y la niña es su hijita, de solo dos años", me contestó el paisano.

—¡Así que os conocíais! —exclamó Caamaño con restos de salchichón en la boca.

—¡Cosas del destino!

—¡Burlas del destino! ¡O burla de la "destinada", mejor! ¡Ja, ja, ja!

—¡Ojalá te atragantes! ¡Ja, ja, ja! Y lo bueno es que ya, en aquel momento, pensé que, al ser su padre "el señor de las Hachas", a su alrededor sólo podría haber luz y nunca se estaría a oscuras… ¡Fíjate! ¡Lo mismo ilumina su "Hachita" mi camino y hacienda![25]

—¡Ja, ja, ja! Pues como te saque otra vez la lengua…, ¡se acabó el posible matrimonio y la iluminación!

—¡Ja, ja, ja! ¡Tú sí que eres un deslenguado! ¡A la próxima tontería, te quito el salchichón!

Tras obtener la venia del rey Carlos III, Fernán Núñez solicitó de manera oficial, a través del vizconde de Pegullal, la mano de la muchacha a sus padres; la respuesta fue afirmativa. Tanto los padres como la hija se mostraban honrados de que tan alta persona quisiese entroncar con su familia. Ansioso por conocer a su futura esposa en persona, Carlos José decidió que lo mejor era presentarse en tierras de Pontevedra sin avisar. El 14 de abril iniciaron la marcha el conde de Fernán Núñez, su ayuda de cámara Maestreli, el coronel gallego José Caamaño, el sargento Domínguez, los lacayos Domingo y Jerónimo y el cocinero Layos. En Madrid quedó, al cargo de los asuntos de la Casa, el secretario don Pedro Garrido.

En la etapa de Medina del Campo tuvieron la oportunidad de comer con don Zenón de Somodevilla, marqués de la Ensenada, quien había sido confinado allí por su supuesta participación en el motín de Esquilache. Más adelante, viéndose tan cerca de Portugal, no pudo evitar Fernán Núñez dar un rodeo en su misión y adentrarse por tierras de Valença do Minho y Gondomar. Pero, conocedor de que en casa de los Sarmiento de Sotomayor y Cáceres ya se sabía de su presencia en la zona, decidió no dilatar más el momento de estar con su Dulcinea[26], pues así la llamaba de vez en cuando.

—¡Deja de apretarte el corbatín, que te vas a ahorcar tú mismo! —le recriminaba, medio en serio medio en broma, Caamaño.

—¡Tengo que dar buena impresión! —insistía Carlos José, todo nervioso.

—¡Pero si estás hecho un figurín! Además, lo importante no solo es el aspecto en estos casamientos; el nombre y la casa del novio también son muy importantes.

—Sí, eso ya lo sé. Pero voy a presentarme ante una chiquilla de diecisiete años y le doblo la edad. Es lógico que muestre interés por el aspecto físico de su marido y no quiero parecer una antigualla.

—Tranquilo. Estás muy guapo…, con el debido respeto y cariño, ¡ja, ja, ja!

—¡Para risas estoy yo! —Carlos José comenzó a buscar algo con desesperación—. ¿Dónde la he metido?

—¿Se puede saber qué buscas? ¡Me estás poniendo nervioso a mí también!

—¡La maldita peluca! ¡No voy a presentarme ante la joven con esta indecente calva al descubierto!

En ese momento, Caamaño reparó en que se había sentado sobre algo blando… Levantó un poco su pierna izquierda y miró. Allí estaba. Tomó la peluca y se la ofreció a Carlos José.

—Lo siento… No la vi…

Carlos José cogió la peluca con un movimiento rápido de su mano. Se mostraba enfadado. Ahora tendría que pedir que se la arreglaran y empolvaran… Por cierto: recordaba que ya lo habían hecho la noche anterior… Observó el pantalón negro de Caamaño. Soltó una gran carcajada y señaló a su amigo con el dedo para que mirase lo que él estaba viendo.

—¡*Carallo, carallo* y *carallo*! —Caamaño comenzó a dar golpes al trasero de su pantalón para eliminar los restos de polvo blanco de la peluca de Carlos José.

—Este es el castigo divino por haberte reído de mí.

—¡En qué mal momento!

—Siempre puedes ponerte tu otro calzón… El de color marrón que guardas en la maleta… —le dijo Carlos José, con malicia, disfrutando de su venganza.

—¡Sabes que estoy demasiado gordo para ese pantalón y que solo dispongo del negro!

Una vez acicalados, aunque más retrasados de lo que en un principio esperaban, Fernán Núñez consideró llegado el momento de aventurarse en un mundo nuevo: el del matrimonio.

—¡Salgamos! Por cierto, ¿qué día es hoy?

—28 de abril —contestó Caamaño—. ¿Por qué?

—28 de abril del Año del Señor de 1777. Reinando nuestro querido monarca don Carlos III,…

—¿A qué viene esto? —le interrumpió Caamaño, pero Carlos José continuó.

—…el VI conde de Fernán Núñez inicia el principio del fin de su soltería.

—¡Ay, madre! ¡Lo que tiene uno que escuchar!

Los dos amigos salieron, entre risas, de la posada de la aldea de Ulló donde habían pasado la noche. La comitiva tomó el camino de Pontevedra, en donde habrían de tomar alojamiento en el convento de San Francisco. Cuando solo habían avanzado una legua, por un camino que iba a caer en el suyo vieron venir a dos hombres, uno de edad avanzada y el otro mucho más joven. A pesar de sus años, el viejo caminaba a mayor velocidad que el joven. No tardaron en ponerse a la altura del grupo.

—¡Buenos días les dé Dios, señores! —dijo el hombre mayor.

—¡Buenos días tengas vuestras mercedes! —contestó Fernán Núñez.

—¿Se dirigen a Pontevedra? —preguntó Caamaño.

—Allá vamos, sí.

—En ese caso, estaríamos encantados de hacer el camino en su compañía —dijo Caamaño—. Si eso no les perturba en la prisa que muestran…

—Le pido mil excusas, señor —le dijo el hombre de más edad, pues el joven no hablaba y se limitaba a mantener el resuello—. Soy peluquero de Pontevedra y este es mi aprendiz. Venimos de Redondela, adonde hemos llevado una peluca para la imagen de San Juan Bautista.

Caamaño y Carlos José se miraron.

—Curiosa costumbre —dijo Fernán Núñez— esa de vestir la cabeza de un santo que lleva todo su cuerpo desnudo, salvo las partes innombrables…

—Tenéis razón, señoría. Es una costumbre ya con muchos años a sus espaldas. Y los peluqueros nos alegramos de que se siga manteniendo pues nos proporciona unos buenos dineros.

—Entonces, perdonad mi curiosidad, ¿a qué viene tanta prisa? —preguntó Caamaño.

—No hay nada que excusar, señor. Los peluqueros vestimos la cabeza de los santos… y la cabeza de los vivos. Y mi señor don Diego Sarmiento, señor de las Hachas, me espera hoy con ansia pues es un día de alegría en su familia.

—¿Habéis dicho el señor de las Hachas? —dijo Carlos José.

—Así es.

—¡Mi suegro!

—Entonces, ¿vuestra señoría es el conde de Fernán Núñez? —dijo el peluquero con cara de ilusión.

—El mismo.

—Hace días que se tiene noticia en la comarca de vuestra venida, Excelencia. Don Diego sabe que estabais ya tan cerca que me ordenó volver lo antes posible para peinarle esta misma mañana, no fuera que os presentaseis en su casa y lo encontraseis sin arreglar.

—Es posible que halles al suegro más aderezado que a la novia —le dijo, al oído, Caamaño. Carlos José le dio un codazo.

—No me esperaba que mi suegro tuviese el mismo peluquero que San Juan Bautista —le contestó a su amigo y ambos contuvieron la risa.

—Si necesitáis de mis servicios… —dijo el peluquero viendo la oportunidad de hacer negocio.

—Amigo peluquero —contestó Carlos José con una sonrisa—, mi cabeza no está para florituras en ese terreno, pero siempre me vendrá bien contar con manos expertas en la fabricación de pelucas.

Todos rieron de la ocurrencia de Fernán Núñez. El peluquero concibió una estupenda imagen de quien podrían llegar a ser, algún día, el señor de aquellas tierras.

Por fin llegaron al convento de San Francisco en Pontevedra que habría de acomodarles. Carlos José obtuvo la celda del Padre Guardián, la de mayor categoría en el lugar. Desde allí mandó mensaje a su suegro para solicitar la necesaria entrevista familiar. También dio aviso a su amigo el vizconde de Pegullal para que asistiese. Que ya se conociera su presencia en la ciudad no era óbice para no cumplir con las normas de la etiqueta y el decoro.

El 29 de abril por la mañana, introducido en la casa por Pegullal, Carlos José pudo conocer a sus suegros, los abuelos paternos que con ellos estaban y, cómo no, a María de la Esclavitud. A pesar de que ya había tenido una relación estable anterior y dos hijos, Fernán Núñez no pudo contener el nerviosismo que aquel encuentro le provocaba. La novia, en cambio, parecía mucho más tranquila, como dominadora de la situación. Hubo miradas de cortesía y también intencionadas por ambos novios. A Carlos José le pareció que Caamaño le había hecho una descripción de la muchacha muy acertada. A primera vista, no le parecía de gran belleza, pero sí mostraba un rostro agradable enmarcado por un voluminoso y moreno pelo, muy español. Cuando le sonrió, descubrió que uno de los dientes superiores aparecía negro, sin salud, pero prefirió valorar que el resto de la dentadura ofrecía buen aspecto. Dos segundos después, se reprendió mentalmente por fijarse en aquellos detalles: ¡era su prometida, no un caballo, a quien miraba!

Carlos José ofreció a su futura mujer varios brazaletes que superaban los 600 doblones, un retrato suyo y una sortija donde aparecían grabados los nombres de ambos. Esclavitud también le regaló otra sortija, pero sin grabar al no haber tenido tiempo para ello.

Los días siguientes los emplearon en seguir viéndose, hablándose y comer juntos, bien en casa de los padres, bien en casa de otros parientes que tuvieron la gentileza de invitarles. A Carlos José le gustó el genio vivo de la muchacha, aunque esta sabía controlarlo pues había recibido una esmerada educación.

Por las noches, los bailes siempre los abrían los novios, quienes hacían todo lo posible en mostrar a los presentes sendas sortijas en la mano izquierda. Sus buenas dotes de bailarines arrancaron algunos aplausos entre los invitados, lo cual no hizo sino aumentar en el Conde su gusto por la novia. Animado por la buena acogida, Carlos José no tuvo inconveniente en mostrar sus facultades de violinista e interpretar una canción acompañando a un bajo de la tierra y al músico de la catedral de Santiago, Piccini, con quien, casualidades de la vida, había coincidido en Cartagena[27].

Carlos José y sus acompañantes se mantuvieron en Pontevedra hasta el día 6 de mayo, salvo Caamaño, quien había partido unos días antes hacia Santiago para preparar la visita que Fernán Núñez pensaba realizar a la ciudad del apóstol. Aquella mañana tomaron café con leche la novia y el novio, si bien no lo hicieron solos, como mandaba la sociabilidad; les acompañaron los suegros. Al terminar el desayuno, llegó el momento de las despedidas.

—Señora —dijo Carlos José a doña María Joaquina de Cáceres, mientras le besaba la mano—. Estoy dichoso por el trato recibido en esta casa y cuento los días para llamaros, definitivamente, madre.

—Sois muy galante, señor Conde —contestó la suegra.

—Don Diego…

Carlos José saludó a su suegro y ambos se estrecharon las manos.

—No se va a librar tan rápidamente de mí, señor de Fernán Núñez. Le acompañaré un trecho en su viaje hacia Santiago.

—Será para mí todo un honor.

Ahora, Carlos José se volvió hacia María de la Esclavitud. La encontró más guapa aquella mañana, a pesar de que llevaba menos pintura. Sin quererlo, pasó por su mente la idea de que las cosas naturales pueden sobrepasar las artificiales.

—He sido un hombre muy feliz en estos días —le dijo.

—Confío en que sabré hacerle feliz el resto de nuestra vida.

Aquella contestación de la muchacha produjo gran alegría y nerviosismo en Carlos José, quien no pudo contenerse y le dio un fuerte abrazo. María de la Esclavitud, sorprendida, miró a sus padres, quienes también se habían quedado extrañados por la madura respuesta de la hija y la reacción del yerno. Pero el gesto que le hizo su madre con la cara le animó a devolver aquel abrazo, tan sincero como prometedor de un futuro en armoniosa y familiar reunión.

—Hasta octubre, pues, cuando nos reencontremos para la boda —se despidió Fernán Núñez de su prometida.

Pocos minutos después, la comitiva ya se había puesto en marcha con dirección a Santiago. Al cabo de una legua, Carlos José pudo despedirse de su suegro, de su amigo Pegullal y de otros señores de la zona que habían tenido la deferencia de acompañarle. Una vez en Santiago, visitaron la catedral y fueron acogidos en casa del hermano de José Caamaño, quien había salido a recibirle a las puertas de la ciudad.

La imagen y el buen recuerdo de María de la Esclavitud no se apartaron de la mente de Carlos José ni un instante. El 16 de mayo, mientras atravesaban la zona montañosa del Cebrero, camino de Monforte de Lemos, no pudo contenerse más y preparó una carta. Aunque se mostró autoritario con los vecinos para que la llevasen a Pontevedra, solo uno se avino a satisfacerle, y tal cosa ocurrió solo tras ver la bolsa de dinero que se le ofreció. En ella, Fernán Núñez se imaginaba como don Quijote de la Mancha en busca de su Dulcinea. Con toda seguridad, el tono afable y divertido de la carta, ejemplo del similar carácter del conde, debió de complacer a María de la Esclavitud y hacerle pasar un buen rato:

> Mi más querida amiga:
>
> Bien hizo nuestro amigo Don Quijote en escoger para sus aventuras un país llano como la Mancha, sin meterse, como mi Sancho y yo entre montañas, más difíciles de vencer que las inmediaciones del Toboso, donde residió su Dulcinea. Por más que Vmd. mire el mapa y estudie la geografía, es muy dificultoso encuentre el famoso pueblo [Lusarela] desde el cual la escribo esta carta. Los alojamientos son malos y hace tres noches que las casas que nos tocan parecen hermanas de la primera que se hizo en el mundo, o un resto del arca de Noé en que hombres y bestias estamos juntos; pero como yo llevo mi cama colgada, me meto en mi tienda y cerradas las cortinas, no me acuerdo de si estoy o no en mi casa. Lo único que siento es irme alejando de Vmd., aunque con el consuelo de volver a verla y tener el gusto de vivir en su compañía, y esto alivia todos mis trabajos, aunque fueran mayores.[28]

El 24 de mayo entraron en la villa de Madrid. Carlos José se alojó en esta ocasión en casa de su hermana Escolástica, pues su cuñado, el duque de Béjar, se encontraba enfermo con mal pronóstico. A los pocos días le llegó una cariñosa respuesta de María de la Esclavitud a su carta.

Los preparativos y concreción de documentos para la boda, pues, continuaron en los meses siguientes. Así, el 22 de junio se firmaron las capitulaciones matrimoniales en Pontevedra. Carlos José no pudo asistir, ni tampoco era necesaria su presencia. Delegó en otro de sus amigos de la zona, el marqués de Mos, para firmar dichas capitulaciones. En ellas se signaba que Fernán Núñez entregaría a su futura esposa, en concepto de arras, cincuenta mil reales más otros treinta mil anuales, además de fijar otros cuatro mis ducados si esta, Dios no lo quisiese en muchísimos años, quedaba viuda. En contrapartida, la familia de la novia firmó, entre otras aportaciones, la entrega de cuatro mil ducados anuales y un ajuar valorado en más de medio millón de reales.

Mientras llegaba el ansiado momento de tomar estado, Carlos José no olvidaba sus deberes como señor de Fernán Núñez. Para el pueblo dictaminó, a través de su administrador en la Villa –quien ya había sido el alcaide de su fortaleza antes de acompañarle en la aventura de Argel–, su amigo y teniente coronel retirado Joaquín de Luna, la construcción de una fuente, cuyos caños debían ser, por empeño del noble, dorados. Al mismo tiempo, la fama del Conde como pensador, artista y erudito, había ido creciendo en España. Por ello, la Real Sociedad de Amigos del País de Valencia le nombró socio numerario el 16 de julio.

Sin embargo, estas buenas noticias se vieron salpicadas por otras menos agradables. A finales de junio habían partido hacia Francia sus sobrinos los duques del Infantado. Antes de partir, le habían pedido de manera encarecida, y Carlos José no había podido negarse, que actuase como administrador de sus bienes en España. Esta situación, que le obligaba a un gran compromiso y a distraer muchas horas, llevó al Conde a plantearse, por primera vez, el aplazamiento de su boda hasta más allá de octubre. No obstante, prefirió no comunicarle nada todavía a Esclavitud.

Pero, a principios de octubre, la salud del duque de Béjar, su cuñado, empeoró de manera acelerada. Carlos José comprendió que un final irremediable se acercaba y, esta vez sí, prefirió escribir a la familia Sarmiento y solicitarles el aplazamiento de la boda. Con gran pesar, los suegros y la prometida accedieron a la petición, conocedores del enorme cariño que se tenían los de Béjar y Fernán Núñez. No obstante, le pidieron que la boda se celebrase por poderes en la fecha prevista, si llegaba el caso de un desenlace triste; Carlos José accedió para complacer a su futura familia. Como se esperaba, el 10 de octubre de 1777, a los 62 años, entregó su alma al Señor don Joaquín Diego López de Zúñiga, XII Duque de

Béjar. La muerte se había ido apoderando poco a poco de su persona, de una manera cruel. Solo se le pudieron administrar los sacramentos de Penitencia y Extremaunción, pues los persistentes vómitos que le atacaban impidieron cualquier otra actuación[29]. Escolástica quedó deshecha por la larga lucha y desaparición de quien había sido su tutor, primero, y su marido después. Carlos José tuvo que hacerse cargo de toda la burocracia concerniente a la herencia de su hermana. Como el matrimonio carecía de descendencia, si Escolástica falleciese de manera prematura todo pasaría a Carlos José. Pero nadie pensaba en tal cosa en aquellos momentos de duelo.

Días más tarde, todavía en octubre, tuvo lugar la ceremonia nupcial por poderes que habían acordado las familias Gutiérrez de los Ríos y Sarmiento. El representante del Conde fue don Antonio José Sarmiento de Sotomayor, abuelo de la novia. Hasta Pontevedra se desplazó el mismísimo arzobispo de Santiago para oficiar la ceremonia.

Pasado el luto por su cuñado, el 10 de noviembre Carlos José tomó el camino de Galicia para recoger a su mujer. Ya no quiso esperar más. Su hermana Escolástica, incluso, le animó a que no lo demorase por más tiempo:

—Has sido muy bueno conmigo y con mi difunto esposo, quien de Dios goce —le dijo Escolástica—. No pierdas ni un minuto más y ve a buscar a mi nueva hermana. Toma. Llévale este ramo de diamantes como regalo mío.

El 18 de noviembre llegó a la población de Tábara, en tierras Zamoranas. Allí se encontró con un mensajero de su suegro el cual le pedía que no siguiese hasta Pontevedra, que ellos acompañarían a María de la Esclavitud hasta Tábara para el encuentro. Este tuvo lugar, al son de gaitas y tamboriles, el domingo 23 de noviembre, por la mañana. Sin pérdida de tiempo, se trasladaron a la parroquia para firmar la ratificación de la boda. Carlos José, feliz por el reencuentro con la que ya era su esposa y agradecido por la comprensión que su familia le había mostrado, regaló a Esclavitud una sortija de brillantes en la que se veían dos corazones unidos y otras valiosas joyas al resto de parientes. El banquete, celebrado en un palacio del duque del Infantado, fue muy comentado en la comarca por su abundancia y lujo. El 25, los novios se dirigieron hacia su nueva vida en Madrid y los suegros tornáronse hasta Pontevedra, todo ello aderezado con los habituales llantos y muestras de cariño.

Al pasar por el pueblo de Las Rozas de Madrid, se encontraron con la pequeña comitiva de Escolástica, quien había considerado pertinente salir a recibir a su nueva hermana. El encuentro de las dos mujeres fue muy tierno, con gran alegría por parte de Carlos José. Los tres y sus acompañantes entraron en Madrid el 2 de diciembre y se alojaron en casa de la ya duquesa viuda de Béjar. Dos días después, se instalaron en la casa del duque del Infantado donde residía Carlos José desde niño[30]. Su sobrino, Pedro de Toledo, había decidido un tiempo atrás mover su residencia a otro caserón más nuevo y espacioso. Su primera intención había sido cederle a Fernán Núñez la vivienda totalmente gratis, como había sido hasta entonces, pero Carlos José solo aceptó si era a cambio de un alquiler anual. Y ese fue el trato.

En las Jornadas siguientes Carlos José se encargó de presentar en sociedad a su mujer, siendo muchas las felicitaciones por el acierto en la elección de Esclavitud. La esposa pudo vivir un gran momento de felicidad el 7 de diciembre, cuando el propio Carlos III entregó a su marido la cinta y gran placa de la Orden que llevaba su nombre. Ahí confirmó, de propia impresión, la grandeza del hombre que la había desposado.

—Soy muy feliz, esposo mío —le dijo aquella misma noche, en la intimidad.

—Eso me agrada. Sin embargo, he de confesarte una cosa.

Esclavitud no pudo evitar un estremecimiento. ¿Qué sería aquel secreto?

—¿Algo grave?

—No, por ahora. Desde que sufrí la herida en Argel, hace dos años, he pensado que la vida militar tiene muchos peligros. Ahora, ya con una persona a mi cuidado, más los que vengan… —Esclavitud de sonrojó—, no es cuestión de estar por esos caminos y mares del Señor guerreando y expuesto a mil peligros. Por ello, creo mi deber solicitar algún destino diplomático en el extranjero. He pensado en Lisboa, para no estar lejos de tu familia. De esta manera tendríamos una vida acomodada y tranquila, al tiempo que veríamos mundo. ¿Qué te parece?

—¡Que me cuidas y que eres el mejor marido del mundo! Y, ahora, menos charla…

19 DESTINO: LISBOA

—¡Esclavitud! ¡Esclavitud!

Carlos José, mientras llamaba a voces a su mujer, se dirigió hacia la cocina, donde esta daba instrucciones a los criados para las comidas del día.

—¿Ha pasado alguna desgracia? —le preguntó esta, asomándose a la puerta de la cocina que daba al pasillo. Los criados también dejaron sus quehaceres, expectantes.

—¡Ya ha llegado!

Carlos José cogió a su esposa por la cintura y la elevó. Su rostro y actitud denotaban que algo importante y bueno había ocurrido. Los criados sonrieron con agrado y continuaron con su trabajo.

—¡Suéltame, hombre de Dios! Nos miran. ¿Quién ha llegado?

—Nadie, mujer. ¡Más bien ha llegado algo… importante! ¡Je, je, je!

—¡Me tienes en ascuas! ¿Qué es esa cosa tan importante que ha llegado?

—¿No recuerdas lo que solicité a Floridablanca?

—¿Sí? ¿El traslado?

—¡Síiii!

Ahora fue Esclavitud quién se agarró al cuello de su marido y le dio un sonoro beso en plena boca. Se escucharon risas de los criados que, disimuladamente, no perdían detalle de lo que allí se hablaba mientras preparaban las comidas.

—Ven. Vamos a mi gabinete —le dijo Carlos José—. Tendremos algo más de intimidad.

Esclavitud tomó asiento en una silla al otro lado de la mesa escritorio que usaba su marido.

—¿Adónde nos vamos?

—A Lisboa. Me han concedido la embajada en aquella Corte, tal y como pedí al conde de Floridablanca

—¡Qué bien! —Esclavitud aplaudió de alegría.

—Lee tú misma la carta.

Esclavitud tomó el papel que su marido le alargaba. Leyó en voz alta:

> El Pardo, a 26 de febrero de 1778. Al Conde de Fernán Núñez
>
> Exmo. Sr.
>
> Atendiendo el Rey al talento, instrucción y demás recomendables circunstancias que concurren en la persona de V. E., ha venido S. M. en nombrarle para suceder en la Embajada de la Corte de Lisboa al Marqués de Almodóvar, elegido por S. M. para servir la Embajada de Londres.[31]

—Tenemos que preparar el viaje. Y tú, además, deberás reforzar, hasta nuestra partida, tus conocimientos del francés, de la historia, de la vida en una corte... —En ese momento, Carlos José reparó en la cara de su mujer: ya no sonreía—. ¿Qué ocurre, tesoro?

—¿Estás diciendo que no estoy preparada para la vida de mujer de un embajador?

Carlos José se dio cuenta de su metedura de pata. Había sido demasiado impulsivo. En realidad, sí pensaba que su mujer no estaba preparada pues no había tenido oportunidad, de niña y joven, de aprender lo que se necesitaba para caminar por el gran mundo. Pero ella no tenía la culpa. Se acercó, cariñoso. Había sido demasiado brusco.

—Nada de eso, cariño —Carlos José se agachó y dio un beso sobre la lágrima que brotaba de uno de los ojos—. No te pongas triste; al menos, en este día. Quise decir que hay que estar muy preparado, tú y yo, para representar al rey Carlos con la dignidad que se merece. Perdona si no me he sabido expresar adecuadamente.

—¿Te arrepientes de haberte casado conmigo? —Esclavitud fue muy directa.

—Ni por un minuto. Te quiero y estoy muy contento contigo. —En esto decía la verdad.

—Está bien. Te perdono. Ahora, déjame que vuelva a la cocina. No quiero que la servidumbre piense que estamos en quehaceres impropios de esta hora de la mañana…

—¡Ja, ja, ja! ¡Qué cosas tienes! ¡Ese carácter sí que me gusta!

—¡Una, que lo vale! —sonrió Esclavitud—. Pero, en el almuerzo de hoy, como castigo por el disgusto que me has causado, ¡te quedas sin natillas!

Esclavitud dejó al Conde en su gabinete. Mientras se dirigía a las cocinas, pensó que su marido tenía razón. Ella no estaba preparada para ejercer una labor tan importante. Pero se había casado con un hombre de vasta cultura y prometedor horizonte y no iba a desmerecerle. Aprendería todo lo que hiciese falta para que los dos Carlos, el rey y su adorado esposo, estuviesen orgullosos de ella.

Antes de partir, Carlos José tuvo que rogar a su hermana, viuda, que se encargase de la administración de las tierras y ganados de su sobrino, el de Infantado, labor que él ya no podría desempeñar. Escolástica no se sentía capacitada para ello pero aceptó por no desairar a sus familiares.

Aún tuvieron Carlos José y Esclavitud tiempo de pasar las Jornadas de Aranjuez de aquel año con la Corte. Fueron muy comentadas las ausencias de Fernán Núñez a las audiencias del rey, algo impensable cuando estaba soltero. No había duda de que la pareja se demostraba su amor con mayor frecuencia de la habitual entre los cortesanos casados y ponían todo su empeño en conseguir un heredero.

Por ello, cuando partieron hacia Lisboa el 24 de septiembre de 1778, Escolástica ya presentaba una figura que dejaba a la vista un embarazo de varios meses. Los médicos habían previsto la fecha del futuro y feliz alumbramiento para las primeras fechas de enero de 1779. Unos días antes de iniciar viaje, en casa de los Fernán Núñez se repitió la misma escena de las últimas semanas.

—¡Insisto en que no puedes venir! —decía Carlos José a su esposa en un tono que mezclaba la firmeza con la súplica.

—¡Y yo te repito que lo que estoy es embarazada, em-ba-ra-za-da, y no impedida!

—¡Son muchas leguas de viaje hasta Lisboa!

—Me da igual. Ya encontrarás la manera de acomodarme en los carruajes o postas.

—Pero, puedes quedarte con mi hermana hasta que nazca la criatura y, después, venir con ella a Lisboa.

—¡No digas tonterías, hombre! Viajar con un bebé sí que es una aventura peligrosa. Más tranquila estoy llevándolo protegido en mi tripa. Además, eres mi marido para lo malo y para lo bueno, como en este caso. ¡No pienso perderme lo bueno que tu nuevo puesto pueda proporcionarnos y no quiero que mi hijo, porque seguro que será un varón, nazca lejos de su padre. ¡Será tu heredero y estará contigo desde el primer momento!

—Además, tengo otro miedo.

—¿Qué te pasa ahora? —Esclavitud cambió el tono de su voz y la volvió cariñosa.

—Es la primera vez que actúo como diplomático… ¿Y si resulta que no sirvo para esto?

—¡Eres el hombre más preparado que he conocido en mi vida!

—¿Y si fracaso? Las cortes suelen ser un lugar complicado para vivir, con muchos peligros, envidias y personas criticonas que solo piensan en medrar.

—Tranquilo, amor. Si hemos estado en Aranjuez y hemos sobrevivido a todo lo que se ha dicho sobre nosotros, ¡seguro que aguantaremos bien en Lisboa!

Carlos José no pudo evitar lanzar una carcajada por la ocurrencia de su mujer.

—Portugal no es…

—¡Portugal será solo el primer paso! —le interrumpió su esposa—. Después vendrán Viena, Londres o París. Ya lo verás.

—Pero…, si fracaso… ¡Es solo una suposición, no me mires así! Mi carácter no es acorde a poner buena cara a unos y a otros cuando intento satisfacer las necesidades de mi rey en el extranjero. En ese caso, tendríamos que volvernos a Córdoba, pues Madrid se volvería inhabitable para alguien que no triunfa en sus misiones.

—En Córdoba te querré igual, no sufras.

—Tampoco es un lugar barato para vivir. En Córdoba, una familia de nuestra posición necesitaría tanto capital como en la Corte… Tendríamos que marchar a mi villa de Fernán Núñez…

—En Fernán Núñez también te querré igual, no sufras.

—¡No sufras, no sufras! ¡Siempre dices igual cuando yo me preocupo por nosotros!

—¡Pues deja de preocuparte por tonterías y organiza bien el viaje! Tu hijo acaba de darme una patada y eso significa que ya se ha cansado de escuchar al pesado de su padre! ¡Ja, ja, ja!

En vista de la tozudez de su esposa, Carlos José preparó el traslado de manera que le fuese lo menos gravoso posible. Intentaría acomodarla en carruajes debidamente preparados, hacer etapas cortas, resguardarse de las tormentas nada más detectarlas, etc.

Las primeras etapas transcurrieron sin incidencias. El único acontecimiento triste lo protagonizó, el 1 de octubre, doña Escolástica. Se había obstinado en acompañar a su hermano y cuñada un trecho del camino. A la altura de la población de Velada se despidieron, anegándose todos en un mar de lágrimas. Esa noche durmieron en Almaraz. Carlos José, inquieto por la situación de abandono que presentaba la posada y el pueblo en general, no pudo dejar de preguntar al posadero sobre qué había ocurrido para que una población ubicada en zona feraz, no prosperase. La repuesta del posadero le sumió en cavilaciones: los vecinos de Almaraz solo eran ochenta y, sin embargo, la Hacienda Pública hacía recaer sobre ellos unos impuestos que no habían menguado desde los tiempos del señor Felipe V, cuando allí vivían varios cientos de lugareños. Fernán Núñez tomó buena nota para su aprendizaje y para el correcto gobierno de su Villa: nunca impondría, ni consentiría de otra autoridad, una carga tan pesada a sus gentes como para que éstas abandonasen el lugar.

La tristeza por la separación de Escolástica quedó paliada con el regocijo que produjo en la pareja la llegada a Cáceres, el 3 de octubre. Desde varias leguas antes, una numerosa comitiva les esperaba, al mando de don Jorge Joaquín de Cáceres, abuelo de Esclavitud, el corregidor de la ciudad y otros nobles. También doña Juana de Silva, su abuela, había decidido acompañarles para recibir a la pareja. Fueron cuatro días llenos de agasajos y fiestas, de los que Carlos José dio cuenta en su omnipresente diario de viajes.

El día 9 durmieron en Badajoz. La única habitación que encontraron con cierta limpieza y decencia en la posada, tenía el inconveniente de estar en la planta más alta. Incluso las vigas de madera se apreciaban en su desnudez y se ubicaban a poca distancia del suelo. Esa madrugada, Carlos José sintió ganas de orinar. Con el aturdimiento del sueño, no recordó la disposición del cuarto y su frente impactó de manera violenta contra una de esas vigas. Cayó hacia atrás cuan largo era. Esclavitud se despertó sobresaltada al escuchar el segundo golpe y las imprecaciones de su marido. A toda prisa hicieron venir a un cirujano de la ciudad quien, como no podía ser de otro modo, "recetó" una espléndida sangría para sanar al contusionado. Carlos José, realmente aturdido por los dos golpes, no opuso resistencia, pero de su boca salieron sapos y culebras ante la habitual y poco saludable práctica de la sangría, hasta el punto de que su mujer tuvo que reprenderle en público por su lenguaje.

Al día siguiente, 10 de octubre, poco después de pasar la raya, los cañonazos de la fortaleza de Yelbes[32] asustaron a Esclavitud y avivaron el dolor de cabeza de su marido. No obstante, eran un agasajo honorífico que hacían los portugueses a quien iba a representar al reino vecino en Lisboa. Ya en las afueras de la ciudad salió a recibirles el coronel y la plana mayor del regimiento que les rendiría honores. Nada más irse los militares portugueses, Carlos José se quitó la venda que le había colocado el cirujano de Badajoz, más aparatosa que eficaz, pues solo tenía una pequeña brecha en la frente y un enorme dolor de cabeza. El coronel portugués le había indicado que el regimiento maniobraría en su honor y no quería aparecer ante ellos como un lisiado. ¡No olvidaba que era Mariscal de los Reales Ejércitos Españoles!

Ubicados los viajeros en una zona un poco elevada en las afueras de Yelbes, para que pudiesen apreciar bien lo que ocurría en la explanada adyacente, dio comienzo la parada militar. Carlos José, como buen profesional, no perdió detalle. Confiaba en que nunca más tuviesen que enfrentarse españoles y portugueses como en tiempos no muy lejanos; ese era uno de sus principales objetivos como embajador. Pero si tal cosa, por cuestión de alianzas políticas, sucedía, su obligación como alto militar español era estar bien informado de la táctica de los vecinos.

Por fin, el 16 de octubre, la comitiva española hizo su entrada en Lisboa por el muelle de la Plaza del Comercio. Habían tomado un yate para trasladarse desde Aldea Gallega[33] a través del estuario del Tajo. Tras el devastador terremoto del 1 de noviembre de 1755, la familia real portuguesa y su Corte residían en las afueras de la ciudad por precaución.

Incluso se había construido un palacio en madera, conocido como la Real Barraca, por la fobia del anterior rey, don José I, a los palacios de piedra y cal. Hasta aquel curioso palacio, ubicado en la zona de Ajuda, fue llevado Fernán Núñez para solicitar audiencia al Ministro de Asuntos Extranjeros, don Ayres de Sá e Melo. Mientras tanto, y según marcaba la etiqueta cortesana portuguesa, Esclavitud permaneció en el Palacio da Ribeira, que estaba siendo reconstruido por los enormes daños recibidos en aquel terremoto, acompañada por el embajador de Nápoles.

Terminados los primeros encuentros diplomáticos en Lisboa, que Carlos José salvó con su dominio del francés en espera de hallar un buen maestro de portugués, la familia y el resto de la embajada española se trasladaron a una casa en la Rua Direita da Boa Morte, en la zona oeste de Lisboa, barrio de Nossa Senhora da Lapa[34]. El nombre lo recibía por ubicarse allí el convento y la iglesia del Cristo de la Buena Muerte.

En su nueva labor como embajador, Fernán Núñez pudo disponer de su inseparable José Caamaño para las funciones de Secretario de la embajada. En realidad, fue una rocambolesca historia, pues el primer elegido no fue Caamaño, sino Francisco de Saavedra, capitán de infantería y miembros de las milicias provinciales de Ávila. Aunque Carlos José, en primera instancia, había aceptado su nombramiento, no dejó de mover los hilos necesarios hasta que consiguió el puesto fuese a parar a manos de Caamaño. Este era, en esos momentos, coronel y sargento mayor del regimiento de Mallorca, al cual abandonó para seguir a su amigo en la aventura portuguesa.

El 19 de octubre pudo Fernán Núñez saludar, ya de manera oficial, al Ministro de Asuntos Extranjeros. Al día siguiente, Ayres de Sá le devolvió la visita, según marcaban los cánones diplomáticos. Y el día 22, por fin, pudo presentarse ante los reyes de Portugal. La hora fijada eran las 12 de la mañana y el lugar la Barraca da Ajuda. Fernán Núñez llegó con tiempo de adelanto, pues no era cosa de hacer esperar a los Reyes

Fidelísimos de Portugal en su primer encuentro. Según marcaba la etiqueta cortesana, Carlos José fue introducido en el palacio por dos interlocutores, quienes no se quitaron el sombrero hasta llegar a la cámara anterior a la sala donde esperaba la Real Familia; igual hizo, por tanto, el embajador. Se abrieron las puertas de la sala y un chambelán anunció su presencia en portugués. Los interlocutores iniciaron la marcha entre una fila de caballeros y gentileshombres portugueses que se habían colocado a la derecha, y otra de damas de la Corte que ocupaban el lado izquierdo. Al frente les esperaban las reales personas, a las que hicieron varias reverencias en su camino. Fernán Núñez, antes de salir de España, había sido aleccionado sobre los miembros de la familia portuguesa, sus nombres, edades, figuras y posibles insignias para los recibimientos oficiales. Con aquel aprendizaje y lo que el sentido común le dictaba al comprobar cómo estaban ubicados, se dirigió en derechura hacia la reina María I. Tras una nueva cortesía, comenzó a hablar en francés:

—Majestad, en nombre de mi señor, el rey Carlos III de España y sus Indias, me postro ante vos y ofrezco mis humildes servicios en beneficio de ambas naciones.

—Me complace mucho teneros ante mí, señor conde de Fernán Núñez —dijo la reina en castellano, como una deferencia hacia su invitado y lo que éste representaba—. Estoy segura de que mi tío, el rey Carlos de España, no ha podido elegir mejor persona para representarle cerca de mí.

Aquellas palabras, la sonrisa de la reina y el empleo del castellano crearon una rápida sensación de simpatía hacia ella en Fernán Núñez. Efectivamente, Carlos III era tío de doña María, por matrimonio de su hermana Mariana Victoria de Borbón con quien fue rey de Portugal con el nombre de José I. La reina viuda, era sabido, no se encontraba allí para la recepción diplomática porque había iniciado meses antes un viaje a Madrid con el fin de pasar un tiempo con su hermano Carlos.

Tras la reina, Carlos José se dirigió hacia la izquierda y arengó, sucesivamente, a la Princesa del Brasil, heredera del trono portugués por matrimonio con el hijo mayor, y a los hijos pequeños de la reina, los infantes Juan y Mariana Victoria. A continuación, el embajador fue llevado en presencia del rey don Pedro, esposo y tío de doña María I, quien le aguardaba en otro cuarto según la etiqueta lusa. Hizo también la arenga al rey, esta vez en francés, y al heredero de la corona portuguesa, presente al lado de su padre.[35]

A los pocos días, más asentados, escribió a su hermana Escolástica para darle cuenta de su nueva vida como embajador:

> Querida hermana.
>
> Confío en que la salud te acompañe, al igual que nos es lisonjera a todos los que estamos en Lisboa. Tu hermana Esclavitud te manda cariñosos recuerdos. El embarazo, a pesar de los últimos trajines, continúa de manera favorable.
>
> Yo me desenvuelvo con soltura en los ambientes cortesanos portugueses. Perdona mi inmodestia, pero parecería que he nacido para esto. He podido saludar oficialmente a los Reyes Fidelísimos y, tras ellos, he girado visita a los principales ministros y altos señores del país que se encuentran ahora en Lisboa. Ellos, a su vez, me han devuelto el cumplido y han pasado por nuestra casa en Boa Morte. Te puedes imaginar lo ocupada que ha estado Esclavitud preparando el hogar para los diferentes recibimientos de los dignatarios y de sus esposas, a las que ha atendido en persona, como debe de hacerse. Todo lo ha resuelto a pedir de boca. Mi mujer ha demostrado gran pericia en el trato diplomático a pesar de no saber ni portugués ni francés, pero, no sé cómo lo ha conseguido, todo el mundo se ha entendido y se han marchado más felices que cuando llegaron.
>
> Ahora, querida hermana, debo abandonar estas líneas para atender un asunto de importancia económica para España. Resulta que el

comercio de tabaco con Portugal nos es desfavorable. Muchos reales se pierden por la gran diferencia en la adquisición de este producto que les hacemos a nuestros vecinos, quienes lo traen de Brasil. Voy a aconsejar a nuestro gobierno que, al poseer España tierras en la metrópoli y en las Indias favorables a este cultivo, nos pongamos manos al tajo y no paguemos en demasía por algo que podemos conseguir por nosotros mismos. Todo sea en beneficio de España y los súbditos de nuestro amado Carlos III.

Te quiere y echa de menos, tu hermano, Carlos José.

—Tenemos que conseguir que Portugal se aleje de Inglaterra.

Así le decía Fernán Núñez a Caamaño el 13 de noviembre mientras se dirigían en carruaje al muelle de Lisboa para tomar un barco que les llevase a Aldea Gallega. Su destino era Vila Viçosa, cerca de la frontera con España. En aquella residencia de caza y recreo de los reyes portugueses debían esperar la llegada de la Reina Madre Mariana Victoria de Borbón, quien había partido meses antes hacia España para visitar, con seguridad por última vez, a su querido hermano Carlos III.

—Complicado lo veo —respondió Caamaño—. Son años de relaciones fructíferas entre ingleses y portugueses. La flota portuguesa, sin ser despreciable, tiene el apoyo de la inglesa, lo que la refuerza. Además, en España hemos mirado más hacia Francia, por cuestiones de familia, que hacia Portugal, y tal cosa se ha interpretado en nuestros orgullosos vecinos como un desprecio… Amén de las guerras que les hemos hecho…

—Sí, tienes razón. Pero no olvides dos cosas. La primera, que los Borbones españoles también tienen familia en Portugal. El ejemplo más claro es este viaje para recibir a doña Mariana Victoria. Seguro que su hermano ya le ha hecho ver la necesidad de unas mejores relaciones entre las dos naciones; ahora nos toca a nosotros rematar el asunto. Y la segunda, que si hemos entrado en guerra contra Portugal en el pasado, ha sido por nuestra doble presencia en América y por las maniobras de los ingleses. Bastará con unir los lazos con quienes son nuestros hermanos en la cara atlántica de la Península para alejar la pérfida influencia de los anglosajones.

—Aun así, es tarea muy difícil —insistió Caamaño—. Tú y yo hemos estado en Inglaterra y hemos conocido a sus habitantes, en la paz como en la guerra. No dejarán perder sin lucha, diplomática y activa, los interesantes puertos y refugios que les ofrece la costa portuguesa. Puede que la reina María acceda a acercarse a España, pero Inglaterra puede intimidarla y usar su flota contra ella lo mismo que ahora la emplea contra nosotros…

—Ya he previsto esa posibilidad —contestó Fernán Núñez con una sonrisa—. En ese caso, es necesario que entre España y Portugal se forme una alianza tan inconmovible que ni los cañones ingleses puedan demolerla.

—¿A qué te refieres? Esa sonrisita no me gusta…

—Parece mentira, José. Algunas veces… Vamos a ver. ¿Acaso no tiene la reina María dos hijos sin casar? ¿Y nuestro señor Carlos otro hijo y una nieta?

—¡Matrimonios de Estado!

—Ahí lo tienes.

—Desde luego, Carlos José, este trabajo tuyo de embajador te está sentando muy bien, ¡ja, ja, ja!

El carruaje se detuvo. Los diplomáticos tomaron el barco que les depositó en Aldea Gallega, más allá del estuario del Tajo. Durante el trayecto, un lacayo portugués que se había ofrecido para acompañarles, supuestamente para ayudarles con el idioma, pero a quien nadie había solicitado sus servicios, tuvo la cara dura de pedir un dinero por los mismos. El Conde, en un primer momento, se negó. Pero el individuo argumentó que su sueldo no le llegaba para comer decentemente y amenazó con armar un escándalo. Carlos José le dio un duro para que se callase, al tiempo que su cara mostraba el enfado que tal desfachatez le había producido.

Pero no terminaron ahí las situaciones desagradables. Nada más bajarse del barco, una multitud se abalanzó sobre ellos.

—¡Una limosna, grandes señores!

—¡Hagan la caridad con estos pobres hambrientos!

Un nutrido grupo de desarrapados y mendigos les cerraba el paso. Carlos José, a pesar de su habitual caridad con los necesitados, se sintió acosado e incómodo. Lanzó unas monedas hacia lo lejos y así pudieron pasar para tomar el carruaje que les llevase en dirección a Vila Viçosa.

Al llegar junto al vehículo, era el mismo patrón del carruaje quien les impedía el paso a su interior. Con una sonrisa bobalicona y la mano extendida con la palma hacia arriba, daba a entender que quería cobrar el viaje por adelantado.

—¿Se puede saber qué queréis? —preguntó el Conde, molesto.

El patrón no dijo nada y se limitó a mover la mano—. Ya os pagaron el viaje mis criados cuando lo concerté. ¿A qué viene esta actitud?

Pero el individuo no se movió. Carlos José, para evitar más retrasos, optó por pagarle de nuevo y maldecir la poca vergüenza de quien así se portaba.

El enfado le duró hasta la localidad de Montemor-o-Novo.

—Ven —le dijo Caamaño—. Vamos a visitar la casa donde habitó san Juan de Dios. Con lo piadoso que eres, te vendrá bien para olvidar el espectáculo de los pedigüeños.

Llamaron a la campanilla del convento. Salió un hermano y se presentaron como dos altos dignatarios españoles, devotos de la labor de san Juan de Dios, que querían visitar la casa donde nació. El hermano salió raudo en busca del prior. Las redondeces de éste contrastaban con la delgadez del primer monje; por algo era el prior…

—Bienvenidos a nuestra humilde casa —les dijo, en portugués. Toda la conversación la mantuvo en su idioma, mientras que Carlos José y Caamaño mezclaron el portugués y el castellano—. Aquí nació el santo, aunque vivió hasta poco más de su infancia, trasladándose después a morar en el país de vuestras mercedes. Si me permiten, el primer lugar que les mostraré será el huerto. —Llegaron al lugar tras atravesar varios pasillos—. Como pueden observar, a su izquierda se extiende la zona cultivada para alimento de la comunidad y de los necesitados del pueblo. Y el erial que observan a su derecha, es la tierra milagrosa de João Cidade, como aquí lo conocemos.

—¿Podría explicarnos, estimado prior, de qué asombrosa cualidad está hablando?

—Esta tierra, ilustre visitante, tiene la facultad milagrosa de sanar las fiebres tercianas. Con ella hemos curado a miles de enfermos. —El prior observó la cara de desconfianza de los españoles hacia el carácter milagrosa de aquella tierra común—. ¡Y no se agota nunca por más que sacamos!

—Lo que no dice —comentó Carlos José de manera disimulada a Caamaño—, es que por la noche vuelve a echar la misma cantidad de tierra que sacó durante el día…

Caamaño contuvo la risa para no humillar al prior en su propia casa. Conocía muy bien a Carlos José. Era un hombre muy piadoso y creyente, pero, por esos mismos motivos, aborrecía a todos los que usaban la religión y la superstición para engañar a los que buscaban ayuda a sus males.

Las siguientes etapas del viaje hasta llegar a Vila Viçosa transcurrieron con los mismos sobresaltos que la primera: todos los

264

portugueses que se acercaban a ellos acababan por pedirles dinero, unas veces por supuestos servicios prestados, y otras por simple y llana cara dura. El humor de Fernán Núñez había ido empeorando día a día. Por fin, el día 20, llegó la Reina Madre al palacio portugués. El encuentro con ella fue muy cariñoso. Ambos pusieron en común sus ideas y coincidieron en la necesidad de unir las casas reales de España y Portugal, lo cual era también deseo de Carlos III. Fernán Núñez le prometió a Mariana Victoria que haría todo lo humanamente posible para conseguirlo.

El año 1779 comenzó con los mejores augurios para la familia Gutiérrez de los Ríos Sarmiento. En la mañana del día 3 de enero, tras un parto rápido y sin complicaciones, Fernán Núñez pudo tener en sus brazos al pequeño Carlos José Francisco de Paula. Esa misma tarde, el padre José de Almeida bautizó al niño en la casa familiar de Boa Morte. Para la imposición de los santos óleos, no obstante, esperaron varios meses, con el fin de que su tía Escolástica pudiese visitarles desde Madrid. El acontecimiento tuvo lugar en el mes de junio y fue muy comentado por la magnificencia del convite y la gran cantidad de altos personajes que acudieron. Actuó como padrino el rey Carlos III, aunque lo hizo en presencia y en su nombre el príncipe de Raffadali, embajador de Nápoles en Lisboa. Cuando Escolástica volvió a España, el 17 de julio, no sabía que era la última vez que iba a ver a su hermano.

Carlos José ya tenía heredero. Sin embargo, ¿qué había sido de sus dos hijos con la bailarina Gertrude Marcucci? Meses antes de este alumbramiento, había decidido asegurar el futuro de sus dos "pelendengues", como les llamaba. Había movido los hilos necesarios para que los hermanos entrasen en la Academia Militar de Sorèze, en el sur de Francia. Para evitar problemas con Esclavitud, los niños habían sido matriculados con el apellido de Gutiérrez y como hijos de un oficial español muerto en América. Sin embargo, al nacer el heredero del apellido

Gutiérrez de los Ríos, Fernán Núñez dio orden para que los italianos mudasen de nombre y fuesen inscritos ahora como Oris, lo cual solo era un anagrama de Ríos.

En los pocos ratos que Carlos José no ejercía de embajador, procuraba estar con su hijo. Para él, era fundamental que el niño sintiese el calor de los dos progenitores. Solía pasear con el bebé en brazos por el jardín de la casa familiar, en el que había invertido mucho dinero para tenerlo a la moda. Otro de sus entretenimientos era tomar algún libro de su bien nutrida biblioteca. Todos los temas le importaban, de ahí que adquiriese continuamente nuevos ejemplares, en todos los idiomas. Entre ellos se encontraban: libros sagrados; el *Contrato Social* de Rousseau; la *Historia Genealógica de la Casa de Fernán Núñez* de Luis Salazar y Castro, publicada en 1682 en Madrid; *El hombre práctico*, libro que escribiera su abuelo el conde don Francisco Gutiérrez de los Ríos, en una edición de Bruselas de 1764; el tratado teórico *Llave de la modulación y antigüedad de la música*, escrito por el padre Antonio Soler y publicado en Madrid en 1762; el libro *Generaciones y semblanza de Fernán Pérez de Guzmán y letras de Fernando del Pulgar*, dada por Fernán Gómez de Ciudad Real a la imprenta en 1775 y en Madrid; así como varias obras didácticas de Locke, Fenelon y Rousseau.

Y, en el tiempo libre que le quedaba, se aplicaba a la amorosa tarea de aumentar la prole, de tal manera que, en el verano de 1779, ya no quedaban dudas de que un nuevo vástago estaba en camino.

20

—¡Ya está hecho! —le dijo Carlos José a Caamaño en su despacho de la casa de Boa Morte.

—¿A qué te refieres?

—¡Volvemos a estar en guerra contra los ingleses!

—¿Desde cuándo?

—Hace tres días, el 16 de junio, mi antecesor en Lisboa y ahora embajador en Londres, el marqués de Almodóvar, hizo entrega de la declaración de nuestro gobierno y salió de inmediato para España.

—Al final, lo ha conseguido: Francia nos ha arrastrado otra vez.

—¿Recuerdas en el mes de abril, durante la Jornada de Aranjuez de este año, el trajín de diplomáticos franceses en torno a nuestro monarca y Floridablanca?

—Sí. Ya se rumoreaba que de aquella visita no podía salir nada bueno —dijo Caamaño.

—Así ha sido. Los franceses han visto la oportunidad, empeñada Inglaterra en su lucha contra las colonias independentistas de América, de fastidiar y devolverle viejos agravios.

—Y el rey Carlos habrá pensado lo mismo: Gibraltar, Menorca…

—Efectivamente, es una buena oportunidad de recuperar lo perdido—reconoció Fernán Núñez—, pero Inglaterra es un contrincante poderosísimo.

—Ahora, nos toca lidiar con los ministros portugueses para que no apoyen a nuestros enemigos.

—Si antes ya era difícil limitar la influencia inglesa en Lisboa, ahora va a ser una labor titánica.

—No te quepa la menor duda.

—Pero forma parte de nuestra misión en este país —reconoció Carlos José—. Por otro lado, ayudar a las colonias ingleses a independizarse, por mucho que incomode a Inglaterra, es un arma de doble filo. Nosotros tenemos también dominios en América. ¿Quién les impedirá tomar ejemplo y seguir el mismo camino que sus vecinos del norte?

—No había caído en ese detalle —confesó Caamaño—. Y si los colonos de Norteamérica se independizan ayudados por nosotros y Francia, luego será el turno de nuestras Indias, apoyadas por Inglaterra y puede que también por una Francia interesada; y luego le tocará a los territorios de ultramar franceses…

Unos golpes en la puerta le interrumpieron.

—¡Adelante!

—Excelencia —dijo un criado—. Ha llegado un correo de España.

—Hazle pasar.

El correo se limitó a saludar y entregar una carta lacrada a Fernán Núñez.

—Que este hombre se asee un poco y coma antes de volver a España —le dijo al criado.

Fernán Núñez leyó en silencio.

—Empieza la fiesta, ¿verdad? —le preguntó Caamaño.

—El próximo día 23 zarpará de Cádiz una escuadra española con 33 navíos de línea. La mandará el Teniente General D. Luis de Córdoba y su misión será reunirse en El Ferrol con otra más pequeña. La idea es partir desde allí con rumbo norte para juntarse con la francesa y amenazar las costas de Inglaterra.

—¿Otra Armada Invencible?

—Confiemos en que no. —Carlos José quien se removió en su asiento por el recuerdo de aquel tremendo fracaso—. La idea es crear una fuerza que obligue a los ingleses a distraer sus barcos en su empeño contra Norteamérica.

—¿Qué debemos hacer, pues?

—Evitar que los ingleses conozcan el rumbo y composición de esta escuadra. Cuando pasen cerca de las costas de Portugal, moveremos influencias y dictaremos noticias falsas para distraer a los agentes enemigos.

—Dalo por hecho —contestó Caamaño—. Y, ahora, si me disculpas, debo continuar con mi aprendizaje del portugués.

A pesar del empeño que pusieron, los agentes ingleses consiguieron averiguar la composición de la escuadra española, pues era demasiado grande como para pasar por las costas de Portugal sin levantar sospechas. Por suerte no pudieron saber si su dirección norte obedecía a un acercamiento a las costas inglesas o un simple traslado a otro puerto español en prevención de ataques enemigos. En la primera semana de agosto, la flota española, reforzada en El Ferrol, se unió a la francesa en la zona de Bretaña. En aquella tierra también se había estacionado un ejército, entre cuyos generales figuraba el duque de Chabot, tío de Fernán Núñez por parte de madre. A Carlos José no le llegó la noticia de esta circunstancia, pero sí se enfadó mucho cuando supo que se había utilizado aquella fuerza solo con efecto disuasorio y que la enorme flota combinada, a pesar del buen entendimiento entre los jefes españoles y franceses, se había limitado a amenazar Plymouth. ¡Gastar tanto dinero en barcos y hombres, exponerles a las imprevisibles inclemencias del tiempo, y no dar un buen escarmiento a los engreídos ingleses! Esclavitud tuvo que reprenderle por dar un fuerte golpe en la mesa del salón y provocar el llanto del pequeño Carlos.

Antes de que el presente mes de julio de 1779 llegase a su fin, Carlos José fue avisado de que un ejército español, al mando de don Martín

Álvarez de Sotomayor, había iniciado el asedio de la plaza de Gibraltar, mientras que la escuadra de don Antonio Barceló intentaba bloquear la ayuda inglesa por mar. Se pedía a Fernán Núñez que, como embajador en Lisboa, moviese los hilos necesarios para mantener apartados a los portugueses de esta acción y que mitigase la habitual ayuda lusa a los ingleses. En su carta, Floridablanca se mostraba expeditivo: por orden del rey Carlos III, cualquier barco que se acercase a Gibraltar, aunque fuese portugués o de otra nación teóricamente neutral, sería apresado como botín de guerra.

Movido por su curiosidad como militar, Carlos José buscó sus mapas sobre el sur de España. Aunque ya había estado allí de joven, observó con experta mirada el enclave de Gibraltar. La plaza tenía unas capacidades defensivas naturales excelentes para los ingleses, lo que la hacía casi inexpugnable, salvo si se la rendía por sed y hambre. Los defensores habían tenido años para preparar las baterías defensivas, algunas ubicadas en galerías abiertas en la montaña. Su altura, pues, les permitía disparar con limpieza a cualquier ejército invasor que se acercase, mucho antes de que este pudiese alcanzarles a ellos por la dificultad de la elevación del tiro. Luego miró la zona de tierra que unía Gibraltar con el resto de España. Su estrechez limitaba la maniobra de cualquier ejército que se adentrase por allí. Incluso si se cavaban trincheras sucesivas para acercarse y estar al abrigo de la mayor potencia artillera inglesa, el hecho de que esa tierra fuese más de arena que de otros elementos dificultaba aún más la operación de acoso. En cuanto al mar, era factible que la Armada de Carlos III les bloquease, pero se trataría de un bloqueo no total, debido a las continuas fuertes corrientes de la zona que traerían y llevarían a los barcos españoles. Los capitanes ingleses, con su pericia de largos años en el mar, encontraría la manera de aprovechar la situación para colar víveres y pertrechos de guerra. Tampoco se aconsejaba un ataque directo con los navíos ni un desembarco, por la superioridad de la artillería enemiga y por la constante presencia de la marina inglesa para hostigarnos. Incluso, en caso de un largo asedio, los defensores de Gibraltar contaban con terreno suficiente para huertas y otras plantaciones, amén de lo que el mar les ofrecía como alimento, así como un continuo aire fresco que limpiaría las posibles enfermedades. En definitiva: los ingleses estaban en el mejor lugar posible para rechazar cualquier ataque por tierra y por mar. Carlos José guardó los mapas, enfadado. ¡Menuda potra la de los ingleses!, pensó. ¿Cuándo llegaría el día en que pudiesen enfrentarse a ellos, como mínimo, en igualdad de condiciones?

Los nefastos presentimientos de Fernán Núñez se cumplieron. Incluso tuvo que aguantar las bromas de algunos comerciantes lisboetas que le confirmaban que sus mercancías se habían vendido en Gibraltar burlando las patrullas españolas. En la embajada española se tenían noticias de que barcos ingleses e, incluso, portugueses, salidos de puertos del sur de Portugal para no pasar cerca de Lisboa y levantar sospechas, comerciaban con los gibraltareños. Cuando Fernán Núñez iba a protestar a los diferentes ministros portugueses por esta actitud, siempre recibía buenas palabras y la afirmación de que pondrían todo su empeño en que cesase el comercio con la plaza sitiada. Sin embargo, una vez se marchaba nuestro embajador, los propios ministros eran quienes transmitían a sus puertos del Algarbe que se actuase con sigilo, pero que no cesase el movimiento de barcos hacia Gibraltar. El disimulo y doble actitud de los ministros portugueses no disminuyó ni cuando Carlos José les ofreció pruebas de que habían sido apresados barcos de su país.

—Nos estamos equivocando, capitán Mendizábal.

Fernán Núñez confesó sus temores al capitán de navío Mendizábal nada más llegar a la residencia de Boa Morte, donde este le esperaba con noticias e informes del gobierno español. Carlos José volvía, desanimado, de otro infructuoso encuentro con el Ministro de Asuntos Extranjeros luso.

—¿Se refiere a lo de Gibraltar o a nuestros "amigos" los portugueses?

—A los dos. Creo que debemos actuar con más energía frente a Lisboa y con más inteligencia frente a Gibraltar. La plaza, guárdeme la confesión, puede resultar inexpugnable.

—Entonces, ¿qué propone su Excelencia?

—Primero, que salgamos a pasear al jardín. Aunque me tache de inmodestia, estoy muy orgulloso de cómo he dejado este lugar.

—Estaré encantado —respondió Mendizábal.

—Creo más sensato—dijo Carlos José, ya en el jardín— gastar nuestras energías, dinero y pólvora no en un asedio que no traerá nada positivo. Más bien deberíamos dirigir nuestros esfuerzos hacia la isla de Jamaica[36]. Su ubicación, las playas y la lejanía de la metrópoli hacen que a Inglaterra le sea más difícil su defensa que la de la fortaleza natural de Gibraltar.

—¿Y luego?

—Luego, un canje. Si Inglaterra acaba por perder sus colonias en Norteamérica, como deseamos, necesitará sus islas en el Caribe intactas para continuar su comercio o nuevas aventuras en momentos más favorables… En ese caso, le aseguro que los ingleses darán encantados Gibraltar a cambio de Jamaica.

—¡Es brillante!

—Gracias.

—¿Por qué no comparte su idea con los ministros españoles?

—¿Cree que la atenderán? Me parece que en España están demasiado ofuscados por conquistar la plaza por sí mismos, sin subterfugios que pongan en entredicho el coraje del ejército real.

—Nada tiene que perder, señor Embajador. Si funciona su plan, los españoles le agradecerán por siglos que les haya devuelto un trozo de la patria dolorosamente arrancado.

—Lo haré, pues me animáis a ello. En cuanto a vos, ¿estaréis mucho tiempo en Lisboa?

—Lamentándolo mucho, mañana mismo he de partir hacia Cádiz.

—En ese caso, os emplazo a un pronto regreso a Lisboa. Y, si puede ser, traed con vos algún barco inglés como presa.

—Tal sería mi mayor alegría, señor Conde. Os aseguro que, si me topo con esos ingleses malna…, ¡excúseme!, si trabo combate con ellos, o les atrapo o podéis tener la certeza de que he muerto en la lucha antes que rendir mi barco.

—Confío en que ocurra lo primero, amigo Mendizábal.

Ni qué decir tiene que nadie, en la Corte española, valoró la propuesta de Fernán Núñez. El orgullo patrio se había empeñado frente a Gibraltar y se confiaba todo al éxito directo de las armas. Ni siquiera se molestaron en contestar a la carta donde el Conde ofrecía su plan.

Los ingleses, por su parte, tampoco rechazaron la defensa a ultranza de Gibraltar. Bajo el mando del Almirante Rodney, se preparó desde finales de 1779 una gran fuerza de combate y avituallamiento para llevar alivio a los sitiados. Con Rodney circulando libremente por aguas de Lisboa, a principios de enero de 1780, Fernán Núñez reunió toda la información que pudo sobre su composición y características, en especial sobre sus 20 navíos de línea, y la transmitió a España. Pero nuestro gobierno, en lugar de formar una escuadra aceptable, envió para vigilar a Rodney otra de menor porte a la zona comprendida entre el Algarbe y Cádiz, bajo el mando de don Juan de Lángara. Este intentó localizar los refuerzos ingleses hacia Gibraltar pero la niebla se lo impidió durante varios días; hasta la mañana en que se encontró de bruces con las velas enemigas frente a su cara. En un primer momento, Lángara decidió tirar de orgullo y ordenó que la flota española formase en línea de combate. Sin embargo, varios capitanes de sus barcos, tras una corta discusión por medio de señales visuales, le hicieron ver la locura de tal plan y Lángara resolvió no plantar cara y buscar el refugio en el primer puerto español que encontrasen. Sin embargo, una vez más, la suerte se alió con los ingleses. La suerte y su mejor preparación para las cuestiones de la lucha marítima, todo hay que decirlo. Los barcos ingleses dieron caza a los españoles, más lentos por su peor mantenimiento y suciedad del casco. Solo cuatro navíos españoles llegaron a refugio de Cádiz. Otros dos consiguieron liberarse por caprichosa intercesión del destino. Al ser apresados, los ingleses consideraron muy arriesgado dirigirlos hacia una costa que no conocían bien, de ahí que no tuviesen más remedio, para no chocar con las rocas, que liberar a los marinos españoles y permitirles tomar de nuevo el control de los dos barcos.

Cuando la noticia llegó a Lisboa y Fernán Núñez comprobó que en la lista de bajas estaba el navío Santo Domingo, del cual era capitán Mendizábal, recordó las palabras del marino días antes en Lisboa: si el barco había volado por los aires, seguro que Mendizábal también. Don Juan de Lángara también resultó herido y su barco, El Fénix, apresado. ¡Desgraciada España, pensó Fernán Núñez, que sacrificaba a sus mejores soldados con tan poco provecho para la nación!

Así pues, el almirante Rodney consiguió no solo salvar el bloqueo de Gibraltar, llevando víveres y armas a los sitiados, sino que, además, aprovechó el viaje para asestar varios golpes al orgullo de la Marina española.

—¡Nos hemos lucido! —le dijo Caamaño mientras se dirigían en coche a una nueva entrevista con el ministro Ayres de Sá.

—Sí. No nos hemos cubierto de gloria, precisamente —contestó el Conde.

Mientras Fernán Núñez y Caamaño recibían nuevas respuestas evasivas del gobierno portugués, Inglaterra había movido ficha y había decidido llevar la discordia a los territorios españoles de Sudamérica. Con su habitual maña, agentes ingleses habían promovido una rebelión antiespañola en la zona del Reino del Perú. Habían incentivado a un supuesto descendiente de los originarios incas, llamado Tupac Amaru, para que se alzase contra el gobierno español. En mayo, Carlos III envió una poderosa escuadra a América bajo el mando de don José Solano. La pericia de este mando le permitió escapar de la trampa que el otrora victorioso Rodney le había tendido cerca de las Islas Barbados. Libre ya el convoy español del peligro inglés, consiguió unirse el 19 de junio a otra escuadra francesa y ambas llevaron las suficientes tropas a los territorios españoles como para que los ingleses se pensasen muy bien cualquier intentona de contraataque.

El 19 de marzo de 1780, la ajetreada vida diplomática de Fernán Núñez tuvo que hacer un alto, obligada por el nacimiento de su segundo hijo. De nuevo, un varón tras parto rápido y sin incidentes. Como la festividad de aquel día mandaba, le pusieron por nombre José y otra larga retahíla de segundos nombres. La parroquia cercana de Nossa Senhora da Lapa acogió su bautizo.

Poco duró el regocijo y la tranquilidad en la familia Gutiérrez de los Ríos Sarmiento. A principios de abril, la guerra contra Inglaterra demandó, de nuevo, la dedicación del Conde a sus quehaceres diplomáticos y a tiempo completo.

—La paciencia del rey Carlos se está acabando, señor de Sá —dijo Fernán Núñez, con voz firme, al ministro portugués, nada más entrar en su despacho de la Real Barraca da Ajuda.

—Le ruego que se siente, señor Embajador —le contestó Ayres de Sá. La cara y la determinación del Conde en su voz le hicieron ponerse en guardia.

—Muchas gracias, señor ministro, pero permaneceré de pie.

—En ese caso, permitidme que también yo me levante.

—España no está dispuesta a consentir, ni un día más, que los barcos ingleses puedan entrar y salir a sus anchas de los puertos lusos.

—¡Hacemos lo que podemos! —protestó el ministro.

—¡Que es bien poco! —dijo Fernán Núñez, sin levantar la voz pero con firmeza.

—Sabéis que Portugal, en este asunto, se encuentra entre la espada y la pared.

—Y en eso basáis vuestro juego. España es vuestra pared y, seguramente, teméis más a Inglaterra, que es la espada. Pues bien, de continuar este estado de cosas, no extrañéis encontraros con dos espadas más.

—¡¿Nos estáis amenazando?!

—Yo no amenazo, señor de Sá —dijo Carlos José, muy tranquilo—. Yo solo aviso de que España está harta y, más aún, lo está la Francia. Después de mí tenéis concedida audiencia a mi colega francés. Pues bien, os aseguro que él no será tan diplomático…

—Bien, bien. No nos alteremos —Sá vio cómo su fuerza se venía abajo. A España la temían, pero mucho más si Francia estaba con ella—. Ya os he dicho en varias ocasiones que, aunque no soy anglófilo, muchos de los ministros lo son.

—Y algunos están pagados por los ingleses…

—¿Cómo podéis decir eso? —protestó el ministro portugués sin mucha convicción.

—Lisboa es demasiado pequeña y todo se acaba sabiendo.

—Mejor no hablemos de ese asunto… —Ayres de Sá intentó desviar la conversación —. Por otro lado, es cierto que tememos las represalias de Inglaterra. Eso no se le escapa a nadie.

—Todo eso lo hemos entendido hasta ahora, pero España no piensa esperar ya más. Además, la guerra en América no es favorable a Inglaterra, de ahí que, para Portugal, es más peligroso desairar a la coalición continental que a los ingleses. ¿No os parece?

Ayres de Sá titubeó un momento.

—Está bien. Hablaré con la reina María.

—Así lo espero —sentenció Fernán Núñez—. Que tenga un buen día, mi querido ministro… Y suerte con mi colega francés que pasará a hablar con vos a continuación.

La firmeza del embajador español y la dureza del embajador francés hicieron mella en el ánimo del Ministro de Asuntos Extranjeros de Portugal. Consiguió convencer a la reina María I, no sin enérgicas protestas por parte de los ministros anglófilos, para que Portugal fuese menos permisivo con los barcos de guerra y los corsarios ingleses que llegaban a sus puertos. El 30 de agosto de 1780, María de Braganza dio a publicar un decreto por el que se prohibía, salvo casos de extrema necesidad, la entrada en puerto luso de los barcos corsarios ingleses y de las presas hechas por sus navíos de guerra. Sin embargo, para no enfadar a Inglaterra, el decreto permitía la entrada de navíos de guerra para repostar y avituallarse. Cuando conoció estos términos en la gaceta portuguesa, Fernán Núñez montó en cólera.

—¡Os habéis burlado de España y de Francia —dijo Carlos José al ministro Ayres de Sá al día siguiente, en Ajuda.

—¡No podemos hacer más! —replicó el luso.

Carlos José comprendió que, ahora, debía hacer uso de sus dotes de persuasión en lugar de entrar a un choque directo con su colega portugués.

—¿Podríamos sentarnos y hablar con más tranquilidad?

—Sería conveniente, señor Conde.

Ambos tomaron asiento en sus respectivos sillones.

—Os ruego disculpéis mi áspera llegada. La frustración la ha inspirado.

—Yo también os pido disculpas. No es cosa de fastidiar nuestra buena relación personal ni la que mantienen nuestras dos naciones…

—Pero no puedo evitar sentirme defraudado —le interrumpió Carlos José—. Lo que Portugal ha hecho nos place, no puedo negarlo. Pero han permitido a los barcos de guerra ingleses pasear libremente por sus aguas y atracar en sus puertos. Para eso, mejor no haber hecho nada. Nos sentimos engañados.

—He de reconocer que tenéis gran parte de razón. Cerrar nuestros puertos a Inglaterra, en una situación tan apurada para ella y después de muchos años de amistad, hubiera supuesto poner a Portugal en el punto de mira de los cañones ingleses.

—España y Francia protegerían a Portugal —dijo Carlos José.

—Eso es más fácil decirlo que cumplirlo. No estamos en situación, incluso con la ayuda de la coalición, de defender nuestras tierras en América y Oriente de un más que posible ataque inglés al desairarles.

—Está bien. —Fernán Núñez entendió que las últimas victorias navales de los ingleses sobre la escuadra combinada jugaba ahora en contra de los intereses hispanogalos—. En ese caso, iré a hablar con el embajador francés. No le garantizo que pueda llegar a un acuerdo con él sobre este punto, aunque debo reconocer que, por mi parte, reconozco la complicada situación de Portugal en el conflicto.

El embajador de Francia estuvo de acuerdo en que los ministros y la Reina de Portugal tenían ya poco margen de maniobra. Así pues, para salvar la situación, consideró que debía ofrecerse a María I la oportunidad de un acuerdo ventajoso para España, Francia y su nación. Le solicitarían que prohibiese la entrada en puertos lusos de cualquier navío de las naciones beligerantes y, para dar ejemplo y no poner en un compromiso a la reina, se las apañarían para que el primer barco amonestado fuese de la coalición. Así, viendo los ingleses que Portugal trataba por igual a las tres potencias, no tendrían motivo para atacar a sus antiguos aliados. Y la treta funcionó, en perjuicio de Inglaterra, pues era quien tenía más que perder en este juego diplomático. Fernán Núñez se apuntó otro tanto e igual hizo su colega francés.

El año 1781, no obstante, comenzó con malos presagios para las relaciones entre Portugal y España. La reina madre, doña Mariana Victoria de Borbón, hermana de Carlos III, falleció el 15 de enero. Fernán Núñez se dio rápida cuenta de que este luctuoso acontecimiento podía ser aún más negativo para nuestro país. Pasado el luto, solicitó audiencia oficial y privada con la reina María.

—En nombre de vuestro tío y mi señor, Carlos de Borbón, rey de España, os manifiesto el más sentido pésame.

—Agradezco a mi señor tío su deferencia —contestó la reina, cuya cara mostraba dolor y cansancio por la desaparición de su madre—. Él ha debido de sentirlo mucho, pues se querían de verdad.

—Así os lo puedo confirmar, Majestad. También quisiera manifestaros mis condolencias y las de mi familia.

—Os lo agradezco igualmente, señor Embajador.

—Confío en la fortaleza de vuestra Majestad para afrontar estos penosos días. En mi persona y en la España entera tenéis unos aliados inquebrantables.

—Me complace escuchar estas palabras. Como imagino que vuestra visita no responde sólo a motivos privados, creo entender que en España se teme que, ahora, muerta la principal valedora de sus intereses en Portugal, yo me decante hacia Inglaterra.

—Agradezco vuestra franqueza, Señora. Así es. En España conocemos que vuestro esposo y tío, el rey don Pedro, está mal aconsejado por ministros anglófilos…

—Hay días en que pienso en dejar todo este mundo de intrigas —Fernán Núñez vio flaquear el ánimo de la reina.

—Insisto, Majestad, en que España y mi persona están a vuestra entera disposición para lo que necesitéis…, incluso contra los que, debiendo acompañaros en la difícil tarea de gobernar con sabiduría, os ofrecen torticeros caminos…

Con aquellas palabras Fernán Núñez supo ganarse la confianza de la Reina Fidelísima de Portugal. Obtuvo su promesa de que antepondría la amistad con España a la de cualquier otra nación. Carlos José transmitió a Carlos III la proposición de la reina, pero también le insistió en que no se debería perder la oportunidad de buscar una alianza lo más firme posible. Tal vez con un casamiento entre infantes de ambas casas reales… Y Carlos de Borbón pensó de igual manera.

No obstante las buenas palabras de la reina María, en los meses siguientes de 1781 continuó la descarada ayuda de los portugueses a los ingleses, en especial, la del anglófilo ministro de Marina, don Martino de Mello. Con este tuvo Fernán Núñez un serio altercado, si bien solo de palabra, al dejar escapar a un individuo que ejercía el contrabando a favor de Inglaterra. En lugar de apresarlo y enviarlo a España para que fuese juzgado, los portugueses, siguiendo órdenes de Mello, hicieron la vista gorda e, incluso, es posible que le avisasen, de ahí que aquél tomase rumbo a Génova y burlase a los españoles.

En América, no obstante, la suerte fue decantándose hacia las armas hispanofrancesas. El 9 de mayo se rindió la fortaleza de Pensacola, en la zona de la Florida que los españoles buscaban recuperar. Los jefes de la expedición, Bernardo Gálvez en tierra y José Solano por mar, recibieron altas distinciones por parte de Carlos III. Para Fernán Núñez, esta victoria tuvo un sabor agridulce.

—¿A qué viene esa cara? —preguntó a Caamaño cuando este llegó a verle a su despacho.

—Traigo buenas y malas noticias… —dijo el Secretario de la embajada española.

—Habla. —Carlos José dejó la carta que estaba escribiendo y apoyó las manos sobre el escritorio. Caamaño también se sentó en el sillón frente a él.

—La buena es que, por fin, hemos tomado Pensacola.

—En verdad es una magnífica noticia, pero no puedo disfrutar de ella hasta que no conozca la mala…

—La mala noticia es que ha muerto en combate el amigo Luis Rebolo, coronel al mando de nuestro Inmemorial del Rey. Le tendieron una emboscada los indios al servicio de Inglaterra. Murió sin saber que Pensacola se rendiría poco después.

Carlos José recibió la nueva con tristeza. Echó el cuerpo para atrás y lo dejó descansar sobre el respaldo de su sillón. Así estuvo un rato.

—Magnífico militar. Seguro que ha vendido cara su vida. ¿Te he contado lo que me sucedió cuando era nuestro Sargento Mayor en el Inmemorial?

—Puede ser. ¿A qué te refieres?

—Llegó Luis, que en gloria esté, un día a mi despacho. En la mano llevaba su sempiterna estampita con el retrato del Cid Campeador. Ya sabes que lo admiraba. Me comentó que se fatigaba en los entrenamientos.

—Ya recuerdo. Había engordado un poco…

—Un poco…, bastante. Se me ocurrió decirle que, en ese caso, podría buscarle un destino menos exigente que el que tenía en el regimiento y conforme a los buenos servicios que había prestado al rey.

—Supongo que te diría que no, porque siguió con nosotros.

—Exactamente. Se enfadó mucho. Me dijo que no pensaba retirarse, que solo tenía algunos kilos de más… Si algún día moría, tal y como la vida disponía, pensaba hacerlo en la lucha, con la bandera de su regimiento cerca. Incluso si le cortaban los pies y las manos, pensaba ordenar que le llevasen a las trincheras y lo usasen como salchichón, ¡je, je!

—¡Ja, ja, ja! Este Luis. Hubiese hecho un buen ejemplar de salchichón[37].

Carlos José y Caamaño rieron con cariño las ocurrencias de Luis Rebolo en vida.

—Ahora, amigo José, pidamos por él a Nuestro Señor para que lo acoja en su santa gloria. Se lo merecía.

En Europa, mientras tanto, se preparó una escuadra y un ejército para recuperar la isla de Menorca. Todo se llevó con el mayor de los secretos. El 22 de julio partieron los barcos desde Cádiz sin que se supiese su destino. El Duque de Crillón, militar francés al servicio de España, sería el encargado de doblegar la resistencia inglesa. A mediados de agosto comenzó el desembarco y, en pocos días, se estableció el sitio de Mahón. Los ingleses, en vista de la sorpresa de aquella expedición y su inferioridad, optaron por recluirse en el fuerte de San Felipe. El resto de la isla había vuelto a manos españolas. Como los ataques de Crillón y las salidas de los defensores se alternaron a lo largo de los meses de septiembre a diciembre, la situación pareció no tener fin. Por ello, comenzado el año 1872, Crillón ordenó redoblar los asaltos. Esta insistencia, unida a la presencia de enfermedades entre los ingleses y la escasez de alimentos, les llevó a solicitar la rendición el 5 de febrero. La magnanimidad con los vencidos fue tal que incluso se hicieron eco de ella en Inglaterra. Se contaba que el duque de Crillón y los principales jefes españoles y franceses no pudieron contener las lágrimas al comprobar el mal estado en que aparecían los soldados rendidos.

El triunfante Crillón fue elegido por Carlos III para decidir, igual que había hecho en Mahón, la suerte de Gibraltar. Así pues, en julio de 1782, el bloqueo del Peñón pasó a ser un auténtico asedio. En Lisboa la embajada española recibió nuevas órdenes para contratar barcos portugueses que vigilasen el paso de convoyes ingleses hacia el sur y para intervenir en los diferentes ministerios lusos con el fin de que no ayudasen a nuestros enemigos. Fernán Núñez, como no podía ser de otro modo, obedeció, pero, en su fuero interno, siempre pensó que aquella misión contra Gibraltar estaba abocada al fracaso. De hecho, la resistencia de la plaza durante los más de tres años que había durado el bloqueo así lo presagiaba.

Pero el gobierno español se mantuvo firme en su idea de tomar Gibraltar por la fuerza. Incluso José Caamaño fue requerido para que dejase temporalmente la embajada en Lisboa y formase en su regimiento de Mallorca. Fernán Núñez lo sintió mucho y temió por su vida, pero, al menos, tuvo a un testigo cerca para transmitirle lo que allí ocurría. Por Caamaño se enteró de la presencia en aguas del Estrecho de unos artilugios llamados "baterías flotantes". Las había ideado un ingeniero de nombre Darson y consistían en diez barcos a los que se les había fortalecido las zonas laterales con madera, y con planchas de hierro la cubierta. Se pretendía así evitar que las balas inglesas causasen daños en ellos. En cuanto al armamento, se habían colocado varios cañones pero solo en un costado, de ahí su nombre. En un primer momento se pensó en remolcarlas y no ponerles velas para evitar que ardiesen con los disparos enemigos, pero después se les incorporó una de mediano tamaño. Carlos José, al recibir esta información de Caamaño, no pudo evitar escribir a sus jefes sobre el desatino que se preparaba:

> Tal y como se ha demostrado la imposibilidad del transporte sin vela, considero muy importante, antes de enfrentar las baterías flotantes con sus enemigos, verificar si son realmente incombustibles e insumergibles, tal y como se las reputa. Con el debido respeto, considero que esas dos cualidades son inherentes a cualquier barco, y las baterías flotantes lo son, aunque modificado. Nada impide, pues, que puedan sufrir el mismo destino que cualquier otro barco al que se le ataca. Por consiguiente, ruego se hagan las pruebas necesarias antes del combate, con el fin de evitar muertes innecesarias y desánimos posteriores.[38]

Sin embargo, nadie le hizo caso en la Corte española. Como Fernán Núñez preveía, las baterías flotantes ardieron bajo las balas incandescentes de los ingleses antes de provocar daños significativos en los defensores. Se perdieron más de mil vidas y todos los cañones que se encargaron para dotar las flotantes. Otro doloroso fracaso en el asedio de Gibraltar.

Más suerte tuvo Fernán Núñez en su misión de vigilancia. Cuando los ingleses enviaron una nueva escuadra de auxilio a Gibraltar, nada más pasar cerca de Oporto se puso en marcha un sistema de control por parte de varias naves contratadas a los portugueses. De esta manera, supo Carlos José cuál era la composición de la fuerza inglesa y el tiempo que tardaría en llegar al Estrecho. Cuando los ingleses abocaron hacia Gibraltar, ya sabían los jefes españoles de Algeciras el número y tipo de naves que la componían. Pero la astucia del Conde fue aún mayor. Ordenó a aquellas naves ligeras contratadas en secreto en Portugal que dijesen a cualquier navío inglés con el que se cruzasen que Gibraltar ya se había rendido y que una poderosa escuadra hispanofrancesa se había asentado en su puerto. De esta forma confiaba en desmoralizar a los refuerzos ingleses que conociesen estas falsas noticias. La estratagema tuvo efecto. Se supo el Lisboa que la escuadra de ayuda había estado, en varias ocasiones, tentada de volverse a Inglaterra, pues no había manera de verificar si aquellas noticias de sus "amigos" portugueses eran ciertas o no. Sin embargo, cuando parecía que los españoles tenían todas las cartas favorables, los ingleses consiguieron llegar a Gibraltar. Incluso las tempestades y la niebla se volvieron a su favor, de manera que la escuadra combinada poco pudo hacer por impedírselo. Gibraltar se había salvado, una vez más, para los ingleses.

21

—¡Esposo!

Carlos José se alarmó al llegar a su casa en Boa Morte y ver a su mujer salir a recibirle hecha un mar de lágrimas. Su vientre mostraba un embarazo de siete meses.

—¡¿Qué te ocurre?! —dijo y fue rápido hacia ella.

—¡A mí, nada! ¡Vamos a tu despacho!

Aquella situación y que los criados también llorasen mientras él pasaba hacia su despacho no le gustaron

—¿Me quieres decir qué ha ocurrido?

—¡Toma! ¡Lee!

María de la Esclavitud entregó, con mano temblorosa y sin dejar de llorar, una carta a su marido. Lo que contenía hizo que Carlos José sintiera caer el cielo sobre su cabeza:

Excelencia:

Con gran dolor debo informarle del fallecimiento ayer, 5 de octubre del año del Señor de 1782, de mi dueña la Excelentísima Señora doña Escolástica Gutiérrez de los Ríos Rohan Chabot, hermana de vuestra Excelencia. Murió cristianamente y sin mostrar desesperación, confortada por los Sacramentos y el Amor de Nuestro Señor. Mañana será enterrada, según su voluntad, en las Salesas Reales, donde fue acogida y educada de niña. Os lo comunico para vuestro entendimiento y os acompaño en este inmenso dolor, que nos sobrecoge a todos los que estuvimos junto a ella en los momentos felices de su vida y en los tristes de su enfermedad y muerte.

Madrid, octubre y seis días de 1782. Besa su mano,

Gertrudis de la Torre, Camarera de la Excelentísima Señora Duquesa Viuda de Béjar.

Carlos José tomó asiento nada más terminar de leer lo allí escrito. Las piernas se negaban a sujetarle. Por un momento, solo se escuchó en el despacho el llanto de Esclavitud por su cuñada; después, ambos se abrazaron en el desconsuelo.

—Voy a ordenar que preparen el equipaje —le dijo su esposa e intentó separarse de él para cumplir lo dicho.

—¡No! —le pidió su marido y la contuvo junto a él.

—¿No crees que deberíamos ir a Madrid?

—Ya es inútil —contestó Carlos José—. No llegaríamos antes del entierro y sería un viaje muy penoso con poco fruto. Además, esta maldita guerra contra los ingleses requiere de mi presencia constante en Lisboa.

—Está bien. Haremos lo que tú consideres mejor.

—¿Por qué es el Destino tan rápido cuando se encarga de quitarnos a los seres queridos? —preguntó Fernán Núñez.

—Solo ha pasado un mes desde que nos enteramos de su terrible enfermedad y, según nos dijo, llevaba otro periodo igual padeciéndola. Sí, ha sido todo muy rápido. No tengo respuesta. Solo confío en que Dios sabrá por qué nos ha la arrebatado. Supongo que, en su Divina Sabiduría, conocía que nuestra hermana era muy buena y habrá querido tenerla con Él…

—Te agradezco tus palabras, esposa, pero ahora mismo no me sirven de consuelo. Perdóname.

—Te entiendo. Pero debemos asirnos a lo que, desde niños, nos han enseñado; más en momentos tan duros…

—¡Solo tenía 35 años! ¡Ha sido una crueldad quitárnosla! —se quejó Carlos José.

—¡Por favor, no sufras así! No es bueno enfadar al Señor. Él sabrá por qué lo ha hecho. Tenemos dos hijos pequeños que debe guardarnos en lo que nosotros no podamos… No le hagas enfadar, te lo ruego.

Las palabras de su esposa parecieron calmar algo el dolor de Carlos José. Había perdido a sus padres de niño y, ahora, también a su hermana. Era el único Gutiérrez de los Ríos Rohan Chabot en el mundo. Así debería ser, si así lo habían dispuesto más arriba… Su mujer y sus hijos, ahora, eran toda su familia y se debía a ellos.

La situación bélica de España contra Inglaterra le permitió distraerse de los problemas familiares. Continuó, pues, su labor en Lisboa para obtener el triunfo de las armas españolas. Los frutos llegaron pronto, solo un mes después de la trágica noticia del fallecimiento de su hermana. Inglaterra, a pesar de varios éxitos parciales, veía cómo la guerra le era desfavorable en la mayoría de los escenarios, sobre todo los americanos; además, la Hacienda inglesa presentaba un déficit alarmante. En consecuencia, Carlos José Gutiérrez de los Ríos y toda la embajada española en Lisboa pudieron disfrutar, con un sabor agridulce por lo ocurrido en octubre en Madrid, del reconocimiento inglés a la independencia de sus colonias americanas y la aceptación de la derrota. Fue el 5 de noviembre de 1782. España, aunque no había recuperado Gibraltar, sí se había adueñado de nuevo de Menorca y, lo que era igual de importante, mantenía su Imperio en América y su papel como potencia a tener en cuenta en las cancillerías del mundo. Fernán Núñez gozó del reconocimiento de su gobierno por el papel desarrollado durante el conflicto y disfrutó igualmente de la tranquilidad de conciencia por el deber cumplido. Agradeció a su hermana difunta su intercesión desde el Cielo para conseguir la victoria española.

Más relajado en sus funciones como embajador, escribió a Joaquín de Luna, su gobernador en la villa de Fernán Núñez, y a su amigo Fray

Miguel de Espejo, Doctor en Sagrada Escritura, Catedrático Regente de Estudios del Colegio Universidad de San Roque de Córdoba y Examinador Sinodal de los obispados de Málaga, Guadix y Córdoba, entre otros altos cargos[39], para que organizasen en la parroquia de Santa Marina un novenario en memoria de Escolástica. Ambos se pusieron a ello con todo el celo del mundo, pues apreciaban sinceramente a Carlos José y conocían el terrible dolor que le había provocado la muerte de su hermana. Los últimos días de noviembre acogieron dicho novenario. La ceremonia final, celebrada el 30 de noviembre, fue la más emotiva. El padre Espejo pronunció una oración fúnebre por la difunta Escolástica que caló en el alma de todos los fernannuñenses que asistieron, derramando profusas lágrimas. El Conde quiso que estas palabras permaneciesen por los tiempos y ordenó su impresión en la ciudad de Córdoba. De esta manera quedaría reflejado por siempre lo que su hermana había sido en vida y en la hora de su muerte.

María de la Esclavitud pidió a su marido, cuando recibieron en Lisboa varios ejemplares del escrito de Fray Miguel de Espejo, que le leyese su contenido. Carlos José accedió, pero fueron muchas las veces en las que tuvo que detener su lectura para enjugarse las lágrimas. En la oración se hablaba de la virtud que, como viuda, supo guardar, apartada de los goces terrenales y dirigiendo su espíritu por máximas cristianas[40]. También se loaba con qué determinación había sabido encarar la enfermedad y la muerte. Algunos de los párrafos hacían referencia a su relación con la villa de Fernán Núñez, en la que estuvo poco tiempo de mayor, pero siempre colmando de atenciones a los más necesitados. Otros párrafos mostraban el fraternal amor que siempre tuvo hacia Carlos José, en especial mientras estuvo convaleciente de la contusión que recibió en la fracasada misión de Argel del año 1775. Al llegar a estas líneas, Carlos José ya no pudo seguir leyendo.

Varios días después, nada más acostarse, refirió a su esposa sus pensamientos.

—¿Sabes que tenías razón?

—¿En qué? Aunque suelo tener razón en casi todo. —Esclavitud sonrió.

—En casi todo, tú lo has dicho —confirmó la broma Carlos José—. En que los designios del Señor son, como habitualmente se dice, inescrutables. De una desgracia como la que nos ha ocurrido debo sacar un provecho.

—¿Para nosotros? —preguntó, extrañada, su mujer.

—¡Noooo! Para toda la comunidad.

—Eso sí me parece más acorde al hombre con el que me casé.

—En especial para mi pueblo de Fernán Núñez.

—¿Y qué has pensado?

—Sabes que llevo tiempo dándole vueltas a varios proyectos para mejor la vida, la educación y la salud de mis vasallos en Córdoba.

—Sí. Y que no has podido hacerlo por falta de dinero…

—Pues, a partir de ahora, el dinero no será un inconveniente. Mi hermana me instituyó como único heredero de sus bienes. Debo utilizarlos en beneficio de todos los que tuvieron relación con ella y para perpetuar su memoria.

—Estoy muy orgullosa de ti.

Carlos José se abrazó a su mujer, con la conciencia tranquila por saber cómo utilizar una herencia, que le venía dada por el amor fraternal, en provecho de quienes dependían de él. Al mismo tiempo, buscaría la manera de perpetuar el nombre de su hermana entre sus vasallos de Fernán Núñez. Consiguió dormirse un buen rato después, mientras el bebé saludaba a su padre con movimientos en el vientre de Esclavitud, como si aprobase lo que este había decidido.

A la mañana siguiente tuvo que tratar asuntos de estado con el ministro Ayres de Sá, pero, a su regreso a Boa Morte, se encerró en el despachó a razonar y elaborar borradores de los futuros proyectos. En primer lugar, perpetuaría el nombre de su hermana con la erección de una capilla que llevase su nombre. La ubicaría en uno de los laterales de su palacio-fortaleza en Fernán Núñez.

En segundo lugar, haría obras de reconstrucción y mejora en dicho palacio. El terremoto de Lisboa de 1755 había dañado varias de sus estancias y era necesario sanearlas. Además, no era cosa de erigir una capilla nueva en un caserón viejo… Una familia tan importante como la suya debía tener un palacio acorde en sus Estados, pensó; así todos conocerían la categoría de los Gutiérrez de los Ríos y que estos no se limitaban a vivir en la Corte y olvidarse de sus vasallos[1]. De camino, aprovecharía para mejorar las salas, las caballerizas, diseñaría un jardín que le diese tanto gozo como el de su casa en Lisboa, y otras mil cosas más que la hora de la cena interrumpió. Antes de quedarse dormido volvió a repasar sus objetivos de futuro en Fernán Núñez. Cayó en la cuenta de que se le había olvidado pensar en la fundación de unas escuelas para niños pobres y en atender a los necesitados y enfermos…

—¡Que te duermas ya! —le ordenó su mujer, cariñosamente, al notar cómo se removía en la cama según los pensamientos le asaltaban.

Al amanecer, Esclavitud se despertó antes que su marido. Lo movió un poco, para fastidiarle.

—¡Venga, perezoso! —le dijo mientras le empujaba cariñosamente para que se despertase—. ¡Quien de noche es gallo, de día no llega ni a gallina!

—Déjame descansar un poco más, mujer.

—¡Claro! Como el señorito se ha pasado toda la noche dándole vueltas a sus proyectos, sin dormir… ¡y sin dejar dormir!, ahora no tiene ánimo para levantarse.

—¡Ven para acá! —Carlos José se incorporó de golpe y atrajo a su mujer hacia él.

—¡Quita, loco, que le vas a hacer daño al bebé! —Esclavitud se resistió pero dentro del juego amoroso.

—He pensado que la capilla que construya en Fernán Núñez estará bajo la advocación de santa Escolástica.

—Eso ya me lo habías dicho.

—¡Uf! Perdona el despiste. ¿Te he dicho que quiero que sea una capilla pública, que dé servicio a todo el pueblo?

—Eso ya es nuevo. Pues me parece una idea estupenda. Así, cada vez que alguno de tus vasallos rece en ella estará orando por tu hermana.

—Así es. De esta forma, además, comprenderán que su señor les tiene en cuenta también en la atención de sus necesidades espirituales. Sabes que no quiero ser un amo para la gente de mi Villa, sino un señor atento y que les cuida como un padre.

—Ellos así lo entenderán, estoy convencida. Y, ahora, vístete deprisa que tienes que colaborar en la grandeza de España.

Así fue. Mientras ejercía sus labores diplomáticas en beneficio de su patria, Carlos José Gutiérrez de los Ríos y Rohan Chabot perfiló todo el plan para la erección de la capilla de Santa Escolástica en Fernán Núñez. Incluso se atrevió a diseñar una figura de plata que debería simbolizar la Fe. Para él, sin Fe era imposible asumir los sagrados misterios. Encargó una imagen de Santa y compró los vasos sagrados y la custodia a la misma casa proveedora de la Corte madrileña. Añadió en su diseño de la capilla, además, la presencia de la imagen de un Resucitado, pues así se lo aconsejaba su fe inquebrantable en la resurrección de quienes ya no estaban con él, y las de la Virgen de Guadalupe y San Carlos Borromeo, patronos respectivos de la Casa de Fernán Núñez y del mismo Conde.

—Te falta una imagen, con todos los respetos.

Así le dijo Caamaño mientras servían un día el almuerzo. Carlos José y Esclavitud lo miraron. Trataban a Caamaño como si fuese de la familia directa; incluso lo consideran como parte de ella.

—¿A qué te refieres? —le pregunto el Conde.

—Quieres honrar a tu difunta hermana con varias imágenes piadosas para su capilla. Además de las que acabas de decir, creo que te falta una…

—Ahora mismo no caigo…

—¡La Virgen de la Soledad, alma de Dios! Tu cuñado, el duque de Béjar, que de su Gloria goce, tenía una imagen pequeña de la Virgen de la Soledad en su casa. Era muy fervoroso de ella. Tu hermana, al casarse con el duque, también fue muy devota de dicha Virgen, bien lo sabes. Imagino que nada le haría más ilusión, en el otro mundo, que tener por intercesora de sus vasallos en Fernán Núñez a la imagen de la Dolorosa.

Así pues, por el cariño que Carlos José sintió hacia su cuñado, don Joaquín Diego López de Zúñiga, y el amor hacia su hermana, la imagen familiar de Nuestra Señora de la Soledad de los Béjar ocuparía un lugar destacado en la capilla de Santa Escolástica.

El año 1783 comenzó como otros años en la familia Gutiérrez de los Ríos Sarmiento: el 7 de enero nació un nuevo hijo, el tercero. En realidad, fue una hija. El nombre ya estaba decidido de antemano si era una hembra: se llamaría Escolástica en recuerdo de su tía. Los dichosos padres aumentaron su felicidad al tener, de nuevo, una Escolástica en la familia[42].

Al igual que las desgracias nunca parecen llegar solas, así ocurre también con las alegrías. Poco tiempo después, el 28 de marzo, el rey Carlos III consideró que las alabanzas vertidas hacia su embajador en Lisboa por su actuación en la guerra no eran suficientes. Por ello, quiso oficializar su aprecio hacia Fernán Núñez con la concesión del Toisón de

Oro. Una orgullosa Esclavitud disfrutó enseñando la orden real a cualquier visitante portugués que fuese a su casa en Boa Morte… y presentándoles a la niña Escolástica, quien había pasado, por un tiempo, a un segundo lugar.

La oportunidad era única. Para recoger el Toisón de Oro, Carlos José debía desplazarse hasta Madrid, con el permiso expreso de Su Majestad Católica. De esta manera podría también poner en orden la testamentaría de su hermana sin necesidad de otro permiso. La entrega oficial se había fijado para el mes de julio, de ahí que los preparativos para el viaje se iniciasen en abril. De esta manera, la familia al completo, incluidos los dos niños y el bebé, partió de Lisboa el 2 de mayo. Tres días después comieron en Estremoz con los condes de Vimieiro. Carlos José tomó buena nota de cuanto le contó el Conde sobre su escuela para niñas pobres. El 8 de mayo llegaron a Cáceres. En esta ocasión no salió a recibirles a las puertas de la ciudad el abuelo de Esclavitud, pues se había roto una pierna. El 18 avistaron la ciudad de Ávila, donde Carlos José quedó admirado del enorme número de iglesias y conventos para una ciudad de aquel tamaño.

—Es posible que el latín que aprendí de niño se me haya olvidado —dijo el Conde al sacristán de la iglesia de San Vicente—, pero me ha parecido leer en la inscripción de esta tumba que aquí está enterrado un judío…

—¿Un judío en un templo cristiano? —Esclavitud se persignó.

—Así es, Excelencia. Comprendo que pueda extrañaros, mi señora Condesa, pero la inscripción dice tal cual ha referido vuestro esposo.

—¿Y cómo lo ha consentido el obispo? —preguntó, escandalizada, Esclavitud.

—Veréis, señora. Esto fue hace muchísimos años y el obispo de entonces no solo lo consintió sino que lo agradeció.

—Os ruego que me contéis tal prodigio —solicitó el Conde.

—Pues bien. Las narraciones más antiguas refieren que este judío, seguidor de su dios, caminaba un día por las afueras de Ávila. Al pasar por esta zona, tuvo la tonta ocurrencia de burlarse de Santa Cristeta, Santa Sabina y San Vicente. Los tres, como seguramente conocerán…, eran hermanos y fueron martirizados aquí en tiempos del horrible emperador Diocleciano. No bien hubo terminado de reírse de los tres mártires, una enorme culebra salió de una roca y se le enrolló en el cuerpo. El judío comprendió entonces su error. Gritó a los tres santos para que intercediesen por él ante Nuestro Señor y, ¡oh milagro!, la culebra aflojó su mortal abrazo y se volvió a la roca de donde había salido. Conocedor del poder de Dios y de sus santos, el judío no dudó en convertirse a la verdadera fe. Además, como manifestación de su agradecimiento, pagó los gastos para erigir en esta gran iglesia de San Vicente que ahora visitáis[43].

—Lástima que no tengamos nosotros un judío en Fernán Núñez para que nos pague la capilla de Santa Escolástica —le dijo Carlos José a su esposa en voz baja.

—¡No te burles de estas historias, no vaya a asaltarte a ti también otra culebra! —le recriminó su esposa, muy seria, también en voz baja.

—¿Decían alguna cosa? —preguntó el sacristán, quien no se había enterado de la broma.

—Nada, nada —contestó Esclavitud y lanzó una mirada de reconvención a su marido—. Prosigamos esta hermosa visita.

La siguiente parada tuvo lugar en el convento del Carmen.

—Este convento se fundó sobre el lugar que ocupaba la casa de la santa —les explicó un religioso—. Ahora mismo estamos en la misma sala donde nació Teresa de Ávila.

—¿Y ese bastón tan grande? —dijo Esclavitud y señaló hacia una imagen de la santa.

—No es propiamente un bastón, señora Condesa, sino un báculo. ¡El báculo de Santa Teresa! Si se acercan a él, podrán todavía aspirar el olor de las manos de la santa —dijo el religioso, muy ufano.

Carlos José acercó su nariz al báculo, pero no percibió nada más que el olor de la madera. Al incorporarse, su mujer vio la sonrisa que mostraba en su cara y se anticipó a sus palabras. Con un acertado pellizco en el brazo evitó que hiciera un comentario inoportuno. Aunque no llevaban muchos años de matrimonio, le conocía tan bien que sabía que Carlos José no admitía supercherías ni engaños sobre los posibles milagros; pero tampoco era cosa de mofarse de las creencias de cada lugar…

Por fin, el 22 de mayo, por la tarde, la familia llegó en Madrid. Fue una entrada muy triste por la ausencia de Escolástica. Hasta el día fijado para la entrega del Toisón de Oro, Carlos José batalló con los problemas legales para acceder a la herencia de su hermana.

El 17 de julio de 1783, a las once de la mañana, comenzó la ceremonia de entrega del Toisón. Junto a Fernán Núñez aparecía el embajador de Francia, conde de Montmorin, también premiado por Carlos III con la más alta distinción de la monarquía española. Cada uno llevaba su padrino, siendo el duque de Medinaceli el encargado de apadrinar a Carlos José. Los cuatro se dirigieron en comitiva hacia el Salón del Trono, acompañados por otros tantos alabarderos y el conde de Castelblanco, quien se había encargado de organizar todo el ceremonial como Grefier de la Orden del Toisón de Oro. Los alabarderos quedaron ante la puerta y los cuatro nobles también, en espera de la siguiente etapa en aquella ceremonia; Castelblanco pasó dentro. El primero en recibir el Toisón fue el embajador de Francia, por deferencia como extranjero. Mientras se desarrollaba la entrega, Carlos José pudo ver en el salón muchas caras conocidas: el duque de Osuna, el duque de Uceda, el marqués de Santa Cruz, el duque de Híjar o el marqués de Grimaldi, entre otros.

—¡Excelentísimo señor conde de Fernán Núñez! —dijo Castelblanco nada más terminar la entrega al francés—. ¡Su Majestad le habla!

Carlos José se puso muy serio y prestó atención.

—Señor conde de Fernán Núñez —dijo el rey en tono solemne, como marcaba el protocolo—, ¿aceptáis de mi mano el Collar de la Orden del Toisón de Oro?

Carlos José, sabedor de este protocolo, se giró un poco hacia atrás y dijo a su padrino varias palabras en voz baja.

—¡El Excelentísimo señor conde de Fernán Núñez acepta el premio que Su Majestad ha tenido a bien concederle! —dijo Medinaceli en voz alta.

—¡En ese caso, adelante! —dijo Castelblanco.

Carlos José dio varios pasos, entró en el Salón del Trono y se situó frente a Carlos III y el Príncipe de Asturias, quienes le sonreían. Mientras se arrodillaba, su padrino se colocó a su espalda. El rey, con el Collar del Toisón de Oro en la mano, se acercó a él y se lo colocó con gran cariño y sin dejar de sonreírle.

—¡El nuevo miembro puede saludar a sus hermanos de la Orden del Toisón de Oro! —pronunció Castelblanco.

El rey volvió cerca de su trono. Solo entonces, Carlos José se levantó y se dirigió al monarca:

—Señor, Vuestra Majestad se ha dignado anticipar sus recompensas a mis servicios.

—No, no, estoy bien cierto que me los continuarás siempre[14] —le replicó el monarca.

Una vez finalizada esta fórmula, Fernán Núñez fue acompañado por su padrino para saludar a los nuevos compañeros que se encontraban a su izquierda. Volvieron sobre sus pasos para saludar a los de la derecha pero, como tuvieron que pasar otra vez ante Carlos III, se detuvieron un instante para hacerle otra reverencia. Por último, Medinaceli le acompañó a un sillón de nueva factura, como correspondía a su estatus de nuevo miembro, y Fernán Núñez tomó asiento junto al embajador francés. Así dio por concluida la ceremonia.

Nada más llegar a su residencia madrileña, Fernán Núñez ordenó que se grabase en el escudo de armas de la familia el Toisón de Oro. Vendría a completar la iconografía de dos corrientes de agua que simbolizaban a la familia de los Ríos, el castillo, el león y la corona real abierta con un murciélago encimándola, entre otros elementos. A ellos se unía la frase, en latín, *Fluminum Familia Gottorum Ex Sanguis Regum*, a través de la cual se quería representar el antiguo y puro linaje de la familia de los Ríos.

22 MEJORAR LA VIDA DE SUS VASALLOS DE FERNÁN NÚÑEZ

En el verano de 1783, Carlos José Gutiérrez de los Ríos dio dos órdenes importantes a Joaquín de Luna, teniente coronel retirado, antiguo subordinado suyo en el Inmemorial del Rey y su gobernador en Fernán Núñez. La primera, que se incorporase el Collar del Toisón de Oro a todos los escudos familiares colocados en su Villa. La segunda, más decisiva, que se acometiesen las obras de su casa palacio en Fernán Núñez. Joaquín de Luna atendió las dos peticiones de su Señor. De esta manera, elegidos los maestros pertinentes y asegurado el acceso a los materiales, dio comienzo la reconstrucción del palacio cordobés de los Fernán Núñez en los últimos meses de dicho año.

En un primer momento se debía procurar que los destrozos producidos por el terremoto de 1755 no dañasen irremediablemente el edificio, de ahí que solo fuesen labores de mantenimiento. Más tarde, se transformarían estancias y se diseñarían nuevos espacios a partir de planos que el propio Conde, ayudado por su pintor de cámara favorito en Lisboa, Vicente Mariani, había comenzado a trazar en este año 1783[45]. Para no agobiar a los obreros del palacio, pensó en dividir su esfuerzo en varios años, de tal manera que enviaría paulatinamente desde Portugal nuevos diseños inspirados en residencias de la capital lusa que le habían agradado. Por tanto, aunque Joaquín de Luna fue el director de la obra del nuevo palacio neoclásico y José Díaz de Acevedo el maestro, el alma de su forma y espíritu fue el propio Conde.

La estancia en Madrid se prolongó durante más tiempo del esperado. La familia se encontraba muy a gusto allí y el rey no mostraba intención de enviarle de nuevo a Lisboa. El fin de la guerra con Inglaterra permitía aquella situación. Incluso llegó a sus oídos que Carlos III había sopesado la oportunidad de enviarle como ministro a Londres, pero se apresuró a dejar claro al monarca, a la primera ocasión y con el mayor respeto, que él y su familia se encontraban muy bien en Portugal. Junto a este pequeño disgusto, solo tuvo que lamentar Carlos José en este tiempo en España el haber sufrido varios cólicos. Como en otras ocasiones, en marzo de 1784 manifestó por carta a su amigo Emanuel de Salm-Salm la alegría que le embargaba; una alegría en la que, ahora sí, incluía su elección de Esclavitud por esposa:

En verdad que no puedo quejarme, amigo. Mi esposa cada día me quiere más y yo a ella. Incluso podría decirte que, además de marido y mujer, somos amantes, amigos y confidentes. Nos encanta pasear juntos todos los días de la semana; ¡qué pena que esta solo tenga siete días! Esclavitud siguió mi consejo de cultivarse y ahora no puede prescindir de sus ratos de lectura. Es comedida, virtuosa y carece de hipocresía ante los demás. En cuanto a mis tres hijos, todos se desenvuelven con salud y robustos, incluida la niña Escolástica. He buscado para ellos un ayo español, pero no me desentiendo de su educación y procuro estar todo el tiempo disponible con los tres.

En cuanto a mi trabajo, estoy contento en Lisboa. No pienso en otro destino más alto ni mejor pagado. Incluso he rechazado, de manera sutil, la embajada en Londres que pensaban ofrecerme. Parece que, por el momento, no me moverán del lugar. Allí me siento querido y mi trabajo ha dado frutos. Además, pienso esforzarme en lograr una mejor unión entre las dos Casas Reales, de manera que eso suponga un freno a cualquier desavenencia futura que nos lleve a guerrear con nuestros vecinos.

Como bien sabes, quiero mucho a mis vasallos de Fernán Núñez. Ahora que he alcanzado una seguridad económica tras la muerte de mi querida hermana, pienso actuar en beneficio de ellos y en recuerdo de Escolástica. Te diré, pues, que he pensado toda una serie de fundaciones y acciones pías encaminadas a mejorar la vida, la salud, el espíritu y la cultura de mis gentes de la Campiña cordobesa, entre ellas: unas escuelas públicas y gratuitas para los niños pobres del pueblo, con su versión femenina para que también ellas puedan mejorar su condición; limosnas para los más necesitados; una capilla en palacio, también de acceso público, para mantener viva la memoria de mi hermana y salvar las almas de mis vasallos. Tales son mis intenciones en los próximos años. Dios permita que el dinero no me falte, la enfermedad me respete y tú puedas verlo todo concluido, como gran amigo que eres. Te quiere, CARLOS.[46]

La idea de unir de una forma duradera las dos Casas Reales de Portugal y España bullía en la cabeza de Fernán Núñez. Cada vez que tenía oportunidad se lo recordaba a los ministros españoles y al propio Carlos III. Por eso no le extrañó que, en abril de 1784, el rey le cogiese del brazo durante las Jornadas de Aranjuez y le hablase un momento a solas.

—Te voy a hacer caso —le dijo el monarca.

—¿En qué, Majestad?

—Voy a pedirle al conde de Floridablanca que ponga en marcha el mecanismo para concertar un casamiento entre infantes portugueses y españoles. Los tratados de paz que hemos firmado en los últimos años no son suficientes y necesitamos una alianza con bases de sangre.

—¡Oh, Majestad, vuestras palabras me alegran!

—¡Como para no alegrarte, hijo mío! ¡Me has dado mucha guerra con tus propuestas de unión!

—Lamento si os he causado tormento, Majestad, pero creí que era mi deber.

—Tranquilo, hombre. Has utilizado, como decís en tus tierras del Sur, el método del palomo: picotear y picotear hasta conseguir lo buscado.

—Tenéis razón, lo reconozco.

—Pues, lo dicho. Ya he hecho totalmente mía tu propuesta. Como la reina de Portugal, mi sobrina, tiene un hijo y una hija casaderos, he pensado que podrían enlazar con mi Gabriel y con mi nieta Carlota Joaquina. Un doble casamiento sería más rotundo que uno singular.

—Sabia decisión, Señor. De esta forma, algún día, si la Providencia lo determina, podríamos ver reunidos en uno solo los reinos de España y Portugal, con sus respectivos imperios.

—¡Je, je! Eres bueno, Embajador. No me equivoqué al tener de ti tan alta opinión. Así es. La unión de los dos reinos sería la manera de mantener a raya las ambiciones de las potencias europeas. Todo se andará.

—La Providencia lo quiera —rogó Fernán Núñez.

—De mi sobrina, la reina Fidelísima, ¿has oído algo sobre esta posible alianza y matrimonios?

—Palabras muy concretas, no, he de reconocerlo. Pero, cuando hablé con ella en ocasión de la muerte de su madre, vuestra hermana doña Mariana Victoria, le hice ver claramente que la asociación con España le era fundamental para no dejarse arrastrar a aventuras peligrosas con los ingleses…

—Bien hecho. Por cierto, ¿qué opinas de don Henrique de Meneses?

—Tengo de él la mejor opinión, Majestad. El embajador de Portugal en nuestra Corte es un hombre cabal, cercano a las ideas españolas de buscar una paz constante con su nación. Cuando, en una conversación, le insinué el tema, me dio a entender que su posición era favorable…

—Bien, eso allana mucho el camino —dijo Carlos III.

Así fue. Las respectivas cortes tomaron nota de la opinión de sus embajadores y, finalmente, el 2 de mayo de 1784, durante las Jornadas de Aranjuez, se firmaron los preliminares de un acuerdo vital: los infantes portugueses y españoles contraerían matrimonio y se sellaría una alianza fraternal y fuerte entre las dos naciones. Por parte española firmó los Artículos Preliminares de aquel matrimonio don José Moñino, conde de

Floridablanca; don Henrique de Meneses, marqués de Lourizal, hizo lo propio en nombre de su reina.

Fernán Núñez acudió como invitado y disfrutó de aquel gran éxito de la diplomacia española. Al término de la ceremonia, Lourizal charló con Carlos III y Floridablanca se acercó a Carlos José.

—La Reina Fidelísima de Portugal ha nombrado a don Henrique como su Embajador Extraordinario y Plenipotenciario para los futuros casamientos que aquí se han concertado.

—Sabia decisión de la reina María, señor Conde—contestó Carlos José.

—Nuestro señor, el rey Carlos, piensa que solo vos podéis ocupar el puesto análogo en Lisboa.

—¡Oh! ¡Es una responsabilidad tremenda!

—Entonces, ¿qué debo contestar a Su Majestad Católica? —preguntó Floridablanca.

—Pues…, ¡que acepto encantado!

—Me alegro, Fernán Núñez. —El ministro hizo ademán de irse pero se detuvo y se volvió; sonrió—: Su Majestad ya había dado por supuesta vuestra aceptación.

Con esta nueva deferencia de Carlos III hacia Gutiérrez de los Ríos, aplaudida con entusiasmo por Esclavitud, la familia partió hacia Andalucía al día siguiente, 3 de mayo. Las obras de la Capilla de Santa Escolástica estaban culminándose en Fernán Núñez y era una oportunidad magnífica para estar con sus vasallos. Además, Carlos José pensaba presentar ante el pueblo a su esposa y tres hijos, pues ninguno había estado nunca antes en su Villa.

Al pasar por Valdepeñas fueron agasajados por el administrador del marqués de Santa Cruz, señor de aquellas tierras y quien estaba ausente.

Carlos José, entre copa y copa de vino, inquirió con insistencia al administrador para que le hablase de las diferentes obras pías que el marqués había puesto en marcha allí, como una escuela de niños y otra de niñas, una fábrica de jabón, la entrega de limosnas periódicas a los más necesitados de Valdepeñas, Santa Cruz y el Viso, poblaciones todas bajo su dominio. Carlos José pensó que esta forma de actuar con los vasallos era cercana a su pensamiento, por lo que le reforzó aún más en hacer algo parecido en Fernán Núñez. No obstante, quiso asegurarse de que los valdepeñeros pensasen igual que el administrador del marqués de Santa Cruz y no viesen a su señor de manera diferente. Pero todos con los que habló, mujeres y hombres, no refirieron más que bendiciones hacia el marqués, benefactor de viudas, de labradores, promotor de industrias que beneficiaban a sus gentes. Con qué envidia escuchó aquellas alabanzas hacia el marqués de Santa Cruz por parte de sus vasallos castellanos. Ojalá, algún día, en su Villa cordobesa profiriesen iguales bendiciones hacia él y su Casa Condal por su buen hacer. Un aristócrata debía estar para eso: utilizar su nombre y su riqueza en beneficio de su pueblo. De esta manera, quienes clamaban en contra de la nobleza, se quedarían sin argumentos y no habría nadie dispuesto a escucharles.

En el Viso pudo disfrutar del magnífico palacio que allí erigiera don Álvaro de Bazán, primer marqués de Santa Cruz, en el siglo XVI, si bien lamentó el abandono que mostraba en alguna de sus estancias y en las colosales pinturas de sus paredes y techos. Al pasar por las Nuevas Poblaciones de Sierra Morena preguntó a sus habitantes, la mayoría extranjeros traídos a repoblar la zona, qué sabían del anterior intendente, don Pablo de Olavide. Le contaron, con gran sigilo y muchos pidiéndole que no refiriese sus nombres ante nadie, que el señor Olavide, después de su condena por la Inquisición en 1778, había estado recluido un tiempo en varios conventos para que "reflexionase" sobre sus ideas heréticas. Después, había logrado fugarse hacia Francia, donde amigos de pensamiento contrario a la Santa Madre Iglesia, le habían dado refugio. Todo esto ya había llegado a oídos de Carlos José, por lo que lo que más le llamó la atención es que todos los colonos hablaron bien de Olavide y le mostraron su aprecio; pero insistieron en que debía mantenerles el secreto para evitar males mayores con la Iglesia…

—¡Cochero! —gritó Fernán Núñez—. ¡Detente a la entrada de la próxima población!

—¡Como vuestra Excelencia desee! —le contestó el cochero, también a voces para salvar el ruido del carruaje.

A unas pocas leguas antes de llegar a Carboneros, los caballos se detuvieron.

Carlos José se asomó por la ventanilla y sonrió.

—Ven, Esclavitud —le dijo a su esposa y la ayudó a bajar del vehículo.

—¿Qué se te ha ocurrido ahora?

—¡Mira! —le señaló hacia una señal de madera en la que aparecía un nombre escrito. Su mujer se acercó a ella para ver bien.

—¡Escolástica!

—¡Sí! —le dijo su marido, muy contento.

—¡La aldea se llama igual que tu hermana!

—¡Es la aldea de mi hermana!

—¿Tu hermana era dueña de estas tierras?

—¡No, mujer! Quiero decir que esta aldea no es que se llame igual que mi hermana, es que se llama así por mi hermana.

—¡Es hermoso! ¿Y qué ocurrió?

—Sabes que te he contado cómo fui herido en Argel en el año 75. Escolástica dejó a su marido y vino a Valencia a ayudarme hasta mi total curación. Después volvimos hacia Castilla para tomar este mismo camino en dirección a Fernán Núñez. Al pasar por aquí me detuve a saludar a don Pablo de Olavide, quien diseñaba los planos del asentamiento para los futuros colonos que habrían de llegar de Centroeuropa. Al saber que mi hermana había solicitado permiso a su esposo para ir a cuidarme, le llamó la atención tal manifestación de cariño fraternal. Se acercó al coche donde Escolástica había permanecido mientras hablábamos los dos hombres y se presentó como su rendido admirador. Escolástica sonrió y agradeció su gentileza. Entonces, Olavide no tuvo otra cosa que decirle que, cuando la aldea estuviese construida, en su honor recibiría el nombre de Escolástica. Creímos que era solo un bonito detalle de palabra, pero, meses después, nos llegó una carta de don Pablo donde refería que habían cumplido su promesa.

—¡Qué historia más tierna! —Esclavitud besó a su marido—. ¡Ven!

—¿Adónde? —Carlos José sintió cómo su mujer tiraba de él hacia el centro de la población.

—Debemos decir a sus habitantes el triste desenlace de la patrona de su pueblo.

—¡No! —Carlos José se detuvo en seco y tiró de su mujer con suavidad—. Espera. Creo que no debemos hacer eso. La mayoría de ellos ni sabrán por qué se llama así su aldea… Dejemos las cosas como están y volvamos al coche.

El 13 de mayo alcanzaron el río Guadalquivir por la zona de Alcolea. Allí les estaba esperando el padre Miguel Espejo, quien había pronunciado el elogio fúnebre de Escolástica en noviembre de 1782. Con él llegaron a Córdoba ese mismo día. En los siguientes, Carlos José mostró a su familia las maravillas de la ciudad, como la mezquita catedral, donde se mostró contrario a que se hubiese construido la Capilla Mayor dentro de un recinto único como era el de la Mezquita, a pesar de la belleza y magnificencia de la primera[47]. Esclavitud no estuvo de acuerdo con su marido, pues, para ella, la Santa Madre Iglesia Católica siempre sabía lo que hacía… Sí estuvieron de acuerdo en alabar la preciosa y monumental custodia de Arfe, así como la esbeltez de la torre campanario.

El día 14 de mayo, a las cuatro y media de la tarde, las campanas de Santa Marina de Aguas Santas, templo principal de su villa de Fernán Núñez, clamaron al viento avisando de la llegada de la familia al pueblo. A la entrada fueron recibidos a caballo por el corregidor y el Concejo de la Villa, su gobernador Joaquín de Luna y un gentío inmenso, que no disminuyó a lo largo de las calles del pueblo hasta llegar a la citada iglesia, lugar donde el Conde solía bajarse de su coche cuando visitaba Fernán Núñez. Carlos José saludó entonces a las autoridades, apeadas ya de sus monturas, y les presentó oficialmente a su esposa e hijos. Todos se mostraron agradables y sonrientes con Esclavitud, quien se encontraba en la gloria. Carlos José no pudo evitar mirar hacia lo alto del campanario. Las campanas seguían tocando pero no se veía a nadie ni tampoco se apreciaba soga que las hiciese moverse desde el suelo. Pensó, en broma, que aquello debía de ser un milagro, pues, si todo el pueblo se hallaba en la calle recibiéndoles, ¿quién las hacía tocar? Cumplimentada la familia, tomaron andando el camino hacia su palacio, acompañados de las autoridades citadas y sin dejar de saludar a los numerosos vecinos que les seguían, a los que formaban dos filas en la calle que unía la iglesia con el palacio o a los que ya estaban en la plaza de este.

Sin embargo, como el Conde suponía, aquello no podía durar. En algún momento se llegarían a solicitarle favores o a pedirle cambios en la administración de su Estado. Era una oportunidad única de tener al señor cerca para dirigirse a él sin intermediarios. Y no se equivocó.

—Excelencia —le dijo Joaquín de Luna a la mañana siguiente, mientras la familia tomaba el desayuno—. Lamento importunarle, pero el corregidor y el Concejo de la Villa se encuentran en las puertas del palacio y solicitan audiencia…

—¿No pueden esperar hasta que terminemos de desayunar? —protestó Esclavitud.

—Perdonadme, Señora. Sí, pueden esperar. Solo quería comunicar al Conde esta circunstancia.

—Bien —intervino Carlos José—. Diles que estén en mi despacho de la planta baja en media hora.

—Gracias, Excelencia.

A la hora indicada, el conde de Fernán Núñez pudo atender a varios de sus vasallos principales. Todos permanecieron de pie, salvo Carlos José. Las caras que vio y la prisa en pedir una entrevista le hicieron sospechar que el asunto era grave.

—Excelencia —comenzó a hablar el corregidor—, quisiera solicitar su atención a lo que debe decirle don Alonso de Yuste, aquí presente, y diputado del común.

—Puede hablar el señor Yuste.

—Excelencia, con el debido respeto, debo comunicarle que, en el mes de junio del año próximo pasado, presenté en el Concejo de la Villa un memorial. En él denunciaba al Alguacil Mayor, don José Herrera, por ejercer prácticas intimidatorias contra los vecinos para que pagasen uno de los impuestos que su Excelencia nos cobra.

—Nadie me ha comunicado nada sobre esta incidencia —dijo el Conde y se giró para mirar a su gobernador. Joaquín de Luna permaneció con la mirada hacia el frente y disimuló.

—Tampoco nadie nos ha hecho caso a nosotros —intervino el corregidor.

—¿A qué impuesto os referís, señor Yuste? —preguntó Carlos José.

—Al que se conoce como "la gallina del humo", esto es, pagar una gallina anual a su Excelencia por haber tenido encendida la lumbre en el hogar.

—Y decís que se os ha presionado…

—Así ha sido, Excelencia —volvió a intervenir el corregidor—. El Alguacil Mayor, a pesar de que tengo jurisdicción sobre él, no me ha hecho caso y ha seguido presionando a los vecinos para que pagasen, incluso los que no habían tenido un buen año… Supongo que cumplía órdenes de una jerarquía más alta que la mía… Aunque, como corregidor, participo en el reparto posterior de las aves recogidas y me beneficio de ello, ofrezco desde ya mi parte al pueblo. Si el señor Gobernador —miró a Joaquín de Luna— también quiere renunciar a su parte, o los curas de la parroquia…

—Con el debido respeto, Excelencia —volvió a decir el diputado Yuste—, los aquí presentes… y casi toda la Villa, consideramos que es un impuesto…, cómo lo diría…, excesivo. No es que nos neguemos a pagar a su Excelencia lo que es suyo, sino que se valore la situación de cada familia y se decida si está en condiciones de pagar o no…

Carlos José permaneció callado un tiempo, mientras reflexionaba. Si le daba la razón a los demandantes, anularía uno de sus impuestos legales, a pesar de que a él le no le llegaba nada pues se repartía entre los altos cargos de la Casa Condal en el mismo pueblo. Además, sentaría un grave precedente, a la vez que desautorizaba a su gobernador en la Villa. Si, por el contrario, apoyaba a sus representantes, quedaría como un señor intransigente y poco atento a las necesidades de sus vasallos, sobre todo ahora que pensaba instituir varias obras pías en Fernán Núñez. Optó, pues, por una solución salomónica:

—¡Señores del Concejo de mi Villa aquí presentes! —dijo, con voz firme, para mostrar autoridad; una vez conseguida la atención de todos, suavizó la intensidad de su discurso—. La Casa Condal de Fernán Núñez no quiere subyugar a sus vasallos, pero tampoco puede privarse de lo que legítimamente le corresponde. Sin embargo, yo he venido a Fernán Núñez para una gran ocasión: la bendición de la capilla dedicada a mi difunta hermana. Por ello, por su recuerdo y por lo mucho que doña Escolástica amó a esta Villa, creo mi deber anunciarles que, de ahora en adelante, el impuesto de la "gallina del humo" se continuará cobrando —las caras de los vecinos se volvieron muy serias—, pero también ordeno, a las autoridades bajo mi jurisdicción, que, antes de cobrarlo, se informen fehacientemente del estado económico o de salud de los vecinos, perdonando el impuesto a aquellos que muestren una clara necesidad.

La sonrisa afloró al rostro de los fernannuñenses presentes. Aquélla sí que era una sabia decisión. Intentaron besar la mano del Conde, pero Carlos José se lo impidió.

El pueblo permaneció en calma durante una semana. Solo se escucharon comentarios sobre la acertada decisión de su señor y sobre los preparativos para la bendición de la Capilla de Santa Escolástica.

El 22 de mayo tuvo lugar el gran acontecimiento. A las 8 de la mañana se pusieron en marcha los clérigos y acólitos de la Villa, acompañados por los de Montemayor y algunos venidos de Córdoba. En procesión se dirigieron desde la iglesia de Santa Marina hacia la capilla. Allí fueron recibidos por el corregidor, los miembros del Concejo y otras autoridades. El último en llegar fue el Conde, según marcaban las formalidades. Con él iban Esclavitud, Joaquín de Luna y Francisco Serrano, también militar y Alcaide del castillo-fortaleza de Fernán Núñez. Antes de pasar todos adentro, se produjo la bendición exterior de la capilla. Los religiosos entonaron el *Miserere*, acompañados de algunos vecinos conocedores de la letra, mientras don Cayetano Carrascal, Canónigo Tesorero de la Catedral de Córdoba, realizaba la bendición. A continuación, don Cayetano pasó al interior de la capilla y se ejecutó la misma ceremonia. Ya era un lugar sagrado. El Conde y su familia, los religiosos, las autoridades y una pequeña representación del pueblo, asistieron a la primera misa en el lugar, oficiada por don Diego Moreno, capellán de Esclavitud y quien les había acompañado desde Madrid.

Por la noche continuó la fiesta en la plaza nueva que acoge la fachada principal del palacio. Unos minutos antes, al comenzar el anochecer, las campanas de Santa Marina anunciaron a todo el pueblo que el momento de la diversión había llegado. Se escucharon guitarras, castañuelas, fandangos dieciochescos y todo tipo de canciones populares en honor del Conde y su familia. Cada vez que estos se asomaban al balcón principal para corresponder a las canciones que se escuchaban en el interior del palacio, la numerosa gente agolpada en la plaza prorrumpía en vítores. El mismo palacio, a pesar de las obras, lucía con todo el esplendor de las grandes ocasiones. Se habían colocado dos hachones de fuego en cada puerta y ventana, lo que permitía admirar la fachada del caserón y, al mismo tiempo, disponer de la suficiente luz para continuar la fiesta hasta llegar las doce. En ese momento se suspendieron los cantes y los bailes, se fueron apagando progresivamente las iluminaciones, tanto las del palacio como la de las casas vecinales que habían podido hacer frente al gasto en hachones. Había que descansar para el día siguiente.

A las 8 de la mañana de ese 23 de mayo de 1784 se preparó una nueva procesión desde la iglesia de Santa Marina hasta la capilla de Santa Escolástica. Esta vez era una auténtica procesión, con imágenes sagradas y todo. A las de Santa Escolástica y San Carlos Borromeo se unió, cuando llegaron a la plaza nueva, la imagen de reducido tamaño de la Virgen de la Soledad que había pertenecido al duque de Béjar y que había sido llevada en la comitiva familiar desde Madrid. Con la asistencia de los Condes y demás personas principales, cada imagen fue colocada en diferentes altares que se habían dispuesto en la capilla, ocupando Santa Escolástica el central. En el de San Carlos se ubicó también la de la Virgen de la Soledad. Terminada esta ceremonia religiosa, el Conde tuvo a bien invitar a los presentes más distinguidos en el interior del palacio. Pero, como no podía ser de otra forma, dispuso que también se acercasen algunos de sus criados con refrescos y dulces para agasajar al gentío que se agolpaba en la plaza de palacio.

No hubo tiempo para descansar pues, esa misma tarde del 23 de mayo, otra procesión salió de Santa Marina en dirección a la capilla. La abrían los sochantres de Fernán Núñez y Montemayor, quienes, como encargados de la música en sus respectivas parroquias, entonaban *a capella*, junto a varios acólitos, el *Tantum ergo*. Tras ellos iban los condes de Fernán Núñez y, esta vez, sí, les acompañaban sus dos hijos mayores. Carlos, como primogénito de la familia, ocupaba la derecha de su padre y aparecía muy digno en el caminar a pesar de sus cinco años. En el lado izquierdo del Conde iba José, quien ya tenía cuatro años y se entretenía en hacer burlas a quienes se habían situado a los lados de la comitiva para presentar sus respetos. Esclavitud, siguiendo un orden prefijado, caminó a la izquierda de su marido y con el niño José en medio de ambos. La casas aparecían adornadas con colchas y otras telas, lo mejor que cada familia había podido ofrecer para dignificar la ocasión. El suelo se había cubierto con pétalos de flores para hacer más llevadera la procesión y glorificar el paso de la Sagrada Custodia. En una breve ceremonia se instaló ésta en el sagrario de la capilla y se dio por finalizada la procesión.

Una vez más, el Conde ofreció un convite a las personas destacadas que habían acudido a la ceremonia.

—Señor Conde —le dijo Joaquín de Luna—. Perdonad que os importune…

—Permítanme un momento, señores —el Conde se excusó ante los invitados con los que hablaba y atendió a su gobernador.

—Los invitados no caben… Han venido más que el día anterior. La sala está abarrotada y queda gente por entrar…

—Bueno, bueno, no te apures, hombre. Pues abramos una nueva sala y que se acondicione rápidamente.

—¡A la orden!

Esclavitud se dio cuenta del aparte que habían hecho los dos hombres y se llegó a inquirir a qué se debía:

—¿Qué te decía Joaquín?

—He dado orden para que se abra la sala contigua a la que están nuestros invitados con el fin de acogerles a todos. Resulta que han venido más de los esperados.

—Has hecho muy bien.

—Sin embargo, ¿cómo vamos a poder agasajar a los de una sala y a los de la otra? No podemos quedarnos solo en una o estar continuamente moviéndonos.

—Eso déjalo de mi cuenta —pidió su mujer.

Esclavitud dio rápidamente instrucciones a los criados. Estos colocaron los dos sillones de sus señores en la misma puerta que separaba las dos salas, uno en cada lado. Así, Carlos José quedó sentado en el lado de la sala principal y Esclavitud en el lado de la otra sala, pero juntos y con el marco de la puerta haciendo de sutil frontera. De esta manera todos los invitados pudieron ser atendidos y disfrutar, al mismo tiempo, de la compañía de sus anfitriones, quienes no dejaron de repartir sonrisas y buenas palabras a todos los que se llegaron a saludarles.

—¡Qué haría yo sin ti! —agradeció Carlos José a su mujer la exitosa la idea.

En los días siguientes continuaron los festejos, incluidos espectáculos con evoluciones de caballos y una corrida de toros, para la que se acondicionó con carros la plaza nueva junto al palacio. Carlos José, Esclavitud y los niños vieron los diferentes espectáculos desde un balcón del palacio. El pueblo de Fernán Núñez, por su parte, nunca había vivido una ocasión semejante, con tantas celebraciones seguidas, y supo disfrutar de ella.

El 6 de junio, por la mañana, se ofició la primera boda en la capilla. La ofició el padre Juan de Zafra, natural de Fernán Núñez y recomendado ante el obispo por el propio Conde para ocupar la capellanía de Santa Escolástica. Los exultantes novios fueron Juan Crespo y María Jaraba, ambos vecinos del pueblo y dotados por el Conde para poder casarse con las necesidades cubiertas. Esa dote les había servido para comprar los muebles de su humilde casa, una yunta de vacas o un arado, de manera que pudiesen mantenerse con su trabajo.

Esa misma tarde, en los jardines del palacio, el Conde ofreció una suculenta merienda a todos los fernannuñenses que habían recibido dotes de la Casa Condal en los últimos años. Se juntaron allí más de noventa personas, pues también estaban invitados los hijos habidos en aquellos matrimonios.

—Hijos míos —dijo el Conde a Carlos y a José, en un aparte—. Todos estos niños que veis aquí son, como vosotros, fruto del amor de sus padres. Sin embargo, notaréis que sus ropas no son iguales a las vuestras. —Los dos niños miraron a su padre con los ojos muy abiertos; sabían que no perdía oportunidad de enseñarles cosas de la vida—. No ha sido por ningún castigo divino, ni por ser ellos malos… En realidad, sois vosotros los afortunados por haber nacido en esta familia, con mayores posibilidades que las suyas. Puede decirse que vosotros no os habéis merecido todavía nada, pues sois muy pequeños, y todo lo que tenéis lo debéis a vuestros antepasados. Por tanto, honrar a vuestros antepasados y no os creáis más ni mejores que nadie. Ahora, tomad esta bolsa con monedas y repartid una peseta a cada niño. Recordad que algún día serán vuestros vasallos, pero ya son vuestros semejantes ante Dios.

Carlos y José hicieron encantados lo que su padre les había dicho. Disfrutaron con las sonrisas de niños y padres, quienes alabaron la generosidad del Conde y lo bien que estaba educando a sus hijos. Días después se invitó a una merienda a los niños y niñas de las escuelas gratuitas que ya funcionaban en Fernán Núñez, y sobre las que el Conde había pensado mejoras sustanciales para los próximos años.

—Padre, padre —José tiró de la casaca de su padre, quien atendía al maestro de las escuelas en el jardín del palacio.

—¿Qué quieres, José? ¿No ves que estoy hablando? —reprendió el Conde cariñosamente a su hijo.

—Padre, ¿no se os olvida algo? —insistió el pequeño y miró hacia donde se había quedado su hermano mayor; ambos parecían estar de acuerdo, si bien el pequeño había sido más atrevido.

—No ten entiendo, Pepe. ¿Qué se me olvida?

—Mirad, padre —José señaló a los niños de las escuelas—. Estos niños y niñas también son nuestros vasallos y nuestros semejantes. ¿Acaso ellos no se merecen la peseta, aunque algunos ya la recibieran el otro día?

Carlos José se admiró de lo pronto que habían hecho suyas las enseñanzas que procuraba darles. Así pues, ordenó a su administrador que se diese a sus hijos una bolsa con dinero y que así pudieran estos cumplir con sus deberes de caridad.

Los buenos días en Fernán Núñez llegaron a su fin el 8 de junio. Todo el pueblo se agolpó en las calles para despedirles y agradecerles el bien que habían hecho entre los más necesitados y el que confiaban harían en los años próximos. Esclavitud no pudo contener las lágrimas de emoción y el Conde lo hizo a duras penas. Tomaron el camino de Córdoba, donde permanecieron unos días y, por fin, el 27 de junio llegaron a su residencia en Madrid en el palacio alquilado a su sobrino el duque del Infantado, cercano a la iglesia de San Andrés.

Solo un triste hecho vino a enturbiar aquellos felices días, pues a finales de julio falleció la madre de Esclavitud. Hasta que se cerró el año de 1784, Carlos José empleó su tiempo en consolar a su esposa, a quien cada día estaba más unido, perfilar los proyectos que había ya decidido para Fernán Núñez y organizar en su mente cómo cumplir la gran misión que se acercaba: los dobles desposorios reales entre las Casas de Borbón y Braganza. No podía defraudar a su amado monarca Carlos ni a la reina María de Portugal, a quien había tomado progresivo aprecio, ni malograr aquella oportunidad de que los conflictos entre España y sus vecinos se acabasen de una vez. Y la mayor parte del esfuerzo recaería en él. ¡Como para perder el sueño!

23 LOS DESPOSORIOS REALES

La familia Gutiérrez de los Ríos Sarmiento salió desde Madrid con destino a Lisboa el 3 de enero de 1785. En la mente del Conde bullían las ideas sobre cómo organizar los Desposorios Reales con dignidad para la corona española. Pero su inteligencia y gran capacidad de trabajo mental le permitían añadir nuevos planes a los que ya tenía en su cerebro. Por eso, tras dejar atrás Talavera de la Reina, se quedó ensimismado unos momentos, lo que motivó la reacción de su mujer.

—Descansa un poco, hombre de Dios, que te va a dar un tabardillo.

—¿Cómo dices?

—Que dejes descansar tu cabeza un ratito de tanta boda.

—No, no. Ahora no pensaba en la boda.

—¿Qué se te ha ocurrido entonces?

—Oye, Esclavitud, ¿a ti te gustaría navegar desde Aranjuez hasta el océano Atlántico?

—Pues…, nunca lo he pensado. Pero quedaría bien. Sobre todo si nos acompañan los músicos en las falúas reales de Aranjuez.

—Mujer, a tanto no sé si podemos aspirar ¡Je, je! No, en serio. Al pasar por Talavera he visto el río Tajo. ¿Te imaginas si se pudiese construir un canal desde el Tajo hasta el Guadalquivir y alcanzar el mar? Comunicarían diferentes zonas del país y mejorarían los cultivos de regadío. En Francia los he visto similares.

—Ya, pero los dignatarios franceses están más preocupados que los españoles por el bienestar de su gente. No obstante, si tan claro lo ves, proponlo en la Corte cuando volvamos. No quedaría mal que, ya que ha sido idea tuya, pusieran tu nombre a la obra: Canal del Conde de Fernán Núñez.

—¡No te burles!

—Si no me burlo, hombre. Lo que pasa es que en España las grandes ideas no se llevan a cabo, salvo que se le hayan ocurrido al mandamás de turno. Venga, sigue dándole vueltas a las bodas y no te metas en más líos.

Pocas leguas más tarde alcanzaron el castillo-palacio de Velada. Se detuvieron a saludar al infante don Luis de Borbón y a su esposa, doña Teresa Vallabriga.

—¿Qué te ha contado doña Teresa? —preguntó Carlos José a su mujer cuando retomaron el camino, una hora más tarde.

—La verdad es que ha hablado muy poco. Se ha quejado varias veces por vivir fuera de la Corte. Esta mujer parece estar enfadada con el mundo.

—Con el mundo, no; solo con su cuñado, el rey Carlos III.

—¿Y eso?

—Cosas de la política…

—¿No puedo saberlas?

—Sí, pero con la debida precaución y sin airearlas, por favor.

—Cuenta.

—Resulta que el infante don Luis fue destinado, como es habitual en las casas reales de todo el mundo, a la carrera eclesiástica. Sin embargo, el niño, pues solo tenía 8 años cuando los nombraron arzobispo de Toledo, no mostró aptitudes por la religión y sí por la vida… mundana. Varios años después, renunció al cargo y se incorporó a la sociedad cortesana. Su amor por las artes le llevó a rodearse de pintores, músicos y otros creadores. Pero su talón de Aquiles siempre fueron las mujeres…, ya me entiendes…

—Te entiendo perfectamente. No soy una mojigata. Y digo yo: ¿qué problema hay en que a un hombre, soltero como él, le gusten las mujeres?

—Pues hubo dos problemas, Esclavitud. El primero, que acabó por pillar una enfermedad vergonzante.

—¡Aaaahh!

—El segundo, que aquello fue un escándalo y el rey Carlos no estaba dispuesto a consentirlo. Incluso echó de la Península al pintor Luis Paret, del que supongo has oído hablar… Se creía que este era quien alentaba los deseos libidinosos del infante. El rey pensó que su hermano debía, como vulgarmente se dice, sentar la cabeza. Vamos, que debía casarse.

—Y el infante eligió a doña Teresa de Vallabriga.

—¡Qué va! ¡Se la eligieron!

—¡Uf!

—Esto que te voy a contar es un secreto… —Esclavitud asintió con la cabeza—. Nuestro rey Carlos había tenido a sus hijos varones en Nápoles, cuando era rey allí. Pues bien, si el infante don Luis tenía descendencia y esta nacía en España, podría invocar su preeminencia sobre los hijos de Carlos III…

—¿Eso es posible?

—Yo creo que no, pero así lo escuché… Lo cierto es que el rey Carlos quiso que su hermano hiciese un matrimonio morganático…

—¿Qué es eso?

—Mujer, si me interrumpes constantemente… Eso es que le obligó a casarse con alguien de una familia importante, pero no de la realeza. De esta manera los hijos que tuviesen no podrían aspirar a la corona de España.

—Vaya con nuestro amado rey Carlos…

—¡Déjalo ya! —Carlos José cortó el tema antes de que a su mujer se le escapase alguna inconveniencia.

—Y a ti, ¿qué te ha contado el infante? —preguntó Esclavitud—. Por cierto, le parece mucho a su hermano el rey, si bien don Luis tiene la cara… demasiado alargada.

—Ahora está muy estropeado. Le he notado cansado y abatido, sin muchas ganas de vivir. También se ha quejado, como su mujer, de vivir alejado de la Corte. Cuando le he dicho cuál era mi misión en Lisboa, ha lamentado que la actual magnanimidad del rey Carlos hacia su hijo Gabriel no se hubiese producido cuando él mismo tuvo que tomar esposa.

—Pues la melancolía, a su edad, no augura nada bueno…

—Eso me temo. Algún día escribiré algo sobre la vida del infante…, cuando no haya peligro de represalias por parte de nadie y cuando se puedan ya conocer sus aspectos más delicados.

—A ver si te vas a meter en un lío —le avisó su esposa.

—Tranquila, mujer. He dicho "algún día"… No hay prisa. Por otro lado, lamento que no hubiese estado con ellos su violonchelista, Luigi Boccherini.

—Es verdad. Ni me he acordado de él —admitió Esclavitud.

—Prometí presentártelo en cuanto visitásemos a su señor, el infante don Luis, y no ha podido ser al encontrarse en Boadilla del Monte.

—Bueno, ya tendrás ocasión en otro de nuestros viajes.

—Así lo espero[48].

En Cáceres hicieron otra visita obligada, pues allí residían los abuelos de Esclavitud. Para agasajarles, en especial a Fernán Núñez, se solicitó la presencia en la casa familiar del primer organista y del primer violín de la catedral de Plasencia[49]. El Cabildo de dicho templo, conocedor de la gran afición del Conde hacia la música, no puso reparo en ceder a los dos intérpretes, quienes viajaron a expresamente a Cáceres para tocar ante él y su esposa. Estuvieron tan a gusto en la ciudad extremeña que dilataron su estancia por cinco días.

También en Badajoz se entretuvieron con teatro y bailes nobiliarios en espera de que bajasen las aguas del Caya, río que marca la frontera con Portugal. Iba tan crecido que se desaconsejaba su paso en barca. Por fin, el 27 de enero entraron en Lisboa. Sin embargo, Carlos José no tuvo tiempo para reponerse del largo viaje. Como tenía que informar a los Reyes Fidelísimos de Portugal de lo tratado con Carlos III, y estos se hallaban en su residencia de Salvaterra, hasta allí se trasladó el 29 de enero. Todo fueron buenas palabras, alegrías y felicitaciones por el reencuentro, después de varios meses del embajador alejado de la Corte portuguesa. Fernán Núñez, como hábil diplomático al servicio de su país, no perdió detalle de los infantes casaderos, pues debía escribir a Floridablanca de cualquier problema de salud que detectase en ellos; no era cosa de realizar un casamiento con problemas de partida...

La familia real portuguesa, para agasajar al Conde, le invitó a una cacería con halcones y a la ópera que se representaba en el teatro del palacio de Salvaterra.

—Aquí tiene su asiento, Excelencia —le dijo el criado de librea que le acompañó hasta su silla, ubicada en la platea.

—¿Estás seguro? —Carlos José se extrañó del lugar.

—Sí, señor Embajador. Así me lo han indicado.

Fernán Núñez optó por no atosigar al criado. A fin de cuentas, solo cumplía órdenes. Miró hacia el lugar donde se habían colocado el resto de ministros portugueses y el embajador de Francia: una galería cercana al palco de los reyes María y Pedro. No había duda de que lo habían sentado en un lugar que no le correspondía por su categoría. Pero, como no podía saber si lo habían hecho con mala fe o de quién había partido la orden, prefirió ser diplomático y aguantar. Al terminar la función, pasó a saludar a los reyes.

—Querido Fernán Núñez —le dijo María I—, ¿os ha gustado la ópera?

—Muy interesante, Majestad. —Carlos José optó por no contar a la reina su enfado, pero sí debía hacerle ver que no se había actuado bien con él—. Sin embargo, no he podido apreciar su cabal belleza pues, desde donde estaba sentado, las voces llegaban algo apagadas y, por desgracia, el humo de algunas velas me llegaba directamente a los ojos y no me permitía ver el entretenimiento en todo su esplendor.

—Lamento tales inconvenientes, señor Conde —se disculpó la reina.

Con esas palabras Carlos José se dio por satisfecho. Sin embargo, a la noche siguiente, antes de comenzar la nueva representación, le indicaron que María de Braganza quería hablar con él. Carlos José temió haber hecho enfadar a la reina.

—Majestad.

—Señor Embajador. Me sería muy grato si, esta noche, ocupáis un lugar diferente al de ayer. Os puedo ofrecer quedaros en el fondo de la platea, donde disponemos de un banco cerrado en el que la visión y escucha de la ópera es perfecta. Baste deciros que está destinado al director del espectáculo y que algunos de mis ministros, sabiamente…, suelen ocuparlo por sus buenas cualidades.

—Majestad, no fue mi intención importunaros…

—No hay ningún problema, querido Conde. Me causaría gran placer el que ocupaseis el lugar que os he ofrecido.

—Lo haré de mil amores, Señora.

Aquella noche Fernán Núñez disfrutó del espectáculo operístico en un lugar privilegiado, acompañado por varios ministros portugueses y otros individuos principales de la Corte. En definitiva, un lugar acorde a su alto rango de Ministro Plenipotenciario del Reino de España. Cuando Floridablanca supo de este suceso y la buena resolución del mismo, no pudo sino alabar el buen tino de su embajador, cómo supo manifestar con elegancia su queja y cómo la misma reina le recompensó.

Antes de abandonar Salvaterra y volver a Lisboa, Carlos José tuvo que pedir audiencia a los reyes.

—¿A qué se debe vuestra petición de entrevista, señor Embajador? —le preguntó la reina María mientras paseaban por los jardines de palacio.

—Quisiera solicitar de vuestra magnanimidad, Señora, un lugar adecuado para las celebraciones que pienso realizar con motivo de las bodas.

—¿No pensáis, pues, celebrarlas en vuestra residencia de Boa Morte? —le preguntó el rey Pedro.

—Señor, nuestra casa no está acondicionada para la magnitud de lo que preveo realizar. Si bien es cierto que no es pequeña, pues consta de tres edificios, no reúne las condiciones necesarias ni sería posible realizar obras con mi familia viviendo allí al mismo tiempo. Además, no está cerca del centro de Lisboa.

—¿Habéis pensado en algo, Embajador? —le preguntó la reina.

—Sí. Durante mi regreso a Lisboa le he dado vueltas, Majestad. Al llegar he realizado una rapidísima visita, pues debía venir a Salvaterra, a dos lugares que servirían a mis propósitos y engrandecerían estos dobles desposorios. El uno es el palacio llamado de Nuestra Señora de las Necesidades. Sin embargo, al encontrarse en las afueras de Lisboa, los traslados y comitivas no serían fáciles ni cómodos. El otro es el palacio del Inquisidor General, sito en la plaza del Rossio. Su cercanía a la plaza del Comercio facilitaría los traslados y la realización de visitas entre los altos dignatarios de ambas cortes. Ambos palacios están desocupados en estos momentos, por lo que dejo en manos de Vuestras Majestades la elección definitiva.

—Yo creo que el palacio de las Necesidades sería acorde… —comenzó a decir María I, pero su marido la interrumpió.

—Perdonad, Señora —dijo el rey—, pero el palacio de las Necesidades sería una mala elección. A pesar de estar desocupado, no deja de ser un palacio real. Imagino la cara de algunos de nuestros más señalados aristócratas cuando sepan que se le ha permitido usar al embajador de un país extranjero tal recinto. ¿No os parece, señor Conde?

—Como Vuestra Majestad considere —dijo Carlos José.

El rey estaba en lo cierto. Aquella cesión podía acarrear graves críticas a los reyes portugueses por parte de sus más altos nobles. Sin embargo, Fernán Núñez sabía que no solo los nobles se opondrían, también el rey pensaba de esa manera y no había querido decirlo abiertamente.

—En ese caso, querido Fernán Núñez —sentenció la reina María—, no se hable más. Podéis contar con el palacio del Inquisidor General para vuestras funciones públicas.

Carlos José agradeció a los reyes de Portugal su deferencia. Sin entrar en cuestiones de envidias palaciegas, a él también le parecía más acertado el palacio del Rossio que el de las Necesidades. Ahora bien, estaban a principios de febrero y los enlaces se habían fijado para finales de marzo. Tendría que poner todo su empeño para conseguir adecentar el palacio y que luciese que con esplendidez que el caso merecía. De esta manera, su propia grandeza luciría acorde con la del palacio.

Aunque Fernán Núñez ya ejercía como embajador para los Reales Desposorios, no fue hasta días más tarde, el 27 de febrero de 1785, cuando Floridablanca, como Primer Secretario de Estado y del Despacho, firmó el documento que así lo distinguía. Don José Moñino, conde de Floridablanca, actuaba según órdenes de Carlos III, pero él mismo sentía aprecio por Fernán Núñez. También lo consideraba la persona idónea para llevar a cabo la misión, pues se había distinguido en Lisboa durante la pasada guerra con los ingleses, gozaba del aprecio de la reina María y, además, poseía la sagacidad y sutileza necesarias para abortar las intrigas que promoviesen los contrarios al doble enlace, sobre todo los embajadores de Inglaterra y Francia, a cuyos países no les interesaba la íntima unión entre España y Portugal.

Los trabajos para adecentar el palacio del Inquisidor fueron frenéticos los días siguientes. Hubo que construir una cocina de dimensiones anormales debido al gran número de invitados previstos. El salón de mayores dimensiones se pensó que podía albergar las óperas y bailes, pero tuvieron que construir un coro elevado para que se ubicasen los cantores y la orquesta. Para el público se crearon varias tribunas altas y, como la imagen del salón quedaba un poco descompensada, le hicieron otras cinco tribunas figuradas para que todo resultase simétrico. Carlos José estuvo detrás de todo el diseño y pasos que se dieron, incansable.

—Ya hemos preparado la sala de curas y la alcoba para los cuidados, Excelencia —le dijo el maestro de obras.

—Muchas gracias, Mateus —le contestó el Conde sin dejar de mirar los planos. Había ido al Rossio para, como de costumbre, controlar los trabajos y ultimar los detalles—. En ese caso, ya solo queda avisar al cirujano, al médico y a una comadrona para que estén presentes y preparados el día de las funciones.

—Como su Excelencia me pidió, ya hemos preparado las salas para dar de cenar a sus invitados.

—¿En cuántas los habéis dividido?

—Con nuevo creo que habrá bastante.

—No creas, Mateus; asegúrate. No quiero improvisaciones cuando esté el palacio lleno de invitados ilustres y hambrientos.

—Como mandéis. Por cierto, a los músicos los hemos ubicado en la misma sala de comida que los criados, como es la costumbre en Portugal.

—Bien hecho. Es la costumbre en todas partes, amigo Mateus. Procurad que no les falten barajas a todos los criados para que estén entretenidos mientras no sea necesaria su intervención.

Para el 5 de marzo Fernán Núñez dictaminó que ya debían asistir al adecentamiento del palacio del Rossio algunos miembros de su servidumbre; solo volverían a Boa Morte para dormir. En cuanto a su propia familia, Carlos José también diseñó un plan de actuación. Dejó por escrito cómo debían actuar su esposa, Caamaño, los niños y sus ayos, el ama Madame La Tour, los criados y el portero. Incluso el abuelo de Esclavitud, que había sido invitado a las ceremonias nupciales, se vio sometido a aquel régimen de vida.

—Quiero que todos los días —les explicó a sus familiares durante la cena de ese 5 de marzo— vayan los tres niños, acompañados de sus ayos y usted, Madame La Tour, a la una de la tarde. Así comeremos juntos.

—¿Y yo? —preguntó Esclavitud.

—Nosotros dos, como máximos responsables de la organización, iremos desde mañana todos los días al Rossio y nos quedaremos a dormir allí.

—¿Se quedarán a dormir también ellos?

—En principio, no, querida. Se volverán sobre las nueve de la noche para que tengan tiempo de cenar y acostarse. Cuando lleguen los días de las funciones, quiero que almuercen sobre las 12, pero aquí, en Boa Morte. Luego irán al Rossio. ¿Recuerda la comida que le he encargado preparar para los próximos días? —preguntó Carlos José a la criada que permanecía en una esquina, atenta a las peticiones de los señores.

—Sí, Excelencia. Una sopa, cocido, dos entradas, un asado, ensalada y un plato de verdura o manzanas. Todo se hará en gran cantidad, como el Señor me ha indicado; así quedará comida para los criados una vez terminen de comer los señores.

—Muy bien. ¿Y recuerda también las cenas?

—Sí, Excelencia. Elaboraremos guisados, ensalada y un plato de menestra, para acabar con los postres.

—La felicito por su eficiencia. Amigo Caamaño, ¿has comprado lo que te pedí?

—Cualquiera se resiste, ¡ja, ja, ja! Sí, he comprado un espadín y uniformes para cada sirviente que reciba a los invitados y les acompañe durante su presencia en el palacio del Rossio.

—Perfecto. Cuando todo termine, asegúrate de que todos conserven los espadines como regalo. Es una forma de tenerlos contentos.

—Como tú mandes.

El 10 de marzo de 1785 se firmó, en El Pardo, el tratado matrimonial para la boda entre el infante portugués don Juan y la infanta doña Carlota Joaquina de Borbón, nieta de Carlos III. Al existir parentesco familiar, se solicitó dispensa al Papa, quien la dio encantado. Un día después, en Lisboa, Fernán Núñez y el Ministro de Negocios Extranjero de la reina María I, don Ayres de Sá y Mello, firmaron un documento similar para el enlace entre los infantes don Gabriel y la portuguesa doña Mariana Victoria. Para ellos también se obtuvo la correspondiente dispensa papal.

A partir de aquí, todo se desenvolvió con relativa rapidez. En la semana de Pascua de aquel año, concretamente los días 27 a 29 de marzo, se desarrollaron los actos madrileños. El propio rey Carlos III tuvo que actuar como novio y representar al infante Juan, quien permanecía en Lisboa. Se programaron óperas y conciertos; en todos ellos se distinguió, como organizador, el marqués de Lourizal. Fernán Núñez estuvo muy atento a sus festejos conmemorativos, pues sabía que luego era su turno y no podía quedar por debajo de su colega luso. Un desgraciado hecho vino a facilitar el trabajo de Carlos José: el infante portugués había contraído el sarampión. Esto hizo que las ceremonias en Lisboa, fijadas para los mismos días, se aplazasen, lo que dio más tiempo a Fernán Núñez para preparar sus funciones de gala.

El 11 de abril, por la tarde, comenzaron las ceremonias. La primera que marcaba el protocolo era la entrada oficial del Embajador Plenipotenciario Español en Lisboa. La costumbre era llevar a dicho Embajador hasta la salida de la ciudad y organizar una comitiva, simulando que llegaba desde fuera. En el caso de Fernán Núñez se salvó este paso y no tuvo que abandonar Lisboa; su comitiva partió, pues, del palacio del Rossio.

El alto noble designado por la corona portuguesa para actuar como Conductor fue el marqués de Castello-Melhor. Este llegó al Rossio con un tren de coches fabuloso, superior a las 70 unidades, muchos de ellos cedidos por la nobleza lusa. Carlos José comprendió que los portugueses apostaban fuerte por aparentar y no mostrarse inferiores en aquella ocasión. Más de cien servidores lusos fueron destinados al servicio de nuestro embajador. Los españoles, por su parte, ofrecían un aspecto pulcro y muy elegante; no en vano Carlos José había diseñado los trajes y los habían confeccionado con gran sigilo en Madrid.

A las dos y media de la tarde se puso en marcha la comitiva. Desde el palacio del Rossio tomó la rua Augusta y desembocó en la plaza del Comercio. Carlos José, como era su costumbre, determinó qué tipo de carruajes españoles, cómo disponerlos y qué soldados portugueses le acompañarían en este corto trayecto. Nada más desembocar en la plaza del Comercio, llegó a oídos del Conde la música de viento que producían las bandas de los regimientos estacionados en la explanada que daba al río Tajo. Le acompañaron hasta el interior del palacio, donde ya le aguardaban los miembros de la Familia Real Portuguesa. La costumbre era que cada uno estuviese en una cámara distinta, de ahí que Fernán

Núñez, después de entregar sus credenciales ante la reina María y hablarle, tuvo que rotar por las diferentes estancias para hacer las arengas correspondientes, que fueron muy celebradas por sus respectivos destinatarios. Terminada esta primera fase, que podría decirse de cortesía, la comitiva se puso de nuevo en marcha pero esta vez en dirección contraria. Al llegar al palacio del Rossio, Fernán Núñez agradeció a Castello-Melhor su actuación como Conductor y le obsequió con un soberbio refresco. El portugués no pudo sino alabar la magnificencia de lo allí dispuesto, ante el orgullo de Carlos José.

—Señor Embajador —dijo el portugués, mientras tomaba una copa de agua con limón y mordía un trozo de pastel—, vuestro rey se sentiría honrado con el despliegue que habéis hecho.

—*Obrigado*, Marqués. Lo mismo he de decir de vuestro acompañamiento. Me he sentido arropado en todo momento.

—Sois muy amable. Por cierto, ese ramillete de mármol que tenemos al lado de la mesa…

—¿Os gusta? —preguntó Carlos José lleno de orgullo.

—Es una auténtica obra de arte. Quizás uno similar, para mi palacio…

—Bastará con que me lo digáis para recomendaros… Como podéis observar, aparecen alegorías de la Justicia o la Comedia.

—Y también de la Música, según observo…

—Efectivamente. Veo que sois conocedor de las convenciones artísticas en el terreno de la alegoría. Aunque lo han realizado en Madrid, estaré encantado de facilitaros las señas y las recomendaciones para que os preparen uno a vuestro gusto.

—Os lo agradezco mucho, Señor. Y, si no es indiscreción, ¿podríais adelantarme cuánto puede valer?…

—Una nimiedad… Solo han costado algo más de ciento cuarenta mil reales…

El portugués estuvo a punto de atragantarse. Carlos José contuvo la risa: seguro que ya no tenía ganas de encargar un ramillete tan soberbio como aquel.

Terminado este refresco, Fernán Núñez empleó la tarde en un ir y venir a casas de ministros portugueses y la devolución de la visita por parte de estos. A todos agasajó con el refresco pero ninguno preguntó por el ramillete de mármol.

Al día siguiente, 12 de abril, la comitiva volvió a ponerse en marcha. Esta vez, en dirección al Palacio-Barraca de Ajuda. Carlos José iba enfadado: no se había permitido la presencia de la Condesa porque, según la excusa del ministro Ayres de Sá, a las Capitulaciones Matrimoniales no asistía ni la Camarera de la reina de Portugal.

En la sala donde debían firmarse las Capitulaciones para la boda entre don Gabriel de Borbón y doña Mariana Victoria, se encontraban los Reyes Fidelísimos, varios ministros y otros miembros de la nobleza lusa. Fernán Núñez saludó a los reyes y al resto de los presentes. Algunos de ellos, como el duque de Alafoens y el duque de Cadaval, a pesar de no ser españoles, actuarían como testigos del novio, quien había permanecido en Madrid como era costumbre. Sin embargo, allí también se encontraba la Camarera de la Reina, quien, supuestamente, no debía estar. Fernán Núñez la miró, se puso muy serio, miró al Ministro de Asuntos de Extranjeros y este no fue capaz de sostenerle la mirada. Carlos José prefirió no decir nada en ese momento. Ya se quejaría a la Reina y a Floridablanca de lo que él consideraba un trato vejatorio hacia su esposa, sobre todo porque la esposa del marqués de Lourizal, Embajador Plenipotenciario en Madrid, sí había podido asistir a la ceremonia española. Además, era un desprecio hacia la señora Embajatriz, como él la llamaba, que también representaba a España.

Por aquel incidente Fernán Núñez estuvo tenso toda la ceremonia. Escuchó al vizconde de Vilanova de Cerveira leer en voz alta el documento de las Capitulaciones; como Secretario de Estado de los Negocios, había sido nombrado Notario del Reino para la ocasión. Los reyes y los infantes de Portugal permanecieron sentados bajo dosel mientras se leía.

—A continuación, Su Majestad, la Reina Fidelísima de Portugal, procederá a estampar su firma en el documento oficial —anunció el Vizconde.

María I se levantó de su sillón mientras dos ayudas de cámara le acercaban la mesa donde estaba el papel. Lo firmó en el lugar que le correspondía.

—Su Majestad, el rey Pedro III, ejecutará la misma acción.

Se repitieron las mismas actuaciones. Al terminar de firmar todas las Personas Reales y sentarse, Fernán Núñez observó algo que no le pareció correcto. Disimuladamente, alargó el cuello y comprobó que una firma, no podía distinguir cuál, se hallaba a la izquierda de la columna donde debía firmar todos los miembros de la realeza portuguesa. Aquello no le gustó. Si era la del rey Pedro, eso significaba que su camarilla le había convencido para que firmase de manera que pareciese él más importante que la propia reina. Aquello no era normal y decidió intervenir para aclararlo.

—Con el debido respeto —dijo Carlos José ante el asombro de todos— y con el permiso de Sus Majestades y Altezas, aquí presentes —hizo las respectivas reverencias—, debo manifestar una cuestión antes de que se proceda a la ratificación de las Capitulaciones Matrimoniales.

—¡¿Cómo osáis interrumpir?! —le reprendió el vizconde de Vilanova de Cerveira con un tono de voz que estaba fuera de lugar.

Carlos José lo miró, serio pero tranquilo. Conocía al noble desde tiempo atrás y sabía que no era desfavorable a su persona ni a España. Solo resultaba un poco susceptible para todo lo que fuese poner en duda sus actuaciones, sobre todo si lo hacía un español. Tampoco era cosa de enemistarse con él en un momento crucial para las dos naciones.

—Con el debido respeto, insisto, creo haber detectado un pequeño error en las firmas. —Carlos José intentó ser todo lo diplomático que la situación requería.

—¡Nada de eso, Señor mío! —dijo el de Cerveira, elevando la voz—. ¡Todo se ha desarrollado de la manera conforme!

—Majestades: si el Notario del Reino quisiese escuchar mis razones, es posible que "todo" se aclare con beneficio de ambas partes…

—Señor Embajador de España, ¿qué tenéis que decir? —intervino la reina María, con lo que desautorizaba, por el momento al menos, a su ministro.

—Majestad, mi intervención será muy breve y bienintencionada, no le quepa duda a ninguno de los presentes… Me ha parecido ver…, quizá desde mi lugar no se aprecie bien…, que había una firma en lugar no adecuado…

—¡Sí! ¡La firma de Su Majestad Pedro I no aparece en columna! —volvió a intervenir Cerveira, muy nervioso—. ¿Hay algún problema en ello?

—Solo quiero manifestar que no es el procedimiento que se había convenido entre las dos Casas Reales... No podré firmar el acuerdo por parte de España si no se corrige…

—¡Con el debido respeto, Majestad, debo salir un momento! —respondió el vizconde de Vilanova de Cerveira, fuera de sí—. Iré a buscar un documento para demostrarle al señor Embajador de España que se equivoca.

Cerveira salió a toda velocidad de la sala ante el estupor de los presentes.

—Señor Embajador —volvió a decir la reina, con mucha calma—, mi esposo y tío, don Pedro I, es mi igual. No hay inconveniente en que firme a mi misma altura y no por debajo de mí.

—Majestad, esa explicación, oída de vuestra augusta boca, me satisface. —Carlos José mintió. No estaba de acuerdo, pues la reina era ella y no don Pedro. Pero no podía contradecir las palabras de María de Braganza delante de su Corte. Optó por la diplomacia en lugar de la legalidad.

—Me alegro, señor Conde de Fernán Núñez. Es la única explicación…

En ese momento entró el vizconde de Vilanova de Cerveira con un documento en la mano.

—¡Aquí está todo escrito! —dijo, esgrimiendo el documento como arma triunfal.

—Pues aquí ya no hay nada que litigar—contestó Carlos José, muy sereno—. Su Majestad ha tenido a bien solucionarme la duda.

—¡Pero, es que yo traía para responderle…!

—No sé qué iba a responderme, señor Vizconde, si no se ha parado a escuchar cuál era mi duda.

Se oyeron algunas risas apagadas. Cerveira se avergonzó de su precipitación; había quedado en ridículo.

—¡No le dé mayor importancia, señor Vizconde! —sentenció la Reina—. Le ruego que prosiga con el acto de las firmas.

La ceremonia, sin nuevos incidentes, se dio por finalizada tras la rúbrica de Fernán Núñez, quien firmó al lado de la novia, la infanta Mariana Victoria, y la rúbrica del Notario Real, el avergonzado vizconde de Vilanova de Cerveira.

A las cuatro de la tarde estaba fijada la ceremonia de los Desposorios Reales en la iglesia del mismo Palacio-Barraca de Ajuda.

Carlos José entregó un poder del infante Gabriel de Borbón, quien había permanecido en España, al rey Pedro, de manera que este le representase en la boda como novio. Aunque todos los presentes estaban al tanto de este tipo de convenciones, no dejaba de ser curioso contemplar al padre "casarse" con la hija. Los cantores y músicos de la Real Capilla pusieron el toque solemne con el cántico del *Te Deum*. Una vez acabada la ceremonia, la real familia se retiró a sus aposentos en palacio y permaneció en la capilla la novia, la infanta Mariana Victoria. En ese momento, el Conde actuó como Ministro Plenipotenciario y Extraordinario:

—Os ruego, Alteza, que aceptéis el retrato de vuestro esposo, el infante don Gabriel de Borbón.

La infanta tomó el retrato y lo miró tiernamente:

—Yo acepto su retrato al igual que antes he aceptado su mano. Muchas gracias, señor Embajador. —Mariana Victoria le tendió su mano y Fernán Núñez se la besó.

—Permitidme, Alteza, que os presente a mi esposa, la Embajatriz de España.

Esclavitud, invitada en esta ocasión, había permanecido en una tribuna durante el acto. Al ver acercarse a su esposo a la infanta, bajó y se puso detrás de él, según habían convenido previamente.

—Alteza —le dijo Esclavitud tras hacer la oportuna reverencia—, España se engrandecerá con vuestra presencia en Madrid.

—Sois muy amable, Señora. Confío en estar a la altura de tan noble Casa Real.

A continuación, Carlos José y su mujer fueron a saludar a los ministros portugueses, a quienes entregó regalos en nombre de Carlos III; a su vez, recibió presentes en nombre de la Reina Fidelísima.

Para solemnizar tal ocasión, la Casa Real Portuguesa preparó esa noche un soberbio castillo de fuegos artificiales en la zona de Belém. A continuación, en el palacio de Ajuda tuvo lugar una serenata operística para el cuerpo diplomático y la Corte. Se cantó el drama *L'imenei di Delfo*, letra de Gaetano Martinelli y música del portugués António Leal Moreira. Se trataba de la típica ópera alegórica sobre un argumento inspirado en la Grecia antigua. Carlos José no pudo sino sonreír cuando comprobó que los libretos que se repartieron nada más terminar la función, tenían la fecha de ejecución del 28 de marzo de 1785, cuando, en realidad, se había llevado a cabo el 12 de abril. El sarampión del infante don Juan había sido el causante de que las celebraciones se aplazasen y los responsables portugueses habían optado por no cambiar los libretos ya impresos. Él sí había tenido en cuenta esta circunstancia y los libretos de la ópera que pensaba ofrecer al día siguiente en su palacio ofrecían impresa la fecha exacta.

La primera función de corte del embajador español tuvo lugar el 13 de abril de 1785. A las cuatro y media de la tarde comenzaron a llegar los soldados portugueses, tanto de caballería como de infantería, que debían colaborar en el mantenimiento del orden exterior en la plaza del Rossio, vigilar que se no aglomerasen los paisanos para ver la comitiva y conseguir que los carros circulasen de manera fluida. Todo el dispositivo, así como el conjunto de actuaciones para aquella noche memorable, había sido diseñado y escrito por el propio Carlos José. Esos militares tenían orden expresa del Conde para reprender a quien tirase los cigarros al suelo; no era cosa de que ardiese el palacio con tan nobles invitados dentro. Además, distribuyó por las diferentes plantas a varios carpinteros y albañiles, con cubos de agua suficientes y bombas para sofocar con rapidez cualquier conato de incendio.

A las cinco de la tarde, como estaba previsto, comenzaron a llegar los convidados, la mayoría miembros de la nobleza portuguesa con sus mujeres y algunos militares de alta graduación. A esa hora ya pudieron disfrutar de la fachada del renovado palacio del Inquisidor en todo su esplendor, con una iluminación de arañas de cera, más caras pero menos peligrosas en caso de incendio, y hachones sabiamente dispuestos. Los criados y lacayos los recibían y los acompañaban al interior del palacio. Como esos grandes señores no habían ido solos al Rossio, sino acompañados de sus lacayos propios y sus escuderos, Carlos José también dispuso que varios de sus criados les atendiesen y les diesen de comer llegado el momento, en compañía de los músicos pues también estos eran considerados unos siervos más.

Para agasajar a tan altos invitados, Fernán Núñez dispuso como actos principales la cena, el canto de una serenata alegórica y un baile. Prefirió no programar un castillo de fuegos artificiales por varios motivos: uno de ellos, el no rivalizar con los reyes de Portugal que lo habían verificado la noche anterior; otro, el evitar posibles incendios al desarrollarse en pleno centro de la ciudad.

Pasadas las nueve y media de la noche y una vez terminado el recibimiento, que consistió en un refresco, los invitados pasaron a la sala que se había preparado para la serenata. El nombre, *Le nozze d'Ercole ed Ebbe*, ya indicaba que se trataba de la típica obra mitológica con claras referencias al motivo de la reunión: una boda de altísimos personajes, tanto en la realidad como en el libreto, de manera que los contrayentes se sintiesen identificados en los seres de la Antigüedad. A diferencia de otras serenatas, en aquella ocasión no se representaría, solo se cantaría. Mientras pasaban a la sala los más de trescientos hombres y cien mujeres, dos criados, situados a ambos lados de la puerta, entregaban un ejemplar del libreto a cada uno. Fueron ubicados en diferentes lugares, platea y tribunas, según su categoría y no se libraron de algunas estrecheces por el elevado número de oyentes. Una vez sentados, varios criados se dedicaron a entregar un hermoso ramo de flores artificiales a las damas, encargado a propósito a Madrid. Su carencia de fragancia venía contrapesada por el hecho de que no mancharía los lujosos vestidos de las señoras.

—No me parece bien que todos los cantantes sean hombres —recriminó Esclavitud a su marido mientras leía el ejemplar del libreto.

—Perdona, ¿cómo dices?

—Todos son hombres, incluso los que cantan los papeles de mujer. Mira: Fedele Venturi actúa en el papel de Juno, esposa de Júpiter, y la protagonista, Ebbe, está representada por Giovanni Gellati…

—Es la costumbre en este tipo de obras, cariño. Además, ya lo sabes, pues asististe a algún ensayo.

—Una costumbre algo rara… No creo que a Nuestro Señor le guste que todo esté cambiado y mezclado. ¿No hay cantantes buenas en Portugal, España e Italia?

—Te recuerdo, querida, sin ánimo de ofender, que esta costumbre de utilizar a hombres capones para los papeles femeninos comenzó precisamente en los actos cantados de las iglesias, al no permitirse actuar en ellos a las mujeres…

—Todo eso ya lo sé. No es la primera ópera a la que asisto. Pero no significa que siempre deba ser así. ¿Cuándo se va a cambiar? ¡Y esa costumbre bárbara de mutilar…!

Ahí dio comienzo la obertura, por lo que Esclavitud no pudo seguir con sus argumentos. Se limitó aceptar la costumbre. Fijó su atención en los músicos y cantantes, que habían sido ubicados en un coro alto construido para la ocasión. Su ejecución fue pulcra y muy emotiva.

Terminado el primer acto, Carlos José dispuso que se agasajase a los presentes con dulces y bebidas, tal y como era costumbre en los teatros de ópera portugueses. De esta manera consiguió ganarse aún más el favor de los naturales del país luso. El segundo y último acto terminó más allá de las doce de la noche y los numerosos aplausos finales sonaron sinceros, no un mero trámite para pasar a algo más entretenido.

La siguiente fase de la función consistió en la cena. Los invitados fueron distribuidos en varias salas pues era imposible atenderles a todos en una.

—Muy hermosa la serenata —le dijo el embajador de Nápoles.

—Sabía que te iba a gustar —le contestó Carlos José.

—Por cierto… Ya he visto que el escritor de la letra es casi paisano mío…

—Efectivamente. La encargué a Roma a un poeta de allí. Son los mejores en estas cuestiones de transcribir la mitología griega al mundo de la ópera.

—Como he comprobado —el embajador abrió el libreto y señaló al Conde donde aparecían los créditos de la obra— no aparece el nombre del autor de la letra… ¿Podrías decírmelo, en confianza, por si necesito algún día de sus servicios?

—Lamento denegarte lo que me pides, amigo mío. El mismo poeta insistió en que su nombre debía quedar en el anonimato. E insistió con fuerza, te lo aseguro.

—Es una pena.

—Si te interesa el nombre del compositor, sí te lo puedo decir. Es un artista. Ha hecho la música en solo 40 días y ya quedaba muy bien en los primeros ensayos.

—¡Qué gracioso eres, hombre! —se quejó el napolitano—. Eso ya puedo leerlo en el impreso: Jerónimo Francisco de Lima. Lo conozco del Real Seminario de Lisboa y de su etapa formativa en Nápoles. Es muy competente en lo de escribir música a la italiana…

—Pues no preguntes más y disfruta de la fiesta —le atajó Carlos José y tomó asiento donde le correspondía.

Más allá de la una de la madrugada, bien comidos y descansados, los convidados pasaron de nuevo al salón principal del palacio. Se habían retirado todas las sillas y se había despejado la zona central para que tuviese lugar en ella el baile. Como era costumbre, el baile lo abrió el Conde, como anfitrión, y eligió a la marquesa de la Mina, al ser ella la aristócrata de mayor antigüedad en su escalafón. A continuación se incorporaron más danzarines, siguiendo el mismo orden nobiliario y militar y se bailaron los minuetos.

Según iban cansándose, pues la mayoría habían dejado la juventud atrás, los invitados dejaban el baile y pasaban a alguna de las salas de comida, donde Carlos José había dispuesto que se sirviesen durante toda la noche fiambres y sopas. De esta manera aguantaron el tipo hasta las siete de la mañana, cuando se dio por finalizada la primera función de corte de nuestro Embajador. Todos marcharon exhaustos pero felices, con el nombre de Fernán Núñez en la boca enmarcado por palabras de agradecimiento hacia sus buenas dotes de anfitrión.

24 LISBOA CONTINÚA DE FIESTA

Tras la sonada celebración del día 13 de abril organizada por Fernán Núñez, las siguientes fases de los largos Desposorios Reales tuvieron lugar en las semanas siguientes, si bien de manera algo más sosegada. En España, el 27 de abril partió la comitiva que habría de llevar a la infanta Carlota Joaquina desde Aranjuez hasta Lisboa, para que viviese en la Corte portuguesa con su esposo, el infante Juan. El 7 de mayo llegó a Badajoz. Allí le esperaban el embajador portugués, marqués de Lourizal, y el embajador español, conde de Fernán Núñez. Durante unos días, Carlos José albergó la esperanza de que llegase con su nieta el rey Carlos III, pues le habían informado de que este pensaba acompañarla hasta la frontera con Portugal y saludar así a su sobrina, la reina María I de Bragança. Sin embargo, el rey desistió de un viaje tan fatigoso y delegó todo en el duque de Almodóvar, quien había sido el anterior embajador de España en Lisboa.

Nada más llegar Carlota Joaquina, que contaba con solo diez años recién cumplidos, fue recibida por Fernán Núñez y Caamaño, flamante y reciente brigadier del Ejército Español. A continuación, estos se trasladaron a Vila Viçosa, donde estaba la Familia Real Portuguesa al completo, y les comunicaron la feliz presencia de la niña en la frontera. Al día siguiente pudieron presentarla a sus suegros, ya en Vila Viçosa; estos alabaron la gracia y desparpajo de la muchacha, su peinado a la moda francesa y los esfuerzos por comunicarse en francés, latín y un rudimentario portugués. Por fin conoció a su esposo, don Juan, ocho años mayor que ella. Las primeras impresiones fueron buenas por parte de ambos, aunque João tendría que contener su impaciencia para poder estar con su mujer hasta que creciese…

Ese mismo día, 8 de mayo, los reyes ofrecieron una comida pública a todos los presentes. Terminado el almuerzo, Carlota Joaquina fue entregada de manera oficial a Lourizal y Mariana Victoria a Fernán Núñez, quienes las aceptaron en nombre de sus respectivos monarcas. El portugués, de acuerdo con sus señores, organizó luminarias y una serenata en la que intervinieron cantantes italianos; el español, para no ser menos, invitó al día siguiente a una selecta concurrencia en la posada donde se albergaba en Vila Viçosa.

Carlos José estuvo, en todo momento, acompañado por su mujer. Para asegurarse de que esta vez no la desairaban los portugueses, escribió con tiempo a la Camarera Mayor, marquesa de Tancos, solicitando permiso para que Esclavitud asistiese, en calidad de Embajatriz, a la recepción oficial y a la serenata. Si la respuesta era negativa, estaba dispuesto a tomarlo como una afrenta personal y se haría acompañar de su esposa de todas formas. No obstante, la contestación fue favorable.

—Señora, haga la merced de acompañarme —le dijo un criado de librea a Esclavitud nada más entrar en el teatro del palacio de Vila Viçosa.

—Ve —indicó Carlos José a su mujer y le dio un beso en la mejilla. Aquella noche estaba más bella que de costumbre. A pesar de no llevar el traje cortesano de gala, por haberla dispensado la propia Camarera Mayor, había elegido un vestido que le favorecía.

El criado la llevó hasta el lugar que le correspondía según su categoría: entre las Damas de la Reina y de la infanta Carlota Joaquina. Esclavitud sonrió a su marido, quien la miraba desde la entrada a la sala; estaba contento por ver feliz a su esposa. Todas estas grandes señoras estaban sentadas en el suelo, sobre una estera, pues tal era la costumbre en el palacio de Vila Viçosa. Para satisfacción del Conde, vio cómo las portuguesas saludaban y hacían reverencias a Esclavitud y la trataban como una más; ella se las devolvía con elegancia.

Carlos José, por su parte, fue colocado en la zona de los ministros extranjeros. Todos los hombres permanecieron de pie, en los lados y tras las mujeres, como era la costumbre. Si ellas podían descansar de su posición sentada en el suelo poniéndose de rodillas cada cierto tiempo, los caballeros podían hacer algo similar pero descansando una rodilla en tierra. Salvo estos detalles, la ópera transcurrió con sus habituales características: tema mitológico, cantantes capones y música hábilmente escrita para el lucimiento de estos.

Cuatro días después, Vila Viçosa se convirtió en un mar de lágrimas. La infanta Mariana Victoria partió hacia España para ocupar su lugar en la familia Borbón.

—Esto es muy triste —dijo Esclavitud a su marido, sin dejar de sollozar, mientras veía a la muchacha despedirse de sus seres queridos.

—Es ley de vida en las familias reales —trató de consolarla Carlos José—. Ella sabía que un momento así tenía que llegar, pues las niñas son educadas para casarse con otros miembros de casas reales en beneficio de sus padres y países.

—Aun así, es muy duro saber que casi nunca volverás a ver a tu hija… Pienso en nuestra pequeña Escolástica…

—Algún día habrá que casarla con alguien adecuado a su posición. Tú misma le buscarás un buen partido…

—¡No pienso separarme de mi hijita!

—Llegará. Todo llegará, mujer…

Al día siguiente partieron los Gutiérrez de los Ríos Sarmiento hacia Lisboa. Debían preparar la segunda gran fiesta por los Dobles Desposorios, prevista para el mes de junio. No podían quedar por debajo del éxito obtenido en la anterior del mes de abril.

Sin embargo, unos días después, el destino pareció querer que esto no sucediese. El 25 de mayo una tremenda tormenta, con grandes vientos, rayos y granizo, destrozó ventanas y adornos del palacio del Rossio. Incluso un carpintero, de los que fueron llamados a toda prisa para arreglar los desperfectos, cayó al vacío por efecto del viento que continuó al día siguiente, falleciendo. Carlos José pidió y consiguió del gobierno español una pensión para los hijos y viuda que quedaban desamparados.

El palacio quedó otra vez en perfecto estado para la segunda función de corte que comenzó el 15 de junio. Incluso se embelleció con medallones, estatuas, balaustradas y otros adornos[50]. Esta vez, junto a los Reales Desposorios, se festejaba la llegada de Carlota Joaquina a Lisboa. Fernán Núñez dictaminó a sus criados y a los soldados lisboetas destinados a su servicio que todo debía conducirse como en el mes de abril.

Para mejorar el entorno de dicho palacio, Carlos José ordenó también erigir un arco de triunfo y dos obeliscos. Cuando Esclavitud se acercó un día a ver las obras, admirada como todos los lisboetas que las veían, no pudo dejar de preguntar a su marido, quien las dirigía al pie:

—¿Qué significan esas letras que aparecen en el arco?

—Es latín —le contestó Carlos José.

—Pues es un latín muy raro. Yo entiendo un poco el latín y ahí no hay manera de sacar nada.

—Mujer, es que está abreviado para que no ocupe mucho lugar.

—Ahora sí lo entiendo. ¿Y qué significa?

—Las letras *C. C. FERN. NUNS. HISP. LEG. POPP. FEL. AUG. L. M. P.* se corresponden con las palabras *Carolus Comes Fernan-Nuniensis Hispaniae Legatus populorum felicitatis augiris lectus, Monumentum porsuit*[51].

—*Carolus… Legatus…* —Esclavitud intentó traducir aquella frase para impresionar a su marido; ¡ella también era una persona instruida!—. Carlos Conde de Fernán Núñez… de Hispania legado… Embajador de España, mejor dicho, ¡je, je!, erigió este monumento para la felicidad de los pueblos… ¡o algo así!

Carlos José rió la ocurrencia de su esposa. Había traducido la frase casi exacta.

—Lástima que tenga que derribarse una vez finalizada su misión…

—¿Lo vas a derribar? —le preguntó su mujer, escandalizada—. Pero, ¡si es una maravilla!

—Es algo efímero, cariño. Lamento que te disguste. Además, los portugueses no iban a permitir que se mantuviese en medio de su plaza durante años…

Esclavitud miró la plaza del Rossio. Estaba preciosa con los dos monumentos citados y una columnata central. En las extremidades de esta última se ubicarían dos templos simulados, uno dedicado a la Paz y otro a la Amistad, los cuales serían ocupados durante la noche de la fiesta por sendas orquestas con el fin de entretener al pueblo, no invitado por pertenecer al Tercer Estado. Decidió volver al palacio. No acababa de entender aquellas tonterías; derribar algo tan bonito… ¡Lo que debían hacer era construirlo en mármol para que durase toda la vida!

Carlos José permaneció en la plaza, dando instrucciones para el remate de los obeliscos. En ellos debían figurar inscripciones relativas a los augustos novios y en su punta se colocarían dos tórtolas, símbolo del amor conyugal. También dio órdenes para colocar adecuadamente las miles de velas que tenían que iluminarlos.

Al caer la tarde del 15 de junio de 1785 comenzaron a llegar los primeros invitados, todos miembros de la nobleza portuguesa. Les recibieron varios criados de librea y gentileshombres que había dispuesto Carlos José en la puerta. Una vez en el interior, Esclavitud fue la encargada de saludarles oficialmente y darles la bienvenida, en su papel de Embajatriz. Tras el refresco de inicio, los invitados pasaron a la gran sala para escuchar una nueva serenata. Carlos José, como en la ocasión de abril, la había encargado al mismo y oculto poeta romano[52], pero la música no la había pedido a ningún compositor portugués. La había contratado con Giovanni Battista Cavi[53]. Pero, casualidades del destino, la letra llegó a su tiempo mas la música no. Viendo que tardaba mucho, Fernán Núñez decidió no arriesgarse y solicitó una partitura nueva a José Palomino, violinista y compositor español al servicio de la Reina Fidelísima. Palomino, quien había recibido atenciones del Conde para mantenerse en su trabajo, no lo dudó y, en tiempo récord, tuvo lista una partitura. Cuando, por fin, llegó la música de Cavi, Fernán Núñez optó por mantener la de su paisano, que era la que se había ensayado. Acertó de lleno, pues el público aplaudió con muchas ganas la música de Palomino y, para satisfacción del músico madrileño, la comparó con la del famoso Nicolò Jommelli.

A diferencia de la vez anterior, Esclavitud no le hizo ninguna observación a su marido sobre la presencia de *castrati* en el elenco y se limitó a enterarse muy bien de la trama, impresa en el libreto que se entregó a cada espectador. Aunque estaba en italiano, como todo el libreto, consiguió enterarse bastante bien:

> Mercurio cuenta a Júpiter el agradecimiento con que los Monarcas de España y Portugal han aceptado el proyecto, formado por el propio Júpiter, de los dobles Desposorios Reales. Los Genios expresan el júbilo de sus respectivas Naciones y el deseo de que las bodas sean prontamente realizadas. También notifica Mercurio que Himeneo espera con impaciencia el asentimiento de Júpiter para cumplir su cometido y que los Dioses Celestes están deseosos de honrar con su presencia tales Bodas, como ocurrió con la de Peleo y Teti.[54]

Una vez terminada la serenata, se pasó a la cena. Primero comieron los señores, unos 370 invitados ubicados en varias salas. Los 500 criados comieron más tarde, en salas diferentes y en tandas de 60 para no dejar desatendidos a los señores ni tampoco desfallecer. Cuando llegó la hora del baile, Carlos José volvió a abrirlo. De vez en cuando, para controlar que la fiesta se desenvolvía con soltura (y para descansar un poco, todo sea dicho), el Conde salía a la plaza del Rossio y admiraba al gentío divertirse con las dos orquestas que había dispuesto para entretenerles. Todos contentos, tanto la nobleza dentro del palacio como el pueblo fuera, que era su sitio... Unas treinta mil almas pudieron haberse congregado en la plaza a lo largo de la noche, según le calcularon sus criados. En un determinado momento, se escuchó un fuerte clamor en el Rossio y Carlos José se volvió a asomar a la puerta. Como le habían prevenido, los reyes de Portugal, lo mismo que en la anterior ocasión de abril, se habían acercado en carruaje para disfrutar de las iluminaciones y de las construcciones conmemorativas, pero sin entrar en el palacio. Carlos José, como se esperaba, se limitó a saludarles con respeto desde la entrada.

A pesar de este nuevo éxito, no todas las personas que eran algo en Lisboa pudieron ser invitadas a la fiesta interior.

—José —pidió el Conde a Caamaño en el almuerzo—, quiero que, nada más terminar esta comida, te pongas manos a la obra y prepares una lista de todos los banqueros, comerciantes, artesanos mayores y diplomáticos extranjeros que pululan por Lisboa, tal y como hablamos.

—Quédate tranquilo. Me pongo a ello ahora mismo.

—Quiero que esta tarde ya salgan las invitaciones, pues el día 18 está muy cerca y tendrán que preparar sus vestidos.

—Entonces, ¿mantienes tu idea de dar una fiesta de máscaras?

—Sí. De esta manera no habrá suspicacias con las dos funciones anteriores para la nobleza, al no tener que venir vestidos de Corte quienes no pertenecen a ella.

—Pues, sí. Hay que tener cuidado. Los nobles portugueses son muy suyos... Y los burgueses también... No tienen el pedigrí de los primeros pero sí el dinero del que los otros carecen...

—Veo que has aprendido bien —sonrió Carlos José.

—¿Y la Iglesia? —preguntó Caamaño.

—La Iglesia tiene que venir también. Todos los altos dignatarios de la Iglesia en Lisboa deben ser invitados, sin error. En este caso, asegúrate que la invitación dice claramente que están exentos de venir disfrazados.

—¡Sería cómico! —se burló Caamaño.

—Anda, termina de comer y no seas malvado…

El día 18 de junio tuvo lugar esta tercera función de gala de nuestro embajador. Todo el programa de las funciones anteriores se mantuvo, salvo la serenata, que se consideraba más adecuada para los públicos estrictamente nobiliarios. Aunque era una fiesta de disfraces, Carlos José dejó libertad para presentarse con máscara o sin ella. Para evitar malentendidos con la aristocracia, se permitió el acceso a los nobles que, aun habiendo estado en las funciones primera y segunda, quisieran asistir sin miedo a mezclarse con otras gentes. En total, concurrieron más de 800 convidados. Fernán Núñez ya había previsto esta circunstancia, por lo que dispuso varias salas para cenar y tres orquestas diferentes para amenizar la noche y atender los bailes. Una de ellas, formada solo por instrumentos de viento, se ubicó en los jardines, de manera que la gente que saliera a tomar el fresco o pasear también estuviese entretenida con sones alegres.

El crédito de Fernán Núñez como embajador y organizador de grandes eventos subió como la espuma, tanto en Madrid como en Lisboa. Mas no acabaron sus desvelos aquí. El rey Carlos III quería imponer el Toisón de Oro al infante don Juan, casado ya con su nieta Carlota Joaquina. Al conocerlo, Carlos José alarmó: esto podría ser visto como un desprecio al primogénito de los reyes portugueses y heredero, el Príncipe del Brasil. En carta enviada con toda urgencia a través de un correo, se lo hizo ver al monarca español. La respuesta fue afirmativa: ambos hijos recibirían la alta distinción.

Así pues, el 2 de julio de 1785, Carlos José Gutiérrez de los Ríos y Rohan Chabot participó de nuevo en la ceremonia del Toisón de Oro, aunque esta vez lo hizo como padrino del Príncipe del Brasil. Algunos de los nobles portugueses que asistieron no supieron estar a la altura y protagonizaron varios desencuentros con Carlos José. Este aguantó el tipo y todo lo achacó a la guerra interna que mantenían los partidarios del rey Pedro con los defensores de la reina María I. Esperó a estar tranquilo en su casa de Boa Morte para redactar un completo informe de lo ocurrido y enviarlo a España. El propio Carlos III tomó cartas en el asunto y escribió a su sobrina, la reina María de Bragança, de la que obtuvo las pertinentes excusas. Así salvó a Fernán Núñez de tener que enfrentarse con la nobleza lusa.

Una vez terminada su misión como Embajador Extraordinario y Plenipotenciario en Lisboa, en el mes de julio Carlos José recibió una carta de Floridablanca donde le avisaba de que, en premio, iba a ascenderle a la legación diplomática en Viena. Pero el Conde se negó con mucha fuerza. Aquello no era un premio, sino un engaño. Se lo hizo ver a Floridablanca de la mejor manera posible, pero con firmeza. El Ministro de Estado sopesó la cuestión y consideró que no era el momento de irritar a su embajador estrella en Europa. Así pues, comenzó a darle vueltas a la posibilidad de ofrecer a Fernán Núñez la embajada de Londres, una legación de primerísimo orden en la estrategia mundial.

Los Reyes Fidelísimos también quisieron agradecer su acertada mediación en las bodas con varios regalos muy lujosos, pero Carlos José los rechazó igualmente a pesar de contar con el permiso de Carlos III para aceptarlos. Consideró que solo había cumplido con su deber.

Lo que ya no pudo rechazar, pues hubiese significado un desplante imperdonable a Carlos III, fue su nombramiento como Consejero de Estado. A su homólogo portugués, marqués de Lourizal, le hizo el rey la meced del Toisón de Oro. Otros nobles españoles también recibieron premios por sus diferentes participaciones en los Reales Desposorios. Pero el caso de Fernán Núñez fue especial, pues solo tenía 43 años, una edad temprana para un reconocimiento de tal calado. Por tanto, a finales de agosto, Carlos José pudo leer a unos orgullosos Esclavitud y José Caamaño la disposición de la *Gazeta de Madrid* del día 30:

> Atendiendo el Rey al decoro y magnificencia con que el Sr. Conde de Fernán Núñez ha desempeñado el carácter de su Embajador Extraordinario y Plenipotenciario cerca de la Reina Fidelísima, para firmar el Tratado y otorgar con poderes de S. M. y del Serenísimo Sr. Infante don Gabriel las Capitulaciones Matrimoniales de S. A. con la Serenísima Sra. Infanta de Portugal, doña Mariana Victoria, y al esplendor con que ha celebrado las funciones consecuentes a este feliz suceso; y al desposorio de la Serenísima Sra. Infanta doña Carlota Joaquina con el Serenísimo Sr. Infante de Portugal D. Juan; y su arribo a Lisboa, le ha conferido S. M. Plaza de Consejero de Estado con el sueldo y gajes correspondientes.

Pero no todo fueron reconocimientos y alegrías en estos meses posteriores al fin de los festejos. Ahora quedaba la difícil tarea de terminar de pagar algunos de los enormes gastos generados. En este aspecto, Carlos José lamentó no pertenecer a la Corte portuguesa, pues allí no escatimaron el dinero mientras los españoles le pedían mesura y, al mismo tiempo, esplendor… Durante la preparación de los festejos, entre marzo y junio, el dinero desde España llegaba tarde y en pocas cantidades, por lo que Fernán Núñez tuvo que solicitar préstamos al cónsul holandés en Lisboa, el señor Gildemeister, pagar algunos gastos de su propio bolsillo e, incluso, pedir dinero al abuelo de Esclavitud, don Joaquín Jorge de Cáceres. A sus expensas de Carlos José, por ejemplo, se acuñó una medalla conmemorativa, llena de frases relativas a los Desposorios y a la intervención del Conde. Pero la medalla nació con tan mala suerte que solo se pudieron obtener dos ejemplares, uno para el Rey y otro para el Príncipe de Asturias, antes de que se rompiese el cuño. Pero Carlos José, deseoso de que se conociera en España su regalo, envió las citadas medallas a sus destinatarios y los planos de las mismas a diversos ministerios, en una especie de autopropaganda de su magnanimidad.

—Tú verás cómo te las apañas —le dijo Caamaño mientras soltaba una nueva factura del cónsul Gildemeister en la mesa del despacho de Carlos José.

—"Gastos de la composición de la letra, música de las dos serenatas, su impresión, copias, ensayos y funciones a razón de 320 reis cada instrumentista las noches de función, 80 cada uno de los ensayos, 160 los del baile y jardín, 240 los del Arco y 90 doblones las voces por ambas funciones y los ensayos: 5.922.490 reis"[55] —leyó Fernán Núñez en voz alta.

—Nada barata, la música…

—Hoy también ha llegado otra factura del maestro de obras: más de un millón y medio de reis por la construcción del arco de triunfo del Rossio, los obeliscos y la columnata…

Caamaño silbó.

—Si la memoria no me falla —dijo el Secretario de la Embajada—, ya has gastado más de tres millones y medio de reales de vellón españoles…

—De los cuales yo he tenido que adelantar más de un millón de mi propio bolsillo. Si tienes en cuenta que el mantenimiento de la capilla de Santa Escolástica también me exige una buena suma anual, ahí tienes los motivos de mi cara seria de los últimos días.

—Confiemos en que nuestro rey apruebe, una vez más, aunque sea tarde, las cuentas que le presentamos —suspiró Fernán Núñez.

—Eso: confiemos.

No confiaron en vano. Carlos III cumplió y pagó los gastos por los Desposorios Reales en los que tanto había brillado el ingenio y saber diplomático de Fernán Núñez.

25 NAUFRAGIO Y RESCATE EN LA COSTA DE PENICHE

—¡No seas bruto, Carlos, y suelta a Pepe!

El Conde amonestó a su hijo mayor por haber abrazado por detrás a su hermano pequeño y haberlo derribado junto a él. El niño obedeció y se levantó el primero.

—Lo siento —dijo Carlos y ayudó a su hermano a levantarse—. ¿Estás bien?

—Sí —contestó el pequeño—. No os preocupéis, padre, es solo un juego.

—Este juego consiste en esconderse y que te encuentren, sin que tengan que estrujarte… ¿Ha quedado claro?

Los dos niños asintieron a la vez con la cabeza. Carlos José no pudo evitar darles un beso en la frente.

—¡Juguemos otra vez, padre! —pidió el pequeño Pepe.

A los dos hijos varones del Conde les encantaba jugar con su padre en el jardín de Boa Morte. Muchas tardes, como aquella, lo hacían.

—De acuerdo. Pero, esta vez, soy yo quien debe encontraros.

—¡¡Bieeennn!! —dijeron los chiquillos y buscaron un lugar seguro. El padre se dio la vuelta mientras corrían y contó en voz alta. Al llegar al número cuatro:

—¡Señor Embajador! —le interrumpió un sirviente.

—¿Qué ha ocurrido? —Carlos José se alarmó al ver su palidez.

—Excelencia, ha llegado un militar español con graves noticias…

—Bien, vamos con él.

El Conde, en mangas de camisa, tomó camino a su despacho, a donde habían llevado al visitante. A mitad del trayecto recordó que había dejado a sus hijos escondidos y le pidió al criado que fuese a jugar con ellos para no alarmarles. Nada más entrar en su despacho, un militar español, al que identificó como marino por su uniforme, se levantó de la silla y le saludó.

—¡Capitán de navío Manuel de Eguía, a las órdenes de su Excelencia!

—¿Qué ha ocurrido? —preguntó directamente Fernán Núñez. El aspecto de la cara del marino, con muestras de enorme fatiga, el que se sujetase un brazo con la mano opuesta y presentar el uniforme deteriorado, le hicieron temer algo muy serio.

—Un desastre, Excelencia… En Peniche…

—Por favor, tomemos asiento y explicadme lo que ha sucedido.

—El navío San Pedro de Alcántara, bajos mis órdenes, naufragó hace varias horas, en la noche de ayer, 2 de febrero. He galopado toda la mañana y parte de la tarde para venir a informarle en persona, Excelencia, dada la naturaleza de nuestra carga…

—¡Virgen Santísima! —exclamó el Conde—. ¿Y la tripulación?

—Ha habido suerte, pues se han salvado dos tercios de ella, incluidos varios indios que traíamos como prisioneros de la reciente revuelta en Perú.

—Esa es buena noticia.

—Sí, pero existe otro problema: uno de esos indios es el hijo de Túpac Amaru II, caudillo de la rebelión contra España. Debíamos llevarle a Cádiz para, desde allí, trasladarlo a África, de manera que no influyese en posibles nuevas revueltas…

—Un momento —le interrumpió Carlos José—. Si decís que ibais a Cádiz, ¿cómo ha acabado el navío en las rocas de Peniche, tan al norte?

—Yo tampoco me lo explico, señor. El mal tiempo…, la noche…, una posible mala interpretación de las cartas marinas…

Carlos José vio titubear al capitán. Prefirió no insistir más, por el momento. Ya se esclarecerían las causas. Ahora había que actuar sobre el naufragio.

—¿Y el cargamento?

—Perdido, por ahora… Y era enorme: casi ocho millones de duros en moneda y joyas, más otros géneros de comercio de diferentes casas españolas y europeas…

—¡Menudo desastre! Esto traerá la intranquilidad al comercio general, sin contar con el descalabro de las arcas públicas. No es conveniente ubicar en un solo navío esa tremenda cantidad. Si ocurre una desgracia, como ha ocurrido, el desastre es mayor.

—Soy de la misma opinión, Señor. Con pequeñas cantidades, movidas en mayor número de barcos, todo sería más ágil y menos arriesgado… Pero yo no mando en las altas finanzas del reino…

—En fin. Quedaos con nosotros y voy a disponer lo necesario para que se atienda a los náufragos y se preparen los medios de rescate.

—Lo siento, Excelencia, pero quiero volver con mis hombres.

—Lo entiendo, mas descansad esta noche y mañana, con varios de mis hombres, partiréis hacia Peniche.

Antes de la cena, Carlos José, haciendo gala de su nervio y habilidad para gestionar los asuntos más importantes, ya había establecido con Caamaño una primera tanda de medidas. Al día siguiente envió emisarios a las autoridades del Consulado y Comercio de Cádiz y a Madrid, para dar a conocer el hecho y que, desde ambos lugares, le indicasen algunas actuaciones. El capitán Eguía partió hacia Peniche acompañado de dos hombres de confianza del Conde, quienes buscaron la colaboración de las autoridades portuguesas para acoger a los náufragos hasta su repatriación. Pocos días después, Fernán Núñez recibió al capitán de navío don Francisco Muñoz Goosens, quien había sido encomendado por el

Consulado y Comercio de Cádiz para que se encargase de coordinar todas las operaciones en el mismo lugar de Peniche. El máximo responsable de toda la operación, elegido expresamente por Carlos III, sería Fernán Núñez, si bien desde la embajada en Lisboa.

Pero, el 6 de marzo, llegó a aquella embajada una buena noticia…, en apariencia. El duque de Almodóvar, nombrado Mayordomo de la infanta Mariana Victoria tras los Dobles Desposorios, no podía seguir ejerciendo como embajador en Londres. El conde de Floridablanca, tras el rechazo de Fernán Núñez a la embajada en Viena, le ofreció esta vez la embajada inglesa. En esta ocasión, Carlos José no pudo sino interponer tímidas quejas y rechazos; Londres tenía más categoría que Viena. Al final, tuvo que aceptar el ofrecimiento. No obstante, como se encontraba muy a gusto en Lisboa, donde era querido y admirado, aprovechó la circunstancia del rescate del San Pedro de Alcántara para conseguir un aplazamiento a su partida.

Otro motivo, más personal, hizo que tampoco quisiese ir a Londres por el momento: Esclavitud esperaba un nuevo hijo. El feliz momento tuvo lugar, en la residencia de Boa Morte, el 3 de abril de 1786.

—Señor Conde, podéis pasar a conocer a… —la matrona calló intencionadamente.

Carlos José entró en el dormitorio con celeridad. Se acercó a Esclavitud, quien tenía buena cara a pesar del tremendo esfuerzo, y la besó. En sus manos sostenía un cuerpo envuelto en una toalla y se veía una carita sonrosada.

—Mira, pequeño —dijo Esclavitud—. Tu padre quiere conocer a su tercer varón.

Carlos José tomó en sus manos al niño y lo besó en la frente. Minutos después, los otros hijos del feliz matrimonio fueron llevados para ver al nuevo miembro de la familia.

Esa misma tarde, en previsión de malas acciones del Demonio, Carlos José dio orden para que fuesen a buscar al párroco de Nossa Senhora da Lapa, la parroquia a la que pertenecía su residencia, para que le cristianase.

—Te impongo los nombres de Francisco de Paula, Antonio de Padua, Benito de Palermo y Juan Bautista…

—¡Ejem! Padre… —Carlos José llamó la atención del sacerdote, quien se volvió hacia él. El Conde se acercó a su oreja y le dijo algo. El cura puso cara de extrañeza pero no dijo nada. Volvió su rostro al pequeño, quien era sostenido en la improvisada pila bautismal por el brigadier don Juan Pignatelli, su padrino.

—Te impongo los nombres de Francisco de Paula, Antonio de Padua, Benito de Palermo, Juan Bautista, Diego y Joaquín[56].

Ahora fue el Conde quien sonrió, satisfecho.

Tal acontecimiento familiar no desvió la atención de Fernán Núñez hacia sus obligaciones como embajador. Así, el 25 de mayo de 1786, no fueron sonrisas sino lágrimas las que se vieron en su rostro. Ese día falleció, tras penosa enfermedad, el rey Pedro de Bragança. Aunque no había habido entre los dos hombres una mutua simpatía por cuestiones políticas, sí se respetaron lo suficiente. Ahora, la tristeza de Carlos José venía motivada también por el hecho de que la reina María I había dado muestras de falta de lucidez en algunas ocasiones y temía que esta circunstancia contribuyese a agravar su salud mental, llevándola a abandonar las funciones de gobierno. Al mismo tiempo, sospechaba que la reina, como acto de amor hacia el difunto, se podía echar en manos de su camarilla, la cual se había mostrado contraria a los intereses españoles en otras ocasiones. Había llegado el momento de pasar de las lágrimas a la acción. Pidió permiso a la Corte española para actuar junto a la viuda y mantenerla favorable a España. No se podían perder los avances logrados con el Doble Casamiento.

En Peniche, el capitán Muñoz resultó ser un hombre práctico y muy hábil. Sus acertadas disposiciones, consensuadas con Fernán Núñez, permitieron rescatar, en solo cinco meses de buceo, casi la totalidad del dinero. Si bien, al principio, solo pudo contratar a cuatro buzos, pronto llegaron personas desde España, Marruecos, Nápoles o Cerdeña, así como caudales para pagarles. Los trabajos se agilizaron a pesar de que los buzos trabajaban a pulmón, sin ningún medio de respiración artificial.

Así, el 19 de junio Muñoz envió una nota a Carlos José donde le indicaba que se había sacado del mar la quilla y el fondo del San Pedro de Alcántara y que estimaba solo en un cinco por ciento la cantidad de dinero que todavía no se había recuperado. Nuestro embajador dio gracias al Cielo por haber en España hombres tan bien dispuestos como aquéllos. Según se iban sacando las monedas o joyas, se embarcaban en navíos de guerra de España y se llevaban a Cádiz, donde eran repartidas de manera equitativa entre sus legítimos dueños. También se enviaron a Cádiz los indios del Perú que iban como prisioneros en el navío siniestrado. Cuando hicieron escala en Lisboa, Carlos José fue al mismo puerto a verlos. Intentó hablar con ellos, no solo como prisioneros de su rey sino como personas que habían sufrido una doble experiencia amarga. Pero solo consiguió que le pusieran cara de idiotas y no le dirigieron más que gruñidos de imbéciles. De ello sacó Carlos José la conclusión de que eran taimados y falsos y decidió volverse a su residencia.

En ese tiempo, la política dio otra vuelta de tuerca a la vida de Fernán Núñez. En los últimos meses de 1786, el conde de Aranda dio varios avisos de que pensaba dimitir en su puesto como embajador en

París. Floridablanca, antes de nombrar a Carlos José para el puesto, le escribió varias cartas privadas y sondeó su disposición.

—Estoy preocupado, cardenal.

Carlos José había ido a visitar a su amigo, el nuncio del Papa en Lisboa, cardenal Rannuzzi. Ambos paseaban por el jardín de la Nunciatura.

—¿Se puede saber por qué?

—Me quieren enviar a la embajada de París.

—¡Pero, hombre, esa es una magnífica noticia! —El cardenal detuvo su caminar y tomó a Fernán Núñez de los hombros para felicitarle.

—Así lo entiendo yo —le dijo Carlos José y continuaron el paseo—. Pero tengo miedo al cambio. Aquí somos felices. Mi familia ha aumentado en estos años en Lisboa y ahora tengo la responsabilidad de una esposa y cuatro hijos pequeños... En fin, que temo la aventura de un viaje tan largo. Además, si a mí me ocurriese algo, la Providencia no lo quiera, ellos quedarían desprotegidos.

—Se me ocurre que podrías hacer testamento —le aconsejó el cardenal.

—¿Testamento? Ya hice uno a los 19 años, cuando salí para la campaña de Almeida —se extrañó el Conde.

—Mejor así. Podrías actualizarlo y dejar indicado bajo ley lo que quieres que ocurra a tus hijos y mujer. De esta manera, todo estaría claro entre Esclavitud y tus hijos y, sobre todo, entre ellos, para evitar desavenencias familiares.

—Visto así, es una buena idea. Siempre he tratado de inculcarles el amor a Dios, al prójimo y a su familia... Pero nada impide que, tratándose de dinero y bienes, pueda cundir entre ellos la víbora de los celos y la avaricia... ¡Pues me has hecho un gran favor, querido Rannuzzi —Carlos José tuteó a su amigo como hacía cuando estaban en la intimidad.

—Tampoco creas que te va a salir gratis, ¡je, je! A mí también me han llamado desde Roma para que regrese allí.

—¡Hombre! ¡Ahora soy yo quien debe felicitarte!

—Gracias. Cuando supe que ibas a visitarme, se me ocurrió que solo tú podías prepararme un plan de viaje para regresar a Roma, vía Turín. Como sé que viajaste mucho en tu juventud…

—¡Dalo por hecho! Y, además, te describiré los lugares más bonitos y los monumentos que podrás visitar durante tu viaje.

—Por favor, que soy un príncipe de la Iglesia…

—Lugares bonitos y piadosos, no te preocupes. No creo que el Papa se enfade por ello.

Así pues, en septiembre de 1786, Carlos José Gutiérrez de los Ríos y Rohan Chabot otorgó testamento en Lisboa. Como su mayor preocupación eran sus hijos, en especial los varones, y su futuro en caso de faltar él, no se resistió a escribir una serie de consejos y directrices para que supiesen caminar por la vida. Con fecha 9 de octubre firmó estos consejos, a los que llamó *Carta de don Carlos de los Ríos, XXII Señor y VI Conde de Fernán Núñez a sus hijos*[57], y mandó anexarlos al testamento. Procuró que cada una de las enseñanzas allí contenidas estuviese basada en su propia experiencia. Esta educación, el mayor tesoro que podía dejarles en herencia a su parecer, se basaba en la humildad y la benevolencia; no por haber nacido en una familia noble eran merecedores de nada, pues todo les había sido dado y tenían que ganárselo. Incluso llegó a diseñarles una especie de horario de estudio, pues ser metódicos era un bien que solo podía traerles beneficios:

Debéis organizar vuestro tiempo de manera que tengáis oportunidad para todo. Esta distribución será seguida sin falta, todos los días, para crear el hábito necesario. Las horas mejores para leer y estudiar de los libros son las de la mañana; de esta forma tendréis tiempo por las tardes para ocuparos de vuestras ocupaciones laborales.

Leed siempre de forma metódica y reflexiva, sin dejaros guiar por otras personas que no os merezcan confianza. Se puede hacer un resumen de lo leído si anotáis, al margen del libro, las ideas principales y vuestras impresiones; luego, bastará con copiarlas en un cuaderno y tendréis un amigo al que acudir en caso de necesidad.

También os aconsejo para el estudio y lectura las horas en que empieza a caer la oscuridad. Son muy peligrosas, hijos míos, pues en ellas se producen las conversaciones que afean el alma y suelen ocuparse en malas compañías.[58]

Como lectura de cabecera les indicó el tratado de su bisabuelo, el conde don Francisco, titulado *El hombre práctico*. También les previno en su *Carta* sobre la asistencia a los teatros donde primaban los decorados, bailes y música, pues estaban más dirigidos a la vista que a la razón. Les pidió que nunca jugasen más dinero del que podían llevar consigo, de manera que se evitasen males mayores en el patrimonio familiar y la ludopatía. En cuanto a los viajes por Europa, como el que él había hecho, les avisó de que viajasen primero por España y, cuando saliesen al extranjero, se acompañasen de alguien instruido, huyesen de los falsos filósofos que clamaban contra la idea de Dios y se alejasen de la masonería como de la peste.

Para cuando llegasen a la edad de matrimoniar, ya en los 30 o 35 años, les aconsejó que no se casasen enamorados, pues así era difícil conocer las auténticas bondades de la novia. Esta no tenía por qué ser muy hermosa, sino agradable de trato, cristiana y de edad entre los 17 y los 20 años. Ella deberá ocuparse del cuidado de la casa, criados y tareas, de tal manera que el esposo no tenga que estar pendiente de estas cuestiones y sí de otras, que Carlos José consideraba más altas. Por lo que respecta a sus entretenimientos una vez casados, la esposa debería dedicarse a actividades musicales y de dibujo, siempre con maestros particulares que pagaría el marido.

Estos y otros consejos escribió Carlos José para sus hijos. Los guardó junto a su testamento y pidió a la Divina Providencia que se dilatase por mucho tiempo el tener que abrir ambos documentos.

26

—¿Condesa? —Un criado fue a buscar a Esclavitud a la cocina, donde daba las órdenes pertinentes para las comidas del día—. El señor Embajador la requiere en su despacho.

—Dile que ahora mismo voy —contestó Esclavitud y continuó con sus órdenes:— Bien, vigilad que, en esta ocasión las *cenouras* no estén casi podridas; se aprovecharon de vuestra ingenuidad y de nuestro dinero.

—No se preocupe la Señora, que así se hará.

Esclavitud se dirigió al despacho de su marido. ¿Qué se le habría ocurrido ahora a esa mente que nunca paraba quieta?...

—A ver si te gusta —le dijo Carlos José sin dejarla sentarse.

—¿El qué? —preguntó Esclavitud y tomó asiento.

—El borrador sobre las Escuelas Públicas de Fernán Núñez. Lo acabo de firmar, hoy, 26 de octubre de 1786, para enviarlo al pueblo.

—Está bien. Cuéntame.

—Ya conoces mi deseo de hacer el mayor bien posible entre mis vasallos y mejorar sus condiciones de vida, tal y como aprendí de mi abuelo en su tratado... También sabes que instituí, de manera poco segura en lo económico, una escuela en el año 65 para los niños y niñas que pululaban por Fernán Núñez sin idea de religión...

—Bien, mi amor, pero, ¿no podrías ir un poco más rápido? Tengo cuestiones que arreglar...

—Sí, sí. Era solo para ponerte en antecedentes. Una última cosa. Cuando murió mi hermana Escolástica y heredé su dinero, decidí emplearlo en obras de caridad que mejorasen la vida de los que fueron también sus vasallos y en perpetuar su recuerdo. Pues aquí tienes una de esas obras de caridad.

Carlos José entregó el manuscrito a su esposa, quien lo miró por encima.

—Muy bien, pero prefiero que me lo cuentes tú —le dijo, pues conocía a su esposo y sabía que eso era lo que quería que dijese. Le devolvió el manuscrito.

—Este es el documento para la fundación de unas Escuelas Públicas gratuitas para niños pobres en mi Villa. Lo dotaré con el dinero que tenemos y, si yo falto, educaré a nuestros hijos para que continúen esa labor después de mis días.

—Así sea —contestó su mujer, como si temiese que al gusto filantrópico de su marido pereciese con él…

—Bien. Comienzo. El primer elemento, importantísimo, es el maestro. El maestro debe ser el pilar de la educación, por su formación, sabiduría y respeto que debe guardársele.

—Bien dicho. Sin respeto no hay posibilidad de aprender.

—Por eso lo elegiremos entre las personas de mayor formación en el pueblo y más respetadas. De esta forma, tanto los niños como sus padres verán en él a alguien que busca el bien de sus paisanos.

—¿Y quiénes le ayudarán? Él solo no podrá hacerse cargo de todo…

—Está previsto, Esclavitud. Habrá un pasante y un ayudante de pasante. Los tres tendrán un sueldo acorde con su categoría. El maestro y el pasante, además, tendrán alojamiento en las habitaciones de mi palacio, pues serán miembros de mi Casa. Por otra parte, no tengo inconveniente en que pertenezcan a la vida religiosa, pues suelen ser los de mayor educación. Eso sí, ninguno podrá pertenecer al clero regular…

—Y eso, ¿por qué? —le interrumpió Esclavitud, extrañada.

—Pues, muy fácil, amor. Si algún miembro de alguna orden religiosa se ocupase de la educación en mi Villa, esto podría verse como excusa para la implantación de dicha orden allí.

—¡Ah! —acertó a decir Esclavitud, sin entender bien los motivos de su marido—. ¿Y si no hubiese nadie adecuado a ese puesto en Fernán Núñez?

—Está aquí previsto —Carlos José dio un suave golpe sobre el manuscrito—. En ese caso, se darán las suficientes noticias en los pueblos aledaños y en Córdoba. Los candidatos avalarán su buena conducta y su preparación con informes del cura respectivo o de personas de suficiente peso. De la lista de candidatos elegiré al más apto.

—Muy bien pensado. Prosigue.

—Los alumnos deberán tener, como mínimo, cuatro años de edad y ser capaces de ir al baño solos. Serán todos niños pobres del pueblo…

—¿Y los pudientes?

—Esos pueden pagarse un maestro particular de los que ya hay en Fernán Núñez…

—Sí, pero ellos también están necesitados de una educación como la que tú has previsto, juiciosa, pues serán los que ocupen los más altos cargos del pueblo en el futuro. ¿No pensarás dejar su preparación en manos de cualquiera, teniendo tú a los mejores maestros en tu escuela?

—Tienes razón. —Carlos José permaneció pensativo unos segundos. Tomó una pluma y anotó una cruz al lado del párrafo pertinente, para recordar que debía añadir un cambio—. Parece mentira que se me haya escapado este detalle, con la de veces que he leído a Platón y sus ideas sobre la educación de los dirigentes… También asistirán los niños con dinero, si bien lo harán de pago y no tendrán ningún trato de favor por su origen, solo por su esfuerzo y aplicación.

—Me parece justo. ¿Qué aprenderán?

—Pues lectura de obras piadosas y edificantes, doctrina, escritura y las principales reglas de las cuentas.

—Lo normal. Continúa.

—Las clases serán todos los días de la semana, en horario de mañana y tarde, salvo los festivos, que se interrumpirán para asistir a misa en la capilla de Santa Escolástica. También rezarán a la entrada y a la salida de clase por la salud del actual patrono y señor de la Casa…

—Vamos, por ti… Algún día también podrían rezar por mí…

—Mujer, eso no es habitual… —se excusó Carlos José.

—Es broma, tonto. Vamos, sigue.

—Ahora trato de los castigos. Si los alumnos no estudian, que es el trabajo que les corresponde a esa edad, serán castigados a la vista de todos, para que sirva de escarmiento. El maestro podrá echarles de clase de malos modos y les pondrá en el cuello un cartel donde se expliquen los motivos de tal conducta. El ayudante de pasante les expulsará con una patada en el trasero en señal de desprecio y todo quedará anotado en el libro de la Casa, para que conste la mala actitud de ese niño[59].

Esclavitud no dijo nada, pero pensó que aquella medida era excesiva; no dejaban de ser niños y había que formarles poco a poco. Con mucho respeto hacia sus mayores, eso sí, pero sin llegar a tratarlos con crueldad.

—Supongo que no todo serán castigos y habrás previsto cómo gratificar a los niños aplicados…

—Así es. He pensado en dar premios mensuales a los niños que más destaquen en cada una de las materias de estudio y, al final de cada curso, realizar un examen y gratificar a los que obtengan mejores resultados. Todo se hará delante de sus compañeros, para que exista motivación entre ellos. También se les llevará en triunfo hasta sus casas para que las familias gocen del placer de ver a sus hijos encumbrados por sus propios colegas de clase.

—Esa idea me gusta más que la de los castigos… —dijo Esclavitud en voz baja, como si se le hubiese escapado.

—¿Cómo dices?

—Nada, nada. Que me parece muy bien. ¿Has terminado? Debo volver a mis tareas.

—Un momentillo, mujer. También he dispuesto una escuela gratuita para niñas.

Carlos José comentó a su esposa lo que había diseñado. La maestra y sus pasantes cobrarían menos que el maestro, las niñas entrarían y saldrían media hora después de los niños, para evitar que se mezclasen en la puerta. Estudiarían las mismas materias que ellos, a las que se añadirían las propias y necesarias para su sexo[60]: bordado e hilado de torno. Como premio final de estudios a la más aplicada, recibiría una cantidad de dinero destinada exclusivamente a dote matrimonial.

—Me parece muy bien, cariño. Ahora, te dejo.

Esclavitud dio un beso en la boca a su marido y volvió a la cocina. Nada de lo que había escuchado sobre la diferente educación de las niñas le pareció extraño, pues había sido educada en el mismo patrón de comportamiento.

Así pues, en noviembre de 1786, Carlos José trasladó a su Gobernador en Fernán Núñez, el teniente coronel retirado Joaquín de Luna, el manuscrito para que lo presentase de manera conveniente ante el escribano de la Villa y quedase hecha la fundación de las escuelas gratuitas de niños y niñas[61]. El dinero lo aportaría de los beneficios obtenidos con la venta de varios bienes. De esta manera, Gutiérrez de los Ríos contribuía, como había visto en algunos de sus viajes por España y Europa, a la mejora de la educación de sus vasallos, lo que debía aportar beneficios a toda la nación.

Mientras tanto, las labores de rescate de la carga del navío San Pedro de Alcántara continuaban en Peniche.

—¡Haz las maletas! —le dijo a José Caamaño.

—¿Adónde voy? —acertó a decir el Encargado de Negocios de la Embajada. Estaba en la cocina saciando su gula con unos dulces recién hechos y casi se atraganta.

—Partes hacia Peniche.

Caamaño engulló el resto del dulce que comía y siguió a Carlos José por los pasillos.

—¿Y qué debo hacer allí?

—Irás como mi enviado especial —le contestó Carlos José, sin detener su paso—. Quiero que trates, sobre todo, con las autoridades portuguesas que tanto nos están ayudando en el rescate. Distribuye regalos y recomendaciones entre ellos. No podemos tener queja de su comportamiento y tampoco es cosa de perder su favor.

—Dame algún tiempo para preparar el viaje…

—¡Sales mañana!

—¡Por Dios!

—¡No refunfuñes! Además, no te vas solo…

—¿Acaso te vienes tú?

—¡Ya basta, José! —el Conde detuvo su marcha y miró seriamente a su amigo—. Te llevas contigo al pintor Pillement. Quieren que haga cuadros que recuerden este terrible acontecimiento y lo han enviado desde Madrid. Llegará esta misma tarde.

—¡Con prisas y de niñera me tengo que ir! ¡Bonita faena!

José Caamaño, acompañado por representantes del Comercio de Cádiz y por el pintor y paisajista Jean-Baptiste Pillement, llegó a Peniche, agasajó a las autoridades portuguesas allí presentes por su ayuda en las faenas de rescate, organizó fuegos artificiales para entretenimiento de la población en general y dio limosnas a los pobres y dotes a varias mozas casaderas del lugar. Cuando llegó la hora de los brindis en la soberbia cena que se preparó, no debe extrañar que los vítores mayores se escuchasen por las cases reales de Portugal y España, así como por el Conde de Fernán Núñez.

No fueron las escuelas públicas las únicas fundaciones pensadas por Gutiérrez de los Ríos para su Villa. La construcción de un cementerio rondó su cabeza desde que, en otoño de 1785, se desatase sobre el pueblo una terrible epidemia de peste. A finales de noviembre de 1786 recibió una primera tasación de su Maestro de Obras en Fernán Núñez: más de 63 mil reales de vellón para erigir un camposanto y restaurar la ermita dedicada a San Sebastián, abogado celestial contra la peste, que ya existía en la zona.

En el mismo documento de tasación del cementerio, Azevedo incluyó otra para obras de un nuevo Hospital de la Caridad[62], donde debía atenderse a los pobres y enfermos de la Villa, así como a los ricos que pagasen. Ascendía a la cantidad de 33240 reales de vellón y se realizaría según había dispuesto el propio Conde en otro documento fechado en mayo y en Lisboa. Mientras se efectuaban dichas obras, se acometieron mejoras en el viejo Albergue de la Caridad.

No contento con las Escuelas Públicas anteriores, también pensó en fundar una Escuela para Huérfanas y Niñas Pobres de Fernán Núñez, para que fuesen buenas amas de casa, esposas y madres. El Conde insistió en que el único patrono del establecimiento de niñas debía ser él mismo, pues la pagaba de sus rentas, y ninguna otra autoridad, civil o religiosa, podía intervenir en su gobierno sin aceptación suya.

Cuando enseñó a su esposa el diseño de dicha escuela, esta no pudo sino alabar su intención, en especial, lo que contenía el prefacio:

La educación pública es el primer objeto de la atención de todo aquel a quien la providencia pone a su cargo un pueblo. Es esta necesaria en ambos sexos estableciendo escuelas públicas en que recogida la juventud desde sus primeros años, aprenda su religión y sus obligaciones, y se acostumbre a la sujeción y a la obediencia. Pero a la educación de las mujeres debe aplicarse doble cuidado, porque ellas son las que generalmente la dan a sus hijos.[63]

También le gustó mucho la idea de que las niñas portasen, a modo de enseña y recuerdo de su cuñada, una medalla con la imagen de Santa Escolástica y el escudo de la Casa Condal. Ya no estuvo tan conforme con algunas de las siguientes disposiciones, en especial las dirigidas a preservar el establecimiento de la influencia de las órdenes religiosas. Ella era una mujer temerosa de Dios y no era cuestión de enfadarle haciendo menosprecio de sus servidoras, las monjas:

Tanto las maestras como las niñas vestirán, todas de un color, ropa decente pobre y modesta, al uso de las seglares del pueblo, sin que por ningún pretexto usen ni unas ni otras de velo, ni insignia alguna de religiosa, ni beata, ni se dé el nombre de convento, colegio, ni beaterio a la Casa de Educación, ni el de refectorio o locutorio a la pieza de comer o de visitas, ni el de prefecta, rectora ni superiora a la Maestra Directora ni a las otras.

Debe prohibirse absolutamente cuanto tenga conexión con convento ni educación monástica, para lo cual hay otros muchos establecimientos excelentes. Aquí se trata solo de criar buenas madres de familia que sepan alabar y servir a Dios en medio del mundo, combatiéndole a cara descubierta con obras visibles en medio de la palestra, y predicando constantemente con su ejemplo, y sin chocar a su prójimo, las virtudes que pueden y deben reinar en la sociedad. Madres que radicadas en una sólida y verdadera piedad, desnuda de preocupaciones nocivas a la misma religión, sepan servir a Dios, al Rey, a la Patria y al prójimo con la buena educación que den a sus hijos.[64]

27 EL ADIÓS A LISBOA

Los primeros meses del año 1787 habían transcurrido ligeros para Carlos José Gutiérrez de los Ríos y Rohan Chabot. Si bien la cuestión diplomática no le exigía demasiado esfuerzo, salvo la continuación del rescate en la costa de Peniche en la próxima primavera, una vez superado el mal tiempo invernal, la atención a sus temas personales y de caridad fue preeminente. Así, el 6 de febrero dio fin a la redacción de un manuscrito dirigido a educar a su primogénito, Carlos. En él le pedía mucha atención al buen gobierno de los Estados que heredaría cuando su padre falleciese, sin dejarlos abandonados en favor de una buena vida en la Corte. Del mismo modo le indicaba que actuase con la suficiente caridad cristiana y dulzura hacia sus vasallos, quienes verían así en él a un señor justo y se aplacarían muchos males. Tan contento estaba de su creación que decidió llamarlo *Libro de oro y verdadero Principio de la propia y ajena felicidad*.

En cuanto a sus fundaciones piadosas, no pudo resistirse, una vez más, a comentarlas con su mujer.

—Ya he terminado el segundo borrador y he tenido en cuenta los consejos y advertencias que me han hecho llegar desde Fernán Núñez, las de Caamaño… —le dijo una noche de marzo, mientras se acostaban.

—¿Y las mías? —le interrumpió Esclavitud.

—Sí. Las tuyas también. No me has dejado terminar.

—Perdona. Sigue.

—Ya sabes que mi propósito es aumentar el bienestar, la salud y la educación de mis vasallos.

—¿Has puesto una introducción con todas esas ideas?

—Claro. Tengo que explicarlo y fundamentarlo bien sobre bases humanistas y filosóficas.

—Bien hecho. ¿Cuántas obras piadosas piensas hacer, finalmente?
—Esclavitud se introdujo en la cama.

—Pues he pensado acometer las que ya sabes; no he cambiado de opinión: una casa de educación para niñas pobres y huérfanas, las escuelas gratuitas para los dos sexos, un cementerio, un hospital de caridad, un montepío para labradores y artesanos que se vean afectados por problemas, así como varias limosnas para pobres.

—¿Llegará el dinero para todo? —preguntó Esclavitud a su marido, quien se introducía en ese momento en la cama.

—Ahí no las tengo todas conmigo. He calculado que la fundación puede tardar más de 130 años en hacerse realidad…

—¡Uf! —le interrumpió su mujer—. ¿Tanto piensas vivir? Es broma.

—Tendré que imponer censos, invertir bienes, esperar el regalo que me han prometido por el salvamento del San Pedro de Alcántara…

—No te hagas muchas ilusiones. Las promesas en España suele llevárselas el viento, o la marea, aprovechando la ocasión.

—Confío en el Consulado de Cádiz. Si me lo han dicho, no creo que se echen ahora para atrás… Pues bien, habrá que comprometer en las obras pías a nuestros hijos y a nuestros nietos…, pero valdrá la pena. El nombre de la Casa Condal de Fernán Núñez será recordado por los siglos.

—Entonces, no solo quieres hacer buenas obras, sino también que te recuerden por ellas. Reconócelo.

—Ya sé que peco de inmodestia —reconoció Carlos José—, pero tienes razón. Además, yo he hecho lo mismo con algunas fundaciones de mis antepasados, como las dotes para chicas casaderas de la Villa, instituida por mi abuelo.

—No me importa que seas inmodesto, cariño… —Esclavitud dio un beso a su marido—, siempre que hagas buenas acciones. Y estas lo son en grado sumo. Nadie podrá echártelas en cara nunca. Buenas noches.

Esclavitud intentó dormirse pero Carlos José continuó con una vela encendida y la mente en ebullición. A los pocos minutos insistió:

—Esclavitud, ¿estás dormida?

—Lo intentaba…

—¿Crees que nuestros hijos continuarán lo que yo no pueda?…

—No tienes motivos para pensar lo contrario ni desconfiar de ellos. ¡Duérmete!

Pero, aunque ninguno de los dos tenía razones para creer que sus descendientes no continuarían sus planes benéficos, tampoco podían asegurarlo y ambos se durmieron con la duda, sus plegarias… y la esperanza.

Al día siguiente, Carlos José envió los segundos borradores a su representante en la Villa, el teniente coronel retirado Joaquín de Luna. Este sería el Vicepatrono, mientras que el propio Conde se guardó para sí el título de Patrono. Otros individuos de reputación, incluido el cura y el corregidor, les ayudarían en el desarrollo de las diferentes obras pías en Fernán Núñez.

La respuesta a esas plegarias llegó unas semanas después. En justicia debería decirse que fue un regalo, más que del Cielo, del Consulado y Comercio de Cádiz, agradecidos sus integrantes por el buen trabajo de Fernán Núñez organizando el rescate del San Pedro de Alcántara en Peniche. A su residencia de Boa Morte enviaron dos cuadros que Jean-Baptiste Pillement había pintado a partir de lo que había visto e imaginado en Peniche. Uno recogía la dura imagen de los náufragos intentando llegar a una pequeña playa rodeada de enormes rocas en medio de un mar embravecido. El otro ofrecía una imagen diferente, con varias barcas repletas de marinos que maniobraban para rescatar lo allí hundido. Pero la mayor fortuna no estaba en los cuadros en sí, valiosos para un entendido en arte como Fernán Núñez, sino en dos barras de oro que los acompañaban. En una rápida tasación en Lisboa le dieron la cifra aproximada de 120 mil reales de vellón. Carlos José se frotó las manos: utilizaría una parte de manera directa en sus obras pías e invertiría otra parte de aquel dinero para obtener ganancias que, más tarde, utilizaría con el mismo fin.

Hizo cálculos de todo. Por ello sufrió otro desengaño al comprobar lo que los números le decían. Según sus propias anotaciones del dinero que necesitaría, harían falta más de 50 años hasta poder abrir el hospital público. Después se acometerían las obras para la creación de una casa de enseñanza de las niñas huérfanas, lo que hacía una previsión de otros 45 años. Solo entonces se juntarían los dineros necesarios para el montepío de labradores, siendo necesarios otros 15 años más. Aunque tenía ahora más dinero que a principios de año, la empresa era enorme y amenazaba con dilatarse en el tiempo tanto que la haría ineficaz… o inexistente[65].

El 6 de marzo, por fin, Floridablanca escribió la carta que Carlos José esperaba desde hacía meses. Llegó a Lisboa el día 8. Fernán Núñez llamó a José Caamaño a su despacho.

—Tenemos la orden de partida —le dijo a su amigo y ambos se entristecieron—. Floridablanca ya se ha rendido al pesado de Aranda y le ha concedido su renuncia a la embajada en París. Cuentan las malas lenguas que la nueva esposa de Aranda no se aclimataba a vivir en París, por lo que había vuelto a Madrid. Y el pobre de Aranda tampoco se aclimataba a estar con ella, así que insistió e insistió en regresar. Esta vez sí que va de verdad.

—Algún día tenía que llegar —respondió Caamaño, mientras se reía de las ocurrencias de su amigo—. Al menos, Floridablanca tuvo el detalle de avisarte de que esto iba a ocurrir y no te ordenó, sin más, irte a Francia.

—Pues, sí. Al menos tuvo ese detalle.

—¿Y qué pasa conmigo? —preguntó el gallego.

—Tú te quedas.

—¡Menudo fastidio! —Caamaño se enfadó.

— Tranquilo, hombre. Te han nombrado Encargado de Negocios. Permanecerás en Lisboa hasta que llegue el nuevo embajador. Después, intentaré reclamarte a París. Mañana debo responder a Floridablanca.

—¿Sobre qué?

—Sobre tu nuevo cargo. ¿Qué le digo?

—Si es algo temporal, eso es ya otra cosa.

—Entonces —Carlos José le guiñó un ojo— diré a Floridablanca que estás encantado con su decisión y que eres el hombre más feliz del mundo por haber pensado en ti…

—¡Dile también que sentirías mucho separarme de ti! —le interrumpió Caamaño—. ¡Llevas más años conmigo que con tu mujer! ¡Ja, ja, ja!

—Sí, pero ella me gusta más que tú.

Los dos amigos rieron a pesar del momento triste que estaban viviendo. Se iban a separar y nadie les aseguraba que pudiesen estar juntos, de nuevo, en Francia.

—Floridablanca también me envía las credenciales para que pueda despedirme de la reina María I. Incluso ya le ha mandado aviso a ella.

—Vais a pasar un mal trago —le consoló su amigo.

—Ya lo sé. Ahí sí te vienes conmigo.

—¡Vaya, hombre! ¡Para ese mal rato sí cuentas conmigo!

—¡No seas cafre! Tengo que presentarte oficialmente a la reina y a la Corte. ¿No querrás que te traten como un donnadie siendo brigadier? Además, el rey Carlos ha decidido que vivas a costa de la Hacienda española. Yo voy a dejar esta casa, pero es muy cara de mantener. Te aconsejo que busques otra.

—Sin dudarlo. No podría sostenerme en Lisboa con decoro si me quedase con ella.

—Un favorcillo necesito de ti. Intenta pedir mañana a Madrid que me manden los tiros de mulas necesarios para el viaje hasta allí. Yo debo, además de escribir a Floridablanca, poner un anuncio en la prensa de Lisboa. Todos deben saber que me voy porque se me necesita en otro lugar. De esta manera podrán reclamar quienes todavía tienen alguna deuda conmigo antes de que me vaya.

—Así nadie podrá pensar que huyes para no cumplir…

—Correcto.

—Carlos José: eres el tipo más honrado que conozco.

—Caamaño: eres el mejor amigo que se puede tener.

La despedida de la Reina Fidelísima de Portugal, realizada el 3 de abril, fue correcta en términos de diplomacia, y muy emotiva en términos de amistad. Carlos José no pudo contener las lágrimas y María I tampoco. Doña Carlota Joaquina sintió mucho separarse de Fernán Núñez, su gran valedor en aquella Corte. Esa misma tarde, la reina escribió a Carlos III dándole las gracias por haber tenido junto a ella a un embajador con tan altas dotes políticas y humanas. Al día siguiente, Fernán Núñez no quiso abandonar Lisboa sin poner en conocimiento de sus superiores en Madrid de la tarea que le aguardaba al nuevo embajador y cómo debía este conducirse para beneficio de su rey:

Excmo. Sr. Conde de Floridablanca:

Es mi deber poner en conocimiento de V. E. la situación que todavía se respira en Lisboa sobre la relación entre esta Corte y la nuestra. Muchos ministros portugueses consideran, desde que el anterior embajador de Francia, M. O'Dunne lo propaló, que España solo aparenta buscar el bien del pueblo luso, mientras que la verdad es que intenta someterlo, como en otras épocas del pasado. Esta mentira, iniciada tras el gran momento que vivimos con los Desposorios Reales del año 85, y a pesar de su claridad, ha calado en los ministros y en no pocos nobles. Incluso el regalo de Nuestro Señor Carlos ha sido visto, en algunas instancias, como un intento de ablandar la voluntad de la Casa Real Portuguesa para dominarla.

Por este motivo, cuando nació el infante D. Pedro, hijo de nuestro infante D. Gabriel y Dª. Mariana Victoria de Bragança, aquí no se hicieron grandes demostraciones públicas de alegría. La excusa oficial es que aún estaba Lisboa en el primer mes de duelo por el difunto rey D. Pedro.

Otro manejo de la diplomacia francesa ha ido dirigido a conseguir la separación del Príncipe del Brasil, heredero del trono portugués, de su esposa, con la excusa de que ella tiene muchos más años que él y no le ha dado descendencia. El objetivo sería casarlo con una princesa francesa, de manera que nuestra Carlota Joaquina y su marido, el infante D. João, queden fuera del juego dinástico.

Todas estas malas acciones de los franceses se han mantenido tras la llegada del nuevo embajador, M. de Bombelles, quien ha llegado, incluso, a reunirse ya con ciertos nobles contrarios a la reina María I.

Creo que mi sucesor deberá estar muy atento a todas estas cuestiones. Deberá apoyar sin fisuras a la Princesa del Brasil para evitar que busquen a su marido una nueva esposa francesa o, en caso de obligación, que la candidata sea de alguna Casa Real cercana a la nuestra. También pienso que esta Señora ha debido darse cuenta de las triquiñuelas de sus contrarios, pues lleva unos días muy cercana en confianza a doña Carlota Joaquina y a mi persona.

Para terminar, y con el debido respeto, quisiera dar dos consejos. El primero, que mi sustituto fuese militar de profesión. De esta manera captaría mejor el estado del ejército portugués en caso de que la diplomacia fallase y tuviésemos, Dios no lo quiera, que entrar de nuevo en conflicto con nuestros hermanos del Oeste. El segundo consejo, que el gobierno de España haga todo lo posible para que el futuro embajador cuente con un palacio como embajada oficial y no tenga que recurrir a su residencia privada. De esta manera se daría la apariencia de ser una gran nación reflejada en sus representaciones en el extranjero.

Dios guarde a V. E. m. a. En Lisboa y abril, 4 de 1787. El Conde de Fernán Núñez.[66]

El 9 de abril la familia Gutiérrez de los Ríos y Sarmiento Sotomayor abandonó Lisboa para siempre. José Caamaño quiso acompañarles en algunas etapas y no admitió las corteses negativas del Conde. Unos días antes, Carlos José había enviado el equipaje y algunos muebles menores en barco, en dirección a Bretaña, donde debía recogerlos don Manuel Muñoz y Goosens, anterior encargado de rescatar la carga del naufragado San Pedro de Alcántara, que ahora ocupaba el cargo de cónsul en aquella zona. Tras recibirlos, Muñoz debía llevarlos a París por vía terrestre. Para vigilar que todo transcurriese bien durante la travesía y en el camino hasta París, Fernán Núñez envió a sus criados Collar y García.

En el muelle de la Baixa lisboeta les esperaba un yate que la propia reina de Portugal había puesto a su servicio para llevarles hasta Aldea Gallega, en la otra orilla del estuario. Acudieron a despedirles, entre otros miembros de la nobleza lusa, el conde de Vimieiro y los marqueses de Tancos. La despedida de la marquesa, Camarera Mayor de la reina, fue muy sentida, pues había cogido cariño a Esclavitud a pesar de algunas tiranteces en el pasado. También estuvieron los ministros extranjeros de Austria y Cerdeña y una numerosa colonia de franceses, con el nuevo embajador Bombelles al frente. No en vano Carlos José iba a ser el representante de España en su país.

El paso del estuario supuso un mal momento para Carlos José. No dejó de mirar hacia Lisboa y la nostalgia se apoderó de él enseguida. No podía olvidar que allí habían nacido sus hijos y había trabajado por la unión de las dos naciones. Estos pensamientos le abandonaron solo parcialmente cuando descendieron del yate en Aldea Gallega. Les esperaba una comitiva de ocho coches de muy diferente porte. Distribuyó en ellos a sus hijos y al resto de sus criados y sirvientes, incluido el pintor Vicente Mariani; a todos los llamaba, cariñosamente, "la familia". Para asegurar que las etapas estuviesen bien atendidas, tuvo la precaución de ordenar a un criado que se les adelantase a caballo, visitase las posadas, eligiese las más convenientes y avisase de que todo debía estar preparado cuando llegasen los señores.

En la siguiente etapa pararon a comer en la posada de Pegões. Carlos José, Esclavitud y Caamaño se encontraban sentados en una mesa que daba a una gran ventana. Uno de los carruajes de su comitiva, que se había retrasado por cansancio de los animales, llegó en ese momento.

—¿Quién es ese hombre que viene subido en la parte trasera del carruaje? —preguntó Fernán Núñez.

—No sabría decirte —le contestó Caamaño.

—Voy a verlo mientras llega la comida.

Carlos José salió de la posada y buscó al desconocido. Este soltaba los caballos del coche y los llevaba hacia el abrevadero. Saludó al Conde cuando se acercó a hablarle. Tres minutos más tarde, Carlos José volvió a la mesa.

—No me gusta —le dijo a su mujer y a Caamaño.

—¿Qué ocurre? —Esclavitud se sobresaltó y dejó de tomar la sopa.

—Este hombre me ha dicho que es natural del Piamonte y que había servido al Ministro de Holanda hasta que este se retiró. Ahora, sin trabajo en Lisboa, intenta volverse a su tierra. Se había enterado de que necesitaban hombres en nuestra comitiva y se había apuntado.

—¿Y qué tiene eso de malo? —preguntó Caamaño.

—Nada, salvo que el Ministro de Holanda, en una conversación, me contó que un criado suyo, piamontés por más señas, había sido despedido por ladrón…

—¡Jesús! —exclamó su mujer—. ¿Crees que será él?

—Es muy posible. No lo voy a perder de vista.

Carlos José comenzó a tomar la sopa pero sin quitar la mirada sobre el piamontés. En ese momento, lo vio dirigirse hacia el coche donde había venido subido, hurgar en el interior de unas alforjas que había en la parte trasera y extraer una pequeña bolsa de cuero. Sin pensárselo dos veces, el Conde salió al exterior de la posada. Caamaño se siguió y Esclavitud se asomó a la ventana, asustada.

—¡Detente, malandrín! —gritó Fernán Núñez al piamontés.

Todos los presentes se quedaron sorprendidos y expectantes. El hombre, al escuchar las voces, también se giró hacia el Conde. En ese momento, Carlos José vio que llevaba la bolsa de cuero en la mano izquierda y una faca en la mano derecha. De manera automática tiró de espada.

—¡Quieto o eres hombre muerto!

—¡Pero… Señor…! —acertó a balbucear el aludido.

Se acercaron varios criados y gentes portuguesas del lugar. Caamaño permaneció atento al desarrollo de la acción, por si debía intervenir.

—¡Te he visto coger esa bolsa!

—La bolsa es mía, Excelencia.

—¡Y, además, empuñas una navaja!

—Pretendía comer.

El piamontés tiró la navaja al suelo, abrió la bolsa y enseñó a Carlos José un trozo de queso. Por su aspecto, debía de estar más duro que las piedras del Tajo.

—Está bien. —Fernán Núñez no quiso dar su brazo a torcer—. ¡Oídme todos! Este hombre se quedará aquí, en la posada. Es un piamontés que ha sido descubierto otras veces en actos de ratería. ¡Nadie le prestará auxilio hasta que nos vayamos!

—¡Pero…, pero…! —acertó a decir el señalado.

Tras aquel desagradable incidente, los señores comieron con menos ganas que las que traían en un primer momento. El piamontés permaneció apartado en la cuadra y los otros criados formaron corrillos para comentar lo sucedido.

Al terminar el almuerzo, Carlos José salió de la posada.

—¿Podría hablarle, con su permiso, Excelencia? —le dijo uno de sus criados. Era portugués pero le había servido en ocasiones puntuales fielmente y Carlos José lo apreciaba.

—Claro que sí, Pedro. ¿Qué ocurre?

—Permítame indicar a Su Excelencia…, con el debido respeto…, que a ese piamontés no le conozco de nada…, pero sí conocí a otro piamontés, que sirvió al ministro holandés, y que le robó.

—¿Entonces?

—Puedo asegurarle, Señor, que no son la misma persona.

—Está bien, Pedro, retírate. Me has ayudado mucho. Ve a buscarle.

Carlos José reflexionó un instante. Enseguida habló para que todos le escuchasen:

—¡Atención todos! ¡Venid aquí!

A su alrededor se congregaron su familia, los criados y otros curiosos. En eso llegó el piamontés, quien no acababa de fiarse de las buenas palabras que le había dado Pedro.

—¿Cómo te llamas? —le preguntó al supuesto ladrón.

—Gaetano, Excelencia —tartamudeó este.

—Pues bien, Gaetano. Escúchame y escuchad los presentes. Hace poco te he tratado de manera injusta y delante de todos. Te he considerado un vil ratero cuando solo eres una persona que busca regresar a su país y, en lugar de hacerlo gratis, se ha incorporado a nuestra comitiva para servirnos y ganarse el viaje. ¡He faltado a tu honor!

—Señoría…, yo soy pobre…, no sé si eso del honor me atañe…

—¡Todas las criaturas del Señor tienen su honor! —insistió Carlos José—. Nadie debe dañárselo con pruebas falsas. Por ello, lo mismo que antes te acusé delante de todos, ahora demando tu perdón ante los congregados.

—Excelencia, yo no sé… —Aquello sobrepasaba al piamontés, quien no sabía cómo actuar ante la insólita situación de que un aristócrata le pidiese, ¡a él!, disculpas públicas.

—¡Di que sí, hombre! —le dijo el criado Pedro con una sonrisa acompañada de un golpe amistoso en la espalda.

Todos rieron. El piamontés solo fue capaz de asentir con un movimiento de cabeza. No contento con este acto de reparación, Carlos José entregó al hombre 8 duros en señal de desagravio y le permitió viajar con ellos hasta Madrid[67]. Los dos hijos mayores del Conde, que habían presenciado la escena, tomaron buena nota de la actitud de su padre pues sabían que eso era lo que espera de ellos.

Continuaron su viaje hacia la frontera de España. Como en otras ocasiones, agradeció las muestras de cariño con regalos en joyas a varios de los personajes principales que salieron a recibirles. Al llegar a la frontera del río Caya, el marqués de Ustáriz, Intendente de Badajoz, les cumplimentó al tiempo que, desde la fortaleza, se disparaban los quince cañonazos reglamentarios. En la ciudad descansaron la noche del día 13 de abril.

Prosiguieron camino hacia Mérida. Una legua antes, observaron las ruinas de una casa. Carlos José, imbuido por el espíritu de recuperación y conocimiento del pasado, sobre todo después de que Carlos III le regalase el libro sobre las excavaciones de Herculano, lamentó que en aquel lugar no se hiciesen trabajos de la misma naturaleza. Su enfado aumentó cuando, ya en la ciudad, observó el estado de abandono en que se encontraban varios vestigios del pasado romano de Mérida. Pronto se le pasó, pues hasta allí había ido a visitarles el abuelo de su esposa, don Joaquín Jorge de Cáceres y Quiñones. Este les había buscado acomodo en la casa del conde de la Roca, un noble preocupado por el beneficio de sus vasallos, lo que le había llevado a mejorar los cultivos en unas tierras que antes habían sido infértiles y abruptas. De esta manera había dado trabajo y comida a los hombres y mujeres bajo su señorío, algo que hizo aplaudir a Carlos José cuando se lo contaron.

El 17 de abril abandonaron Mérida. En las afueras de la ciudad, donde convergen los caminos que llevan al norte, hacia Cáceres, y al Sur, en dirección a Sevilla, tuvo lugar otro triste momento. El Conde y Esclavitud, con los hijos mayores, Carlos y José, tomaron el camino hacia Sevilla para luego marchar hasta Fernán Núñez y subir en dirección Madrid. Los hijos pequeños, Escolástica y Francisco, se fueron con su abuelo a Cáceres; así se les evitaba un largo rodeo y podían pasar un tiempo con su familia materna. José Caamaño, finalmente, regresó a Lisboa entre grandes muestras de tristeza.

Para suavizar la melancolía, Carlos José y Esclavitud continuaron las visitas a los pueblos que atravesaron: Almendralejo, Villafranca de los

Barros, Los Santos de Maimona, Calzadilla de los Barros y Fuente de Cantos. Aquí llegaron el 18 de abril y la primera visita fue a la iglesia parroquial.

—Les recomiendo vivamente que observen la belleza de los diferentes altares de esta iglesia. Son algo extraordinario.

Así les habló uno de los capellanes, quien se había erigido como guía turístico sin que nadie se lo hubiese pedido. Los Condes se miraron: eran bellos los altares, pero el hombre se dejaba llevar por su amor a lo propio... Después les acompañó al convento de Santa Clara y a la ermita de Nuestra Señora de la Hermosa. Mientras iban a esta última, una señora del pueblo gritó al cura desde la reja de su casa:

—¡Las ratas están muy buenas, señor don Juan!

—¡Mañana iré a comprobarlo! —le contestó y sonrió a la mujer.

Esclavitud no se pudo contener:

—Señor cura... ¿No se referirá a que están muy buenas... de sabor?

—¡Ja, ja, ja! No, señora Condesa —le dijo el capellán—. Quiere decir, en su forma de hablar, que en su casa hay muchas ratas y muy espabiladas, y que necesita que vaya a conjurarlas.

—¿Y eso... funciona? —inquirió Carlos José.

—¡Qué va! —respondió el cura—. En ocasiones hasta vienen más.

—¿Y no se lo ha dicho a ella?

—Para qué. No lo entendería. Lo importante es que ella se lo crea.

Carlos José prefirió no insistir. Mientras la superstición viviese en España y la Iglesia la tolerase, muy difícil sería modernizar la nación.

A la altura de Monesterio se encontraron con una patrulla armada. Eran guardias de Rentas que se encargaban de la vigilancia de aquella zona, apta por su carácter montuoso para el contrabando de tabaco. Decidieron acompañarles hasta el final de aquella sierra.

—¿Tan grave es la situación para que debamos llevar escolta? —le dijo Carlos José al jefe de la partida, quien se había acercado con su caballo hasta la ventanilla del coche.

—Lo suficientemente seria, Excelencia, para que no convenga que atraviesen estas tierras solos.

—¿Y el ejército?

—Del control y represión del contrabando nos encargamos nosotros. El ejército no tiene misión aquí. Sin embargo, no estaría mal una ayuda de los militares de vez en cuando. Los contrabandistas que vienen de Portugal cargados de tabaco cada vez son más osados y agresivos.

—Eso será porque obtienen buenos dineros con ilícita actividad…

—Así es, Excelencia. El tabaco que traen del país vecino es de mayor calidad que el que se vende en los estancos del rey de España. Porque, ¡esa es otra!, los estanqueros lo adulteran hasta límites insospechados. Y también es más barato. Piense Vuestra Excelencia si ha de faltarle, en esas condiciones, trabajo a los contrabandistas…

—Pues todo se arreglaría, a mi entender —sentenció el Conde—, si se proporcionase a los estancos un tabaco de calidad. Con las enormes y aptas tierras que tiene España en América, sería posible su cultivo con poco gasto y lo podrían ofrecer a un precio sensato, haciendo inútil la compra del tabaco portugués.

—Así lo entendemos nosotros, Señor, pero nadie nos ha pedido nuestra opinión. Lo mismo usted, con su posición, podrían llevar la idea a la Corte…

Carlos José no dejó de dar vueltas a la idea en la siguiente jornada. Incluso pensó en escribir un memorial para presentar al ministro correspondiente. Si se ofreciese buen tabaco a los españoles y de manera legal, se acabaría con el contrabando desde Portugal. Además, conocía por su vida de militar, que los Dependientes de Rentas no eran muy aguerridos a la hora de entablar lucha, a pesar de que cobraban buen sueldo. Si se les sustituía por soldados, que cobraban menos, no solo se abaratarían costes sino que también se tendría una fuerza militar cerca de la frontera por si la alianza luso-española se resquebrajaba. En sus pensamientos, Fernán Núñez llegó a poner nombre a esta futura fuerza: Legión de Extremadura. También consideró que, una vez retirados esos soldados por cumplir su periodo de servicio, podrían quedarse a vivir y trabajar en las inmediaciones de los puertos de montaña o los cuarteles de dicha Legión, de manera que la zona se repoblase y cultivase.

Un chasquido le sacó de sus cavilaciones. Se asomó a toda prisa a la ventanilla y su corazón sufrió un vuelco. El coche que venía tras el suyo y de su mujer había sufrido un accidente. A toda velocidad, ordenó a su cochero que detuviese el vehículo, se bajó y llegó hasta el coche siniestrado. Esclavitud le siguió llena de miedo. Una de las ruedas traseras se había partido al pisar una gran piedra desprendida que el cochero no había sido capaz de esquivar. Por suerte, las otras ruedas habían aguantado bien y solo se había vencido un poco el coche hacia un lado. Los niños Carlos y Pepe se asomaban a la ventanilla y se reían, divertidos con la situación; esto ayudó a calmar la ansiedad de sus padres. En el interior del coche, su ayo se secaba el sudor. Los criados y Carlos José ayudaron a sostener el coche para que no se venciese del todo y volcase. Tras arreglar la rueda, continuaron su camino hasta el pueblo de Santa Olalla.

El 21 de abril, por fin, llegaron a Sevilla. Fueron a recibirle varios miembros de la nobleza sevillana y el Intendente, con los que atravesaron el Guadalquivir en una barca plana. Permanecieron alojados en los Reales Alcázares hasta el día 24. Como echaba de menos a Caamaño, su compañero de viaje en otras muchas ocasiones, decidió escribir a él la única carta que compuso:

Mi muy querido José:

¡Cuánto te hubiera gustado estar ahora en Sevilla, hermosísima ciudad, y a nosotros gozar de tu compañía! He de decirte que la nobleza sevillana se ha volcado con nosotros. Nos ha permitido dormir en este palacio sin par que llaman Reales Alcázares, pues no es uno, sino varios palacios en uno, a cada cual más bello. Nos han dado tres cenas de gala y sus correspondientes bailes y conciertos. Esclavitud tiene dolor de pies, pero yo no te he dicho nada...

A pesar de la grandeza de esta ciudad, considero que sería aún mayor si el río Guadalquivir pudiese navegarse hasta, al menos, Andújar. Así conectaríamos con el océano las tierras de las Andalucías y acercaríamos las de la Mancha. Otra cuestión que entorpece el avance de la ciudad es el desproporcionado número de instalaciones religiosas regulares, pero los sevillanos se muestran muy apegados a ellas. Por último, considero que Sevilla necesita un mejor tratamiento de la industria, escasa para su población.

Hemos visitado edificios notabilísimos, como la Cartuja, el palacio de San Telmo, el Archivo de Indias, la Fábrica del Tabaco y, sobre todo, la enorme y rica catedral. En muchos de ellos se pueden observar cuadros de gran valía, firmados por Murillo, Zurbarán y otros artistas. Propuse, a quienes me hacían de cicerones, que se hiciesen grabados de esos cuadros, para que llegasen a más personas entendidas, pero no creo que me hagan caso...

Creo que Sevilla sería un buen lugar para establecer la Corte durante unos meses, sobre todo ahora, en primavera. De estar tú aquí, seguro que compartirías mi idea. No obstante, he de reconocer que mi candidata para Corte en el Sur es Córdoba. No solo por mis lazos familiares, sino porque está más centrada, se encuentra más cerca de Madrid y también dispone del Guadalquivir navegable.

En nuestra visita a la Catedral hemos conocido al organero don Jorge Bosch, mallorquín de nacimiento, quien está construyendo allí un ejemplar tan enorme que pudimos recorrerlo por dentro, durante tres horas, mi amigo el marqués de Ureña y yo. Esclavitud no quiso entrar porque le daba miedo, así que tuvo que esperarnos y se enfadó… Ureña te manda saludos y aún te recuerda de joven en el Seminario de Nobles.

En la Fábrica de Tabacos me pasó en chasco que merece ser contado. Me enseñaron varios rollos de cigarros de los mejores y más caros, asegurando que esos eran los que yo mismo había encargado aquella mañana. Imagínate, ¡cigarros para mí y encargados por mi persona, cuando yo aborrezco el tabaco! Cuál no sería mi cara de asombro, que el encargado de la Fábrica que me lo había dicho se asustó. Intenté saber quién había sido el espabilado que había usado mi nombre para conseguir género de primerísima calidad, pero el tabaquero no fue capaz de darme razón. Tentado estuve de llevarme los cigarros (¿acaso no los había encargado un supuesto "yo"?), pero decidí dejarlos allí y no dar más vueltas al asunto.

En fin, te dejo pues mañana salimos hacia Fernán Núñez por el Camino Real que lleva a Córdoba. Tenemos pensado visitar la ciudad de Écija (me han insistido aquí que no dejemos de ver sus famosas torres) más las nuevas poblaciones que Nuestro Señor, el rey Carlos III, mandó fundar para rellenar las zonas despobladas: La Luisiana, La Carlota y San Sebastián de los Ballesteros.

Recibe muchos recuerdos de Esclavitud y de tu amigo, que te quiere, Carlos José. En Sevilla, abril y 24 de 1787.[68]

28 ÚLTIMA VISITA A FERNÁN NÚÑEZ

Las campanas de Santa Marina parecieron volverse locas la tarde del 27 de abril de 1787. Como hipnotizadas por su son, las gentes de Fernán Núñez, con sus autoridades al frente, salieron al camino de San Sebastián de los Ballesteros para recibir a Conde y a su familia. Tras una breve cumplimentación por parte del corregidor y del Administrador de la Casa Condal, se dirigieron hacia el palacio familiar que, aunque continuaba en obras, había sido adecentado para acogerles.

—Maestro Díaz —dijo el Conde a José Díaz de Acevedo, maestro de obras del palacio aquella misma noche, cuando le invitó a cenar junto a otras personas distinguidas—, le felicito por el avance de las obras y, al mismo tiempo, haber preparado nuestras estancias con premura.

—Muchas gracias, Excelencia —contestó el aludido—, pero gran parte del mérito le corresponde a don Joaquín de Luna, su Administrador.

—En ese caso, muchas gracias, amigo Joaquín. Quisiera aprovechar este momento para reconocer tu trabajo y tu modestia. Sepan los presentes, que el teniente coronel de Luna tuvo a bien realizar unos planos para la remodelación de este palacio. Sin embargo, consideré más adecuado realizarlos yo mismo en base a lo que conocía en Lisboa. Joaquín, sin reparo, aceptó mi decisión y está trabajando en mis planos como si fuesen los suyos… Permítanme levantar mi copa por él.

Todos brindaron por el Administrador, quien no atinó a decir palabra alguna y se limitó a sonrojarse y a hacer un leve movimiento de cabeza de agradecimiento.

A la mañana siguiente, convocó en una pequeña sala de palacio al corregidor, al cura, a dos labradores de los de mayor renta y a su Administrador.

—Quiero aprovechar mi estancia hoy en Fernán Núñez —comenzó a hablar Carlos José— para informarles de que, nada más llegar a Madrid, presentaré escritura pública para la fundación de un hospital, una casa de educación para niñas y un montepío para labradores que se vean sometidos a la miseria.

—Muchas gracias, Excelencia —dijo el corregidor—, en nombre del pueblo de Fernán Núñez y, en especial, de los labradores…

—Estamos muy agradecidos —dijo uno de los labradores allí presentes.

—No es tarea fácil, como pueden imaginarse… —continuó Carlos José—. Le he dado muchas vueltas en Lisboa y siempre llegaba al mismo escollo: el dinero, no he de ocultarlo. ¡Siempre el dinero que nos impide hacer el bien!

—Su Excelencia ha sido muy generoso con su Villa —intervino de nuevo el corregidor—. Ya gozan nuestros niños de escuelas públicas gratuitas. Ya inspira el Sagrado Sacramento a nuestra población en su capilla de Santa Escolástica…

—La cual, como todos ustedes conocen, pude erigir gracias a los bienes que heredé de mi hermana, que de Dios goce… Ahora vuelvo a necesitar mucho dinero para continuar mi labor con los más necesitados de Fernán Núñez. Deben saber que el Consulado y Comercio de Cádiz se ha servido entregarme una importante suma en agradecimiento por mi intervención en el rescate del navío San Pedro de Alcántara. De ahí voy a tomar 30 mil reales y los voy a invertir en los Cinco Gremios de Madrid; de sus réditos obtendré el dinero para erigir un hospital en esta Villa, además de lo que pueda disponer de mi propio bolsillo. ¿La parece bien que comencemos por esta obra pía, señor corregidor?

—Me parece una idea acertada, Excelencia, aunque bien puede comenzar por la que usted considere más oportuna. En los últimos años han acometido al pueblo de Fernán Núñez varias epidemias de tercianas que han causado mucho pesar. Contar con un hospital público nos aliviaría en caso de repetición y evitaría las cuantiosas muertes que se han producido.

—Bien. Una vez terminado el hospital, debería acometerse la segunda fundación: una escuela para niñas pobres huérfanas de la localidad. ¿Le parece bien, señor cura?

—Como vuestra Excelencia considere, así estará bien —contestó el interpelado.

—Es, como les he dicho, una cuestión económica. Solo cuando disponga libremente del dinero antes invertido en el hospital, por haber finalizado su construcción, podré actuar en la siguiente obra pía. Es una cuestión de conciencia actuar para mejorar la vida y educación de las niñas. Solo si actuamos para evitar que en su infancia tomen caminos…, poco recomendables…, conseguiremos que lleguen a la edad adulta y puedan ejercer como buenas madres.

—Así marca su camino Nuestro Señor… —corroboró el cura.

—Por tanto, es fundamental atender a quienes van a ser madres porque de su conducta dependerá luego la mayor parte de la educación de los hijos. Aquí no tendrán cabida las que busquen su futuro en el servicio a Dios, retiradas en un convento… ¿Me entiende, padre?

—Está meridiano, señor Conde —contestó el cura.

—De acuerdo. Quiero insistir que mi objetivo es ayudar a las niñas huérfanas que han de vivir en el siglo y ser madres. No quiero que sufran los rigores de su situación de desamparo familiar y, cuando sean mayores y madres, ofrezcan un ejemplo a seguir a sus hijos y al resto del pueblo[69].

—Edificante resolución, señor Conde —apostilló el cura.

—Bien. La tercera fundación que quiero realizar, cuando terminen las dos anteriores, será una dedicada a mejorar las situaciones de calamidad de los labradores de mi Villa. He visto un plan similar en tierras de mi sobrino, el duque del Infantado, y he decidido apostar por ello aquí.

—Será muy bienvenido, Excelencia —intervino uno de los labradores—. Todo el que vive del trabajo de la tierra sabe las dificultades que tiene. Nuestro Señor parece, en algunas ocasiones…, que el padre cura me perdone, querer cebarse en nosotros…

—Estás perdonado, hijo, pero los caminos del Señor son inescrutables…

—Por eso mismo, padre —intervino Joaquín de Luna—, no estaría de más tener algún socorro en caso de que Nuestro Señor determine castigarnos por nuestros pecados…

Al cura no le hizo ninguna gracia el tono del Administrador y atacó:

—De esta manera, el señor Administrador de su Excelencia también podría cobrar los arrendamientos a aquellos labradores en apuros…, en lugar de ejercer la caridad cristiana con el necesitado…

—¡Señores! —zanjó Carlos José—. Aquí todos trabajamos en la misma dirección. Ni ponemos en duda los designios de Nuestro Salvador ni los legítimos derechos del Señor del Estado… Quiero que se haga un fondo del que detraer el dinero necesario para socorrer a los labradores que lo necesiten. Ese dinero no será un regalo, sino un préstamo temporal, de manera que deberá ser reembolsado nada más pasar la situación de miseria. Así estará siempre en continuo movimiento y podrá llegar a cuantos más necesitados mejor.

No fueron estas las únicas disposiciones del Conde para favorecer a su Villa, pues también mandó fundar una casa de acogida para niños expósitos y mejoró casas en la zona de las Huertas y en sus tierras de La Morena. También ordenó al pintor Vicente Mariani, quien les había acompañado desde Lisboa, que pintase varias vistas de Fernán Núñez con el fin de incorporarlas a *El Atlante Español*. Su orden fue muy sencilla:

pinta lo que veas… y pinta lo que yo quiero que vean. Mariani, fiel servidor, reflejó cómo era Fernán Núñez y cómo quedaría tras las acciones urbanísticas de su Señor, incluida la nueva fachada del palacio que no estaba terminada[70].

El 4 de mayo el Conde solicitó al escribano Alonso Galán y Espinosa que fuese a palacio. Ante la presencia de sus hijos Carlos y José, para instruirles, y los testigos Joaquín de Luna, Francisco Galán y Castro y Rafael Martínez, ambos vecinos del pueblo, le dictó una escritura por la que se comprometía a socorrer con limosnas a los pobres de la localidad, en especial los ancianos. Tal ayuda se mantendría en tanto se acometían y terminaban las obras del nuevo Hospital de la Caridad. Insistió el Conde en que, antes de recibir la limosna, debían ser valorados por el médico y el cirujano de la Villa, para evitar la picaresca. Estos profesionales elaborarían una lista de las personas necesitadas y se les entregarían dos ayudas cada día a los primeros de dicha lista; a continuación, se seguirían el orden allí establecido y no se repetirían ayudas hasta completar el listado.

—Quiero que insista en un punto, señor escribano —dijo el Conde. Miró a Joaquín de Luna y en sus ojos había una advertencia para que vigilase el cumplimiento de lo que iba a decir—. Quiero que no haya distinción de sexo en esta limosna. Se dará por igual a hombres y a mujeres. Cada día se darán dos limosnas de a dos reales cada una a otros tantos pobres impedidos de ambos sexos, un día a dos hombres y otro a dos mujeres, para la igualdad, pues ambos sexos son igualmente acreedores a este socorro siendo impedidos[71].

—Así se hará, Señor —confirmó Joaquín de Luna.

—Queridos hijos —dijo Carlos José a los niños—, ya os he dicho que quiero que continuéis las labores piadosas después de mis días. En especial, esta que hoy presenciáis. Recordad siempre que vuestra posición desahogada no es causa de vuestros méritos propios, sino de quienes os precedieron en la familia. Si algo sois, no lo sois por vosotros... Y si alguien del pueblo está desvalido, pensad siempre que podríais haber sido vosotros los que os hubieseis visto en la necesidad de pedir. Socorredle siempre. Por tanto, esta labor piadosa a la que hoy asistís, deberá ser mantenida por vosotros y por vuestros descendientes en el futuro. Así lo espero de vuestra caridad cristiana y del ejemplo que os doy.

Los dos chicos asintieron con un movimiento de cabeza. El resto de los presentes se admiraron de la magnífica educación que el Conde estaba transmitiendo a sus descendientes.

A la siguiente fundación pública no asistieron los niños, dado su carácter. Consistió en la instalación de la primera piedra del nuevo cementerio público. Se pensó erigirlo en el paraje de la arruinada ermita de San Sebastián, extramuros a la Villa, una zona que pertenecía a la Casa Condal y en la cual ya se realizaban enterramientos. Faltaba reconstruir la ermita, adecentar el lugar para tal función y erigir un panteón familiar para los Gutiérrez de los Ríos, quienes darían ejemplo a otros ricos del pueblo trasladando su enterramiento del habitual, en la iglesia de Santa Marina, al nuevo cementerio. Incluso figuraría la frase "Descansan con los suyos" como símbolo de unión de los miembros de la Casa Condal entre ellos y de estos con su Villa. Carlos José, haciendo valer sus dotes para el diseño arquitectónico, lo había pensado todo desde Lisboa y lo había remitido a Fernán Núñez para su ejecución cuando llegase el momento[72]. Con el dinero obtenido tras el regalo de las barras de oro por parte del Consulado de Cádiz podría ya realizarlo. Como ostentación del poder familiar, se organizó una procesión desde el palacio hasta el camposanto. Esclavitud le acompañó y también lo hizo su amigo el marqués de Ureña, quien había sido invitado a pasar unos días con la familia en Fernán Núñez[73].

—Le esperan en la plaza, señor Conde —le dijo Joaquín de Luna con la cara triste.

Era el primer día de junio de 1787. Fernán Núñez se encontraba en la zona de las caballerizas del palacio, junto a la primitiva torre que había dado origen al pueblo. No había escuchado la llegada del coche de caballos, pese a la cercanía, porque estaba distraído, dando órdenes para empotrar en dicha torre un cañón y ocho bombardas que su antepasado, el II Conde, había tomado a los ingleses de Robert Blake en 1657.

—¿Es él? —preguntó Carlos José con el rostro serio. El teniente coronel asintió—. Bien. Vamos. Continúe con la obra, maestro Díaz de Acevedo.

Carlos José y Luna salieron a la plaza. Allí, junto a un coche de caballos, le esperaba un señor de avanzada edad, bien vestido, pero con cara de fatiga por el viaje.

—¡Mi querido Antonio! —dijo el Conde y abrazó al recién llegado—. Joaquín, este es don Antonio Bergalo, cónsul de Génova, de cuya posible visita te he prevenido.

Bergalo y Luna se saludaron cortésmente.

—Si estás aquí —dijo el Conde, con una mezcla de alegría y de tristeza en su rostro— es porque lo has encontrado…

—Así es.

El italiano abrió una puerta del coche y Carlos José pudo ver una caja de plomo sobre uno de los asientos.

—¡Bendito sea Dios! —El Conde se santiguó. Igual hicieron los otros dos hombres—. ¡No sé cómo te voy a pagar esto, Antonio!

—¡Bah! Con tu amistad me basta.

—Joaquín, ve ahora mismo a Santa Marina y avisa al párroco. Que llame a los dos albañiles, como le previne, y que tenga todo preparado lo antes posible.

Así lo hizo. Media hora después, Carlos José, Esclavitud, Bergalo, Joaquín de Luna, el párroco y dos albañiles se encontraban en la iglesia de Santa Marina, con la caja de plomo apoyada en el suelo.

—¡Procedan! —ordenó el párroco a los albañiles.

Estos tomaron una escalera y comenzaron a abrir una tumba que se encontraba en la bóveda de la iglesia. Lo hicieron con mucho cuidado, pues la conservación del lugar era deficiente y no era cuestión de provocar un accidente. Los albañiles pidieron permiso al párroco y al Conde y extrajeron dos cadáveres envueltos en lienzos: eran los de la madre de Carlos José, doña Carlota Felicita, y los de su tía, doña Ana de los Ríos. Los depositaron en el suelo con reverencia.

—Por fin puedo cumplir los deseos de mi padre: descansar en su Villa y con los de su familia.

—Me alegro, pues ha costado mucho localizar sus restos en la iglesia del Carmen, en Cartagena —dijo el cónsul Bergalo—. A pesar de que yo mismo asistí a su entierro, hará casi cuarenta años, las obras en la iglesia cartagenera me han entorpecido su localización. Aquí lo tienes.

Bergalo mismo abrió la caja de plomo. Carlos José no pudo evitar emocionarse al contemplar los huesos de don José Diego Gutiérrez de los Ríos. Los albañiles hicieron ademán de acercarse con un lienzo para envolverlos y enterrarlos, pero Carlos José los detuvo.

—Un momento, haced el favor.

Se agachó y tomó en sus manos el cráneo de su padre. Rezó por su alma en silencio, mientras el cura pronunciaba una oración en voz alta. Observó bien aquella calavera, pues de su persona habían nacido él y luego sus descendientes. Recordó los momentos que habían pasado juntos cuando era niño y se consoló. La volvió a depositar, con mucho cariño, junto al resto de los huesos. Ahora sí procedieron los albañiles a enterrarlos en la bóveda de Santa Marina. Luego incorporaron los restos de doña Carlota y doña Ana y la ceremonia íntima dio a su fin. Al regresar a palacio, Carlos José dio orden al Maestro Díaz de Acevedo para que iniciase los trámites con el fin de ubicar sendos bustos de mármol de su padre y suyo en la entrada a las caballerizas. Allí había recibido la sorpresa de la llegada de los huesos de su progenitor y allí quería que quedase constancia de la unión entre el padre y el hijo.

El 8 de junio, la familia Gutiérrez de los Ríos Sarmiento de Sotomayor abandonó Fernán Núñez camino de Córdoba y dirección Madrid. Carlos José dejó a su mano derecha, Joaquín de Luna, los planos y directrices necesarias para continuar el vasto programa de obras y fundaciones que había ideado. Nunca más volvería a pisar el Conde su Villa. Pero eso él no lo sabía aquella tarde de verano en la Campiña cordobesa.

29 DE FERNÁN NÚÑEZ A PARÍS

Desde Córdoba la familia tomó el camino hacia Madrid, atravesando tierras de El Carpio, Aldea del Río, Andújar, La Carolina y Viso del Marqués. Estas últimas ofrecieron a su vista un estado muy mejorado desde su anterior paso, lo que mostraba que las disposiciones de Olavide para su cultivo habían dado resultado. Carlos José se alegró de escuchar otra vez buenas palabras de recuerdo hacia el antiguo Intendente en boca de los colonos.

El 15 de junio llegaron a almorzar a Toledo. La visita de la ciudad merecía la desviación. Además, el arzobispo Francisco Lorenzana les invitó a su palacio y les acomodó aquella noche. De su trato, Carlos José extrajo la idea de que un auténtico príncipe de la Iglesia debería ser como él: se comportaba de manera correcta en el aspecto religioso, no hacía ostentación de lujos, trataba de manera amigable a los cercanos y acudía a cubrir las necesidades de los que sufrían. Fernán Núñez lamentó que esa no fuese la norma entre los grandes dignatarios de la Iglesia.

El día 16 ya pudieron dormir en su casón de las Vistillas, en Madrid. Sus dos hijos pequeños, Escolástica y Francisco, llegaron al día siguiente desde Cáceres, donde habían dado muchas alegrías a su bisabuelo. El tiempo apremiaba y eran muchas las tareas que cumplir. La primera, acudir el Conde y la Condesa a Aranjuez a cumplimentar a Carlos III. La segunda, asegurar que Esclavitud ocupase un lugar destacado entre las señoras de la nobleza madrileña, inscribiéndola en la Junta de Damas de Honor y Mérito.

El 24 de agosto, finalmente, salieron en comitiva desde Madrid, esta vez en dirección a San Ildefonso, para despedirse de Carlos III, Carlos José y Esclavitud, acompañados del duque del Infantado. Consideraron más adecuado ahorrar este trámite a los niños, así que hasta el 30 no se reunió toda la familia en Segovia. Allí fueron alojados por el conde de Lacy, en esos momentos Director del Real Cuerpo de Artillería. El mismo Lacy les mostró los lugares más hermosos de la ciudad castellana, así como el Colegio de Cadetes de Artillería, fundado unos años atrás por el conde de Gazola. Carlos José no pudo sino admirar aquella institución y ansió que todas las ramas del ejército real tuviesen un lugar de formación parecido. Cuando abandonaron Segovia, la comitiva se había incrementado con el amigo del Conde, Gaspar de Molina, III marqués de Ureña, quien iba de viaje por Europa, y sus sirvientes.

El día 2 de septiembre llegaron a Aranda de Duero, ya sin Infantado, quien se había despedido en Segovia. En una de las puertas de la ciudad se encontraron con una comitiva que llevaba la enseña del obispo de Osma.

—¡Ven, Esclavitud! ¡Saludemos a un viejo amigo!

El matrimonio bajó de su coche y se dirigieron hacia el del obispo.

—¡Mi querido don Joaquín!

Don Joaquín de Eleta, obispo de Osma y confesor de Carlos III sonrió y sacó una mano por la ventanilla. Carlos José intentó besar el anillo pero el obispo la retiró.

—¡Menos cumplidos, hombre! Me he enterado de que mi amigo Fernán Núñez pasaba por mis tierras y no he podido resistirme a saludarte.

—¡Es una inmensa alegría! Lamenté no verte por la Corte.

—En realidad, estoy pasando unos días en Osma y me he desplazado hasta Aranda para apacentar mis "corderos"… y disfrutar de otros similares al horno, regados con el buen vino de esta zona.

—Eres incorregible, Joaquín. ¿Todavía das cuenta de dos corderos en una sentada?

—¡Ojalá! Dios, en su infinita sabiduría, ha dispuesto que, a partir de los 80 años, mi estómago quede saciado con un mísero cordero.

—¡Ja, ja, ja! ¿Ya tienes 80 años? —Carlos José lo miró. A pesar de ofrecer un aspecto de hombre mayor y encorvado, su presencia y su ánimo eran estupendos.

—81 cumplí el mes pasado.

—¡Qué barbaridad! ¡Ya quisiera yo estar por mis tierras de Fernán Núñez con tu edad y tu prestancia, descansando de esta vida nómada!

—¡Esclavitud! —dijo el obispo e hizo una seña con mano a la mujer.

—¡Qué descortés soy! —exclamó Carlos José: no había presentado a su esposa.— Cariño, ofrece tus respetos a monseñor Eleta. Ya tuviste ocasión de saludarle cuando nos casamos y sabes que, desde que ocurrió la revuelta contra Esquilache, en la que estuvimos al lado de nuestro rey Carlos, nos tratamos con auténtica confianza.

—¡Señor obispo, os acordáis de mi nombre! —Esclavitud intentó besar también el anillo de Eleta, con el mismo fallido resultado que su marido.

—Querida Esclavitud. ¿Cómo se encuentra la familia? ¿Has contribuido a dotar de siervos la Casa del Señor y tu casa?

—Cuatro hijos, Ilustrísima. —Esclavitud se sonrojó—. Tres niños y una niña.

—Bien hecho. Confió en que serán tan buenas personas y tan buenos cristianos como sus padres. Ahora, os pido aceptéis mi hospedaje.

Aquella tarde, las autoridades de Aranda improvisaron una corrida de novillos en honor de los ilustres visitantes. Por la noche despejaron la plaza para que se pudiesen celebrar mojigangas y loas.

El día 3 continuaron viaje hasta Lerma, villa perteneciente a su sobrino, el duque del Infantado. El palacio de este sirvió de morada.

—¿Se puede saber qué te pasa? —le preguntó Esclavitud aquella noche al reparar en que su marido no podía conciliar el sueño.

—¡Es una barbaridad lo que ocurre en este pueblo! —Carlos José, por fin, estalló.

—¡Baja la voz! No quiero que despiertes a los demás ni que piensen que estamos discutiendo. ¿A qué te refieres?

—Pues resulta que, según me ha dicho el Corregidor, los verdaderos amos del pueblo son los 147 frailes y monjas que habitan en seis conventos. Además de un Abad que dirige una Colegiata.

—¿Y..?

—¡Pues que este pueblo solo tiene 200 almas! ¡Es una barbaridad! Así no es posible aumentar la industria y la riqueza, con tantas bocas que alimentar que solo se dedican a la contemplación. Además del tremendo poder que tienen.

—Supongo que alguien se lo habrá dado…

—Claro. El duque de Lerma, valido de Felipe III.

—Pero, ahora, estas tierras son de tu sobrino Pedro.

—Sí, pero la Casa del Infantado no puede deshacer lo que se ha hecho durante años de mala manera. Incluso ha tenido problemas con el Abad y las órdenes aquí establecidas. Fíjate que, en el año 77, cuando mi sobrino y su mujer, tu amiga María Ana de Salm-Salm, fueron a la Corte de París, me encargaron que vigilase unas obras en esta villa. Consistían en reconstruir las tribunas que los señores de la Casa tenían en las iglesias de los conventos, las cuales se hallaban en deplorable estado de abandono. Pues bien, los padres me hicieron la vida imposible a pesar de ser el apoderado de mi sobrino. No querían más poder en sus iglesias que el suyo. Pero, al final, me impuse y las tribunas se reconstruyeron… ¿Te has dormido?

Carlos José comprobó que su mujer se había dormido mientras él hablaba. Prefirió dejarla descansar y hacerlo también él.

El día 4 de septiembre, por la tarde, alcanzaron la ciudad de Burgos, donde fueron agasajados por la nobleza local con obras de música y bailes. Como de costumbre, recorrieron los principales lugares de la ciudad. A Carlos José le gustó mucho conocer que las torres de la catedral no habían recibido nunca el impacto de un rayo. Como él estaba al tanto de los experimentos de Benjamin Franklin sobre la electricidad, dio por seguro que, al no tener nada de hierro en sus puntas, esa era la explicación razonable, por mucho que le dijesen que era por intercesión divina... Del convento de Las Huelgas admiró su traza arquitectónica y se admiró de los muchos privilegios de que gozaba... En el convento de Agustinos, finalmente, se asombró al comprobar las representaciones casi teatrales que se efectuaban para hacer pasar, ante los crédulos fieles, como la talla de un Cristo Crucificado lo que no era sino un Cristo

de cartón, según otras fuentes, dignas de todo crédito, le habían referido en alguna ocasión anterior. El resultado: los religiosos aumentaban su bolsillo pero disminuían la verdad de la religión

Continuaron su viaje hacia el norte y atravesaron el desfiladero de Pancorbo, donde el Conde pudo extasiarse con las curiosas formaciones rocosas que allí han surgido. El día 8 llegaron a Mondragón, donde fueron agasajados con un baile muy físico al que llamaban "carricadanza", al son de una música denominada "zortzico". Carlos José se asombró de que, con solo un pito y un tamboril, se moviesen de manera ceremoniosa, primero, y desenfrenada después, tantos hombres y mujeres. Supuso que habían quedado muy cansados por el esfuerzo pues, al día siguiente, nadie se atrevió a bailar delante de ellos...

El día 9 visitaron la localidad de Vergara, en aquellos tiempos capital de Guipúzcoa. Como Esclavitud estaba cansada por el viaje, Fernán Núñez fue solo a visitar el Seminario de la Sociedad Bascongada de Amigos del País.

—Por circunstancias de la vida —le explicaba el maestro de Matemáticas mientras recorrían el lugar— ahora ocupamos el antiguo Colegio de los Jesuitas expulsos.

—Circunstancias de la vida, así es —contestó Carlos José, quien no había superado la expulsión de la Orden a pesar de haberla dictado su amado Carlos III.

—Aquí puede observar el laboratorio de Química. —El Conde se asomó y se maravilló de la gran cantidad de objetos científicos que allí se veían—. Procuramos traer a los mejores especialistas europeos en su materia —dijo el maestro, muy ufano.

—¿Qué enseñanzas se imparten? —preguntó Carlos José cuando regresaron al pasillo.

—Las más importantes y todas dirigidas a la utilidad de los alumnos. Tenemos Aritmética, Química, Gramática castellana, Lenguas latina, francesa e inglesa, Baile, Música y, cómo no, Matemáticas.

—Muy completo, he de reconocerlo.

—Así es. Pero eso no es lo importante. Procuramos averiguar cuáles son los intereses de cada uno de los alumnos en cuanto a su futuro. Después, les preparamos un plan de estudios acorde con sus previsiones futuras. No es cosa de perder el tiempo con materias que no le van a servir con posterioridad…

—¿Y si no lo tienen claro o cambian de parecer cuando ya han comenzado sus estudios? —A Carlos José le había gustado la idea, pero no quiso quedarse con la duda.

—En ese caso, ya se encargarán sus profesores de hacerle ver lo equivocado de su camino e intentarán mostrarle el correcto.

Carlos José quedó encantado con aquel sistema. Como agradecimiento a la institución, regaló tres medallas de cuando los Reales Desposorios. Aunque el molde original se había roto en 1785, había dado orden de crear uno nuevo en Lisboa y acuñar varias medallas, las cuales llevaba consigo.

—Le ruego acepte estas tres medallas. Una, para el Seminario; las otras dos, para los alumnos más aplicados en los años venideros.

—Será todo un honor. La del Seminario la guardaremos en un lugar de privilegio, junto al ejemplar de *El hombre práctico* que nos regaló en su visita de 1772.

—¿Estabais vos aquí en ese momento? —Carlos José se sorprendió y alegró a la vez—. No os recuerdo.

—No. Yo llegué después, pero es muy comentado en el Seminario que vuestra Excelencia estuvo aquí en ese año y nos donó un ejemplar del libro de su antepasado. Debo felicitarle. No hay profesor que no lo haya leído y aprendido de él.

El día 12 atravesaron el río Bidasoa y comenzó la aventura en tierras francesas. A la altura de Bayona salió a recibirles una escolta del ejército galo, que les rindió honores de embajador mientras, desde la fortaleza que erigiera el célebre Vauban, se dispararon los cañonazos pertinentes. Como tuvieron que hacer una parada obligada para arreglar el coche, maltratado por los caminos mal empedrados que habían tomado en España, Carlos José y Esclavitud aprovecharon el tiempo para visitar la hermosa catedral de Bayona.

—¿Por qué nos hemos parado ante esta tumba? Es realmente hermosa —dijo Esclavitud.

—Lo es. Pero lo importante es a quien cobija…

—Princesa Leopoldina de Lorena… —leyó Esclavitud. Pensó unos instantes y cayó en la cuenta—: ¡Es la primera mujer de tu cuñado, el duque de Béjar!

—Efectivamente. Y, además, era mi tía. Vivieron 23 años de matrimonio y, según argumentó Béjar, nunca le había tocado un pelo… Así que le dieron la nulidad y pudo casarse con mi hermana.

—¿Un matrimonio de 23 años nulo con esa pobre argumentación? —Esclavitud se escandalizó.

—"Poderoso caballero es…" —contestó su marido—. Mejor no preguntes y sigamos con la visita…

—¡Jesús!

—Mañana, si todavía no está compuesto el coche, me gustaría llevarte a ver la hacienda de Marac.

—¿Está muy lejos?

—En las afueras. Te va a gustar. ¿Recuerdas a la reina doña Mariana de Neoburgo?

—Sí. He leído algo sobre ella en mis libros de juventud. Era la mujer de Carlos II, quien no supo darle descendencia y, gracias a ello, vinieron los reyes Borbones a reinar en España.

—¡Muy bien aprendida esa lección, cariño!

—¡No te burles de mí, bobo! —le reprendió su mujer. Salieron al exterior de la catedral.

—Pero no es todo cierto. Verás. Doña Mariana vivió aquí en compañía de un comerciante de la ciudad. Incluso tuvo un hijo de él.

—¡Eso no lo sabía!

—Pues fue así. De esta manera pudo demostrar a quienes se enteraron de que el hecho de no haber tenido descendencia con el rey Carlos II no fue por su culpa, sino por la del monarca. Al mismo tiempo, les estaba diciendo que ella había sido completamente fiel a su marido, a pesar de la debilidad de este…

—Porque ella sí podía tener hijos y, en cualquier aventura de alcoba, podía haber resultado embarazada…[74]

—¡Bien resuelto, cariño! Hay otro detalle que me es más cercano. La Camarera Mayor de esta reina fue doña Ana de los Ríos, mi tía y esposa de mi tío, el conde don Pedro.

—La cual, curiosamente, también murió sin sucesión.

—Y gracias a ello, ahora yo soy conde y tú, condesa.

—En ese caso, doy gracias a Dios —Esclavitud dio un beso en la mejilla a su marido. No se atrevió a más por estar al lado del recinto sagrado.

—Pues eso no es todo. De mayor me he enterado de que, incluso, se llegó a pensar que doña Ana, viuda en 1734, se casase con mi padre, quien todavía estaba soltero ese año…

—¡Menos mal que no funcionó! No hubieras existido en ese caso… ¡y eres toda mi vida!

Los Condes se marcharon de la catedral como dos tiernos enamorados.

En la localidad de Dax Carlos José tuvo oportunidad de ver un hospital regentado por las Hermanas de la Caridad. Apuntó todo lo que le gustó: el que se dispusiese del mismo número de camas para hombres que para mujeres o que se recogiese y cuidase a los niños expósitos. También tomó nota de lo que no le gustó, como el que se diese a mamar a estos niños de un mismo biberón. Para él hubiese sido más higiénico elaborar varios de aquellos ingeniosos biberones, que se llenaban con leche de vaca y tenían en su extremo una especie de trapo en forma de pezón, de manera que cada niño tuviese el suyo.

En Burdeos visitaron la catedral y el palacio del arzobispo. Fernán Núñez criticó la vida de lujos que llevaba este, pues tenía mejor cuidada su morada que la de Dios. En Poitiers descansó de tomar nota de todo lo que veía, ya que su acompañante, el marqués de Ureña, también elaboraba un diario. Carlos José, confiado en que su amigo le iba a pasar lo anotado, prefirió disfrutar del viaje en ese tramo. Sin embargo, el pensamiento de Ureña estaba muy lejos de querer compartir nada con Fernán Núñez.

30 LA SITUACIÓN SE COMPLICA EN FRANCIA

A las cuatro de la tarde del día 8 de octubre de 1787, el conde de Fernán Núñez y su comitiva llegaron a la casa de su tío, el duque de Rohan, en París. Allí se hospedaron de manera provisional, mientras se terminaban los arreglos en su futura residencia del Hôtel Soyecourt, sito en la calle de la Universidad. Vivirían con un sueldo de doce mil doblones sencillos al año, la misma cantidad de que había dispuesto su antecesor, el conde de Aranda. Casi una semana después, el 14, pudo entregar las credenciales diplomáticas a Luis XVI.

Dos nobles franceses le acompañaron a Versalles. Fernán Núñez no pudo menos de admirarse ante el majestuoso palacio y sus estancias. Los dos introductores le presentaron al monarca galo y a su augusta familia como el Excelentísimo Señor Embajador de Su Majestad Católica, esto es, Carlos III. A continuación hizo su entrada Fernán Núñez con un paso firme que disimulaba los nervios que le habían acudido. El lugar imponía y la Real Familia Francesa, también. Carlos José realizó las pertinentes reverencias y la arenga al rey Luis. A continuación, hizo lo mismo con la reina María Antonieta de Austria y demás miembros de la familia real. Terminados los saludos, entregó al rey una carta de Carlos III. El monarca galo la leyó en voz baja y, a continuación, dijo:

—Mi querido Carlos de Borbón y Farnesio, mi tío y rey de la España, me dirige tan gratas palabras que quiero compartirlas con los presentes.

El introductor dio un codazo a Carlos José:

—Ya os dije, durante el trayecto, que nuestro monarca suele ser muy llano con los Embajadores de Familia… Pero esto es novedoso.

Carlos José se sintió halagado. ¡Aquello sí que era un gran recibimiento! Luis XVI leyó en voz alta:

—"Con esta carta se presentará a V. M. el conde de Fernán-Núñez, que es el embajador que nombré para residir cerca de V. M. cuando concedí al conde de Aranda permiso para retirarse. Dije entonces a V. M. que le había elegido, no sólo por las circunstancias que en él concurren y por manifestarle que me hallo contento de lo bien que me ha servido en Portugal, sino porque le juzgo muy a propósito para continuar el primer encargo que tiene mi embajador, que es confirmar a V. M. en la persuasión de mi invariable sistema de caminar de acuerdo y unido a V. M. en cuanto pueda interesarnos. Señor, mi hermano y sobrino, -de V. M.- Buen hermano y tío- CARLOS.- Aranjuez, 18 de junio de 1787"[75].

—Aquí tenéis a un fiel servidor —creyó conveniente afirmar Carlos José.

—Gracias, señor Embajador. No os hubiesen elegido si en vuestra persona no figurasen las virtudes de la simpatía y el respeto, así como el amor a la cultura, además de vuestro prestigio personal.

—Estoy convencida —intervino la reina— de que el rey de España, Su Majestad Carlos III, no nos manda un embajador, sino un amigo.

Al día siguiente, ya investido de pleno derecho como embajador de España, Carlos José inició su ronda de visitas y misivas a otros diplomáticos en la Corte francesa. De ellas, le produjo una especial satisfacción la que escribió a Thomas Jefferson, en esos momentos representante de los Estados Unidos de América Septentrional. Había oído muchas cosas buenas de Jefferson cuando Carlos José ayudaba, desde Lisboa, a derrotar a los ingleses que luchaban contra sus colonias. Días después, el 30 de octubre, la condesa fue presentada a la Corte versallesca con un protocolo similar al de su marido.

En diciembre recibió una nueva que le alegró. Desde Fernán Núñez, Joaquín de Luna le hizo llegar el tomo XII de la obra de Espinalt, *El Atlante Español*. En dicho tomo se contaban las maravillosas iniciativas del conde de Fernán Núñez para con su Villa. Incluso se daban como un hecho las que todavía estaban en su inicio o proyecto. Pero Carlos José durmió muy feliz al ver reforzado su prestigio en España a pesar de algunas inexactitudes… Ahora le tocaba el turno a Francia, donde pensaba dar a conocer *El Atlante* entre la nobleza[76]. ¡Aquellos galos, siempre tan pagados de lo suyo, comprenderían que tenían ante ellos a todo un Grande, en el sentido literal, de España.

Mientras tanto, la situación política y social en Francia se volvía cada vez más complicada. En mayo asistió, de incógnito, a algunas sesiones del Parlamento de París, donde escuchó voces contrarias a Luis XVI. Alarmado, dio cuenta de ello sin dilación a Floridablanca. El día 5 de mayo, varios parlamentarios tuvieron que huir para no ser arrestados por orden del rey, refugiándose en el Parlamento, donde no podían ser arrestados sin permiso del propio Parlamento. Carlos José consideró que aquella rebelión contra el poder del monarca no era de recibo, por lo que estuvo de acuerdo en que tropas reales ocupasen el Parlamento y retuviesen a los que conspiraban hasta que se dictase orden definitiva de detención. Así se lo comunicó, en persona, el día 1 de junio, cuando fue, en compañía del embajador de Nápoles, a hacer la corte a Luis XVI.

Al terminar la recepción, los dos diplomáticos se entretuvieron un poco en los jardines de Versalles, para hablar de la situación.

—No me gusta el cariz que están tomando los acontecimientos —decía el embajador de Nápoles a Carlos José.

—El rey se ha mostrado firme con los revoltosos y así debe ser —afirmaba Fernán Núñez.

—¡Queridos Embajadores!

Al escuchar aquella voz femenina, los dos hombres alzaron la vista. En uno de los balcones que daba al jardín, la misma María Antonieta les saludaba con ostentosos movimientos del brazo. Se descubrieron e hicieron su reverencia a la reina, quien aparecía, en traje de casa, acompañada de varias mujeres. Esta les hizo señas para que aguardasen. En pocos segundos ya había bajado al jardín y estaba frente a ellos.

—¡Qué caros se venden vuestras mercedes! —les dijo María Antonieta, con afabilidad—. ¿Cuándo pensaban venir a visitarme?

—Siempre es un placer visitad a Su Majestad —acertó a decir Carlos José—, pero estamos tan ocupados…

—¡Nada, nada! —le interrumpió la reina—. Aprovechemos que ya están aquí y disfrutemos de nuestra mutua compañía.

Los dos diplomáticos solo acertaron a hacer una nueva reverencia y dejarse llevar por el ímpetu de la reina. La acompañaron hacia el interior del palacio.

—En realidad, les esperaba en el balcón para verles. El anterior domingo sentí mucho que no les llevasen a saludarme cuando vinieron a tratar con mi esposo.

—Más lo sentimos nosotros, Señora —se excusó Carlos José—; la política…

En ese momento pasaron por el cuarto del duque de Normandía, quien estaba dando cuenta, con la puerta abierta, de un suculento banquete.

—¡Buen provecho tenga, señor Duque! —le dijo la reina, entre risas.

—¡Gracias, Majestad! Si los señores gustan… —contestó el Duque, sin dejar de comer y sin inmutarse por la presencia de tan altas personas ante su puerta.

—¿Cómo se encuentra Su Excelencia de la inoculación de viruela? —le preguntó Fernán Núñez.

—Estupendo, como puede observar —y le saludó con un muslo de pollo en la mano.

La reina llevó a los dos embajadores hasta sus cuartos personales. Les mostró todos los muebles, recovecos e, incluso, los más íntimos objetos de higiene personal, ante el rubor de los hombres. Cuando, por fin, los dejó marchar, ambos supieron agradecerle aquellas muestras de confianza con varias reverencias.

—La reina es muy amable, pero creo que no es consciente de la situación complicada que vive la nación… —dijo Carlos José al embajador napolitano antes de despedirse de él.

—Tal es la impresión que me llevo —reconoció el italiano—. El Tercer Estado no deja de solicitar cambios y el Primer Estado no deja de acosar al rey para que no le haga caso y puedan mantener sus privilegios…

—Privilegios que nos pertenecen… —apostilló Fernán Núñez y el napolitano asintió—. Mi propio tío, el duque de Rohan, no ha podido evitar que una comisión de sus nobles se haya llegado hasta Luis XVI para recordárselo… Pero, también te digo, entre nosotros, que no siempre se va a poder sujetar al Tercer Estado; algunos de los cambios que solicitan no son tan descabellados. No vendrían mal algunas reformas, sin tocar lo esencial.

—¡Malos tiempos, amigo Carlos José! —Los dos hombres se abrazaron.

Efectivamente, eran malos tiempos. Unos días después, en la iglesia de Versalles donde acudía algunas veces el monarca a escuchar misa, entró un hombre de manera airada, cogió una cruz y la emprendió a golpes con los aristócratas presentes. Los soldados que le detuvieron encontraron escondidas en su casaca dos pistolas cargadas. No fue el único caso de alborotadores encontrados con pistolas en las inmediaciones del palacio de Versalles. Esto hizo que la guardia sobre el monarca se reforzase.

En el terreno personal, un importante asunto vino a distraerle en esos meses de 1788. Su segundo hijo natural, Camilo, terminaba su preparación en la Academia Militar de Sorèze. El mayor, Ángel, lo había hecho dos años antes y se había puesto a trabajar con un comerciante de Burdeos. Como no era ocupación para sus hijos, aunque no los hubiese reconocido ni pudiese, solicitó que entrasen a servir en un regimiento. Pero no funcionó ya que no le era posible testificar de forma abierta su origen de padre noble y, por consiguiente, no fueron admitidos como oficiales en ninguna unidad. Tampoco podía reclamarlos para que viviesen en París con su familia legítima… No le quedó más remedio que mover los hilos de la amistad. Así, escribió al coronel Charles Maudit, jefe del Regimiento de Puerto Príncipe y muy cercano a la Casa de Rohan, para que buscase la manera de hacerse cargo de ellos en su unidad militar. El coronel Maudit no perdió el tiempo y, en junio, convocó a Carlos José a una reunión con los jóvenes en una posada de Loongjumeaux.

—¡Señores! —saludó el coronel Maudit a los presentes, Ángel y Camilo y un teniente de la Academia de Sorèze que les había acompañado.

—¡Mi coronel! —respondieron los tres casi al unísono y saludaron al superior.

—Permítanme que les presente a mi secretario, el señor Castillo. De España.

Los jóvenes saludaron al "señor Castillo" y este no pudo evitar emocionarse. Era Carlos José disfrazado para conocer en persona a sus hijos. Se contuvo y les devolvió el saludo. Los cinco se sentaron en la mesa de un cuarto que el posadero había preparado para ellos.

—Me envía su padre —Carlos José no pudo evitar otro estremecimiento al escuchar esa palabra. Estaba en frente de sus hijos y no podía revelarse como padre ni abrazarles como tal—, preocupado, como siempre, por su educación y futuro. Ahora que han terminado su formación en Sorèze, cree llegado el momento de buscarles acomodo en el ejército francés. Me ha pedido que les acoja en mi regimiento de Puerto Príncipe y yo lo haré encantado. Confío en que ustedes acepten este ofrecimiento…

Los jóvenes callaron y solo movieron la cabeza de manera afirmativa. Mientras el pequeño, Camilo, parecía satisfecho, el mayor, Ángel, se mostraba más serio. Puerto Príncipe estaba en América y el viaje era largo y peligroso…

—¿Alguna otra cosa manda nuestro padre? —preguntó Ángel, con voz grave, como de reproche.

—El señor Castillo les explicará —dijo Maudit, quien ya no estaba dispuesto a inmiscuirse en asuntos más personales.

—Existe un problema que preocupa a su padre, señores —intervino Castillo, esto es, Carlos José—. El apellido de los Ríos que han utilizado hasta ahora…, no van a poder llevarlo de aquí en adelante…

—¿Se avergüenza nuestro padre de nosotros? —le interrumpió Camilo. Ahora era él quien parecía enfadado.

—¡Nada de eso! —contestó Fernán Núñez, confundido por la reacción del muchacho—. Yo le daré noticia de lo que he visto aquí, y les puedo asegurar de que me llevo de ustedes dos la mejor de las impresiones. Como padre, les aseguro que estará orgulloso de don Ángel y don Camilo.

—Hasta ahora, nos hemos limitado a cumplir su voluntad —intervino Ángel.

—Y les aseguro que lo agradece. Pero no pueden llevar, por cuestiones sociales, el apellido de los Ríos que hasta ahora han usado. Les ruego que lo comprendan… Me ha pedido que les comunique que su apellido, a partir de hoy, será Bochat-d'Oris.

"Bochat-d'Oris", pensó Maudit. Aquellas palabras le recordaban a algo. Comenzó a darle vueltas en su cabeza y, por fin, lo halló: no eran sino el anagrama de Chabot y Ríos. Desde luego, este Fernán Núñez tenía unas ideas…

Los jóvenes prefirieron no insistir, si bien Camilo no quedó convencido del cambio. Se despidieron con amabilidad, pero Carlos José se marchó con un sentimiento agridulce. Ya les había facilitado la vida y los encontraba convertidos en hombres. Las últimas palabras de Camilo, no obstante, se le habían clavado en el alma: "Ojalá, algún día, podamos usar el verdadero apellido de nuestro padre".

Para distraerse de los problemas diplomáticos y los disgustos familiares, Carlos José buscó consuelo en la música. Además de interpretar con soltura al violín y al clavicémbalo, su orientación en los últimos meses se había dirigido hacia el mundo de la composición. Sin embargo, era consciente de que no dominaba la compleja técnica de la armonía, el contrapunto y demás conocimientos necesarios para conseguir expresar sus ideas y sentimientos a través de los sonidos. Por tanto, buscó consejo en maestros parisinos y mandó copiar algunos tratados de composición, con los que se adentró en ese apasionante y difícil mundo[77]. Le interesaba, en especial, la manera de combinar voces e instrumentos, con la idea de escribir, algún día, una obra para tal plantilla.

No pudo dedicar al estudio de la música todo el tiempo que le hubiese gustado, pues el 30 de junio informaba a Floridablanca de que la efervescencia política y social seguía en aumento. Como resultado, en agosto el rey Luis XVI se vio obligado a convocar los Estados Generales para la primavera del año siguiente. Un poco más tarde, Carlos José fue testigo del grandioso recibimiento que se dio a Jacques Necker, rehabilitado como Ministro de Estado y encargado de las finanzas, tanto por parte de la nobleza como del pueblo.

El 24 de agosto, otro acontecimiento vino a distraerle de su aprendizaje de la música: dos niños, gemelos, aumentaron su familia. Nacieron, sin mayores complicaciones, en la residencia familiar de Soyecourt, a las dos y cuarto de la tarde. Cinco días después se preparó el bautizo en la misma casa. Ejerció el padre Ignacio Francisco de Juan de Verclos, perteneciente a la parroquia de San Sulpicio.

—¿Qué nombre les impongo, señor Embajador? —preguntó el sacerdote al Conde, minutos antes de iniciar la ceremonia.

—El mayor se llamará Luis y el pequeño, Antonio.

El cura se quedó un momento pensativo:

—Son los nombres de Nuestras Majestades… ¿Se lo habéis comunicado a ellos?

—Quedad tranquilo. Los reyes se ofrecieron a apadrinarles nada más conocer que mi esposa estaba encinta. Sin embargo, cuestiones imprevistas les han impedido asistir. No obstante, me veo en la obligación de imponerles los nombres de Luis y Antonio, como sus padrinos. Además de el de Bartolomé, por haber nacido en tal día.

—Vuestra Excelencia sabrá lo que es mejor —se conformó el cura.

La ceremonia transcurrió sin sobresaltos. Al finalizar, el Conde ofreció un sencillo refrigerio a los presentes, incluidos varios miembros de la colonia española en París.

En el mes de diciembre, Fernán Núñez recibió una carta de Floridablanca. Esperaba que su jefe le contestase a varias cuestiones políticas que le había escrito él con anterioridad, así como varias circunstancias menos transcendentales, como la costumbre que notaba entre los parisino de casarse hombres nobles con mujeres de la burguesía, en un mutuo intercambio de nombre y dinero. Sin embargo, lo que leyó le amargó el día:

Excmo. Sr. Conde de Fernán Núñez. Muy Sr. mío y amigo:

Lamento comunicarle que, en la noche del 13 al 14 de diciembre, Nuestro Soberano, el rey Carlos III de España y las Indias, entregó su alma al Señor. Los últimos meses habían sido penosos para él, pues la Divina Providencia le había arrebatado a personas tan queridas como su hijo, el infante don Gabriel, su nuera doña Mariana Victoria de Braganza, así como al tierno hijo de ambos, todos víctimas de la cruel viruela. Con ellos se fueron las ganas de vivir de nuestro monarca.

En la mañana del 13, sintiéndose muy abatido de ánimo y cuerpo, me pidió que ejerciese de Notario Mayor del Reino, pues quería otorgar testamento. Viendo que me costaba mucho contener las lágrimas mientras escribía, me recriminó con cariño: "Vas a emborronarlo todo, hombre. ¿Acaso pensabas que yo iba a ser eterno?".

El Príncipe de Asturias os envía una carta para que paséis a informar al rey Luis VI de este luctuoso hecho.

En Madrid, diciembre y 14 de 1788.

Aquella noche, Carlos José y Esclavitud lloraron y rezaron por el alma del rey que tanto bien había hecho a la Casa de Fernán Núñez. A la mañana siguiente, Carlos José se vistió con las galas de embajador y se dirigió a Versalles. No fue necesario pedir audiencia previa; nada más decir al mayordomo que noticias graves y urgentes de Madrid le habían llevado a hablar con el rey, Carlos José fue introducido en presencia del monarca galo. El rey salió a la misma puerta de su cuarto a recibirle.

—¡Ya me ha llegado la noticia por un correo de mi embajador en Madrid! —dijo Luis de Borbón.

El monarca presentaba los ojos llorosos y Carlos José no pudo evitar el derramar algunas lágrimas en su presencia. Al menos, no tenía que dar de viva voz la noticia.

—Esperadme aquí, os lo ruego. Voy a misa, como todas las mañanas. Hoy tengo un motivo especial para acudir.

Cuando el rey francés volvió de la misa, se dirigió hacia Fernán Núñez, quien había esperado en la antecámara. Intentó hablarle, pero la congoja hizo que no le saliesen las palabras. Así que el rey se dirigió hacia otros cortesanos que también le esperaban. Carlos José, sin saber qué hacer, se sentó de nuevo. Al minuto, el monarca volvió otra vez a su presencia, pero el nudo en la garganta tampoco le permitió decir ni una sola palabra, así que se marchó de nuevo. Carlos José, incapaz de articular palabra por la emoción, optó por volver a su residencia; no era cosa de aumentar el dolor del rey Luis ni el suyo propio. Decidió que el mundo entero habría de conocer, por su puño y letra, quién había sido Carlos III, su amado monarca. Nada más llegar al palacete de Soyecourt, escribió los primeros párrafos de la biografía del monarca recién fallecido.

Si 1788 terminaba de mala manera para Fernán Núñez, España y Francia, 1789 comenzó con igual disposición. La situación sociopolítica no había mejorado; más bien había empeorado. Los disturbios eran diarios. Carlos José estuvo muy atento a lo que sucedía y mantuvo una continua correspondencia con Floridablanca. En ella le contaba que los culpables del deterioro social eran varios. En primer lugar, los filósofos que habían propagado ideas disolventes; en segundo lugar, la malísima situación de la hacienda pública; en tercer lugar, las maniobras de Inglaterra para introducir en Francia ideas revolucionarias que minasen el poderío de su rival.

En su papel como embajador, Carlos José también sufrió las rigideces de la diplomacia. Aunque todo el mundo sabía que él seguiría siendo el embajador de España en París, con el cambio de rey tuvo que esperar a que Carlos IV lo ratificase de manera oficial en su puesto, de ahí que pasase unos días en una especie de limbo diplomático.

El 5 de mayo de 1789 se inauguraron los Estados Generales en Versalles. El rey Luis asistió a la ceremonia, si bien pudo no haberlo hecho… Unos días antes se había caído por uno de los tejados de Versalles que daba a su gabinete. Solo la rápida intervención de un albañil, que vio al monarca en peligro de estrellarse y corrió a sujetarle, evitó una tremenda desgracia.

En dicha inauguración se encontraba, pues era su trabajo, Fernán Núñez[78]. Al día siguiente dio cuenta a Floridablanca de la cálida acogida que tuvo el rey y el silencio que acogió la llegada de la reina, a quien no le perdonaban las ligerezas que había tenido hacia las costumbres francesas en sus primeros años de casada[79].

Un mes después, la desgracia se cebó con la Real Familia. El hijo Luis, Delfín de Francia, presentaba hacía tiempo una fuerte curvatura en su espalda y una salud cada vez más débil. De nada sirvieron los remedios de los médicos: en la madrugada del 4 de junio, a los siete años de edad, falleció. Carlos José remitió a España su propia valoración sobre el asunto: afirmó que la enfermedad del niño no se debía a una caída de caballo, como oficialmente se decía, sino a un vejigatorio que tuvo puesto durante un año y por cuya causa el humor se había retenido en su espalda hasta acabar con su vida[80].

31 ESTALLA LA REVOLUCIÓN

En el mes de junio de 1789, Carlos José estuvo muy atento a la evolución de la política francesa. Con gran preocupación escribió a Floridablanca que, el 17 de ese mes, el Tercer Estado se había declarado en Asamblea Nacional. Pero no solo se ocupó de los asuntos internacionales, también tuvo tiempo para atender las peticiones y favores de sus amigos, aunque se encontrasen a cientos de leguas en ese momento. Desde Fernán Núñez le había llegado la petición de su Gobernador en la Villa, Joaquín de Luna, para que buscase la manera de colocar a su hermano Alfonso, capitán de los Reales Ejércitos, como gobernador en Valparaíso, en la zona de Chile.

Por ello, la mañana del 14 de julio de 1789, Carlos José Gutiérrez de los Ríos se encontraba en su despacho escribiendo a Ambrosio O'Higgins para que atendiese la petición del caballero de Luna[81]. Tenía previsto ir a Versalles a cumplimentar a los reyes de Francia y solo le restaba terminar la carta y partir.

—¡Collar! —llamó Carlos José a su hombre de confianza en el servicio de su residencia.

—¿Qué manda Vuestra Excelencia? —le dijo este al llegar.

—Prepara mi carruaje. Voy a Versalles…

—¿Estáis seguro, señor? —le interrumpió Collar. Ante la cara de extrañeza de su jefe, Collar se excusó—. Perdonad mis modales… Quería decir que no es buena oportunidad salir de París…

—¿Qué ocurre ahora?

—He ido temprano a comprar unas herramientas que nos hacían falta, Excelencia, y me he enterado de que los soldados se han apostado en las salidas de la ciudad, controlan las barreras y no permiten que nadie salga ni entre sin un salvoconducto.

—No tengo ningún salvoconducto. ¿Dónde los preparan?

—Los paisanos decían que en el Ayuntamiento o en la abadía de San Germán.

—Pues iré primero al Ayuntamiento y pediré un salvoconducto para Versalles.

—Perdonad, Excelencia, pero tampoco os lo aconsejo…

—¿Te has enterado de algo más?

—Así es. Como sé que tenéis que rendir visitas periódicas a Versalles, he preguntado a unos soldados si la inmunidad diplomática se mantenía y me han dicho que no. Ni siquiera los soldados afines al rey Luis pueden asegurar la integridad de los ministros extranjeros en París.

—¿Acaso existen los soldados no afines al rey?

—Así es, Excelencia. El mismo soldado me confirmó que ellos han tenido ya varias escaramuzas con compañeros de otros cuerpos que son partidarios de no cumplir las leyes del rey contra los revoltosos.

—Pues sí que está mal la cosa. Está bien, pospondré la corte a Sus Majestades hasta mañana.

Pero, después del almuerzo, un fuerte ruido se escuchó en la calle de la Universidad, donde vivían los Condes. Carlos José se asomó a la ventana y vio cómo una muchedumbre se dirigía hacia la Casa de los Inválidos[82]. Unos cantaban, otros tocaban el tambor al ritmo de los parches de varias unidades militares que les acompañaban, todos gritaban. ¡Ejército y pueblo unidos! Aquello tenía que verlo en primera fila. Así que Carlos José se vistió con su ropa más común para pasar desapercibido y, sin avisar a nadie para no alarmar a Esclavitud y a los criados, se marchó con la gente. Calculó sobre unas novecientas o mil personas las que se iban hacia los Inválidos. La mayoría aparecían bien ataviadas, por lo que él no desentonaba en el conjunto. Al llegar a los Inválidos, varios jóvenes entraron y, al poco tiempo, salieron con diferentes armas, desde las de fuego hasta las de acero, incluidos tres cañones. Pero el reparto no dio para mucho, de ahí que se alzasen gritos sobre el siguiente objetivo:

—¡A la Bastilla! ¡A la Bastilla! ¡Allí hay armas!

El grupo se puso en marcha hacia la fortaleza. Los soldados se organizaron por regimientos y los paisanos se incorporaron a ellos como si completasen sus filas. Los cañones se colocaron en primera línea, de manera que sirviesen de aviso a la guarnición sobre la determinación de los revoltosos. Carlos José se alarmó a comprobar que algunos oficiales se colocaban también al frente de las diferentes unidades. También le extrañó que se dirigiesen contra un lugar fortificado y bien defendido.

A las cuatro de la tarde llegaron frente a la Bastilla. Carlos José vio cómo varios individuos hablaban. Al poco hicieron gestos de asentimiento:

—¡Hemos elegido al cura de San Pablo para que dirija una diputación y se entreviste como el Gobernador de la Bastilla! —gritó uno de ellos, ante el nuevo asombro de Carlos José: miembros del clero envueltos en aquella locura.

Varios gritos de asentimiento se elevaron entre los amotinados. El cura y cuatro individuos se encaminaron hacia la Bastilla. Se les facilitó el paso. Al cuarto de hora salieron. El cura explicó la situación a voces:

—Monsieur Launays, el Gobernador, nos ha recibido con cordialidad. Le hemos expuesto que buscamos armas y sabemos que allí las tienen.

—¡Pues no veo que las traigáis con vos! —exclamó un individuo, desconfiado.—¡Per las traeremos! Sabéis de mi afectuosa relación con el señor Gobernador de la Bastilla, incluso me habéis elegido como emisario por ello…, pero no consiento que se ponga en duda mi honestidad en este crucial asunto…

—¿Cómo las conseguiremos, padre? —preguntó otro, más condescendiente.

—Vendréis diez personas conmigo adentro. Monsieur Launays se ha comprometido a entregarnos fusiles, pistolas y pólvora. Después, tendremos que marcharnos sin causar daño a la fortaleza ni a sus defensores. Tal es el trato.

Se oyeron voces de asentimiento. El sacerdote se volvió hacia la Bastilla e hizo una señal. El primer puente levadizo comenzó a bajar. El cura y diez hombres lo traspasaron y, al llegar a la puerta de la segunda muralla, escucharon el ruido de las cadenas: ¡el Gobernador había dado orden de levantar el puente! Al instante comenzaron a disparar contra los que habían entrado, sin salvación para ellos. Carlos José no pudo entender aquella reacción traicionera del Gobernador, pues eso significaba el enfrentamiento abierto con los revoltosos. Así fue. Los gritos de "¡Traición"! se extendieron entre la milicia y comenzaron a hacer fuego contra los soldados que defendían la Bastilla.

Carlos José, sin saber muy bien cómo actuar en aquella comprometida situación, optó por ayudar a cargar los fusiles de quienes disparaban contra la fortaleza; no quería participar abiertamente pero tampoco deseaba que le descubriesen y acabasen allí mismo con su vida. Pensó que igual había sido una mala idea ser actor de lo que acontecía... En ese momento, dos cañonazos diezmaron un grupo cercano al del Conde. Desde la Bastilla disparaban para disolver a los concentrados a sangre y fuego. Ahí ya no hubo vuelta atrás. Un afortunado tiro de un guardia francés acertó en uno de los artilleros de la Bastilla que habían abierto fuego y le mató. Luego, la locura. Los revolucionarios pusieron sus piezas de artillería en posición y dispararon contra la puerta de la fortaleza, destrozándola. Con tablones improvisaron un puente y corrieron a la brecha. Carlos José pudo ver a algunos trepar directamente por la muralla aprovechando los salientes de las piedras.

Un tiempo después, que Fernán Núñez no pudo confirmar, dejaron de oírse los disparos y comenzaron a salir los asaltantes. Un grupo de ellos traía, sobre una lanza, una cabeza cortada. Al pasar cerca de Carlos José pudo reconocer la cabeza del Gobernador que de manera tan traicionera se había conducido. La Bastilla, símbolo del poder de Luis XVI y lugar odiado por la mayoría de los parisinos, había caído. Carlos José aprovechó el jolgorio que se desató a continuación para volver a la residencia y tranquilizar a los suyos, nerviosos por su ausencia y la escucha constante de tiros y cañonazos.

Al día siguiente, varios miembros de la nueva Milicia Urbana se presentaron en casa de Fernán Núñez. Carlos José se temió que alguien le hubiese reconocido y denunciado por su presencia camuflada en el asalto. Pero su objetivo era otro. Iban a solicitarle que permitiese a varios de sus criados formar parte de la Milicia. Carlos José, aliviado, usó de sus dotes diplomáticas para convencerles de que, en esos días, le eran muy necesarios en su residencia y que, llegado el caso, no tendría inconveniente en cedérselos si los volvían a pedir. El truco, bien por el trato amable que les dio Fernán Núñez bien por no querer forzar la situación con un diplomático extranjero, funcionó; los milicianos se marcharon sin insistir. Es más, al día siguiente se presentó un grupo uniformado con la orden de escoltar la casa de Su Excelencia el Embajador de España para evitarle cualquier contratiempo. Carlos José agradeció aquella muestra de respeto y atención pero rehusó con buenas palabras: no quería ser más que ningún otro diplomático en París, verse señalado ni crearse envidias. Así pues, la residencia de Fernán Núñez quedó tranquila durante unos días, tanto de revolucionarios que la atacasen como de guardias que la protegiesen.

Por ese motivo y por no contar con una orden de salida de sus jefes en Madrid, Carlos José continuó en París. Otros diplomáticos, como el Ministro de Inglaterra, optaron por abandonar Francia; igual camino tomaron varios miembros de la nobleza, temerosos de sufrir ataques. Carlos José no perdió oportunidad de comunicar con Floridablanca el desarrollo de lo que era una auténtica revolución:

Todo el reino se encuentra en estado de agitación. En algunas zonas, los revolucionarios han prendido fuego a los castillos de los nobles. Nuestro correo, Camino, que ayer llegó por la vía de Irún, me ha dicho que tuvo que detenerse muchas veces para sufrir los controles de los amotinados. Por suerte, han tenido el detalle de no violar la correspondencia diplomática. Camino ha prestado mucha atención a los chismes que se contaban en las posadas donde paraba para comer. Según se dice, sin fundamento, se espera un ejército de más de cuarenta mil españoles para defender los derechos del rey Luis. Otros afirman que serán lo turcos quienes le defiendan y que la reina ya ha obtenido asilo en la Turquía. Con permiso de Su Excelencia, voy a intentar propagar la verdad: que España no es un enemigo y no tienen, por tanto, que atacar los intereses españoles en Francia ni a los súbditos del rey Carlos IV. Quiero dejar muy claro, en todos los estamentos de esta Nación, que la alianza de las dos Naciones es firme y honrada.

Esto se ha vuelto necesidad imperiosa, más aún tras informarme un francés de confianza, casado con una española, que existe intención en algunos grupos de exaltados de propagar las ideas revolucionarias en la América española.

La situación es muy complicada, por lo que debo dar gracias a Dios por cada día que pasa sin novedad en nuestras personas o bienes. Las diversiones, al menos para la nobleza, se han terminado en su mayor parte. Nadie se atreve a reunirse por la noche para festejar, sin saber si se presentarán grupos armadas a amargar la fiesta. Tampoco han quedado artistas que contratar, pues han huido. Los españoles de varios ramos del entretenimiento han venido a pedirme pasaporte para regresar a España, pero me he negado a dárselo mientras no obtengan el salvoconducto de las autoridades de la ciudad de París. Incluso con dicha salvoconducto, tengo mis dudas para darle el pasaporte a España, salvo que Su Excelencia determine le contrario.

Confío en que las desgraciadas circunstancias del momento terminen pronto, en beneficio de las dos Naciones que tengo el placer de representar y convivir.[83]

Si los revolucionarios le dejaron relativamente tranquilo en los días siguientes, no actuaron de igual manera los privilegiados. El 8 de septiembre, el abate Manse se presentó en el Hotel de Soyecuort, sin pedir audiencia siquiera. Carlos José trataba, en esos momentos, con el coronel Charles Maudit, quien le informaba de que la situación estaba tranquila en Santo Domingo, que sus tropas permanecían fieles al rey y que todo movimiento de liberación de los esclavos negros sería reprimido por las armas. Fernán Núñez le pidió disculpas a su amigo y accedió a recibir a la visita inoportuna.

—Los aristócratas comienzan a estar cansados de la situación —dijo el abate—. Van a formar un Cuerpo de Nobles para luchar, junto a varias unidades militares extranjeras que prestan servicio a nuestro amado monarca Luis.

—¿Y el Clero, cómo actuaría? —preguntó Carlos José. Debía tener mucho cuidado con aquella conversación para no comprometerse ni implicar a España.

—El Clero no combatiría, como Ministros del Señor que somos…, pero apoyaríamos las justas reivindicaciones de la Nobleza…

—Que son las vuestras… —le interrumpió el Conde, con una pizca de maldad.

—Y las vuestras, Excelencia… —le contestó el abate, con más maldad—. Nuestros sagrados privilegios fueron cercenados en la sesión de la Asamblea Nacional del 4 de agosto y lucharemos por restituirlos.

—¿Eso significa que, si los privilegios son devueltos, la intentona violenta se detendría?

—Así es. Como le decía, apoyaremos con dinero la acción armada y, al mismo tiempo, utilizaremos los púlpitos para conseguir nuevos adeptos a la contrarrevolución.

—¿No le parece, querido Manse, que eso sería usar el nombre de Dios en vano?

—Estoy convencido de que, Nuestro Señor, en su infinita misericordia, nos perdonará… Además, Dios sabrá reconocer a los suyos en esta lucha.

—¿Cómo hará la nobleza para que no sean detectados sus planes? —Carlos José prefirió no continuar por la confrontación teológica.

—La idea es que converjan las diferentes unidades militares en Flandes. De allí, tomarían en derechura el camino hacia Versalles para evitar que se cometan desmanes contra la Familia Real y ponerla a salvo en la Champaña.

—Así dicho… Pero es una empresa muy arriesgada. Supongo que contarán con jefes militares de reconocida solvencia para llevarla a cabo…

—Creemos…

—¿Creemos? ¿No tienen seguridad?

—Nada es seguro en estos días, señor de Fernán Núñez… Creemos contar con la ayuda del Príncipe de Condé.

—Incluso bajo su dirección, lo veo muy complicado. Además, el rey Luis ha mantenido, en los últimos días, posiciones cercanas a la Asamblea Nacional y ha pedido a los soldados bajo su mando que presten juramento a las nuevas autoridades. Cualquier acción para rescatar al rey introduciría nuevos elementos de confrontación y, como no hay garantías de éxito total y rápido, conduciría inexorablemente a un enfrentamiento civil entre franceses de uno y otro bando. ¿No querréis esto para Francia, sobre todo ahora que hay cierta tranquilidad?

—Claro que no, pero…

—Y en una guerra civil —continuó Carlos José—, el Clero y la Nobleza podrían perder todos sus privilegios, haciendas e, incluso, vidas, en especial si no está todo dispuesto para el éxito.

—¡La razón está de nuestra parte! —replicó el abate.

—¡Pero no la fuerza! —le contestó Carlos José. Aun así, calló que no toda la razón estaba de su parte, pues habían cometido muchos desmanes aprovechándose de su situación de privilegio y era solo cuestión de tiempo que el pueblo estallase—. ¿Quién os asegura que el mismo rey, en esta acción egoísta de Nobleza y Clero, porque no es otra cosa, es tomado como centro de todas las iras y termina perdiendo su corona?

—¡Dios no lo permita! —el abate se santiguó.

—Querido abate —Carlos José quiso terminar la entrevista de manera amigable—. Mi consejo es que os dejéis, vos y vuestros amigos, de aventuras y trabajéis en beneficio de Francia con tranquilidad y reflexión, para evitar males mayores.

Fernán Núñez no quedó muy satisfecho de la actitud del abate a su partida. Creyó necesario, por tanto, poner sobre aviso al Ministro de Asuntos Extranjeros, Montmorin, sobre la trama. Este se lo agradeció, pues tenía el mismo carácter reflexivo de Carlos José y consideraba una locura peligrosa tal acción, de la que ya había escuchado alguna noticia.

Pero la situación, lejos de calmarse, se volvía cada vez más complicada. Uno de sus criados en la casa que había alquilado en Versalles, llegó la mañana del 6 de octubre con noticias alarmantes. Le refirió que, el día anterior, una multitud de mujeres y hombres disfrazados como ellas, se había personado con tambores, dos cañones, fusiles, palos y otras armas a solicitar pan a los reyes. Consiguieron que una comisión le expusiese personalmente al monarca sus peticiones, con el fin de calmarles. El rey, con tono amable, les dijo que se dirigiesen a la Asamblea Nacional para comunicar sus pretensiones y que le diría a dicha Asamblea que su deseo es que fuesen atendidas. La comisión trasladó las palabras de Luis XVI a la muchedumbre y se retiraron. Pero la tensión era tan alta que una de las mujeres, al marcharse, dio un empellón a uno de los soldados que vigilaban y este le dio un sablazo. Por suerte, los gritos a la calma por ambas partes consiguieron que todo quedase en ruido y amenazas y no fuese a más.

Pero esa no era la principal noticia que había motivado el viaje del criado desde Versalles. El mismo día 5, por la noche, el marqués de La Fayette había llegado a la Corte con varios miles de soldados. Al hacer la distribución de los hombres, quinientos de ellos debían ser alojados en casa y a cuenta del conde de Fernán Núñez. El criado, sin tiempo a avisar a su señor, optó por actuar como él mismo lo hubiese hecho: dio acomodo a los soldados con buena cara y disposición, para evitar que tomasen por la fuerza lo que podía dárseles con agrado y producir futuros beneficios. Carlos José no pudo sino alabar la actuación de su criado; ni él mismo lo hubiese hecho mejor.

Como se esperaba, la tranquilidad duró muy poco. En la madrugada del día siguiente, martes 7 de octubre, una multitud de paisanos y milicianos asaltó el palacio real de Versalles y atropellaron a los Guardias de Corps que trataron de proteger a la Familia Real. Los reyes tuvieron que refugiarse en la habitación del Delfín. Esto les hizo ganar un tiempo precioso pues, mientras los buscaban por palacio, algunos jefes de la Milicia de París consiguieron apaciguar los ánimos, en vista de que podría tener lugar un magnicidio.

A la mañana, Carlos José y el embajador de Nápoles se dirigían hacia Versalles cuando se encontraron con una comitiva inesperada.

Delante iban los soldados de la Milicia y varios paisanos con picas sobre las que colgaban sendas cabezas a las que no habían quitado sus sombreros de la Guardia de Corps. Carlos José prefirió no hacer ningún movimiento extraño ni preguntar a nadie, como si de dos simples viajeros se tratase. Una legua más tarde se encontraron con Montmorin. Les confirmó los desmanes de la noche anterior y les dijo que harían bien en volverse a París y mantenerse a salvo. Sus Majestades partirían, en pocas horas, hacia París, con lo que era absurdo que continuasen el viaje hacia Versalles. Los dos diplomáticos retornaron a la capital, si bien a cierta distancia del ministro para no levantar suspicacias.

Esa misma tarde, Carlos José y el napolitano asistieron a la entrada en París de Sus Majestades. Esta vez la muchedumbre coreó el nombre de los reyes y no se produjeron altercados. Les acompañaron en dirección a las Tullerías, donde tenían previsto alojarse. En esta ocasión los Guardias de Corps no fueron molestados, pues cada uno llevaba a la grupa de su caballo a un paisano, de manera que se mostrase la hermandad entre soldados y pueblo. Solo escuchó Carlos José algunos gritos en contra del Clero, lo que le hizo recordar su charla con el abate Manse y la recomendación que le hizo de no agitar más los ánimos, pues todo podría concluir en una guerra con tintes religiosos y con la desaparición de la Religión Católica en Francia.

En la plaza del Ayuntamiento, el Corregidor hizo entrega de las llaves de la ciudad a Luis XVI. Carlos José se extrañó de que no estuviese todos los representantes de la villa en la puerta del Ayuntamiento, con el fin de cumplimentar al rey, tal y como había sido la costumbre. Observó cómo era el monarca el que tenía que pasar al interior del edificio para saludar a las autoridades locales. Aquello era una humillación para el rey. Consideró que debía enterarse de lo que allí ocurriese y se introdujo en el Ayuntamiento junto a los últimos cortesanos de la comitiva que pasaron al interior. En la sala principal, los miembros del Cuerpo de la Ciudad, por boca del de mayor edad, le hicieron una arenga, que el rey aceptó de buen grado.

—Me he transferido a la Ciudad para estar junto a mis amados súbditos —dijo el monarca al Corregidor, lo cual era mentira…—. He venido con vosotros con gusto y entera confianza.

—¡Su Majestad nos honra —intervino el Corregidor, pues el ruido de los presentes no había permitido escuchar con claridad las palabras de Luis XVI— con su presencia y ha venido hasta nosotros con total gusto!

—El señor Corregidor —se escuchó la voz de la reina María Antonieta cuando nadie la esperaba— ha omitido que mi Real Esposo ha dicho que ha venido "con entera confianza". Creo que no son palabras que deban obviarse…

Los presentes habían enmudecido al oírse la voz de la reina. Se produjo una situación embarazosa.

—Nuestra Señora tiene toda la razón —acertó a decir el Corregidor para enmendar la incomodidad del momento—. Pero mi olvido ha permitido que escuchemos las palabras del rey en una boca mucho más importante y adecuada que la mía: la de Su Majestad la Reina.

Aquella salida del Corregidor salvó la situación y los congregados prorrumpieron en aplausos hacia Sus Majestades. Terminado el inusual acto del Ayuntamiento, los reyes partieron hacia el palacio de las Tullerías.

La venida de los reyes a París desde Versalles no calmó la situación. En las calles, las revueltas fueron diarias. El hambre enervó aún más los ánimos. De todo ello dio cuenta en sus despachos con Floridablanca:

Hace tres días que falta el pan en algunos barrios. Esto ha producido en el pueblo mucho descontento y una efervescencia que se han traducido, con en ocasiones anteriores, en ejecuciones sumarias. Anteayer, el populacho llegó a la casa de un panadero cuya honorabilidad era conocida. Este hombre es padre de tres niños y su mujer está embarazada del cuarto. A pesar de sus protestas, fue víctima de la ferocidad popular: se le colgó de un farol y su cabeza arrancada fue paseada en triunfo por las calles de París, enseñándose a todos los panaderos, incluida su propia mujer, como aviso.[84]

La buena noticia llegó el 29 de octubre, no sin sobresaltos. Esclavitud se puso de parto de las 3 de la madrugada. Todo fue bien y, después de una hora de dolores, vino al mundo Bruna Narcisa. Pero la alegría duró poco. A partir de las ocho de esa misma tarde, Esclavitud comenzó a sentir fuertes dolores en el vientre y una hemorragia puso en peligro su vida. El cuidado del médico y los rezos hicieron su efecto y la situación se normalizó poco después.

Además de este susto, Carlos José comprendió que otra boca más que alimentar, en aquella situación, no le era favorable, por más que se alegrase de ver aumentada su familia. Tenía muchas deudas que había contraído en los años anteriores en Portugal y no había cobrado su sueldo de mariscal de campo ni lo que le correspondía como consejero de Estado. Escondiendo la vergüenza que le producía, escribió a Carlos IV a través de Floridablanca y reclamó el dinero que no se le había dado en su tiempo. Incluso pidió permiso, en último caso, para pedir a la Real Hacienda española un préstamo de ochocientos mil reales para saldar sus deudas, que devolvería cuando heredase de su familia francesa, los Rohan.

Al mes siguiente, en noviembre, las cuitas diplomáticas de Carlos José aumentaron. El embajador de Nápoles fue a verle con urgencia una tarde.

—¡Esto es inadmisible— gritaba el napolitano en el despacho del Conde.

—¡Cálmate, hombre! Vas a asustar a los niños…

—Perdona, ¡pero vengo!… La Asamblea Nacional ha declarado que su justicia, que es una justicia revolucionaria, está por encima de cualquier persona, incluidos los ministros extranjeros. ¡Por encima de ti y de mí, que es el caso!

—Lo sé.

—¿Y no me has dicho nada?

—Preferí obrar con prudencia. Además…, te conozco y sabía que ibas a reaccionar de manera airada, cosa que no nos convenía.

—Bien, bien, lo admito.

—Nada más enterarme fui a ver a Montmorin para que me diese explicaciones…

—Montmorin cada vez tiene menos fuerza en este país de locos.

—Pero es nuestra conexión. Le pedí que esa norma, en caso de que se aplique con todo rigor, al menos nos deje fuera a los diplomáticos. Se mostró comprensivo y favorable a nuestra demanda. Incluso me llevó a presencia de uno de los miembros de la Asamblea, quien también me tranquilizó. La norma era cierta y seguiría en vigor…

—Entonces, ¿qué has conseguido? —le interrumpió el embajador napolitano.

—Espera, hombre; calma tus nervios —le contestó Carlos José—. Me dio garantías de que la norma no se aplicaría al Cuerpo Diplomático. Si no lo habían explicitado es porque consideraban que era, de todas luces, innecesario.

—Eso ya es otra cosa —respiró aliviado su amigo—. Menudo sobresalto.

—Propongo que aparezcamos tranquilos, sin manifestaciones exageradas que nos pongan en el punto de mira de los revolucionarios. ¿Estás de acuerdo?

—Como tú digas.

Carlos José, tras esta entrevista, buscó los pareceres del Nuncio y del embajador de Portugal. Los dos estuvieron de acuerdo con su manera de proceder y la tensa reacción diplomática se calmó poco a poco. Sin embargo, a pesar de las garantías dadas por la Asamblea, al menos de palabra, la realidad mostró que los guardias solían pedir la documentación a todos los ciudadanos que querían entrar y salir de París, incluidos los ministros extranjeros y su personal. Esta vez sí, Carlos José no esperó y convocó a sus colegas en Soyecourt. Todos firmaron una memoria de queja por el trato recibido y el mismo Fernán Núñez marchó al Ministerio de Estado a presentarla. La seriedad de su postura surtió efecto y, a los pocos días, ya no fue necesario exhibir documento alguno para moverse entre París y los alrededores, ni siquiera para los ciudadanos.

El año 1789 finalizó, por fin, con una buena noticia para Carlos José: el rey Carlos IV atendía parcialmente sus quejas sobre cuestiones dinerarias y le destinaba diez mil reales cada mes a cuenta de su sueldo como Consejero de Estado, con efecto retroactivo desde el 1 de julio. Pero aquel dinero, que venía como caído del cielo, no era suficiente y Fernán Núñez tuvo que imponer un censo sobre bienes de su mayorazgo hasta conseguir sanear sus cuentas, al menos por un tiempo.

A quienes cada vez les quedaba menos tiempo era a los reyes de Francia, y Carlos José era consciente de ello cuando se reunía, en compañía de Esclavitud, algunas noches a jugar a la lotería. Incluso llegó a trazar un plan para salvar a los reyes de los revolucionarios si la situación empeoraba aún más. Por las mañanas, después de hablarlo con Sus Majestades, rezaba para que nunca tuviese que ponerlo en marcha…

32 JUNTO A LOS REYES DE FRANCIA

Por todos es sabido que las cosas malas no suelen venir solas… Así ocurrió con la labor diplomática de Fernán Núñez. Si mantenerse vivo y activo en el convulso París de 1789 ya era toda una aventura, ese mismo año se desató otra crisis con Inglaterra que necesitó de toda su atención en los meses siguientes, ya en 1790. Los ingleses, en su continuo afán de atacar siempre los intereses comerciales de España, habían intentado asentarse y comerciar en la zona de Nootka-Sud, al oeste del Canadá. Como la diferencia de flotas era desfavorable a España, el 6 de abril de 1790 Floridablanca instó a Fernán Núñez a solicitar la ayuda de la escuadra francesa en base al Pacto de Familia.

—Estoy convencido de que Francia cumplirá el sagrado pacto que une a las casas de Borbón —dijo Carlos José a Montmorin, un mes después, en su despacho de la Tullerías.

—Yo no estaría tan seguro… —dijo el ministro con amargura.

—No me lo puedo creer. ¡Los pactos están para cumplirse!

—¡Cuando la situación lo permite!

—¡Inglaterra es nuestro enemigo común! —insistió Fernán Núñez.

—Francia tiene ahora al enemigo dentro: los propios franceses.

—Todos sabemos que Inglaterra está moviendo a los franceses contra su legítimo rey —dijo Carlos José—. Si les paramos los pies en Nootka-Sud sería un aviso de que Francia no está dispuesta a dejarse convulsionar.

—Te lo repito, amigo: el rey tendría que solicitar permiso de la Asamblea…

—¿No será una excusa para no cumplir?…

—¡No te consiento que dudes de la decencia de Francia! —Montmorin dio un fuerte golpe con la mesa con la palma de su mano. —¡Ni de mi amistad!

—Está bien. —Carlos José prefirió rebajar el tensión—. De todas formas, considerarás de justicia que España sondee otras opiniones en potencias europeas que no son, precisamente, amigas de la Inglaterra…

—Ahí Francia no tiene nada que opinar. Es vuestro territorio el que Inglaterra ha incursionado y sois libres de defenderlo como mejor consideréis. Solo repito que la situación del rey Luis no es la más adecuada para exigirle nada…

Las siguientes entrevistas con Montmorin no fueron muy diferentes a esta. La tensión estuvo siempre presente y la amistad entre los dos diplomáticos se resintió. Desde España, Floridablanca no ayudaba a rebajarla, pues apremiaba a Fernán Núñez a que lograse la adhesión sin fisuras de Francia a las tesis españolas. Carlos José se vio, sencillamente, entre la espada y la pared. Por otra parte, la Asamblea parecía poco dispuesta a embarcarse en una aventura en el exterior, y más para ayudar a un país donde el monarca era familia del rey al que trataban de controlar y rebajar en su poder. Incluso el poder del rey Luis salió más deteriorado aún de lo que ya estaba, pues la Asamblea discutió si quien debía declarar cualquier guerra era el monarca, como había sido siempre, o la Nación, representada por la Asamblea. Al final, decidieron que el Pacto de Familia solo tenía carácter defensivo, por lo que no obligaba a Francia a intervenir en caso de ser España la que iniciase la guerra contra Inglaterra. Floridablanca, ante este panorama, optó por no seguir presionando y firmó acuerdos más tibios para lograr la ayuda de la escuadra francesa[85].

Carlos José sufrió mucho en la anterior crisis. A su situación ya de por sí delicada, debía unir la pérdida de confianza que se había producido entre su amigo Montmorin y él. Por si esto fuese poco, en algunos medios de comunicación se había iniciado una campaña en contra de España, a la que acusaban de urdir tramas a favor del rey Luis. A Fernán Núñez se le llegó a acusar de espiar a favor del monarca. Sin citarle expresamente, se daba a entender que él estaba detrás de todo: "Un gran señor español que permanece en el anonimato, pero es perfectamente conocido por todos". Indignado, pidió a Montmorin que acabase con aquellas difamaciones, pues tanto él como el gobierno español eran leales a Francia. El ministro francés, en base a su vieja amistad, le prometió actuar en consecuencia. Pero el mal ya estaba hecho y era grande.

—Ya no puedo más, Esclavitud —le confesó Carlos José a su mujer una noche de abril al acostarse.

—Yo tampoco. Te lo dije un tiempo atrás pero no he querido martirizarte con continuas quejas. Tenemos que irnos de este país de locos.

—No podría haberlos descrito mejor —Carlos José emitió una sonrisa amarga ante la ocurrencia de Esclavitud.

—Escribe a tus jefes para que te releven.

—Sí. Es la única solución. En manos de Floridablanca está mi futuro y el de mi familia. Le pediré que me otorgue el pasaporte y que me permita volver a España.

—O a cualquier otro sitio menos aquí.

—En Córdoba seríamos felices plantando naranjos. No pido más.

—Los niños y yo recogeríamos las naranjas con gusto.

A la mañana siguiente, Carlos José envió un mensajero a Floridablanca con el que solicitaba regresar a España por agotamiento y por miedo hacia lo que pudiese ocurrirle a su persona, su mujer y los siete chiquillos que tenían. También le envió algunos documentos secretos de la embajada para evitar que, si llegaba el momento aciago, los revolucionarios los obtuviesen por asalto de su residencia.

Pero no fue la casa la que sufrió el ataque de los revoltosos, sino Esclavitud. Aunque fue por casualidad, el hecho aumentó las ganas de partir de los Fernán Núñez. En la noche del 8 de julio Esclavitud había ido a jugar a la lotería con la reina, como solían hacer Carlos José y ella en muchas ocasiones. Pero, esta vez, había ido sola porque el tremendo esfuerzo diplomático de su marido le había pasado factura en forma de terribles dolores de cabeza. María Antonieta, conocedora de las ansias de partir del matrimonio, había tratado de convencer a Esclavitud para que demorase la marcha todo lo posible, pues Fernán Núñez estaba actuando como mediador secreto entre los reyes de España y Francia con el fin de conseguir ayuda para estos últimos. A ello se unía el que la reina se quedaría aún más sola de lo que ya estaba al perder a unos sinceros amigos. Esclavitud no le prometió nada, pues estaba realmente asustada por el cariz que tomaban los acontecimientos día a día.

Al poco de salir de las Tullerías se toparon con una barrera de revolucionarios que les impidió el paso a los gritos de "¡fuera las libreas!" y "¡los nobles, al farol!". Esclavitud se asustó mucho pues sabía que, en aquellos tiempos, la expresión no se decía en vano: muchos nobles habían sido colgados de los faroles de París solo por tener un mal encuentro, igual al suyo aquella noche. Además, como acercaron antorchas para conocer mejor quién iba dentro del coche, Esclavitud temió que le prendiesen fuego. Pero los revoltosos se contentaron con inspeccionar el carruaje y, al comprobar que la Condesa no portaba armas escondidas para entregarlas a la contrarrevolución, la dejaron marchar.

Este tremendo susto preludió el que sufrieron sus hijos mayores y su ayo unos días después, molestados de manera similar en las calles de París. El vaso de la paciencia ya se había colmado. Ni los ruegos de María

Antonieta sirvieron, de aquí en adelante, para apaciguar el ansia por abandonar París del matrimonio Gutiérrez de los Ríos Sarmiento.

—Señor Conde, han traído un billete de las Tullerías —le dijo el criado Collar una mañana de enero de 1791.

—¡Dámelo! —pidió Carlos José. Collar le entregó un billete cerrado y se marchó. Fernán Núñez lo abrió delante de su esposa—. La reina quiere que vaya esta noche a charlar con ella.

—Muy bien, iremos…

—No, cariño. La nota dice claramente que vaya solo y con el mayor disimulo…

—Entiendo…

Esclavitud comprendió que debían ser importantes asuntos de Estado los que debía contar María Antonieta a su esposo. También respiró aliviada al no tener que salir de noche después de la mala experiencia vivida con los revolucionarios.

Carlos José fue a las Tullerías vestido con ropa corriente. Le hicieron pasar sin dilación al cuarto de la reina.

—Gracias por venir, amigo —le dijo María Antonieta.

—No podía faltar a la llamada de Vuestra Majestad. Esclavitud os manda memorias cariñosas.

—Le he echado de menos, pero ya me enteré de lo que le sucedió… Hoy quería estar a solas pues debo confesaros asuntos que no debe saber nadie, ni si quiera vuestra esposa…

—¿Qué ocurre, Majestad?

—Me espían, Embajador —le dijo María Antonieta y miró a su espalda, como si pudiese haber alguien escondido en sus aposentos.

—¿Estáis segura?

—La verdad…, es que no —reconoció la reina—, pero lo presiento… ¡O me estoy volviendo loca!

—Tranquilizaos. Tampoco sería raro que os espiasen. Si Versalles se convirtió en un lugar poco seguro, mucho menos lo es París.

—Ya no confío ni en Montmorin…

—Es un buen hombre, os lo aseguro. Y un fiel servidor de sus reyes.

—¡Tenemos que acelerar la colaboración de España en nuestra salvación!

—Hago lo que puedo, Señora. No es fácil que Carlos IV y, mucho menos, Floridablanca, se embarquen en una aventura tan peligrosa.

—¿Y las tropas extranjeras que podrían intervenir?

—Todavía no hay nada seguro, pero intentaremos que varios monarcas cedan tropas para ubicarlas en zonas cercanas a Francia. Esto debería actuar como disuasión para los revolucionarios y contener sus peores pensamientos.

—¡Podríamos intentar huir en dirección a los Países Bajos Austriacos! Allí nos defenderían las tropas de mi hermano, el emperador Leopoldo II, con quien ya he mantenido contactos…

—Pero…, eso sería temerario. Si os interceptasen en tránsito, la ira de los milicianos podría acarrear un gran disgusto…

—Esa es también la opinión de Leopoldo. Cree que cualquier movimiento en falso acabaría con mi corona y, posiblemente, con mi vida.

—Pues seguid sus consejos…

—¡Temo por mi integridad y por la de mi familia!

—Confiemos en que no ocurra tamaña desgracia—le dijo Carlos José para tranquilizarla. Pero, en su interior, sospechaba que tal cosa podría llegar a suceder cualquier día.

Carlos José abandonó las Tullerías muy triste. Ni él podía hacer más de lo que ya hacía por los monarcas, sin comprometerse abiertamente, ni observaba que estos tuviesen planes seguros para proteger sus vidas. María Antonieta aparecía desesperada, a punto de dar un paso en falso. Ella tenía poca capacidad de maniobra y el rey Luis carecía de la firmeza de ánimo que se necesitaba en aquellos momentos. La desgracia, pues, estaba cerca y Fernán Núñez la presentía.

La siguiente entrevista con María Antonieta tuvo lugar el 24 de febrero. Con el fin de evitar a los espías de los revolucionarios, Carlos José esperó a que la reina de España, María Luisa de Parma, diese a luz a su hija María Teresa, hecho acontecido unos días antes. De esta forma pudo estar a solas con María Antonieta. Hablaron en términos parecidos a la entrevista anterior y la reina insistió en que Fernán Núñez actuase como intermediario para mover a su favor a las potencias europeas. Aún tuvieron otra entrevista en marzo. María Antonieta, cada vez más nerviosa y preocupada por la seguridad de su familia, reprochó a Fernán Núñez lo poco que había conseguido en sus negociaciones con las potencias extranjeras.

Las quejas de María Antonieta afectaron en el ánimo de Carlos José, quien se mostró en casa preocupado y pensativo, aún más de lo que ya lo estaba. Otra terrible noticia vino a minar su ya decaído ánimo. El 4 de marzo, soldados negros a las órdenes del coronel Charles Maudit, le asesinaron en Puerto Príncipe. Fernán Núñez sintió aquella muerte como ocurrida en alguien de la familia, tal era el aprecio que tenía al coronel. Mandó grabar un retrato del militar asesinado y lo envió a su padre, para que tuviese algún consuelo. También decidió incluir algunos hechos de su trayectoria como persona y como militar en su *Vida de Carlos III*, que ya casi estaba terminada, con el fin de que sirviesen de ejemplo a sus hijos legales.

De los que había llamado "sus pelendengues", es decir, Ángel y Camilo, obtendría muy diferentes noticias en los meses posteriores. De

Ángel, en realidad, no consiguió ninguna y perdió su rastro cuando el muchacho pretendía ir de La Coruña a México. De Camilo supo que había regresado a Francia con motivo de la boda del coronel Maudit y que tal era la confianza de este con el joven, que le había dejado al cuidado de su esposa mientras él marchaba de nuevo a Puerto Príncipe. Al poco tiempo viajaron la mujer y Camilo a América, pero se encontraron con que el coronel había sido asesinado unos días antes. Sin el apoyo de Maudit, y en una situación muy peligrosa, Camilo optó por regresar a Burdeos. Allí consiguió localizarle Carlos José. Le envió noticias "de su padre", pero sin revelar una vez más que era él mismo, y las acompañó con un documento por valor de 1800 libras. Camilo pudo subsistir así el tiempo necesario para encontrar trabajo en la oficina de un afamado contable bordelés.

Las pocas alegrías de este aciago año de 1791 se las proporcionaron su amigo José Caamaño, quien se llegó a visitarles antes de tomar posesión como embajador ante los Cantones Helvéticos, y la culminación y publicación de la biografía que había escrito sobre su amado Carlos III, a la que había dedicado casi tres años de trabajo.

—No me gusta tu cara, amigo —le dijo Caamaño mientras paseaban por el jardín de la residencia de Soyecourt.

—Si la cara es el espejo del alma…, te puedes imaginar cómo tengo el alma —le contestó Carlos José e intentó esbozar una sonrisa, que se apagó pronto.

—Tendrías que volverte a España sin dilación.

—Es lo que intento, pero no consigo que Floridablanca se aclare. El mes pasado dejaron vacante la plaza de embajador francés en Madrid y ahora están dándole vueltas a ver si yo debo hacer lo mismo, en reciprocidad diplomática.

—Eso significaría una salida honrosa.

—Sí, pero no se deciden en la Corte española. Incluso tengo otra excusa preparada para que nadie se sienta ofendido: mi tío, el duque de Rohan, vive ahora en Niza y se encuentra mal de salud. De esta forma podría argumentar que voy a visitarle y dejar París sin peligro.

—Bien pensado, pero veo un problema: si tu tío faltase, Dios no lo haga, ¿cómo justificarías tu ausencia?

—Ya lo he calculado. Soy un grande de España y señor de tierras y villas. Podría argüir que me necesitan temporalmente mis vasallos de Córdoba y Fernán Núñez. También en Cáceres soy necesario, con el fin arreglar la testamentaría de los abuelos de mi mujer a favor de esta…

—Bien, veo que esa cabecita todavía funciona, ¡je, je!

—Pero, mientras tanto, yo sigo penando en esta jaula de locos. Si hago caso a Floridablanca, quien me pide más energía contra la Asamblea, me expongo a represalias. Si hago caso a la Asamblea, me gano la reprimenda de mis jefes en Madrid. ¡Que el diablo se lleve a unos y a otros!… —Carlos José pasó el brazo por el hombro de su amigo—. Perdona mis modales.

—Te entiendo perfectamente. ¿Y tu mujer?

—Ella aún está peor que yo. Vive con miedo por mí, por los niños y por todos. Y por si esto no fuera suficiente, la reina María Antonieta abusa de su confianza para insistirle en que no nos marchemos de París hasta que se arregle su situación… Somos de los pocos amigos que le quedan…

—Es un sinvivir, sí…

Todavía fue a peor la situación en los días siguientes. El 18 de abril el pueblo de París obligó a los reyes a permanecer en las Tullerías, tras acosarle por las calles y dirigirle toda case de insultos. Poco más podía hacer Carlos José en la capital francesa, en una misión que era infructuosa y peligrosa para los suyos.

33 LA SALIDA DE PARÍS

—¡Tenemos que irnos de París!

—Cariño, me has despertado —respondió Carlos José, adormilado.

—Lo siento, pero no puedo conciliar el sueño. ¡Hay que salir de aquí!

—Ya lo sé. Me lo llevas repitiendo todos los días… y todas las noches.

—Lamento transmitirte mi desasosiego, pero, ahora, tengo otro buen motivo…

—Venga, dime. —El Conde encendió la vela de su mesilla y se incorporó—. ¿Qué tripa se te ha roto esta vez?

—Pues, casi atinas… Es la tripa, pero no se me ha roto… Se me va a poner como una magdalena…

Carlos José no dijo nada; apagó la vela y se acurrucó junto a su mujer. Ninguno de los dos sonrió a pesar de la broma de Esclavitud. La noticia, feliz por el contenido, llegaba en un malísimo momento familiar y social.

En las jornadas siguientes, Esclavitud arreció las peticiones a su marido para que consiguiese el permiso de la Corona española y dejar aquel país que se venía abajo. En los últimos días se habían quemado las efigies del Papa y del Arzobispo de París como muestra de enfado hacia la actitud del Clero en Francia. Esto aumentó su inquietud y por nada del mundo quería que su nuevo hijo naciese allí y solo aceptaba que lo hiciese en Madrid. Carlos José también redobló sus esfuerzos mediante continuas cartas a Floridablanca, pues la residencia de Soyecourt se había contagiado de la locura general y cada día era más difícil vivir allí. También solicitó regresar a Madrid con el fin de que su hija Escolástica, que ya tenía ocho años, entrase en las Salesas.

Por fin, el 19 de mayo, Floridablanca cedió y le permitió regresar a España, incluso elegir la ciudad de residencia. El lado negativo fue la duración: solo podía estar ausente de París durante seis meses. Floridablanca quería que las nuevas autoridades francesas pensasen que nuestro embajador se iba, temporalmente, por cuestiones personales y no políticas, por lo que una retirada mayor no hubiese tenido excusa. En la licencia se estipulaba que Domingo de Iriarte ocuparía su lugar de forma interina, pero solo como Encargado de Negocios. Todo ello lo comunicó Fernán Núñez al ministro Montmorin y los dos hombres sintieron alejarse.

—Ahora no me quiero ir.

—¿Has dicho algo? —Carlos José despertó y no sabía si había escuchado de verdad la voz de su mujer o era una pesadilla.

—Sí. He dicho que prefiero quedarme en París hasta que nazca el bebé.

—¡Me vas a volver loco! —Carlos José, en una acción que ya comenzaba a ser habitual, se incorporó en la cama, encendió la vela y observó a su mujer, quien permanecía mirando al techo.

—Lo siento, mi vida, pero es un viaje muy largo hasta Madrid y no está exento de peligros.

—Pero, ¡si me has machacado para que consiga la licencia! ¡Decidamente, la locura francesa se ha instalado también esta casa!

—¡No puedo arriesgarme a que el parto se adelante y nos pille en mitad de cualquier camino!

—Eso ya lo sabías cuando me presionabas…

—Pero no me daba cuenta de todo el riesgo… Además, si nos vamos, los revolucionarios pueden pensar que se prepara una intervención armada española y podrían intentar retenernos por la fuerza para chantajear a Carlos IV…

—¡Madre mía! ¡Asuntos de Estado mezclados con privacidades! ¡A mí me va a dar un tabardillo!

Así que el Conde tuvo que volver a escribir a Floridablanca y pasar la vergüenza de solicitarle una prórroga en la licencia que tantas veces le había demandado:

> Muy Sor. mío:
>
> El dar gusto a mi mujer, y el no exponerla, igualmente que a mi dilatada familia, ha sido como V. E. no ignora la causa de las repetidas molestias que he dado a su amistad, relativamente a mi viaje, que sabe no acomodaba a mis intereses pecuniarios, bien que haciéndolo pudiera haberlo aprovechado en Madrid para mis asuntos y la colocación de mi hija en las Salesas.
>
> Apenas llegada la licencia se ha sentido la Condesa agobiada de la responsabilidad de las consecuencias del viaje, conociendo caerían todas sobre ella. Ha temido el efecto que nuestra salida causaría ahora en el público, cuando no hay aquí ni Nuncio, ni Embajada del Emperador, ni de Nápoles ni de Cerdeña, y cuando se temen invasiones de príncipes extranjeros. Espero se compadezca de un padre de familia, que ama a su mujer y a sus hijos y que fía su seguridad a un amigo como V. E. y me permita demorar la partida hasta el nacimiento del vástago.
>
> París, y junio 7 de 1791.[86]

Al amanecer del 21 de junio, Carlos José escuchó una voz en su habitación pero no se despertó del todo.

—Esclavitud, por el sufrimiento de Nuestro Señor en la Cruz, ¡déjame descansar! No vuelvas con tus peticiones…

—¿Eh? ¿Qué dices? —preguntó su mujer, adormilada.

Si su esposa estaba dormida, ¿quién había hablado en la habitación? ¿Acaso había tenido una pesadilla?

—¡Excelencia! —se escuchó.

No era la voz de su mujer ni ella le hubiese llamado así. Se despertó del todo, se puso una bata y abrió un poco la puerta del dormitorio. Fuera estaba uno de sus criados con la cara descompuesta. Había amanecido.

—¿Qué ha pasado? —le preguntó en voz baja para no molestar a Esclavitud.

—Algo muy grave, Excelencia. Los reyes de Francia han huido de París.

—¡Dios bendito! ¡Al final, han hecho una tontería! ¿Cómo te has enterado?

—He ido a comprar el pan y se comentaba con gran nerviosismo.

—¿Y a dónde han huido?

—No se sabe, Señor.

Cuando regresó a la cama para contárselo a Esclavitud, esta ya estaba incorporada y le miraba con ojos muy abiertos.

—¿Nos has oído?

—Sí. ¿Qué va a pasar ahora? —preguntó Esclavitud, con miedo.

—Nada bueno, salvo que consigan escapar de verdad.

Carlos José se vistió rápido y, sin desayunar, se marchó a indagar en qué condiciones se había producido la fuga de los reyes. A su vuelta redactó una carta para Floridablanca. En España tenía que conocerse aquel desatino.

Pero la huida fue corta. Los reyes fueron reconocidos en una de las etapas de su viaje salvador hacia los Países Bajos Austriacos, a pesar de su disfraz. La misma tarde del 21 de junio los arrestaron en Varennes. El día 25 fueron devueltos con escolta a París. Carlos José salió, sin compañía, a ver la entrada de los monarcas en la capital. Un día antes se habían fijado carteles en los que se prohibía, bajo pena de apaleamiento, aplaudir a los monarcas, y bajo el castigo de ahorcamiento, gritar a su favor. El gentío cumplió a rajatabla la orden. El silencio más absoluto reinó durante todo el recorrido de los monarcas hasta la que iba a ser su prisión dorada: las Tullerías.

Unos días después, Floridablanca envió a Fernán Núñez una nota para que la leyese ante la Asamblea Nacional. En ella se expresaba la postura oficial del gobierno de España ante la crisis provocada por la huida de los reyes. Cuando la leyó, Carlos José la encontró muy dura, con más amenazas que consejos. La Asamblea podía ofenderse y modificar su actitud hacia España y, lo que era peor, hacia su persona y familia. Floridablanca podía permitírselo porque estaba lejos y a salvo; ellos estaban en el centro de la vorágine. Así pues, se tomó la libertad de cambiar algunos términos de la nota de Floridablanca. No afectaban al sentido general, pero sí suavizaba la manera de expresarlo. Sin embargo, en la Asamblea Nacional, la bienintencionada tentativa de nuestro embajador no tuvo el efecto deseado. Cuando la leyeron, los diputados pensaron que era la postura oficial de España y, pese a los paños calientes introducidos por Carlos José, hubo improperios, negaciones e, incluso, risas.

Carlos José escribió a su superior, el 10 de julio, para explicarle por qué había tomado aquella decisión. Floridablanca reaccionó muy mal y desaprobó abiertamente lo que Fernán Núñez había hecho. La suerte del embajador estaba echada: ya no se conformarían en España con un alejamiento temporal de París; ahora se pensó en algo más definitivo. El 31 de julio le indicaron que hiciese uso de la licencia que le habían concedido un tiempo atrás:

Enterado el Rey Nuestro Señor de las razones que da acerca de no haber realizado anteriormente su salida de París, me manda expresarle que S. M. espera la verificará cuanto antes.[87]

Carlos José hizo oídos sordos y argumentó que solo esperaba obtener audiencia con Luis XVI para despedirse formalmente de él. Lo consiguió el 4 de septiembre y fue una despedida llena de funestos presagios.

—Lamento en lo más profundo tener que despedirme de Vos, Majestad.

—Más lo lamento yo, amigo Fernán Núñez, por perder vuestro apoyo en este país al que ya no conozco, y por mi familiar Carlos IV, quien parece desampararme.

El monarca estaba pálido. Carlos José entendió que la despedida era una mala noticia para el rey, pero también comprendió que, ese mismo día, se había previsto que una diputación de la Asamblea le llevase el ejemplar de la Constitución para que la conociese y, llegado el momento oficial, la jurase.

—Mi Señor, el rey Carlos, no es tan proclive a mi salida como su Ministro Floridablanca. Lamento ser tan sincero y hablar mal de mi superior, pero es la verdad…

—Todo va muy deprisa, Embajador. Me van a obligar a jurar la Constitución.

—Lo sé, Majestad; es *vox populi* en París.

—Me gustaría que estuvieseis presente el día de la jura…

—No os lo puedo certificar, Majestad… Las órdenes son ya apremiantes para que abandone París…

—Es un último favor que os pido, como amigo…

—Veré lo que puedo hacer sin molestar, aún más, a Floridablanca.

—Tengo la sensación de que ya no volveremos a vernos. No por vos, que es lógico que volváis a vuestro país, sino por mí...

—No digáis eso, Señor. Sois rey por la gracia de Dios y la Divina Providencia os guardará a vos y a vuestra familia...

—Así lo espero...

A continuación, Fernán Núñez pasó a saludar a María Antonieta, a quien encontró también demacrada y más delgada. La despedida se produjo en términos similares y con visos de ser la última vez que se encontraban.

Apesadumbrado al abandonar las Tullerías, Carlos José se prometió que, aunque le costase una seria reprimenda desde Madrid, permanecería en Francia hasta la ceremonia de la jura de la Constitución por parte del rey.

El día 14 de septiembre de 1791, como había decidido, asistió como embajador a la ceremonia en la Asamblea. Al día siguiente, antes de que le llegase la noticia de manera oficiosa a Floridablanca, decidió escribirle él mismo:

Ayer por la mañana, Su Majestad se trasladó a la Asamblea en un coche tirado por dos caballos, acompañado del duque de Brissac y el príncipe de Poix, con dos pajes detrás del cochero, tal y como es la costumbre aquí para las personas reales. Le seguían otros coches y la Guardia Nacional a pie, así como muchos oficiales a caballo rodeando al monarca. Monsieur de La Faytte iba delante de la comitiva. Todo el recorrido, que no era largo, estaba vigilado por miembros de la Guardia Nacional. Se escucharon algunos vivas, pero sin entusiasmo.

El rey entró solo en la Asamblea. No llevaba el Toisón, al igual que el resto de Grandes que le acompañaban y que lo poseen. En la puerta, una diputación de la Asamblea le esperaba para acompañarle al interior. Luego pasaron otras autoridades y los pocos miembros del cuerpo diplomático que hemos asistido, para los que habían dispuesto un lugar esquinado. Los diputados se levantaron cuando el monarca llegó a la sala y se sentaron rápidamente cuando este, sin llegar a sentarse, comenzó a leer un discurso al que respondió el presidente. La reina y el delfín estaban de incógnito en una tribuna.

Una vez terminados los discursos, el rey firmó un ejemplar de la Constitución que le ofrecieron. Era lo único que podía hacer, sobre todo tras su fallida fuga de junio, si quería congratularse con quienes detentaban el poder de hecho. Después pasó al jardín acompañado de muchos miembros de la Asamblea. Ahora sí se escucharon vivas más sonoros, pero tan preparados como si de una obra de teatro se tratase.

En este sentido, los republicanos afirman que esto solo ha sido una comedia del rey para ganar tiempo.

Aprovecho para comunicaros, Excelencia, que se ha decretado también la toma de Avignon como ciudad de la Francia, en detrimento del gobierno del Papa, al cual pertenecía como bien sabéis.

Este es el auténtico estado de este desdichado reino. Se necesitarán años para recuperar lo que se ha perdido en los últimos tiempos.

Besa vuestra mano, Fernán Núñez. París y septiembre, 15 de 1791.[88]

Como era de esperar, esta desobediencia flagrante de Carlos José a las órdenes de Floridablanca provocó en el ministro un enfado monumental. El embajador decidió no tensar ya más la cuerda. El 17 de septiembre la familia Gutiérrez de los Ríos Sarmiento de Sotomayor abandonó París en dirección a Lovaina, en los Países Bajos Austriacos. El camino era más corto y menos peligroso que el de Niza, ciudad de la Cerdeña italiana, aunque este le hubiese permitido llegar antes por mar a España. El avanzado embarazo de Esclavitud le movió a esta segunda opción.

La partida fue alegre porque dejaban atrás el peligro y, al mismo tiempo, muy triste, porque los reyes de Francia, sus amigos, quedaban en mala situación. Además, no pudieron preparar viaje para toda la familia, de manera que Carlos José y la Condesa se marcharon ese 17 de septiembre con solo sus dos hijos mayores. La idea era que los dos siguientes, Escolástica y Francisco, se les uniesen poco después en Lovaina, mientras que los tres más pequeños quedarían en París, bien cuidados por criados de confianza, hasta que se pudiese organizar el viaje con garantías. No hace falta decir que fue un viaje horrible, sobre todo para Esclavitud, embarazada de ocho meses y temiendo por la suerte de los hijos que dejaba en zona hostil. Su nerviosismo constante no lo calmaban ni las muestras de afecto y agasajo que recibieron en Chantilly o en San Quintín, donde les pusieron varios hombres de escolta para que no les sucediese nada y la municipalidad en pleno salió a recibirles. Las visitas que Carlos José organizó en aquellas tierras para distraerla no sirvieron sino para aumentar su malhumor. El 30 de septiembre llegaron a La Haya. El rodeo se debió a que Carlos José conoció que la casa en Lovaina no estaba aún preparada y, aprovechando la situación, decidió ver Holanda, país que había dejado de visitar en su Grand Tour al estallar el conflicto con Argel.

Francia había quedado atrás pero no el peligro, pues nadie dudaba de que la situación empeoraría hasta desembocar en un enfrentamiento entre las potencias absolutistas y la Francia revolucionaria. A ello había que sumar la intranquilidad constante por la suerte de los niños que habían quedado en París y la posible desaparición y confiscación de sus bienes en Francia, al tener las autoridades revolucionarias una excusa para ello con su partida.

El 12 de octubre tomaron, por fin, casa en Lovaina en espera del parto de Esclavitud. Este tuvo lugar el 20 de noviembre y la niña recibió el nombre de María Dolores. A partir de aquí, su vida pareció calmarse. Todos sus hijos habían podido reunirse con ellos y escapar de la locura de París. Incluso las visitas comenzaron a menudear en la casa de Lovaina.

—Confío en que hayáis tenido un buen viaje —le dijo Carlos José a la Mariscala de Mirepoix cuando la ayudó a bajar del carruaje. Corría el mes de diciembre.

Anne-Marguerite-Gabrielle de Beauvau-Craon, viuda del Mariscal-Duque de Mirepoix, había pertenecido al círculo íntimo de Luis XV y los lujos le habían acompañado toda su vida.

—Todo lo bien que puede sentarle un viaje de estos a una dama de más de ochenta años —le contestó con una sonrisa

—¡Hubiese jurado que no teníais más de cuarenta! —bromeó el Conde.

—¡Zalamero!

—Permitidme que os presente a mi familia.

Anne-Marguerite vio a una señora que sostenía un bebé en brazos y una fila de niños a su lado, ubicados en forma de escalera.

—¡Querida Condesa! —besó a Esclavitud.

—¡Bienvenida a nuestra humilde casa, Señora! Perdonad que no podamos ofreceros más...

—¡Me siento halagada al estar aquí! Por cierto —dijo a Carlos José mientras lanzaba miradas a los niños—, veo que no habéis perdido el tiempo…

—¡Ejem! El Cielo, que se ha dignado bendecirnos… —acertó a decir el Conde—. Hemos preparado un sencillo recibimiento para vos. Mis hijos participarán en una comedia que he escrito, expresamente, para vuestra visita.

—¡Estupenda idea! —la Mariscala aplaudió—. ¿Cómo se llama?

—*La partida imprevista y el retorno deseado*. Una sencillita comedia, sin más pretensiones…

—No seáis tan modesto. Es conocido vuestro gusto por la escritura…

—Gracias. Ahora, me permito presentaros a los actores. Aquí, mi hijo primogénito, Carlos José, representará al duque de Nivernais…

—¡Ah! ¡El Ministro de Estado del rey Luis XVI! ¡Es una comedia de actualidad! —le interrumpió la Mariscala.

—Así es. Mi siguiente hijo, José, actuará en el papel del conde de Boisgelin. Mi chica, Escolástica, hará de la esposa del conde. El abate Celle, quien es preceptor de los niños, actuará como Arzobispo de Bourges. Por último, el señor Collar, será el secretario del duque de Nivernais.

La Mariscala saludó a cada uno de ellos y recibió las preceptivas reverencias. Terminada la presentación, pasaron al salón de la casa donde se había preparado un sencillo escenario. Mientras la familia y su ilustre invitada disfrutaban del teatro, en París, las autoridades revolucionarias decidían embargar y secuestrar los bienes de Fernán Núñez en la capital francesa. Su delito: haber huido siendo todavía embajador.

34 EL EXILIO EN LOVAINA

Aunque el traslado a Lovaina supuso ganar en tranquilidad para la familia, los problemas no cesaron por ello. A principios de 1792, su criado en París, Le Cointe, escribió a Fernán Núñez para informarle de que un comité revolucionario se había personado en la residencia de Soyecourt. Habían mirado y remirado todos los papeles que el Conde no había podido llevarse ni trasladar a España, habían roto cuanto les había parecido y, al final, habían dado orden de trasladar a dependencias municipales los objetos de valor allí encontrados. La única explicación que habían dado al pobre de Le Cointe, muerto de miedo, es que el embajador español se había convertido en un emigrado más de la nobleza contraria a la revolución, por lo que procedía a incautar sus bienes. Incluso le avisaron, entre risas, de que si su señor se atrevía a volver a París, sería "llevado al farol", expresión tristemente famosa por lo que significaba.

—Ven, cariño —le dijo Carlos José a su esposa un día de marzo—. Hablemos en mi despacho para que no se enteren los chicos ni los criados.

—Algo grave pasa, me lo imagino —se alarmó Esclavitud.

—Pasa y siéntate—Carlos José cerró la puerta—. Sabes que nuestra situación no es boyante.

—Soy consciente de ello, pero no me he quejado…

—No, tesoro, no me refiero a eso… Resulta que me escribió nuestro criado de París, Le Cointe. No te quise decir nada para que no sufrieras. Un comité revolucionario se llevó joyas, vestidos tuyos, vajillas y mis instrumentos musicales de tecla, incluido el piano Erard y el clavecín inglés por el que pagué 2000 francos.

—¡Malditos! ¡Dios les confunda! —exclamó Esclavitud.

—Por favor, no te enerves. Hoy he vuelto a recibir carta de Le Cointe. La situación ha empeorado… y mucho. Me cuenta que, unos días más tarde, fueron de nuevo a nuestra residencia, pero esta vez a detener al abate O'Sullivan, a quien tenemos alojado protegido allí, como bien sabes…

—¡No respetan ni a los hombres del Señor!...

—Me dice Le Cointe que a él también lo detuvieron, pero lo han soltado porque no es más que un simple criado. Le han permitido quedarse en la residencia bajo promesa y le han puesto una ligera vigilancia. Lo de O'Sullivan es más complicado y me va a costar luchar por él…

—Bueno, no te preocupes tú —ahora fue Esclavitud la que intentó consolar a su marido—, que saldremos también de esta…

—Espera —Carlos José detuvo a su mujer, quien se había levantado de la silla—, aún no he terminado… Ahora viene el trueno gordo, ¡je, je! —intentó bromear para preparar a Esclavitud—: Monsieur de Sauvigny, nuestro encargado de las finanzas, ha huido con parte del dinero que le encomendé y, además, no ha pagado muchas de las deudas de la embajada para las que le di el dinero.

—Pero…, ¿cómo…, cómo ha podido hacerte tal fechoría con lo bien que lo has tratado? ¡Ya nos avisaron de que no nos fiásemos de ningún contable parisino!

—Debilidades humanas, supongo. El problema es que no tenemos liquidez ni mi sueldo nos va a llegar con facilidad en esta situación…

—Comprendo. Espérame aquí.

Esclavitud salió del despacho y dejó a Carlos José con la intriga. Al cabo de dos minutos regresó con un pañuelo que le ocupaba las dos manos.

—¿Qué has hecho? —preguntó su marido.

—Lo que me corresponde. ¡Toma!

Esclavitud pasó a su marido el pañuelo. Carlos José lo cogió. Pesaba, Al abrirlo, se encontró con varias joyas personales de su mujer, algunas heredadas de su madre.

—¡No puedo aceptar…! —exclamó Carlos José.

—¡Calla y haz lo que tienes que hacer! —le dijo Esclavitud, al tiempo que cerraba el pañuelo para ocultar las joyas y le daba un beso a su marido.

Con el dinero obtenido por la venta de las joyas pudieron salir adelante. Pero la situación de la familia se complicó aún más en el mes siguiente. La Francia revolucionaria declaró la guerra a Austria el 20 de abril. Sus tropas atacaron los Países Bajos Austriacos y la familia tuvo que huir de Lovaina en dirección a los Estados alemanes. Floridablanca fue puntualmente informado de su nueva salida y la autorizó con fecha de 28 de abril. Sin embargo, le dejó muy claro que, aunque fuese de manera nominal, seguía siendo en representante de España en Francia y debía estar localizable para recibir instrucciones.

Mientras tanto, los prusianos se habían unido en coalición con los austriacos. Así, el 24 de julio, Carlos José pudo contemplar las maniobras de los primeros en el campo de Neuwied, una ciudad de la Renania cercana a Coblenza. Más de 50 mil hombres, dirigidos por el propio emperador de Prusia, dispuestos a devolver el trono a Luis XVI. Para evitar ser identificado por los numerosos espías a sueldo de los revolucionarios, Carlos José prefirió presentarse bajo el nombre de conde de los Ríos; aunque, hay que reconocerlo, no fue muy precavido en esta ocasión.

La situación para Luis XVI, en lugar de mejorar, empeoró. La derrotas de los ejércitos revolucionarios, el aumento de la carestía de la vida y la posibilidad de que el monarca fuese restablecido en todos sus poderes tras una invasión realista, llevó a la multitud a asaltar el palacio de las Tullerías en dos ocasiones. En la última, ocurrida el 10 de agosto, los reyes tuvieron que pedir asilo en la Asamblea Legislativa. Este fue el principio del fin de Luis XVI. La Asamblea optó por detenerle, revocar todos sus poderes y convocar elecciones a una Convención Nacional que redactarse una nueva Constitución. En septiembre, esta Convención proclamó que Francia pasaba a ser una República.

En octubre de 1792 la familia ya se encontraba de nuevo en su casa de Lovaina. Carlos José ocupó el poco tiempo libre que tenía en dos actividades. La primera, charlar por escrito con su amigo el conde de Revillagigedo sobre las comunidades religiosas, el tolerantismo y la Inquisición; la segunda, retomar su preparación musical con el fin de componer un *Stabat Mater*, idea que le rondaba la cabeza desde hacía un tiempo.

Para Revillagigedo, virrey de Nueva España, Carlos José escribió varias cartas de gran extensión. En ellas plasmó sus ideas sobre cuestiones religiosas que su amigo le demandaba. Fernán Núñez las imaginó de tal manera que expuso en ellas muchos de sus pensamientos sobre la religión, de ahí que mandase ponerlas en limpio por si algún día, calmada ya la situación, podía darlas a la imprenta. Por lo que hace al tolerantismo, Carlos José consideró que la única religión verdadera era la católica, pero eso no significaba que se insultase o atacase o quienes profesaban otras; más bien debían ser compadecidos por no haber abrazado la verdadera fe. Aconsejó que el Evangelio debía ser predicado sin imponerlo a sangre y fuego, pues nada de ello se decía en el libro sagrado. También pidió que los curas se esforzasen por ser caritativos y buenas personas, de manera que los creyentes de otras religiones viesen en su ejemplo la bondad de la verdadera religión.

Otra de las preguntas de Revillagigedo trataba sobre la necesidad de mantener el Tribunal de la Santa Inquisición. Carlos José defendió su existencia, pero lamentó que se encausase a personas por simples denuncias que podían ser interesadas.

En cuanto a las Comunidades Religiosas, Fernán Núñez escribió que debía limitarse su número y sus privilegios. Para él, solo las dedicadas al cuidado de los enfermos tenían buena fama entre el pueblo, mientras se miraban con recelo las que se habían dedicado a la educación. También le exponía ciertos abusos de las órdenes que habían utilizado la superstición para controlar a la gente. En definitiva, no era partidario de eliminar las Comunidades Religiosas sino de corregir sus defectos y abusos. Agotado por tanta reflexión pidió a Revillagigedo que no le agobiase más con preguntas de tal índole.

Esta preocupación, como es de suponer, era más ficticia que real. El auténtico quebradero de cabeza para Carlos José era cómo justificar o recuperar el dinero que Sauvigny le había robado en París. Insistió ante Carlos IV y llegó a decirle que impondría un censo sobre sus bienes, en detrimento de la futura herencia de sus hijos. Estas razones y el poder demostrar su inocencia, movieron al rey, a finales de octubre, a exonerarle de cualquier culpa en aquel caso; la Real Hacienda se ocuparía de cubrir las deudas de la embajada en París. Ya podía dormir más tranquilo e inquietarse solo por la nueva boca que llegaba a la casa.

A pesar de los problemas económicos, Carlos José y Esclavitud estaban empeñados en tener todos los hijos que Dios los quisiese mandar; y el Señor premió su constante esfuerzo en tal menester con una nueva hija. La pequeña, que recibió el nombre de Genoveva, nació el 12 de noviembre en Lovaina. Enseguida se dieron cuenta todos de la débil constitución de la niña, por lo que no abrigaron muchas esperanzas de que llegase a una edad mayor. Efectivamente, solo dieciséis días después falleció y la familia se sumió en una profunda tristeza. El enterramiento se hizo de manera provisional, pues el deseo de Carlos José y Esclavitud era llevar su cadáver hasta el palacio de Fernán Núñez cuando pudiesen regresar[89]. Era el segundo hijo que perdían, tras el fallecimiento repentino, unos meses antes, del gemelo Antonio[90].

Unos días después, otra muerte vino a turbar de nuevo la paz en la casa. Luis XVI fue guillotinado el 21 de enero de 1793 por orden de las autoridades de la República Francesa. La noticia causó conmoción en la familia. Dolido por la terrible muerte de quien llegó a ser casi un amigo, Carlos José escribió una letra muy diferente para el himno que cantaban los revolucionarios y que había recibido el nombre de *La Marsellesa*[91]. Esa nueva letra llevaba el título de *Hymne des Germains tel qu'il se chantera par-tout*. Cuando Esclavitud leyó algunas de sus frases, no pudo sino aplaudir el ingenio de su marido y lanzar varios improperios contra los revolucionarios:

Allons enfants de Germanie,
Le jour de gloire est arrivé.
Contra un monstre de tyrannie
De l'honneur l'etendard es levé. (bis)
Voyez épars sur les campagnes
Les restes de tous ses soldats.
Ils viennent jusque dan vos bras
Pour séduire vol fils, vos compagnes.[92]

Pero, decididamente, Dios no estaba con ellos. En marzo tuvieron que abandonar de nuevo Lovaina. El ejército francés empujaba con fuerza a las tropas austriacas. Como si hubiesen conocido la versión del Conde sobre su himno revolucionario, la residencia fue saqueada y se llevaron todo lo que tenía algún valor, así como papeles que consideraron útiles para el contraespionaje. Carlos José no se enfadó más de lo necesario cuando se enteró en Düsseldorf, adonde había escapado; lo que sí le indignó de veras fue que las tropas francesas estuviesen al mando del general Miranda, de origen español y que éste le considerase espía de los realistas. Por ello protestó con energía ante Manuel Godoy, duque de la

Alcudia, nuevo Secretario de Estado en sustitución de Floridablanca y favorito de Carlos IV y la reina María Luisa.

Pudo volver a Lovaina el primero de mayo, donde fue recibido con gran agasajo y poemas. Durante un tiempo pudo dedicarse a componer y terminar su *Stabat Mater*, pensado para voces femeninas y orquesta de cuerda, pero sin violonchelos, una disposición poco usual[93].

Pero la cercanía del frente no le daba tranquilidad y pensaba que su familia estaba expuesta a posibles daños. Por ello prefirió buscar la defensa de las tierras alemanas y, a mediados de mayo se asentaron de manera temporal en Colonia. Allí dejó a su familia mientras él iba y venía a continuar sus asuntos en Lovaina. Carlos José no perdió ni un minuto y envió continuos requerimientos a las autoridades republicanas para que le restituyesen sus bienes incautados.

También vio llegado el momento de insistir ante Manuel Godoy para lograr su vuelta definitiva a España:

Nada me han restituido en París de lo que me robaron con excusas legales. Incluso me han escrito que piensan vender en subasta pública algunas de mis pertenencias y fundir la plata que se quedaron de mis vajillas. Calculo que he perdido unos dos millones de libras de capital.

Si el dinero me es muy necesario, aún temo más el haber perdido muchos libros y manuscritos que había coleccionado con el fin de dejarlo a mis hijos, para su provecho e instrucción. Puedo dar por perdidos algunos escritos propios en los que recogía mis vicisitudes en los años vividos, pues no creo que sirven a nadie más que a mí y terminarán quemados.

Esta es la situación agradable en que me hallo, señor Duque de la Alcudia, lejos de mi país y alejado temporalmente de mis hijos, además de haber perdido dos de ellos es estos riegos y andanzas. Será la voluntad de

Dios. Esperaré aquí las noticias de V. E. que bien puede enviármelas por mediación del señor Marqués del Campo.

Ruego a Nuestro Señor guarde su vida muchos años. Lovaina, 20 de septiembre de 1793. Fernán Núñez. = Sr. Duque de la Alcudia.[94]

La vida que sí se había perdido, una vez más de manera violenta, fue la de María Antonieta. Los revolucionarios la habían guillotinado unos días antes de enviar esta carta a Godoy, el 16 de septiembre. En dolorosa respuesta, Carlos José escribió a la semana siguiente un discurso fúnebre en el que llegó, en algunos momentos, a dar la palabra a la propia reina, con el fin de mostrar en primera persona su persecución y sufrimientos[95]. Se sirvió de su experiencia personal y el trato con María Antonieta para poner en su boca palabras acertadas.

Los meses finales de 1793, pues, los pasó entre Lovaina, Arenberg y Colonia. Escribió versos y se los escribieron, sobre todo por parte del Nuncio en Colonia, Bartolomeo Pacca. Incluso su hija Escolástica le dedicó uno, escrito en francés, para que estuviese tranquilo sobre la salud de ellos durante una de las separaciones. Su hijo natural, Camilo, también pasó apuros ante las autoridades revolucionarias, pero consiguió demostrar que la denuncia era falsa y fue absuelto. De esto no se enteró Carlos José nunca.

El año 1794 no comenzó con mejores expectativas. Carlos José, en vista de la situación constante de peligro en la que se veía, buscó la forma de asegurar el porvenir de sus hijos varones. Por ello escribió a Godoy para que presentase sus peticiones a Carlos IV:

Muy Sor. mío. Desde pequeños he intentado infundir en mis hijos la idea de que son algo en esta vida porque se lo deben a sus mayores, sin que ellos tuviesen, todavía, mérito alguno. Ese mérito deberán ganárselo en el servicio de S. M. y de la Patria. Por ello, solicité en 1782 una plaza de Cadete en el Regimiento de Rs. Guardias Españolas para mi hijo mayor Carlos, y una de Guardiamarina en el Departamento de Cádiz para mi hijo segundo José, que eran los únicos nacidos entonces. Hoy día, Nuestro Señor, en su Divina Providencia, me ha dado una gran familia, compuesta al momento por cuatro niños y tres niñas.

Quiero que todos sean útiles a su país. Sin embargo lo dicho en el párrafo anterior, creo que el servicio de las armas no es el más adecuado a un primogénito, sobre todo cuando este toma esposa y funda una familia. Más bien la Diplomacia, el conocimiento de la Historia y de las gentes, le será más útil. O la dirección de Empresas Económicas, si S. M. lo considera oportuno. Por ello solicito que S. M. le dé permiso para retirarse del servicio de Guardias Españolas, y conceda a su hermano tercero Francisco la plaza de Cadete que Carlos ocupaba en dicho Cuerpo. Para el primogénito ya verá S. M. cómo emplearle en los oficios que he tenido el atrevimiento de sugerir.

Mi hijo segundo José, Guardia Marina del Departamento de Cádiz, sería más útil en el cuerpo de los Guardias de Corps para servir inmediato a la Persona de S. M. En esto me fundo para suplicar a S. M. se sirva concederle el pase a las Guardias de Corps, confiriéndole una Bandolera en la Compañía Española.

Sus dos hermanos menores y gemelos, Luis y Antonio, se hallaban desde que nacieron alistados en la Orden de Malta, para proporcionales la carrera marítima a que los destinaba, pero habiendo sido Dios servido llevarse para sí al menor, Antonio, solo puedo solicitar de S. M. se digne conferirle a su hermano Luis de los Ríos la plaza de Guardia Marina que su hermano José ocupaba en el Departamento de Cádiz, en el de Cartagena. En él hará revivir los servicios de su abuelo, de su hijo primogénito y de mi padre, último Capitán General de las Galeras de S. M.

También suplico a S. M., se digne concederme la gracia del pase de la Encomienda que gozo de los Diezmos del Septeno en la Orden de

Alcántara, a mi hijo Francisco para cuando se halle en estado de servir su plaza, o bien la futura, si Dios dispusiese antes de mi vida, pensionada en la mitad a favor de su hermano Luis.

He creído deber exponer por menor y separadamente de los memoriales, mis intenciones y los motivos en que se fundan mis solicitudes, para que conocidos mejor por V. E. pueda exponerlos a S. M. y disculparme de la importunidad de tanta súplica a que me precisa la obligación de padre.

Dios gue. a V. E. ms. as. Lovaina, y febrero 26 de 1794. Fernán Núñez. = Exmo. Sor. Duque de la Alcudia.[96]

Ya había cumplido una de sus misiones como padre. Ahora le quedaba rematar su vida diplomática. Preparó todo lo necesario para abandonar Lovaina y regresar a España.

35 *REGRESO A ESPAÑA*

—¿Has guardado el *Stabat Mater*, Pepe? —preguntó el Conde a su segundo hijo.

—Claro que sí, padre —contestó el chico—. En vuestro bolso de viaje, como me dijisteis, para que lo tengáis cerca.

—Bien hecho, hijo. Sube al coche con tus hermanos[97]. —Carlos José se dirigió al criado que permanecía en la puerta de la residencia de Lovaina—: Aquí tienes las llaves. Confío en que nadie te moleste en los días que deberás permanecer en la casa hasta que venga su dueño a tomar posesión otra vez de ella.

—Le deseo un buen viaje y mucha suerte —dijo el hombre.

Fernán Núñez miró por última vez aquella casa y subió al coche. La comitiva se puso en marcha. Era el 15 de marzo de 1794. El regreso a la patria, demorado desde 1791, se había iniciado. La idea era llegar hasta Nápoles, vía Lucerna y Roma, para tomar un barco con destino a algún puerto español.

Les acompañaban un sacerdote francés emigrado al que Carlos José había protegido de los revolucionarios a pesar de que no le causaba buena impresión a Esclavitud. Para calmarla, le había prometido que lo devolvería a Lovaina al primer disgusto que les diese. Además de los criados de la familia, el Conde llevaba su ayuda de cámara, otro francés casado con una española, y la Condesa el suyo. Como no se fiaban mucho de las posadas que iban a utilizar, consideraron oportuno llevarse su propio cocinero, de nación francesa igualmente. Esclavitud tampoco estaba muy convencida de este sirviente ni de su higiene a la hora de cocinar, por lo que Carlos José le prometió que haría lo mismo que con el sacerdote si llegaba una mala ocasión. Sí parecía la esposa más satisfecha con los modales del Barón de Ros, un Exento de Guardias de Corps, español al servicio del difunto Luis XVI, a quien el Conde había refugiado en su casa y a sus expensas durante seis meses, y que ahora pretendía buscarse la vida al servicio de Carlos IV de España.

De todas estas circunstancias y de su ruta de viaje dio información a sus jefes en la Corte española. Incluso solicitó que un navío español estuviese preparado en el puerto de Nápoles, durante el mes de julio, para regresarles a España. Godoy estuvo de acuerdo en ello. A primeros de abril, sin prisa en el camino, llegaron a Lucerna. El encuentro con José Caamaño fue muy feliz.

—Lamento que hayas sufrido tanto, Esclavitud —le dijo Caamaño durante el almuerzo.

—Así es la vida, querido José…

—Sobre todo, la pérdida de los niños Antonio y Genoveva…

—El Señor nos los dio, el Señor los quiso con Él… —contestó la Condesa.

—¿Cómo te va tu trabajo en embajador en los Cantones Suizos? —Carlos José intervino para aliviar el dramatismo de la situación.

—Yo estoy muy bien. No tengo motivos para quejarme, sobre todo si me comparo con vosotros… ¡Perdón! ¡Tengo que cambiar de tema! Son un poco…, cómo diría…, de ideas fijas, estos suizos.

—Entonces, los que ya sospechábamos de ellos —rio Carlos José y el ambiente se distendió.

—Os he echado mucho de menos —dijo Caamaño.

—Y nosotros a ti.

—Os ruego que no tengáis prisa en marcharos, por muchas ganas de llegar a España que tengáis. Mi casa es la vuestra.

Y tan a gusto estuvieron en Suiza que demoraron la partida casi un mes. Allí, a finales de abril, llegaron varios acuerdos de Carlos IV en contestación a las diferentes solicitudes que Fernán Núñez había hecho de empleo para sus hijos varones.

—¿Qué dice Su Majestad? —le preguntó Esclavitud.

—Espera, que abro la carta. —El Conde leyó la primera de ellas—. ¡Fenomenal! El rey ha concedido a Carlos José sea relevado del empleo de las armas y sustituido como cadete por su hermano Francisco.

—¡Bien, un problema menos! ¿Y la siguiente?

—¡Le han concedido a Pepe una Bandolera en la Compañía Española de Guardias de Corps!

—¡Bendito sea el Cielo! ¿Y la tercera?

—Espera, mujer, que no me da tiempo —Carlos José leyó en voz alta—: "Aranjuez, 25 de abril de 1794. Al Sor. D. Antonio Valdés. El Rey ha concedido al Sor. Conde de Fernán Núñez la gracia que le ha pedido en el adjunto memorial de una plaza de Guardiamarina en el Departamento de Cartagena a su hijo cuarto d. Luis de los Ríos, Caballero de la Orden de San Juan"[98].

—¡Tres aciertos de tres intentos! —palmoteó Esclavitud. El futuro de sus hijos comenzaba a tomar forma—. ¿Y la última?

—¡Se fastidió! —exclamó Carlos José al leer para sí la última carta—. No todo podía salir bien…

—¿Qué pone?

—No concede que nuestro hijo Francisco pueda disfrutar de la Encomienda de los Diezmos del Septeno de la Orden de Alcántara, pues yo todavía estoy vivo y soy el titular…

—En ese caso, no nos preocupemos. ¡Ojalá pueda estar muchos años sin disfrutarla, pues eso significaría que tú estás vivo!

—¡Gracias por el consuelo, mujer!

—¡Venga, debemos comunicar estas buenas noticias a los muchachos y a Caamaño!

A principios de mayo abandonaron, con gran pesar, las tierras de Suiza y la compañía de José Caamaño. El 17 de mayo se encontraban en Parma, donde el duque de tal nombre tuvo la deferencia de recibirles. Al día siguiente ya estaban en Mantua con el objetivo de viajar a Venecia. En la Ciudad de los Canales pudo Fernán Núñez agradecer, por escrito, a Carlos IV las mercedes que le había concedido referentes a los empleos de sus hijos. Desde allí partieron hacia Loreto y, días después, llegaron a Roma. En la capital disfrutaron de las maravillas arquitectónicas y las ruinas. Como era de obligado cumplimiento, más en personas tan católicas como los Condes, obtuvieron audiencia con Su Santidad Angelo Braschi; Carlos José salió muy confortado de la entrevista con Pío VI. Tan a gusto se encontraron en la Ciudad Eterna que demoraron su partida hasta principios de agosto. Por ello tuvo que escribir a España para notificar de la nueva situación a sus superiores:

El 7 del actual mes de agosto he arribado sin contratiempo a Nápoles. Ahora he de esperar que llegue mi equipaje, pues lo facturé por mar en Civitavecchia, para hacerme a la navegación con destino a Alicante o Cartagena, que son los puertos más cercanos a la travesía que preveo.

El rey de Sicilia y Nápoles me escribió a Roma nada más enterarse de que estaba allí. Me invitó a visitarle en su palacio de Caserta con palabras tales que me ha sido imposible negarme. Nada más llegar a dicho palacio, el rey, que estaba comiendo con su Real Familia, me recibió sin darme tiempo a cambiarme de la ropa de viaje que llevaba. Solo esto ya, dice mucho de su cariño hacia mí.

También la reina se ha mostrado muy cariñosa con mi mujer, recibiéndola sin que nadie se la presentase, con total familiaridad. Incluso ha tenido el detalle de enseñarnos en persona el palacio.

Nos han invitado para la siguiente ocasión en que estén en Caserta, siempre que nosotros permanezcamos aún en Nápoles. Quieren que les presentemos a nuestros hijos, comamos con ellos y nos muestren las maravillas de aquel Real Sitio.

Aprovecho para informarle también que el Barón de Ros, que nos acompañaba desde Lovaina, ha decidido tomar un barco hacia Barcelona, con el fin de acompañar cuanto antes a su hermana, la viuda del marqués de Benavente.

Es cuanto tengo que comunicar a V. E. cuya vida ruego a Dios gue. ms. as. Señor Duque de la Alcudia. Nápoles 12 de agosto de 1794.[99]

Por fin, la noche del 30 de agosto embarcaron en la fragata Mercedes que el gobierno español le había enviado para repatriarle hasta Alicante.

—¡Maldito sea mi sino! —exclamó el Conde en su camarote.

—¡No uses esas palabras, hombre de Dios, que no son propias de ti! —le regañó, en tono cariñoso, Esclavitud.

—¡Tenía que volver este estúpido dolor de gota, precisamente ahora que iniciamos viaje!

—Seguro que se te pasa, como en el año 92. —Su mujer le ayudó a colocar la pierna sobre un escabel.

—¡Con cuidado, mujer!

—¡Estás insoportable, cariño!

—¡Lo que estoy ya es harto! ¡Seis días con este sufrimiento! ¡En el año 92 solo me duró dos días!

—Anda, reposa, que se nos va a hacer muy largo el viaje si continúas de este humor de perros.

En ese momento llamaron a la puerta.

—¡Soy el capitán Bruno Álvaro de Ayala!

—¡Adelante! —contestó Carlos José.

—¡Mis respetos, señores! Perdonen que no haya salido en un primer momento a recibirles, pero tenía que dar instrucciones para zarpar de inmediato.

—No se preocupe, el teniente que nos ha atendido lo ha hecho a nuestra total satisfacción.

—Me alegro. Es un hombre muy servicial, el teniente. Quería decirle, Excelencia, que el gobierno de España me entregado, para uso de vuestras mercedes, 28 mil reales.

—Se agradece.

—No deben preocuparse de nada. Tengo órdenes de recobrar ese dinero cuando ya estén felizmente instalados en Madrid. Me han indicado que Vuestra Excelencia seguirá cobrando su sueldo de embajador hasta finales de este año.

—Pues es un consuelo saberlo —dijo Esclavitud.

—Bien. Les dejo para que descansen. Me sentiría muy honrado si me acompañasen mañana a la hora del almuerzo.

El viaje transcurrió sin incidentes hasta llegar cerca de la isla de Menorca, el 8 de septiembre. Esa tarde se desató una tempestad que obligó a la fragata a tomar refugio en el puerto de Mahón. Aunque Fernán Núñez había mejorado mucho de su dolencia de gota, ahora era Esclavitud la que soportaba más mal que bien los vaivenes del navío. Los niños, por su parte, salvo algún mareo ocasional, disfrutaron de la travesía y no dejaron de jugar, los pequeños, y aprender de los marineros, los mayores. Por los motivos citados permanecieron en Mahón una semana. A las 3 de la madrugada del 15 zarparon de nuevo. En esta ocasión fueron escoltados, por deferencia más que por la existencia de un supuesto peligro, por un navío de línea de la Real Armada, al mando de don Cayetano Valdés, que se dirigía de servicio al puerto de Cádiz. Dos días después, el 17 de septiembre, las costas de la Península se dibujaron frente a ellos. No cabe expresar la alegría de Carlos José y Esclavitud al contemplarlas. A las 9 de la noche desembarcaron en Alicante.

La siguiente etapa de su viaje les llevó a Valencia, adonde debían enviarle unos tiros de mulas que había pedido a Madrid. Días después, una vez preparados los coches, partieron hacia la capital del reino. Entraron en Madrid el 16 de octubre. Entre sus primeras actuaciones, Carlos José marchó a El Escorial a cumplimentara a los reyes y altezas y, para no caer en falta, escribió a sus vasallos de Fernán Núñez en términos cariñosos:

> Cuando llegué a Valencia, escribí a mi gobernador, don Joaquín de Luna, para avisaros en Fernán Núñez de mi anterior arribo al puerto de Alicante, junto a mi amada esposa y mis siete hijos. El 16 de octubre, por la noche, pisé de nuevo las calles de Madrid. Al día siguiente partí para saludar y ponerme a los pies de Sus Majestades, que se encontraban en El Escorial. Me acogieron con una bondad que haría dichoso a su recordado padre, Nuestro Señor Carlos III.
>
> Agradezco a todos mis vasallos de Fernán Núñez el afecto que me habéis manifestado en vuestra anterior carta, y las felicitaciones por mi arribo a España. También os agradezco de corazón las oraciones que habéis lanzado al Todopoderoso y las misas por mi salud, que ya está recobrada en lo que hace a la pierna gotosa. Deseo poder visitaron cuanto antes en esa Villa, acompañado de la Señora Condesa y mis hijos, pero tal cosa deberá esperar a que resuelva las cuestiones más urgentes en la Corte.
>
> En Madrid, 24 de octubre de 1794. El Conde de Fernán Núñez.[100]

Entre esos compromisos que le mantuvieron bastante ocupado en los meses finales de 1794 figuraba el poder mantener a los criados que había dejado en su residencia de París y que permanecían arrestados bajo promesa en la misma casa. Por ello solicitó a Godoy que se le pagasen aquellos gastos, a lo que el gobierno accedió. Además rogó, lo que era otra muestra de la honradez de Fernán Núñez, que se dejase de abonar su sueldo de embajador ante Su Majestad Cristianísima, pues no ya ejercía como tal… ni Su Majestad Cristianísima Luis XVI existía; esto último no lo escribió. Godoy lo transmitió al rey de España y este, en aprecio por quien fue su embajador, consideró que debía pagársele hasta que 1794 cumpliese su último día.

Fue la postrera satisfacción que recibió Carlos José Gutiérrez de los Ríos en esta vida. La salud le había dado algunos sustos en estos meses y comprobaba que los últimos achaques, presentados ya en Madrid, parecían de mayor entidad que un simple dolor de gota. Presentía que el viaje a su villa de Fernán Núñez, casi con seguridad, no iba a poder realizarlo.

36 *EPÍLOGO*

Carlos José Gutiérrez de los Ríos y Rohan Chabot falleció en Madrid el lunes 23 de febrero a las dos de la tarde. Le faltaban 5 meses para cumplir los 53 años, una edad respetable para la época y para un militar que había estado en varias batallas y conflictos importantes, pero no avanzada. Ha sido imposible localizar documentos o testimonios que aclaren la enfermedad que le llevó a la tumba. Pero Carlos José ya presentía la gravedad de sus síntomas, pues esa misma mañana había dictado para Godoy la que puede ser su última carta:

Habiéndose la Divina Majestad servido enviarme una nueva enfermedad que me tiene en inminente riesgo de la vida, creo deber participárselo a V. E. en señal de mi sincera amistad. Dando parte a V. E. de que he pasado al Marqués de Bajamar el expediente que S. M. se había servido confiarme. Y se lo aviso al Presidente actual a quien podrá V. E. pasar las cartas y notas concernientes a dicho asunto.

Pido a V. E. encarecidamente, como la última prueba de su buena voluntad hacia mí se sirva ponerme A. L. P. de SS. MM. implorando de sus Augustas Personas su Rl. protección para mi mujer e hijos.

Aquella entregará luego que los asuntos de Francia se lo permitan las Insignias y decoraciones honoríficas con que la bondad de mis Soberanos se ha dignado honrarme, y que han quedado embargadas en París.

Permítame V. E. asimismo le recomiende particularmente los ascensos de dn. Pedro Garrido, Secretario que ha sido mío mucho tiempo y Gobernador por el Rey en las Provincias internas de Nueva España, y asimismo los ascensos eclesiásticos de Dn. Andrés Celle, Presbítero, Ayo de mis hijos, cuando mi mujer lo hubiese para conveniente.

Dios prospere a V. E. los ms. as. que le deseo. Madrid, 23 de febrero de 1795. El Conde de Fernán Núñez. Exmo. = Sor. Duque de la Alcudia.[101]

El cadáver se enterró en la parroquia de San Andrés[102], en Madrid, sin tener en cuenta su deseo de descansar junto a sus mayores, enterrados en la iglesia de Santa Marina de Fernán Núñez[103].

El día 25 Manuel Godoy escribió a la "Condesa Viuda de Fernán Núñez"[104] para darle su pésame y el de los reyes, e indicarle que se acogerían a la familia bajo su Real protección y se tendrían en cuenta las peticiones que el Conde había realizado el mismo día de su muerte. Por la correspondencia que Esclavitud mantuvo con Godoy se comprueba que mostró mucha entereza y se hizo cargo de la familia y los negocios de su marido con energía. El dolor debía ir por dentro.

A principios de marzo la Condesa solicitó de nuevo y, esta vez sí, obtuvo del rey que la Encomienda de los Diezmos del Septeno de Alcántara pasase a su hijo Francisco, quien, a su vez, trasladaba la tercera parte a su hermano Luis[105]. También solicitó que todos sus hijos permaneciesen bajo la tutela de los reyes:

[Escrito en papel timbrado:] La Condesa viuda de Fernán Núñez llega A. L. P. de V. M. y aunque penetrada del más vivo dolor por la pérdida de su marido, mayormente en edad y circunstancias en que podía servir a V. M. con el amor y celo que siempre lo hizo, y acabar la educación de sus dos hijos mayores y atender a la de otros cuatro [*sic*] de corta edad, respira con el verdadero consuelo de que V. M. por la índole de su Augusta Persona, y por el carácter de su Soberana dignidad favorecerá a esta familia con la piedad que siempre lo ha practicado, y que tanto se manifestó en las honras con que distinguió al difunto Conde.

Tiene la exponente el honor de poner A. L. P. de V. M. y de la Reina su Señora, a los cuatro hijos varones para que sean reconocidos por sus alumnos y criados, y según sus genios y principios de educación espera la Condesa que, imitando a sus mayores, sean muy fieles Vasallos de V. M.

El difunto Conde en una memoria que firmó pocas horas antes de fallecer por adición a su Testamento, dejó encargado a la que expone presentase sus hijos a V. M. y que entregase a su Real Orden la llave de Gentilhombre y diese memorial para que V. M. se dignase conceder la gracia de dicha llave a su hijo primogénito Carlos, en prueba de haberle sido gratos sus servicios. Así lo ejecuta la exponente y suplica rendidamente a V. M. se digne de concederle esta gracia para que ella le sirva de continuo recuerdo de sus obligaciones, y que no se ha interrumpido por la bondad de V. M. el honor que su Real beneficencia se sirvió conceder a su difunto padre.

Nuestro Sor. prospere la vida de V. M. los ms. as. que la Cristiandad necesita. Madrid y marzo 7 de 1795. Señor. La Condesa Viuda de Fernán Núñez.[106]

Solo un día después, el primogénito, que pasaba a ser el VII Conde de Fernán Núñez, recibió la llave de Gentilhombre de Cámara con Ejercicio. El 23 de marzo, la *Gazeta* incluía un extenso escrito donde se glosaba la figura del embajador fallecido. Mientras tanto, no dejaban de llegar las condolencias desde varios países, como la carta firmada por los reyes de Nápoles el 24 de marzo de 1795; incluso el papa Pío VI presentó su pésame en una carta a la viuda el día 1 de abril de 1795[107]. En Fernán Núñez se celebraron varias misas por su eterno descanso, algunas pagadas por particulares[108].

Entre los mensajes y pertenencias más queridas que legó Carlos José a sus hijos en el lecho de muerte, se encontraban unos consejos para obrar correctamente en la vida y un busto de su querido Carlos III, que el Conde había hecho fabricar años antes. Al testamento que otorgó en

Lisboa con fecha 1 de septiembre de 1786, le incluyó un codicilo el día 21 de febrero de 1795, es decir, dos días antes de su muerte. En él, entre otras cosas, decía:

> Últimamente, como los principios de la irreligión y de la impiedad han producido los funestos efectos, que hoy infelizmente se experimentan en Europa, cumpliendo con lo que debo a Dios y a las obligaciones de padre, encargo y pido muy particularmente a mis hijos, que huyan y detesten aquellos falsos principios, que nunca se aparten de las sabias y sagradas máximas y dogmas del Catolicismo, en que Dios por un efecto de su misericordia les ha hecho nacer. Les declaro que desde que he conocido por la experiencia cuan opuestas son y contrarias las doctrinas corrompidas de los que se llaman espíritus fuertes y filósofos del día a las del Evangelio, y el estrago que debe causar en cualquier estado, si las adoptan por regla los que lo componen, porque no pueden resultar de ellas sino malos hijos y peores padres, les declaro, vuelvo a decir, que desde aquella época he pedido a Dios todos los días en mis cortas oraciones, me privase antes mil veces de ellos, que yo les viese imbuidos en semejantes principios. Esto les reitero una y mil veces, dándoles a todos mi paternal bendición.[109]

A su muerte legó, igualmente, un *Libro de oro* para enseñanza de su primer hijo, en quien puso grandes esperanzas. El libro lo había terminado en Lisboa, el 6 de febrero de 1787. En él basaba sus consejos en la conjunción, no imposible para el Conde, de la religión, la razón y la experiencia. Le pedía a Carlos que amparase las obras pías que él había iniciado en su villa de Fernán Núñez. Según su padre, quien claramente se despedía ya de este mundo, la caridad podía dar más satisfacciones que la soberbia:

La satisfacción completa y sencilla que ha logrado mi corazón al ver progresivamente el fruto de estos piadosos establecimientos, ha pagado con usura lo poco que en ellos he gastado, y ha aumentado cada día más en mí (…) el deseo y gusto de hacer bien a mi prójimo; disfrutando en ello una fruición interior muy superior a la que me han causado otras satisfacciones y regocijos más brillantes y aparentes.[110]

Para que no olvidase estos principios, Carlos José no dudó en usar de los tiernos recuerdos de su hijo:

En el año de 1784 en que, te acordarás, fuimos todos a Fernán Núñez a colocar el Santísimo, y abrir la capilla de Santa Escolástica, a cuya puerta (acaso para que te sirva de memoria en lo sucesivo y no abandones aquel establecimiento) te prendió fuego al pelo tu hermano Pepe con la misma luz con que alumbraba a su Divina Majestad, tuve una prueba aún mayor de esto mismo.

Hice venir, como sabes, una tarde a merendar en el jardín a todos los niños y niñas de las Escuelas gratuitas, que pasaban entonces de 210, haciendo que tu hermano y tú les dieseis después por vuestra mano una limosna de a peseta a cada uno; y en otro día vinieron a merendar las casadas con mis dotes, que eran ya 32, con sus maridos e hijos, pasando éstos de 90.

Confieso, hijo mío, que no he tenido en mi vida espectáculo más agradable, más inocente, ni más tierno, y que lejos de envanecerse con él mi corazón, debí a Dios solo me llenase de una ternura y gozo interior, y de una compasión y amor fraternal a mis iguales, compadeciéndolos en lo íntimo de mi corazón, sin hallar más que motivos de confusión y de gratitud al Criador en no ser yo uno de ellos. Cuando, como lo deseo y espero, estés en estado de gozar por ti mismo la dulzura de estos tiernos y secretos afectos del alma, conocerás, hijo mío, todo el valor de la manda que te dejo, y la justa razón de su título.[111]

También pidió a su heredero que visitase con frecuencia sus Estados de Fernán Núñez para que sus vasallos no sintiesen el abandono de su señor, o que cuidase de la instrucción mundana y religiosa de sus otros hermanos, evitando entregarlos a un educador religioso carente de las cualidades necesarias solo por el hecho de pertenecer al estamento religioso[112]. A la vista de sus ideas, en especial las del periodo francés y en los últimos años de vida, es posible concluir, con Rosario Prieto, que Carlos José "participaba y sentía admiración por la llamada 'filosofía de las luces', pero no estaba en la línea de sus avanzados paladines"[113].

Este *Libro de oro* puede considerarse una auténtica joya en el sentido de que recoge algunas de las máximas de vida del Conde de Fernán Núñez y muestra el camino que debería seguir su hijo, recto y amoroso hacia sus vasallos, sin oprimirlos, apoyándolos en sus necesidades pues, como afirmaba Carlos José, su existencia y su trabajo eran la base de la fortuna de los Estados que habría de heredad, sin mérito, solo por haber nacido en esa familia.

Hay constancia de que, durante su enfermedad, se le cantó en dos ocasiones el *Stabat Mater*[114] que había compuesto en Lovaina. También se interpretó después de su muerte, pero no conocemos todos los lugares ni cómo se cantó:

> Don Juan Moliner, presbítero y capellán en el Real Convento de las Sras. de la Encarnación, P. A. L. P. de V. E. con su mayor respeto dice: Que habiendo tenido el grande honor de haber cantado el *Stabat Mater* que compuso el Exmo. Señor Conde de Fernán Núñez varias veces en su casa y en la Encarnación y habiendo recibido de dicho señor muchos y grandes favores, agradecido a estos me propuse el componer una obrita en verso análoga a la Muerte, la que he concluido, y deseando ponerla en

Música, empecé a ver varios autores para no incurrir en algunos defectos que se incurren por falta de aplicación.[115]

El 12 de julio de 1795, en la iglesia de San Felipe el Real de Madrid, tuvo lugar una misa por su alma. El elogio fúnebre corrió a cargo del padre Vicente Facundo Labaig Lassala. En ese elogio, lleno de expresiones retóricas, se hizo un resumen de la vida y obra del Conde, enfocada principalmente desde el punto de vista católico[116]. El padre Labaig intentó dibujar al noble como objeto de imitación y demostrar "que no son incompatibles el hombre de Estado y el de la Religión, el Soldado y el Cristiano, el Grande y el Humilde, y que pueden conciliarse muy bien los testimonios de benevolencia en el Príncipe y la Patria, sin perjuicio de las misericordias de Dios, y los derechos de la virtud"[117].

El Conde falleció antes de ver devueltos, total o parcialmente, los bienes que fueron apresados durante la Revolución Francesa. En España se actuó de manera similar con los franceses que vivían aquí, con el fin de obtener una especie de canje de prisioneros, pero esta vez hecho con dinero y bienes. Si bien las autoridades francesas se habían negado a restituir los capitales basándose en que Fernán Núñez había perdido su condición de embajador oficial al abandonar Francia y dirigirse a los Países Bajos, al firmarse la paz entre España y la República cambió la manera de tratar este asunto. Las órdenes fueron ahora en sentido contrario:

En virtud del tratado de paz concluido con España, es muy justo y propio de la lealtad francesa el quitar todos los sellos y embargos que sobre sí tuviesen los bienes pendientes de la testamentaría de Fernán Núñez, embajador que fue de Francia, [la Junta del Dominio Nacional del Departamento de la Guerra] manda:

1º Que el ciudadano Geraldin, su comisario, pase inmediatamente a la casa en que vivía dicho embajador Fernán Núñez, nº 278 calle de la Universidad, sección de la Fuente de Grenelle, y a otro cualquier lugar donde fuese preciso, en compañía de los comisarios de sección, y de un comisario de toda otro autoridad constituida que hubiese hecho poner los sellos, de quienes exigirá el reconocimiento y alzamiento de ellos.[118]

Los apoderados del Conde en París, Le Cointe y Vauquelin, asistieron al cotejo y revisión de los efectos allí existentes. Obtuvieron permiso para tomar posesión de ellos sin contraprestación económica alguna al gobierno francés. En cuanto a los objetos que no se encontrasen en el domicilio del Conde y que hubiesen sido trasladados durante su embargo a otras casas bajo control francés, las autoridades concedían la posibilidad de presentar las reclamaciones pertinentes. Como era de esperar, en el cotejo de los bienes ahora hallados y los que se inventariaron en el momento del embargo, existían diferencias importantes. Por ejemplo, no se encontraron "el collar de la Orden del Toyson"[119], algunos muebles, gran parte de la ropa de mesa o las tres vajillas de plata. También sufrieron graves desperfectos la librería del Conde y las ropas personales de este y de su mujer. De esta forma, la Condesa Viuda se quejaba de no haber recuperado más que "la casa que habitamos en París, en la que no se han podido hacer los debidos reparos en todo el tiempo del embargo. Los coches que había, pero muy deteriorados. Una muy pequeña parte de los muchos vinos que había, los más de ellos generosos"[120], y confiaba en el reintegro de

Una casa de valor de más de 3 millones de rs. sita en la calle de Varenne, en París, que destinó el gobierno a varias oficinas por cuyo alquiler nada ha satisfecho desde que hizo el embargo.

La tierra de Drou situada en el Departamento de Saona y Loira, vendida por la administración y las rentas caídas.

La tierra de Landivisiau, en Bretaña, que aunque se mandó su desembargo, poco o nada se ha percibido de su producto hasta el día.

Las 3 vajillas de plata de que se ha hecho mención.

Una vajilla de porcelana de superior calidad.

Un sinnúmero de estampas encuadradas y otras muchas sueltas.

Varios cuadros y pinturas (…)[121]

Las reclamaciones se sucedieron ante las autoridades francesas hasta que, por fin, se decidieron a obrar según habían indicado:

París, 11 germinal (31 marzo) año 4º de la República Francesa, una e indivisible. El Ministro de Hacienda a los ciudadanos Le Cointe y Vauquelin, calle de la Universidad nº 278. = Os prevengo, ciudadanos, que implico al Ministro del Interior, División de la Instrucción Pública, calle de Grenelle, se sirva dar sus órdenes para haceros entrega, como apoderados que sois de la Sra. Viuda de Fernán Núñez, Embajador que fue de España en Francia, los instrumentos de Música, cuadros y estampas que se han sacado de la casa en que vivía dicho Embajador. Autorizo al mismo tiempo al ciudadano Lenoir, guarda del depósito de la casa de Infantado, y al ciudadano Villette, director del guardamueble nacional, ambos calle Florentin, para que os entreguen cada uno en la parte que les toque, los diferentes objetos que han sido sacados de la citada casa y confiados sin custodia (…)

Pido a la Administración de Monedas el estado de los objetos de plata que están en ser, y un reconocimiento apreciativo de los que se hallan derretido, y de que ha dispuesto el Gobierno, para hacerlos restituir los unos y procurar el reembolso del precio de los otros.

Escribo asimismo a la Oficina del Dominio Nacional para que liquide las cantidades que tiene que reembolsar. (…) Está firmado = D. V. Ramel = al margen = El Director Interino de la 4ª División = Le Noble = Es copia conforme a la carta de dicho Ministro = París, a 12 germinal

(1 de abril), año 4° de la República Francesa, una e indivisible = Le Cointe, apoderado.[122]

El 27 de abril de 1796, la Real Junta de Represalias escribió a la Condesa Viuda para interesarse sí había recibido el reintegro o indemnización por los bienes embargados por los franceses durante la Guerra del Rosellón, también conocida como Guerra de la Convención[123]. En caso contrario, la Real Junta procedería a pagarle con los bienes incautados a los ciudadanos franceses en España, en consecuencia de reciprocidad.

Por fin, en ese mes de abril de 1796 salieron algunos objetos con dirección a España, seguramente por mar, entre ellos una berlina que perteneció al Conde. No se enviaron los carruajes de gala por el mismo medio, al tratarse de objetos muy voluminosos que dispararían los gastos[124]. El 27 de septiembre de 1796, uno de los apoderado del Conde, que ahora actuaba al servicio de la Condesa Viuda, le indicó que estaba pendiente de verificar el estado de los objetos que contenía la casa de ellos en París y que fue embargada. Entre esos objetos se citaban "instrumentos de música", pero sin especificar cuáles. La idea era verificar los daños que hubiesen sufrido en ese tiempo y reparar los que se pudiera. En la contestación de la Condesa a Vauquelin, fechada en 10 de octubre de 1796, le pedía que enviase por tierra todos los objetos que se encontrasen en buen estado.

Por lo que respecta a los dos hijos naturales habidos con Gertrude Marcucci, el 5 de octubre de 1786, en Lisboa, Carlos José había redactado y guardado en un arca de hierro una *Memoria para después de mis días*. En ella reconocía como hijos naturales a los dos niños habidos en su relación con la Marcucci, les establecía una pensión para cuando él falleciese, y solicitaba a las autoridades que les tuviesen en cuenta para los derechos que les correspondiesen. También pedía a sus hijos del matrimonio con Esclavitud que reconociesen los derechos de sus hermanos de padre, no les obligasen a casarse en contra de su voluntad y con alguien a quien ellos no quisiesen, les hiciesen llegar el dinero que éste había consignado para ellos y luchasen por conseguirles el carácter de nobleza que, según el Conde, les correspondía. En caso de no hacerlo, Carlos José dictaminó que se verían privados de joyas y dinero de éste, los cuales pasarían a Ángel Bernardo y Camilo[125]. Por último, intimaba a sus hijos, especialmente a los varones, a no seguir su ejemplo en cuanto a tener descendencia fuera del matrimonio y, si tal cosa ocurría, atendiesen a los nacidos con caridad.

Esclavitud cumplió los deseos de su marido y, una vez asegurado el futuro de los propios, se implicó en mejorar la vida de los hermanastros:

La Condesa Viuda de Fernán Núñez a L. R. P. de S. M. con el debido respeto expone: que se ha constituido por reconocimiento, deber, y afecto a la grata memoria de su marido, en calidad de protectora de don Ángel Gutiérrez de los Ríos, Ayudante nombrado por S. M. en el Real Cuerpo de Ingenieros con destino a la plaza de Barcelona. Que se halla atrasado en su carrera por haber estado enfermo en México por espacio de dos años, desde adonde se le mandó regresar por orden de S. M. con motivo de su salud, que se ha restablecido en España. Que tiene en fin inclinación decidida por el Real Cuerpo de Artillería, en donde podrá perfeccionar los muchos conocimientos que ya tiene, para el mejor servicio de S. M.

En esta atención, y a las circunstancias particulares de su nacimiento, reconocidas por la soberana piedad de V. M., hay la de no tener este infeliz otro amparo que el de la Suplicante que se ha apiadado de su suerte, y a la de ser Inspector del Real Cuerpo de Artillería el Conde de Revillagigedo, cajo cuyas órdenes estuvo en México, y recibir de él las pruebas más sinceras de buena voluntad hacia el difunto esposo de la Exponente, cuando era mucho más desgraciada la suerte de don Ángel por ignorar aún el origen de adonde procedía.

A V. M. rendidamente suplica, por un efecto de su Real Piedad, se digne conceder al citado don Ángel el pase al Real Cuerpo de Artillería en calidad de Teniente, siendo esta gracia de V. M. un nuevo estímulo que le anime a empeñar sus desvelos y facultades en su Real Servicio.

Gracia que espera de V. M. Madrid, 8 de julio de 1797. La Condesa de Fernán Núñez.[126]

En carta del 16 de julio de 1797, dada en Palacio, se indica que el Rey atendió la súplica anterior y concedía el grado de Teniente del Real Cuerpo de Artillería a don Ángel Gutiérrez de los Ríos, quien ya usaba sus verdaderos apellidos. Se incluía el aviso a la Secretaría de Guerra para que se tuviera en cuenta la nueva situación de orden de S. M.[127]

En cuanto al otro hijo, Camilo, meses después de fallecer el Conde recibió noticias de ello y, por fin, se le informó de quién era su padre. Al mismo tiempo se le dijo que, aunque la viuda lo iba a considerar como un hijo, la renta a percibir solo sería de tres mil libras. Esta noticia, aunque buena para su economía, no sobrepasó a la alegría que obtuvo al conocer su auténtico apellido, el cual decidió usar desde ese mismo momento. Camilo abrigó la idea de viajar a Madrid a conocer a sus hermanos[128], pero doña Esclavitud le hizo ver que no era apropiado, con la excusa de que todavía no lo sabían los otros hijos del Conde y podían perder el respeto a su memoria. Así pues, Camilo permaneció en Burdeos, aunque aceptó una posterior proposición de su nueva familia para encaminar sus pasos hacia la diplomacia[129].

Como se puede comprobar, la relación de la Condesa viuda con Camilo Gutiérrez de los Ríos no fue fácil al comienzo, si bien se abrió a la amistad y al cariño según avanzaban los años. Se ha descubierto la correspondencia que mantuvieron durante meses y ahora es posible conocer mejor el momento histórico en que se desarrolló, incluido el inicio de la Guerra de la Independencia (ambos fueron fernandinos)[130]. Las cartas se han conservado en los Archivos Nacionales de París y forman parte del expediente incoado contra Camilo durante la invasión francesa a España por ser un posible enemigo al negarse a jurar obediencia a José I.

Esclavitud, arrepentida de sus primeras vacilaciones para respetar los deseos del difunto Conde, apostó fuerte por Camilo y su carrera diplomática. Este se inició en los escalafones más bajos y fue ascendiendo, con su madrastra detrás. En 1796 fue traductor en la embajada de Viena. En dos ocasiones, 1801 y 1806, viajó a Madrid, donde tomó contacto con la Condesa y alguno de sus hermanos[131]. En 1806 aprovechó un viaje a Italia para conocer a su auténtica madre. Años después alcanzó trabajos diplomáticos en otras legaciones importantes (Munich o Londres, por ejemplo) y la Gran Cruz de la Orden de Isabel la Católica. Camilo falleció en 1840 y fue enterrado en el cementerio bordelés de La Chartreuse[132], el mismo donde, 12 años antes, había sido inhumado Goya. En su tumba se inscribió lo siguiente:

Tombeau du chevalier don Camilo Gutierrez de los Rios.

Ici repose son excellence don Camilo Gutierrez de los Rios, Commandeur de l'Ordre de Saint-Ferdinand et du Mérite des Deux Siciles. Chevalier de Saint-Jean de Jérusalem, de l'Empereur Léopold d'Autriche et de la Couronne de Bavière. Officier de la Légion d'Honneur. Gentilhomme de S. M. de son Conseil et son Secrétaire. Ministre Plénipotentiaire d'Espagne en différents cours d'Europe.[133]

Hasta aquí la biografía de esta persona y personaje de su tiempo que fue Carlos José Gutiérrez de los Ríos Rohan Chabot, Grande de España, pensador, escritor, filósofo, músico, compositor, arquitecto, dibujante… Conocer su vida es aprender sobre cómo vivir, sobre el Arte, la Música, la

Diplomacia, las relaciones entre países… Conocer su vida y su obra es, al mismo tiempo, enseñar deleitando a quienes la lean, de la misma forma que él quiso enseñar a sus hijos con su ejemplo e ideas.

BIBLIOGRAFÍA CONSULTADA

ANDÚJAR CASTILLO, Francisco: "El Seminario de Nobles de Madrid en el siglo XVIII. Un estudio social", en *Cuadernos de Historia Moderna. Anejos* (2004), III, pp. 201-225.

ANGUITA, Concepción: *La cuestión de Gibraltar: orígenes del conflicto y propuestas*

de restitución (1704-1900). Tesis doctoral, Universidad Complutense, 2016.

Conclusiones de Letras humanas (1754). Madrid. Oficina de Joaquín Ibarra, 1754.

BLUTRACH JELÍN, Carolina: "Autobiografía y memoria en el Diario de viajes del VI Conde de Fernán Núñez", en *Espacio, Tiempo y Forma* (serie IV, Historia Moderna), nº 29 (2016), pp. 65-84.

BRITO, Manoel Carlos de: *Opera in Portugal in the Eighteenth Century*. Cambridge University Press, 1989.

CALVO MATURANA, Antonio: "«Dios nos libre de más revoluciones»: el Motín de Aranjuez y el Dos de Mayo vistos por la condesa viuda de Fernán Núñez", en *Pasado y Memoria*. Revista de Historia Contemporánea, nº 10 (2011), pp. 163-193.

CHASTELLUX, Comte de: *Notes prises aux archives de l'état-civil de París (Av. Victoria, 4), brulées le 24 mai 1871*. París. Librairie historique de J.-B. Dumoulin, Libraire de la Societé des Antiquaires de France, 1875.

CHAUMIÉ, Jacqueline: "La correspondance des agents diplomatiques de l'Espagne en France pendant la Révolution", en *Bulletin Hispanique*, tome 37, nº2 (1935), pp. 189-195.

CHUECA GOITIA, Fernando: "Sociedad y costumbres", en *Carlos III y la Ilustración*. Madrid. Ministerio de Cultura, 1989.

COMELLAS AGUIRREZÁBAL, Mercedes. "Viajes y aprendizaje. Del *grand tour* dieciochesco al viaje romántico", en NAVARRO DOMÍNGUEZ, Eloy (ed.). *Imagen del mundo: seis estudios sobre literatura de viajes*, Universidad de Huelva (2014), pp. 67-125.

Correspondance du Marquis de Croix (1737-1786). Nantes. Émile Grimaud Imprimeur-Editeur, 1891.

CÔRTE-REAL, Manuel H.: *O Palácio das Necessidades.* Lisboa, Chaves Ferreira Publicaçoes, 2001.

COTARELO, Emilio: *Orígenes y establecimiento de la ópera en España hasta 1800.* Madrid. Tipografía de la Revista de Archivos, Bibliotecas y Museos, 1917.

CRESPÍN CUESTA, Francisco: *Historia de la villa de Fernán Núñez.* Córdoba. Imprenta Provincial, 1994.

DANVILA, Manuel: *Juicio crítico del reinado de Carlos III.* Boletín de la Real Academia de la Historia (marzo de 1896). pp. 492-506.

DÉFOURNEAUX, Marcelin: "Pablo de Olavide et sa famille (A propos d'une Ode de Jovellanos)", en *Bulletin Hispanique.* Tome 56, N°3 (1954), p. 250.

DÍEZ FERNÁNDEZ, Juan Ignacio: "Textos literarios españoles en la Fernán Núñez Collection (Bancroft Library. Berkeley)", en *DICENDA* (Cuadernos de Filología Hispánica, n° 15). Madrid. Servicio de Publicaciones, UCM (1997), pp. 139-182.

DUBOSC, Georges: "Une tentative pour sauver Louis XVI. D'après des documents rouennais", en *Par ci, par la. Etudes normandes de Moeurs et d'Histoire* (serie 4ª). Rouen. Henri Defontaine, Editeur (1928), pp. 113-123.

ESPEJO, Fray Miguel de: *Oración fúnebre de la Excma. Sra. Doña Escolástica Gutiérrez de los Ríos.* Córdoba, Imprenta de Juan Rodríguez, [1782].

ESPINALT, Bernardo: *Atlante Español,* tomo XII, parte segunda. Madrid. Imprenta de González, 1787.

FERNANDES, Cristina: "Entre a apologia do poder real e as aspirações da burguesia: manifestações musicais em torno do nascimento de D. Maria Teresa, Princesa da Beira (1793)", en GIRAO, Maria do Rosário y LESSA, Elisa Maria: *Música. Discurso. Poder.* Ediçoes Húmus, 2012, pp. 67–82.

FERNÁNDEZ, Roberto: *Carlos III.* Madrid. Arlanza Ediciones, 2001.

FERRER DEL RÍO, Antonio: *Historia del reinado de Carlos III en España.* Madrid. Imprenta de los Srs. De Matute y Compagni, 1856.

FONDEVILA SILVA, Pedro: *Las galeras de España en el siglo XVIII.* Online. 3decks.pbworks.com/f/Galeras+Españolas+XVIII.pdf. [Consultado el 7-11-2017].

FOULCHÉ-DELBOSC, Raymond. *Bibliographie des voyages en Espagne et en Portugal.* París, 1896.

GALLAY, J.: *Un inventaire sous la Terreur: État des instrtuments de musique relevé chez les émigrés et condamnés par A. Bruni, l'un des Délégués de la Convention.* París. Georges Chamerot, Imprimeur-Éditeur, 1890.

GÁLLEGO, Julián: "Vida cortesana", en *Carlos III y la Ilustración.* Madrid. Ministerio de Cultura, 1989.

GARCÍA-ROMERAL, Carlos. *Bio-bibliografía de viajeros por España y Portugal: (siglo XVIII).* Madrid, Ollero y Ramos, 2000.

GUIMERÁ, Agustín: "Historia de una incompetencia: el desembarco de Argel, 1775", en *RUHM* Vol. 5/10/ 2015, pp. 135-155.

GUTIÉRREZ DE LOS RÍOS, Carlos José (Conde de Fernán Núñez): *La expedición militar española contra Argel de 1775 (según el diario de un testigo ocular).* Edición facsímil a cargo de Juan Antonio López Delgado. Murcia. Gráficas Ibáñez, 2001.

GUTIÉRREZ DE LOS RÍOS, Carlos José (Conde de Fernán Núñez): *Carta a sus hijos*. París. Imprenta de Didot, 1791.

GUTIÉRREZ DE LOS RÍOS, Carlos José (Conde de Fernán Núñez): *Vida de Carlos III*. Publicada por A. Morel-Fatio y A. Paz y Meliá, con un prólogo de Juan Valera. Madrid. Librería de Fernando Fé, 1898.

IGLESIAS, Mª. Carmen: "Pensamiento ilustrado y reforma educativa", en *Carlos III y la Ilustración*. Madrid. Ministerio de Cultura, 1989.

LABAIG, Vicente: *Oración fúnebre por el alma de D. Carlos José Gutiérrez de los Ríos*. Madrid, Imprenta de la Viuda de don Joaquín Ibarra, 1795.

LAFUENTE, Modesto: *Historia General de España*. Tomos 14 y 15. Barcelona. Montaner y Simón, 1889.

LA PARRA LÓPEZ, Emilio: "La defensa de la monarquía", en *La época de Carlos IV* (1788-1808), actas del *IV Congreso Internacional de la Sociedad Española de Estudios del Siglo XVIII* / coord. por Elena de Lorenzo Álvarez, pp. 41-54.

MARTÍN TERRÓN, Alicia: *Esplendor y ocaso en las instituciones eclesiásticas del norte de Extremadura: las prácticas musicales en las Catedrales de Plasencia y Coria entre 1750 y 1839*. Tesis doctoral, Universidad de Extremadura, 2016.

MARTÍNEZ CUESTA, Juan R.: "El Cuarto del Rey en el Palacio Real de Madrid", en *Carlos III y la Ilustración*. Madrid. Ministerio de Cultura, 1989.

Memorias del Excmo. Sr. Dn. Carlos José Gutiérrez de los Ríos, VI Conde de Fernán Núñez. Las publica acompañadas de un estudio biográfico el Duque de Fernán Núñez, Conde de Cervellón. Madrid, obra inédita, 1934.

MERINO, José Patricio: "Organización del Ejército y la Armada en España y las Indias", en *Carlos III y la Ilustración*. Madrid. Ministerio de Cultura, 1989.

MOREL FATIO, Alfred. "Camille Gutierrez de los Rios", en *Bulletin Hispanique*. Tome 21, N°1 (1919), pp. 53-66.

MOUSSET, Albert: *Un témoin ignoré de la Révolution. Le comte de Fernan Nuñez*. París, Librairie Ancienne Édouard Champion, 1924 [primera edición en 1923].

NÚÑEZ DE ARENAS, Manuel: "Camille Gutiérrez de los Ríos à Bordeaux pendant la Révolution", en *Bulletin Hispanique*, tome 27, n°3 (1925), pp. 247-249.

OLIVARES-IRIBARREN, Itamar: "L'affaire de Nootka-Sound (1789-1790)", en *Mélanges de la Casa de Velázquez*, tome 28-2 (1992), Epoque moderne. pp. 123-148.

OZANAM, Didier: "Le Théâtre français de Cadix au XVIIIe siècle (1769-1779)", en *Mélanges de la Casa de Velázquez*, tome 10 (1974), pp. 203-231.

OZANAM, Didier: *Les diplomates espagnols du XVIII siècle. Introduction et répertoire biographique (1700-1808)*. Madrid, Casa de Velázquez, 2002.

OLAECHEA, Rafael: "Una viajera rusa del XVIII en los Pirineos Franceses", en *Revista de Historia Moderna*. Universidad de Alicante (1982), pp. 223-250.

PÉREZ DE GUZMÁN Y GALLO, Juan: "Embajada del Conde de Fernán Núñez en París durante el primer periodo de la Revolución francesa", en *Discursos leídos ante la Real Academia de la Historia (16-6-1907)*. Madrid. Establecimiento de Fortanet, 1907.

PÉREZ MOREDA, Vicente: "Población y política demográfica. Higiene y sanidad", en *Carlos III y la Ilustración*. Madrid. Ministerio de Cultura, 1989.

PRIETO, Rosario: *La Revolución Francesa vista por el embajador de España Conde de Fernán Núñez.* Madrid. Fundación Universitaria Española, 1997.

RAGGI, Giuseppina, "Una Lunga passione per l'opera in Portogallo: la regina-consorte Maria Anna d'Asburgo, l'arte dei Galli Bibiena e nuovi disegni per il Real Teatro dell'Opera do Tejo", en FROMMEL, Sabine y ANTONUCCI, Micaela (org.): *Da Bologna all'Europa: artisti bolognesi in Portogallo (secoli XVI-XIX).* Bologna. Bolonia University Press, 2017, pp.159-188. [La profesora Raggi ha tenido a bien incluir en este artículo documentos que le facilité sobre el VI Conde].

RAGGI, Giuseppina: "A cidade do rei e os teatros da rainha: (re)imaginando Lisboa ocidental e a Real Ópera do Tejo", en *Cadernos do Arquivo Municipal,* 2ª série, 9, 2018, 97-124. [La profesora Raggi ha tenido a bien incluir en este artículo documentos que le facilité sobre el VI Conde].

Regimiento Inmemorial del Rey:
http://www.ejercito.mde.es/unidades/Madrid/rinf1/Historial/index.htm
l. [Consultado el 14-1-2017]

ROSAL NADALES, Francisco José: "El VI Conde de Fernán Núñez. Un músico en la corte de Carlos III", *Revista de Feria 1999,* Ayuntamiento de Fernán Núñez (1999), pp. 87-88.

ROSAL NADALES, Francisco José: "El *Stabat Mater* del Conde de Fernán Núñez (de la mano de don Luis Bedmar y don Leo Brower", en *Revista de Feria 2000,* Ayuntamiento de Fernán Núñez (2000), pp. 95-97.

ROSAL NADALES, Francisco José: "Por los caminos de Europa en el siglo XVIII: el VI Conde de Fernán Núñez y su guía de viaje para el cardenal Rannuzzi", en *Cuadernos dieciochistas* nº 19 (2018), Universidad de Salamanca, pp. 261-272.

ROSAL NADALES, Francisco José: "Ópera italiana, corte portuguesa, embajador español. El VI Conde de Fernán Núñez y su labor como organizador musical en la Lisboa de 1785", en *Cadernos de Queluz*, n° 2, *Diplomacy and Aristocracy as Patrons of Music an Theatre in Europe of the Ancien Régime*. Viena. Editorial Hollitzer, 2019.

SOUBEYROUX, Jacques: "El real seminario de nobles de Madrid y la formación de las élites en el siglo XVIII", en *Bulletin Hispanique*, tome 97, n°1 (1995), pp. 201-212.

TAPIA OCARIZ, Enrique de: *Carlos III y su época*. Madrid, Aguilar, 1962.

TERRÓN PONCE, José L.: *Ejército y política en la España de Carlos III*. Madrid. Ministerio de Defensa, 1997.

VIGARA ZAFRA, José Antonio: "El palacio del VI conde de Fernán Núñez: La arquitectura como exaltación simbólica del linaje durante la Ilustración", en *Tiempos Modernos*, n° 29 (2014/2).

VIGARA ZAFRA, José Antonio: *Arte y cultura nobiliaria en la Casa de Fernán Núñez (1700-1850)*. Tesis doctoral, UNED, 2015.

NOTAS

[1] Según documento original conservado en el Archivo Histórico de la Nobleza, fondo Fernán Núñez, Caja 491, Documentos 1 y 2. GUTIÉRREZ DE LOS RÍOS, Carlos José: [*Cuestiones relativas a la testamentaría de su padre*], pp. 2-4. [En adelante, AHNob, FN.]

[2] Quiso el destino que, al fallecimiento de doña Ana Francisca de los Ríos, en junio de 1752, ambas condesas fuesen enterradas en el mismo panteón, todavía inacabado para esa fecha, de la familia en la iglesia de Santa Marina.

[3] No se completó hasta 1758.

[4] Así se recogió en una carta que Monsieur de la Caulerie envió al Marquis d'Heuchin. Citaba hechos ocurridos en la zona de Aldea-Nova y el campamento de San Piri, en las cercanías de Almeida, los días 6 y 7 de septiembre de 1762. La carta se publicó en *Correspondance du Marquis de Croix*. Nantes. Émile Grimaud Imprimeur-Editeur, 1891, pp. 172-173. En otras fuentes, sin embargo, se indica que el acceso a la jefatura del regimiento de Castilla tuvo lugar el 16 de septiembre.

[5] Nombre anterior de La Carolina.

[6] Nombre auténtico según consta en los libros de la Colegiata. Véase DÍAZ MOHEDO, María Teresa. *Catálogo musical de la Iglesia Colegial de Antequera*. Sevilla. Centro de Documentación Musical de Andalucía, 2007.

[7] AHNob, FN, C. 468, D. 1, n° 17: [*Patronato y Panteón familiar en iglesia Fernán Núñez*], p. 3r.

[8] GUTIÉRREZ DE LOS RÍOS, Carlos José: "Memoria para después de mis días", en *Vida de Carlos III...*, tomo II, p. 371.

[9] Se trata de la ópera *L'Olandese in Italia*, representada ell 19 de enero de 1768. Véase COTARELO, Emilio: *Orígenes y establecimiento de la ópera en España hasta 1800*. Madrid. Tipografía de la Revista de Archivos, Bibliotecas y Museos, 1917, p. 284.

[10] MARTINELLI, Gaetano: *Il ratto della sposa*. Valencia. Imprenta de la Viuda de José Orga [1769], dedicatoria.

[11] VIGARA ZAFRA, José Antonio: *Arte y cultura nobiliaria en la Casa de Fernán Núñez (1700-1850)...*, p. 311.

[12] Bisabuelo del famoso compositor de ópera.

[13] Sobre este posible reencuentro con la Marcucci, las fuentes no aportan luz, pero cuesta creer que no llegase a ver a la mujer que amaba y a sus dos hijos, estando en la misma ciudad y después de tan largo viaje. El Conde no lo reflejó en su diario de viajes posiblemente para evitar otro disgusto con Carlos III; sí indicó que la relación se terminó en marzo de 1773. Véase GUTIÉRREZ DE LOS RÍOS, Carlos José: "Memoria para después de mis días", en *Vida de Carlos III...*, tomo II, p. 371. En cuanto a Giacomo Casanova, puede que éste yerre cuando afirma que la Marcucci residía, por estas fechas, en Lucca. CASANOVA, Giacomo: *Historia de mi vida. España*. Girona, Atalanta, 2009, p. 3299.

[14] Aún no era conde de Floridablanca. Carlos III se lo concedió en 1773, al lograr del papa la orden de extinción de la Compañía de Jesús.

[15] Esta aventura se narra en AHNob, FN, C. 2034, D. 4: *Relación y Diario de lo acaecido en la entrada del Pizzo y reconocimiento del Principado de Mélito que hizo el Exmo. Señor Conde de Fernán Núñez el año de 1773*, pls. 3d-4b.

[16] A partir de lo recogido en *Memorias del Excmo. Sr. Dn. Carlos José Gutiérrez de los Ríos...*, tomo I, pp. 22-23.

[17] En la "Memoria para después de mis días", don Carlos dejó escrito que fue en el mes de marzo de ese año, pero Caamaño y él volvieron a Bolonia en mayo. Véase "Memoria

para después de mis días", en *Vida de Carlos III...*, tomo II, p. 371. Más tarde pasarían otra una vez por dicha ciudad, en el mes de febrero de 1774.

[18] De este encuentro no se ha localizado referencia precisa, pero pudieron muy bien encontrarse ambos personajes.

[19] Recreación de lo contenido en *Memorias del Excmo. Sr. Dn. Carlos José Gutiérrez de los Ríos...*, tomo I, p. 34.

[20] *Ídem*, p. 44.

[21] GUTIÉRREZ DE LOS RÍOS, Carlos José: *Carta a sus hijos*. París. Imprenta de Didot, 1791, p. 42.

[22] A partir de Memorias, tomo I, pp. 49-50.

[23] GUTIÉRREZ DE LOS RÍOS, Carlos José: *Vida de Carlos III...*, tomo I, p. 250.

[24] *Ídem*, p. 253.

[25] *Ídem*, tomo II, p. 66.

[26] *Memorias del Excmo. Sr. Dn. Carlos José Gutiérrez de los Ríos...*, tomo I, p. 64.

[27] *Ídem*, p. 68.

[28] A partir de *Memorias del Excmo. Sr. Dn. Carlos José Gutiérrez de los Ríos...*, tomo I, pp. 70-71.

[29] AHNob, Osuna, C. 3495, D. 148. *Certificación de defunción de Joaquín Diego López de Zúñiga Sotomayor, [XII duque de Béjar], y certificación de bautismo y confirmación de su esposa Escolástica de los Ríos Rohán, [(XII) duquesa de Béjar]*, s/p.

[30] Así lo ha determinado VIGARA ZAFRA, José Antonio: "El palacio del VI conde de Fernán Núñez: La arquitectura como exaltación simbólica del linaje durante la Ilustración", en *Tiempos Modernos*, nº 29 (2014/2), [p. 4].

[31] Archivo Histórico Nacional, ESTADO, 3421-2. [En adelante, AHN].

[32] Nombre anterior de la ciudad de Elvas.

[33] Hoy día es Montijo.

[34] Aunque se ha transmitido que la embajada española estaba en el Palacio de las Necesidades y Boa Morte solo era la residencia privada del embajador, no he localizado información documental que confirme lo primero. En la última carta que Fernán Núñez escribe desde Lisboa antes de pasar a París, reseña: "Yo creo que un palacio de España, para su embajador en esta Corte, no sería menos necesario ni conveniente que en otras"; véase *Memorias del Excmo. Sr. Dn. Carlos José Gutiérrez de los Ríos...*, tomo II, p. 124. Además, en el libro del diplomático portugués Côrte-Real sobre dicho palacio, no aparece ninguna referencia a que fuese la Embajada de España en Lisboa ni que allí se albergase el Conde de Fernán Núñez en su misión, cuando sí figuran otras funciones y personajes en dicho recinto. CÔRTE-REAL, Manuel H.: *O Palácio das Necessidades*. Lisboa, Chaves Ferreira Publicaçoes, 2001.

[35] Según se recoge en *Memorias del Excmo. Sr. Dn. Carlos José Gutiérrez de los Ríos...*, tomo II, p. 20.

[36] A partir de GUTIÉRREZ DE LOS RÍOS, Carlos José (Conde de Fernán Núñez): *Vida de Carlos III...*, p. 340.

[37] *Ídem*, pp. 349-351.

[38] *Ídem*, p. 403.

[39] AHNob, FN, C. 430, D. 14. *Libro que contiene los motivos, principios y conclusión de la capilla de Santa Escolástica*. Córdoba, imprenta de Juan Rodríguez de la Torre, 1786.p. 4v.

[40] ESPEJO, Fray Miguel de: *Oración fúnebre de la Excma. Sra. Doña Escolástica Gutiérrez de los Ríos*. Córdoba, imprenta de Juan Rodríguez, [1782], p. 4

41 A partir de una idea que se recoge en VIGARA ZAFRA, José Antonio: "El palacio del VI conde de Fernán Núñez: La arquitectura como exaltación simbólica del linaje durante la Ilustración"..., [p. 2].

42 Escolástica casaría con el XIV duque de Alburquerque, militar que, con ocasión del asalto francés a Cádiz en 1810, refugió allí a sus tropas y permitió una mejor defensa de la ciudad. Años después, esa entrada de Alburquerque en Cádiz fue elevada al rango de mito cuando Federico Chueca compuso su famosa marcha de la zarzuela *Cádiz* (1886).

43 A partir de *Memorias del Excmo. Sr. Dn. Carlos José Gutiérrez de los Ríos...*, tomo II, p. 66.

44 GUTIÉRREZ DE LOS RÍOS, Carlos José: *Vida de Carlos III...*, p. 8.

45 Según recoge VIGARA ZAFRA, José Antonio. *Arte y cultura nobiliaria en la Casa de Fernán Núñez: (1700-1850)...*, pp. 109-110.

46 Elaborado a partir de GUTIÉRREZ DE LOS RÍOS, Carlos José: *Vida de Carlos III...*, tomo II, p. 251.

47 Véase *Memorias del Excmo. Sr. Dn. Carlos José Gutiérrez de los Ríos...*, tomo II, p. 79.

48 No fue posible. En abril murió la mujer de Boccherini y en agosto su señor, el infante don Luis. El violonchelista se encontró con una vasta familia que alimentar y sin trabajo.

49 El documento se corresponde con el Cabildo ordinario del viernes 14 de enero de 1785 y se conserva entre las Actas de la Catedral de Plasencia, libro 73. Recogido en MARTÍN TERRÓN, Alicia: *Esplendor y ocaso en las instituciones eclesiásticas del norte de Extremadura: las prácticas musicales en las catedrales de Plasencia y Coria entre 1750 y 1839*. Tesis doctoral. Universidad de Extremadura, 2015, p. 238. Agradezco a su autora el haberme hecho llegar la información.

50 Este palacio también se conocía como Paço dos Estaus, pues había servido como alojamiento para los altos cargos extranjeros y monarcas que visitaban Lisboa, desde el siglo XV hasta el último cuarto del XVI, cuando se estableció el Tribunal de la Inquisición. Quedó muy dañado por el terremoto de 1755. Tras la utilización del Conde para sus funciones de corte, tuvo varios usos y ardió en 1836. Sobre sus restos se construyó el actual teatro Doña María.

51 AHNob, FN, C. 1676, D. 9. GUTIÉRREZ DE LOS RÍOS: [*Cartas a Floridablanca y relación de funciones por el matrimonio entre D. Juan y Dª Carlota Joaquina, junio de 1785*], p. 4r. Carta fechada en Lisboa el 23 de junio de 1785.

52 No he podido, hasta la fecha, determinar qué poeta romano se oculta tras los tres asteriscos de los libretos. Llegó a pensarse que pudo haber sido el propio Conde, circunstancia negada por la documentación conservada. Es más, si el Conde hubiese escrito el libreto, cosa factible dada su habilidad y preparación, no hubiera tenido necesidad de ocultar su nombre; lo habría dado a conocer como todas las actividades y objetos que sí fueron idea suya.

53 En 2016 descubrí la existencia de una partitura manuscrita con el título de *Il ritorno di Astrea in terra*, firmada por Giovanni Battista Cavi, que había sido subastada un año antes en Berlín. Gracias a las anotaciones allí escritas, pude concluir que se trataba de la primera partitura que encargó Fernán Núñez y que no llegó a tiempo de interpretarse, siendo sustituida por la de Palomino. Esta idea la presenté en el congreso "A diplomacia e a aristocracia como promotores da música e do teatro na Europa do Antigo Regime", celebrado en el Palacio de Queluz en julio de 2016. Allí, la profesora portuguesa Cristina Fernandes me hizo ver la conexión entre Cavi y la Casa Real portuguesa. Le agradezco haberme facilitado información sobre esto último.

54 Traducción libre del autor.

55 AHN, Estado, C. 2581, Doc. 148.

56 Se sabe que consagró su vida al ejército, ocupando altos cargos.

[57] Fernán Núñez daría a la imprenta este escrito en 1791, en París, para su pervivencia.

[58] A partir de GUTIÉRREZ DE LOS RÍOS, Carlos José: *Carta a sus hijos...*, pp. 14-16.

[59] AHNob, FN, C. 470, D. 3, n° 1: *Papeles que tratan de la fundación de escuelas gratuitas de niños y niñas en Fernán Núñez*, p. 4v-5r.

[60] *Ídem*, p. 7v.

[61] De todos sus proyectos filantrópicos, solo el de las escuelas gratuitas llegaron a buen fin y se mantuvieron hasta finales del siglo XIX. Véase VIGARA ZAFRA, José Antonio: *Arte y cultura nobiliaria en la Casa de Fernán Núñez: (1700-1850)...*, p. 68.

[62] La obra quedaría inconclusa a su muerte, según recoge José Antonio Vigara en su tesis.

[63] AHNob, FN, C. 470, D. 8. GUTIÉRREZ DE LOS RÍOS, Carlos José: *Papel que manifiesta el plano formado para establecer varias fundaciones útiles a la Villa de Fernán Núñez, por medio de una destinada a formar el fondo necesario para ellas con varias imposiciones progresivas*, pl. 9d.

[64] *Ídem*, pl. 12b-c.

[65] La casa de educación para niñas huérfanas, a pesar de contar con los planes y el reglamento, no llegó a terminarse nunca, tal y como ha determinado VIGARA en su tesis.

[66] Elaborado a partir de *Memorias del Excmo. Sr. Dn. Carlos José Gutiérrez de los Ríos...*, tomo II, p. 124. Llamo la atención sobre la idea de Carlos José de que debería contar España con un palacio para su embajada, recogida en el escrito original. Esto refuerza la idea, ya avanzada, de que no puede considerarse el Palacio de las Necesidades, sin discusión, como la embajada española en Lisboa.

[67] La historia original aparece recogida en AHNob, FN, C. 2033, D. 10. GUTIÉRREZ DE LOS RÍOS, Carlos José: *Viaje de Lisboa a Madrid por Andalucía de retirada de mi embajada, pasando a la de París, año de 1787*. Forma parte de *Viajes del Conde de Fernán Núñez desde Lisboa a Madrid y París. Año de 1787*, pp. 3r-4r. Carlos José mantuvo a este piamontés entre sus criados y luego pasó a servir a su propia hija. Esta anécdota será recogida, años más tarde, por el padre Vicente Labaig para formar parte del elogio fúnebre que realizó al morir el Conde, pues la consideraba como una muestra del carácter moderado de don Carlos, poco dado a la soberbia que caracterizaba a los poderosos.

[68] Carta ficticia elaborada a partir de lo contenido en AHNob, FN, C. 2033, D. 10. GUTIÉRREZ DE LOS RÍOS, Carlos José: *Viaje de Lisboa a Madrid por Andalucía de retirada de mi embajada, pasando a la de París, año de 1787*, pp. 19r-21r.

[69] AHNob, FN, C. 469, D. 9: *[Escritura original fundaciones en Fernán Núñez]*, pp. 4v-5v. La fundación de esta escuela de niñas huérfanas quedaría inconclusa a la muerte del Conde; véase *Memorias del Excmo. Sr. Dn. Carlos José Gutiérrez de los Ríos...*, tomo II, p. 85.

[70] Así lo ha demostrado VIGARA ZAFRA, José Antonio: *Arte y cultura nobiliaria en la Casa de Fernán Núñez (1700-1850)...*, pp. 57-58.

[71] Según se recoge, de manera literal, en AHNob, FN, C. 469 (2), D. 6: *[Escritura de la fundación de limosnas para pobres en Fernán Núñez]*, pp. 2v-3v.

[72] A pesar de ese inicio, las obras del cementerio proyectado no llegaron a concluirse. En 1860, en la misma zona y sobre lo ya hecho, se erigió el actual camposanto. Véase CRESPÍN CUESTA, Francisco: *Historia de la villa de Fernán Núñez*. Córdoba. Imprenta Provincial, 1994, p. 133.

[73] Según recoge VIGARA ZAFRA, José Antonio: *Arte y cultura nobiliaria en la Casa de Fernán Núñez (1700-1850)...*, p. 219.

[74] Elaborado a partir de AHNob, FN, C. 2033, D. 10. GUTIÉRREZ DE LOS RÍOS, Carlos José: *Diario del viaje de Madrid a París a cuya Corte iba de Embajador*, p. 20r.

[75] Recogido en PÉREZ DE GUZMÁN Y GALLO, Juan: "Embajada del Conde de Fernán Núñez en París durante el primer periodo de la Revolución francesa", en *Discursos leídos ante la Real Academia de la Historia (16-6-1907)*. Madrid. Establecimiento de Fortanet, 1907, p. 49.

[76] VIGARA ZAFRA, José Antonio: *Arte y cultura nobiliaria en la Casa de Fernán Núñez (1700-1850)*..., p. 50.

[77] Aunque se le han atribuido unos ejercicios de composición que se encontraron entre sus papeles, no pueden considerarse suyos de manera taxativa. Puede que el error provenga del librero que los regaló al duque de Fernán Núñez en 1882, pues afirmó que eran autógrafos de su antepasado. Tampoco es posible datarlos con exactitud, pero, al estar escritos en francés y con letra diferente a la del Conde, es posible que los copiaran para él en su etapa parisina, o pidiese que le copiaran un resumen de algún tratado. Como mucho, podrían ser suyos pero puestos en limpio por otra mano, aunque no se entiende por qué lo hicieron en francés y no en castellano. El original se encuentra en AHNob, FN, C. 53, D. 5. GUTIÉRREZ DE LOS RÍOS: *Ejercicios teóricos de composición musical del Conde de Fernán Núñez*, pliego 1a.

[78] Estos años finales de la embajada de Gutiérrez de los Ríos en París fueron estudiados por MOUSSET, Albert: *Un témoin ignoré de la Révolution. Le comte de Fernan Nuñez*. París, Librairie Ancienne Édouard Champion, 1924 [primera edición de 1923].

[79] PÉREZ DE GUZMÁN Y GALLO, Juan: "Embajada del Conde de Fernán Núñez en París durante el primer periodo de la Revolución francesa"..., pp. 78-79.

[80] *Ídem*, pp. 80-81.

[81] La carta debió de surtir efecto, aunque Alfonso de Luna falleció tres años después. Véase Archivo General de Indias, Chile, 198, nº 74: "Carta nº 165 de Ambrosio O'Higgins Vallenar, presidente de la Audiencia de Chile, a Manuel de Negrete y de la Torre, conde de Campo de Alange, secretario de Guerra".

[82] Este relato se basa en el trascendental despacho que Fernán Núñez envió a Floridablanca en fecha 20 de julio de 1789. Recogido en PÉREZ DE GUZMÁN Y GALLO, Juan: "Embajada del Conde de Fernán Núñez en París durante el primer periodo de la Revolución francesa"..., pp. 110-115. Carlos José no participó en los hechos, pero he decidido incorporarlo como actor más que como espectador.

[83] Elaborado a partir de cartas remitidas a Floridablanca los días 3 y 10 de agosto de 1789.

[84] A partir de MOUSSET, Albert: *Un témoin ignoré de la Révolution*..., p. 97. Carta a Floridablanca del 21 de octubre de 1789.

[85] La situación no mejoró y la insistencia inglesa llevó a España a abandonar aquellos territorios en 1795.

[86] A partir del documento recogido en AHN, ESTADO, 3421-2.

[87] PÉREZ DE GUZMÁN Y GALLO, Juan: "Embajada del Conde de Fernán Núñez en París durante el primer periodo de la Revolución francesa"..., p. 95. Carta del 31 de julio de 1791.

[88] MOUSSET, Albert: *Un témoin ignoré de la Révolution*..., pp. 296-298.

[89] Según se afirma en GUTIÉRREZ DE LOS RÍOS, Carlos José: *Vida de Carlos III*..., tomo II, p. 368.

[90] No ha sido posible referenciar cuándo falleció Antonio Bartolomé ni la causa. Tuvo que ser antes del mes de julio de 1793, cuando afirma en una carta que tiene gran preocupación por mantener a su mujer y a sus siete hijos (Carlos José, Pepe, Escolástica, Francisco, Luis Bartolomé, Bruna y María Dolores). Véase AHN, ESTADO, 3421-2.

[91] Vigara afirma que el poema es de ese momento. Véase VIGARA ZAFRA, José Antonio: *Arte y cultura nobiliaria en la Casa de Fernán Núñez (1700-1850)…*, p. 339.

[92] AHNob, FN, C. 2039, D. 2, n° 25: [*Poemas, algunos del propio Conde*]. *Hymne des Germains tel qu'il se chantera par-tout*. En el manuscrito citado, que no tiene la letra del propio Conde, él incluyó una frase final, en francés, donde afirmaba que esa parodia la había escrito en Lovaina.

[93] A la muerte del Conde, la obra pasó, por decisión suya, al monasterio de la Encarnación de Madrid. Véase AHNob, FN, C.1158, D.11. LABAIG, Vicente: *Oración fúnebre por el alma de D. Carlos José Gutiérrez de los Ríos*, p. XVIII. En la actualidad es propiedad de don Luis Bedmar Estrada, quien preparó una edición que se ha cantado en Fernán Núñez (22 de mayo de 1993, a cargo de voces femeninas de la Coral del Círculo Cultural Calíope de Fernán Núñez, la Coral Ramón Medina de Córdoba y la Orquesta de Cámara del Ayuntamiento de Córdoba), Córdoba (unos días después, mismos intérpretes) o Baeza (2013, Coro Ziryab y Silvia Mkrtchyan, piano). Sobre esta obra, véanse los artículos ROSAL NADALES, Francisco José: "El VI Conde de Fernán Núñez. Un músico en la corte de Carlos III". *Revista de Feria de Fernán Núñez 1999*, pp. 87-88; "El *Stabat Mater* del Conde de Fernán Núñez (de la mano de don Luis Bedmar y don Leo Brower)". *Revista de Feria de Fernán Núñez 2000*, pp. 95-97.

[94] AHN, ESTADO, 3421-2.

[95] AHNob, FN, C. 2343, D. 12. GUTIÉRREZ DE LOS RÍOS, Carlos José: *Proyecto o idea para un discurso fúnebre que deberá pronunciarse en las honras que los eclesiásticos emigrados franceses harán por las almas de Luis 16 y su esposa, María Antonia de Lorena en la ciudad de Lovaina el día 29 de octubre de 1793.*

[96] Elaborado a partir de AHN, ESTADO, 3421-2.

[97] La documentación no deja claro si los niños partieron con sus padres desde Lovaina o lo hicieron más tarde, con el objetivo de encontrarse en Nápoles. Sí está documentada su presencia en la fragata que les llevó de Nápoles a Alicante. Aquí se ha optado por hacer que viaje la familia al completo, pues no era lógico dejar tanto tiempo sin sus padres a unos niños tan pequeños.

[98] AHN, ESTADO, 3421-2.

[99] A partir de una carta a Manuel Godoy, AHN, ESTADO, 3421-2.

[100] Elaborado a partir de Archivo Municipal de Fernán Núñez, Libro Capitular, 1794, folio 29, según recoge CRESPÍN CUESTA, Francisco: *Historia de la villa de Fernán Núñez*. Córdoba. Imprenta Provincial, 1994, p. 190.

[101] AHN, ESTADO, 3421-2.

[102] En llamada telefónica a la iglesia de San Andrés (29-8-2017), me informan de que no se han conservado las tumbas ni los documentos sobre ellas, debido a los destrozos ocasionados en 1936.

[103] Se ha escrito que fue trasladado a la iglesia de Santa Marina, en Fernán Núñez, pero no he localizado documentación fidedigna al respecto ni el párroco, don Alfonso Rodríguez, pudo darme confirmación de ello cuando le pregunté en 2017.

[104] AHN, ESTADO, 3421-2.

[105] *Ídem.*

[106] *Ídem.*

[107] Véase AHNob, FN, C.1158, D.11. LABAIG, Vicente: *Oración fúnebre por el alma de D. Carlos José Gutiérrez de los Ríos…*, p. II.

[108] Véase GUTIÉRREZ DE LOS RÍOS, Carlos José: *Vida de Carlos III…*, tomo II, p. 368.

[109] AHNob, FN, C.1158, D.11. LABAIG, Vicente: *Oración fúnebre por el alma de D. Carlos José Gutiérrez de los Ríos*, pp. LVII-LVIII, nota 1.

[110] GUTIÉRREZ DE LOS RÍOS, Carlos José: "Libro de oro y verdadero Principio de la propia y ajena felicidad", en *Vida de Carlos III…*, tomo II, p. 385.

[111] *Ídem*, p. 386.

[112] Testamento de Carlos Gutiérrez de los Ríos. Recogido en *Vida de Carlos III…*, tomo II, p. 360.

[113] PRIETO, Rosario: *La Revolución Francesa vista por el embajador de España Conde de Fernán Núñez.* Madrid. Fundación Universitaria Española, 1997, p. 14.

[114] AHNob, FN, C.1158, D.11. LABAIG, Vicente: *Oración fúnebre por el alma de D. Carlos José Gutiérrez de los Ríos*, pp. LXI.

[115] AHNob, OSUNA, CT. 387, D. 7: MOLINER, Juan: [*Carta a la Duquesa de Benavente en la que habla del* Stabat Mater *del Conde de Fernán Núñez, 13-8-1795*].

[116] Nada se dice de la fugaz pertenencia de Carlos José a la masonería. Sobre este asunto, véase *Memorias del Excmo. Sr. Dn. Carlos José Gutiérrez de los Ríos…*, tomo II, pp. 140-141.

[117] El discurso fúnebre se dio a la imprenta por orden de la Condesa viuda.

[118] AHNob, FN, C.1400, D.19, n° 7: [*Pleitos con el gobierno francés para que restituya los bienes del Conde*], Pl. 1d.

[119] *Ídem*, Pl. 2a.

[120] *Ídem*, Pl. 2b.

[121] *Ídem*, Pl. 2b-2c.

[122] *Ídem*, Pl. 2c-2d.

[123] AHNob, FN, C.1400, D.19, n° 1: [*Pleitos con el gobierno francés para que restituya los bienes del Conde*].

[124] AHNob, FN, C.1400, D.19, n° 6: [*Pleitos con el gobierno francés para que restituya los bienes del Conde*].

[125] GUTIÉRREZ DE LOS RÍOS, Carlos José: "Memoria para después de mis días", en *Vida de Carlos III…*, tomo II, pp. 371-372.

[126] AHN, ESTADO, 3421-2.

[127] *Ídem*.

[128] El domicilio familiar continuaba en el barrio de las Vistillas, cerca de la iglesia de San Andrés.

[129] Todo este desarrollo de la vida de Camilo Gutiérrez de los Ríos se puede seguir en MOREL FATIO, Alfred: "Camille Gutierrez de los Rios", en *Bulletin Hispanique.* Tome 21, N°1, 1919, p. 59-61.

[130] CALVO MATURANA, Antonio: "«Dios nos libre de más revoluciones»: el Motín de Aranjuez y el Dos de Mayo vistos por la condesa viuda de Fernán Núñez", en *Pasado y Memoria.* Revista de Historia Contemporánea, 10, 2011, pp. 163-193.

[131] *Ídem*, p. 171.

[132] En visita personal a Burdeos (2013) pude comprobar que la tumba ya no se conserva.

[133] MOREL FATIO, Alfred: "Camille Gutierrez de los Rios", en *Bulletin Hispanique.* Tome 21, N°1, 1919. p. 58.

ÍNDICE

Introducción — 1

1. El nacimiento de un Conde — 5
2. Alegrías y desgracias en la infancia — 11
3. La orfandad — 21
4. La tutela de los reyes Fernando y Bárbara — 35
5. La desaparición de sus benefactores — 49
6. Llega un nuevo rey desde Nápoles — 59
7. La boda de su hermana Escolástica — 67
8. Un coronel de 20 años — 77
9. Militar y educador — 89
10. Gentilhombre de cámara — 97
11. Junto al rey durante el Motín de Esquilache — 109
12. La expulsión de los jesuitas — 127
13. Camino de los baños de Carratraca — 139
14. Amores a la italiana — 153
15. El "Grand Tour": Francia e Italia — 175
16. El "Grand Tour": Centroeuropa e Inglaterra — 193
17. La aventura de Argel — 207
18. Campanas de boda — 233
19. Destino: Lisboa — 251
20. Nuevo conflicto con Inglaterra — 267
21. Malas y buenas noticias — 287
22. Mejorar la vida de sus vasallos en Fernán Núñez — 301
23. Los Desposorios Reales — 319
24. Lisboa continúa de fiesta — 343
25. Naufragio y rescata en la costa de Peniche — 355
26. Escuelas, hospital, cementerio… — 365
27. El adiós a Lisboa — 375
28. Última visita a Fernán Núñez — 393
29. De Fernán Núñez a París — 403
30. La situación se complica en Francia — 413
31. Estalla la Revolución — 425
32. Junto a los reyes de Francia — 441
33. La salida de París — 451
34. El exilio en Lovaina — 463
35. Regreso a España — 473
36. Epílogo — 481

Printed in Great Britain
by Amazon

76380120R00305